Inverness

Loch Ness

SCHOTTLAND

HOLY ISLAND

Lindisfarne

Edinburgh

Newcastle
upon Tyne

Durham

ENGLAND

Matthias Hübener
Die indische Kugel

Matthias Hübener lebt in Hamburg und entdeckte früh seine Leidenschaft für die Fülle und den Reichtum in den Kulturen, Küchen und der Kunst und Literatur unserer Welt. Viele Reisen in die verschiedensten Teile der Erde haben ihn im Laufe seines Lebens geprägt. In seinen Büchern teilt er diese Begeisterung mit seinen Leserinnen und Lesern und stellt sich wie ihnen große und elementare Fragen: Was macht unser Leben aus? Welche Widersprüche stecken in uns, und wie können wir an ihnen wachsen? Als seine erste Veröffentlichung erschien 2020 der Roman *Vom Libellenflug – Eine Geschichte über den Mut* im Äquatorkind Verlag. *Die indische Kugel* ist sein zweiter Roman.

Matthias Hübener

Die indische Kugel

ÄQUATORKIND

Im Romantext sind einige Wörter in KAPITÄLCHEN gesetzt, die auf Hintergrundinformationen im Glossar hinweisen.

Diese Veröffentlichung enthält Links auf Webseiten Dritter, für deren Inhalte wir keine Haftung übernehmen, da wir uns diese nicht zu eigen machen, sondern lediglich auf deren Stand zum Zeitpunkt der von uns genannten Veröffentlichung verweisen.

Bibliografische Information der Deutschen Nationalbibliothek

Die Deutsche Nationalbibliothek verzeichnet diese Publikation in der Deutschen Nationalbibliografie; detaillierte bibliografische Angaben sind im Internet unter http://dnb.d-nb.de abrufbar.

© Matthias Hübener
Herausgeber: Äquatorkind Verlag e.K., Hamburg
www.aequatorkind.de
Umschlag: Annalena Weber
Umschlagabbildungen: Mandala designed by visnezh / Freepik
Lektorat: Imke Sörensen
Herstellung: Das Herstellungsbüro, Hamburg
www.buch-herstellungsbuero.de
Druck und Bindung: CPI – Clausen & Bosse, Leck
Printed in Germany

ISBN 978-3-948959-04-3

Das Böse ist am Anfang nur ein Gedanke.

Inhalt

ERSTE UMDREHUNG

9

ZWEITE UMDREHUNG

89

DRITTE UMDREHUNG

187

VIERTE UMDREHUNG

275

FÜNFTE UND LETZTE UMDREHUNG

351

Glossar 443

Bildnachweis 468

Dank 470

ERSTE UMDREHUNG

– 1 –
Vorspiel
New York City – Juli 2002

Eilig tritt er in den Subwayeingang Fulton Street, drängelt sich an
der vor ihm laufenden dicklichen Frau vorbei, passiert fast schon
im Laufen die Schranke der Fahrkartenkontrolle. Das Geräusch
der einlaufenden U-Bahn dringt an sein Ohr. Mit langen Schritten, zwei, drei Stufen gleichzeitig nehmend, hastet er die Treppe
hinab, immer schneller, sieht schon den Bahnsteig, von dem die
letzten wartenden Menschen in die noch offenen Türen steigen.
Mit einem Sprung ist er auf der Plattform, zwängt sich durch die
sich bereits schließende Automatiktür hinein, lässt sich auf einen
Platz einer nahezu leeren Sitzbank fallen. Tief durchatmend, seine Aktentasche auf dem Schoß, sitzt er im anfahrenden Subway-
zug. Auf dem Weg zur Station 168 Street. Wie jeden Arbeitstag –
auf dem Weg nach Hause.

Warum diese Eile?, fragt er sich. *Bin ich denn verrückt?* Was
ihn am Ende der Fahrt erwartet, hat er sich die letzten Stunden
ausgemalt. Nach dem Anruf seiner Frau, der alles verändert
hat. Ein Telefonat, das ein einziger schreiender Vorwurf gewesen war. »Wie konntest du nur!«, hatte sie ihn wiederholt angefaucht. »Du kümmerlicher Mistkerl. Cory hat's mir heute gesagt.
Das halbe Haus weiß es schon!« Der Anruf hatte ihn am Ende
der Mittagspause erreicht, kurz vor dem wichtigen Termin mit
Bridgewater. Seinem größten Kunden. Bei dem er nach monate-
langer Arbeit den neuen Hochhausentwurf präsentieren wollte. Sein wichtigstes Projekt seit Jahren. Vielleicht endlich sein
Durchbruch im Büro!

»Mit einer dreiundzwanzigjährigen Praktikantin!«, hatte sie
gebrüllt und ihn nicht zu Wort kommen lassen. Ihm Dinge an
den Kopf geworfen, die wie Schläge auf ihn einprasselten. »Pack

deine Sachen und hau ab! Verschwinde aus meinem Leben!«, hatte sie zum Schluss fast bellend geschrien. Und dann, nach einer Pause, erschreckend kalt zu ihm gesagt: »Cory hat mir ihren Anwalt empfohlen. Mit dir bin ich fertig« – und das Gespräch beendet.

Seitdem hatte er sie ein Dutzend Mal anzurufen versucht und sich auch über sein Sekretariat bemüht, mit ihr Kontakt aufzunehmen, während er in der wichtigen Präsentation seines Bauentwurfs beim Kunden saß. Vergeblich. Suzanne war nicht zu erreichen. Und er wusste, dass sie immer tat, was sie sagte. Wahrscheinlich sprach sie jetzt schon mit dem Anwalt. Er wurde zunehmend nervös, schließlich panisch. Hatte fahrig präsentiert, Bridgewaters Fragen nur noch unvollständig beantwortet. War schließlich mit einer kurzen Verabschiedung aus dem Treffen zur U-Bahn-Station gestürzt.

Er sitzt jetzt schon einen Moment im Zug. Schweiß tritt ihm auf die Stirn. Harlow legt den Mantel ab, blinzelt aus dem Subwayfenster auf die vorbeiflackernde Stadt, greift nach einem Taschentuch und wischt sich das Gesicht ab.

Sie muss ihm zuhören. Die Sache mit der Praktikantin war eine Dummheit gewesen. Ohne Bedeutung. Am Abend nach der Verleihung dieses Architekturpreises. Bei dem er mit ein paar Leuten aus seinem Büro gewesen war. Sie dabei, auf ihren langen Beinen. Er hatte ein wenig bei der kleinen Feier getrunken. Und sie hatte ihn den ganzen Abend mit ihrem Körper angelacht, hatte Distanz vermissen lassen. Es hatte ihn verwirrt. Am Ende war er mit ihr gemeinsam im Taxi gefahren. Auf dem Weg zu ihrer Wohnung.

Suzanne, es ist ohne jede Bedeutung, will Harlow seiner Frau sagen. Nachher, gleich wenn er bei ihr zu Hause ist. Doch er weiß, dass dies nicht stimmt. Und hat plötzlich Angst, begreift, dass er vielleicht seine Kinder verliert.

Die Subway hält jetzt an der Station *59 St-Columbus Circle*. Die meisten Fahrgäste steigen aus. Harlow sitzt jetzt fast allein im Abteil. So allein, wie er sich in diesem Augenblick auch spürt. Und sich dabei verflucht. *Woher weiß Cory es?*, fragt er sich jetzt. *Und wieso weiß es das halbe Haus?*

Ihm ist heiß – als sitze er im Dampfbad. Schwüle Luft, mit der dieses New York die Menschen im Juli fast ertränkt. Harlow zieht das Jackett aus, löst den Schlips, den er heute mit Bedacht für das Meeting mit Bridgewater gewählt hat und zu dem er Suzanne heute Morgen beim Anziehen noch um ihren Rat gefragt hat. Auf ihren Geschmack war immer Verlass. Auch an diesem Morgen, an dem seine Welt mit ihr noch intakt gewesen war. *Für sie oder für mich*, fragt Harlow sich jetzt.

Eine Durchsage bellt jetzt durch den Zug. Irgendein unvorhergesehener Halt, nur kurz auf der Strecke, heißt es. Harlow flucht. Warum das jetzt auch noch! Er wirft seine Aktentasche wütend neben sich. Versucht noch einmal, Suzanne anzurufen. Legt nach endlosem Klingeln das Smartphone aus der Hand. Lehnt sich zurück. Sieht sich um. Außer ihm sitzt hinten nur noch ein dösender alter Mann im Abteil.

Mir die Kinder wegnehmen, das wird sie doch nicht tun! Harlow flüstert vor sich hin. Der Zug fährt wieder an.

Plötzlich hört er dieses kullernde Geräusch, ein Funkeln rollt unter der ihm gegenüberliegenden Sitzbank hervor. Eine Kugel rollt dort über den Wagenboden, auf ihn zu, biegt jetzt ab, schlägt einen Haken, schabend nach links. Der Zug fährt in eine Kurve. Er blickt der Kugel nach, schon ist sie wieder unter einer Sitzbank verschwunden. Klackert irgendwo gegen. *Eine Murmel vielleicht*, denkt Harlow sich.

Nie hätte er damit gerechnet, dass Suzanne seinen Betrug entdeckt. Hatte der langbeinigen Cynthia gleich am nächsten Tag gesagt, dass es nicht weitergehen könne mit ihnen. Er sei verheiratet, liebe seine Frau. Davon habe sie aber weder bei der ersten Nummer in ihrem Bett noch bei der zweiten auf dem Küchentisch etwas gemerkt, hatte Cynthia zynisch geantwortet und dabei verletzt geblickt. Eine Woche später hatte sie gekündigt.

Harlow hatte aufgeatmet. Das war jetzt fünf Monate her. Wieso kam diese fast vergessene Sache jetzt plötzlich hoch?

Die U-Bahn verlässt die nächste Station, nur ein junges Paar ist zugestiegen und sitzt jetzt, nur mit sich selbst beschäftigt, mit Harlow und dem dösenden Alten im Abteil. *So verliebt war es mit Suzanne auch mal*, denkt Harlow gerade, das junge Paar beobachtend, als die Kugel plötzlich unter der Bank hervorgeschossen kommt, wie der Blitz über den Boden flitzt, unter die gegenüberliegende Bank schießt, dort irgendwo abprallt und jetzt direkt auf ihn zugekullert kommt. Funkelblitzend wie ein fliegender Edelstein. Harlow streckt intuitiv die Hand aus, stoppt die Kugel geschickt, packt sie, umschließt sie fest mit seiner Hand.

Er hält die Kugel in der Faust, blickt sich um. Der Alte döst. Das Liebespaar lacht einander in die Augen, niemand hat sein Tun bemerkt. Fast fühlt er sich, als habe er etwas Verbotenes getan.

Kalt spürt er die Kugel in seiner Hand, erstaunlich kalt, eiskalt fast, liegt sie an seiner Haut, in der geschlossenen Faust. Langsam öffnet er die Hand, erst nur ein wenig, blickt vorsichtig hinein. Sieht in ein glitzerndes Rund, etwas strahlt, obwohl er seine Hand fast geschlossen hält.

Harlow ist verwundert. So etwas hat er noch nie gesehen. Was ist das? Ist es Glas? Kaltes, funkelndes Glas? Und erstaunlich schwer ist es, dieses Ding. Kaum zu glauben ist das Gewicht. Ungläubig wiegt Harlow seine Hand.

145th Street. Nur noch eine Station. Harlow ist wieder bei Suzanne. Und bei dem, was ihn jetzt erwartet, wenn er gleich zu Hause ist. Die gemeinsame Wohnung liegt nur fünf Fußminuten von der Subwaystation entfernt. Was soll er ihr zuerst sagen? Was tun? Was, wenn die Kinder mit ihr vor ihm stehen? Harlow spürt Angst. Verzweiflung. Und Verachtung für sich selbst.

Manchmal fahren Züge einem erst zu langsam und dann zu schnell, denkt Harlow sich jetzt in seiner einsamen Furcht. Jetzt,

14

wo er seinem Schicksal entgegenfährt. Und die Subway schon in seinen Bahnhof einläuft. Er springt auf, zittert, greift Mantel, Jackett und Tasche, stürzt aus dem Zug heraus.

Jetzt ist er schon auf der Treppe. Schweißnass. »Ich wünschte, ich wäre nicht hier!«, sagt er halblaut zu sich, wie er da vorwärts steigt. »Ich wünschte, ich wäre lieber tot, als gleich das, was mich erwartet, erleben zu müssen!« Harlow hat jetzt laut gesprochen. Er eilt dem Ausgang zu, hastig, Tasche, Jacke und Mantel unterm Arm. Die Kugel in der Hand. Die Faust fest um sie geballt.

Er rennt durch das Eingangstor der Subwaystation, über den Bürgersteig, rempelt fast eine dort gehende Dame mit ihrem Hund um. Sie ruft ihm etwas nach. Derweil ist Harlow schon auf der Straße, will hinüber auf die andere Seite, nach Hause.

Der Linienbus erfasst ihn in voller Fahrt frontal, packt ihn fest und zieht ihn unter sich. Harlow verliert sofort das Bewusstsein, Sekunden bevor die Zwillingsreifen seinen Brustkorb durchtrennen. Quietschende Räder greifen in den Asphalt »Er ist wie aus dem Nichts vor meinen Bus gelaufen!«, sagt der Fahrer später der hinzugekommenen Polizei. »Fast wie auf der Flucht!«

»Meinen Hund und mich hat er beinahe umgerannt«, berichtet die Passantin bei ihrer Zeugenaussage unter Schock. »Als wäre er nicht bei sich, so hat er geblickt.«

John Harlow, achtunddreißig, Architekt, seit neun Jahren verheiratet mit Suzanne Upton-Harlow und Vater von zwei Kindern, wohnhaft in einer halb abbezahlten Eigentumswohnung und Ehebrecher für eine einzige Nacht, stirbt an einem Donnerstag.

Kostadinidis kommt heute schwer aus dem Bett. Das Kreuz schmerzt, die Knochen wollen heute nicht wie er. Ein harter Tag war es gestern, Mülltour im südlichen Harlem. Er hasst diese Touren in den alten Wohnvierteln. Elende Plackerei mit überfüllten Müllcontainern, übler Verkehr, Zuwege oft versperrt. Da lobt er sich doch die Fahrten an der Upper West Side. Saubere Touren, der Müll bürgerlich in ordentlich geordneten Müllsackreihen bereitgestellt. Mehr Platz und Luft zum Atmen – und weniger Schlepperei bis zum Müllwagen. Heute geht's für ihn bis nach Washington Heights, immerhin, es könnte schlimmer sein.

Er füttert den Vogel, wechselt das Trinkwasser im Bauer. *Wird heute wieder ein schwülheißer Tag*, denkt er sich und öffnet das Fenster einen Spalt für ein bisschen Frischluft für den Sittich. Trinkt einen Becher schwarzen Kaffee, schmiert sich ein Sandwich, mit besonders viel Tomaten und Hühnchen heute, und ist schon aus der Tür. Steigt vierzig Minuten später zu den anderen auf den Müllwagen, auf den Bock, seine grellgelbe Warnweste umgeschnallt. Seit bald dreißig Jahren fährt er schon Müll, Kostadinidis, *der Grieche*, wie die meisten Kollegen ihn nennen. Früher nannten ihn manche noch *Kosta*. Doch die Zeiten haben sich geändert bei der Müllabfuhr. Als er anfing, fuhren noch andere mit, viele Italiener, Polen, Mexikaner, ein Russe, zwei andere Griechen, alles Einwanderer halt, so wie er. Und viele Leute von hier waren damals auch mit dabei. Heute sind es viele Hispanos, Pakistani, Filipinos, Afghanen, Nordafrikaner und Leute von wer weiß noch woher. Jetzt ist er nur noch *der Grieche*, wenn er hinten steht auf dem Mülltruck und bei jedem Halt die schwarzen Müllsäcke aufsammelt und in den Müllgreifer schleudert wie einen Brocken Fleisch in einen unersättlichen Raubtierschlund. Es ist nicht mehr wie früher, niemand hat mehr vor ihm Respekt. Besonders nicht dieser Pakistani, dieser Afzal, mit dem er heute wieder fährt. Der ihn immer neckt und sich über ihn lustig macht, vor den anderen.

Die Sonne sticht, der Fahrtwind bringt etwas Kühlung. Der erste Halt, die ersten Säcke, von nun an alle hundertfünfzig Meter am Bordsteinrand oder neben dem Hauseingang. In einem Innenhof oder am Absatz eines Treppenaufgangs. Beim Absteigen immer Blick zum Verkehr, dann erst zum Müll – und dann immer ein Blick auf den Boden! »Absuchen!«, hatte ihn Gianni, als er vor bald dreißig Jahren anfing, den Geheimtipp für Müllwerker gelehrt. Immer mit den Augen den Boden absuchen! Besonders in den besseren Vierteln. Wer reich ist, ist oft achtlos. Es macht ihm nichts aus, wenn er mal ein Geldstück verliert. Oder eine Frau ihren Ohrring. Oder einer sein gut gefülltes Portemonnaie. Es stört die Reichen kaum, ein wenig zu verlieren. Ein wenig, das für uns ein viel ist, das einen Moment Sorgenfreiheit heißen kann.

Der Mülltruck fährt jetzt auf der *St Nicholas Avenue*, die Subwaystation *168th Street* ist schon in Sicht. Fast fünfzehn Säcke nimmt er mit Afzal beim Anhalten auf. Blickt auf den Boden, springt fast schon wieder auf den Wagen hinten auf. Da sieht er im Rinnstein etwas funkeln, und schon greift er es mit seiner Hand. Eine große Murmel? Kostadinidis steckt den Fund blitzschnell in seine Hosentasche. »Was hast du da gefunden, Grieche?« Verflucht, Afzal hat es gesehen! Kostadinidis antwortet nicht, nicht ihm, nicht Afzal, dem schon gar nicht. Und ist dabei stolz auf sich.

Der Tag geht ihm jetzt leicht von der Hand, er arbeitet besonders zügig, erwartet das Ende der Tour, will möglichst schnell nach Hause, um seinen Fund zu untersuchen. Fasst hin und wieder prüfend mit seiner Hand in die Hosentasche.

Am Nachmittag kommt er schwitzend von der Arbeit durch seine Wohnungstür. Er ist schnell gegangen, trotz der Hitze, fast gelaufen ist er nach Hause. Die Neugier kitzelt. Kaum zu Hause, greift er in die Tasche seiner Hose und legt die Kugel auf den

Küchentisch. Die jetzt funkelt, als ob sie leuchtet. Und dabei einfach auf der Tischplatte liegen bleibt, kein bisschen herumrollt. Wie aus Blei auf der Platte liegt, wie eine pralle Kirsche, so groß.

Kostadinidis betrachtet sie begeistert, von allen Seiten, nimmt sie noch mal in die Hand. Was hat es damit auf sich? Er hat so etwas nie in seinem Leben gesehen. Legt die Kugel behutsam wieder auf den Tisch. *Schwer wie ein Goldklumpen*, denkt er sich dabei. Er duscht, kleidet sich an, geht zum Vogel. Was ist bloß mit ihm los? Der Sittich ist unruhig, hüpft hektisch auf der Stange des Bauers, zittert etwas dabei. Ist es die Hitze, oder ist das Tier krank? Kostadinidis ist besorgt, der Vogel ist ihm wichtig, das einzige Lebewesen, das noch bei ihm geblieben ist. Seine Frau hat ihn schon vor fünfzehn Jahren verlassen. Sonst hat er niemanden. Er sitzt noch den ganzen Abend, hält die funkelnde Kugel behutsam in seiner schwieligen Hand.

Die Nacht war traumlos, irgendwie fühlt er sich am nächsten Morgen kraftvoll und erfrischt. Der Sittich zittert noch immer, sein Futter hat er seit gestern Abend nicht angerührt. Kostadinidis trinkt schwarzen Kaffee, schmiert ein Sandwich, nimmt die Kugel in die Hand. Er steckt sie in die Hosentasche, ab heute soll sie sein Talisman sein. Er verlässt das Haus, fasst beim Gehen immer wieder nach der Kugel. Sein auf dem Küchentisch vergessenes Sandwich fällt ihm in diesem Moment gar nicht auf.

Bei seiner Ankunft im Müllwagendepot wird er schon erwartet. Afzal und drei andere stehen schon im Umkleideraum, als er eintritt. »Wir haben uns gefragt, was du gestern aufgehoben hast, Grieche, an der *St Nicholas Avenue*, kurz vor der Subwaystation?« Afzal spricht provozierend, kommt gleich zur Sache. »Das geht dich gar nichts an!«, blafft Kostadinidis barsch zurück. Der Pakistani macht ihm manchmal Angst, doch heute nicht. »Sag schon, Grieche!«, setzt Afzal nach und geht dabei auf ihn zu. »Was bei der Tour gefunden wird, das wird geteilt!«

Kostadinidis öffnet den Spind, hängt seine Jacke hinein, greift zur grellgelben Warnweste. »Was ich gefunden habe, gehört nur mir!« Kostadinidis dreht sich zu Afzal um und streift die Warnweste über. Er greift in die Tasche. Hält herausfordernd die glitzernde Kugel hoch. »Und für so etwas Schönes bist du sowieso zu blöd!« Er ist überrascht über seinen Mut, wie er die Worte dem baumlangen Pakistani ins Gesicht pfeffert, Worte wie Faustschläge für seine lange aufgestaute Wut.

Plötzlich greifen von hinten geschickte Finger nach der Kugel. Reißen sie dem überraschten Kostadinidis aus der Hand. Baran, der Afghane, hat sich die Kugel gepackt. Baran, der immer mit diesem Afzal zusammenhängt, genau wie Bassem, der Libanese, dem er die Kugel jetzt zuwirft. Bassem, der ewige Lächler – und falsch zu Kostadinidis, wie die zwei anderen. Noch heute wartet er auf die Rückgabe der dreißig Dollar, die er Bassem vor vier Wochen geliehen hat!

»Gebt die Kugel sofort wieder her!«, Kostadinidis schäumt jetzt vor Wut. Doch Bassem hat sie schon Afzal zugeworfen. »Eine hübsche Murmel!« Afzal lacht bitter. »Die ist doch bestimmt was wert, wenn du sie so vor uns versteckst, Grieche!« Schreien füllt jetzt den Umkleideraum. Die Kugel fliegt zwischen Afzal, Bassem und Baran hin und her, Kostadinidis versucht zornig, sie zu fangen. »Du bist zu alt und zu langsam, Grieche. Und du teilst nicht mit deinen Kollegen! Wir wollen uns einen Spaß mit dir machen!« Afzal schubst Kostadinidis, der rücklings gegen die Spindwand fällt.

»Verrecken sollst du, Afzal!« Kostadinidis kennt sich nicht wieder. »Gib die Kugel her!« – »Na, was willst du denn machen, Grieche?« Afzal hält die Kugel hoch, öffnet den Mund, steckt sie sich zwischen die Zähne. »Hol sie dir doch!«, zischt er. Es sieht aus, als wolle er die funkelnde Kugel zerbeißen.

Da hält es Kostadinidis nicht mehr. Ist er auch viel älter, kleiner und schwächer als dieser Afzal, stürzt er mit einer sich selbst unbekannten Wut auf ihn zu, rammt ihm seinen Körper vor die Brust. Fast sieht es aus, als stürze der Pakistani zu Boden. Er taumelt, greift sich plötzlich würgend an den Hals, japst fiepend nach Luft. Bevor die anderen begreifen, was geschieht, fällt Afzal auf die Knie. Verzweifelt macht er Geräusche wie ein röchelndes, abgestochenes Schwein, greift mit seiner Hand in den Mund. Bassem und Baran stürzen zu ihm.

Als der Notarztwagen fünfzehn Minuten später am Müllwagendepot eintrifft, der Arzt und zwei Sanitäter in den Umkleideraum rennen, ist der Pakistani bereits zehn Minuten tot. An einer Murmel erstickt, wie der Arzt Dr. Bell verwundert sagt, der Afzal die Kugel mit einer Zange aus der Luftröhre zieht. Der Pakistani liegt wie schlafend auf dem Tisch, umringt von Arzt, Sanitätern und den völlig überraschten Kollegen.

Kostadinidis ist nicht mehr dabei. Er sitzt erstaunlich ruhig auf einem Stuhl im Zimmer des Chefs. Die Polizei trifft jeden Moment ein. Der Libanese Bassem steht noch unter Schock, Baran, der Afghane, schreit jammernd herum. Dr. Bell schickt alle aus der Umkleidekabine heraus, schließt hinter ihnen die Tür.

»Was jetzt?«, fragt einer der Sanitäter ihn. »Wir müssen die Polizei abwarten. Das Übliche, nehme ich an. Wahrscheinlich nehmen wir die Leiche gleich nachher zum Leichenschauhaus mit.« Dr. Bell betrachtet die funkelnde Kugel, die zusammen mit der Arztzange in einer Schale vor ihm liegt. Bevor er die Zange in seine Tasche zurückpackt, nimmt er die Kugel in die Hand. Dieses kleine Ding hat dem vor ihm liegenden hünenhaften Mann den Tod gebracht. Bell schüttelt den Kopf. Als Notarzt in New York hat er schon vieles an Todesursachen erlebt. Aber so was? Gedankenlos steckt er die Kugel in die Brusttasche von seinem Hemd, plant, sie später der Polizei zu übergeben.

Sein Smartphone klingelt. Bell wird hektisch. »Schwerer Unfall an der Lexington. Viele Opfer, wir sind angefordert, müssen sofort hin!«, ruft er den zwei Sanitätern zu. »Und die Leiche?«, fragt der eine. »Die läuft nicht weg. Die holen wir später. Sag Bescheid, dass wir sie später abholen – oder jemand anders von uns kommt, nachdem die Polizei entschieden hat.« Und schon wenige Minuten später sitzt Dr. Bell im Notarztwagen, auf dem Weg zum nächsten Unfallort.

Als Kostadinidis nach einem langen Polizeiverhör spätabends nach Hause kommt, liegt der Sittich schon stundenlang tot im Futternapf. Kostadinidis setzt sich erschöpft auf den Küchenstuhl, sitzt jetzt direkt neben dem Vogelbauer und schenkt sich aus der auf dem Tisch stehenden Flasche ein Glas Rotwein ein. Auch nach Stunden hat er immer noch seine Jacke an, sitzt da, wie er vorhin hereingekommen ist, streicht sich immer wieder mit der Hand über sein Haar. Sieht dabei gar nicht traurig aus. Nein, Kostadinidis sitzt allein an seinem Küchentisch. Und lächelt.

– 3 –

In der kleinen Reinigung an der *Essex Street* ist schon seit zwei Stunden Betrieb. Cullen ist seit vier Uhr hier, wie immer, sechs Tage in der Woche, und das inzwischen über zehn Jahre. Er öffnet die große Waschtrommel, zieht ein Bündel halb feuchter Weißwäsche heraus. Nur weiße Hemden, die wäscht er immer von allem anderen Weißen getrennt. Viel zu tun heute, er muss sich sputen. Seine Kunden erwarten schnelle Arbeit, Pünktlichkeit und den besten Preis. Hier an der Lower East Side ist die Konkurrenz hart. Cullen legt den feuchten Hemdenstapel auf den Tisch, trennt kurz prüfend die Wäschestücke, schaut, ob er einen Fleck entdeckt.

Flecken suchen ist eine Manie von ihm. Der Fleck war schon immer des Wäschers Feind. Manche Kunden geben ihm die Schuld, wenn sie bei der Abholung der Wäsche einen Fleck entdecken. Obwohl Cullen für einen Fleck gar nichts kann, auch nicht für seine Hartnäckigkeit, mit der er sich gegen seine Entfernung wehrt. Daher sichtet Cullen akribisch jedes Wäschestück, wenn es aus der Trommel kommt, sucht nach diesen Flecken,

21

nichts entgeht seinem Blick. Nur zufriedene Kunden kommen zurück. Und Flecken auf weißen Hemden reklamiert jeder, der zu ihm kommt, sofort.

Etwas Hartes drückt jetzt beim Sichten der feuchten Hemden gegen Cullens Hand, fällt aus dem Wäschestapel heraus, schlägt klackernd auf dem Kachelboden auf, rollt von ihm weg. Blitzschnell hat Cullen es aufgesammelt, hält die feuchte Kugel wie Beute in seiner Hand. Etwas Gefundenes in der Wäsche ist immer ein Bonuspunkt bei Kunden. Und wird von jedem immer mit Überraschung kommentiert, zumeist mit Dank. Ist ein Zeichen von Cullens Ehrlichkeit, lässt das Vertrauen des Kunden wachsen, ihn ein wenig in Cullens Schuld stehen und ihn daher wiederkommen. Etwas in der Wäsche zu finden, ist also ein Glücksfall – nicht nur für seine Kunden, nein, auch für Cullen selbst!

Verwundert betrachtet er den Gegenstand in seiner Hand. Schwach glitzert die feuchte Kugel, irisiert bläulich, ist für ihre Größe unglaublich schwer. Murmel oder Schmuckstück? Cullen rätselt noch, auch, welchem seiner Kunden die Kugel wohl gehört.

Er legt die Kugel in die Schachtel neben der Kasse, wo er alles Gefundene von Wert aufbewahrt. Und dann jeden Kunden beim Bezahlen seiner abzuholenden Wäsche befragt. Ob das Fundstück vielleicht ihm gehöre? Immer wieder überraschend ist es, wenn der Eigentümer sich zeigt. Manchmal passiert das schnell, manchmal dauert es lange. Er erinnert sich an einen Ehering, für den sich niemals ein Besitzer unter seinen Kunden fand.

Doch heute läuft es anders. Es ist 19 Uhr, als Cynthia Beckingsale hektisch die Tür zu Cullens Laden aufstößt. Wie immer in Eile, diese langbeinige Schönheit, diese auffällige Brünette, die immer unter Zeitdruck scheint, wenn sie in Cullens Wäscherei eintritt. Und ihn kaum anschaut, wenn sie mit ihm spricht, in dieser arroganten, eher wie ein Befehl denn wie eine Bitte klingenden Sprechweise. Aber verdammt hübsch ist diese blütenjunge Cynthia, immer modisch gekleidet und ihre Reize kaum verbergend. Eine arrogante Versuchung auf ellenlangen Beinen, die Männerblicke fängt, wo sie hintritt, Cullen nimmt sich selbst da nicht aus. Weshalb er sich auch immer freut, wenn sie kommt, obwohl sie wahrscheinlich noch nicht einmal seinen Namen kennt. Heute kommt sie, um drei Blusen bei ihm abzuholen, jede von ihnen aus Designerstores, das sieht Cullen beim Waschen nicht nur am Etikett.

Beim Bezahlen fällt ihm das Fundstück ein, er nimmt es aus der neben der Kasse stehenden Schachtel heraus. Hält die jetzt hell glitzernde Kugel Cynthia entgegen, fragt sie, ob es vielleicht ihre Kugel sei. Zu seiner Überraschung schaut sie erst auf die Kugel und dann ihn an, das erste Mal, wie ihm scheint. Nimmt den glitzernden Fund aus seiner Hand, berührt sie dabei leicht. Cullen zuckt fast zusammen, wie kalter Samt ist ihre Haut. Sie wiegt die Kugel, streichelt sie mit ihren rot lackierten Nägeln. Blickt Cullen jetzt in seine Augen, lächelt voll Freundlichkeit und spricht plötzlich mit einer ganz anderen, surrenden Stimme. »Aber ja! Was habe ich mein Schmuckstück schon vermisst!«

Cullen sieht sie fasziniert an, irgendwie spürt er, dass sie lügt. Aber wie schön sie dabei ist. Und wie sie ihm das erste Mal mit ihrem Lügen Beachtung schenkt. Selbst das Betrügen weckt für diese Frau Begehren. Cullen nickt nur. »Dann ist es ja gut! Ich hatte mich schon gefragt, wem es gehört.«

Cynthia zahlt, nimmt das Paket mit ihren Blusen wie in Eile unter den Arm, die Kugel dabei immer noch in ihrer zur Faust geballten Hand.

»Eine Frage habe ich noch«, sagt Cullen. »Was ist das für eine Kugel?«

Cynthia dreht sich um, schon in der Tür, lächelt ihn kurz an, verlegen, wie bei etwas ertappt, sagt nichts, tritt auf den Bürgersteig und geht zügig fort. Cullen seufzt. Frauen wie Cynthia sieht er sein Leben lang nur aus der Entfernung. Heute hat er mit einer von ihnen nicht nur gesprochen, sie hat ihn sogar angelächelt –

23

und belogen, weil sie etwas von ihm wollte. Sie von ihm! Jetzt lächelt Cullen, wendet sich um und geht wieder an seine Arbeit. Die Bettwäsche eines Hotels muss heute noch gemacht werden. Und Hotels bestehen besonders auf Pünktlichkeit.

Als er den ersten Stapel Bettlaken gerade in die große Waschtrommel schiebt, schellt es schon wieder an seiner Eingangstür. Ein weiterer Kunde tritt in den Laden, wie oft um diese Zeit, wenn die Leute nach der Arbeit ihre Wäsche bei Cullen abholen kommen. Er streift sich die Hände an seiner Hose ab und geht nach vorne in den Verkaufsraum.

»Guten Abend, Mr. Cullen. Ich komme meine Wäsche abholen.« Es ist Dr. Bell, der da vor Cullen steht. Der junge Arzt aus dem Unfallkrankenhaus, der hin und wieder zu ihm kommt und seine Berufskleidung bei ihm waschen lässt. Aber nur diese, nicht seine Privatsachen, die nicht. Die bringt er zum Chinesen, zu diesem Wu, in der Nähe, auf der *Sutter Avenue*. Der sei billiger. Und wasche genauso gut. Mit leichtem Vorwurf in der Stimme hatte Dr. Bell ihm das gesagt. Das tat weh. Nur seine Berufskleidung bringe er ihm. Das Geld hole er sich wieder, beim Krankenhaus. *Da ist ihm der höhere Preis wohl egal*, hatte Cullen sich gedacht. Und darum mochte Robert Cullen diesen Dr. Bell nicht. Weil er geizig war. Und seine Privatsachen bei Wu waschen ließ, der Cullen schon manchen Kunden abspenstig gemacht hatte mit seinen niedrigen Preisen.

»Ach, Mr. Cullen«, Dr. Bell beugt sich bei diesen Worten während des Bezahlens seiner Wäsche leicht über den Tresen vor, »ich vermisse eine Sache, die mir sehr wichtig ist. Ich scheine sie verloren zu haben. Daher möchte ich Sie fragen: Haben Sie etwas beim Waschen in meiner Wäsche gefunden?« Dr. Bell drückt sich umständlich aus.

»Etwas gefunden?«, wiederholt Cullen. »Was vermissen Sie denn?«

»Eine Art Kugel, vielleicht so groß.« Dr. Bell zeigt die Höhe mit Daumen und Zeigefinger an.

»Eine Kugel?«, antwortet Cullen. Und ihm schießt der Gedanke durch den Kopf, was er in diesem Moment für eine Chance gehabt hätte, Dr. Bell zum zufriedenen Kunden zu machen. Wenn er die Kugel jetzt noch hätte! Und ihn so vielleicht davon hätte überzeugen können, all seine Wäsche zukünftig bei ihm waschen zu lassen. Aus Dankbarkeit. Aber ihm schießt auch Cynthia durch den Kopf, der er die Kugel gegeben hat. Obwohl er geahnt hatte, dass sie ihn angelogen hat.

»Sehr ungewöhnlich, was denn für eine Kugel?« Cullen tut verwundert, als sei er am Verlust des Arztes ernsthaft interessiert.

»Ach, ich dachte nur, Mr. Cullen. Hätten Sie sie gefunden, wäre es Ihnen ja aufgefallen.« Dr. Bell legt das Geld zum Bezahlen auf den Tresen, greift sein in Papier eingeschlagenes Wäschepaket und schickt sich an, zu gehen.

»Wenn ich noch eine Kugel finde, dann denke ich an Sie, Doc, versprochen!« Cullen blickt den Arzt mit geheuchelter Anteilnahme an.

»Nichts für ungut, Mr. Cullen, schönen Abend.« Mit diesen Worten verschwindet Dr. Bell aus dem Laden. Und denkt dabei, dass er morgen der Polizei mitteilen muss, dass er die Kugel leider verloren habe, die er aus der Luftröhre des erstickten Pakistani gezogen hat. Das passiere leider im hektischen Alltag des Unfallretters. Und ändere ja auch nichts, denn der Müllfahrer sei eben tot. Er zieht das Wäschepaket dichter an den Körper und läuft zum Subwayeingang, denn gerade setzt ein Sommerregen ein, platzt geräuschvoll mit seinen Tropfen auf den New Yorker Asphalt.

Mr. Cullen steht schon wieder vor der Wäschetrommel, schiebt die Bettlaken rein, macht die Trommeltür schwungvoll zu. Und denkt an Cynthia, die ihn belogen hat, so wie er Dr. Bell. Aber Cullen hat kein schlechtes Gewissen dabei, im Gegenteil. Er fühlt sich gut. Weil er dem Doktor eins ausgewischt hat. Und weil diese Cynthia ihn angelächelt hat. Mehr ist für ihn nicht drin bei so einer Frau, das ist ihm klar. *Oder vielleicht doch? Habe ich nicht etwas in der Hand gegen sie?* Cullen lacht auf. Und nimmt sich vor, diese Cynthia das nächste Mal nach *ihrer Kugel* zu fragen, wenn sie in seinen Laden kommt. Soll sie doch spüren, dass er ahnt, dass sie dieses Fundstück unrechtmäßig an sich genommen hat. Mal sehen, wie sie dann reagiert. *Wer weiß, vielleicht ergibt sich daraus ja eine Chance*, denkt Cullen und drückt auf den Startknopf der Waschmaschine.

– 4 –

Cynthia Beckingsale schließt ihre Wohnungstür auf, voll bepackt mit Handtasche, Einkaufstüten und den von der Reinigung abgeholten Kleidungsstücken auf dem Arm, dreht sie den Schlüssel im schwergängigen Schloss. Tritt in ihr Studio, in dieses heruntergekommene Loch, diesen für sie so unwürdig erbärmlichen Ort, den sie seit kaum einem Jahr mit Verachtung bewohnt.

Nur, was kriegt man schon bei ihrem Gehalt in dieser Stadt, in die jeder will? Alles würde sie tun, um aus dieser Wohnung wegzukommen, alles für ein besseres Leben, wie sie es verdient! »Für eine Klassefrau wie mich, von der die meisten Männer nur träumen können!«, flucht sie jetzt laut und wuchtet Wäschepaket und Einkaufstüten auf den schmalen Küchentisch, wirft schwungvoll ihre Handtasche auf die Fensterbank, schmeißt ihren abgestreiften Mantel achtlos über den Stuhl, so als wolle sie all diese Gegenstände bestrafen für ihr kümmerliches Dasein in dieser Absteige. Mit diesem schmierigen, fettleibigen Vermieter, der ihr erst kürzlich an den Hintern gegrapscht hat. Ohne jede Hemmung hat er sie angefasst, kurz nachdem sie ihn um eine Mietstundung gebeten hatte, weil sie für kurze Zeit wegen eines Jobwechsels mit dem Geld knapp sei.

Und dieser Dreckskerl hat ihr daraufhin gesagt, aber das mache doch gar nichts, da werde sich eine Lösung finden. Und unmissverständlich versucht, ihr unter den Rock zu fassen. »Und das mir!« Cynthia schreit vor Wut, als sie an die Situation zurückdenkt. »Mir, die ich jeden zweiten Mann New Yorks haben könnte!« Sie öffnet die Schublade, greift zur Schachtel, steckt sich eine Zigarette an.

Und alles nur wegen John Harlow! Alles hätte so schön gepasst. Er verdient gut, sieht passabel aus, ist in seinem Architekturbüro der aufgehende Stern. Auf dem Karrieresprung. Ein Mann mit Perspektiven, aus dem eine ehrgeizige Frau etwas machen kann! Sie hat alles getan, um ihn auf sich aufmerksam zu machen. Dass er verheiratet ist? Das hat sie noch nie interessiert. Soll sein Frauchen doch besser auf ihn aufpassen! Stuten, die den Deckhengst wollen, beißen halt weg!

Wütend zieht Cynthia an ihrer Zigarette, geht dabei hektisch im engen Küchenraum auf und ab. Aber sie hat es ihm gezeigt, diesem Weichei, das sie nach ihrer ersten gemeinsamen Nacht wie ein benutztes Handtuch wegwerfen wollte. Obwohl er am Abend vorher vor Geilheit kaum hat gehen können, am Ende des Abends bei der Architekturpreisverleihung! Sie hat gar nicht mehr viel machen müssen. Männer sind so schlicht und berechenbar. Oh ja, das Leben hat sie diese Lektion hart gelehrt. Ist man schön, jung, sexy und erscheint für einen Mann unerreichbar, Galaxien entfernt, als lebe man auf einem anderen Stern, muss man ihm Signale senden. Die ihn das Undenkbare träumen lassen. Empfänglichkeit für Versuchung liegt in fast jedem Mann verborgen. Doch man muss dabei langsam vorgehen. Keine Eroberung gelingt am ersten Tag. Verführung kommt mit kleinen Schritten, beginnt damit, die Gedanken eines Mannes zu infizieren, weckt dann seine Hoffnung, die seinen Willen umgarnt. Entfacht schließlich seine Begierde.

Ein kokettes Lächeln. Eine flüchtige Berührung. Ein anhimmelndes Wort. Ein lasziv übergeschlagenes Bein – nackte Haut, die verspricht. Die Männerblicke hinaufgleiten lässt bis zum Saum des kurzen Rocks. Ein etwas offenherzig geöffneter

Blusenknopf. Ihre wie zufällig auf seinen Oberschenkel gelegte Hand, während der gemeinsamen Taxifahrt auf dem Heimweg, gefolgt von einer flirtenden Entschuldigung. Und schon hat er die Kontrolle verloren, ist über sie hergefallen, hat die Lippen auf ihren Hals gedrückt. Hat sein Ehefrauchen und seine bürgerliche Selbstlüge vergessen. Der anschließende Sex in ihrem Studio ist ausdauernd gewesen. Nicht schlecht für einen angespießten Familienvater.

Aber dann diese lächerliche Szene am nächsten Tag. Wie er ihr im Büro beim Wiedersehen unter vier Augen ausgewichen ist. Ihr etwas von der Liebe zu seiner Frau vorgefaselt hat! Und ihr gesagt hat, es müsse sofort Schluss zwischen ihnen sein. Seine Ehe, seine Kinder seien ihm heilig! Was für ein erbärmlicher, heuchlerischer Wicht!

Cynthia drückt die abgerauchte Zigarette zornig in der Spüle aus, öffnet den Schrank, zieht ein Glas und die halb leere Bourbon-Flasche raus, füllt sich ein und nimmt einen kräftigen Schluck.

Aber sie hat es ihm gezeigt, diesem schäbigen John Harlow! So kommt er ihr nicht davon. Schluss mit dem ewigen Ausgenutztwerden. Jetzt kommt ihre Zeit, jetzt ist *sie* dran! Es war nicht schwer herauszufinden, wo er wohnt. Sie hat jedem in seinem Haus geschrieben – und die Umschläge in die Briefkästen gesteckt. Nur nicht seiner Frau. Die wird ihn schnell genug erfahren, den Inhalt dieses Umschlags! Eine DVD war darin, mit einem Filmclip, der den Architekten und sie zeigt, in ihrem Schlafzimmer, vierzig stöhnende Minuten lang.

Ein guter Freund hat ihr bei der Installation der kleinen versteckten Videokamera mit Selbstauslöser geholfen. Sie filme sich halt selbst gern beim Sex, hatte sie ihm gegenüber behauptet. Warum denn nicht? Ihr wahres Motiv hat sie ihm verschwiegen. Dass sie plane, diesen Architekten John aus ihrem Büro, ihren Boss, in ihr Schlafzimmer zu lotsen und zu verführen. Und alles, was sie mit ihm im Bett machen werde, aufzunehmen. Männer muss man als Frau am besten in der Hand haben, Männer sind egoistisch und treulos. Wer nicht wenn sie kennt sich hierin aus.

Cynthia stürzt den letzten Schluck Whiskey herunter, schenkt sich neu ein, läuft in der Wohnküche auf und ab. Ja, alle Nachbarn von Harlow haben den Film seines Ehebruchs erhalten. Und dazu einen Zettel. »Ihr Nachbar John Harlow bei der Verleihung des Architekturpreises von N.Y. City. Ausgezeichnet mit seinem Team für herausragende Leistung. Weiß seine Frau davon?«

Es wird keinen Tag dauern, bis eine besorgte Nachbarin es seiner Frau erzählt – und ihr den Filmclip in die Hand drückt. Der Schock über den Ehebruch dürfte durch die Schmach des geheuchelten Mitgefühls noch erhöht werden. Und den Hass gegen ihren Ehemann entfachen. Cynthia freut sich mit kaltem Lächeln bei diesem Gedanken.

Noch diese Woche wird ein Anwaltsschreiben bei Johns Arbeitgeber *Sykes, Wittgenstein & Buchanan Architects* eingehen. Worin unter Androhung einer Anzeige geschrieben steht, der Vorgesetzte John Harlow habe mehrfach versucht, sich seiner Praktikantin Cynthia Beckingsale am Arbeitsplatz unsittlich zu nähern, sie wiederholt körperlich bedrängt und ihr gegen sexuelles Entgegenkommen eine feste Anstellung im Unternehmen in Aussicht gestellt. Unerfahren und verängstigt, habe sich die junge Frau darauf eingelassen, schließlich aber verzweifelt das ihr widerfahrene Unrecht nicht länger ausgehalten und den unterzeichnenden Anwalt um Hilfe ersucht. Im Interesse der psychischen Verfassung seiner Klientin schlage der Anwalt eine außergerichtliche Einigung mit angemessener finanzieller Kompensation für Mrs. Beckingsale vor. Der Anwalt räume Johns Arbeitgeber eine Frist von zehn Tagen für eine dem Vorschlag zustimmende Antwort ein – andernfalls ginge nach Fristablauf eine Anzeige an die Polizei heraus.

John Harlow wird innerhalb einer Woche Ehefrau und Ar-

beitsplatz verlieren. Cynthias grüne Augen blitzen. Rache ist eine
zuckersüße Frucht.

»Niemals sollst du mich vergessen, John Harlow«, sagt sie
jetzt mit dem Whiskeyglas in der Hand. »Lieber wäre ich tot,
als dir je zu verzeihen!« Cynthia lacht auf, als sie das sagt, der
Alkohol in ihrem Blut streift jede Hemmung vor bösen Worten
ab. Sie leert das Glas in einem Zug, schwankt leicht zum Küchentisch, um sich vom Bourbon nachzuschenken. Tritt beim letzten
Schritt stolpernd auf etwas, rutscht jetzt wie auf einer unbemerk-
ten Eisfläche aus. Brutal zieht es ihre langen Beine unter ihrem
Körper weg, wie brüsk gestoßen fällt sie rücklings hin.

Cynthias Hinterkopf schlägt im Fall krachend am gusseiser-
nen Herdofen auf, wie brechendes Holz zischt das Geräusch in
ihr Ohr.

Und während Cynthia Beckingsale zuckend auf dem vergrau-
ten Küchenboden liegt, ihr Blut aus Kopf und Ohren rinnt, letzte
Gedanken durch ihr erlöschendes Bewusstsein rasen, die letzte
Angst den sie gerade noch beherrschenden Hass verdrängt, tru-
delt eine blaue Kugel schabend durch den Raum. Die Kugel, die
zuvor aus der Manteltasche ihres achtlos über den Küchenstuhl
geworfenen Mantels fiel, ein Stück weiter rollte und seitdem die
ganze Zeit ungesehen vor dem Herd auf dem Küchenboden lag.
Bis Cynthias Fuß auf sie trat.

Mit letztem Blick sieht Cynthia der Kugel nach, die aus der
Küche in ihr angrenzendes Schlafzimmer kullert. Das letzte Bild
ihres kurzen Lebens ist diese blau schillernde Kugel. In ihrem
Besitz durch eine Lüge. Wie ihr ganzes Leben überhaupt zumeist
verschattet von Lüge und unerfüllter Hoffnung war. Unwirklich
flüchtig, zerronnene Enttäuschung, zu Ende und vergangen, gelebt und doch vertan. Die in das Schlafzimmer rollende Kugel
ist das Letzte, was Cynthia Beckingsale sieht, noch bevor sie ihr
Ende begreifen kann. Es ist der Moment, als ihr Blick aus grünen
Augen für immer bricht.

Vorspiel
New York City – sechs Wochen später,
Anfang September 2002

»Sie haben Glück, Mrs. Dickenson, die Wohnung ist erst vor
Kurzem frei geworden.« Der Vermieter schließt in diesem Moment die Wohnungstür auf, mit Stimme und Lächeln ist er schon
im Verkaufsgespräch. »Treten Sie ein – vielleicht das erste Mal
in Ihr neues Heim!« Er weist dabei mit einladender Hand durch
die geöffnete Tür in das schwach erleuchtete Apartment. Emily
Dickenson betritt skeptisch mit ihrem Sohn Paul an der Hand
die Wohnung. Erst gestern Abend hat sie mit dem Vermieter
Mr. Freeman telefoniert, ihn ohne große Erwartung kontaktiert,
bestimmt der Fünfzigste, den sie in den letzten Monaten angerufen hat. Eine für sie bezahlbare Wohnung in New York City zu
bekommen, für sich und ihre zwei Kinder, in einem einigerma-
ßen sicheren Stadtviertel und in der Nähe der Schule von Paul
und Lynn, scheint der Quadratur des Kreises zu gleichen!

Wie schon manchen Abend, nach einem langen Arbeitstag,
saß sie verzweifelt allein auf ihrem Bett in dem winzigen Zimmer, das sie als Interimslösung zur Untermiete in diesem schäbigen Haus bewohnt, bei dieser geschwätzigen Olivia Norton.
Und in dem sie mittlerweile schon zehn Monate mit ihren zwei
Kindern lebt, die – wie jeden Tag um diese Uhrzeit – neben ihr
fest schlafen. Und wie jeden Abend hat Emily Wohnungsanzei-
gen studiert und verzweifelt festgestellt, dass alles, was ihrem bescheidenen Budget als Kosmetikverkäuferin eines New Yorker
Kaufhauses entsprach, unzumutbar war. Brownsville! East Harlem! Die Bronx! Bevor sie dort hinzieht und ihre Kinder auf-
zieht, verlässt sie lieber die Stadt!

Da sah sie die Kleinanzeige von diesem Studio in East Village, direkt vom Eigentümer zu mieten, 38 Quadratmeter nur,
aber zwei Schlafzimmer! Der Mietpreis lag knapp über ihrem

Budget! Im selben Moment rief sie trotz der späten Stunde die angegebene Nummer an und verabredete sich mit einem sofort abnehmenden Mr. Freeman für eine Wohnungsbesichtigung am nächsten Tag. An dem sie nun mit Paul an der Hand das kleine Apartment betritt.

»Na, junger Mann, welches der Zimmer wird denn deines?« Freeman wendet sich jovial an Paul, irgendwie unangenehm, fast so, als streiche ihm dieser dickliche Mann dabei über den Kopf. Emily Dickenson hat den Vermieter gleich beim ersten Zusammentreffen als unsympathisch empfunden, sofort seinen tastenden Blick über ihr Kostüm und ihren Körper gleiten gespürt.

»Mein Sohn und meine Tochter werden sich ein Zimmer teilen müssen, Mr. Freeman.« Emily spricht förmlich, bewusst reserviert. »Wann wurde die Wohnung das letzte Mal renoviert, sagten Sie?« Ihr Blick fällt dabei auf die heruntergekommene Küchenzeile.

»Was erwarten Sie für diesen Mietpreis im East Village, Mrs. Dickenson? Die letzte Mieterin hat meines Wissens erst vor einem Jahr gestrichen. Das dürfen Sie selbstverständlich auch gern machen, wenn es Ihren Vorstellungen besser entspricht.« Emily ist sich unsicher, ob auch Ironie in dieser Antwort verborgen liegt.

Paul Dickenson hat sich mittlerweile von der Hand seiner Mutter gelöst, ist in das größere der beiden winzigen Schlafzimmer gegangen und schaut sich in dem nur von einem Lichtband zum Innenhof schwach beleuchteten Zimmer um. Hockt sich nieder. In diesem Loch sollen seine Schwester und er also zukünftig schlafen? Hier passen ja gerade mal zwei Betten rein. Wo sollen hier Schrank und Schreibtisch stehen? Paul blickt enttäuscht, das hat er sich anders vorgestellt.

Er lässt sich in der Hocke mit dem Rücken gegen die Wand fallen. Ja, er weiß, bei ihrem Gehalt kann seine Mutter sich kaum eine größere Wohnung leisten, das hat sie ihm oft erklärt. Und dass sein Vater nichts zahlt, wenn der denn überhaupt noch lebt.

Mehr als fünf Jahre haben sie mittlerweile nichts von ihm gehört. Sein Vater. Der seine Mutter und ihn unmittelbar nach Lynns Geburt verließ. Und den er danach nur noch sporadisch, ein-, zweimal im Jahr gesehen hat. Bis er schließlich spurlos verschwand. Irgendwo in Mexiko soll er leben, behauptet seine Mutter. Und dort hat er nicht nur sie, sondern offensichtlich auch seine Kinder vergessen.

Paul fühlt, wie Groll und Verachtung in ihm hochkommen, als er plötzlich etwas Bläuliches aus der dunklen Zimmerecke funkeln sieht, sich vorbeugt und danach greift. Eine eigentümlich schwere, blau leuchtende Kugel liegt in seiner Hand. Paul muss grinsen über seinen Fund. Angenehm fühlt es sich an, dieses hübsche Ding! Wie schmeichelnd liegt es auf der Haut.

»Als Verkäuferin in einem Kaufhaus sind Sie tätig, sagten Sie?« Der Vermieter stellt diese Frage routiniert, schätzt damit die vor ihm stehende Mietinteressentin ein.

»Ja, ich verkaufe Kosmetika, bei *Macy's*, in der Midtown South.« Emily empfindet die distanzlose Nähe des vor ihr stehenden Mannes als unangenehm.

»Einen Gehaltsnachweis benötige ich natürlich von Ihnen. Routine. Und eine Mietkaution. Das Übliche. Wie gefällt Ihnen die Wohnung auf den ersten Blick?«

Emily schaut sich in der schmalen, schwach beleuchteten Wohnküche um, die neben den zwei winzigen Schlafzimmern und dem Bad die einzige Räumlichkeit darstellt.

»Die Wohnung hat nur dieses eine Fenster? Ist das die Nordseite?«

»Sicher nicht einfach, zwei Kinder allein großzuziehen. Mit einem Verkäuferinnengehalt. Geschieden sind Sie, sagten Sie?« Freeman sieht Emily dabei unverblümt direkt in die Augen.

»Wir leben bescheiden und kommen zurecht, Mr. Freeman.«

»Selbstverständlich, verzeihen Sie meine direkte Art. Die Mieterin vor Ihnen hatte es finanziell auch nicht leicht, wissen Sie. Die war auch einmal kurzfristig arbeitslos, kam mit der Miete in Rückstand. Aber ich bin da kein Unmensch. Ich bin ihr ein wenig entgegengekommen. Und sie mir. Das Leben ist doch ein Geben und Nehmen, oder? Ich bin mir sicher, auch wir werden gut miteinander auskommen.«

Emily fühlt ein zunehmendes Unbehagen, tritt wortlos an das Fenster, schiebt den Rahmen quietschend hoch, atmet die einströmende Luft tief ein und blickt dabei auf die graue Rückfront des gegenüberliegenden, trostlosen Blocks.

»Warum ist die Wohnung eigentlich so kurzfristig verfügbar, Mr. Freeman? Ist die Vormieterin überraschend ausgezogen?« Emily steht mit dem Rücken zum Vermieter, spricht zu ihm aus dem Fenster heraus.

»Ach, das war ein tragischer Fall, Mrs. Dickenson. Sie hatte einen Unfall, wissen Sie.«

»Wie furchtbar!« Emily dreht sich zu Freeman um. »Hier im Viertel?«

»Nun ja …«, Freeman antwortet zögerlich. »Ehrlich gesagt in dieser Wohnung.«

»Hier?« Emily blickt überrascht. »Was ist passiert?«

»Sie hat … Sie ist gestürzt, ein tödlicher Unfall. Hier in der Küche. Die Polizei hat die Wohnung erst vor zehn Tagen freigegeben. Ich habe sie dann durch ein Entrümpelungsunternehmen ausräumen lassen.«

»In dieser Küche ist die Frau ums Leben gekommen?« Emily blickt Freeman ungläubig an.

»Vor sechs Wochen, Mrs. Dickenson, ja, sie ist wohl gestürzt.« Es ist dem Vermieter anzumerken, wie unwohl er sich bei diesen Worten fühlt. »Aber wir haben selbstverständlich alles gründlich reinigen lassen.« Freeman ist sich nicht sicher, ob es klug war, diesen Satz zu sagen.

»Paul!« Emily ruft nach ihrem Sohn und tritt zu ihm in das kleine Schlafzimmer. »Paul, ich glaube, wir sollten jetzt gehen. Kommst du bitte?«

Paul hat blitzschnell die Kugel hinter seinem Rücken verborgen, springt wie ertappt auf. »Natürlich, Mum. Mir gefällt die Wohnung auch nicht!« Er geht an seiner Mutter vorbei und schiebt sich dabei die Kugel heimlich in die Hosentasche.

»Vielen Dank, Mr. Freeman. Ich bin mir nicht sicher, ob diese Wohnung das Richtige für uns ist. Ich denke nochmals in Ruhe darüber nach.«

Man sieht Freemans Gesicht die Enttäuschung an. »Wie Sie wünschen, Mrs. Dickenson. Wohnungen in dieser Gegend sind sehr gefragt. Ich werde die Wohnung sicher schnell an jemand anders vermieten und kann sie Ihnen, ohne Ihnen Druck machen zu wollen, nur bis morgen Abend reservieren.« Damit klappt er sein Schreibbuch lautstark ostentativ zu.

»Vielen Dank für Ihre Mühe. Ich melde mich morgen bei Ihnen.« Emily steht mit Paul jetzt schon an der geöffneten Wohnungstür. »Ach, wie alt war sie übrigens, diese Frau, die in der Wohnung starb?«

»Dreiundzwanzig. Ausgesprochen hübsches Ding, ein Jammer.« Freeman klingt, als spräche er von einem persönlichen Verlust.

»Schrecklich, sie war nur wenige Jahre jünger als ich. Leben Sie wohl, Mr. Freeman.« Emily ist erleichtert, als sie mit Paul endlich im Treppenhaus steht. Zügig läuft sie mit ihm die Treppe hinunter, durch den mit stumpfer Farbe getünchten Eingangsbereich, rennt fast vor Paul auf die Straße, hastet ein Stück den Bürgersteig entlang. Bleibt plötzlich stehen und nimmt Paul in den Arm, der völlig überrascht und steif in der Umarmung seiner Mutter steht, während Passanten mit der dieser Stadt eigenen Teilnahmslosigkeit an ihnen vorbeieilen. Und dabei kaum bemerken, dass Emily weint.

Er habe ihre Mutter noch niemals so bitterlich weinen sehen, wird Paul später zu seiner Schwester Lynn sagen. Aber zu seinem Erstaunen spürt Paul in diesem Moment auf der Straße kein Mitgefühl, keine Trauer in sich. Vielmehr nimmt er noch immer das Gefühl der Kugel auf seiner Handfläche wahr. Denkt an das glitzernde Ding in seiner Hosentasche. Freut sich darauf, seinen Fund nachher heimlich genauer zu untersuchen. Und windet sich jetzt aus der ihm zunehmend unangenehmen Umarmung seiner Mutter.

– 6 –

13 Jahre später
Durham, Großbritannien im Januar 2015

Durch den Krankenhauseingang hastend, außer Atem, die Stirn verschwitzt, rannte Paul Dickenson direkt auf den Empfangstresen zu. »Wo finde ich Graham Yeomans?«, rief er noch im Lauf über den Tresen. »Er muss hier heute eingeliefert worden sein. Er hatte einen schweren Unfall!«

Die Dame hinter dem Tresen schaute Paul abgeklärt an. »Immer mit der Ruhe, junger Mann. Holen Sie doch erst einmal Luft. Yeomans ist der Name, sagten Sie?« Paul nickte, atmete tief durch. Sein Herz hämmerte, er spürte es wie Faustschläge in seiner Brust. Vor sieben Stunden bereits hatte er den Anruf von Lynn erhalten, als er mitten in seinem Programmierer-Meeting saß. »Onkel Gram ist schwer gestürzt, vermutlich von der hohen Leiter in seinem Laden. Verdacht auf Schädelbasisbruch. Und vermutlich ist auch die Hüfte gebrochen. Mehr weiß ich nicht. Ich bin auf dem Weg ins Krankenhaus. Es ist wohl sehr schlimm. Oh Gott, Paul, er stirbt vielleicht! Du musst kommen, schnell!« Dann hatte ihm Lynn noch den Namen des Krankenhauses zugerufen und aufgelegt. Paul fühlte sich wie von einem fliegenden Stein am Kopf getroffen.

»Paul, können Sie bitte nur noch kurz den Jungs von *Scibridge Analytics* die Algorithmus-Architektur erläutern? Das können Sie am besten! Den Rest kriegen wir für heute ohne Sie hin. Und dann verschwinden Sie, ab zu Ihrem Onkel. Nehmen Sie sich ein Taxi zum *King's Cross*, das geht schneller, die Firma zahlt natür-

36

lich!«, hatte sein Chef mit einer mehr wie ein Befehl denn eine
Bitte klingenden Stimme als Erwiderung gesagt, nachdem Paul
ihn über den Unfall seines Onkels und die Notwendigkeit seines sofortigen Aufbruchs informiert hatte. »Verflucht, immer
kommt etwas dazwischen«, hatte Pauls Vorgesetzter noch halblaut zu sich selbst sprechend hinterhergezischt.

Erst drei Stunden später saß Paul im Taxi, auf dem Weg zum
Bahnhof. Vom aus dem Londoner Bahnhof herausrollenden Zug
aus und dann nochmals beim Umsteigen in den Anschlusszug in
York hatte er Lynn angerufen. »Wo bleibst du so lange?«, hatte
sie weinend am Telefon zu ihm gesagt. »Es steht nicht gut um
Onkel Gram. Ich bin bei ihm, er ist sehr schwach.« Not und Vorwurf zugleich spürte Paul aus der Stimme seiner Schwester. »Er
will uns kurz noch mal gemeinsam sprechen, Paul. Sie wollen
ihn gleich operieren!« Lynn stellte jetzt den Lautsprecher ihres
Smartphones an.

»Paul und Lynn …«, hörte er jetzt schwach die Worte ihres
Onkels. Wie reibendes Sandpapier auf Blech klang die Stimme
in seinen Ohren. »Ich wollte noch mal eure Stimmen hören, ich
weiß nicht, ob ich das hier überstehe. Ihr zwei wart mir immer
das Wichtigste.«

»Alles wird wieder gut, Onkel Gram.« Paul sprach die Worte mechanisch, sprachlos vor Angst. »Ich bin auf dem Weg zu
dir!«

»Paul und Lynn! Versprecht mir, dass ihr immer aufeinander
aufpasst! Ihr habt jetzt nur noch euch!« Ein röchelnder Husten
war zu hören. »Und etwas muss ich euch noch sagen. Ich habe es
herausgefunden. Herausgefunden …«

In diesem Moment packte Graham Lynns Hand. Wie ein
Schlag kam sein Arm unerwartet hochgeschnellt. Lynns Smartphone stürzte durch den Stoß zu Boden.

Das Gespräch war für Paul jetzt unterbrochen, nur hektische
Stimmen, Rufe und klappernde Geräusche drangen noch zu
ihm.

»Lynn!«, krächzte Graham und zog sie mit schwacher Kraft an sich heran. »Das sage ich jetzt nur dir. Der zweite … und der dritte …« Grahams Augen flackerten plötzlich, sein Griff erschlaffte. Blitzschnell zog eine Krankenschwester Lynn beiseite und schob das Rollbett durch die Tür des Operationssaals. »Ohnmachtsanfall, schnell!«, hörte sie die Schwester noch hineinrufen.

»Er verliert das Bewusstsein, Paul, er wird jetzt in den OP geschoben. Oh Gott, Paul!« Lynn schrie hysterisch in ihr Smartphone, das sie aufgesammelt hatte. Sie hockte am Boden. Ein Zittern schüttelte ihren Leib.

»Ich bin in zwei Stunden bei dir!«, rief er als Antwort, wusste nicht, ob seine Schwester ihn noch gehört hatte, während der Anschlusszug ratternd auf dem Gleis vor ihm einlief.

»Mr. Yeomans ist bereits im Operationssaal«, sagte die Rezeptionistin am Empfangstresen jetzt nach einem Blick in den Computer zu Paul. »Sind Sie ein Angehöriger?« Sie starrte ihm direkt und mit einem Prüfblick in die Augen.

»Er ist mein Onkel«, antwortete Paul. »Ich meine, er ist viel mehr für mich. Wie ein Vater!«, hörte er sich sagen. »Wie geht es ihm?« Angstgetränkter Schweiß lief ihm von der Stirn.

»Er ist in besten Händen.« Die Worte klangen ehrlich und nicht nur gut gemeint. »Gehen Sie zur Intensivstation III, 4. Stock. Melden Sie sich bitte dort im Schwesternzimmer, gleich neben dem Wartebereich.«

Pauls Smartphone klingelte. »Lynn? Ja, ich bin schon hier im Krankenhaus. Wo bist du? Und – wie geht es Onkel Gram?«

»Er ist noch im OP, seit über zwei Stunden. Wo warst du nur so lange, Paul? Komm schnell her, ich stehe hier vor der Station III.«

Paul stürmte zum Fahrstuhl, stand Minuten später vor Lynn, sah in ihr blass-verweintes Gesicht. Und spürte bereits, noch bevor sie ihn wortlos in den Arm nahm, ein würgendes Gefühl in sich heraufkriechen. Mit dem die Angst seine Kehle packte.

»Oh Paul, ich ertrage es nicht, wenn wir ihn jetzt auch noch verlieren!« Lynn flüsterte die Worte fast.

Mehr als vier Stunden saßen sie daraufhin, meist allein, im Wartezimmer zusammen, in einer Ecke, sprachen leise unter einem grellgelben Neonlicht. Wo Lynn berichtete, Onkel Gram sei heute früh in seinem kleinen Buchladen gefunden worden. Um kurz nach neun sei ein Kunde, Gott sei es gedankt, durch die niedrige Ladentür getreten, hätte Gram gefunden, bewusstlos, mit blutverschmiertem Kopf und am Boden liegend, und den Rettungswagen gerufen. Das Krankenhaussekretariat habe Lynn dann dank Grams Notfallpass auf dem Unicampus erreicht. Seitdem sei sie hier, hätte Gram aber nur noch kurz sprechen können.

»Warum bist du nicht sofort gekommen, Paul?«, fragte Lynn ihn jetzt.

»Ich habe es versucht, aber ich war in einem wichtigen Meeting, mit Programmierern einer amerikanischen Firma, mit der wir zusammen eine algorithmenbasierte, bahnbrechende Softwarearchitektur der Zukunft entwickeln.«

»Hörst du dir eigentlich manchmal selbst zu? Was ist wichtiger, als bei seiner Familie zu sein, wenn es um Leben und Tod geht?«, erwiderte Lynn laut und fassungslos, als endlich ein Arzt das Wartezimmer betrat.

»Die Operation des Schädelbruchs war nicht einfach, wir mussten dem durch den Sturz angeschwollenen Hirn Ihres Onkels erst einmal Entlastung verschaffen. Und einen Knochensplitter am Occipitallappen entfernen. Mehr konnten wir für den Moment nicht tun. Die anderen Frakturen in seinem Körper an Hüfte und Knie wurden notversorgt.« Der Arzt sprach routiniert einfühlsam. »Und noch etwas – wir gehen davon aus, dass der Sturz Ihres Onkels durch einen Schlaganfall ausgelöst wurde. Wir haben uns aufgrund seiner Allgemeinsituation zu einer medikamentösen Behandlung entschieden. Ihr Onkel muss erst einmal stabilisiert werden. Er schläft jetzt tief, wir sind zuversichtlich, dass alles für den Moment auf gutem Wege ist.«

»Wie lebensbedrohlich ist es?« Paul brachte nicht mehr als diesen Satz heraus.

»Alles wird für Ihren Onkel getan. Vertrauen Sie uns.« Der Arzt setzte noch ein Sie-können-heute-nichts-mehr-für-ihn-tun hinzu. »Gehen Sie am besten nach Hause, ruhen Sie sich aus. Wir rufen Sie an, wenn es etwas Neues gibt.« Der übermüdete Blick des Notfallarztes verriet, dass er das Gespräch jetzt beenden wollte, da alles gesagt sei. Zumindest alles, was gegenüber verängstigten Angehörigen auszusprechen ratsam war.

Beim Verlassen des Krankenhauses legte Lynn ihren Arm fest um Paul. »Heute Nacht kannst du bei mir auf dem Sofa schlafen. Aber ab morgen solltest du dir eine Unterkunft suchen, in meinem kleinen Studio ist es einfach zu eng.« Das sagte sie wie selbstverständlich.

»Ab morgen?« Paul blickte überrascht. »Ich muss zurück nach London. Ich werde beim *Scibridge-Analytics*-Projekt dringend gebraucht!«

»Hast du es noch immer nicht begriffen? Onkel Gram ist in Lebensgefahr! Und wir müssen uns morgen um seinen Laden kümmern. Willst du mich etwa allein lassen?« Lynn fauchte wie eine bedrohte, verletzte Katze, als sie das sagte.

»Kommt jetzt schon wieder Vorwurfsgejammer?« Paul entzog sich bei diesen Worten brüsk Lynns schwesterlicher Umarmung. »Ich bin deine moralisierenden Zurechtweisungen wirklich leid, Schwesterchen!«

»Du denkst wirklich immer nur an dich!«

Es war nicht ungewöhnlich, dass die Geschwister in Streit gerieten. Ungewöhnlich war eher, dass es heute nach ihrem Zusammentreffen so lange gedauert hatte, bis das erste harte Wort zwischen ihnen fiel. Was nur mit dem Schock der dramatischen Situation um ihren Onkel erklärt werden konnte, ein Schock, der sie nun langsam aus seiner ersten, erstarrenden Umklammerung entließ. Und sie sofort nach einem ewig wiederkehrenden Muster zwischen ihnen zanken ließ. »Wie zwei Hunde kläfft ihr ständig aufeinander ein. Bist du sicher, dass ihr Geschwister seid?«, hatte Lynns beste Freundin Desna einmal kopfschüttelnd ironisch dazu bemerkt. Ein Satz, der Lynn tief getroffen hatte, sie liebte doch ihren Bruder Paul. »Wir sind halt unterschiedlich, Des!«, hatte sie ihr geantwortet. »Unterschiedlich? Das ist sehr freundlich formuliert. Ihr seid der lebende Kontrast!«, hatte Lynn lachend zur Antwort erhalten.

Die frappierende Unterschiedlichkeit der Geschwister Dickenson fiel schon jedem auf, der sie beide zusammen auf sich zukommen sah.

Paul Dickenson war blond, schlank und feingliedrig gewachsen, bewegte sich beim Gehen und Stehen aber dennoch eigentümlich steif, als stecke sein Oberkörper in einem verborgenen Korsett, das er selbst in der ihm eigenen aufrechten Sitzhaltung nicht abzulegen schien. Durch diese Eigenheit wirkte Paul immer größer, als er eigentlich war.

Was den Größenunterschied zu seiner nur um ein Jahr jüngeren, recht klein gewachsenen Schwester Lynn noch betonte. Die mit obsidianschwarzen Haaren um ihre ikonenhaften Gesichtszüge in fließenden Bewegungen wie eine schlendernde Römerin beim Gang über eine Piazza auf einen zukam. Mit einer weich schwingenden Lässigkeit, bei der ihr ganzer Körper wie ein selbstbewusstes Lächeln wirkte. Ein kurviger, opulent weiblicher Körper, den in Gesicht, Armen, Händen und Füßen eine angenehm kontrastierende Feingliedrigkeit auszeichnete. Und der in dieser femininen Wohlproportioniertheit auffallend harmonisch war.

Nicht nur optisch, nein, auch in ihrer ganzen Anmutung hätten Lynn und Paul kaum gegensätzlicher sein können. Niemand hätte sie auf den ersten Blick für Geschwister gehalten.

Nur eines hatten die so gegensätzlichen Geschwister Dickenson gemeinsam. Eine auffällige, jeden Blick anziehende Schönheit, eine stupende Attraktivität, die bei ihnen auf völlig unterschiedliche Weise daherkam, aber gleichermaßen die Blicke auf sich zog. So wie ein sattes Schwarz und ein blütenreines Weiß auf einem Schachbrett in ihrer Gegensätzlichkeit harmonisch das Auge erfreuen.

Fast weißblond waren Haar und Brauen in Pauls anziehend elegantem Gesicht. In seiner Schule in Durham wurde ihm wegen seiner körperlichen Eigenheiten daher anfangs als Spitzname *der schöne Albino* zugerufen, mit abschätzig unsicherem Gelächter, bis ein Lehrer die Mitschüler ermahnte und den Namen für den neu in die Klasse gekommenen Jungen streng verbot.

Nachdem dieser mit seinen feinen Zügen ungewöhnlich, ja irritierend schöne zehnjährige Paul aus den USA zusammen mit seiner jüngeren Schwester Lynn nach dem überraschenden Tod ihrer sie allein erziehenden Mutter aus New York zu seinem Onkel Graham Yeomans als ihrem letzten verbliebenen Verwandten nach England gekommen war.

Der Lehrer erinnerte sich noch genau, als dieser sympathische, betagte Buchhändler plötzlich in der Schule vor ihm stand, begleitet von der Schulsekretärin, die ihm als Klassenlehrer »den Erziehungsberechtigten seines neuen Schülers namens Paul« vorstellte, der ihn eben zum Unterricht an der Schule angemeldet hatte.

Das darauffolgende Gespräch war so anders verlaufen als alle sogenannten Elterngespräche davor, so dass Harry Castle diesen so verschlossenen neuen Schüler schon nach kurzer Zeit in sein Herz zu schließen begann.

Nicht wegen der seiner irritierenden Schönheit kontrastierend gegenüberstehenden Schüchternheit. Nicht wegen seiner einseitigen Hochbegabung für Mathematik, die Paul gleich im Leistungsniveau um mindestens ein Jahr über das seiner Klasse hob. Und auch nicht wegen seiner zugleich ungewöhnlich stark ausgeprägten Schreibschwäche, die ständige geduldige Nachhilfe erforderte, die Harry Castle selbst übernahm und bei der ihm die angestrengten, aber oft ergebnisarmen Bemühungen des neuen Schülers ans Herz gingen. Was Castle selbst an sich überraschte, denn eigentlich hatte er zu seinen Schülern eine zwar herzliche, aber dennoch eine bestimmte Schwelle der Nähe niemals überschreitende Distanz entwickelt.

Nein, es war diese besondere, eigenartig zurückhaltende, in sich gekehrte Art, die Castle für Paul einnahm. Und die, das musste er sich nach einiger Zeit eingestehen, fast in Zuneigung für diesen schmalen blonden Jungen mündete, der zu ihm immer höflich, aber niemals unterwürfig, sondern von der unsichtbaren Aura einer unüberwindbaren Distanz umgeben war.

Paul war im Gegensatz zu seiner Zurückhaltung aber ein Kind, das auf verblüffend naive Art direkt und ohne Scham Fragen stellen konnte, deren Hintergründigkeit für einen Menschen seines Alters überraschte. Und die auf eine überdurchschnittliche Intelligenz schließen ließ. Wobei er seine geistigen Fähigkeiten durch Fragen oder Kommentierungen meist nur erkennen ließ, wenn er dazu aufgefordert wurde oder wenn er im Unterricht an die Reihe kam, was ihn nicht nur für seine Mitschüler, sondern auch für Erwachsene, die ihn nicht kannten, verschlossen, ja scheu wirken ließ. Ein Eindruck, den seine steife Körperhaltung noch unterstrich.

Ausgangspunkt der besonderen Aufmerksamkeit, die Castle als Lehrer dem jungen Paul zugestand, war schon das erste Gespräch mit seinem Onkel gewesen, bei dem Graham Yeomans offen von seiner Not berichtete, als 48-jähriger allein lebender Mann ohne eigene Kinder und jede Erziehungserfahrung plötzlich in diese Verantwortung für zwei Heranwachsende geworfen worden zu sein. Eine Verantwortung, der er sich gern stellen wolle, nur ständig feststelle, dass er noch nicht genau wisse, wie.

Und der Harry Castle um Hilfe bat, Hilfe für Paul, den Sohn seiner deutlich jüngeren Stiefschwester Emily aus den USA, die vor Kurzem durch einen tragischen Umstand ums Leben gekommen war. Woraufhin Graham sich nach ihrem Tod sofort anerboten hatte, ihre ihm kaum bekannten Kinder zu sich nach England zu nehmen. Aus Verantwortung, aus Mitgefühl und einfach, weil er es im Angedenken seiner Stiefschwester als selbstverständlich empfand.

Das Eintreffen der noch vom Tod ihrer Mutter traumatisierten Kinder in einem ihnen bis dahin unbekannten England, mit einem für sie alten und zudem wenig vertrauten Verwandten, lag zum Zeitpunkt dieses Gespräches kaum zehn Tage zurück.

Der Buchhändler hatte die verängstigten jungen Menschen zunächst bei sich in seiner Junggesellenwohnung über seinem Buchgeschäft in der Altstadt aufgenommen und sich mit ihnen notdürftig in den vorhandenen Zimmern untergebracht. Für Lynn hatte er sein Studierzimmer und für Paul sein eigenes Schlafzimmer geräumt, damit jeder von ihnen *ein eigenes Stück England* besaß, wie Graham sich zu Castles Verwunderung ausdrückte.

Er selbst war provisorisch in sein Büro umgezogen, schlief seitdem auf seinem alten Campingbett, das er sonst nur im Sommer beim Zelten nutzte. Und hatte versucht, für die drei neu Zusammenlebenden gleich einen wie selbstverständlichen Alltag zu schaffen, indem er Frühstück, Mittagessen und Abendbrot zuzubereiten begann, mit ihrer Unterstützung zusammen das Wäschewaschen und die Wohnungsreinigung vornahm und ihnen nicht nur Durham, sondern auch in aller Ausführlichkeit seinen Buchladen zeigte.

Doch schon nach wenigen Tagen habe er sich von der neuen Situation überfordert gefühlt. Der Betrieb seines Buchladens und das Kümmern um die Kinder sei eine komplexe Doppelbelastung, mit der er erst umzugehen lernen müsse. Castle erinnerte sich noch, dass Graham Yeomans bei diesem ersten Zusammentreffen fast verwirrt vor Hilflosigkeit auf ihn gewirkt habe.

Harry Castles Bemühungen um Paul erfuhren jedoch schon nach wenigen Monaten eine Eintrübung. An jenem Tag, als er den ihm ans Herz wachsenden Jungen nach Schulschluss zufällig am Ende des von Bäumen umstellten Schulhofs entdeckt hatte.

Er hatte zunächst an eine Täuschung geglaubt, erblickte im

Schatten einer ausladenden Eiche dann aber einen am Boden hockenden Schüler, der, als er unbemerkt näher auf ihn zutrat, mit irgendetwas beschäftigt schien und dabei eine Melodie vor sich hin summte.

Als Castle schließlich hinter ihm stand, erkannte er, dass es Paul war, der ein Kätzlein vor sich auf den Sandboden hingelegt hatte, dessen Beine mit Draht paarweise zusammengebunden waren.

Das wehrlose Kätzlein schien fast bewusstlos hin und wieder japsend nach Luft zu schnappen und sich dabei mit letzter Kraft maunzend zu winden, während Paul ihm immer wieder mit seiner Kinderhand die Kehle zudrückte, das Kätzlein quälte, sich dabei an der Todesangst des hilflosen Tierchens zu ergötzen schien, ohne Mitleid, leise ein Liedchen summend.

Castle packte Paul voll Entsetzen an der Schulter, riss ihn rüde mit einem Ausruf der Abscheu aus der Hocke hoch, schüttelte ihn wütend und fuhr ihn an, ob er noch bei Sinnen sei.

Er befreite das Kätzchen, band behutsam den Draht von seinen Läufen los, bemerkte aber sogleich, dass das zu Tode erschöpfte Tier nicht mehr zu laufen vermochte, da seine kleinen Katzenbeinchen nicht nur bluteten, sondern allesamt gebrochen waren.

Der Lehrer nahm das Kätzlein vorsichtig auf, legte es schützend in seine Armbeuge, packte mit der anderen Hand grob nach Paul, der ohne jede erkennbare Regung neben ihm stand, und zog ihn hinter sich her zu seinem vor dem Schulportal parkenden Wagen. Er schubste Paul auf den Beifahrersitz und fuhr, ohne ein weiteres Wort an seinen bisherigen Lieblingsschüler zu richten, zum Tierarzt. Nachdem er dem Arzt das verletzte Kätzlein übergeben hatte, fuhr er mit Paul zu seinem Onkel und berichtete dem fassungslosen Buchhändler, was vorgefallen war. Redete heftig auf den verstockt und befremdlich teilnahmslos auf einem Sessel hockenden Paul ein, der sich schließlich zu einer wenig glaubwürdigen Entschuldigung durchrang, aber auf die Frage, warum er das arme Kätzlein denn nur gequält habe, jede Erklärung schuldig blieb und schließlich bat, sich in sein Zimmer zurückziehen zu dürfen.

Im Anschluss sagte Harry Castle dem konsternierten Graham, dass Paul bisher bei ihm niemals durch irgendetwas Vergleichbares auffällig geworden sei und er sich sein Verhalten nur mit den traumatisierenden Folgen des Todes der Mutter erklären, aber natürlich nicht entschuldigen könne. Der Lehrer redete und redete, spekulierte weiter über die die gemeine Tat auslösenden Gründe und fragte Graham, ob er an seinem Neffen bisher jemals einen Zug von Grausamkeit beobachtet hätte.

Gram antwortete nicht, wiegte nur den Kopf hin und her, war immer noch sprachlos und dachte währenddessen an jenen Moment, als er Paul beim Steinewerfen beobachtet hatte. In dem kleinen Handtuchgarten hinter dem Haus, wo er gezielt die am winterlichen Futterhäuschen von den ausgelegten Körnern angelockten Vögelchen zu treffen versuchte.

»Warum versuchst du, die kleinen Vöglein zu treffen, Paul? Sie könnten Schaden nehmen und sogar sterben«, hatte Gram ihn zur Rede gestellt. »Weil es mir gefällt«, hatte Paul zu Grams Überraschung trotzig, aber schuldbewusst geantwortet. »Tue es bitte nicht wieder, Paul«, hatte Gram ihm gesagt. »Nicht mir, sondern dir zuliebe!« Paul hatte daraufhin gegrinst und zustimmend genickt, auf eine Art, die eigentümlich immer noch Trotz in sich trug. Gram hatte dieses Bild des grinsend nickenden Pauls noch lange vor Augen gehabt.

Harry Castle hatte nach Grams Antwortlosigkeit auf seine Frage erklärt, er werde auf einen förmlichen Bericht an die Schuldirektion verzichten, da dieser Vorfall schlimme Folgen für Paul nach sich ziehen könne, bis hin zu einem Schulverweis, und sich dann verabschiedet. Gram dankte dem Lehrer und blieb überfordert zurück. Er beschloss, Paul noch mehr Aufmerksamkeit zu schenken, aber seiner Schwester Lynn nichts von der Tierquälerei zu sagen. Denn das erträgliche Maß an Verwundungen, wie

Gram aus eigenem Erleben wusste, ist gerade in Kinderseelen eng begrenzt.

Harry Castles Zuneigung zu Paul kühlte jedoch ab diesem Tag zunehmend ab. Die Distanz, die Paul von jeher um sich schuf, nahm jetzt auch vonseiten des Lehrers spürbar zu. Castle begann, anders auf Pauls unnahbares Verhalten zu blicken, nahm es nach dem Ereignis vermehrt als eine in ihm wohnende Gefühlskälte denn als Scheu wahr. Spürte sogar eine zunehmende Antipathie zu diesem Schüler in sich aufkeimen, sodass er sich, als er sie verstärkt wahrnahm, sofort selbst ermahnte, seinen bisherigen Vorzugsschüler nun keine ungerechte Benachteiligung erleiden zu lassen.

Dennoch, als Harry Castle Paul wenige Wochen danach bei einer Schülerkeilerei am Boden liegen sah, unterlegen und im Schwitzkasten eines deutlich stärkeren auf ihn einprügelnden Mitschülers, hielt er sich entgegen seinem sonstigen Verhalten zunächst für einen Moment zurück. Gönnte seinem Schüler die brutale Lektion. *Soll er doch das Gleiche spüren wie das Kätzchen,* dachte er bei sich und griff erst in die Prügelei ein, als Pauls Nase schon blutig geschlagen war und wütende Tränen über sein Gesicht liefen.

»Na, verstehen Sie jetzt, warum ich es so genossen habe?«, hatte Paul ihm kurz nach der Beendigung des Kampfes zugezischt, mit einem durchschauenden, kalt lächelnden Blick. Dieser Satz hatte den Lehrer wie ein Stich getroffen, dessen tiefe Wunde ihn noch tagelang beschäftigte.

Wie ertappt hatte er sich gefühlt, überrumpelt von der Kaltschnäuzigkeit seines Schülers, der ihn, den Pädagogen, in seinen schwarzen Gedanken erkannt hatte! Und ihm damit eine Lektion erteilte! Von nun an war Castles Verhältnis zu Paul von argwöhnischer Abneigung, aber vorsichtigem Respekt geprägt, darauf bedacht, sich keine Blöße zu geben. Der Lehrer sprach Paul nie mehr auf das grausige Ereignis mit dem gequälten Kätzlein an.

Paul Dickenson blieb seine ganze Schulzeit über bei den meisten Lehrern und Mitschülern unbeliebt, wurde für sein mathematisches Genie geachtet, doch von niemandem aufrichtig gemocht. Als er langsam zum Mann wurde, verlor sich aufgrund seiner irritierenden Schönheit jedoch das Herz der einen oder anderen Mitschülerin an ihn. Schon bald war Paul dafür berüchtigt, die Zuneigung mancher jungen Frau an der Schule oder in der Stadt auszunutzen und die sich ihm mit Hoffnung hingebenden, verliebten Mädchen nach kurzer Zeit, oft schon nach der ersten Nacht, gefühlskalt fallen zu lassen. Wenn seine Schwester Lynn ihn hierzu zur Rede stellte, reagierte er mit herablassendem Schweigen.

Lynn liebte ihren Bruder und verteidigte ihn gegen Anfeindungen, wenn sie sie mitbekam. Sie begründete sein Verhalten für sich mit dem dramatischen und frühen Verlust der Eltern. Nannte Paul offen unreif, einen Zustand, dem man zu seiner Heilung einfach nur Zeit geben müsse. Und sorgte sich dennoch über seine Vereinzelung.

Seine im Vergleich zu ihr eigentümliche Kälte in sozialen Beziehungen wunderte Lynn. Die Austauschbarkeit, mit der er Menschen, die ihm in entstehender Freundschaft oder Verliebtheit näherkamen, durchwechselte. Sie wie eine ausgelesene Tageszeitung mit dem Erscheinen einer neueren Ausgabe einfach fortwarf. So als ob er schon nach kurzer Zeit das Interesse daran verlor. Und alles gepaart mit einer hierzu oftmals in frappierendem Gegensatz stehenden Schüchternheit, zwischen der für sie manches Mal Verletzlichkeit und um Anerkennung ringende Eitelkeit aufflackerten.

»Bildschön, einseitig begabt – und kälter als jede Hundeschnauze!«, hatte eine junge Frau Paul einmal Lynn gegenüber charakterisiert, nachdem er sie fallen gelassen hatte. »Wäre er eine Frau und lebten wir im Mittelalter, hätte man ihn wahrscheinlich als Hexe verbrannt«, hatte sie zynisch hinzugefügt.

Lynn war geschockt und hatte heftig protestiert, aber eigen-

48

tümlicherweise in sich gespürt, dass in den Worten über ihren Bruder eine erschreckende Wahrheit steckte. Jenes Körnchen schonungsloser Richtigkeit nämlich, das auch sie sah, das wahrhaben zu wollen sie sich aber bisher verbot.

Lynn und Paul saßen jetzt, erschöpft vom Tag und Streit, am kleinen Tisch in Lynns winziger Studentenwohnung am Rande der Altstadt von Durham. Sie sprachen leise und ruhig miteinander. Bewerteten die Worte des Arztes. Wogen die hierin erkennbaren Chancen für die Genesung des Onkels ab. Tranken dabei Tee. Übermüdet. Und übermannt von Angst und Ratlosigkeit.

»Was meinte er bloß, als er sagte, er habe *es* herausgefunden?« Paul lag rücklings auf dem Fußboden und starrte grübelnd die Decke an. »Was *herausgefunden?*«

»Was weiß ich.« Lynn klang kraftlos und desinteressiert.

»Ich frage ihn, sobald er wieder ansprechbar ist.« Paul stand auf, um sich auf das Sofa zu legen.

Und während Lynn und Paul Dickenson sich in dem kleinen Studio nahe dem Campus der University of Durham auf Bett und Sofa schlafen legten und in ihre Decken wickelten, sprang im Schwesternzimmer der nur wenige Kilometer entfernt gelegenen Intensivstation im Krankenhaus von Durham überraschend die Alarmsirene an.

Noch während eine Schwester den Gang zu seinem Zimmer hinunterrannte, kollabierte Graham Reginald Yeomans in seinem Krankenhausbett. Und als der hastig herbeieilende Bereitschaftsarzt kaum eine Minute später die mittlerweile verzweifelt um die Stabilisierung des zusammenbrechenden Patientenkörpers kämpfende Schwester erreichte, war der einundsechzigjährige Buchhändler bereits ins Koma gefallen.

Der nun folgende Tag war wiederum voll angstvoller Aufregung
verlaufen, die bangen Stunden im Krankenhaus und die Gespräche mit den Ärzten hatten Lynn und Paul vollkommen erschöpft. Sie waren sofort am Morgen nach der überraschenden
Nachricht über Onkel Grams Koma zu ihm gefahren, durften
ihn nur durch ein Sichtfenster in seinem Intensivbett liegen sehen, hatten den Tag im Wartezimmer der Intensivstation verbracht. Und blieben dort unruhig und verzweifelt hilflos bis spät
in die Nacht.

»Ihr Onkel ist stabil, zum Koma kommt es in so einem Fall
einer Schädelfraktur leider häufig. Es wird alles für ihn getan,
aber das braucht oftmals seine Zeit.« Der junge Arzt sah sie bei
diesen Worten müde freundlich an, als er vor Lynn und Paul auf
dem Krankenhausflur stand. Auch wenn er ihnen die Genesung
von Graham heute nicht versprechen könne, bestünden sehr
gute Chancen, dass er gesund werde. Aber zu einer klaren Aussage sei es leider im Moment noch zu früh.

Lynn stand blass neben ihrem Bruder vor dem Arzt, spürte,
wie ihre Mundwinkel leicht zu zittern begannen, eine Eigenheit,
die sie oft bei übergroßer Anspannung befiel.

Der Arzt riet ihnen, nach Hause zu gehen, denn hier könnten sie zurzeit nichts für ihren Onkel tun. Er versprach, sie zu
benachrichtigen, sobald von etwas Neuem, hoffentlich einer
Besserung, zu berichten sei. »Wenn Sie Fragen haben, rufen Sie
mich gerne an.« Damit drückte er Lynn seine Visitenkarte in die
Hand. »Steve für Sie beide, bitte«, sagte er dann noch lächelnd.
»Ich kenne Ihren Onkel flüchtig aus seinem Laden. Wo ich von
Zeit zu Zeit hingehe, um mir ein Buch zu kaufen. Er ist eine beeindruckende Persönlichkeit und hat so viel Wissen, besonders
über mein Hobby, also über Schach.«

Der Umstand, dass der Arzt so freundlich über ihren Onkel
sprach, beruhigte Lynn und Paul ein wenig. Gab ihnen das Ver-

trauen, dass er sich bemühen werde, alles für die Heilung des ihm bekannten Patienten zu tun. Obwohl sie spürten, dass das eigentlich mehr ein Argument der Hoffnung war. Und aus ihrem jungen, verwundeten Leben doch eigentlich wussten, wie sehr manche Hoffnung trog und es unverändert ernst um das Leben des Onkels stand.

Nach einer angsterschöpft durchschlafenen Nacht, in deren dunklen Traumkammern ihnen manch Gespenst des Verlusts begegnete, beschlossen die Geschwister, gleich frühmorgens gemeinsam in Onkel Grams Laden zu gehen, um etwas für ihn zu tun und nach dem Rechten zu schauen. Zu prüfen, ob sie im verwaist an der Altstadtgasse liegenden Buchgeschäft helfen konnten, das seit Graham Yeomans Unfall geschlossen und verdunkelt war. Und an dessen Eingangstür in den letzten zwei Tagen schon einige ahnungslose Kunden gerüttelt hatten und verwundert über die Schließung wieder gegangen waren, nachdem sie zu ihrer Überraschung den hastig im Schaufenster ausgehängten Zettel gelesen hatten, auf dem nur »Vorübergehend geschlossen« stand.

Paul hatte in seiner Firma in London angerufen und wegen des Notfalls eine Woche Urlaub erbeten, der ihm von seinem Chef gewährt wurde. Er hatte ihm aber auch einen Satz zugerufen, der Paul seitdem im Kopf herumging: »Wir stehen mit dem *Scibridge-Analytics*-Projekt enorm unter Zeitdruck, Paul, wir zählen auf dich!« Um dann noch Genesungswünsche für den Onkel hinterherzumurmeln, sodass Paul aus der Reihenfolge der Erwähnung schon die Prioritäten des Chefs erahnen konnte und den Druck spürte, der für ihn in diesen Worten verborgen lag.

Die Geschwister standen im Buchgeschäft, schoben die Jalousien hoch und schalteten die Lichter an. Beide liebten die Atmosphäre in dem kleinen Laden, der so anders war als alle Geschäfte in dieser kleinen Stadt und in dem sie so oft nach der Schule oder am Sonnabend beim Onkel gewesen waren. Dem Laden, der ihnen nach dem verstörenden Tod ihrer Mutter und dem Fortgang von New York zu einem Zufluchtsort geworden war. Wie eine warme, beschützende Hütte im finsteren Wald eines sie umringenden gefährlichen Lebens, in der sie Vertrauen und Liebe von ihrem Onkel erfuhren. Der sie hier spielen ließ, während er seine Kunden bediente. Der immer herzlich mit ihnen war, auch wenn er gerade für sein Buchgeschäft am Schreibtisch saß, geduldig ihre Fragen beantwortete, ihnen stets zugewandt war, an diesem gemäß den Worten eines Nachbarn so *orientalischen Ort*, der ihnen viel mehr wurde als ihre Kinderzimmer in der darüberliegenden Wohnung.

Ja, *orientalisch* war das richtige Wort, das für Lynn und Paul den Laden des Onkels am besten beschrieb! Denn Graham Yeomans Laden war kein gewöhnliches Buchgeschäft, obwohl sich auf hölzernen Regalen Bücher bis unter die Decke reihten. Eher wies schon das große, schön gearbeitete Schachbrett, das inmitten des Ladens auf einem flachen Tisch stand, auf die Besonderheit der hier angebotenen Bücher hin. Wobei der Eindruck noch mehr von den zahlreichen indischen Skulpturen und *Sheesham*-Möbeln bestimmt wurde, was der stets in indische Kleider gewandete Ladenbesitzer nur noch unterstrich. Den man häufig lächelnd im Lotossitz vor dem Schachbrett am Boden oder auf dem Verkaufstresen beim Lesen eines Buches antraf, wenn man den Laden betrat.

Weshalb manche Klassenkameraden anfangs vermuteten, Paul und Lynn seien mit ihrem Vater Graham aus Indien nach Durham gekommen. Schließlich würden bei ihnen zum Essen auch nur exotische indische Gerichte gekocht, wurde von den Mitschülern behauptet. Was zwar wegen Grahams Liebe zur indischen Küche tatsächlich häufig vorkam, oft aber bereitete er auch deftige Yorkshire-Gerichte in der Küche über dem Laden für das Abendessen der dreiköpfigen Familie zu.

In diesem indisch anmutenden Schachbuchgeschäft mitten in der Altstadt von Durham standen die Geschwister jetzt. Doch

heute war ihnen anders ums Herz als in ihrer Kindheit und Jugend, denn es fehlte ihnen das Wichtigste hier: Es fehlten Seele
und Vertrauen, es fehlte Onkel Gram.

»Lass uns schnell die Post durchschauen und den Anrufbeantworter abhören«, sagte Lynn, die noch bis heute, während
ihres Studiums, hin und wieder in dem kleinen Laden aushalf,
wenn es ihre Zeit erlaubte. Und die sich daher auch besser mit
den üblichen Abläufen des Buchgeschäfts auskannte als ihr seit
Jahren nicht mehr in Durham lebender Bruder.

»Könntest du einmal in Onkel Grams Computer den E-Mail-
eingang checken? Sein Passwort ist LÄUFERSPIEL«, fügte sie noch
hinzu und nahm die Briefe aus der Postbox an der Eingangstür.

Paul nickte und ging langsam durch den Laden zu dem kleinen, am Ende des Verkaufsraums liegenden Büro, in dem der
Onkel oft abends an seinem rajasthanischen Sekretär saß. Meistens mit einer Kanne Tee auf dem Tischchen, die Beine in dicke
Wolldecken gehüllt.

Die Luft stand stickig in dem kleinen Raum, als Paul ihn betrat. Er öffnete das schmale, auf den Innenhof blickende Fenster
und schaltete die Schreibtischlampe an. Tisch und Fußboden
waren übersät von Büchern und Schriftstücken. Auf der Schreib-
tischplatte lag eine dicke, aufgeschlagene Akte, die in eine alter-
tümliche Ledermappe eingeschlagen war.

Pauls Blick streifte durch den Raum, der von der kreativen
Ordnung seines Onkels wie von Büchern und Akten dekoriert
aussah. Eine Ordnung, in der Onkel Graham sich zum Erstaunen aller immer trittsicher zurechtfand, mit einem Griff das von
ihm gesuchte Buch oder Schriftstück aus einer Schublade oder
von einem Regalbrett hervorzog und dabei niemals zu suchen
schien. »Er weiß von jedem Buch, wo genau es in seinem Laden
steht!«, hatte Lynn ihren staunenden Freundinnen oft erzählt.
»Und ich denke, er weiß nicht nur, *wo*! Er weiß auch, *was* in
jedem seiner Bücher steht.«

Onkel Gram war ein wandelndes Schachlexikon, kannte fast jedes irgendwann veröffentlichte Schachbuch und nahezu alle darin abgedruckten Partien.

Paul setzte sich an den Schreibtisch, um den Computer seines Onkels zu starten. Dabei fiel sein Blick auf das vor ihm aufgeschlagene Schriftstück. *Streng vertraulich / Classified* stand dort mittig auf vergilbtem Papier in einer altertümlichen Schreibmaschinenschrift. Paul strich verwundert über das ungewöhnliche Dokument.

»An was hat Gram denn in letzter Zeit gearbeitet, Lynn, weißt du das?«, rief er seiner Schwester durch die Tür zu.

»Keine Ahnung, ich weiß nur, dass er in letzter Zeit viel gearbeitet hat, oft bis spät in die Nacht«, rief sie zurück. »Ich habe ihm gesagt, dass er es bitte nicht übertreiben möge. Aber du kennst ihn ja. Wenn er von etwas besessen ist, liest er fast ohne Unterbrechung und gönnt sich kaum Schlaf. Warum fragst du?«

»Komm doch mal her! Ich frage mich, was das hier ist.«

Kurz danach fanden die Geschwister vor Grams Schreibtisch zusammen. Lynn stand hinter ihrem sitzenden Bruder und beugte sich über seine Schulter vor, schaute genau wie er verwundert auf das vor ihnen auf dem Tisch liegende Schriftstück.

Paul hatte die erste Seite umgeblättert und las nun laut, was dort vor ihren Augen stand:

Bericht über Untersuchungen in Sachen ungeklärter Ereignisse in Zusammenhang mit einer Kugel auf dem Gebiet des British Empire in Indien.
Erstellt für das Hauptquartier des Geheimdienstes Ihrer Majestät Queen Victoria of Great Britain and Ireland and Empress of India, London,

von William R. Pinney, Senior Secrecy Agent, Außenstelle Delhi, 27. August 1899

»Was bedeutet das?«, fragte Lynn überrascht.

»Ein alter Geheimdienstbericht, wie es scheint. Aber was hat er bei Onkel Gram zu suchen? Der Bericht ist über hundert Jahre alt!«

»Aus Indien, Paul, der Bericht ist in Delhi verfasst! Onkel Gram kauft seit Jahren aus Antiquariaten alte Bücher und Dokumente aus Indien ein. Auf der ganzen Welt sucht er danach. Ich habe ihn gerade kürzlich gefragt, ob er denn nicht langsam genug Bücher zusammenhabe. ›Nicht, solange ich noch Fragen habe‹, hat er daraufhin lächelnd zu mir gesagt. Du kennst ja seine Art. Aber warte mal, was heißt das in diesem Text, *ungeklärte Ereignisse? In Zusammenhang mit einer Kugel*?«

»Klingt geheimnisvoll«, sagte Paul und rückte das Licht der Schreibtischlampe näher an sich heran. »Aber gleich werden wir es wissen!« Und blätterte die nächste Seite zum Weiterlesen um.

– 8 –
Die Erzählung von Graham (I)

Graham Yeomans hatte in seinem Leben nur Leidenschaft für zwei Dinge entwickelt – für Bücher und für Schach. Und da dies so war, hatte er in der ihm in allen Dingen eigenen Konsequenz aus diesem Umstand nicht nur für sich eine gemeinsame, miteinander verknüpfte Passion geschaffen, sondern sie gleichzeitig auch zu seinem Beruf gemacht.

Schon mit Mitte zwanzig eröffnete Graham dank der Erbschaft seiner Mutter ein Buchgeschäft, das aufgrund des Themas der überwiegenden Anzahl der von ihm angebotenen Bücher im Eigentlichen ein Schachbuchgeschäft war. Und das schon bald weit über die Grenzen der kleinen Universitätsstadt Durham hinaus bei Anhängern des königlichen Spiels Bekanntheit erlangte, weil Graham nicht nur längst vergriffene Schachbücher aus aller Welt vorrätig hielt, sondern zum Inhalt der meisten auch kenntnisreich Auskunft geben konnte. So, als hätte er die gesamte Schachliteratur akribisch durchgelesen, wirklich erstaunlich bei seinem damals doch noch recht jungen Alter, wie manch einer fand.

So kam es, dass nicht nur ambitionierte Amateure Kontakt mit Graham aufnahmen, Freizeitspieler mit Ehrgeiz und Anspruch für die Verbesserung ihres Spiels. Nein, selbst Meisterspieler kamen zunehmend in sein Geschäft, auf der Suche nach bisher wenig bekannten, nahezu unbemerkt veröffentlichten Partien oder zu Büchern über seltene Eröffnungen, Mittelspielvarianten oder Schachstrategien. Mitunter baten sie ihn sogar um Diskretion, kamen auch am Abend oder sonntags allein, außerhalb seiner sonstigen Öffnungszeit. Bald kamen auch Briefe aus dem Ausland, nicht nur vom europäischen Kontinent, nein, auch aus Russland, Indien, Japan und den USA.

Graham hatte schon früh verstanden, dass Schach mehr ist als ein Strategiespiel auf Basis von Analyse, Wahrscheinlichkeitsrechnung und Gedächtnisleistung. Das Schachspiel ist genauso ein Kampf zweier Spieler mit gewaltfreien Mitteln. Ein Kräftemessen nicht nur mit Figuren, sondern auch mit der Psyche. Der Kraft des Willens. Und mit dem Vermögen der Fantasie.

So begann er, sein Buchsortiment zu erweitern, und beschäftigte sich mit Psychologie, Evolutionsbiologie und Philosophie. Ging auf das Feld der Medizin über, sprach mit Neurologen und Hirnforschern. Suchte Kontakt zu Kybernetikern und Mathematikern. Zuletzt sogar mit Sportwissenschaftlern. Erweiterte schließlich seinen Buchladen um Fachliteratur zum Verständnis dieser Wissensgebiete. Ermöglichte seinen Kunden hiermit bisher unbekannte Einblicke in die Kunst des erfolgreichen Schachspiels. Beriet sie diskret, als teile er ein Geheimwissen. Und als erhielten nur sie seine Kenntnisse. Einsichten, die ihre Spielführung stärkten. Sie befähigten, wovon sie träumten – einer Beherrschung ihrer Gegner. In fehlerfreien, siegreichen Partien.

Schach hieß für Graham die Beherrschung der Kunst, sicher

zu erkennen und vorausschauend zu denken. Sein Gehirn dabei nicht nur in Richtung des Blicks auf die Stellung, sondern auch auf das Verhalten des Gegners zu lenken. Und so mit Beobachtung, Verstand und Sinnen gleichzeitig zu spielen. Dabei nicht nur das eigene Ziel in der Partie zu verfolgen, sondern auch mögliche Reaktionen des Gegenübers vorauszusehen. Sich hierfür in den Gegenspieler hineinzuversetzen und zu versuchen, sein Denken zu beeinflussen, ihn zu Fehlern zu verleiten, ihn zu steuern. Alles nur mit der Macht der eigenen Gedanken – und der Bewegung von sechzehn eigenen Figuren auf einem nur von vierundsechzig Feldern bedeckten Brett.

»Schach ist der Machtkampf zweier Menschen Gedanken«, pflegte Graham seinen Kunden oft zu sagen. »Ob man am Ende gewinnt oder verliert, liegt dabei allein im Kopf von einem selbst.«

So kam es, dass Graham sich in seinem späteren Leben niemals wirklich einsam vorkam. Denn er hatte seinen Schachbuchladen, seine Kunden, seine ständige Ansprache und Anerkennung. Auch manche Freundschaft entstand daraus. Aber das Gefühl, nicht allein zu sein, war es leider ganz und gar nicht, womit Graham aufgewachsen war.

Denn eine Familie war Graham Yeomans kaum geblieben – nur seine deutlich jüngere Stiefschwester Emily lebte noch. Weit weg von Durham, in den USA. Wohin sein Vater nach der Trennung von seiner Mutter ausgewandert war. Die sich kurz darauf das Leben nahm. Weil sie ihr neues Leben nicht ertrug.

Den Moment, als ihn die Nachricht vom Tod seiner Mutter ereilte, würde Graham nicht vergessen. Es war der Tag nach der sechsten Partie von Bobby Fischer gegen Boris Spasski bei der Schachweltmeisterschaft 1972 in Reykjavik. Wo Fischer als Herausforderer den russischen Weltmeister so genial überwältigte. Selbst Spasski applaudierte seinem Gegner zum Sieg in dieser Partie. Die Graham an diesem Abend gerade studierte und auf seinem Brett nachspielte, einfach begeistert von Fischers zwanzigstem Zug. Und dabei die Zeit vergaß, weshalb ihm gar nicht auffiel, dass seine Mutter noch immer nicht von der Arbeit zurückgekehrt war. Seine Mutter, für die er als damals Achtzehnjähriger sowieso nur noch Verachtung im Herzen trug.

Da klingelte es plötzlich. Die Polizei stand vor der Wohnungstür, fragte, ob er der Sohn von Frau Margaret Yeomans sei, über deren Tod ihn der Beamte, vom Überbringen der Nachricht sichtlich überfordert, informierte. Und von der Brücke sprach, von der sie wohl heruntergesprungen sei, seine Mutter. Auf die Autobahn, bei laufendem Verkehr. Graham hielt bei den Worten des Polizisten die Schachseite der Tageszeitung noch in der Hand.

Seit jenem Julitag, an dem seine Mutter sich das Leben genommen hatte, lebte Graham allein in der Wohnung im kleinen Stadthaus seiner Eltern, am Rande der Altstadt von Durham. Dieses schmale Haus, in dem sich außer der Wohnung im ersten Stock nur ein verpachteter Schneiderladen im Erdgeschoss befand, aus dem oft bis spät in die Abendzeit das Geräusch einer Nähmaschine durch Grahams offenes Kinderzimmerfenster an sein Ohr ratterte. Wie eine vertraute Musik, in sein kleines Schlafzimmer hinein, das direkt über dem Laden an der Gassenseite lag, in das nur zur Mittagszeit ein wenig Sonnenlicht den Weg durch das Erkerfenster fand.

Dieses kleine Altstadthaus erbte Graham nach dem Tod der Mutter. Die Miete des Schneiders floss jetzt an ihn. Graham lebte zunächst weiter wie bisher – so zumindest sah es für alle nach außen hin aus. Die seltenen Besucher in seiner Wohnung bemerkten in den Räumen keinerlei Veränderung. Bei genauem Hinsehen fiel nur der Abschiedsbrief von Margaret auf der Anrichte auf, sorgsam neben ihrem Foto und einer stets frischen Blume aufgestellt. Wie ein kleiner Altar sah das alte Möbel hierbei aus.

Drei Monate später schon schloss Graham seine Buchhändlerlehre ab, kündigte zur Überraschung seines Chefs sofort am nächsten Tag, sperrte tags darauf seine Wohnung zu und brach nach Amerika auf. Zum Besuch seines Vaters – fast ein Jahr hatte er ihn nicht gesehen. Sein Vater Chris, der mit der Begründung der großen Entfernung aus den USA nicht zur Beerdigung seiner Mutter nach Durham gekommen war. Und seinen Sohn allein am Grab der Mutter stehen ließ, was Graham nicht nur verwirrte, sondern auch bitter enttäuschte.

Sein Vater, den er die meiste Zeit seiner Kindheit und Jugend kaum gesehen hatte. Denn er fuhr zur See. Erst als Offizier bei der britischen Marine, und gleich nach seiner Entlassung heuerte er bei einer amerikanischen Passagierschifflinie an. Fuhr dann von Southampton nach New York und zurück, im Liniendienst. Und zwischendurch auch mal nach Rio de Janeiro, nach Brasilien.

Grahams Vater war ständig unterwegs. Immer *an Bord von Schiffen mit dem Namen Flucht*, wie seine Mutter oft verbittert gesagt hatte – und dann leise hinzugefügt: »Und das schon solange ich ihn kenne.« Wie ein Mantra sprach sie diese Worte, mit leerem Blick, und strich Graham oft dabei sanft lächelnd über seinen Kopf.

Graham verstand nie, warum sein Vater ihm nicht nah sein wollte – und was ihn hinaustrieb auf die weite See. Er hatte als Kind oft, wenn Chris fort war, von ihm geträumt und ihm anfangs auch viel geschrieben, mit seiner runden, noch unbeholfenen Schrift. Doch als Antworten kamen nur vereinzelt Postkarten – und was darauf stand, war kurz und knapp. Die Bilder zeigten Graham exotische Ferne, doch wonach er sich sehnte, das zeigten sie nicht.

Wenn der Vater heimkam, war es wie ein Besuch. Graham war voller Erwartung, doch auch starr vor Respekt. Fast scheu im ersten Moment, wenn der Vater kam. Der Vater sprach wenig, die gemeinsamen Mahlzeiten verliefen meist in steifer Stille, voller Schweigen am Esstisch. Eine Umarmung des Vaters war selten, dann kalt und flüchtig, kaum einmal saß Graham als

Kind auf des Vaters Schoß. Und als er heranwuchs, wurde diese Körperlichkeit noch spärlicher. Der Vater fragte Graham selten etwas, wenn, dann in steifen Worten nach der Schule, und erzählte nur manchmal vom Leben auf dem Schiff oder auf der hohen See. Dabei war der Vater beim Sprechen stets ernsthaft, irgendwie verschlossen. Selten huschte ein Lächeln über sein Gesicht.

Die einzigen Momente, bei denen Graham das Interesse des Vaters an sich spürte, waren, wenn Chris sein Schachbrett aus dem Stubenschrank nahm und Graham das Schachspielen beibrachte, mit ihm über Züge und Strategien sprach. Was bei Graham dazu führte, dass er Schach intensiv zu studieren begann, in der Abwesenheit des Vaters übte, sogar in den Schachclub seiner Schule eintrat. Damit er mit dem Vater spielen konnte, wenn er wiederkam. Ihn beeindrucken und dabei ein wenig Anerkennung von ihm zu spüren erhoffte. Und dem Vater durch das Schachspiel einfach einen Moment nahe war.

So entwickelte sich eine Beziehung, ein Interesse aneinander, über das Ziehen der Figuren beim königlichen Spiel. Das Graham schließlich mit dem Vater während dessen Abwesenheit in Fernschachpartien zu erweitern versuchte. Alle paar Tage schickte er ihm einen Brief mit einem Zug und erhielt dann die Antwort des Vaters per Post zurück, mal abgestempelt in Southampton, in Rio, Miami oder New York.

Am Anfang war der Vater im Vorteil, einfach zu gut war für Graham die Stärke seines Spiels. Doch allmählich wurden die Kämpfe ausgeglichener. Graham erinnerte sich noch stolz an seinen ersten Sieg – als er der Mutter den kurzen Brief des Vaters zeigte. Mit wenig Zeilen der Anerkennung über den Partiegewinn und auch mit etwas Lob. Er erinnerte sich noch, dass seine Mutter weinte, als sie ihn in den Arm nahm, in diesem in Grahams Erinnerung einzigartigen Moment.

Wenn der Vater zu Hause war, wurde zwischen den Eltern oft gestritten, hinter verschlossener Tür, doch Graham bekam es meistens mit. Oft war das Gesicht der Mutter am nächsten Morgen verheult und verzweifelt ihr Blick für den Rest vom Tag. Dann trank sie Gin und nahm Tabletten, auch noch Tage danach, wenn der Vater längst wieder fort war. Graham fand manchmal leere Schachteln eines Beruhigungsmittels im Mülleimer im Bad.

Worüber sie stritten, blieb Graham unbekannt. Die Eltern wollen etwas verbergen, hatte er zunehmend das Gefühl. Wenn er die Mutter fragte, wich sie sofort aus.

Die Wahrheit kam für Graham wie ein Schiffbruch, wie die Fahrt auf ein unerwartetes Riff, an dem sein bisheriges Leben zerschellte und versank an einem einzigen Tag. Am Mittag vor seinem achtzehnten Geburtstag erschien sein Vater, unangekündigt stand er plötzlich in der Tür. Ging erst zur Mutter, kam dann zu Graham, zitterte seltsam.

Er müsse mit ihm sprechen, denn er sei nicht sein Vater. Der Satz traf Graham wie ein Schlag in sein Gesicht. Jetzt, wo er achtzehn werde, müsse er es ihm endlich sagen. Bis jetzt zu warten, hatte er seiner Mutter zugesagt.

»Du bist das Kind eines unbekannten Vaters!« Chris stand vor Graham in der Stube, als er diesen Satz mit schmalen Lippen aussprach. »Deine Mutter trieb sich rum, während ich auf See war, traf damals Männer in irgendwelchen Bars. Ich weiß nicht, wie viele, schon gar nicht, wie oft, und will es nicht wissen. Wie eine Metze warf sie sich anderen an den Hals. In irgendeinem Hotelzimmer wurde sie dann von zwei dieser Typen angeblich vergewaltigt, über mehrere Stunden, wohl fast die ganze Nacht. Sie sagt, die hätten ihre Trunkenheit ausgenutzt, vielleicht sogar vorher was in ihr Getränk getan. Was weiß ich, was wahr ist? Und ob das alles stimmt? Hinterher hätten die Männer sie vor die Tür gesetzt und ihr zum Abschied Geldscheine in den Mantel gestopft.«

Der Vater stand vor Graham mit großem Abstand, mit einer Distanz, wie man bei Furcht vor jemandem steht. Die Mutter habe sich geschämt, fuhr er dann leise fort, wollte erst zur Polizei gehen, ging aber in Wahrheit nie hin. Nicht mal beim Arzt sei sie gewesen! Fast empört klang der Vater bei diesem Satz.

Margaret habe ihm bis zu seiner Rückkehr alles verheimlicht, damals, vor fast neunzehn Jahren, als er sehr lange auf See gewesen sei. Bei der britischen Marine, auf einem Zerstörer, Typenklasse 42, mit ihm erst runter bis zu den Falklands, über 6800 Seemeilen, mit nur einem Zwischenstopp! Dann über den Südatlantik bis vor die südafrikanische Küste. Vorbei an Madagaskar. Bis Mombasa, dann Mogadishu. Nach Karachi durch die Arabische See. Graham hörte seiner Aufzählung völlig entgeistert zu. Er hörte noch von Bombay, von Ceylon und den Andamanen. Und von einem Hafen namens Malakka. Was hatte das in diesem Moment mit ihm und mit seinem Schock zu tun?

Fast sechs Monate dauerte des Vaters Reise, jede Woche schrieb er Margaret einen Brief. Oft steckte er mehrere Schreiben gleichzeitig in einen Briefkasten im nächsten Hafen. Ihre Antworten kamen spärlich, waren kurz und enthielten kaum ein wärmendes Wort.

Als der Vater zurückkam, war Margaret schwanger, im vierten Monat schon. Sie gestand es unter Tränen, sprach von ihrem Missbrauch, aber erst schamvoll am dritten Tag. Eine Abtreibung, sagte sie ihm, sei ausgeschlossen, das käme für sie als Katholikin niemals in Betracht!

Der Vater war erst schockiert, schließlich wütend und verzweifelt. Drängte sie zur Abtreibung. Forderte sie auf, zur Polizei zu gehen. Gab ihr die Schuld und schalt sie eine Schlampe. Stieß Verwünschungen gegen die Vergewaltiger aus. Stritt viel mit ihr und machte ihr Vorwürfe. Drohte ihr mit Scheidung zwei-, dreimal. Zertrümmerte betrunken einen Spiegel und ihr lieb gewordene Vasen. Heulte danach reumütig, an der Seele blutend, wie ein getretener, verachteter Hund.

»Deine Mutter wollte dich behalten, um jeden Preis. Ob ich das wollte, wurde ich von ihr nicht mehr gefragt«, sagte der Vater mit gepresster Stimme. »Und für eine Abtreibung war es sowieso schon zu spät.«

»Ich weiß, dich trifft natürlich keine Schuld, Junge«, hatte der Vater zu Graham gesagt. »Aber ich will ehrlich mit dir sein, ich habe dich nicht gewollt.« Die Worte stachen wie glühende Eisen in Grahams wehrloses Herz. »Und unsere Ehe …«, hier brach der Vater ab. »Ich verlasse deine Mutter, Graham. Endlich. Ich halte es einfach nicht mehr mit ihr aus.« Fast flüsternd sprach Chris den letzten Satz.

»Was hast du gegen mich?«, entfuhr es Graham verzweifelt. Tränen liefen über sein wundes Gesicht.

»Es tut mir leid, Graham. Ich kann es dir nicht einmal erklären. Es sind wohl die Gedanken, die Bilder, wie eingebrannt in meinem Kopf.«

»Was für Gedanken?« Graham weinte jetzt ohne Hemmung. »Ich bin dein Sohn!« Fast bettelnd klang es.

Der Vater schwieg, wusste nichts zu sagen, stand wie versteinert und atmete schwer. »Du bist jetzt alt genug. Lebe dein Leben. Ich gehe fort und schicke dir meine Adresse, sobald ich sie weiß.«

»Ich brauche dich jetzt!«, schrie Graham vor Schmerzen und trat dabei heulend auf den Vater zu.

»Ich kann nicht«, sagte der Vater ermattet, mit einem eigentümlich zitternden Mund.

Am nächsten Tag, es war Grahams achtzehnter Geburtstag, reiste der Vater schon frühmorgens ab. Graham kam zum Abschied nicht aus seinem Zimmer. Er fand später eine in Geschenkpapier eingeschlagene Schachtel von seinem Vater auf der Kommode vor. In der Schachtel war das Schachspiel des Vaters, aus dem Stubenschrank genommen und sorgsam eingepackt. Und ein altes Schachbuch, schon abgestoßen. Wohl in Indien gedruckt. Irgendeine Widmung stand darin.

Graham ging den Rest der Woche nicht zur Arbeit. Seine Lehrfirma rief mehrfach bei Margaret an. Wegen einer Krankheit könne er nicht kommen, log die Mutter müde, wie teilnahmslos für ihn ins Telefon.

Graham kam zum Essen nicht mehr an den Küchentisch, ließ seine Mutter einfach nur noch allein. Reagierte nicht auf ihr Klopfen an seiner Tür. Hörte laut Musik, spielte in seinem Zimmer meist nur Schach mit sich selbst. Vertrieb mit den Läufern seine Gedanken. Scheuchte die Gefühle mit den Türmen fort. Bedrängte böse Träume mit seinen Springern. Drängte auf seine Wut mit Bauern ein.

Doch seine Gefühle ließen nicht mit sich wie Figuren spielen, die Worte des Vaters gärten in ihm nach. Aus diffuser Wut wurde Verachtung. Hieraus gefror ihm eiskalt der Hass. Gegen den Vater und gegen die Mutter. Betrogen und verstoßen fühlte er sich. Und Zynismus, ihm sonst fremd, beherrschte seine Gedanken und tat ihm jetzt gut.

Nach einer Woche ging Graham zur Mutter, fragte sie kalt: »Warum hast du es mir nie gesagt?«

»Vielleicht weil ich dich liebe«, war Margarets seltsame Antwort.

»Was wird jetzt?«, fragte Graham zynisch und schaute sie voller Verachtung böse an.

Die Mutter schüttelte nur weinend den Kopf. So lebten sie weiter zusammen, manchen Monat noch. Der Vater schrieb einen Brief aus New York. Wie versprochen nannte er ihnen seine neue Adresse. Eine Antwort erhielt er darauf von Graham nicht.

Margaret trank viel, nahm immer mehr Tabletten. Graham bekam es jetzt direkt und täglich mit. Er ging wieder zur Arbeit, sprach kaum mit der Mutter. Ließ sie allein in ihrer Verzweiflung und Scham. Aß immer allein und las in Schachbüchern, spielte die Partien am Abend im Zimmer nach. Ein paar Mal versuchte Margaret, mit ihm zu reden. Doch wenn sie anfing, ließ er sie wortlos stehen.

Graham war nur noch in der Buchhandlung, bei seiner Arbeit, und auf seinem Zimmer, grüßte die Mutter nicht mehr. So ging es lange, bis zu jenem Tag im Juli, als abends die Polizei mit der Todesnachricht seiner Mutter vor der Wohnungstür stand. Graham war verstört im Herzen. Plagte sich mit Schuldgefühlen, Trauer und brennender Wut. Hoffte bis zu Margarets Begräbnis auf das Kommen des Vaters, beschloss, ihn zu besuchen, als der feige nicht erschien. Graham wollte mit ihm reden, fühlte sich verloren, vom Leben verstoßen und unsagbar allein. Graham begann, sich zu hassen. Das bisher gegen seine Eltern gekochte Gift bahnte sich jetzt auch gegen ihn selbst rücksichtslos seinen Weg.

Graham hielt das alles nicht mehr aus. *Es muss etwas passieren,* beschloss er einsam für sich. Nach dem Ende seiner Lehre kündigte er in der Buchhandlung. Es war seit Langem sein erstes gutes Gefühl. Er kaufte sich noch am selben Tag ein Flugticket, bestieg am übernächsten Morgen in London ein Flugzeug, flog nach New York. Nur einen Rucksack hatte er bei sich, mit ein wenig Kleidung, seinem Schachspiel, ein paar Büchern, einem Foto der Mutter. Und ihrem letzten Brief.

Er traf seinen Vater an einem verhangenen Herbstmorgen in New York. Er hatte den Vater vorher angerufen, sein Kommen angekündigt. Ihm gesagt: »Du brauchst mich nicht am Flughafen abzuholen.« Und noch ein »Ich komme direkt zu dir« wie einen kurzen Befehl angefügt.

Die Begegnung war quälend, Grahams Fragen steckten wie ihr Gespräch bald hilflos zwischen ihnen fest. Der Vater blickte ratlos, die Worte kamen bleischwer, nur brockenweise aus seinem Mund. Er konnte kaum erklären. Nahm Grahams Vorwürfe wie Schläge ohne Deckung wehrlos hin. Sprach von den ihn seit Jahren quälenden Gedanken. Bot Graham schließlich Essen und Übernachtung an. Doch Graham lehnte ohne Dank ab.

Beim Abschied am Abend standen Sohn und Vater ratlos miteinander da, die Tür schon offen, das untergehende Sonnenlicht übergoss sie wie Trübmilch, strahlte auf sie blass und fahl.

»Was willst du jetzt machen?« Der Vater fragte mutlos, fast flüsternd, ohne Ton.

»Ich schaue nur noch nach vorne, auf das Stück Weg, das unmittelbar vor mir liegt.«

»Und wo wird dich das hinführen?«

Graham zuckte mit den Schultern, stieg mit seinem Rucksack wortlos die Treppe des Apartmenthauses hinab. Er trat auf die Straße. Was hatte er eigentlich erwartet, was sich von diesem Wiedersehen erhofft?

Er stieg in die Subway, suchte sich ein preiswertes Hostel für die nächste einsame Nacht. Blieb noch ein paar Tage in New York, besichtigte ohne Neugier die für ihn anonyme Stadt. Und rief seinen Vater nicht mehr an.

Graham trampte quer durch Amerika, bis San Francisco, schloss sich dort einer Gruppe Gleichaltriger an. Ließ seine Haare lang wachsen, trug nur Jeans und T-Shirts, wohnte für kleines Geld in einer Kommune mit einer bunt lackierten Hütte, gebaut aus Latten und Treibholz, unweit der Bay. Er protestierte mit anderen gegen den Vietnamkrieg. Rauchte auch mal Gras und fand keinen Gefallen daran.

Er jobbte überall im Hafen, schleppte mal an der Pier, mal in Lagerhäusern, wie ein Kuli gegen Geld. Spielte oft Schach mit Fremden in einem öffentlichen Park, erweiterte sein Wissen, war bald ein respektierter Spieler an diesem Ort. Er hing jetzt nachts in Hippiebars ab, trug eine Halskette mit einem Friedenssymbol, stach sich selbst ein Tattoo. Schlief bald das erste Mal mit einer Frau, in einer Frühlingsnacht am weichen Strand. Sie nannte sich Rainbow, ging meist barfuß, war drei Jahre älter, wohnte in einer Kommune in der Nähe und hatte hennarotes Haar, das sie nur mit Meerwasser wusch. Sie war hübsch, sie nahm Drogen und wusste am Tag nach ihrer ersten Nacht seinen Namen nicht mehr, bat ihn eine Woche später um etwas Geld für LSD.

Grahams Herz war wund, und er schnitt sich seine Haare kurz. Er entdeckte neue Musik, hörte Songs von Carly Simon. Kaufte sich eine Platte von Joni Mitchell. War begeistert von James Taylor und Jethro Tull. Und hörte in dieser Zeit in Kalifornien immer wieder von Indien. Von einem neuen Leben dort, in freier Gemeinschaft, von wundersamen Orten, voll Frieden und freier Natürlichkeit.

Und wie viele so schwärmten, da wurde Graham etwas klar, erkannte er plötzlich, was er wollte, verstand für sich im Leben seinen nächsten Schritt. Er zog das Buch aus seinem Koffer, das Schachbuch, das er von seinem Vater zum Geburtstag bekommen hatte. Es war 1925 gedruckt, hatte einen abgestoßenen, edlen Einband und hieß einfach nur *Manual of chess*.

Graham hatte es schon mehrfach durchgearbeitet, aber das war nicht der Grund, warum er es jetzt zur Hand nahm. Vorn im Buch stand eine handschriftliche Widmung, das fiel ihm in diesem Moment wieder ein: *Gewaltlos im Denken, friedfertig im Handeln, siegreich im Spiel,* Udaipur, India, August 1929.

Graham strich vorsichtig über die rätselhafte Widmung. Schon etwas verblasst war die schwungvolle Schrift. Auch er wollte jetzt nach Indien, das genau wusste er jetzt! Aber er wollte nicht nach Goa, nicht nach Nepal, suchte keinen Ashram, keine freie Liebe und keine Meditation. Graham träumte von dem Land, wo das Schachspiel einst entstand, von dem Volk, das es so liebte, sein bewundertes, königliches Spiel. Und das es überall praktizierte, auf Straßen und Gassen, in Bars und schattigen Parks, zu Hause und in Schulen, auf dem Land und in der Stadt, und das immer wieder geniale Schachspieler und Großmeister gebar!

Er rief seinen Vater an, um sich zu verabschieden. Es war nach seinem Besuch bei ihm vor neun Monaten der erste Kontakt. Das Gespräch war sachlich und hölzern, der Verlauf ohne ein weitherziges Wort. Woher er das Schachbuch habe, wollte Graham vom Vater wissen. Er habe es damals auf seiner Schiffsreise gekauft, war die Antwort. Bei der Marine, 1954. In einem indischen Antiquariat. Vor Grahams Geburt.

Was es mit der Widmung auf sich habe, wollte Graham wissen. Ach, die! Nein, das wisse er nicht, antwortete der Vater desinteressiert. Er habe das Buch halt gebraucht gekauft. Recht preiswert sei es gewesen, damals. Der Vater wünschte ihm viel Glück für Indien, bat darum, dass er sich melde, irgendwann, wenn es mal passe. Genau so werde er es halten, erwiderte Graham, wünschte ihm nichts, doch zum Abschied entfuhr ihm als letztes Grußwort an seinen Vater ein kurzes Lebewohl.

– 9 –

Die Erzählung von Graham (II):
Graham in Indien – 1973 bis 1976

Graham fand eine Passage nach COLCATTA, auf einem angegrauten Frachter. Vollgestopft mit verbrauchten Maschinen, Schrott und aussortierten Kleidern war das alternde Schiff. Er schuftete auf ihm als ein Niemand für alles, mehr als sieben Wochen an Bord, achtlos behandelt und meist unter Deck. Die Verpflegung war wie der Zustand von Schiff und Mannschaft, vergammelt und vom Leben ausgespuckt, im Kern bereits verrottet, alles roch wie schlechter Atem.

Sie erreichten nach mehreren Wochen den Golf von Bengalen, legten schließlich längs einer verdreckten Mole voll Schrott und verspaktem Gerümpel am Ende des Hafens zum Entladen an. Der Kapitän verweigerte Graham die halbe Heuer, begründete seinen Betrug dreist mit angeblich schlechter Arbeit, log ihn hinterhältig an und lachte noch frech dabei. Graham reagierte mit Verachtung und stahl sich mit seinem Rucksack noch in der ersten Nacht grußlos von Bord.

Sieben Jahre blieb Graham ab dem Jahr 1973 in Indien. Er lernte viel über das Schachspiel, noch mehr über das Leben und am meisten über sich selbst. Jobbte erst einmal bei einem bengalischen Konditor, dessen köstliche Auslage ihn in einem Schaufenster wie Magie anzog. Erfuhr viel über pistazige ROSOGOLLA und dass der Name der zuckersüßen MONOHARA übersetzt »Der mein Herz stahl« hieß. Liebte die CHAM CHAM, egal ob morgens, mittags oder abends. Wurde schließlich ein Kenner für alle Variationen der milchig-zuckrigen bengalischen SONDESH. Arbeitete viel und lernte leidlich Bengali. Spielte Schach in Gassen, spät jeden Abend, bei Lampenlicht und oft bis tief in die Nacht. Graham spielte mit Hindus, Sikhs, Jaina und Moslems. Ein gleichaltriger Bahai wurde ihm am Brett zum gleichwertigen Gegner und im Leben zum Freund.

Nach einem Jahr zog er über Wochen weiter entlang des Ganges, gegen den Strom, bis hinauf nach Varanasi, der heiligen Stadt des Gottes *Shiva*. Dem Ort des Sterbens und des Todes. Beobachtete die Hindus beim Verbrennen der Leichen. Die Luft stank nach verbrannten Knochen und duftete nach Sandelholz. Seine Mutter kam ihm mit Wehmut in den vom schlechten Gewissen und von gärender Wut verhärteten Sinn.

Graham lernte von Hindu-Mönchen über die Wanderung der Seelen und über ihre Erlösung aus dem ewigen Kreislauf der Wiedergeburt. Hörte von ihnen verwundert über die göttliche Kraft BRAHMAN, die außerhalb der Wahrnehmung seiner Sinne Weltkörper und Kosmos fließend durchdringt. Erfuhr vom ewig unwandelbaren Selbst, seinem seelengleichen ATMAN, lernte, dass man sein schöpferisches Wirken durch Konzentration entfachen kann.

Er war erstaunt über die gläubige Demut der hageren Mönche. Badete mit ihnen im heiligen Ganges, tauchte mit nacktem Oberkörper tief in die Göttin GANGA ein, stand zwischen ihnen und anderen Gläubigen im Fluss. War nur noch Mensch, war genau wie sie und spürte sich dabei doch ganz anders. Empfand sich in diesem Moment ungefestigt, fließend, wie eine der auf dem Wasser um ihn willenlos treibenden Blüten. Wurde dabei wärmend angestrahlt vom Hibiskuslicht des Sonnenaufgangs.

Philosophierte mit einem asketischen SADHU über den Weg der Entsagung, erfuhr von ihm für ihn neue Gedanken über die Kraft der Versenkung. Und dass Wahrheit auch außerhalb des

Verstandes in der Intuition eines Menschen liegen kann. Rauchte mit ihm dabei Haschisch, erlebte schillernde Halluzinationen. Dankte ihm für die Erfahrung, beschloss jedoch für sich von nun an, dass nur der wache Gedanke den Verstand umarmen kann.

Erfuhr am nächsten Tag von einem ehrwürdigen SWAMI vom YOGA SUTRA, hörte von der Vereinigung mit der göttlichen Intelligenz, von der Erfahrung des Zustands seines Geistes nur in Stille und ohne jeden Gedanken als Ziel und Quelle menschlicher Kraft.

Hörte das erste Mal von YAMA, den fünf ewigen Pflichten. Lernte in den nächsten Monaten die Stärkung von Geist und Körper durch die Kunst des Atmens im PRANAYAMA. Der Kräftigung seines Körpers durch Einüben der Posen des ASANA. Und seines Geistes mit der Kraft der Meditation.

Eines Tages litt Graham an fröstelnder Gelbsucht, lag mit hohem Fieber lange in einem Ashram zur Genesung, zugedeckt mit dicken Tüchern, umsorgt von lächelnden Helfern, die ihn fütterten mit aufmunterndem Wort. Jeden Tag sprach einer von ihnen für Graham leise zwei Gebete. Graham erlebte, dass entgegengebrachte Hilfe sich wie Liebe anfühlen kann.

Jetzt spürte Graham sich anders, fuhr Monate später mit dem Zug in Richtung Süden, blieb länger in NAGPUR, lernte von MARATHI-BUDDHISTEN über Gleichheit und Mitgefühl und übte sich mit ihnen weiter in Meditation. Lernte viel über Toleranz und das Leben als Leiden. Pflückte zum Geldverdienst Orangen bei Bauern, auf Plantagen am Rande der Stadt. Stürzte dort von einer Leiter, auf einen Felsstein, mit Kopf und Hüfte. Dachte das erste Mal über den eigenen Tod und die Begrenzung des Daseins nach.

Zog von dort weiter bis zur südöstlichen Küste, arbeitete mehrere Monate in einer Buchhandlung in der Altstadt von CHENNAI, wo er zwei seltene indische Schachbücher erwarb – und ihr für ihn neues Wissen. Spielte in seiner Freizeit das königliche Spiel so oft er konnte. Verliebte sich still in die Tochter des Buchhändlers, ihr Name war Sadhana, ihre Stimme schmeichelte sanft wie Seide, berührte ihn wie Streicheln die Haut. Sie war bereits für die Ehe versprochen, einem Mann ihrer Kaste, aus dem Stadtteil nebenan. Graham gestand ihr nie die sein Herz erschütternden Gefühle, litt viele Wochen. Wünschte ihr als Gast ihrer Hochzeit Glück, Liebe und vor allem viel Frieden. Seine gesamte Ersparnis gab er für ihr Hochzeitsgeschenk aus.

Graham zog schließlich weiter, um vieles reicher, ernährte sich ab jetzt nur noch fleischlos, hatte neue Erfahrungen und Bücher in seinem ihn wie eine Gefährtin begleitenden Gepäck. Arbeitete jetzt bei Bienenzüchtern in den blauen Bergen, in den hohen NILGIRIS VON TAMIL NADU. Lernte von den Imkern Respekt für Menschen, Natur und Bienen. Dankte ihnen für die Erfahrung über die Süßgeschmäcker des Honigs. Über die Kraft der Geduld. Und über die Liebe zum Schmerzgefühl des Stichs.

Wanderte über immergrüne Grasebenen und auf Pfaden durch schattige Bergwälder. Schlief des Nachts draußen und lauschte dem Gesang der Bäume, verstand die Bedeutung ihrer Lieder aber trotz allen Bemühens nicht. Streifte durch Unterholz, verdöste die Mittagssonne auf schattiger Lichtung, beobachtete eine Königskobra mit ihren Jungen im Nest.

Pflückte später Tee auf steilen Plantagen. Lernte hier viel über Arbeit bei Hitze, das Lachen der Armen und die Zitrusfrische des frühmorgens gezupften Blatts. Spielte Schach so manchen Abend, kommunizierte herzlich mit seinen Gegnern, deren fremde Sprachen er oft kaum verstand.

Erntete schließlich schwarzen Pfeffer in Kerala von an Bäumen hochkriechenden Sträuchern. Bekam schwielige Hände. Brachte sich selbst unter Anleitung eines Pflückers das Nasenflötenspiel bei. Kaufte sich eine Flöte aus dunkelbraunem Palisander, spielte von da an für sich leise in der schwülwarmen Nacht. War oft sonnenverbrannt, kleidete sich inzwischen wie ein Inder, trug seine Haare geflochten unter einem Tuch. Lernte dort einen

Gewürzhändler kennen, arbeitete für ihn fast ein Jahr in Kochi, erst in seinem Lagerhaus und dann im Kontor.

In dieser Zeit lernte Graham viel über das südindische Kochen. Erwarb sich nebenher Kenntnisse über die Menschen, radebrechte mit ihnen bald in MALAYALAM, HINDI oder BENGALI, man war über sein Sprachtalent erstaunt. Er spielte Schach, wo immer er konnte, egal, mit wem und wann und wo es sich ergab. Ihn interessierten weder Kasten, Geschlechter noch Alter oder Religionen, keine Namen oder ob reich oder arm. War jemand bedürftig, so gab Graham oder teilte, was er an Essen oder Geld bei sich führte. Bedankte sich stets nach dem Spiel und ging in Gedanken, oft lächelnd erfüllt, nach Haus.

Graham lernte nicht nur kochen, sondern dabei auch die Geheimnisse der Gewürze, ihre wärmende, betörende und heilende Kraft. Erlernte das Wunder der Verbindung ihrer Geschmäcker. Und dass ein Einüben des Riechens und Schmeckens, genau wie das Üben des Hörens für die Klänge der Musik, erst das Glück des vollen Genusses zu erleben erlaubt.

Er lernte die Scharfschärfen der Chilis, die Fruchtschärfe der Tamarinde, die Mildschärfe des Senfkorns und die aromatischen Schärfen der Zubereitungen des Pfefferkorns.

Verstand, dass beim Kochen die richtige Reihenfolge des Einsatzes der Gewürze für den Genuss genauso entscheidend ist wie die richtige Reihenfolge der Züge für den Erfolg bei einer Partie Schach.

Die größte Liebe entdeckte Graham aber für das frische Zimtholz. Er kaute es, wenn er konnte, gern am Tage, aber nicht öfter als zweimal. Denn, das verstand er, der Genuss braucht, wie die Liebe, für den Höhepunkt das richtige Maß.

Es war an einem Morgen, als der Gewürzhändler Graham auf der Fahrt zum Gewürzmarkt in KOCHI beiseitenahm. Er sagte ihm, Menschen müssten aufeinander achten und dass ihm etwas an ihm aufgefallen sei.

»Du bist mir in der Zeit unserer Zusammenarbeit ans Herz

gewachsen, Graham. Darum werde ich dich fortschicken, denn du bist auf der Suche. Und du wirst bei mir nicht das finden, was du zu ergründen trachtest. Hier!« Er drückte ihm ein Elfenbeinschächtelchen in die Hand. »Hierin befindet sich die Adresse eines Mannes, der dir all deine Frage beantworten kann. Auch über das Schachspiel! Er lebt hoch im Norden, in einer Stadt in Rajasthan. Er ist alt. Sehr alt, Graham. Und das Geld für deine Bahnreise und deinen Lohn für deine bisherige Arbeit findest du auch in dem Schächtelchen.« Der Gewürzhändler lächelte. »Fahr bitte gleich morgen. Und danke, dass wir uns begegnet sind. Du wirst mir in meinen guten Gedanken immer in Erinnerung bleiben. Und somit auch immer ein bisschen hier bei mir sein, in meinem diesmaligen Leben.«

Graham fuhr gleich am nächsten Tag mit dem Zug in Richtung Norden, hinauf nach Rajasthan. Zum Abschied gab ihm der Händler ein Säckchen seiner geliebten Zimtbaumrinde für die weitere Reise noch liebevoll in die Hand. Die Reise würde anregend sein, doch nichts im Vergleich zu dem, was ihn erwartete. Und Graham fühlte sich gut dabei, das erste Mal seit Jahren. *Fast so,* dachte er, *als ob ich schwebe, irgendwo zwischen dem verblassenden Schmerz der Vergangenheit und dem aufsteigenden Hoffnungsschimmer meiner Zukunft.*

– 10 –
Die Erzählung von Graham (III):
Graham in Udaipur 1976 –
und noch drei weitere Jahre in Indien

Abu war wirklich schon alt, alt wie ein knorriger Kampferbaum mit seiner verwitterten Rinde, die so gefurcht war wie Abus knittrige Haut. Abu war eigentlich nicht sein richtiger Name, aber keiner kannte ihn anders. Für alle war er nur der *alte Abu –* der mit seinem winzigen Laden, dort in der kleinen beschatteten

Gasse der Altstadt, gleich hinter dem Nordtor von UDAIPURS Stadtpalast. Er hatte noch gedient unter dem letzten MAHARANA, zur Zeit der Herrschaft der britischen Besatzer, zur ZEIT DES RAJ – es war doch eigentlich noch gar nicht so lange her. Und hatte für den Maharana die Korrespondenz geführt, als sein Sekretär, in vielen Sprachen – auch in Englisch, der Sprache, die mit diesen Briten nach Rajasthan kam.

»Er rinnt wirklich lange durch die Sanduhr, der Sand meines diesmaligen Lebens«, dachte Abu sich oft. »Wie lange genau, verehrter Abu?«, wurde er von den Kindern der Gasse so manches Mal gefragt, die gern in seinen engen Laden kamen. »Das wissen nur die Bäume«, antwortete er ihnen stets mit sanfter Stimme und einem Lächeln und öffnete ihnen dann vorsichtig, während er an seinem flachen Tisch auf dem Boden hockte, die kleine Elfenbeinschachtel, die auf dem Bänkchen gleich danebenstand. Er forderte sie auf, doch ein KALAKAND daraus zu nehmen, eines dieser süßzuckrigen Küchlein mit krachenden Mandeln und mildem Limonenduft.

»Genießt das Glück des Moments und strebt nach dem Glück der Ewigkeit«, pflegte Abu bei dieser Gelegenheit augenzwinkernd zu sagen, während die Kinderhände vorsichtig in die Schachtel griffen, die niemals leer zu werden schien, obwohl die Kleinen jeden Tag aufs Neue bei Abu erschienen.

Die Schachtel sei bestimmt verzaubert, wurde daher unter den Kindern schon lange in der Gasse gesagt. Und Abu sei bestimmt über tausend Jahre alt, ja, vielleicht auch viel älter, flüsterten sie dann ehrfürchtig dazu. Denn die Kinder der Gasse liebten ihn, ihren alten Abu, der so ganz anders war als alle anderen Menschen, die sie kannten.

Und auch die Erwachsenen liebten ihn, die zu ihm kamen und ihn einen Brief zu schreiben baten oder eine Einladung zu einer Hochzeit zu verfassen oder eine Nachricht über eine glückliche Geburt, manches Mal auch über einen Trauerfall für sie zu schreiben. Oder ihnen ein in dieser oder in anderer Angelegenheit erhaltenes Schriftstück vorzulesen. Immer dann eben, wenn etwas zu schreiben oder zu lesen war, was vielen von Abus Kunden doch so schwerfiel – woher sollten sie es auch wissen.

Abu schloss gerade seinen Laden auf, wie immer frühmorgens schon, mit dem Sonnenaufgang kurz nach sechs. Schlaf, nein, den brauchte er nicht viel, meist vier Stunden reichten ihm täglich aus. Was ihm mehr Zeit für das Lesen ließ nach der getanen Arbeit des Tages. Und zum Schreiben, und ja, auch mehr Zeit für das Studium des Schachs.

Heute würde ein besonderer Tag, Abu war freudig aufgeregt. Denn ein neuer Schüler kam zu ihm! Sein letzter, wann war das noch gewesen? Es schien ihm unendlich lange her. *Aber, was ist schon Zeit im ewigen Kosmos ohne Anfang und ohne Ende, im Kreislauf der Wanderung der Seele durch den Ozean von Leben, Tod und Wiedergeburt,* dachte Abu lächelnd für sich, öffnete den Mangoholz-Schrank, nahm ein großes Schachbrett heraus, stellte es behutsam auf den niedrigen Tisch in der Ladenmitte ab und hockte sich im Lotossitz davor. Atmete tief durch, schloss die Augen und begann zu spielen. Spielte nur mit seinen Gedanken, zog jetzt in seinem Kopf die Figuren, Zug um Zug. War mit sich im Frieden, gerade zog die Sonne fahlgelb über den Dächern des Stadtpalastes auf.

Er wird es ihn lehren, das Spielen, und damit das Leben, worauf es ankam, dazu. Denn Jaspal, der Gewürzhändler aus Kochi, hatte ihm geschrieben, einige Wochen war es schon her. Und ihn gebeten, einen Schüler aufzunehmen, der auf der Suche sei, unerfahren, aber begabt. Der verstehen wolle, aber niemanden habe, der ihm beim Finden seines Weges helfe.

»Er bringt eine Schachtel mit, als Zeichen«, schrieb der Gewürzhändler dazu. »Als Bezahlung und als Geschenk.«

Abu hatte sich gefreut und gegrübelt. *Ich erhalte einen neuen Schüler, wie ist das wunderbar. Einen jungen Menschen, der verstehen will. Eine junge Seele voller Fragen, auf der Suche nach Antworten, nach dem richtigen Weg.*

Aber im Leben gibt es nicht für alles eine Antwort – nur gewaltfreies Denken. Und damit das Einschlagen des richtigen Wegs. Würde er das verstehen?

Abu spielte jetzt weiter, spielte Schach in seinem Kopf, mit seinen Gedanken, machte gerade den nächsten Zug und bot sich selbst Schach! Und wer ihn so sitzen sah, dachte, er würde meditieren. Doch das war ja ganz und gar nicht wahr.

In diesem Moment klopfte es an seine geöffnet stehende Ladentür, und eine Stimme rief höflich seinen Namen. Abu öffnete die Augen und sah Graham vor sich stehen.

Graham blieb ein Jahr in Udaipur, beim alten Abu. Lernte von ihm viel, weit mehr, als er sich je erträumt hatte. Doch Abu war nicht nur sein Schachlehrer, der ihm viel zeigte von seinem endlosen Wissen über Analyse und Strategie. Abu lehrte ihn neben Schachzügen auch das Beherrschen seiner Gedanken. Zeigte ihm, dass hierin im Schach wie im Leben die Kraft für Glück und Frieden verborgen lag.

Spielte mit ihm nur noch ohne Figuren. Mit geschlossenen Augen hockten sie voreinander, vor seinem leeren Brett, riefen sich die Züge zu und sprachen sonst kein Wort. Das ging über Stunden, bei mancher Partie über den ganzen Tag. Dabei wurde nicht getrunken noch gegessen, nicht aufgestanden und sich nicht bewegt. Nach jeder Partie die Züge zergliedert, die Schwächen besprochen, das bessere Spiel memorisiert.

Abu lehrte Graham so vieles, ihm sprang beim Zuhören fast der Kopf. Er zeigte Graham, dass nicht nur böses Denken, sondern auch böses Sprechen und böses Handeln sich dem Menschen im Leben verbot.

»Denkst du nie etwas Böses, Abu? Trägst du niemals Groll oder Hass gegen jemanden in dir?«

»Nein, das Übel beginnt mit bösen Gedanken, Graham, hierin allein liegt die Ursache allen Unglücks dieser Welt. Für einen selbst und für das eigene Karma. Und für noch alle anderen Menschen dazu.« Abu sprach dann zu ihm davon, dass in der Askese vom bösen Denken der Anfang des Friedens, des Guten und der glückseligen Erlösung für den Menschen verborgen liege.

»Beherrsche deine Gedanken, Graham. Denke nichts Böses, dann sprichst du auch nichts Böses und wirst niemals böse handeln. Gewaltlosigkeit im Denken ist der Schlüssel zu allem.«

»Auch im Schachspiel?«, wollte Graham wissen.

»Aber ja, auch im Schachspiel. Doch vergiss nie, es ist nur ein Spiel! Aber es lehrt dich das Beherrschen deiner Gedanken. Und damit deiner selbst. Und nur so wirst du im Schach auch siegen, das kommt dann einfach, glaub es mir, von ganz allein.«

»Gewaltlos im Denken, friedfertig im Handeln, siegreich im Spiel«, zitierte Graham plötzlich und zeigte Abu die Widmung in seinem vom Vater erhaltenen Schachbuch.

»Sehr wahr«, lächelte Abu und erkannte seine eigene Handschrift. Mit der er einem seiner Schüler vor langer Zeit eine Widmung in dieses Buch geschrieben hatte. Mein Gott, war das schon lange her! Doch Abu sagte Graham nichts davon, offenbarte nicht, dass diese Schrift von seiner Hand stammte. Und dachte nach über dieses seltsame Zeichen. *Jai Jinendra!* Abu war gläubiger Jain.

Eines Tages nahm Abu Graham beiseite. »Heute, Graham, sprechen wir nicht über Schach. Heute sprechen wir über Verantwortung. Und darüber, warum es wichtig ist, dass man ein Geheimnis bewahrt.«

»Ist gewaltlos im Denken, Sprechen und Handeln zu sein, nicht schon meine Verantwortung? Hast du mich das nicht bereits gelehrt!«

»Du verstehst schnell, Graham. Aber leider ist nicht alle Welt so, wie du weißt.«

»Ist die Welt also böse?«

»Nein, das Böse gibt es nur, wo es Menschen gibt. Doch auch das Gute.«

»Was ist das Gute, Abu?«

»Es ist das Leben in Frieden und der Momente des Mit-sich-

77

zufrieden-Seins. Es ist das Leben in Verantwortung. Wir nennen es Glück.«

»Warum leben wir nicht alle so?«

»Weil es im Menschen Kräfte gibt, die dem entgegenstehen. Es sind unsere Begierden.«

»Kann man Begierden beherrschen, Abu?«

»Beherrsche deine Begierden. Begehren in Maßen ist gut und die Pforte zum Genuss. Aber vermeide die Gier. Besonders, wenn sie dir im Gewand der Gier nach Macht, nach Reichtum oder nach Anerkennung begegnet.«

»Wie begehre ich in Maßen, wie genieße ich ohne Gier?«

»Beginne mit dem Beherrschen deiner Gedanken, dann deiner Worte und schließlich deiner Taten.«

»Was hindert uns daran, diese Verantwortung für uns selbst zu übernehmen?«

»Das ist das Geheimnis in uns Menschen. Komm, ich will dir etwas zeigen.« Und mit diesen Worten ging Abu hinter den Tresen in seinem Laden, schob, wie von Geisterkräften gestärkt, die hölzerne Theke beiseite und zeigte auf eine Bodenluke. Nachdem er sie geöffnet und mit einem schmalen Schlüssel das darunterliegende Eisentürchen aufgeschlossen hatte, griff er in das Tresorfach und entnahm ihm ein Kästchen, aus Elfenbein und mit Bändern fest verschnürt.

»Es ist nicht leer, darum halte ich es verschlossen.« Abu blickte ernst, als er es sagte.

»Was ist darin? Und warum bewahrst du es verborgen auf, in einem Tresor?«

»Schau es nur an, du bist so weit.« Abu entflocht die Bänder, machte behutsam den Deckel auf.

»Eine Kugel?« Graham war erregt, als er das sagte. Blickte auf das blau schimmernde Ding in der kleinen Schachtel. Fast leuchtend sah die Kugel vor ihm aus.

Abu begann zu sprechen, kraftvoll zu erzählen. Was er zu sagen hatte, dauerte bis tief in die Nacht.

Am nächsten Morgen, wach von Worten, nahm Abu Graham sanft in den Arm. Es war die erste Berührung des alten Mannes. Das erste Mal in ihrer Zeit, dass er ihn spürte. Das erste Mal in ihrer Zeit, dass er nicht nur seinen Geist, sondern seinen Körper wahrnahm.

Und Graham erkannte, dass diese Umarmung mit einer Absicht geschah – als Ausdruck des nahenden Abschieds.

Abu nahm die verschnürte Elfenbeinschachtel, legte sie Graham behutsam in die Hand. »Du hast jetzt verstanden, was es mit dieser Kugel auf sich hat. Nimm sie und gehe in die Berge, gehe zum heiligen Mount Abu. In meine Heimat. Ziehe dich dorthin zurück. Übe das Beherrschen deiner bösen Gedanken. Und beherrsche so die Kugel, sonst beherrscht die Kugel dich.«

»Ist das nicht gefährlich, Abu? Was passiert, wenn ich nicht stark genug bin?«

»Wenn dein Wille nicht stark genug ist, nur gut zu denken, nur gut zu sprechen und nur gut zu handeln, wirst du das Glück deines Lebens nicht ausschöpfen können. Und andere Lebewesen werden unter deinem Handeln leiden.«

»Ist das nicht zu viel verlangt für ein Menschenleben?«

»Warum? Warum erwartest du, Glück zu erhalten, wenn du nicht auch bereit bist, Glück zu geben? Woher nimmst du dir dieses Recht, mehr zu verlangen als andere?«

»Ich habe Furcht zu versagen, Abu.«

»Fürchte nichts, das zu vermeiden du selbst in der Hand hältst.«

»Und wenn es mir gelingt, wenn ich es schaffe, meine bösen Gedanken zu beherrschen, was tue ich dann? Und was mache ich dann mit der Kugel?«

»Dann bist du bereit für dein weiteres Leben. In Frieden. Und in Zufriedenheit. Gehe dann, wohin auch immer es dich zieht. Beherrsche deine Gedanken. Und bewache die Kugel, damit sie kein Unheil anstiftet. Werde zufrieden, bejahe dein Leben, sei darin verantwortungsvoll und lebe es wohl.«

»Werden wir uns wiedersehen?«, fragt Graham zum Abschied.

»Immer. Wenn du an mich denkst.«

Graham schnürte schon am nächsten Tag sein Gepäck zusammen. Was er mitnahm, war nicht viel. Es waren die Kleider, die er am Leibe trug, seine Bücher und ein Schachbrett ohne Figuren. Die Schachtel mit der Kugel steckte er tief in den Rucksack hinein. Seine Palisanderflöte legte er behutsam dazu. Zuletzt legte er ein Beutelchen mit Zimtstangen darauf. »Ein kleines Laster braucht jeder Mensch«, sagte Abu dazu schmunzelnd.

Mit dem Knotenstock stand er in der Tür, es war sein Abschiedsgeschenk. Abu lächelte beim Überreichen an Graham stolz, als wäre es ein Stab aus Gold.

Die Trennung geschah wortlos. Wie jedes Fortgehen ohne Gewissheit des Wiedersehens war es zwischen einander Gewogenen auch ein kleiner Tod.

Graham wanderte zu Fuß zum MOUNT ABU – es waren nur hundertachtzig Kilometer, über zwanzig davon lief er mühelos jeden Tag. Sein Gepäck wog leicht auf seinen Schultern, der Knotenstock gab ihm Halt und seinen Schritten einen wiegenden Takt. In Gedanken war er im Moment, spürte in der Bewegung einen wärmenden Rhythmus, fühlte sich dabei frei, begriff, dass er zufrieden mit sich war, in diesem Tun.

Ein Ziel vor Augen, schritt er auf seinem Weg und war nun voll Ruhe. Wollte nichts anderes. Verstand, dass er zu einem anderen geworden war, in seiner Zeit in diesem Indien. Wusste aber, dass noch eine letzte Steigung vor ihm lag, die er nehmen musste, hinauf, den letzten Gipfel erklimmen, das allerletzte Stück auf die Spitze des Mount Abu. Ins DORF DILWARA. Wo eines der Tempelheiligtümer der Jaina stand. In dessen Nähe er sich eine Höhle suchen würde, wie eine Mönchsklause, abgeschieden, allein, aber nicht einsam, und nur für sich.

Aber nicht, um zu beten, nicht, um ein höheres Wesen, einen gütigen Gott oder einen mystischen Kosmos zu verehren, war er gekommen. Nichts hatte seine Absicht mit irgendeiner Religion zu tun! Nicht dem Glauben der Jaina in diesem Dilwara oder dem der Hindus im benachbarten Bergort Abu, nicht dem der Moslems oder der BRAHMA KUMARIS, nicht dem der Sihks, der Buddhisten oder Christen an diesem Berg galt sein Ziel. Nur zur Beherrschung seiner Gedanken und damit seiner selbst war er gekommen. Im Gepäck jene Schachtel, elfenbeinfarben und verschnürt, mit der Kugel darin.

Graham fand eine Höhle, dunkel und kühl, nur wenige Quadratmeter steinigen Bodens war sie groß. Von hier aus brach er jeden Morgen auf, vor Sonnenaufgang, lief zehn Kilometer hinauf zum Guru Shikhar, dem höchsten Gipfel hier in Rajasthan. Oben angekommen, öffnete er die Schachtel, betrachtete die Kugel, schloss die Schachtel wieder fest zu. Stieg wieder den Berg herab, kontrollierte seine Gedanken, versuchte sich im bösen Denken, freute sich, dass es ihm einfach nicht gelang. Bat um eine Schale Reis und heißen Tee unten am Tempel. Dankte mit Stille. Ging dann in seine Höhle und spielte in seinen Gedanken Schach in der Nacht.

Stieg am nächsten Morgen wieder zum GURU SHIKHAR hinauf, tat es so von nun an wochenlang. Wurde immer mutiger, nahm die Kugel schließlich sogar, auf dem Gipfel angekommen, behutsam in die Hand. Dachte an Vater und Mutter, spürte keine Scham und keinen Hass mehr in sich. Sieben Monate blieb Graham – oder war es doch ein Jahr? Schnürte eines Morgens seinen Rucksack, schritt ruhig am *Dilwara-Tempel* vorbei. Verabschiedete sich in Gedanken von allen, die er auf seinem Weg durch Indien getroffen hatte, die mit ihm gesprochen, gelacht und gegessen, ihn ignoriert oder ihm geholfen, die ihn betrogen oder gelehrt, die ihn bei Krankheit gepflegt, ihn geachtet und ihn mit Freundschaft beschenkt hatten.

Graham ging in Richtung Norden, in Richtung Küste, Schritt für Schritt fort vom Mount Abu. Übernachtete in einem Wald, lag weich auf Blättern. Das erste Mal eine Nacht im Freien, eine

Nacht auf sanftem Boden seit langer Zeit. Und er lauschte dem Gesang der Bäume, doch ganz anders war es dieses Mal! Er verstand nun ihre Stimmen, begriff, was jeder von ihnen sprach. Und er hörte nun auch das Flüstern der Steine, erkannte das Summen der Gräser und deutete die Rufe der Purpurreiher hoch oben am Himmel in der blauklaren Luft.

Graham spürte sich gereinigt, befreit von Wut und Verachtung, wie abgewaschen war beim Denken an die Eltern die verstörende Erinnerung und jeder Groll.

Er erreichte beim GOLF VON KHAMBHAT schließlich die Küste, stand auf einer Anhöhe, blickte in der Abendsonne auf SABARMATI und NARMADA, auf MAHI und TAPTI, auf die vier heiligen Ströme, auf ihr feuerrot spiegelndes Wasser, das sich kraftvoll in die Arabische See ergoss. Wie Sperma der Götter, dachte Graham bewundernd bei diesem Anblick bei sich. Als befruchteten *Shiva* und *Ganga* mit ihren Flüssen Land und Meer. Als füllten sie den Schoß des Lebens, aus dem die Natur die Menschen gebar. Und mit ihnen Gut und Böse. Liebe und Hass. Hoffnung und Trauer. Und ihnen hiermit ihr Glück oder Verderben schufen.

Wehmut stieg in Graham an diesem Abend hoch. Eines jener alles beherrschenden, intensiven Gefühle, die den Menschen für einen Augenblick unachtsam machen. Da er hiervon trunken wird und keine Gefahr wahrhaben will. Wie sie Graham, gleich einem seine ahnungslose Beute belauernder indischer Leopard, umschleichen sollte, in dieser aufkommenden Nacht.

In der er sich vertrauensvoll und leichtsinnig einer Gruppe von Schlangenbeschwörern anschloss, die ihn freundlich zum Verbleib und zum Abendessen einluden. Angezogen vom Spiel ihrer PUNGI, war er von der Anhöhe zu ihrem Lager herabgestiegen, hatte ihnen zunächst zugesehen, dabei beobachtet, wie sie mit ihrer Flöte die Kobra betörten, ihren aufgerichteten Schlangenkörper wie ein Schilfrohr im Wind tanzen ließen. War mit ihnen ins Gespräch gekommen. Hatte sich schließlich aufgrund der mittlerweile tiefschwarzen Nacht auf ihre Aufforderung hin zu ihnen gesetzt. Ihnen auf ihre Fragen bereitwillig von seiner Zeit in Indien erzählt. Nicht bemerkt, dass ihre Fragen nicht aus reinen Herzen kamen. Dass ihm flinke Hände ein Pulver in den ihm gastfreundlich angebotenen Tee mischten, der Graham in einen tiefen, traumlosen Schlaf fallen ließ, aus dem er erst lange nach Sonnenaufgang erwachte.

Zu seinem Entsetzen erkannte er, dass nicht nur die Schlangenbeschwörer, sondern mit ihnen auch sein Gepäck verschwunden war. Und mit ihm die Kugel! Graham war kopflos. Verzweifelt lief er erst in die eine, dann verunsichert in die andere Richtung. Fragte unterwegs Menschen, die er traf, ob sie die Hinterhältigen gesehen hätten. Doch niemand wollte sich an eine Gruppe von Schlangenbeschwörern erinnern, keiner ihm bei seiner Suche helfen. Nur Bedauern über den Diebstahl wurde ihm nach seinen hilflosen Erklärungen ausgesprochen. Wobei er die Kugel verschwieg. Deren Verlust ihn als Einziges verzweifeln ließ. Wie hatte ihm das nur passieren können?

Eine Stunde später fand er am Rande eines Weges sein Schachbrett, von den Dieben achtlos weggeworfen. Zusammen mit seinen Schachbüchern lag es verstaubt im Schatten eines Seidenbaums. Doch von allem anderen keine Spur! Es war das Einzige, was Graham nach sieben Jahren Indien blieb. Außer den Kleidern an seinem Leib. Und seinem Pass und ein wenig Geld, das er in einer verborgenen Tasche seines Gürtels bei sich trug.

Graham verstand in diesem Moment, dass das Leben niemals Ruhe gab. Dass er einen kurzen Augenblick die Kontrolle über sich und damit über seine Gedanken verloren hatte. Und damit über die Kugel, die Abu ihm gegeben hatte. Abu, er musste es ihm sagen!

Er wanderte zur nächsten Stadt, suchte eine Poststation und meldete ein Telefongespräch nach Udaipur an. Das jedoch nicht mehr mit Abu stattfand, sondern mit einem Nachbarn, Mr. Patel, der Abus Telefon überraschend abnahm und dem erstaunten Graham berichtete, dass Abu fortgegangen sei, schon vor Wochen. Leise, während einer windstillen, heißen Nacht, habe Abu plötzlich an Mr. Patels Tür geklopft, schon reisefertig. Nur mit einem kleinen, mit seinen Habseligkeiten gefüllten, aus einem Jutetuch geknoteten Tragesack in der Hand habe sein alter Nachbar vor ihm gestanden. Um sich zu verabschieden, denn er gehe in die Berge des Nordens, um lange dort zu bleiben, habe er gesagt. Abu wünschte Patel ein gutes diesmaliges Leben, bat ihn, hin und wieder in seinem kleinen Laden nach dem Rechten zu sehen.

Wo Abu denn in den Bergen des Nordens zu finden sei? Und wann er denn wiederkomme, wollte Graham von Mr. Patel wissen.

Wo er zu finden sei, das wisse niemand. Und wann er wiederkomme, schon gar nicht. Das letzte Mal habe es zwanzig Jahre gedauert, hatte der Nachbar ihm daraufhin geantwortet. Das sei aber lange her, da sei er noch nicht geboren gewesen, das habe ihm sein Vater erzählt. *Jai Jinendra!* Möge die Zeit in den Bergen Abu helfen, sein Karma weiter zu reinigen, hatte Patel abschließend hinzugefügt.

Graham beschloss das Telefonat mit einem dürren Abschiedswort, gestand sich ein, dass er sprachlos war. Nicht wusste, was er nun tun solle. Und rief aus einer Intuition heraus schon eine Stunde später seinen Vater an. In New York. Das erste Mal seit seiner Abfahrt von San Francisco vor über sieben Jahren wählte er seine Nummer.

Am anderen Ende nahm eine Frau den Hörer ab. Fragte ihn, wer er sei. Und schrie auf, als Gram sagte, er sei Chris' Sohn. Sie erzählte ihm dann – Gram glaubte kaum, was er jetzt vernahm –, sie heiße Linda und sei Chris' Frau! Und dass Chris sich bestimmt freue, von ihm zu hören. Von seinem verlorenen Sohn, von dem er seit nunmehr sieben Jahren nichts mehr gehört habe!

»Auch ich würde mich sehr freuen, dich kennenzulernen, Graham. Und dir bei dieser Gelegenheit dein Schwesterchen vorstellen. Emily, sie ist schon fünf!« Linda sprach diesen Satz aus, als berichte sie von einem Schatz.

Graham legte Minuten später verwirrt und doch ermutigt auf. Was hielt das Leben für ihn an Momenten voller Gegensätze bereit. Der Diebstahl der Kugel, die Nachricht vom geheimnisvollen Verschwinden Abus. Im gleichen Augenblick das unerwartete Kennenlernen der neuen Frau seines Vaters. Die ihm vom Geschenk einer Schwester sprach! Grams Stiefschwester, die am anderen Ende der Welt schon fünf Jahre ohne sein Wissen lebte! Graham konnte sein Glück bei allem Unglück kaum fassen!

Erregt verließ er das Postamt, stand auf der Straße inmitten um ihn herumströmender Menschen, lichtglänzender Farben, mäandernder Düfte und lärmenden Verkehrs. Und spürte plötzlich in sich ein Gefühl des Heimwehs, das er bisher an sich nicht kannte. Das ihm wegen seiner Entwurzelung immer fremd gewesen war, ihn jedoch als Begleiterin seines Glücksempfindens in diesem Moment berührte, Graham aufforderte und zu ihm sprach. Er besaß eine Schwester! Er hatte wieder eine Familie. Er war nicht mehr allein!

Es dauerte nicht lange, bis Graham wieder an einem Schalter im Postamt stand, mit einem Brief in der Hand, geschrieben und adressiert an Emily Dickenson, New York.

Liebe Emily,

wie schön, dass es Dich gibt! Hier spricht Dein Bruder Graham aus Indien. Was ein Bruder ist? Das ist jemand, der immer für Dich da ist. Und was Indien ist? Riech einfach einmal daran! Sei umarmt,

Dein Graham

So stand es auf safrangelbem Papier in roter Tinte. Und eine duftende Zimtstange hatte Graham mit in den Umschlag gepackt.

Graham suchte nach einem indischen Papiergeschäft, kaufte einen Malblock, zahlreiche Buntstifte und Briefumschläge, danach einen Stoffrucksack, legte alles sorgfältig mit Schachbrett und Büchern hinein. Lief zum nächsten Hafen, heuerte auf einem Frachter nach Karachi an, ging dort von Bord, kam von hier bis nach Teheran, fuhr weiter viele Tage mit dem Bus hoch nach Istanbul. Malte an jedem Ort seiner Reise ein buntes Bild, zeichnete mit seinen Stiften, was ihm gefiel. Mal war es ein Affe an Bord des Frachtschiffs, der knabbernd in der Sonne eine NASHPATI fraß. Mal spielende Kinder in einer iranischen Gasse, mal ein Esel, auf dem eine Mutter mit ihrer Tochter ritt. Mal tanzende Menschen bei einem Fest irgendwo in der Türkei. Sobald er ein Postamt fand, steckte er die Bilder sorgsam gefaltet in einen Briefumschlag und schickte sie an Emily nach New York. Schrieb auf die Rückseite des Bildes immer nur »Es denkt an Dich Dein Graham aus …« und setzte noch den Namen des Ortes hinzu. Manchmal legte er noch eine Blume oder einen Grashalm von dort hinein, mal einen achteckigen karmesinroten Knopf, mal eine bunte Haarspange, mal einen glitzernden Kieselstein. Was er halt fand und Emily etwas erzählte, von dort, wo er gerade war, was ihre Fantasie wie eine sanft angestoßene Stimmgabel klingen ließ.

Graham trampte in Lastwagen bis Zagreb, von dort nach Wien, fuhr von hier mit dem Zug über Nacht bis nach Rotterdam. Er malte und malte, mehr als zwanzig Briefe hatte er bis hier nun schon mit Bildern an seine Schwester verschickt. Stieg jetzt an Bord einer Fähre, schwamm mit ihr hinüber nach England, zeichnete auf der morgendlichen Überfahrt ein Wasserbild von den lebhaften Wellen im Ärmelkanal, von schäumender Bewegung und nebelblau schimmerndem Licht. Trat in Newcastle-upon-Tyne mit seinem indischen Rucksack an Land. Trug immer noch ein indisches Tuch wie ein PAGRI gewickelt um Haar und Kopf.

Wanderte nun über Stanley und Burnhope die letzten zwanzig Meilen bis Durham zu Fuß. Ging durch die Natur, erlebte, was die Erinnerung aus der Jugend seiner Sinne niemals in ihm vergaß. Streifte durch Habichtskraut und Wiesenflachs. Sah tanzende Schmetterlinge am gelb leuchtenden Frauenschuh. Atmete den Duft des wilden Thymians. Pflückte sich eine Blüte des Grindkrauts, steckte sie in ein Knopfloch seines indischen Hemds. Grüßte Menschen, denen er begegnete. Sprach zu ihnen, als kenne man sich. Durchnässte in einem Regenschauer bei Langley Park. Fing das Wasser mit hohlen Händen auf, trank sich wie ein Verdurstender an ihm satt. Erreichte schließlich den Stadtrand von Durham. Fast acht lange Jahre war er fort gewesen.

Als er vor das Elternhaus trat, das jetzt seines war, stand er vor einer bröckelnden Fassade. Der Schneiderladen im Erdgeschoss war leer. Der Schneider sei im Ruhestand, schon mehr als drei Jahre, und wo er denn so lange gewesen sei, fragten die Nachbarn ihn bei ihrer ersten Begegnung erstaunt. Graham ließ das Haus renovieren, von seinem kleinen verwaisten Vermögen auf der Bank. Malte alle paar Tage ein Bild von seinem neuen Alltag und schickte es an seine Emily. Erneuerte den Laden, ließ vom Schreiner Regale einbauen, für Bücher verschiedener Größe, Dicke und Formate. Alles duftete wie in einem Wald nach frischem Buchenholz.

Neben dem Tresen fertigte der Schreiner nach Grahams Vorgaben ein flaches, massives Tischchen an. Graham stellte sein indisches Schachbrett sorgsam darauf. *Ohne Figuren?*, wurde er bald gefragt. Nein, lachte er und schloss die Augen dabei. Figuren, die brauche man beim Schachspiel nicht, es sei hier nämlich genau wie im Leben. Das, worauf es ankomme, sei unsichtbar. Was wirklich wichtig sei, geschehe nur im Herzen und im Verstand.

So eröffnete Graham sein Schachbuchgeschäft, über dem Eingang hing das hölzerne Ladenschild. Eingeschnitzt stand kein Name darauf, sondern nur ein einziger Satz. Es war die Widmung aus dem Schachbuch, dem Geschenk seines Vaters, der Satz hineingeschrieben von Abus Hand. Die geschnitzten Buchstaben im Schild waren ausgemalt. Schimmernd leuchtend. In blauer Schrift.

Kaum war der Laden fertig, war er zur Überraschung der Nachbarn schon wieder zugesperrt! An der Tür klebte ein Zettel, auf dem Graham für seine Kunden eine kurze Nachricht hinterlassen hatte: »Bin für ein paar Wochen bei meiner Schwester – in New York.«

ZWEITE UMDREHUNG

11

Vorspiel
New York City 2002 – Fortsetzung

»Was hast du da in der Hand?« Emily Dickenson schaut fragend
zu Paul herüber, während sie das Frühstücksporridge im Topf
auf der provisorischen Herdplatte ihres kleinen Souterrainzimmers umrührt. Diesem dunklen Loch, das sie seit mittlerweile
zehn Monaten gemeinsam mit ihren Kindern zur Untermiete
bei der aufgedonnerten Olivia Norton bewohnt, die über ihnen
wohnt, im Erdgeschoss, in den hellen Zimmern des Apartments,
die sie hermetisch mit einer Zwischentür zu ihren Untermietern
abgeriegelt hat. Geldgierige Schlange, die dieses Loch bei der
Anzeige zur Vermietung als »Komfortzimmer« angepriesen hat!
Auf den zwanzig Quadratmetern passen neben den Betten
nur drei Stühle und ein Tisch in den Raum, an dem gegessen,
gelernt oder – wie gerade – eine elektrische Kochplatte aufgestellt werden kann. Auf zwei Regalbrettern ringen Wäsche, Lebensmittel und Kochutensilien mit Schulbüchern um Platz. Es
gibt kein Bad, nur ein Waschbecken neben einer alten Toilette,
zu der man, wie zu ihrem Zimmer, nur über den Kellergang gelangt. Diesem dunklen, muffigen Schlauch, der zur Seitentür
nach draußen führt, durch die sie jeden Abend nach Arbeit oder
Schule in diese verhasste Unterkunft eintreten.
»Paul, antworte! Womit spielst du da ständig in deiner Hand
herum? Iss bitte, wir müssen gleich los!« Emily blickt ungeduldig, klatscht Paul und Lynn mit einem Löffel Porridge in ihre
Schüsseln hinein. Gehetzt, wie jeden Morgen, beim schnellen
Frühstück, gedrängt wie Heringe in einem Fass.
»Zeig doch mal!«, ruft Lynn neugierig ihrem Bruder zu.
»Ach, nichts, ich habe nur was gefunden.« Unwillig schließt
Paul dabei die Hand mit seiner Beute zu einer Faust.

»Zeig jetzt endlich her.« Schon hat Emily Paul an seiner Kinderfaust gepackt. »Muss ich denn alles zweimal sagen!« Sie zieht ihm die Kugel aus seiner sich unwillig öffnenden Hand.

»Wo hast du das her?« Ihre Frage klingt jetzt wie ein Befehl.

»Gefunden, sagte ich doch.«

»Wo gefunden?« Drohung spürt Paul jetzt von seiner Mutter ausgehen, sieht sie in ihrem Gesicht.

»In der Wohnung, lag da rum. Da habe ich sie eingesteckt.«

»Eingesteckt? Wie kannst du das einfach heimlich einstecken? Das würde mancher Diebstahl nennen, Paul!«

»Warum? Die Wohnung stand doch leer. Und die vorherige Bewohnerin ist ja wohl tot, wie ich es verstanden habe.«

»Na und? Was hat das denn damit zu tun? Vielleicht ist dieses Ding viel wert. Oder bedeutet jemandem etwas. Was ist das überhaupt, ein Schmuckstück?«

»Keine Ahnung. Ich fand die Kugel einfach nur schön. Aber du gönnst mir halt nichts.«

»Oh, Paul, sag doch nicht so was! Auch wenn wir vielleicht zurzeit wenig haben, haben wir doch unsere Würde! Und sich etwas nehmen, was einem nicht gehört, tun wir nicht!« Emilys Lippen zittern, als sie das sagt. »Und das wollte ich euch zweien noch sagen: Wir ziehen hier aus! Ich rufe heute den Vermieter Mr. Freeman an und sage ihm, dass wir die Wohnung doch nehmen. Und dann sage ich ihm, dass du diese Kugel zufällig gefunden hast – und ich sie ihm zurückschicke!«

»Hurra, Mama, wir ziehen um!« Lynn wirft die Arme in die Luft.

»Freu dich nicht zu früh. Die neue Wohnung ist auch nicht viel besser.« Paul zischt zynisch und stochert lustlos in seinem Porridge herum.

»Immerhin habt ihr dort euer eigenes Zimmer – zusammen.« Emily lächelt, als verkünde sie einen Lottogewinn. »Kommt einmal her, ihr zwei. Es wird besser für uns werden, vertraut mir.« Fest zieht sie ihre Kinder in einer Umarmung an sich heran.

»Und wisst ihr was? Heute Nachmittag, nach der Schule, fahren wir an den Strand, hoch nach Long Island, übers Wochenende. Das ist meine Überraschung für euch – damit ihr seht, dass alles besser wird!« Als bekräftige sie einen Schwur, drückt Emily ihre Kinder an ihre Brust. »Schon morgen baden wir am *Cooper Beach*! Und jetzt schnell, packt eure Schulsachen zusammen. Und dann los zur Schule, auf geht's! Die Dickensons lassen sich nicht unterkriegen!«

Schon Minuten später sind Paul und Lynn aus der Tür, Emily knüpft ihre Kostümjacke zu. Adrett muss man aussehen, wenn man bei *Macy's* Kosmetik verkauft, Schönheit in Tuben, Jugend aus Tiegeln, Sex-Appeal durch Puder, Lidstrich und Lippenstift. Daher ist Emily jeden Tag gut geschminkt. Doch jetzt noch schnell den Brief an diesen Vermieter schreiben. Emily nimmt einen dicken Umschlag zur Hand, steckt die Kugel hinein, schreibt ein paar kurze Zeilen dazu, notiert Mr. Freemans Adresse als Briefempfänger auf dem Umschlag und klebt ihn zu. Wählt seine Nummer. Schon kurze Zeit später hat sie nach dem Gespräch mit ihm wieder aufgelegt.

»Den Mietvertrag schicke ich Ihnen zu, Mrs. Dickenson. Ich freue mich über Ihre Entscheidung. Sie werden sehen, wir werden uns gut verstehen.« Dieser letzte Satz des Vermieters klingt Emily Dickenson noch immer im Ohr. Noch, als sie längst auf die Straße getreten und auf dem Weg zu ihrer Arbeit ist. Doch sie lacht jetzt und vertreibt ihre unruhigen Gedanken, die Sonne strahlt blitzend von stahlblauem Himmel auf die Bordsteine ihres Wegs.

Es wird besser werden, versichert Emily sich ermutigend, *endlich kommen wir aus dieser kümmerlichen Kellerbehausung raus. Mal sehen, was die Zukunft noch für uns bereithält. Es gibt doch einen Gott der Gerechtigkeit, vielleicht kommt schon bald noch mehr Glück auf mich und die Kinder zu!*

Heute Nachmittag geht es erst einmal nach Long Island hinauf, ans Meer, dort, wo der Atlantik sich mit tintenblauen

Wellen am weißkörnigen Sandstrand rauschend bricht. *Wir werden Spaß haben, unbeschwert sein, ein Wochenende gut essen, lachen, spielen und sorgenfrei sein.* Zusammen, wie freut sich Emily darauf! *Und dann die neue Wohnung. Mit etwas frischer Farbe an der Wand ist sie vielleicht gar nicht so schlecht. Ein paar neue Möbel, einiges kaufe ich vielleicht bei uns im Kaufhaus, mit einem kleinen Mitarbeiterinnenkredit!*

Emily beschleunigt ihren Schritt, spürt die Kraft der Hoffnung in sich, als ihr plötzlich diese Frau in Erinnerung kommt, von der der Vermieter beiläufig sprach. Die junge Frau, die vorher in ihrer neuen Wohnung lebte und dort durch einen Unfall starb. *Mein Gott, wie tragisch, so jung, wie ungerecht. Das arme Ding!*

Emily ist jetzt in den Bus gestiegen und findet, was für ein Glückstag heute, gleich vorn auf der Bank hinter dem Fahrer einen Platz. *Es könnte, wenn man das Schicksal dieser Frau bedenkt, viel schlimmer kommen. Mir geht es doch mit Lynn und Paul, meinen Schätzen, gar nicht so schlecht!*

Der Bus beschleunigt, zieht brummend voll besetzt durch den morgendlichen Verkehr. *Ich freue mich auf morgen, auf meine Zukunft, darauf, meine Kinder erwachsen werden zu sehen!* Ein Mann dreht sich verblüfft zu Emily um, überrascht merkt sie, dass sie diesen Satz laut ausgesprochen hat. Emily muss lachen, ein bisschen verlegen, aber eigentlich freudig. Sie lacht durchs Fenster in das Häusermeer ihrer morgendlichen Stadt und denkt jetzt an Cooper Beach, an den Atlantik, in den sie sich gleich morgen nach ihrer Ankunft mit ihren Kindern zum Baden hineinstürzen wird!

12

Kommissar Brian McGovern sitzt grübelnd an seinem Tisch, den ganzen Morgen schon will ihm eine Sache nicht aus dem Kopf. Auf der er in seinen Gedanken herumkaut wie ein junger Hund auf einem alten Schuh. Etwas ist ihm aufgefallen, beschäftigt ihn seit gestern schon – und auch die ganze Nacht hindurch. McGovern steht auf, um sich aus der Getränkeküche des Großraumbüros einen Kaffee zu holen, den braucht er jetzt, nach dieser zergrübelten, schlafarmen Nacht.

»Na, Brian, wieder einer neuen Fährte auf der Spur?«, wird er jovial in der Pantry von Hooper empfangen, seinem Kommissar-Kollegen aus dem Betrugsdezernat, der wie er seit zehn Jahren bei der New Yorker Polizei arbeitet. Und der ihn und seine Arbeit nicht ganz ernst nimmt. Denn McGovern ist zuständig für unaufgeklärte, aber dennoch in der polizeilichen Ermittlung vorerst abgeschlossene Todesfälle – solche Fälle, in denen der Hintergrund der Todesumstände und oftmals sogar die Identität des Getöteten nicht eindeutig festgestellt werden konnte.

Rund dreihundertvierzig Morde erlebt New York jedes Jahr. Die Zahl sinkt zwar, stimmt schon, McGovern kennt noch ganz andere Zeiten des alltäglichen Mordens in dieser Stadt. Gut dreihundert Ermordete bei jährlich über hunderttausend Verbrechen in New York, das ginge doch noch, wird von manchem Politiker gesagt, in Chicago sterben seit Jahren durch Mörderhände schließlich viel mehr!

Mag sein, sagt McGovern sich, wenn er diese Argumente hört, aber Mord ist halt Mord, ein Mensch verliert durch einen anderen gewaltsam sein einzigartiges Leben. Unwiederbringlich! Mord ist kein Verbrechen, das man mit Statistik beherrscht. Das Morden bekämpft man nur durch lückenlose polizeiliche Aufklärung, davon ist er überzeugt. Bei der der Täter zur Rechenschaft gezogen wird, konsequent und unerbittlich.

Das Wort gnadenlos mag McGovern in diesem Zusammenhang nicht, denn Gnade ist nicht der Maßstab von Polizisten, dem Recht allein sind sie verpflichtet. Und das Recht verbietet nicht nur den Menschenmord als das schlimmste aller Verbrechen. Es verlangt auch die Aufklärung dieses Gipfels der Untat und die Aburteilung der Täter mit maximaler Strafe. *Sühne, ja, von mir aus,* denkt McGovern, *aber für Sühne wie für Gnade ist eigentlich in meinen Gedanken nur nach Feierabend oder sonntags in der Kirche Platz.*

Und weil er so denkt, hat McGovern sich vor über zehn Jahren für diese Stelle beworben, die Stelle beim New York Central Police Department, die nicht aufgeklärte Todesfälle noch einmal abschließend überprüft. Den Toten nochmals letztmalig den Puls fühlt, wie er es nennt.

Alle unaufgeklärten Todesfälle von Central New York gehen seitdem vor der Archivierung über seinen Tisch, oft Fälle eines wahrscheinlichen Tötungsdelikts ohne jeden Anhaltspunkt auf mögliche Täter nach ergebnisloser jahrelanger Ermittlung. Manchmal Fälle, die schon Monate nach dem Leichenfund als Tod ohne erkennbares Fremdverschulden oder hinreichende Hinweise auf einen begründbaren Mordverdacht eingestuft werden.

Jeden Monat kommen drei bis vier dieser Fälle hinzu. Die McGovern routiniert sichtet, zu manchen nochmals etwas nachforscht – *Qualitätscheck polizeilicher Arbeit,* wie sein Boss über McGoverns Tätigkeit sagt. Der McGovern eigentlich nicht mag, so wie die meisten der Kollegen, da er ihre Arbeit überprüft, sie mit hartnäckigen Nachfragen aufhält, ihre Kompetenz damit hinterfragt. Als wüssten sie nicht selbst, wie man ermittelt, als bräuchten sie Nachhilfe eines ihre Arbeit überprüfenden Besserwissers.

Die meisten Fälle winkt McGovern dabei sowieso nach kurzer Sichtung einfach durch, solche eben, wo er schnell erkennt, dass weitere Ermittlungen sinnlos sind. Unaufgeklärte Raubmorde ohne Zeugen und nennenswerte Indizien, Fälle von Leichenfunden in ihren Identitäten ungeklärter Toter, oft aufgedunsen aus dem Hudson River gefischt, manchmal auch aufgefunden in Hinterhöfen, auf einer Müllkippe, in einer verlassenen Wohnung, unter irgendeiner Brücke dieser endlosen Stadt. Selten auch nur noch als unvollständige Leichenteile – hier ein Finger, dort ein Torso, einmal zwei abgetrennte Füße, noch in Schuhen und Socken.

Häufig vermutlich tragische Unfallopfer, von der rauen Stadt Ignorierte und Ausgespuckte, die niemand vermisst. Oftmals auch in einer einsam verkommenen Ecke verstorbene Drogenjunkies, manches Mal auch Fälle, die »verdammt noch mal nichts als Selbstmorde sein können, das sieht man doch schon aus der Aktenlage!«.

Aber auch ein Fall, der McGovern seltsam erscheint, wo sein erfahrener siebter Sinn ihm sagt, dass mehr hinter einem Toten steckt. Trotz oft nur geringer Auffälligkeiten im pathologischen Bericht auf ein mögliches Fremdverschulden für den Tod eines Menschen. Ein Fall, bei dem McGovern förmlich riecht, dass der Verstorbene eines unnatürlichen Todes gestorben ist, getötet in vorsätzlicher Absicht, durch einen noch unerkannten anderen – der Fall eines bisher unerkannten Mordes.

»Immer auf der Spur, Slim, du kennst mich doch!« McGovern antwortet routiniert und betont allgemein auf die ironische Spitze seines Kollegen Hooper. »Und bei dir? Wieder einer neuen Betrugsmethode hinterher? Wie steht es eigentlich um die Sache illegaler Pferdewetttickets?« McGovern weiß, dass diese Sache längst aufgeklärt ist und dass nicht sein Kollege Slim, der in dieser Angelegenheit fast ein Jahr ermittelte, sondern ein investigativer Reporter vom *New York Tribune* die Sache aufgedeckt hat. Diese ironische Spitze musste sein!

»Ach, Brian, du bist unverbesserlich!«, Slim lacht. »Viel Glück bei deiner Spurensuche in den alten, vermoderten Fällen.«

Slim dreht ab, auch McGovern kehrt zu seinem Schreibtisch zurück. Und hat die Bemerkung von Slim schon vergessen.

Denn ihm kreist diese eine Sache durch den Kopf. Etwas Ungewöhnliches, auf das er gestern gestoßen ist. In der Todesakte dieser jungen Mutter, dieses tragischen Badeunfalls. Dem Polizeibericht vom Cooper Beach bei Southampton, nahe New York, war eine Liste der Gegenstände angefügt, die die Frau am Tag ihres Todes bei sich hatte. Ihre Kleidungsstücke, die sie zurückließ, bevor sie ins Wasser zum Schwimmen ging. Handtücher, eine Strandtasche mit ihrem Portemonnaie, 28,60 Dollar Bargeld, Personalausweis, Sozialversicherungs- und Kreditkarten. Ein Schlüsselbund. Ein Buch und ein beiger Sonnenhut. Eine Modezeitschrift und ein wattierter Briefumschlag, verschlossen und adressiert an das Büro eines Immobilienvermieters in New York, aber noch nicht frankiert und abgeschickt.

Inhalt des von der Polizei geöffneten Umschlags war ein kurzer, handgeschriebener Brief, offensichtlich von der Frau selbst verfasst, und eine Kugel. Eine im Durchmesser etwa acht Zentimeter große Kugel, *Material im Kern vermutlich Metall, mit Glasüberzug, bunt schillernd,* vermerkt noch die Auflistung des Polizeiberichts. Eine Kugel. Beim ersten Lesen schoss McGovern etwas durch den Kopf. Wo hatte er das nur schon einmal gehört? Und dann war es ihm eingefallen: in dem Bericht von diesem Müllwerker, einem Pakistani, der vor ein paar Monaten durch einen Unfall ums Leben kam. Wie hieß er noch? *Todesursache: Ersticken, an einer Kugel,* hatte lapidar im betreffenden Bericht gestanden. Ja, einer Kugel!

Zweimal war eine Kugel im Zusammenhang mit Todesfällen der letzten Monate erwähnt. Ein Zufall? McGovern ließ sich die Akten kommen. Und nachdem er die Unfallakte des erstickten Pakistani Afzal Gul gelesen hatte, war er aufgeschreckt. Beschreibung der Kugel nach Aussage des Unfallarztes Dr. Benjamin Bell: *ca. 7 – 9 cm durchmessende Metallkugel, bunt glitzernd, eventuell auch mit Glasüberzug, recht schwer.*

Und im Bericht stand noch etwas. Ein Streit unter Kollegen um die Kugel sei dem Unfall vorausgegangen. Die Polizei hatte auf Verdacht wegen fahrlässiger Tötung gegen einen Kollegen ermittelt. Das Verfahren sei aber eingestellt worden, da der Verdächtige Elios Kostadinidis zwischenzeitlich verstorben sei. *Vermutlich Unfall oder Selbstmord* stand in einer eingeklammerten Anmerkung an dieser Stelle im Bericht.

Das Erstaunlichste an dem Bericht war aber, und das hatte McGovern förmlich elektrisiert, dass diese Kugel verschwunden war! Laut dem Unfallarzt Dr. Bell habe er sie verloren, eventuell bei einem kurz darauf von ihm besuchten Unfallort, zu dem er die Kugel mitgenommen und vermutlich bei seiner Arbeit zur Rettung Schwerverletzter einer Massenkarambolage auf der Lexington verloren habe. Die Kugel verloren?

Und kurze Zeit später schon wieder eine Kugel bei dieser Frau, die beim Baden ertrank, 27-jährig, Kosmetikverkäuferin bei *Macy's*, alleinerziehende Mutter zweier unmündiger Kinder. Auch die Namen und das Alter der Kinder sind in dem Bericht angegeben.

McGovern hatte daraufhin als Erstes diesen Vermieter angerufen, an den der nicht abgeschickte Briefumschlag mit der Kugel adressiert gewesen war. Das habe er doch damals schon einmal alles der Polizei erzählt, sagt der Vermieter. Die Mutter, also Mrs. Dickenson, habe bei ihm eine Wohnung mieten wollen, zweieinhalb Zimmer, mit Einbauküche, im East Village. Der Vermieter gibt auch die Flächenmaße an.

Doch dazu sei es durch den plötzlichen Tod der Frau nicht mehr gekommen. Sie habe ihn Freitag noch angerufen und gesagt, wie gut ihr die Wohnung gefallen habe, dass sie und ihre zwei Kinder sich dort sicher wohlfühlen würden, auch zur Schule und zu ihrer Arbeit sei es von der Wohnung nicht zu weit. Und dass sie ihn bitte, ihr den Mietvertrag vorzubereiten und zuzuschicken. Über die Kautionshöhe haben sie auch noch gesprochen. Und dann habe sie ihm noch diese belanglose Geschichte erzählt, von einer Murmel, die ihr Sohn bei der erfolgten Wohnungsbesichtigung letzte Woche gefunden und heimlich eingesteckt habe. Sie entschuldige sich dafür und sagte, sie werde ihn die Murmel zuschicken. Er habe abgewiegelt, aber Mrs. Dickenson habe darauf bestanden. Auch als Lektion für ihren Sohn. Nun ja, den Vertrag habe er dann geschickt. Und als er nach zehn Tagen keine Reaktion erhalten habe, erfolglos versucht, bei Mrs. Dickenson anzurufen. Und dann schließlich erfahren, dass die arme Frau ums Leben gekommen sei. Tragisch! Die Wohnung habe er danach schnell weitervermieten können, an dieser Ecke ginge so was immer zügig weg. Obwohl es ja in der Wohnung einen Todesfall gegeben habe, bemerkte der Vermieter abschließend beiläufig.

»Einen Todesfall!« McGovern war alarmiert. »Was für ein Todesfall?«

Schon am frühen Nachmittag hatte er die Akte Cynthia Beckingsale auf seinem Tisch. *Todesursache: Haushaltsunfall*, stand da im Bericht. *Schädel am Herd aufgeschlagen, in der Ohnmacht infolge des Schlags und Sturzes an der eigenen Zunge erstickt.* Fremdeinwirkung ausgeschlossen, da die Wohnungstür von innen verschlossen und verriegelt gewesen war und erst durch Polizei und Vermieter aufgebrochen werden musste. Drei Tage nach dem Tod von Mrs. Beckingsale – eine Freundin war über das Verschwinden beunruhigt gewesen und hatte schließlich die Polizei eingeschaltet.

McGovern sitzt jetzt wieder grübelnd auf seinem Stuhl vor seinem Tisch, kaut auf einem Bleistift, der Kaffee steht noch unberührt und inzwischen erkaltet vor ihm. »Könnte es sein, dass auch in diesem Fall die Kugel … nein, was sollte die Kugel mit dem Todesfall dieser Cynthia zu tun haben? Allerdings – drei Todesfälle, dreimal eine Kugel am Unfallort, dreimal ungewöhnliche Vorfälle«, murmelt McGovern und streicht sich nachdenklich über seinen Hinterkopf.

»Hat Mrs. Dickenson Ihnen die Murmel eigentlich noch vor ihrem Tod zugeschickt, ich meine, hat diese Kugel Sie noch erreicht?«, hatte er den Vermieter am Ende des Telefonats gefragt.

»Nein, und ich habe ehrlich gesagt auch nicht mehr daran gedacht«, hatte dieser geantwortet.

Und was war aus der Kugel im Briefumschlag, die man in den Hinterlassenschaften von Mrs. Dickenson in der Strandtasche gefunden hatte, geworden? Lag sie im Polizeiarchiv, bei den Asservaten? McGovern blätterte hastig im Bericht. Nein! *Persönliche Gegenstände an Hinterbliebene ausgehändigt*, stand dort, mit Datum und einem Namen. Ausgehändigt an eine Mrs. Olivia Norton, Nachbarin, die die Gegenstände von der Polizei entgegengenommen hatte, da die Kinder von Mrs. Dickenson nicht zu Hause waren, als die Polizei vorbeigefahren war – vier Wochen nach der Beerdigung der Mutter, um sie den Kindern von Mrs. Dickenson auszuhändigen.

»Paul und Lynn Dickenson, nein, die wohnen hier nicht mehr, die sind zu einem Verwandten nach Europa gezogen«, hatte Mrs. Norton den Polizisten gesagt und angeboten, ihnen die Sachen nachzuschicken. Sie kümmere sich ein bisschen um die Wohnungsauflösung, schicke sowieso eine Kiste mit einigen letzten Sachen an den Verwandten in Europa, einen Buchhändler in England. Ob sie die Sachen nicht mitschicken solle, auf sie sei Verlass.

So hatte die Polizei der Nachbarin gegen Quittung die Gegenstände ausgehändigt, es war ja nur Kleidung, ein Portemonnaie mit 28 Dollar und ein paar wenige andere Sachen. Hier konnte man eine Ausnahme machen. Und für den Versand nach Europa wäre in der Polizeibehörde viel Papierkram auszufüllen gewesen. *Da haben die Kollegen es sich einfach machen wollen,* dachte McGovern. Bei der Arbeitsüberlastung der New Yorker Polizei mehr als verständlich.

McGovern kaute jetzt heftig auf seinem Bleistift, notierte sich mit ihm zwei Namen auf dem vor ihm liegenden Block: Dr. Benjamin Bell und Mrs. Olivia Norton. Notierte sich aus den Akten Adressen und Telefonnummern dazu. Griff anschließend den Hörer des Telefons auf dem von Akten übersäten Schreibtisch und wählte als Erstes die Nummer des Notarztes. Der zu seiner Überraschung bereits nach dem zweiten Klingeln abhob. Ob er ihm zum Fall des im Juli an der Müllfahrerstation zu Tode gekommenen Afzal Gul ein paar Fragen beantworten könne, fragte McGovern, nachdem er sich als Kommissar des New Yorker Central Police Department vorgestellt hatte. Am liebsten würde er das mit Bell persönlich besprechen, fügte er noch hinzu.

»Ja, von mir aus«, antwortete Dr. Bell etwas zögerlich. »Wenn es Ihnen passt, können wir uns heute Nachmittag in meinem Krankenhaus so gegen 17 Uhr treffen – eine Stunde, bevor meine Nachtschicht beginnt. Ich habe da ein kleines Büro, da kann ich mir auch noch einmal meinen Bericht zu diesem Fall heraussuchen.« Bell gab McGovern seine Krankenhausadresse.

Anschließend hatte der Kommissar vergeblich versucht, Mrs. Norton telefonisch zu erreichen und ihr schließlich eine Rückrufbitte auf dem Anrufbeantworter hinterlassen. Anschließend hatte er in Gedanken versunken an seinem Schreibtisch gesessen und eine Kugel auf das Papier gemalt, unter die zwei vorher von ihm notierten Namen. Und darunter die Worte *Metall, Glas, 7 – 9 cm, glitzernd, schwer* geschrieben. Und plötzlich intuitiv im Namen von Bell das *e* durchgestrichen und ein *a* darübergeschrieben. *Ball* stand da jetzt vor ihm auf dem Block. Dr. Benjamin Ball.

– 13 –

»Danke, Dr. Bell, dass Sie sich die Zeit nehmen, so kurzfristig meine Fragen zu beantworten.« McGovern eröffnet das Gespräch im Zimmer des Arztes routiniert mit Freundlichkeit. »Ich verspreche, es wird nicht lange dauern.«

Anschließend lässt er sich von Bell minutiös nochmals den Ablauf schildern, von dem Moment an, als der Notarzt bei seinem Rettungseinsatz die Müllstation betreten hatte, bis zum Augenblick, als er sie aufgrund eines weiteren Notfalls eilig wieder verlassen musste. Besonders hartnäckig befragt er den Mediziner über den Moment, als Bell dem Pakistani die Kugel aus der Luftröhre gezogen hat. Die mitgebrachten Akten der Todesfälle liegen vor ihm auf dem kleinen Schreibtisch, an dem er Bell in seinem Krankenhausbüro gegenübersitzt und in denen er während seiner Fragen immer wieder zügig blättert.

»Ich möchte mit Ihnen noch mal über diese Kugel sprechen, die den Erstickungstod des Opfers verursacht hat. Haben Sie so eine Art von Kugel schon einmal vorher gesehen?«

»Nein, ich meine, wo sieht man schon Kugeln? Vielleicht als Kind beim Murmelspiel. Aber so war diese Kugel überhaupt nicht, allein schon wegen ihrer Größe.«

»Sie haben die Kugel in Ihrem Bericht an die Polizei als aus Metall bestehend beschrieben, vermutlich mit einem Glasüberzug. Wie kamen Sie darauf, dass die Kugel aus Metall war?«

»Wegen ihres Gewichts, die Kugel war unglaublich schwer. Aber mit einer glasartigen Schicht überzogen.«

»Sie vermuten also nur aufgrund des Gewichts, dass die Kugel hauptsächlich aus Metall bestand, ebenso haben Sie die Vermutung, die Oberfläche bestehe aus einer Art Glas. Habe ich das so präzise zusammengefasst?« McGovern sieht Bell dabei freundlich an.

»Nun gut, aber was spielt das für eine Rolle?«

»Das weiß ich nicht, aber als Polizist interessieren mich bei Zeugenaussagen die Fakten.«

»Zeugenaussage?« Dr. Bell spricht überrascht. »Das klingt etwas eigentümlich in meinen Ohren. Ich dachte, Sie befragen mich als Arzt am Unfallort.«

»Nennen Sie es, wie Sie wollen, Dr. Bell. Ich untersuche routinemäßig ungewöhnliche Todesfälle, das ist mein Job. Um zu meinen Fragen zurückzukommen: Können Sie mir bitte nochmals aus Ihrer Erinnerung die Farbe dieser Kugel etwas näher beschreiben. In ihrem Bericht steht *bunt glitzernd*.«

»Ja, so genau erinnere ich das nicht mehr. Die Kugel hatte jedenfalls einen ungewöhnlichen Schimmer. Fast so, als wäre sie von innen ein wenig beleuchtet.«

»War es eher ein Grün oder ein Blau, in dem die Kugel schimmerte, oder vielleicht eher rötlich?«

»Ich weiß es nicht mehr genau. Bläulich, würde ich sagen, war auf jeden Fall dominant dabei.«

»Lassen Sie uns jetzt darüber sprechen, wie Sie die Kugel verloren haben. Wann erinnern Sie, die Kugel das letzte Mal gesehen zu haben?«

»Die Kugel verloren? Warum interessieren Sie sich so intensiv für diese Kugel? Ich dachte, es geht hier um diesen Todesfall.« Dr. Bell wirkt jetzt das erste Mal etwas unwillig.

»Sie würden mir einen Gefallen tun, wenn Sie mir einfach meine Fragen beantworten.« McGovern spricht nun bestimmt.

»Werde ich hier verhört?« Bell richtet sich in seinem Stuhl auf.

»Bitte, Dr. Bell, beantworten Sie einfach meine Fragen. Dann sind wir beide schneller fertig.« *Warum ist dieser Bell plötzlich so bockig?*, schießt es McGovern beim Sprechen durch den Kopf.

»Ich weiß ehrlich nicht mehr genau, wann ich dieses Ding das letzte Mal gesehen habe. Es war ein absolutes Chaos bei diesem Unfall auf der Lexington, zu dem wir schnellstens als Rettungsteam gerufen wurden. Tote und Schwerverletzte. Mehrere Rettungswagen im Einsatz. Wir mussten mithilfe der Feuerwehr einige Unfallopfer aus Fahrzeugen bergen. Das war harte körperliche Arbeit. Haben Sie eine Vorstellung davon, wie so etwas abläuft?« Bell beginnt, sich in Rage zu reden. »Da hat man andere Dinge im Kopf, als über eine große Murmel nachzudenken.«

Das klingt fast wie eine Rechtfertigung, denkt McGovern in diesem Moment.

»Bei dem Rettungseinsatz ist mir die Kugel vermutlich aus meiner Brusttasche gefallen, aus dem Hemd, das ich an diesem Tag anhatte.« Bell sagt dies wie einen Schlusssatz.

»Vermutlich aus der Brusttasche gefallen, auf der Lexington

Avenue.« McGovern wiederholt diese Worte, während er sie auf seinem Block notiert.

»Was ist das für eine Kugel? Warum stellen Sie mir all diese Fragen, Kommissar McGovern? Meinen Sie nicht, ich habe ein Anrecht darauf, etwas mehr von Ihnen zu erfahren?« Plötzlich ist Bells Tonfall ruhig und verbindlich.

»Ich weiß es nicht, Dr. Bell. Ich kann Ihnen nur sagen, dass es in New York in den letzten Monaten mindestens drei ungewöhnliche Todesfälle gab, bei denen eine Kugel wie die von Ihnen beschriebene an den Fundorten der Leichen gesehen wurde. Die im Fall des von Ihnen angetroffenen Opfers Mr. Afzal Gul sogar ursächlich mit seinem Ableben in Verbindung gebracht werden kann.«

»Was wollen Sie damit sagen, Kommissar?«

»Ich habe keine Ahnung – noch nicht. Aber eine Vermutung, wo diese Kugel sich zurzeit befindet.«

»Wo?«

»Bei der Nachbarin einer verstorbenen jungen Frau, Mrs. Dickenson, die vor Kurzem Opfer eines Badeunfalls wurde. Eine Nachbarin namens … Olivia Norton. Aber bitte haben Sie Verständnis, dass ich hierzu aus Vertraulichkeitsgründen nicht mehr sagen kann.«

»Was soll eine kleine Kugel mit verschiedenen Todesfällen zu tun haben? Das ist doch absurd.« Dr. Bell lacht. »Ich dachte, es geht hier um etwas Wichtiges im Zusammenhang mit dem sinnlosen Tod dieses Müllwerkers. Nehmen Sie es mir nicht übel, Herr Kommissar, aber ich habe gleich eine anstrengende Nachtschicht vor mir.«

»Nur noch ein, zwei Fragen, Dr. Bell …«, hebt McGovern an zu antworten, als sein Smartphone klingelt. Fairbanks, sein Boss, will ihn dringend sprechen. »Entschuldigen Sie, Dr. Bell, ich muss eben dieses Telefonat annehmen. Ich gehe kurz raus.« Mit diesen Worten verlässt er das Büro des Arztes.

»McGovern, wo stecken Sie? Ich muss mit Ihnen über den

Fall des in der Müllpresse aufgefundenen Müllwerkers sprechen, dieses ... warten Sie ... wie hieß er noch, Mr. Kostadinidis. Es gibt Anhaltspunkte, dass sein Tod womöglich kein Unfall oder Selbstmord war.«

McGovern hört überrascht zu. Kostadinidis, das war doch der Name des Müllarbeiters, der mit dem an der Kugel erstickten Afzal Gul in Streit geraten war und gegen den die Polizei wegen fahrlässiger Tötung oder Totschlags ermittelt hatte.

»Ich bin zu einer Recherche im Krankenhaus. Ich komme gleich rein, Boss. Sind Sie in einer Stunde noch im Büro, oder soll ich lieber gleich morgen früh zu Ihnen kommen?«

»Ja, aber beeilen Sie sich, McGovern. Ich bin nur noch bis acht hier und warte bis dahin auf Sie.« Fairbanks hat aufgelegt, bevor Brian McGovern antworten kann.

Zügig tritt er in das Arztbüro zurück. »Nur noch eine letzte Frage, bitte, Dr. Bell.« McGovern spricht den Satz aus, während er schon seine Akten zusammenpackt. »Gibt es noch irgendetwas über diese Sache mit der Kugel, die Sie in Ihrem Bericht an die Polizei oder mir gegenüber noch nicht erwähnt haben?«

»Was sollte das sein?«

»Denken Sie bitte nach. Auch Details können wichtig sein.«

»Nein, mir fällt nichts ein«, erwidert Bell »Nichts, was ich nicht schon gesagt hätte.«

»In Ordnung, Dr. Bell, falls Ihnen im Nachgang noch etwas einfallen sollte, rufen Sie mich bitte an!«. Mit diesen Worten legt McGovern Bell seine Visitenkarte auf den Tisch und verabschiedet sich kurz mit dem Hinweis, dass er in Eile sei.

Als Brian McGovern kurz darauf im Büro seines Bosses eintrifft, erfährt er zu seiner Verblüffung, dass der Müllwerker Elios Kostadinidis nach Meinung eines technischen Experten des Anlagenbauers in eine vorsätzlich gestellte Falle geraten sei, in der er im Großhäcksler der Müllpresse sein Leben verlor. Alle Sicherheitsvorkehrungen waren gezielt und kundig ausgeschaltet worden, von jemandem, der genau wusste, was er tat.

Und noch während McGoverns Boss weitere Details dieser neuen Untersuchungsergebnisse schildert, schießt dem Kommissar der Gedanke in den Kopf, dass nicht drei, nein, nunmehr mindestens vier Todesfälle mit dieser ominösen Kugel in Zusammenhang gebracht werden können.

Vier Tote in drei Monaten – und die Kugel verschwunden! *Morgen muss ich unbedingt die Nachbarin, diese Mrs. Norton, sprechen,* denkt er sich. *Vielleicht rufe ich sie besser heute Abend noch einmal an.*

– 14 –

Olivia Norton lebt seit Kurzem allein. Das Alleinsein fällt ihr schwer, was ihr immer besonders auffällt, wenn sie, wie in diesem Moment, von ihrer Arbeit kommt. Und allein auf ihr im abendlichen Dämmerlicht liegendes Apartmenthochhaus zutritt. In der Vorstellung, dass sie wieder den ganzen Abend mit sich verbringen wird, allein essen und allein zu Bett gehen, für eine weitere einsame Nacht.

Sie schließt die Eingangstür auf und öffnet als Erstes ihren Briefkasten im schummrig beleuchteten Treppenhaus, so macht sie es immer, wenn sie nach Hause kommt. Vollgestopft ist er, Briefe, zumeist wohl Rechnungen, viel lästige Werbung, wieder nichts Persönliches dabei, das sieht sie gleich. Erkennt es schon bei der flüchtigen Durchsicht während des Herausnehmens nüchtern auf den ersten Blick.

Eine Woche war sie fort, auf ihrer Kundentour. New Haven, Providence, New Bedford bis hoch nach Boston, immer nördlich die Küste entlang und über Worcester und Hartford nach New York zurück. Fünfhundert lange Automeilen, über vierzig Kundenbesuche, fünf bis sechs häufig ergebnislose Gespräche jeden Tag. Klinkenputzen bei Ärzten und Gesundheitszentren, Klopfen an Krankenhaustüren und Vorsprechen bei Apothekengroßhändlern. Um ihren Blutdrucksenker anzupreisen und die neuen Diabetespräparate, für die sie als Pharmareferentin von *Tech Medical* in diesem Bezirk bezahlt wird. Diese Halsabschneider, für die sie sich aufreibt. Und trotzdem am Ende des Monats von ihrem Gehalt kaum etwas übrig hat. Klingeln tut die Kasse bei ihr nur bei Kundenbesuchen, auf die eine satte Bestellung folgt. Ohne Bestellung gibt es nur eine lächerliche Aufwandsentschädigung, die kaum die Benzinkosten deckt.

Ich muss mir etwas Neues suchen, hat sie am Ende dieser erfolglosen Woche auf der Rückfahrt beschlossen. Als auf dem verstauten Highway kurz vor New York ein schwerer Herbstregen auf ihre Windschutzscheibe prasselte und ihr fast die Sicht nahm, obwohl der Scheibenwischer ihres Autos auf Hochtouren drehte.

Schluss mit dieser Firma, vielleicht mit der ganzen verlogenen Branche. »Ich muss mein Leben neu beginnen!«, rief sie laut im Auto zu sich selbst und drehte das Radio auf. »Ich brauche einen neuen Job – und einen neuen Mann!«, sang sie jetzt laut zur Musik und strich sich dabei durch ihr blondiertes langes Haar, das sie bei Kundenbesuchen immer offen trägt. Denn Männer reagieren auf so was. Lange Haare helfen verkaufen, hat sie früh gelernt. Wenn sie weiß, dass sie auf eine Kundin trifft, steckt sie hingegen meist die Haare hoch, beim Verkauf an Frauen ist feminine Zurückhaltung eher vorteilhaft.

Beim Verkaufen, weiß Olivia, kommt es auf Optik und Ausstrahlung an. Kunden kaufen nicht nur mit Verstand. »Man kann Verkaufsabschlüsse mit Argumenten erreichen, oft mit Sympathie – oder indem man niedere Instinkte bedient«, hat sie erst neulich wieder einer Freundin erzählt. Deshalb streicht sie mit engen Kostümen bewusst ihre Weiblichkeit heraus, kleidet sich dabei stets seriös, aber mit einem Schuss Sex-Appeal und weiß so ihre immer noch opulente, aber zunehmend verblassende Attraktivität gegenüber Männern im Verkaufsgespräch zu ihrem Vorteil einzusetzen.

Olivia Norton geht auf die vierzig zu – so unbestimmt benennt sie auch ihr Alter, wenn sie danach gefragt wird. Denn sie weiß, dass die Jahreszahl des Alters oft wie ein Verfallsdatum für die Attraktivität einer Frau wirkt. Oh ja, das hat sie am eigenen Leib erfahren, von Benjamin, diesem Schuft, der sie erst mit jüngeren Frauen betrogen und sie schließlich wegen einer blütenjungen OP-Schwester verlassen hat. Dr. Benjamin Bell, der ihr jahrelang seine Liebe geschworen, den sie geheiratet und mit dem sie eine gemeinsame neue Wohnung bezogen hat, obwohl er deutlich jünger war. Und schon im zweiten Ehejahr hat er begonnen, fremdzugehen. Das hat sie später herausbekommen. Und der nach einem Bruch seiner Treue mit einer anderen Frau am selben Tag nachts unter ihre Decke gekrochen ist und sie scheinheilig liebkost hat. Noch heute ekelt sie sich, wenn sie daran denkt.

Dabei ging er immer nach dem gleichen Beuteschema vor, wie Olivia es nennt. In Krankenhäusern, bei Schwestern, MTAs, Sekretärinnen war sein Terrain. Leichte Beute für einen Jäger wie ihn, wie er es ihr bei einem Streit einmal zynisch an den Kopf geworfen hat, bei Frauen, denen er allein oft schon mit Aussehen und Status imponierte. In den zahlreichen Krankenhäusern New Yorks, zu denen er in seiner Funktion als Notfallarzt auf den Rettungswagen wechselnd kam – denn nicht immer war nach einem Unfall die nächstgelegene Notfallstation eines Hospitals frei.

So hat er auch sie verführt, der charmante, gut aussehende Dr. Benjamin Bell, der sie, die damals im East Side Hospital in der Krankenhausapotheke arbeitete, im Sturm erobert hat. Benjamin, die Liebe ihres Lebens, für den sie alles tat, sich aus Verliebtheit sogar hoch verschuldete beim Kauf der gemeinsamen Wohnung, bei der Mitfinanzierung seines großspurigen Lebensstils, seiner teuren Hobbys.

Und der sie und ihr Vertrauen verriet, indem er sie betrog, nicht nur mit anderen Frauen, sondern, wie sie später herausbekam, auch in finanziellen Angelegenheiten. Aber nicht nur sie.

Dieser Mann suchte seinen Vorteil, wo er konnte, eiskalt. Nutzte Menschen aus, log, wann es ihm nützte, stets mit einem Lächeln auf seinem hübschen Gesicht.

Deshalb hat sie sich für die Scheidung auch den besten Anwalt genommen, den sie fand. Um es ihm heimzuzahlen, nachdem er sie wegen dieser naiven rothaarigen Operationsschwester verlassen hatte. Sie herzlos mit verwundetem Herzen und hohen Schulden zurückließ – sie einfach verstieß. Und dieser Anwalt trieb Benjamin gnadenlos mit seinem juristischen Florett vor sich her, lieferte ihm einen Kampf, den Benjamin nicht erwartet hatte, und ließ ihn dort finanziell zur Ader, wo etwas zu holen war.

Sie wollte ihm wehtun und ihn für seine Gemeinheiten bezahlen lassen. Das tat gut. Es führte aber auch dazu, dass Benjamin sie hasste, wie Olivia irgendwann erschrocken erkannte. Gedroht hat er ihr sogar, dass er es ihr eines Tages heimzahlen werde. Vor Zeugen hat er das gesagt und dabei mit den Händen gefuchtelt, als wollte er sie schlagen, mit einer eiskalten, eigentümlich gepressten Stimme und hasserfüllten Augen, wie sie sie noch nie an ihm gesehen hat. Wenige Wochen war das erst her.

Olivia steht jetzt vor ihrer Wohnungstür, steckt, die Briefe noch in der Hand und den Reisekoffer vor ihren Füßen abgestellt den Schlüssel ins Schloss – das klemmt. Missmutig legt sie die Post ab. Warum geht das Schloss nicht auf? Sie versucht es jetzt mit beiden Händen, drückt dabei an das Türblatt. *Verflixtes Haus, alles ist hier heruntergekommen,* flucht sie, als sie neben dem Schloss Holzabsplitterungen am Türrahmen entdeckt. *Hat jemand versucht, bei mir einzubrechen?* Olivia stemmt sich gegen die Tür, die endlich aufspringt.

Aber beim Durchgang durch ihre kleine Wohnung kann sie nichts Ungewöhnliches feststellen. Alles scheint unverändert, alles ist an seinem Platz, die Räume sehen aus, wie sie sie vor einer Woche verlassen hat. Vielleicht hat nur jemand vergeblich versucht, ihre Tür aufzubrechen? Beschaffungskriminalität vielleicht, in dieser kümmerlichen Gegend hört man immer häufiger davon. Sie wird morgen die Hausverwaltung informieren und fühlt sich bestärkt, dass sie aus dieser Wohnung wegziehen muss. Gleich morgen wird sie einen Makler anrufen.

Olivia streift ihre Schuhe ab, greift eine Weinflasche aus dem Holzregal, öffnet sie, schenkt sich ein Glas ein und nimmt einen kräftigen Schluck. Hunger kommt in ihr auf. Sie holt eine Tiefkühlpizza aus dem Gefrierfach, stellt den Gasofen an und sieht jetzt, wie der Anrufbeantworter blinkt. Elf Anrufe in ihrer Abwesenheit zeigt das Display an, das halbe Band ist voller Sprachnachrichten! Wer hat da angerufen? *So viele Nachrichten, wie ungewöhnlich,* denkt sie noch, beschließt aber, erst einmal heiß zu duschen, dann ist zum Abhören immer noch Zeit. Und denkt schon hungrig an die Pizza.

Zwanzig Minuten später sitzt sie im Bademantel auf dem Sofa, trinkt ihr zweites Glas Wein und hört ihre Nachrichten ab. Ein Kommissar McGovern von der Polizei bittet sie, ihm ein paar Fragen zu beantworten, bei einem persönlichen Gespräch. Bietet an, vorbeizukommen, bittet Olivia um baldigen Rückruf. Viermal hintereinander spricht er aufs Band. Immer ungeduldiger und fordernder klingt seine Stimme mit jedem Anruf. Die Polizei? Olivia ist noch verwundert, als sie als Nächstes die Stimme ihrer Mutter hört. »Wie geht's dir, Livi? Wollte nur einmal hören, wie es bei dir so läuft. Ruf mich an!« Mehr nicht. Wie immer ist ihre Mutter wie ein Sturmgeist durchgerauscht. Ebenso schnell da und schon wieder weg. Immer etwas aufgedreht dabei, erzählt meist von sich und hört kaum zu. Olivia will schon auf die Stopptaste drücken. Das alles kann sie jetzt nicht gebrauchen, nicht nach so einer Woche! Doch schon springt die nächste Bandansage an. »Ich habe Post von deinem Anwalt bekommen.« Benjamin Bells Stimme ist jetzt zu hören. »Pfeif diesen Kettenhund zurück, Olivia! Du weißt nicht, was du da tust!« Und schon hat er aufgelegt.

»Du Mistkerl!«, zürnt sie jetzt und stoppt wutentbrannt das Band. Woher hat er plötzlich ihre Nummer? Genug dieser Nachrichten, jetzt will sie etwas essen. Olivia nimmt die gefrorene Pizza aus der Verpackung, öffnet die Ofenklappe, will sie hineinschieben, als sie keine Ofenhitze verspürt. »Verflucht, jetzt ist auch noch der Ofen defekt!« Erbost drückt sie wiederholt den Startknopf der Zündung.

Die Explosion reißt Olivia sofort Kopf und Arme ab, sprengt die Fenster aus dem Rahmen, ein Fassadenstück stürzt krachend auf das Dach eines vor dem Haus parkenden Autos. Als die von einem Nachbarn zu Hilfe gerufene Feuerwehr fünfzehn Minuten später eintrifft, steht die Wohnung längst in Flammen. Eine volle Stunde bekämpft die Einsatzgruppe das Feuer, bis die letzte Glut endlich erlischt. In den Überresten der Wohnung findet der Zugführer eine Leiche, besser gesagt das, was von ihr nach Explosion und Brand noch übrig ist.

Noch am Abend sperrt die Polizei den Unfallort ab, nachdem die verschreckten evakuierten Bewohner des Hauses in umliegenden Hotels untergebracht worden sind. Und als am nächsten Morgen Kommissar Brian McGovern den Telefonhörer in seinem Büro abnimmt, um nochmals den Versuch zu unternehmen, die Nachbarin von Mrs. Dickenson zu erreichen, liegen die Überreste von Olivia Norton bereits seit zwölf Stunden in einem Kühlsarg im Untergeschoss der Pathologie.

Paul hatte die Seite umgeblättert, Lynn hatte sich einen Palisanderhocker herangezogen und saß nun neben ihrem Bruder an dem Tisch aus Mangoholz. Es war noch nicht mal acht Uhr an diesem Morgen, an dem die Geschwister im Büro von Graham Yeomans' Laden saßen, vor dieser rätselhaften Geheimdienstakte, die sie aufgeschlagen auf dem Schreibtisch ihres Onkels vorgefunden hatten. Dem alten indischen Sekretär von Gram, der in diesem Moment mit einer Schädelfraktur und einer zertrümmerten Hüfte auf der Intensivstation des Krankenhauses von Durham im Koma lag und dort mit dem Tode rang.

»Lies du es vor, Lynn. Das kannst du besser als ich.« Bei diesen Worten schob Paul die geöffnete Akte zu seiner Schwester herüber, die einverständig nickte, da sie nur zu genau um die Leseschwäche ihres Bruders wusste, und den Bericht laut vorzulesen begann:

Im Rahmen der Untersuchungen von mindestens 27 mysteriösen, ungeklärten Todesfällen auf dem Gebiet des Britischen Empire in Indien zwischen Februar 1897 und Mai 1899, die nach unbewiesenen Zeugenaussagen einheimischer Bewohner in Zusammenhang mit einer Kugel (Umfang ca. 3 ¼ Inch) gebracht werden, wurde ich vom Geheimdiensthauptquartier London beauftragt, eine Dienstreise nach Udaipur, Rajasthan, zu unternehmen. Ziel der unter höchster Geheimhaltung durchgeführten sechswöchigen Reise war es, Gerüchten nachzugehen, nach denen einige traditionelle, reisende rajasthanische GESCHICHTENERZÄHLER – sogenannte Bhat – in ihren Vorführungen über ein historisches Ereignis berichtet haben sollen, in dem

eine Kugel mit einer tödlichen Wirkung eine wesentliche
Rolle gespielt habe.
Mir gelang es nach mehrwöchigen, vergeblichen Versuchen
in BIKANER, einen Bhat namens Chakraborti ausfindig zu
machen, der mir eine Geschichte berichtete, die angeblich seit
rund hundertsechzig Jahren von Geschichtenerzählern der
Region auf Dorfplätzen erzählt wird. Die Geschichte in seiner
Version ist seit Generationen in seiner Familie von Geschichten-
erzählern mündlich vom Vater auf den Sohn tradiert
worden und wird nach seiner Zusicherung bis heute
unverändert erzählt.
Ich habe die Geschichte mithilfe eines vertrauenswürdigen
Dolmetschers Wort für Wort aufgeschrieben und gebe sie
folgend in diesem Bericht wieder. Ich versichere hiermit, nichts
hinzugefügt und nichts weggelassen zu haben und sie somit
wahrheitsgemäß wiederzugeben. Ich habe zudem über offizielle
Unterlagen oder Dokumente in mehreren Archiven in Delhi,
Bikaner, Jaipur und Udaipur Nachforschungen angestellt.
Nirgends konnte ich irgendetwas ausfindig machen,
das den Wahrheitsgehalt der in dieser Geschichte berichteten
Ereignisse belegt.

Hochachtungsvoll, William R. Pinney (Senior Secrecy Agent)

Folgend: Bericht Aufzeichnung des Bhat Chakraborti

Bericht über Ereignisse am Hofe
des Maharana Sawai Jai Singh II.
im Jahre 1731 und danach

Vidyadhar Bhattacharyas Frau war schön, den Atem nehmend
schön, wenn man diese Sita sah. Manche sagten, ihre Schönheit überstrahle in ihrem Glanz selbst alle Sterne am indischen
Nachthimmel über der Wüste Thar.

Sie war von mittelgroßem, schlankem Wuchs, dabei leicht, ja ungewöhnlich feingliedrig geformt. Wie gezeugt von einem Gott und einer Libelle in einer ersten Liebesnacht, so käme sie mit ihrem lautlosen Gang daher. Fast schwebend setze sie mit Anmut Schritt vor Schritt. Hauchzart ihr Blick aus ihren makelfreien Zügen, der Männer traf wie ein sanfter Zauberwind. Sie gleich verwirrte und ihre Sinne betörte. Ihrem Verstand, aufziehendem Nebel gleich, die Sicht verschleiernd nahm.

Ihre zarte Haut glänzte verlockend wie sonnenwarmer Alabasterstein, war stets umschmeichelt von Gewändern aus leuchtend-teurem Tuch, die jede ihrer Bewegungen umflossen, als streichelten sie liebkosend ihren glanzvollen Körper. Zur Huldigung ihrer Schönheit und zur Anbetung ihrer verschwenderischen weiblichen Pracht. Wenn sie ihre Stimme erhob, klangen ihre Worte mal honigsüß, mal schnurrend wie ein Katzenlaut, im Wechsel lockend oder streichelnd dabei, als wolle sie einen jeden beim Sprechen schon betören. Und wenn sie die Palastgärten betrat, begann manch Vogel gleich zu tirilieren, die Pfauen spreizten ihre Räder stolz, und selbst die Blumen verneigten ihre Köpfe vor ihrer Schönheit Pracht. So verbreiteten es die Menschen damals in den Gassen.

Bhattacharyas Frau Sita war die Schönste in der Stadt, nein, im ganzen Fürstentum Amber, dem Reich des Maharana Sawai Jai Singh II., dem Bhattacharya als sein Architekt und Minister gerade seine neue Hauptstadt baute. Die mit ihren starken Festungsmauern nicht nur uneinnehmbar sein sollte, sondern auch die prunkvollste von allen weit und breit. Und die nach ihrem Herrscher und Auftraggeber ihren Namen trug – Jaipur. Stadt der Städte, Ort der Künste, der Wissenschaften, der Astronomie und Mathematik, der Pracht und Herrlichkeit, der Macht und Einzigartigkeit und darum seines Herrschers würdig.

Aus Bengalen hatte Bhattacharya sie mitgebracht, seine anbetungswürdig schöne Sita, als er vor wenigen Jahren an den Hof des Maharana kam, mit dem Auftrag, diese Stadt zu bauen. Und das nach Wunsch des Herrschers so schnell und prächtig wie niemand zuvor. Kostspielig gekleidet kam Sita in seiner Begleitung, mit Schmuck behangen wie eine Rajputen-Prinzessin. Mit einer großen Dienerschaft, gebettet und umsorgt vom Reichtum ihres Mannes, dem großen Architekten und Städtebauer, der deutlich älter war als sie. Und für den die Natur von dem, was sie an Sita so verschwenderisch verschenkte, so viel weniger vorsah. Denn Bhattacharya war nicht nur hager, ja mager und klein, sondern trug schon schütteres Haar auf seinem kaum vierzigjährigen Haupt. An dem links und rechts zwei übergroße Ohren emporstanden, die er ängstlich unter seiner Kopfbedeckung verbarg. Weswegen Missgünstige hinter seinem Rücken spotteten und ihn einen alten Esel hießen, der sich dahinschleppe vor dem Karren seiner jungen, eitlen Frau.

Und da war etwas Wahres dran, an dem, was viele mit Neid Sita nachsagten. Denn was für ihre Schönheit galt, galt auch für ihre Eitelkeit und ihren Hochmut – sie waren alle ohnegleichen und wie auch ihre Geltungssucht ohne Maß.

Aber Bhattacharya wollte diese Seiten an seiner Frau nicht wahrhaben, er sah nur ihre Schönheit, verwöhnte sie, wo er konnte, und das, obwohl sie ihm meist die Gunst der Liebe einer leidenschaftlichen ehelichen Nacht verweigerte.

VIDYADHAR BHATTACHARYA arbeitete viel, eigentlich von Sonnenaufgang bis zu ihrem Untergang, und auch danach. Fast ohne Unterlass. Denn sie sollte fertig werden, diese Stadt, so schnell, wie noch nie zuvor eine gebaut worden war. Für seinen Herrscher, der ihn ermunterte, der ihn drängte. Der ihn anspornte mit Gold und Worten, und noch mehr davon als Preis in Aussicht stellte, wenn sie denn bald fertig werde, seine einzigartige Hauptstadt. In die er von seiner bisherigen Königsstadt AMBER umziehen wollte mit seinem Hofstaat. Um von Jaipur aus sein Reich zu regieren, das er zum Mittelpunkt machen wollte, nicht nur der Pracht, sondern auch der Macht, die er mit ihr demonstrieren wollte, für seine Feinde, für andere Fürsten, für alle, die sich weigerten zu sehen, dass er einer der Mächtigsten und Prächtigsten war. Und dass er zu achten und zu fürchten war wie kein Zweiter im Norden Indiens zu dieser Zeit.

Er, Sawai Jai Singh II., der sich losgesagt hatte vom einst mächtigen muslimischen Mogul, dem er lange als Vasall gedient hatte, wie schon sein Vater vor ihm. Und er, der vor Kurzem das heilige Pferdeopfer, das ASHVAMEDHA, dargebracht hatte, als erster Herrscher seit Jahrhunderten. Um seine Königsmacht und seinen Ruhm zu stärken. So, wie es ihm die alten *Veden* hießen. So, wie es nur der Mächtigste der Mächtigen tat. Und für den daher seine neue Hauptstadt Jaipur mehr war als nur ein anderer Ort seiner höfischen Pracht. Nein, es sollte allen des Königs Einzigartigkeit zeigen. Seine einzigartige Macht. Jaipur sollte leuchten wie ein Sternzeichen am Nachthimmel, als weit sichtbares Symbol seiner Unvergleichlichkeit. Im Einklang mit der göttlichen Ordnung. Ganz im Sinne von *Vishnu*, dem Höchsten, seinem Angebeteten. Der vor Erschaffung der Welt auf einem Banyanblatt schlief, still auf der Wasseroberfläche treibend. Und dem beim Erwachen ein Lotosstängel aus seinem Bauchnabel wuchs, auf dessen Spitze der Gott *Brahma* erschien. Der von *Vishnu* die Kraft der Schöpfung erhielt. Die alles schuf auf der Welt und im Kosmos. *Oh Vishnu, mein Bewahrer, der du allein die Dreiheit von Erde, Himmel und allen Lebewesen trägst!*

Dass er der Mächtigste unter den Menschen im Norden Indiens war, wollte Sawai Jai Singh II. allen zeigen. Darum wollte er auch nicht nur Macht auf Erden besitzen, sondern ebenfalls die Kräfte des Himmels über ihr verstehen und die der Gestirne der Nacht. Daher baute er mehrere Sternwarten in seinem neuen Reich. Die größte von ihnen ließ er in seiner neuen Hauptstadt errichten, das JANTAR MANTAR, die nicht nur die großartigste, sondern auch die beste auf der Welt sein sollte. Weshalb er nicht nur die klügsten Astronomen aus den Weiten Indiens an seinen Hof zog, sondern auch die aus Persien, den Tälern Afghanistans und sogar aus Europa.

Denn er hatte von christlichen Missionaren über das mächtige Wissen der Portugiesen gehört und eine Gesandtschaft an den Hof des portugiesischen Königs João V. geschickt. Der ihm eine Delegation nach Jaipur zurückschickte, mit monarchischen Grüßen und einem Mann namens Xavier da Silva an der Spitze. Im Gepäck geheime Himmelstafeln und begleitet von drei Astronomen und ihrem Wissen.

Unter diesen war einer, der sofort auffiel, wenn er den Raum betrat. Denn er war von einer solchen Anmut und Schönheit, wie man sie noch nie bei einem Mann am Hofe von Amber und Jaipur gesehen hatte. Er war Portugiese. Und er hieß Jao. Außerdem war er erstaunlich jung an Jahren für einen Astronomen. So sprach man.

Es war kurz nach seiner Ankunft, als Jao auf dem Wege zu seinem Gebieter, in der Hand ein paar Instrumente, unterwegs zur großen Sonnenuhr über einen engen Platz der Baustelle des Palastes schritt. Ihm entgegen kam der Architekt Bhattacharya in Begleitung seiner Sita, begleitet von zwei Dienerinnen, die sie vor der Sonne beschirmten, die schöne Sita, gekleidet in einen purpurnen Sari, mit einem safrangelben Kopfschleier. Es war an diesem Tag besonders heiß und schwül, aber es wehte ein böiger, glühend warmer Wind, der Sitas Schleier mit einer sanften Kraft von ihrem Kopf hob. Er flog, als wäre er ein gelber Schmetterling, sodass Sita in all ihrer entblößten Schönheit vor dem jungen Portugiesen stand. Und dieser Jao fing ihr sofort den Schleier, als wäre es ihm befohlen, mit schneller Hand aus dem Windhauch, und verhinderte so, dass er auf dem erhitzten Platz in Staub und Schmutz fiel.

In dem Moment, als Jao Sita ihren safrangelben Schleier reichte, mit sanfter Bewegung, als überreiche er eine Blüte zum Geschenk, da trafen sich ihre Blicke. Und entfachten ein Feuer in Sita, wie sie es bisher im Leben in ihrem Herzen nicht gekannt hatte. Alles begann mit diesem Schleier, und ihrer beider Schicksal wendete sich in diesem kurzen, flüchtigen Moment für immer. Und wenn später manch einer an das, was sich danach ereignete, zurückdachte, so sagte er, dass vielleicht schon in diesem Schleier das Verhängnis verborgen gelegen habe.

∞

Es war fünf Monate später, als die Palastsoldaten heftig mit ihren Fäusten gegen die Tür des Schlafgemachs von Jao schlugen. Und kaum dass er in dieser Nacht aus dem Schlaf gerissen die Tür öffnete, wurde er gepackt und seine Hände fest hinter seinem Rücken gebunden. Er wurde erbarmungslos fortgeschleppt, seine Rufe und sein Klagen kalt von den Soldaten missachtet. Und kurz darauf saß er schon auf dem Felsboden in einem fensterlosen, stickigen Verlies, in den Katakomben tief unter der Festung der Stadt.

Jao ward angeklagt des Bruchs einer Ehe und, ja, auch des Gastrechts. Des ehrlosen Verhaltens, der Lüge und des Betrugs! Ehebruch mit Sita sollte er begangen haben, viel schlimmer noch, er habe die Ahnungslose mit Zauber schamlos verführt. Damit habe er die Ehre ihres Mannes, des Architekten Bhattacharya, zerbrochen. Und, was viel schlimmer wog, die Ehre des Königs und seines Gastrechts dazu. Zudem den Maharana belogen und betrogen, denn Jao sei gar kein Astronom, nein, er sei in Wahrheit Zauberer und Alchimist! Das hatte in seiner Not Xavier da Silva gestanden, nachdem man ihm beim Verhör drohte und zum Schein auf das Knochen brechende Foltergerüst flocht.

Als Jao vor die Richter trat, bestritt er jedoch stolz alles. Nicht eine der ihm zur Last gelegten Taten sei wahr. Das schwor er bei seiner Ehre und dem Heil der Katholischen Kirche. Und bei der Treue zu seinem König João V. – obwohl das hier in Jaipur ohne Bedeutung war. Was Jao noch sagte, sorgte hingegen für Unruhe, erst im Gerichtssaal und dann durch flirrende Gerüchte am ganzen Hof. Es sei Sita gewesen, die ihm nachgestellt habe, ihn mit Zeichen ihrer Gunst immer wieder ermunterte und schließlich versucht habe, ihn zu verführen in einem Zimmer des südlichen Palasts, als ihr Mann Bhattacharya einmal, wie so oft, abwesend war.

Sita wurde befragt, von drei Richtern im Beisein ihres Manns. Sie war empört, verfluchte Jao für seine Lügen, bezichtigte ihn der Hexerei und bösen Zaubers, mit dem er sie betört und mit ihr in einer Nacht ihre eheliche Treue gebrochen hatte. Sita zeigte sich verzweifelt, weinte schreiend, warf sich auf den Boden. Aus ihrem Mund spie sie Flüche, aus ihren Augen sprühte nur Verachtung und Hass gegen Jao.

»Wie hat er dich denn verzaubert? Welche böse Magie hat Jao angewandt?«, fragte einer der Richter sie jetzt. »Wie soll ich das wissen?«, hatte Sita darauf hasserfüllt gesagt. Sie habe sich verhalten, als wäre sie ohne Ehre. Als hielten sie keine Zügel. Als hemmte sie kein Gelübde, dereinst ihrem Ehemann geschworen vor einem Brahmanen. Sie hatte nur noch Gedanken und das Verlangen in sich, diesen Jao zu besitzen, sich an seinen Körper zu schmiegen, Liebesworte von ihm zu hören und seine Küsse auf ihrer Haut zu spüren.

Gäbe es denn gar nichts, was den Zauber Jaos belegen könne, wurde Sita nun eindringlich gefragt. Magie und Hexerkunst zeige sich oft in unterschiedlichen Gestalten. Habe er ihr einen Trunk verabreicht, einen Zauberspruch vor ihr hergesagt, ein Räucherwerk vor ihr entzündet oder vielleicht geheimnisvolle Zeichen an ihre Wände geritzt? Habe sie an seinen Augen ein Flackern oder an seiner Stimme ein Fauchen oder sonst eine Veränderung an seinem Körper in ihrem Beisein bemerkt? Oder habe er sich, die Frage müsse untertänigst gestellt werden, beim Liebesspiel anders, heftiger oder lüsterner als menschlich üblicherweise gebärdet? Ihr brünstiger beigewohnt, als ihr Ehemann es sonst tue? Sie sah auf den Gesichtern der Richter ein anzügliches Lächeln und in den Augen einen begierigen Blick.

Sita weinte, sagte, nichts dergleichen habe sie bemerkt. Außer dem Sog seiner außerordentlichen Schönheit sei ihr nichts dieser Art in seinem Beisein aufgefallen. Sie raufte sich am Boden liegend verzweifelt die Haare, wälzte sich dabei stöhnend wie verwundet, brachte sich mit ihren Nägeln an ihren Armen blutende Wunden bei. Bat ihren Gatten um Verzeihung, sprach von ewiger Schande und vom Wunsch nach einem Ende ihrer Lebenszeit.

Der Architekt Bhattacharya schrie jetzt verzweifelt, warf sich schützend und liebkosend über sie, flehte sie an, nicht so zu reden und einzuhalten in ihrem Tun. Er rief nach den Dienern, nach heißem Wasser, reinigte ihre Wunden mit einem Tuch. Bat die Richter um Einhalt beim Verhör für seine Frau. Verfluchte jetzt den Zauberer Jao, sprach von seiner zerstörten Ehre. Und stürmte dann aus dem Raum, wollte Vergeltung einfordern vom Maharana, wollte von ihm Rache an Jao für seine Frau.

Die drei Richter standen ratlos, der Älteste unter ihnen blieb dennoch erstaunlich ruhig. Er hatte bisher am wenigsten gesprochen und mehr beobachtend zugehört. Aber jetzt fragte er sie, ob sie denn gar nichts von Jao erhalten habe, in der Zeit vor der erschlichenen Liebesnacht? Vielleicht einen Brief, eine Blume oder ein Schmuckstück? Irgendein Zeichen seiner Gunst, irgendein Liebespfand?

»Nein, gar nichts«, sagte daraufhin Sita. »Nur, ach, in dem Schleier war diese Kugel eingeknotet.« In ihrem safrangelben Schleier, den Jao bei ihrer ersten Begegnung aufgefangen und ihr zurückgegeben hatte, hatte sie abends an jenem Tag beim Ablegen des Schleiers diese Kugel vorgefunden. Sita zog die Kugel aus ihrem Umhang, blau leuchtend lag sie jetzt schimmernd offen vor dem Blick der Richter auf ihrer Hand.

Der Fall sei klar, berichteten später die drei Richter, als sie vor dem Maharana zur Schilderung ihres Urteils im kleinen Kreis standen. Auch der Architekt Bhattacharya stand mit im Saal, ansonsten waren nur die Wachsoldaten und ein Brahmane mit im Raum. Bhattacharya hatte die sofortige Bestrafung Jaos zur Tilgung seiner Schande, zur Beseitigung seines Gesichtsverlusts gefordert, sonst bliebe er keinen Tag länger hier am Hof. Und würde Sawai Jai Singh II. seine Hauptstadt nicht weiter bauen. Keine Hand würde er mehr rühren vor Auslöschung seiner Schmach!

Bhattacharya hatte gebebt vor Wut und Hass aus verletzter Ehre, auch viel Eifersucht war mit im Spiel. An weiterer Bezahlung und Ruhm sei ihm nicht mehr gelegen, hatte der Architekt gesagt, nur den Tod des Portugiesen fordere er als Lohn!

»Was ist Euer Urteil?«, wollte der Maharana nun von den Richtern wissen – und war erstaunt, was er nun vernahm.

Der Fall sei klar, dennoch im Urteil nicht einfach, führte nun der Älteste und Oberste unter den Richtern aus. Unstrittig sei, die Ehe wurde gebrochen. Dieser Umstand läge zunächst einmal klar auf der Hand.

Auch sei bewiesen, dass Jao Sita bezaubert habe. Hierfür habe er einen Gegenstand benutzt, mit dem er Sita behext habe. Es sei ein Zauber, der Sitas Beherrschung lähme, ihre Selbstzucht und infolge ihre Festigkeit in der Treue und im Gelübde zu ihrem Mann.

Und hierin liege genau das Problem, sprach nun der älteste Richter. Denn daher sei nicht nur Jao schuldig, der für sein Verbrechen unstrittig als Bestrafung den qualvollen Tod verdiene. Nein, auch Sita sei schuldig zu nennen. Denn die verzauberte Kugel sei nicht Grund, sondern nur Wegbereiterin ihres Ehebruchs. Sita sei voll wollüstiger Gedanken gewesen, habe in Kopf und Herzen Jaos jugendliche Manneskraft begehrt. Habe lüsternes Verlangen nach seinen kraftvollen Stößen verspürt. Habe in Gedanken ihren Mann schon betrogen, oft und immer wieder mit diesem Portugiesen. War geblendet von seiner Schönheit und hatte schamlos von ihm geträumt, nachts auf ihrem Lager, sich im Schlaf lüstern wälzend für einen anderen, dabei liegend neben ihrem Mann!

»Sita ist schuldig wegen ihrer bösen Gedanken!« Der Satz des Richters hallte wie ein Donnerschlag durch den prunkvollen Saal.

»Nein, ich verlange Gnade!«, Bhattacharya warf sich zu Füßen des Maharanas auf den Bauch. »Ich bitte, Sita zu verschonen. Doch ich fordere den qualvollen Tod für Jao, so wie er es verdient. Wenn Ihr mir diese Gunst gewährt, ehrwürdiger Sawai Jai Singh, verspreche ich Euch, Eure Stadt zu vollenden, so wie es keine je auf indischem Boden gab. Lohn für meine Arbeit werde ich nicht verlangen. Nur dienen will ich Euch dafür, bis sie fertig ist, Eure königliche Stadt.«

Der Maharana schaute auf die Richter und auf den Architekten, der vor ihm lag.

»Ich werde mich jetzt mit *Vishnu*, dem Gott der Götter, beraten, welche Strafe geboten ist.« Dabei blickte er auf den Brahmanen und verließ mit ihm gemeinsam auf dem Weg zum Tempel den herrschaftlichen Raum. Es dauerte einen Tag und eine Nacht, bis das Urteil schließlich feststand. Von ihm wurde nun gesprochen – ehrfürchtig flüsternd, ja fast ängstlich – im ganzen Land.

∞

Auf fellbespannten PAKHAWAJS trommelnd, an langhalsigen SITARS zupfend und in ihre hell schallenden SHAHNAI blasend, zogen die Musikanten vor dem Tross über den steinigen Weg den Berghang hinab. Gleich hinter ihnen ritten bewaffnete Reiter, danach trotteten viele Soldaten, denen ein mächtiger Elefant folgte, der an seinem Schleppgeschirr eine riesenhafte Eisenkugel zog. Halb so groß wie das Rüsseltier selbst, rollte die hohle metallene Kugel rumpelnd voran.

In der Kugel saß Jao, eingeschmiedet zur Strafe, ein paar Luftschlitze fächerten ihm nur ein wenig Kühlung in sein rollendes Gefängnis hinein. Schon zwei Stunden, von der Festung her, marschierte der lange Tross. An dessen Ende ritt Sawai Jai Singh II., aufrecht auf seinem geschmückten nachtschwarzen MARWARI, zwei berittene Offiziere der Palastwache zu seinen

Seiten. Es folgte sein Stadtbauminister Bhattacharya, der in einer über den steinigen Boden rumpelnden TANGA fuhr, gemeinsam mit den drei Richtern, gleich hinter seinem König her.

Die Sonne brannte stechend vom heißgelben Himmel, Mensch und Tier litten unter der zunehmenden Tageshitze gleichermaßen, besonders Jao, der seit Stunden in seiner Kugel hin und her geworfen wurde. Noch vor Sonnenaufgang hatte man ihn in die riesenhafte Kugel eingeschweißt, wenige Wochen nach dem Tag, an dem ihm sein Urteil verkündet worden war. Der Schuldspruch lautete auf Betrug am allerhöchsten Herrscher und auf Verführung einer Ehefrau durch Zauber, die Strafe wurde auf Tod innerhalb eines Monats festgesetzt. Über die Hinrichtungsart wurde jedoch nichts geäußert, aber Jao gesagt, dass er nach einem endlich abgelegten Geständnis, einer reumütigen Anerkennung seiner Schuld einen weniger qualvollen Tod zu erwarten habe. Das Maß des Leidens läge also ganz allein in seiner Hand!

Doch Jao weigerte sich, jede Schuld anzuerkennen, warf Sita vor zu lügen, nannte die Richter Verleumder und stritt die Behauptung, über Zauberkräfte zu verfügen, vehement ab.

Urteil und Strafe waren festgelegt worden von Sawai Jai Singh II. selbst, zusammen mit dem Brahmanen, und bewegt von *Vishnus* Weisheit, so wurde im Volk seitdem gemutmaßt. Die drei Richter hingegen waren noch nicht mal mehr gefragt worden, was sie seitdem in große Unruhe versetzte.

Heftig war am Hof und in der Stadt spekuliert worden, welche Hinrichtungsart beim Portugiesen wohl Anwendung fände. Zerquetschen des Kopfs durch den stampfenden Fuß eines Elefanten oder Erdrosseln mit der seidenen Schlinge wurde bei Jaos Geständnis als milde Todesart vermutet. Oder Tod durch über Stunden auf seinen gefesselten Körper geträufeltes siedendes Öl als eine qualvollere Hinrichtung vermutet. Vielleicht würde man ihn aber auch in einem Topf in erhitztem Wasser langsam zu Tode sieden. Das wäre noch qualvoller, so hatte man es doch erst kürzlich mit einigen Sikhs in Delhi gemacht. Die Menschen munkelten und mutmaßten, die Strafe könne auch schlimmer ausfallen, schließlich sei ja auch böser Zauber bei Jao im Spiel gewesen.

Was dann aber geschah, überraschte alle, selbst Jao war ungläubig, als man ihn am Morgen in diese riesige Kugel einschloss. Und sie zuschmiedete, ohne Tür und Schloss, sondern endgültig verschloss und für immer. Als Jao darin saß, kam langsam Panik in ihm auf. Die Kugel wurde mit einem Zuggeschirr hinter einen Elefanten gespannt, der sie nun schon seit Stunden als Teil des Trosses vorwärts zog. In diesem Moment erreichte er das Ende des Berghangs, der direkt an das Ufer eines tiefblauen Bergsees mündete.

Die Musikanten hörten auf zu spielen, Elefant und Kugel wurden jetzt von den Soldaten im Halbkreis umringt. Für Sawai Jai Singh II. wurde ein Rastzelt errichtet, in dem er auf einem Stuhl im Schatten saß, die Richter und der Architekt Bhattacharya auf halbhohen Hockern direkt neben ihm.

Derweil lag die eiserne Kugel am Ufer des Wassers, die heiße Sonne schien erbarmungslos auf sie herab. Ein Offizier trat jetzt auf Geheiß des Maharanas an ihre Seite, rief durch die Luftschlitze hinein, ob Jao nicht endlich seine Schandtaten gestehen wolle. Aber Jao schrie nur wütend bittere Flüche und dass er unschuldig sei und nichts bereue und schluchzte dann.

»Hier erfährst du deine Rache. Und damit die Wiederherstellung deiner Ehre durch die Verlängerung des Ehebrechers Qual und seinen Tod. Auch deine Sita will ich verschonen, ich werde sie wieder für die Fortsetzung der Ehe mit dir als intakt erklären, da ihr Ehebruch durch Zauber geschah. Dennoch werde ich ihr etwas auferlegen. Darüber zu sprechen, ist aber jetzt nicht die Zeit.« Der Maharana ließ sich einen erfrischenden Tee reichen und setzte dann seine Worte an Bhattacharya fort. »Als Preis erwarte ich von dir die Fertigstellung meiner Stadt, so schnell gebaut wie noch von niemandem zuvor. Und du erhältst hierfür keinen weiteren Lohn.«

Sawai Jai Singh II. stand nun auf und sprach jetzt laut zu allen folgende Worte: »Der Portugiese Jao hat mich nicht nur betrogen, als er, unter dem Vorwand, ein Astronom zu sein, nach Jaipur kam. Er ist in Wahrheit ein Magier und hat mittels eines verbrecherischen Kugelzaubers eine Ehefrau verführt und damit die Ehre meines Ministers verletzt. Und so auch mein Ansehen beschmutzt. Mit einer Kugel hat er diese Taten begangen. Darum soll auch eine Kugel sein Schicksal sein.«

Der Maharana trat jetzt näher an Jaos eisernes Gefängnis und schrie die folgenden Worte in die Kugel hinein: »Der Portugiese soll sieben Tage in dieser Kugel bleiben, in der Hitze der Sonne. Und jeden Tag wird ihm eine andere Qual auferlegt. Am ersten Tag werden Schlangen zu ihm hineingeworfen, am zweiten Tag ein Nest von Wespen, am dritten Ratten, am vierten glühende Steine. Am fünften beißendes Dornengestrüpp. Am sechsten soll so laut auf die Kugel mit Hämmern eingeschlagen werden, dass ihm das Hören vergeht. Am siebten Tag schließlich wird die eiserne Kugel vom Elefanten in den See gezogen, in die Tiefe gestoßen soll er darin ersaufen, für immer in seinem eisernen Grab liegen.«

»Ich verfluche dich!«, schrie Jao jetzt aus der Kugel. »Denn du tust Unrecht! Deine bösen Gedanken sollen dein Untergang sein. Und der Untergang all derer, die von dir abstammen und Böses denken. Und aller, die dir dienen und helfen dabei!«

»Schweig, Portugiese!«, schrie nun Bhattacharya, der bei diesen Worten von seinem Sitz unter dem Zeltdach hochschnellte und rasend vor Hass in schnellen Schritten neben den Maharana zur Kugel lief. »Du hast mein Weib mit dem Zauber der Kugel verführt, du Verbrecher!«

»Ich dein Weib verführt?«, schallte es von Jao aus der Kugel zurück. »Ihre unkeuschen Gedanken waren es. Es war sie selbst, die es in meine Arme trieb, du Tor! Die Kugel enthemmte nur ihren Willen. Die Kugel entfesselt nur, was sich bereits im Menschen versteckt!« Und Jao lachte, lachte höhnisch aus der Kugel.

Seine Stimme dröhnte wie ein tönendes Echo, klang fremd und hallend, die Laute seltsam, sodass sie den Umstehenden fröstelnde Angst einzuflößen begann. Und sogar eines der *Mawaris* wiehernd mit seinem Reitersoldaten auf die Hinterbeine stieg.

»Stoßt die Kugel ins Wasser!«, schrie der Maharana da. »Ertränkt den Zauberer, bevor er noch mehr Unheil anrichtet. Ich befehle es!«

Der erschrockene Palastoffizier, der neben der Kugel stand, gab dem *Mahud* ein Zeichen, der sofort auf den Elefantenrücken stieg und seine Füße als sanften Befehl in den Hals des Tieres drückte, das daraufhin vorwärts in das Wasser ging, die eiserne Kugel hinter sich herzog, immer weiter in den See, der unter der Oberfläche immer steiler abfiel. Und Jao schrie fortgesetzt Flüche aus der Kugel, sodass der Palastoffizier den *Mahud* kreischend zu mehr Eile antrieb.

Da verlor der Elefant plötzlich den Boden unter den Füßen und begann jetzt zu schwimmen, doch die schwere Kugel rollte nun immer weiter hinter ihm die im Wasser abfallende Böschung hinab, drückte das Tier vorwärts, zog das Rüsseltier mit seinem Gewicht immer mehr unter Wasser.

Zuletzt trompetete der Elefant verzweifelt, während die eiserne Kugel ihn erbarmungslos am Zuggeschirr mit in die Tiefe des Sees riss. Der Kampf dauerte nur Sekunden, und schon war an der Wasseroberfläche nichts mehr zu sehen. Nur der verzweifelt schreiende *Mahud*, der sich mit einem Sprung vom Elefantenrücken ins Wasser gerettet hatte – und vergeblich den Namen seines geliebten Elefanten rief.

∞

Sawai Jai Singh II. saß grübelnd vor dem Springbrunnen im Palastgarten, er war fast allein, nur der Brahmane, der Architekt Bhattacharya und sein erster Minister waren bei ihm. Das gestern Erlebte ging ihm noch nach, er hatte die Nacht mit Gebeten im Tempel verbracht, mehrere reinigende Zeremonien begangen und nur kurz und mittels eines Schlaftrunks etwas Ruhe auf seiner Bettliege gefunden.

Die Worte des Portugiesen kreisten in seinem Kopf, immer wieder übertönt in seiner Erinnerung vom trompetenden Todesschrei des Elefanten. Er war beunruhigt von diesem Zeichen. So wie auch der Brahmane, der mutmaßte, dass dies ein göttliches Zeichen war – der Erschütterung des Maharanas Macht!

Denn sind da nicht die acht männlichen Elefanten, die Ashtadiggajas. Erschaffen von Dir, oh *Brahma*, Du Schöpfergott, aus dem Ei des Kosmos. Damit sie gemeinsam mit ihren acht Elefantenfrauen mit den Göttern die Erde und das Universum in alle acht Himmelsrichtungen halten und bewachen!

War es nicht einer von ihnen, der heilige Airavata, der weiße und erste aller Elefanten, auf dem einstmals der Götterkönig *Indra* ritt! Und dank seiner Hilfe den mächtigsten Dämon des Bösen, die Schlange Vritra, besiegte, die das lebensspendende Wasser gefangen hielt, die Welt mit Trockenheit quälte und alles mit Dürre überzog!

Airavata, der heilige Elefant, dessen Kopf Du, Gott der Götter, oh Vishnu, abtrenntest und dem kopflosen *Ganesha* gabst – und so schufst den Elefantenköpfigen unter den Göttern!

Und jetzt! Ein Elefant, getötet von einer Kugel! Einer tödlichen Kugel, die die Ordnung der Welt erschütterte! Eine Kugel, geschaffen ausgerechnet von ihm selbst, von Sawai Jai Singh II., eigentlich doch gedacht zur Bestrafung des Portugiesen! Die sich jetzt durch den Tod des heiligen Elefantentiers gegen ihn selbst richtete, gegen den Maharana! Womöglich durch einen letzten perfiden Zauber dieses hinterhältigen Jao? Zur Rache an ihm! Und zur Erschütterung seiner königlichen Macht?

Wo war überhaupt die andere Kugel abgeblieben, diese verhängnisvolle blaue Zauberkugel, die der Portugiese Sita in den Schleier gebunden hatte?

Sawai Jai Singh II. musste tätig werden! Seine Feinde in den ihn umringenden Fürstentümern hatten bestimmt längst von dem Ereignis gehört. Und dem bösen Elefanten-Omen! Niemals durfte er ihnen eine einzige Schwäche zeigen. Gerade ihnen nicht! Macht zeigte man am besten mit Taten, wusste er. Tatenlosigkeit war nur der Schwachen Ding.

So gab er seinem Ersten Minister an diesem Tag eine Reihe von Befehlen und befahl die Ausführung seiner Anweisungen unmittelbar und sofort.

Der erste Befehl betraf Sita. Ihr wurde in seinem Reich auf Lebenszeit als Zeichen der Sühne und zur Beherrschung der Selbstverliebtheit das Tragen von Schmuck, von schönen Kleidern und das zierende Bemalen ihres Körpers untersagt. Auch erhielt sie Hofverbot, bekam bis zu ihrem vierzigsten Lebensjahr die Verschleierung auferlegt, und ihr wurde lebenslang das Sprechen außerhalb ihres Hauses bei Androhung des Zungenverlusts untersagt.

Der zweite Befehl betraf die drei Richter, die Sita und Jao verhört hatten. »Bringt mir die drei Richter!«, rief er. Und während man nach ihnen eilte, ging er um den Brunnen, in Gedanken, immer wieder im Kreis und sprach dabei kein Wort.

Als die drei Richter vor ihm standen, unruhig, was der Grund für ihr so plötzlich befohlenes Erscheinen war, erhob Sawai Jai Singh II. laut die Stimme und sprach: »Ich bestellte Euch einst zu Richtern, damit Eure Urteile in meinem Namen gerecht und unvoreingenommen seien. Und damit sich in Eurer Gerechtigkeit meine Weisheit zeige! Denn die Zuerkennung von Weisheit für einen König schafft Vertrauen im Volk und ist daher ein Schwert der Macht. Aber Ihr seid schwach, auch Ihr seid nicht besser als Sita. Bei Eurem Verhör sprach nicht nur die Suche nach Wahrheit, sondern auch Eure Lüsternheit aus Euch. Auch Ihr wart nicht frei von bösen Gedanken gegen Sita! Daher sollt Ihr nicht mehr Richter sein, da Ihr Eure Gedanken nicht beherrscht, sondern Eure Gedanken Euch! Und damit es Euch und allen eine Lehre sei, werdet Ihr noch heute entmannt. Eure Gemächte sollen nach ihrer Abtrennung von Euren geilen Körpern auf den Dächern der Türme der Parsen den heiligen Geiern zum Fraß vorgeworfen werden. Und wenn ich jemals ein Wort der Klage über mein Urteil von Euch höre, sollt Ihr selbst den Geiern dazu geworfen werden!«

Der dritte Befehl betraf den Elefantenführer, der gestern sein Tier so tragisch im See verlor. Ihm wurde ein neuer Elefant geschenkt, aus des Königs bester Zucht. Zudem sollte er jährlich ein Stück Gold erhalten, für das beste Futter für das Tier und für beste Pflege, sein Elefantenleben lang!

Als vierten Befehl wurde allen am Hof auferlegt, über alles, was den Kugelzauber anging, zu schweigen. Der Name Jao wurde als böses Omen aus den königlichen Annalen verbannt.

Als letzten Befehl verkündete er schließlich, er werde noch ein heiliges Pferdeopfer darbringen, zum Beweis seiner Mächtigkeit, so wie *Vishnu* es füge für ihn. Und er werde nach Fertigstellung seiner neuen Hauptstadt auf einen großen Kriegszug gehen. Es gebe nichts Besseres zur Demonstration der Macht vor anderen als eine mit Kriegsgeheul gewonnene Schlacht!

∞

Wir wissen heute nicht, ob Sawai Jai Singh II. die blaue Zauberkugel wiederfand. Die alten Quellen berichten hierüber nichts. Gerüchten zufolge blieb sie verschwunden. Bei Sita fand die vom Maharana zu ihr geschickte Palastwache sie – wie auch den safrangelben Schleier – nicht mehr auf. Aber vielleicht ist das auch nur die halbe Wahrheit. Vielleicht erhielt er auch die Kugel und versteckte sie heimlich aus Gier auf ihre Zauberkraft bei sich.

Was wir aber wissen, ist, dass Sawai Jai Singh II. nach Fertigstellung seiner rosa Hauptstadt Jaipur bei seinem Kriegszug eine große Schlacht verlor. Bei *Gangwana*, durch Hinterhalt und bösen Verrat! Was sein Reich erschütterte und worauf er schon zwei Jahre später voller Angst und Gram verstarb. Auch seine Nachfahren ächtete das Glück, weshalb sie sich gegenseitig im Streit um Macht und Reichtum weiter schwächten. Bis sein Reich schließlich unterging. So endgültig wie der Elefant im See an jenem Tag. Und wie auch er, herabgezogen durch eine Kugel in die Tiefe. So zumindest sagte seit jener Zeit das Volk hinter vorgehaltener Hand.

Ende des Berichts von William R. Pinney
(Senior Secrecy Agent), Delhi, 27. August 1899

Lynn klappte die Dokumentenmappe zu. »Was für eine unglaubliche alte Geschichte, Paul. Eine Kugel, die aus bösen Gedanken der Menschen böse Taten werden lässt. Stell dir mal vor, so etwas gäbe es wirklich!« Ungläubig schüttelte sie den Kopf.

»Glaubst du nicht, dass da etwas dran ist? Ich meine, sonst hätte sich Onkel Gram doch nicht damit beschäftigt!«

»Oh, Paul, du weißt doch, dass Gram skurrile alte Bücher liebt. Ich glaube, er hat neben seiner umfangreichen Schachbuchsammlung auch mittlerweile eine komplette Sammlung alter Zauberbücher zusammengetragen. Und Bücher über alte Mythen und Symbole, über Religionen bis hin zum verstiegensten Aberglauben. Gerade Sonnabend habe ich zufällig für ihn wieder ein großes Bücherpaket in Empfang genommen, als ich hier im Laden aushalf. Von Büchern, die er mal wieder bei irgendjemandem in New York gekauft hat. New York! Unsere alte Heimat! Und unsere wunderbare Zeit mit Mama. So lange ist das her.« Lynn hielt in ihren Erinnerungen verloren kurz inne. »Und als ich ihn fragte, ob er nicht langsam genug Bücher habe und warum er nach immer weiteren suche … na, was hat er da wohl gesagt?«

»Wahrheit ist nicht nur in dem, was wir wissen, sondern auch in vielem, was wir nicht wissen!« Paul und Lynn sagten den Satz im Chor, diesen Satz, den Gram schon hundert Mal lächelnd wie ein Mantra zu ihnen gesagt hatte. Und beide mussten jetzt lachen, das erste Mal, seit sie sich vor zwei Tagen wiedergesehen hatten.

»Oh, Gram, ich hoffe, dass es ihm bald besser geht. Er ist einfach so ein guter, selbstloser Mensch, einer, der immer für uns da war, der uns so viel beigebracht hat, der so viel weiß. Er ist mir einfach das Liebste auf der Welt.« Lynn schaute ihren Bruder an. »Das Liebste außer dir!«

»Ja, Lynn, Gram wird schon wieder.« Wie versperrt war Pauls Mund in diesen Momenten. Und er spürte gleichzeitig, wie sehr die seine Gefühle verbergenden Worte nach Zweckoptimismus klangen. Nach Flucht aus Angst vor der Bedrohung eines weiteren Verlusts in ihrem Leben. Des Menschen, der ihnen nach dem Verlust ihrer Eltern als Einziger geblieben war. Ihres auf einer Intensivstation mit dem Tode ringenden Onkel Gram.

»Komm, lass uns jetzt schnell ein bisschen aufräumen, Post und E-Mails durchsehen. Und dann noch mal im Krankenhaus bei diesem Arzt anrufen, um zu hören, ob es etwas Neues von Gram gibt!« Seine Worte klangen wie eine Ermutigung für sich selbst.

Lynn klappte die alte Mappe mit dem Bericht zu, beschloss spontan, das indische Dokument mitzunehmen, und stand mit dem Bericht unter dem Arm auf, als ihr Blick auf einen bis dahin verdeckten, auf dem Schreibtisch liegenden Brief fiel. Sie beugte sich über die Tischplatte und las ihn vor.

New York, 18. Dezember 2014

Lieber Mr. Yeomans,
oder darf ich lieber Graham sagen?

Mein Leben fühlt sich leer an – ohne meinen Slim. Ich versuche, es mit meinen Erinnerungen an ihn zu füllen. Hierbei könnten Sie mir helfen!

Slim erzählte mir kurz vor seinem Tod, er wolle Sie bitten, ihm eine Kopie des indischen Berichts zu schicken, den Sie bei diesem rajasthanischen Händler entdeckt haben. Slim sagte mir, er sei ein weiterer Beweis dafür, dass Sie beide auf dem richtigen Weg seien.

Ihm war die Zusammenarbeit mit Ihnen in der Nachforschung über diese Kugelgeschichte immer sehr wichtig. Obwohl Sie sich zu Lebzeiten ja nie persönlich getroffen haben, waren Sie ihm eine enge Vertrauensperson – wussten Sie das eigentlich?

Wenn es Ihnen möglich ist, senden Sie die Kopie des Berichts doch bitte an meine unten stehende Adresse. Sie würden mir eine große Freude damit machen! Ich würde Slim damit einen letzten Wunsch erfüllen! Ich werde den Bericht sorgfältig gemeinsam mit Slims anderen geheimen Unterlagen verwahren, versprochen!

Wenn Ihr Weg Sie einmal nach New York führen sollte, sind Sie herzlich eingeladen, sich Slims gesammelte Unterlagen bei mir anzuschauen.

Frohe Weihnachten, lieber Graham!

Herzlichst grüßt Sie Ihre Brenda Hooper
330 E 11th Street, New York City, USA

»Sieh mal, Paul, der Brief kommt aus New York! Aber was heißt das, dass dies *ein weiterer Beleg* sei, *dass Sie auf dem richtigen Weg seien*? Und wer ist Brenda Hooper? Und wer Slim?«

Die Ladentür ging in diesem Moment im Verkaufsraum geräuschvoll auf, und die Türglocke meldete sich dabei schellend zu Wort. »Ein Kunde?«, sagte Lynn und verschwand durch die Bürotür.

Paul blieb gedankenversunken auf dem Stuhl sitzen, blickte auf den Brief und grübelte über etwas nach, das ihm nicht aus dem Sinn ging. Es war dieser merkwürdige Satz, den Gram gestern am Telefon gesagt hatte: »Ich habe es herausgefunden. Herausgefunden …« Was hatte er ihnen damit sagen wollen? Was herausgefunden? Warum war es Gram so wichtig gewesen, das noch so kurz vor der Operation zu sagen? Hatte es mit diesem alten Geheimdokument zu tun? Und mit der indischen Geschichte – dieser einfach unglaublichen Erzählung von einer geheimnisvollen Kugel, die Menschen wie ein Krankheitserreger ansteckt? Wie ein Virus? Das Menschen enthemmt, sie manipuliert und sie ihre bösen Gedanken in die Tat umsetzen lässt?

Wie sollte eine kleine Kugel so etwas verursachen können? Das war doch schlichter Aberglaube! So etwas konnte doch gar nicht funktionieren! Das stellte doch jede naturwissenschaftliche Erkenntnis auf den Kopf!

Als Mathematiker wusste Paul doch genau: Nur eine zeitlich vorausgehende physikalische Ursache, die eine andere Erscheinung als messbare Wirkung zwingend hervorbringt und in einer mathematischen Gleichung präzise ausgedrückt werden kann, ist als kausal anzuerkennen. Und damit als Tatsache zu bezeichnen. Was sollte von dieser Kugel ausgehen, das auf das menschliche Verhalten Einfluss nimmt? Und warum bringt es *nur* aus bösen Gedanken Handlungen hervor? Kennen die Mathematik und die Physik etwa eine Moral? Das ist doch alles spekulativer Unsinn!

Paul stand auf und blickte sich in dem kleinen, von vollgepackten Buchregalen wie in einem Warenlager beengten Büroraum um, in dessen Mitte nur um den indischen Sekretär ein wenig Freiraum geblieben war. Selbst auf dem Fußboden stapelten sich Bücher, Zeitschriften, Schriftrollen und Dokumentenmappen. Hier verbrachte Gram einen Großteil seiner Zeit. Von diesem vollgestopften, schmalen Raum aus führte er sein Buchgeschäft und studierte seit Jahren in jeder freien Minute, die er erübrigen konnte, Schachbücher und Fachliteratur über Hirnforschung, Zauberei, Religionen, Aberglauben und was sonst noch für einen Kram.

Was sollte das? Welches Ziel hatte die Beschäftigung mit diesem nutzlosen Wissen? Paul hatte sich diese Frage oft gestellt, doch wie niemals zuvor erkannte er in diesem Moment sein Unverständnis für die Lebensführung seines Onkels.

Er ist ein verschrobener Kauz, liebenswert zwar, aber ein Kauz, dachte Paul. Der sein erarbeitetes Geld nur für Bücher und Kochzutaten ausgab, zwar immer sanft und zugewandt war, der einem immer zuhörte und, wo nötig, half. Daneben in seiner Freizeit aber nur las, in Museen oder Bibliotheken herumstöberte, mal zu einem Konzert ging und am Wochenende lange in der freien Natur wanderte. Sich außer Büchern, die ordentlich nach Themen geordnet das ganze Haus bevölkerten, oder einer Konzertkarte kaum selbst etwas gönnte. Nur jahrelang getragene Kleidung besaß, kein Auto fuhr, mit den von seinen Eltern ererbten Möbeln wohnte und außer seinem Computer und einem Smartphone keine moderne Elektronik sein Eigentum nannte. Dem ein altertümlicher Vinylplattenspieler und ein Kassettenrekorder gehörten, mit denen er klassische Musik hörte, meist Opern- und Pianomusik. Aber oft auch Schallplatten NORDINDISCHER RAGA-MUSIK, die er sich hin und wieder aus London kommen ließ. Die Klänge der *Sitar*, *Tabla* und *Sarod* legte Gram besonders gern zum Kochen und Essen auf, da sie seine Sinne und Gedanken inspirierten, wie er sich lächelnd ausdrückte.

Ja gut, zu Lynn und ihm war er großzügig, nie hatte es ihnen an etwas gefehlt. Zwei-, dreimal im Jahr war Gram mit ihnen sogar an die See gefahren oder im Sommer in den Ferien tagelang mit ihnen gewandert. Hatte ihnen dabei die Natur und den Himmel über ihnen erklärt. Mit ihnen nachts draußen im Zelt geschlafen, ihnen die Bilder der Sterne am sommerlichen Nachthimmel gezeigt und ihnen die abenteuerlichen Geschichten der den Sternbildern häufig ihre Namen gebenden Mythen der Griechen erzählt. Einmal in ihrer Kindheit mit ihnen im Wald aus Ästen zur Übernachtung ein kleines Baumhaus gebaut. Und darin mit ihnen die Geräusche der Waldnacht belauscht. Ihnen gezeigt, unter welchem Baum man Pilze und an welchen Sträuchern man reife Früchte fand, woran man brauchbares Brennholz erkannte und wie man sich daraus ein wärmendes, lang loderndes Feuer anfachte.

Hatte manche Vögel und oft Rehwild mit ihnen beobachtet, aus Verstecken Wildschweine, Füchse und Dachse belauscht, sie die Vielfalt der Insekten und die Unterscheidung der Bäume, Blumen und Gräser gelehrt. Ihnen gezeigt, wo sich schmackhafte Kräuter zum Würzen von Speisen versteckten, mit ihnen erfrischenden Tee aus wilder Minze und süßem Honig gekocht.

Hin und wieder war Gram auch mit ihnen nach Newcastle, York, Cambridge oder London gefahren, hatte ihnen die Städte, ihre Architektur und Parks gezeigt, lebhaft von ihrer Geschichte erzählt und keine Kunstgalerie und kein Museum, kein Schloss, keine Burg noch Herrenhaus und auch nicht die botanischen Gärten und Zoos ausgelassen. Und hatte mit ihnen immer die besten indischen Lokale dieser wunderbaren Städte besucht, zur Stärkung am Ende ihrer wunderbar abwechslungsreichen Tage.

Ja, Onkel Gram war ein großzügiger, liebenswerter Kauz. Aber womit er sich beschäftigte, wie etwa mit dieser irrwitzigen indischen Kugelgeschichte, dafür fehlte Paul, je älter er wurde, zunehmend jedes Verständnis.

Mathematik, das war das einzig Wahre! Alles, was existierte, alles, was wichtig war, ließ sich in einer mathematischen Funktion abbilden. Selbst Grams geliebtes Schachspiel war doch nichts als angewandte Wahrscheinlichkeitsrechnung! Alles ließ sich modellieren und programmieren. Alles war messbar. Die ganze Welt ließ sich mit Zahlen und Gleichungen beschreiben. Neu schaffen und bestimmen. Mit numerischer Mathematik, Algorithmen genauso wie mit der aufkommenden faszinierenden Welt der künstlichen Intelligenz!

Böse Gedanken. Kugeln, die menschliches Handeln beeinflussten. Was für ein absurder Unfug! Paul ging jetzt die E-Mail-

Eingänge im Computer seines Onkels durch, druckte die wenigen Kundenbestellungen aus, schaltete das Gerät ab, löschte das Licht und ging in den Verkaufsraum zu Lynn.

Ja, Lynn, dachte Paul, während er lächelnd in den Laden trat, *die hält solchen Hokuspokus für denkbar. Die ist ein bisschen wie Gram.* Und in Pauls Lächeln mischte sich ein wenig herablassende Abschätzigkeit ein.

– 16 –

Der junge Kunde hatte den Laden schnell wieder verlassen. Ein zehnjähriger Schüler, neues Mitglied des Schachclubs seiner Schule, der auf dem Weg zum Unterricht aufgeregt den kleinen Laden betreten, seinen Wunsch geäußert und die vier Pfund für das Buch für Schachanfänger auf den Tresen gelegt hatte. Lynn lächelte ihm nach, wie er voller Stolz mit seinem in indisches Geschenkpapier eingeschlagenen neuen Eigentum das Buchgeschäft verließ, legte die bescheidene Einnahme in die Kasse und schaute sich im wieder einsamen, vom winterlichen Morgenlicht durchfluteten Verkaufsraum um.

Dreizehn Jahre lebte Lynn Dickenson nun schon in Durham, davon die ersten neun Jahre gemeinsam mit ihrem Bruder Paul bei dem sie beide umsorgenden Onkel Gram. Und nun schon fast vier Jahre in ihrem kleinen Studentenstudio am Campus der UNIVERSITY OF DURHAM, auf der sie schon im nächsten Jahr ihr Psychologiestudium abschließen würde. Wo ihr vor drei Monaten aufgrund ihrer außerordentlichen Leistung und Begabung ein Professor eine Doktorarbeit an seinem Lehrstuhl angeboten hatte. Im Zusammenhang mit einem neuropsychologischen Forschungsprojekt, »eine außerordentlich spannende Aufgabenstellung, absolutes Neuland«, wie er sich begeistert ausgedrückt hatte, zu dessen Projektarbeit ihm von einem Unternehmen Forschungsgelder angeboten worden waren.

»Der erste fundierte interdisziplinäre Ansatz, Lynn. Wir wollen den aktuellen Stand aller Gebiete, die sich mit der Erforschung des menschlichen Hirns beschäftigen, zusammenführen, um die Prozesse menschlichen Denkens und des hierdurch ausgelösten Verhaltens besser zu verstehen. Wir wollen das aktuell spezialisierte Expertenwissen von Neurobiologen, Neurophysiologen und Neuroendokrinologen, der kognitiven Hirnforschung mit unserem neuropsychologischen Erkenntnisstand kombinieren und auch die Erkenntnisse der Neurophilosophen und Soziologen berücksichtigen. Uns steht dafür ein großer Sack Forschungsgeld zur Verfügung. Das wird unseren Fachbereich die nächsten Jahre maßgeblich mitfinanzieren!«

Lynn war fasziniert, angesteckt von der Euphorie ihres Professors und der ihr angebotenen Chance. Und ja, sie war auch ein wenig geschmeichelt, dass er sie um ihre Mitarbeit bat.

»Wer ist der Geldgeber? Und was ist sein Interesse an unserer Arbeit?« Lynn sprach schon, als wäre sie Teil des zukünftigen Projekts.

»Eine britisch-amerikanische Marktforschungsfirma. Hochinnovativ. Ein *Brainpool* voller Topleute, sage ich dir. Marktforscher, die verstehen wollen, wie bei Menschen in unserer digitalen Zeit Entscheidungs- und Kaufverhalten funktionieren.«

»Und wie es beeinflusst werden kann?«

»Natürlich, Lynn. Sie sind, meines Wissens, insbesondere auf dem Gebiet der neuen sozialen Medien aktiv. Suchen ständig nach neuen Erkenntnissen und Wegen. Arbeiten grundsätzlich in interdisziplinären Teams. Und suchen daher auch bei uns einen interdisziplinären Ansatz. Wirklich beeindruckende Leute!«

Nach kurzer Bedenkzeit hatte Lynn zugestimmt. Sie hatte sich dazu auch vorher mit Onkel Gram beraten, um dessen Wissen über moderne Hirnforschung sie schon lange wusste, aber bei ihrem Gespräch wieder einmal beeindruckt war, wie tief er sich auch mit dieser Thematik auseinandergesetzt hatte. Er hatte ihr schließlich weder zu- noch abgeraten, aber als Entscheidungshilfe mit auf den Weg gegeben, dass jeder wissenschaftliche Erkenntnisgewinn, der in Verantwortung die menschliche Selbstbestimmung fördere, zu begrüßen sei.

»Hinterfrage immer bei dem, was du tust, wofür du es tust, Lynn«, hatte er zu ihr gesagt. »Du hast nur ein Leben. Nutze es!« Dann hatte er sie in der ihm eigenen, etwas ungelenken Art in den Arm genommen. Und sie zu einem *Gobi Rajwadi*, einem rajasthanischen vegetarischen Yams- und Blumenkohlgericht, eingeladen.

Sie hatten beim Essen noch viel über Verantwortung und die Ethik wissenschaftlicher Forschungsarbeit gesprochen. Kamen zu Fragen, wo die Grenzen zwischen Gut und Böse im wissenschaftlichen Erkenntnisgewinn lägen. Und diskutierten engagiert darüber, ob allein die gute Absicht bei der Arbeit einer Forscherin ausreiche, wenn sie bereits vorab erkenne, dass die Ergebnisse ihrer Arbeit auch missbraucht werden könnten.

Gram hatte hier einen klaren Standpunkt. »Die gute Absicht, der gute Gedanke ist Voraussetzung. Ohne den geht es nicht. Aber das genügt nicht. Die Erkenntnis, dass man mit Salpeter nicht nur Felder düngen, sondern auch einen hochexplosiven Sprengstoff namens Dynamit erzeugen kann, ist ein historisches Beispiel. Dynamit kann für den Bau von Tunneln oder Staudämmen segensreich eingesetzt und grundsätzlich in guter Absicht entwickelt worden sein. Aber den Forschern muss sofort klar gewesen sein, dass dieser neuartige Sprengstoff auch für Gewaltakte in Kriegen oder für terroristische Attacken missbraucht werden kann. Im Erkennen dieser Gefahren und der daraus zu ziehenden Schlussfolgerungen lag ihre Verantwortung.«

»Und was hätten sie deiner Meinung nach tun sollen? Auf die Erfindung dieses innovativen Sprengstoffs verzichten?« Lynn füllte sich in diesem Moment der von ihr so geliebten Diskussionen mit Gram eine weitere Portion *Gobi Rajwadi* in ihre Schale.

»Eine gute Frage. Vielleicht hätten sie die Erfindung einer Organisation übertragen können, die eine rein friedliche Nutzung sicherstellt. Was natürlich geheißen hätte, auf den wirtschaftlichen Vorteil zu verzichten. Aber ich bin Realist. So zu handeln sind wir Menschen oft noch nicht reif genug.«

»Was wäre also die Lösung?«

»Das Denken ist der Schlüssel.« Gram hielt kurz mit dem Essen inne und schaute Lynn liebevoll an.

»Was meinst du damit?«

»Würden alle Menschen ihre Gedanken beherrschen lernen, könnten aus ihnen niemals böse Taten entstehen.«

»Du meinst aus Dynamit niemals Bomben werden?«

»Ja, Lynn. Aber es ist komplizierter. Jeder Mord mit einem Revolver zum Beispiel wird von mindestens zwei Gedanken verursacht: von einem Mörder, der Hass auf sein Opfer entwickelt. Und von einem Waffenbauer, der den Revolver herstellt, um ihn zu verkaufen. Der erste Gedanke erwächst aus einer bösartigen Emotion. Der zweite im besten Falle aus erwerbsgetriebener Verantwortungslosigkeit. Beide zusammen ermöglichen aber erst den Mord.«

»Würden alle Menschen lernen, ihre bösen Gedanken zu beherrschen und verantwortlich zu handeln, wäre die Gewalt ausgerottet?«

»Zumindest theoretisch. Wären sowohl die Entwickler des Dynamits als auch alle, die aus Dynamit eine zerstörerische Waffe konstruieren könnten, ihrer Verantwortung gerecht geworden, ginge von diesem Sprengstoff keine Gefahr aus.« Gram schob seine Schale beiseite und beugte sich zu ihr vor. »Böse Taten entstehen eben nicht nur aus einer bösen Absicht. Sie entstehen oft durch Menschen, die naiv glauben, dass sie etwas Richtiges tun. Ohne zu merken, dass ihr Handeln anderen schadet. Weil sie sich nicht genügend mit ihrem Tun auseinandersetzen. Und damit, was ihre Verantwortung wäre. Und darum, Lynn, was auch immer du tust in deinem Leben, welcher Tätigkeit du auch immer nachgehst: Frage dich nicht nur, ob du eine gute Absicht für dein Handeln in dir trägst, sondern auch, ob du dich verantwortungsbewusst mit den möglichen Folgen deines Handelns auseinandersetzt.«

»Böse Taten entstehen oft aus purer Gedankenlosigkeit, meinst du?«

»Gedankenlosigkeit ist Verantwortungslosigkeit, Lynn.« Gram lächelte sie liebevoll an, als er das sagte. »Auch darum ist es für jeden so wichtig, seine Gedanken zu beherrschen!«

Lynn hatte noch zwei Tage über das Gespräch mit ihrem Onkel nachgedacht und dann ihrem Professor für die Mitarbeit am Forschungsprojekt für diese britisch-amerikanische Firma zugesagt. Nicht ohne den Hinweis, dass sie sich bei ihrer begleitenden Doktorarbeit auch mit den Folgen und Risiken des wissenschaftlichen Erkenntnisgewinns dieses Projekts auseinandersetzen wolle. Der Professor hatte sich gefreut und dann nur die Bemerkung fallen lassen, dass er »Idealismus schon immer als Tugend der Jugend zu schätzen gewusst hätte«. Ein Satz, der Lynn hätte aufhorchen lassen können. Aber musste man immer gleich jedes Wort auf die Goldwaage legen?

Jetzt nahm Lynn die Post aus dem Briefkasten des kleinen Schachbuchgeschäfts und blätterte sie aufmerksam durch.

Lynn war schon äußerlich ganz anders als ihr Bruder Paul. Niemand hätte beide auf den ersten Blick für Geschwister gehalten. Sie war klein, mit einem seit ihrer Kindheit filigran-zierlichen Körper, der in ihrer Pubertät schon früh ausgeprägte weibliche Rundungen entwickelt hatte, die Lynn in ihrem Selbstbewusstsein anfangs erheblich zu schaffen gemacht hatten.

Dabei fesselte jeden Betrachter von jeher ihr zierlicher, wohlgeformter Kopf mit seinen auffällig schönen, fein geschnittenen Gesichtszügen. Ihre Blicke aus von langen Wimpern umschmeichelten großen grünblauen Augen verwirrten seit ihrer Jugend nicht nur junge Männer, sondern strahlten zwischen sanft geformten Wangenknochen wach und herausfordernd hervor.

Wiesen das Gegenüber wie vorwarnend darauf hin, dass ihm hier nicht nur eine besonders schöne, sondern vor allem intelligente Frau gegenübersaß. Die ihre geistige Beweglichkeit jederzeit im Dienste ihres Willens einzusetzen wusste. Und die als Frau mit zunehmendem Alter die Vorzüge ihrer Weiblichkeit vorteilhaft hervorzuheben verstand. Unter anderem, indem sie ihre dicken tiefschwarzen, bis über die Taille gewachsenen Haare in kunstvollen Hochsteckfrisuren um ihr ikonenhaft schönes Gesicht zu formen wusste.

Was ihr im Laufe ihrer englischen Schulzeit den Spitznamen *Mona Lisa* eintrug. Der dann, wie bei gut gemeinten Beinamen dieser Art oftmals, im täglichen Gebrauch auf das schlichte *Mona* verkürzt wurde. Keiner ihrer zahlreichen Freundinnen und Freunde nannte sie heute anders.

Mona Lynn Dickenson war überall beliebt, wurde sofort freundschaftlich beachtet, wenn sie erschien, ohne dabei aufdringlich im Mittelpunkt zu stehen. Sie besaß jenes feine, natürliche Gespür, jedem aufrichtig mit Respekt und Zugewandtheit zu begegnen. Und lief niemals Gefahr, jemanden eine fälschlich aus ihrer Schönheit und Intelligenz abgeleitete Überlegenheit spüren zu lassen.

Diese Eigenschaften, in Verbindung mit ihrer ausgeprägten Fröhlichkeit und ihrem neugierigen Interesse an Menschen und nahezu jedem mit ihnen aufgebrachten Thema, ihre Lebensfreude sowie ihre Vertrauen schenkende Verlässlichkeit in Beziehungen und Freundschaften brachten *Mona* Lynn überall Sympathie ein.

Auch hier wieder ganz im Gegensatz zu ihrem Bruder, dem »schönen, verschlossenen Paul«, wie es eine Freundin von ihr einmal gesagt hatte. Paul, der sich, abgesehen von ein paar früheren Schulkameraden, mit denen er sich hin und wieder zum Fußballspielen traf, schon zu seiner Schulzeit eigenbrötlerisch vereinzelte, selten mit anderen seines Alters feierte und, seitdem er in London arbeitete, außer mit Lynn und Gram mit nahezu niemandem in Durham in Kontakt geblieben war. Was Lynn sehr bedauerte, weshalb sie ihn manches Mal aufforderte, mit ihr zu irgendeiner Studentenparty mitzukommen, wenn er einmal in Durham war. Was Paul aber meistens unter irgendeinem Vorwand ablehnte. Und sie mit dem Gefühl zurückließ, dass er dabei unglücklich war, dies auch selbst erkannte, aber irgendwie nicht über seinen eigenen Schatten zu springen vermochte – den Schatten seiner fremdelnden Einsamkeit.

Lynn hatte die Post durchgesehen. Sie kannte sich aus. Oft ging sie ihrem Onkel in der Buchhandlung zur Hand. Immer, wenn ihr intensives Studium ihr noch Zeit ließ, half sie bei ihm aus, wo sie konnte. Denn Gram war ganz allein in seinem kleinen Schachbuchgeschäft. »Man sollte nur Lasten schultern, die man allein zu tragen vermag«, war seine abwiegelnde Antwort, wenn sie ihm vorschlug, doch eine Aushilfe anzustellen. Er solle doch bitte nicht alles allein machen! Zumal bei seinem zunehmenden Alter, warf sie dann ein. Doch Gram lachte nur, behauptete, es sei ja gar nicht viel Arbeit und er mache sie doch gern. Dabei sah er sie liebevoll an, mit jenem Blick, bei dem man ihm einfach nicht böse sein konnte.

Kundenbestellungen und Rechnungen waren jetzt geordnet, um den nächsten Schritt würde sie sich gleich kümmern. Grams Laden musste in seiner Abwesenheit schließlich weiterlaufen! Damit, wenn er wiederkam, alles wie schon immer wie am Schnürchen lief. *Oh, Onkel Gram, du kommst doch wieder auf die Beine! Alles andere will ich mir nicht vorstellen!* Sorgenvolle Gedanken bedrängten ihr Herz.

»Nur ein paar Kundenbestellungen, Lynn, sonst nichts Wichtiges im Mail-Eingang.« Paul stand plötzlich neben ihr, Lynn fuhr fast erschrocken zusammen. »Alles in Ordnung bei dir?«, fragte er, mit einem für seine Verhältnisse ungewöhnlichen Anflug von Einfühlsamkeit.

»Was soll in Ordnung sein, Paul! Du stellst manchmal Fragen. Nichts ist in Ordnung! Ich habe Angst, dass Gram …«

»Ach, Lynn, Gram wird schon wieder.« Paul sagte diesen Satz jetzt schon zum zweiten Mal, wie ein beschwörendes Mantra klang es. Aber auch hilflos hohl und dahergesagt.

»Paul, es lösen sich nicht alle Probleme durch Verdrängung. Wenn wir hier mit den wichtigsten Erledigungen fertig sind, hängen wir ein Schild an die Tür, dass wir den Laden wegen Krankheit im Moment nur halbtags geöffnet halten. Das bekommen wir zwei doch hin, oder? Ich muss an der Uni eben ein wenig kürzertreten und abends mehr Stoff nacharbeiten, aber das schaffe ich schon irgendwie. Wir sind das Gram schuldig!«

»Entschuldige bitte, ich muss kurz rangehen, Lynn!« Paul nahm sein klingelndes Handy ans Ohr und hörte die Stimme seines Chefs. »Ich geh kurz raus«, sagte er zu seiner Schwester und trat durch die Eingangstür zum Telefonieren.

Was er Lynn mit einem schuldbewussten Gesichtsausdruck Minuten später sagte, führte erneut zu einem heftigen geschwisterlichen Streit. Lynns laute Stimme war noch draußen in der Gasse deutlich zu hören! Mit entschuldigenden Worten hatte er ihr mitgeteilt, dass er wegen eines wichtigen Termins von seinem Boss für morgen Vormittag nach London einbestellt worden sei. »Meine persönliche Anwesenheit beim Kundentermin sei zwingend erforderlich, hat er gesagt«, versuchte Paul sich zu rechtfertigen.

»Was ist mit dir los?«, fauchte Lynn ihn an. »Willst du mich mit der Situation etwa allein lassen? Und Gram?«

»Nein, Lynn, aber versteh doch, mein Boss Reginald Dawn hat mir eine unmissverständliche Anweisung gegeben. Es war wie ein Befehl!«

»Bist du nicht Manns genug, diesem Dawn zu erklären, dass du nicht kommen kannst, weil du dich um deinen Onkel kümmern musst, der auf Leben und Tod im Krankenhaus liegt?«

»Ich kann doch an Grams Situation im Krankenhaus nichts ändern, Lynn. Schließlich kümmern sich doch die Ärzte darum.«

»So, du meinst also nicht, dass es wichtig ist, dass wir jeden

Tag einmal im Krankenhaus sind? Schauen, ob die Ärzte wirklich alles für ihn tun. Und da sind, wenn er aufwacht!« Trotz ihrer Kleinheit stand Lynn jetzt fast bedrohlich vor ihrem Bruder. »Und der Laden? Wie stellst du dir das vor?«

»Lynn, es geht doch nur um den Verkauf von ein paar Schachbüchern. Bei mir geht es um etwas wirklich Wichtiges im Job.« Paul hatte schon wieder einen Anflug von Herablassung in der Stimme.

»Du hast offensichtlich noch gar nicht begriffen, was wirklich wichtig ist im Leben. Familie, Freundschaft. Liebe und Verantwortung. Oh, Paul, ich bin so enttäuscht von dir!«

»Ach, Lynn.« Paul schaute seine Schwester an und wusste nichts Rechtes zu erwidern. Unbehagen schnürte ihn wie eine sich zuziehende Schlinge am Hals.

Schon zehn Minuten später verließ Paul Dickenson allein das kleine Schachgeschäft, ging steif mit seinen beim Gehen oftmals eigentümlich hochgezogenen Schultern zu Lynns Wohnung, packte seine Sachen, ging zum Bahnhof und fuhr nach London zurück. Mit ihm fuhr ein Gefühl der Scham, das sich wie Patina an sein Bewusstsein klebte. Jenes schlechte Gewissen, das als Gedanke daherkommt. Von dem man weiß, dass man unrecht daran tut, ihn zu überhören. Aber sich einredet, dass man es nicht ändern könne. Und in dieser Rechtfertigung sein Heil sucht, dabei aber völlig übersieht, dass einem manches Mal im Leben nur Umkehr Rettung bringen kann.

– 17 –

Lynn stand im Laden. Aufgewühlt. Zitternd vor Wut und Enttäuschung über Paul. Über ihren Bruder, den sie so sehr liebte, aber seine empathielose Tumbheit in menschlichen Beziehungen einfach nicht verstand. Dessen an Ignoranz grenzende Gefühllosigkeit für das Schicksal der ihm Nahestehenden sie oftmals fassungslos machte. Auch wenn Lynn dabei spürte, dass noch etwas anderes in ihm für diese Sonderlichkeit verantwortlich war – eine ahnungslose Lebensuntüchtigkeit, die ihn Empfindungen anderer einfach nicht erkennen ließ. Die sein Blickfeld für die Gefühle seiner Mitmenschen wie mit Scheuklappen verengte und sein Herz dabei durch sein eingeschränktes Gesichtsfeld mit Gefühlskälte beschattete. Ihn dadurch manches Mal so unnahbar machte, dass er auf andere arrogant wirkte. Und, wie sie sich eingestand, auch auf sie selbst.

»Pauls Gefühle sind langsamer gewachsen als sein Körper. Wir müssen sie durch Liebe und Ermutigung für ihn hegen und pflegen, ihnen Zeit geben nachzureifen. Du wirst sehen, das wächst sich bei Paul schon alles zurecht«, hatte Gram ihr beruhigend gesagt, als sie ihn erstmals auf ihre Sorge um ihren Bruder angesprochen hatte. »Das Wichtigste ist, dass wir in dieser Zeit seiner Menschwerdung gut auf ihn achtgeben, Lynn. Immer für ihn da sind. In dieser Zeit sind junge Herzen anfällig, verführt zu werden von den Verlockungen Rücksichtsloser. Von Menschen, die perfide ihre egoistischen Motive und Gedanken hinter verheißungsvollen Worten verbergen.«

So kam es, dass Lynn sich für ihren Bruder verantwortlich fühlte, obwohl sie die Jüngere, aber ihm an Reife so weit voraus war. Sie versuchte, auf ihn achtzugeben. Und stand jetzt dennoch nach dem Streit wütend über Paul im Schachbuchgeschäft, weil sie selbst so anders war und manches Mal einfach nicht aus ihrer Haut konnte. Sie würde ihn morgen anrufen, aber sich jetzt erst einmal beruhigen, indem sie die Gedanken an ihn verscheuchte.

Zunächst erledigte sie alle eingegangenen Bestellungen, verpackte Bücher, versah die geordnete Ware mit Lieferscheinen und Rechnungen an Adressaten im ganzen Land. Wies zu zahlende Rechnungen elektronisch bei der Bank an, so wie Gram es ihr gezeigt hatte. Bestellte dann bei einem Verlag einige Bücher, die nicht mehr vorrätig waren. Schon nach zwei Stunden war sie mit allem fertig. Jetzt schrieb sie an Grams Computer ein Schild, das die eingeschränkten Öffnungszeiten auswies und das sie vor dem Fortgehen an die Eingangstür heften wollte. Ihr Blick fiel auf den Brief von dieser Brenda Hooper aus New York. Wer war die Frau? Und wer war Slim? Offenkundig kannten Gram und er sich gut. Sie hatte Gram diesen Mann noch nie erwähnen hören.

Ihr Smartphone klingelte. Kurz darauf war Lynn auf ihrem Fahrrad bereits zum Krankenhaus unterwegs, voller Aufregung, denn sie hatte gerade einen Anruf von Dr. Steve Richardson erhalten. Es gäbe Neuigkeiten über den Zustand ihres Onkels Graham Yeomans zu berichten. »Hätten Sie und Ihr Bruder die Möglichkeit, ins Krankenhaus zu kommen?«, hatte der Arzt sie gefragt. »Ich würde gern etwas … bitte beunruhigen Sie sich nicht … wie soll ich es formulieren? Ich würde gern etwas Ungewöhnliches mit Ihnen besprechen.«

Und als Lynn keine dreißig Minuten später auf der Intensivstation mit Dr. Steve Richardson vor dem Bett ihres Onkels stand, der blass und auf den ersten Blick schlafend, aber dabei mit einem seltsam zusammengekniffenen Gesicht an Schläuchen und Kabeln wie wehrlos in einem Spinnennetz hing, kam ihr Gram so klein und zerbrechlich vor. Als wäre er gefangen in einer unsichtbaren gläsernen Kugel, die ihn zusammendrückend umschloss. Ihm Freiheit und Bewegung nahm.

»Was ich Ihnen jetzt sage, Lynn, soll Sie nicht erschrecken. Im Gegenteil. Es ist aus meiner Sicht eher etwas Positives. Wir messen bei Ihrem Onkel eine ungewöhnlich starke Hirnaktivität. So hohe Ausschläge bei Messwerten von Komapatienten habe ich noch nie gesehen!«

»Starke Hirnaktivitäten? Was heißt das?« Lynn musste sich zusammennehmen, um nicht vor Schreck zu weinen, strich intuitiv Gram zärtlich über Wange und Stirn, griff nach seiner vertraut weichen, doch heute so kalten Hand. Und spürte, wie ihr Auge schon wieder heftig zu zittern begann.

»Beunruhigen Sie sich bitte nicht! Die Hirnaktivität Ihres Onkels zeigt, dass sein Gehirn gerade extrem arbeitet. Wir dachten erst an Messfehler und haben die Geräte ausgewechselt. Aber die Messwerte blieben unverändert hoch!«

»Er wirkt so klein«, sagte sie, »so schutzlos. Und als wäre er in etwas eingeschlossen, das sein Leben einsperrt und ihn nicht herauslässt.« Lynn streichelte Gram zärtlich seinen von Kanülen besetzten blassen Arm. »Was geht in ihm vor?«

»Ich habe den Eindruck, dass er einen sehr starken Willen hat. Er wehrt sich mit aller Kraft gegen irgendetwas. Manche hier meinen, er kämpft innerlich, um am Leben zu bleiben.«

»Und was glauben Sie, Steve?«

»Halten Sie mich bitte nicht für verrückt, wenn ich Ihnen das jetzt sage, Lynn. Ich habe zwei Erklärungen, die ich Ihnen mitteilen wollte. Mein erster Gedanke war, sein Hirn versucht, hellwach zu bleiben. Daher versucht es, sich intensiv zu beschäftigen. Mein erster Gedanke war, Ihr Onkel spielt in diesem Moment in seinem Kopf eine Partie Schach.«

»Schach?« Lynn sah den Arzt ungläubig an. »Während er im Koma liegt?«

»Klingt unwahrscheinlich, wäre aber möglich.« Dr. Steve Richardson formulierte abwägend, vorsichtig, fast als würde er seinen eigenen Worten keinen Glauben schenken.

»Und was ist Ihre zweite Erklärung?«

»Meine zweite Erklärung …« Hier stutzte der Arzt kurz, überlegte einen Augenblick, ob es wirklich klug war weiterzusprechen. »Es klingt bestimmt verrückt für Sie, Lynn, und ich will es in Ihrem Gemütszustand auch bestimmt nicht zu kompliziert für Sie machen. Aber ich muss Ihnen einfach sagen, was mir durch den Kopf geht! Ich habe mich mit vielen neurologischen Krankheiten, wie zum Beispiel der Amyotrophen Lateralsklerose, kurz ALS genannt, beschäftigt. Auch mit Schlaganfallpatienten. Das sind beides Ursachen, die dazu führen können, dass Menschen ihre Sprachfähigkeit verlieren. Außerdem habe ich mich viel mit der Forschung zur Messung von Gehirndaten mittels Elektroden befasst. Und mit deren Interpretation, wo im Hirn Gedanken zu

Worten formuliert werden. Man arbeitet derzeit daran, sprachgestörten Patienten mittels *Brain-Computer-Interface* die Sprache wiederzugeben. Es ihnen zu ermöglichen, nur mittels Denkens mithilfe eines Computers zu sprechen. Entschuldigung, Lynn, verwirre ich Sie?«

»Was wollen Sie mir sagen, Steve?«

»So intensive Hirnaktivitäten wie bei Ihrem Onkel habe ich noch in keiner Forschungsstudie gesehen.«

»Was meinen Sie, Steve? Sagen Sie es mir endlich!«

»Wie gesagt, halten Sie mich bitte nicht für verrückt, Lynn. Aber es ist meine Überzeugung, dass Ihr Onkel versucht, mit seinen Gedanken Kontakt zu Ihnen aufzunehmen!«

– 18 –

London – Januar 2015
City of Westminster, in einem Büro

»Wir wollen diesen jungen Mann als Teamleiter für unser gemeinsames Projekt haben, Reginald. Habe ich mich da unmissverständlich ausgedrückt? Mr. Hicks will nur die besten Talente!«

Die beiden Männer standen sich im großzügigen Büroraum des Hochhauses der Londoner City of Westminster gegenüber, wobei der Mann im dunklen Zweireiher seine Worte an den mit Reginald Angesprochenen harsch wie bei einer Befehlsausgabe richtete.

»Wir wollen diesen Paul Dickenson. Er ist unseren Leuten im Projektmeeting aufgefallen. Euer bester Mann in der Algorithmus-Architektur. Ein ungeschliffener Diamant mit hoher Auffassungsgabe und außerordentlicher mathematischer Begabung.«

»Er ist noch sehr jung, Walter. Und erst ein gutes Jahr bei uns. Sollte nicht einer der erfahreneren Programmierer die Teamleitung übernehmen? Ich meine … bei einem Projekt dieser Tragweite!«

»Ich denke, ich habe mich klar ausgedrückt. Du weißt, euer Laden ist zu hundert Prozent von uns abhängig. Und die Mehrheit eurer Firmenanteile haben wir sowieso schon. Sei froh, dass nicht Hicks mit dir spricht. Der hätte sich deine Widerworte gar nicht zu Ende angehört.« Walter Chinnock wirkte bedrohlich auf den ihm mit hängenden Schultern gegenüberstehenden Reginald Daw, als er diese Worte aussprach. »Hast du diesen Paul Dickenson wie vereinbart pünktlich hierher bestellt?«

»Ja, das habe ich. Was nicht einfach war. Sein Onkel ist schwer verunglückt. Ich musste ihn aus dem Krankenhaus loseisen. Er hatte eigentlich Urlaub eingereicht.«

»Sehr gut, dass er kommt. Ich spreche mit ihm. Und sieh zu, dass er hinterher für das Projekt eine Beförderung mit einer Gehaltserhöhung erhält. Und lobe zusätzlich eine hohe Prämie für das Projektziel aus! Häng ihm eine fette Wurst vor die Nase und schmier ihn mit Geld richtig ab! Dann denkt er bei seiner Arbeit nicht über Moral nach. Ist er irgendwie politisch engagiert?«

»Ist mir nicht aufgefallen. Ich glaube, er ist noch sehr naiv. Ist eine Waise, in den USA geboren und mit seiner Schwester bei erwähntem Onkel aufgewachsen, in einer Provinzstadt in Yorkshire.«

»Na, das klingt doch perfekt. Talentierter, naiver Frischling mit hoher mathematischer Begabung. Aus so einem Material formt Hicks seine besten Mitarbeiter.«

»Was soll ich ihm über den wahren Hintergrund des Projekts sagen?«

»Nach der Wahrheit fragt so ein Frischling nicht mehr, wenn du ihn erst genügend mit Geld gepampert hast. Sag ihm am besten nur Allgemeines, hörst du? Mach keine Fehler! Verschreck ihn uns nicht!«

In diesem Moment klopfte es an der Bürotür, und der hübsche Kopf einer auffallend hellblonden Assistentin erschien. »Ihr Besucher ist da, Mr. Chinnock, ein Mr. Paul Dickenson.«

»Schick ihn mir herein! Und Caroline, ich möchte in der

nächsten halben Stunde nicht gestört werden.« Chinnock rief den Satz mit machohaft herablassender Kumpelhaftigkeit.

Paul trat etwas unsicher in das ihm unbekannte Büro und erkannte als Ersten Reginald Daw, seinen Chef, der ungewohnt freundlich auf ihn zukam. »Willkommen, Paul. Schön, dass Sie es trotz der schwierigen Situation Ihres Onkels möglich machen konnten, heute hierherzukommen. Darf ich Ihnen Walter Chinnock vorstellen, COO von *SLC Technologies*.« Chinnock nickte Paul leutselig zu.

»Paul, wir wollten etwas mit Ihnen besprechen, ein neues Projekt, ein sehr wichtiges Projekt für unser Unternehmen. Aber nehmen Sie doch Platz.« Dabei wies Reginald Daw zu den mächtigen Sesseln der ledernen Sitzgruppe, die neben dem Schreibtisch um einen stillgelegten, grünschimmernden Marmorkamin gruppiert waren.

Paul war verblüfft über die ungewohnte Freundlichkeit seines Chefs und über den ihm bisher unbekannten Ort, an den er ohne Angabe eines Grundes zum Gespräch gebeten worden war. Und besonders über diesen Mr. Chinnock, der Paul in einem für ihn im Büroalltag ungewohnt edlen Maßanzug mit blutrotem Einstecktuch gegenüberstand.

Was Paul im folgenden Gespräch in den breiten Ledersesseln hörte, ließ seine Verblüffung noch weiter steigen, insbesondere da Mr. Chinnock das Gespräch monologisierend zu führen schien und sein Chef nicht nur fast unterwürfig daneben saß, sondern auch zweitweise den Raum verließ.

Walter Chinnock machte Paul ein Angebot – das Angebot, die Leitung einer zehnköpfigen Programmiergruppe in einem interdisziplinären Projektteam beider Unternehmen zu übernehmen, an dem auch Psychologen, Marktforscher, Soziologen, Mathematiker und Politikwissenschaftler arbeiten würden. Paul erfuhr, dass es um ein Projekt gehe, das in dieser Form Neuland sei und das es in so einer innovativen Umsetzung noch nie zuvor in Großbritannien gegeben habe, geschweige denn in Europa.

»Wir glauben, dass Sie mit Ihren Fähigkeiten der richtige Mann für dieses Projekt sind, Paul. Ein mächtiger Karriereschritt für Sie.« Chinnock sprach jetzt wie bei einer Preisverleihung. »Heute beginnt für Sie ein neues Leben, glauben Sie mir!« Damit stand Chinnock auf und hielt Paul auffordernd die Hand zum Handschlag entgegen. »Alles weitere wird Reginald mit Ihnen besprechen. Auch alles, was die Verbesserung Ihres bürgerlichen Wohlstands angeht.« Seine Stimme kippte jetzt schon wieder in die näselnde Herablassung zurück.

Paul schlug verdutzt ein, bedankte sich und stand schon eine Minute später mit seinem Chef vor der Tür von Chinnocks Büro, der das Gespräch so verblüffend schnell, wie er es begonnen hatte, auch wieder beendet hatte.

»Glückwunsch, Paul«, sagte sein Chef im Fahrstuhl. »Sie bekommen eine unglaubliche Chance geboten. Und Sie arbeiten ab jetzt für die Firmengruppe von Mr. Hicks!«

»Wer ist das?« Paul sah immer noch ungläubig aus.

»Ein Mann, der die Welt revolutionieren könnte.« Der Chef wirkte etwas nachdenklich. »Auf jeden Fall das Denken und Verhalten von Menschen.« Reginald Daw schien sich bei seinen Worten selbst zu erschrecken und gebot sich selbst Einhalt. »Aber was rede ich da? Sprechen wir lieber über Ihre Gehaltserhöhung und ein paar organisatorische Dinge. Am besten bei einem Mittagessen.«

Pauls Verblüffung steigerte sich zum ungläubigen Staunen – sein Chef ging mit ihm mittagessen! Zudem, wie sich bald herausstellte, in ein französisches Restaurant am Parliament Square, eines der besten Londons! Wo Reginald Daw ihm bei Hummersuppe und der folgenden getrüffelten Poularde eine Vervierfachung seines Gehalts, einen eigenen Mini Cooper als Firmenwagen, ein üppiges Spesenkonto und im Rahmen der noch zu besprechenden Zielerreichung seiner Projektarbeit eine exorbitante Prämie in Aussicht stellte!

Paul war beeindruckt, das musste er sich eingestehen. Nicht

wegen des Restaurants, denn keiner kochte seiner Erfahrung nach großartiger als Onkel Gram, an den er in diesem Moment denken musste. Ja, Gram, der Lynn und ihn in den Jahren ihres Zusammenlebens mit unglaublichen indischen Zaubergerichten verwöhnt hatte, ihnen, seit sie bei ihm lebten, die Grundlagen der Kunst der Speisenzubereitung, das Wissen um gute Zutaten und die Magie des Würzens beigebracht hatte. Und sie lehrte, zu riechen und zu schmecken. Und vor allem zu genießen! *Oh Gott, Gram, wie mochte es ihm gerade gehen?* Paul wurde es traurig ums Herz, derweil Reginald Daw auf ihn mit Worten wie ein unendlicher Platzregen einredete, unter denen besonders häufig Superlative und die Begriffe *Chance* und *Perspektive* vorkamen.

Beeindruckt saß Paul dennoch vor seinem Chef, der weiter ununterbrochen die Vorzüge und Aussichten von Pauls neuer Aufgabe pries und nicht müde wurde, *SLC Technologies* als Unternehmen zu loben – und diesen Mr. Hicks, das Hirn dieser Firma, wie er sagte. Und dass Paul wirklich stolz sein könne, für Hicks in seinem wichtigen Projekt arbeiten zu können!

Nach den ersten Gläsern eines vorzüglichen Burgunderweins begann Paul, sich zunehmend zu sammeln. Er fing an, sich in seinem ausladenden Restaurantsessel wohlzufühlen, spürte ein zunehmendes Bewusstsein von Bedeutung in sich aufsteigen, das nicht nur von der Wichtigkeit des für ihn immer noch inhaltlich diffusen Projekts, sondern auch ein wenig von Verliebtheit für sich selbst gefüttert wurde. Und ertappte sich dabei, während ihm von einem beflissenen Ober eine Scheibe Poularde nachgelegt und schwungvoll mit Trüffelsauce verziert wurde, wie er sich im Geiste in einen schwarzen Mini Cooper einsteigen sah, während ihn eine junge, auf dem Bürgersteig an ihm vorbeigehende attraktive Blondine bewundernd anlächelte. Eine Blondine, die verblüffend Chinnocks Assistentin Caroline ähnelte!

Paul griff nach dem großen Weinglas, um dieses ungewohnt wohlige Gefühl mit einem kräftigen Schluck herunterzuspülen, als er bemerkte, wie sein Chef ihn erwartungsvoll ansah. Und ihm offensichtlich die gleiche Frage nochmals stellte, die er zuvor überhört haben musste. »Na, Paul, was sagen Sie dazu?« Und als Paul sich »Einverstanden!« sagen hörte, so als wäre es gar nicht er selbst, der da spräche, und Reginald Daw ihm daraufhin mit einem Grinsen sein Weinglas zum Anstoßen auffordernd entgegenhielt, da stellte sich unerwartet ein eigentümliches Gefühl bei ihm ein. So, als hätte er gerade einen Fehler begangen.

Zu seiner Verwunderung schoss ihm eine alte Geschichte durch den Kopf, die Onkel Gram ihm und Lynn oftmals abends vor dem Zubettgehen erzählt hatte und die von einem jungen Mann handelte. Er war von einem älteren, edel schwarz gekleideten Herrn mit Gold gelockt, ja zu etwas überredet worden. Und der junge Mann verkaufte ihm, ohne über die Folgen nachzudenken, aus Gier seinen Schatten. Und mit seinem Schatten, wie Onkel Gram erklärte, eigentlich seine Seele! »Behütet eure bösen Gedanken«, hörte Paul Gram jetzt in seiner Erinnerung sagen, während er Lynn und ihn nach der Erzählung des Märchens liebevoll an sich zog, »dann behütet das Schicksal auch euch.«

»Noch ein Dessert und einen Digestif, Paul, zum Abschluss. Und danach fahren wir ins Büro und besprechen mit dem Personalleiter, dass er sofort Ihren neuen Vertrag aufsetzt. Den können Sie dann heute noch unterschrieben mit nach Hause nehmen!«

»Warum nicht«, hörte Paul sich jetzt zu Reginald Daw mit einer für ihn selbst ungewohnten Lässigkeit sagen. »Und wann kann ich mir meinen neuen Mini Cooper aussuchen?«

»Wann immer Sie wollen, Paul!« Maliziös lächelnd sagte Reginald Daw diesen Satz und winkte dabei den Ober für die nächste Bestellung mit einer dezenten Handbewegung zu sich heran.

Lynn war nach der Rückkehr aus dem Krankenhaus, nach dem Abschied von ihrem Gram in seinem erbarmungswürdigen Zustand, nach den irritierenden Worten des Arztes über den Versuch ihres Onkels, mittels seiner Gedanken zu ihr Kontakt aufzunehmen, aufgewühlt und erschöpft in ihrer kleinen Wohnung angekommen. Aufgewühlt auch von den ganzen anderen an diesem Tag auf sie einstürmenden Ereignissen, allem voran dem Streit mit Paul.

Appetitlos hatte sie in ihren Kühlschrank geschaut, sich schließlich nur ein Glas Wein eingeschenkt, sich ausgekleidet, geduscht und eine Wärmflasche vorbereitet, da sie ein Frieren in sich aufkommen spürte. Schon kurz darauf, ohne auch nur einen Schluck getrunken zu haben, war sie unter ihre Bettdecke geschlüpft. Und nach wenigen Minuten in einen tiefen Schlaf gefallen, so ins Bodenlose eines Zustands der Bewusstseinslosigkeit gestürzt, dass ein Traum in ihr zur Realität wurde. Und sie in sein Reich entführte, in eine eigentümlich surreale Welt.

Lynn stand allein auf einer riesigen, weitläufigen Ebene. Ein leichter Wind blies ihr unangenehm kalt ins Gesicht. Wohin sie sich auch wandte, schweifte ihr Blick über ein Trümmerfeld. Kein Strauch und kein Baum waren zu sehen. Alles wirkte unwirtlich und kahl. Der Himmel fieberte über allem wie vor einem aufkommenden Gewitter, überzog alles mit einem flackernd zinngrauen Licht.

In größeren Abständen lagen auf der Ebene größere Bruchstücke verstreut, wie zertrümmerte Ruinenreste häuften sie sich in wahllosen Abständen um Lynn herum an. Wie ihr jetzt auffiel, war der Boden, auf dem sie stand, pechschwarz. Bei genauerem Hinsehen erkannte sie, dass sie auf einem schwarzen, großflächigen Quadratfeld stand, dem sich andere im Wechsel mal weiß, mal schwarz gefärbte Quadrate anschlossen. Wie ein großes

Raster fügte sich der Boden, soweit ihr Auge sah. Lynn begriff zu ihrer Verwunderung, dass sie auf einem überdimensionalen Schachbrett stand. Wie eine Figur!

Zu ihrer Rechten sah sie in einiger Entfernung einen umgestürzten alabasterweißen Turm, in zwei Hälften zerborsten, wie von der Faust eines Riesen in der Mitte zerschmettert. Aus weiter Ferne hörte sie ein Rufen, immer wieder. Die Stimme war ihr irgendwie vertraut, doch sie konnte die Worte, die sie rief, nicht verstehen.

Ihr war, als wollte die Stimme sie warnen. Sie klang wie ein alarmierender Schrei. Der zischelnde Wind verwischte das Verstehen, übertönte, worin die Warnung bestand. Ein Gefühl von Furcht kroch in Lynn hoch. Einsam und ängstlich, fröstelnd und staunend stand sie in dieser abweisend fremden Welt.

Von irgendwoher hörte sie ein Krachen, als stürze ein Felsbrocken polternd einen Steilhang herab. Dem Getöse folgte jetzt ein dumpfes Rumpeln, der Boden unter ihren Füßen vibrierte, zitterte, einem Erdstoß gleich. Eine heftige Windbö fuhr ihr fauchend ins Gesicht und wirbelte heftig durch ihr Haar. Lynn schritt unsicher einige Schritte vorwärts, wusste nicht, in welche Richtung sie gehen sollte, fühlte sich orientierungslos und dabei einsam und allein. Sie begann, über das riesige Schachbrett zu laufen, überall lagen zertrümmerte Figurenstücke, wie skelettierte Kadaver streckten sie sich an ihrer Wegstrecke entlang.

Sie ging jetzt in die Richtung, aus der sie die Stimme vermutete, stieg dabei durch ein Feld schwarzer und weißer Trümmer hindurch, verwitterte Reste irgendeiner Zerstörung, die die Figuren hier brutal und gewaltsam zerbrach.

»Rette dich …«, vernahm sie jetzt die entfernte Stimme, doch den weiteren Satz konnte sie trotz allen Bemühens nicht verstehen! Lynn wurde unruhig, lief jetzt schneller, blickte sich dabei zunehmend lauernd und verunsichert um. Wieder dieses Rumpeln und Krachen. Es schien ihr diesmal näher, doch der aufkommende Wind verwischte die Richtung der Herkunft der

Geräusche. Sie flogen wie aufgewirbelte Blätter in ihrer Wahrnehmung herum.

Plötzlich erblickte sie in der Entfernung ein weißes Pferd, eine riesige Schachfigur. Es galoppierte im Pferdsprung über die mächtigen Schachfelder dahin, wie auf der Flucht. Hinter ihm erschien jetzt ein mächtiger Schatten, das rumpelnde Geräusch nahm rasch an Lautstärke zu. Das Pferd blieb abrupt stehen, schaute mit angstgeweiteten Augen in Panik zu Lynn herüber. Es war offensichtlich unsicher, wohin es sich richten sollte. Sprang jetzt mit einem mächtigen Sprung zwei Felder vor, eins zur Seite, landete auf einem pechschwarzen Quadrat.

Wie der Blitz schoss von der Seite her ein riesiger Schatten heran, wurde zu einer riesenhaften Kugel, rammte krachend das Pferd, das mit einem wiehernden Todesschrei in tausend Stücke zerstob. Lynn schrie auf, doch die Kugel rollte schon weiter. Sie sah sie kreiselnd über die Ebene rotieren, dabei oft blitzschnell die Richtung ändern, als spüre sie wie ein Jagdhund etwas nach.

»Rette dich …«, rief jetzt wieder die verstümmelte Warnung. Wütend vor Angst schrie Lynn »Aber wie?« in Richtung der Stimme zurück.

»… deine Gedanken …«, hörte sie Wortfetzen wie eine Antwort. Der Wind fauchte jetzt fast stürmisch, als wolle er absichtlich verhindern, dass Lynn die Warnung verstand. In diesem Moment erschien am Horizont wieder die Kugel und schoss jetzt in hoher Geschwindigkeit direkt auf Lynn zu.

»…sche deine Gedanken, Lynn!« Die Stimme schrie fast panisch halb verstümmelte Sätze. Und sie rief ihren Namen! Lynn war wie elektrisiert, sie erkannte jetzt Grams Stimme! Wie aufgerüttelt packte sie nun der Mut.

»Mich bekommst du nicht!«, schrie Lynn jetzt aus voller Kehle in Richtung der Kugel. Wie ein Fauchen spie sie die Worte aus. Lynn war hellwach, ihr Verstand konzentriert, ihr Denken klar und scharf. Sie schnellte plötzlich wie eine Sprinterin aus dem Startblock, in Richtung der Kugel, rannte stürmend vorwärts, direkt zu auf die tödliche Gefahr. Keine fünfzig Meter von der Kugel entfernt blieb sie plötzlich abrupt stehen, genau an der Grenze von einem schwarzen zu einem weißen Quadrat. Sie stellte einen Fuß auf die schwarze Seite und den anderen auf das weiße Feld und starrte die Kugel angriffslustig an.

»Ich bin stärker als du!«, brüllte sie in Richtung der Kugel, die nur noch wenige Momente von ihr entfernt mit hoher Geschwindigkeit auf Lynn zugeschossen kam. »Ich bin keine Figur!«

Die Kugel quietschte schrill, wie ein entgleisender Zug in der Kurve, schlingerte auf einmal heftig, als würde eine unsichtbare Kraft an ihr zerren und versuchen, sie aus der Bahn zu werfen.

Plötzlich bemerkte Lynn, dass das weiße Feld unter ihrem rechten Fuß nachzugeben begann unter ihrem Gewicht. Sie sprang jetzt mit beiden Füßen kraftvoll darauf, das Feld klappte wie eine Falltür unter ihr weg. Lynn stürzte einen Meter herab, wie verschluckt in eine vierte Dimension, blickte nach oben, sah in diesem Moment die kreischende Kugel über sich hinwegschießen. Einen eiskalten Wind wie eine Schleppe hinter sich herziehend. Beißend drängte die Frostbö auf sie ein.

Lynn zog sich hoch, zurück aus dem Loch auf das Feld, sah der mörderischen Kugel nach, die jetzt einen Halbkreis zog. Fast befürchtete Lynn, sie nähme neuen Anlauf, käme zum zweiten Mal auf sie zu. Doch wie sie der Kugel nachsah, erkannte sie zu ihrem Entsetzen, wie die Kugel auf jemand anderen zuschoss. Jemanden, der in einiger Entfernung von ihr auf der Ebene stand. Und sie ergriff Panik, denn sie erkannte ihren Bruder. Doch der stand einfach nur bewegungslos da, begriff offensichtlich nicht die auf ihn zurollende tödliche Gefahr!

Lynn schrie: »Paul, Paul! Pass auf!« Doch ihr Bruder hörte ihr Rufen offenkundig wegen des immer stärker aufkommenden Windes nicht! Die Kugel erhöhte nochmals rotierend ihre Geschwindigkeit, raste jetzt mit schrill pfeifendem Geräusch direkt auf Paul zu. Nur einen Augenblick noch, und sie würde ihn überrollen!

»Paul, komm zu mir! Hierher!« Lynn winkte heftig mit ihren Armen.

Jetzt schien Paul etwas zu hören, blickte in ihre Richtung, schaute zu ihr rüber, erkannte aber weder sie noch die lebensbedrohliche Gefahr.

»Paul! Du bist in Gefahr! Hierher!« Lynns Stimme überschlug sich jetzt fast.

Endlich schien Paul die Kugel zu erkennen, stutzte, wollte auf ein anderes Feld springen, wirkte aber unschlüssig, auf welches. Wusste offensichtlich nicht, wohin! Blieb einfach stehen.

Die Kugel hatte Paul jetzt fast erreicht, zischte erbarmungslos auf ihn zu.

»Kehr um, Paul, hierher, zu mir!« Lynn rief verzweifelt den Namen ihres Bruders, schrie so laut, dass es ihr den Atem nahm, schrie, dass es sie schmerzte, erwachte schreiend aus dem Schlaf. Blickte entsetzt in die Dunkelheit ihres Zimmers. Ihr Herz pochte. Sie richtete sich auf und machte Licht an.

Noch lange zitternd saß Lynn auf ihrem Bett, hielt ein Wasserglas in der Hand. Und griff schließlich zum Hörer, um ihren Bruder anzurufen. Doch vergeblich, Paul nahm nicht ab. Sie wählte eine zweite Nummer, die von Desna, ihrer besten Freundin, die sich schon nach kurzem Klingeln meldete.

»Desna, verzeih bitte, aber mir geht es nicht gut. Ich brauche jemanden, mit dem ich sprechen kann!« Und nachdem Lynn ihr von allem berichtet hatte, von der Situation ihres Onkels, dem Streit mit Paul, den Erlebnissen im Krankenhaus – und von ihrem Traum, versprach Desna, sie gleich abends zu treffen. Sie müsse ihren Eltern vorher noch in deren indischem Restaurant zur Hand gehen, werde sich aber loseisen, nachdem die meisten Gäste versorgt seien. Das klappe irgendwie schon.

»Versuch zu schlafen, Mona«, beruhigte Desna Lynn liebevoll mit dem bei all ihren Freundinnen verbreiteten Spitznamen. »›Zeit bringt Blüten‹, sagt meine Mutter immer. Wir sehen uns heute Abend und sprechen über alles. Wo treffen wir uns?«

»Hol mich in Grams Laden ab. Und danke, Desna, dass du immer für mich da bist.«

Lynn legte auf, jetzt ein wenig beruhigt, aber wach. Dachte über diesen verwirrenden Tag nach, die ihre Gefühle bedrängenden Ereignisse. Und ihr schoss immer wieder durch den Kopf, was Dr. Steve Richardson im Krankenhaus zu ihr gesagt hatte.

Ob Gram wirklich versucht, mit mir Kontakt aufzunehmen?, fragte sie sich. *Mit der Kraft seiner Gedanken? Wie verrückt das klingt! Und vor allem, warum sollte er das tun? Will er mir etwas sagen? Was kann jetzt so wichtig sein?* Lynn lag auf ihrem Bett, auf dem Rücken, starrte an die Decke, hörte durch ihr geöffnetes Fenster aus weiter Entfernung die Sirene eines Krankenwagens, der vermutlich auf dem Weg zu einer unbekannten Not durch Durhams Straßen raste. Irgendein für sie namenloses Drama, das auf menschliche Seelen einschlug wie die Sorgen um Gram und der Streit mit Paul auf sie.

Sie spürte Hilflosigkeit, die sie berührte wie die durch die Fensterflügel hereinziehende Nachtluft. Die mit ihrer Kälte über sie kam, sie sich einsam fühlen ließ. Wer blieb ihr denn nach Grams möglichem Tod? Ein Bruder, der sich immer weiter von ihr zu entfernen schien? Ihre Freundinnen, wie Desna, ja, Gott sei Dank! Aber eine Gegenwart und Zukunft, in der außer ihrem Studium wenig erkennbares Glück auf sie zu warten schien.

Lynn sah nur Zerbrechlichkeit um sich, fühlte eine Mutlosigkeit in sich heraufkriechen, wie ein Geist, der sich mit der Kälte in ihr Zimmer schlich, heimlich in ihre Seele zu schlängeln begann, in ihr Herz einzudringen versuchte und Besitz von ihr ergreifen wollte.

»Beherrsche deine Gedanken!«, hörte sie jetzt wieder – diesmal glockenklar – die Stimme aus ihrem Traum! »Lynn!«, klang jetzt deutlich ihr Name an ihr Ohr. Es war eindeutig die Stimme von Gram!

Lynn Dickenson lag wie elektrisiert auf ihrem Bett, derweil plötzlich aus weiter Ferne eine Vogelstimme zu einem Lied anhob. Und den baldigen Sonnenaufgang ankündigte. Wie ein Herold des aufkommenden Tages! So wie der kleine Vogel in einem von Gram während ihrer Jugend oft erzählten indischen Märchen. Wie hieß er noch? Jener winzige Piepmatz, der mit seinem Gesang diesen bösen, riesenhaften Dschinn vertrieb, der einem indischen Mogul den Mut nahm. Dieses zarte Vöglein, das jenes Geisterwesen verscheuchte, das finster schwarz war wie die Nacht. Oder wie der Kugelschatten im Traum!

Lynn musste lächeln, als sie daran dachte. Beschloss, aufzustehen und zum Fenster zu gehen, um dem ermutigenden Gesang des Vogels zu lauschen. Und dann gleich in der Frühe, nach einer erfrischenden Dusche, mit dem Fahrrad zu Grams Laden zu fahren.

Um dort nach etwas zu suchen.

Wonach, das wusste sie nicht, aber sie spürte, irgendetwas musste im Schachbuchgeschäft verborgen sein. Etwas, das mit dem zu tun hatte, was Gram ihr im Traum sagen wollte.

Sie würde es herausfinden, da war Lynn sich plötzlich sicher.

Was auch immer es war, sie spürte in sich Kraft und Gewissheit und vor allem Mut, sich jedem bösen Geist entgegenzustellen. Wie groß, verschlagen und kalt er sich auch immer zeigen mochte! Aber das war es nicht allein, was Lynn in ihrem Bewusstsein packte. Da war noch etwas anderes. Etwas, das sie alarmierte. Es war das Gefühl von Gefahr. Nicht nur für sich, nein, für jemanden, den sie liebte. Für ihren Bruder Paul.

– 20 –

Den ganzen Sonnabend hatte Lynn mittlerweile in Grams kleinem Schachbuchgeschäft verbracht, sie hatte jeden Raum, jedes Regal und jeden Schrank durchstöbert, Grams Büro, sein Computerarchiv und seinen Schreibtisch durchsucht. War auf die Leiter gestiegen, um selbst auf den Regalabschlüssen nachzusehen, jene Leiter, von der Gram so verhängnisvoll herabgestürzt war. Immer auf der Suche nach einem Hinweis auf etwas, was ihr Onkel ihr mit seinen Gedanken hatte sagen wollen. Sie hatte doch seine Stimme klar und deutlich gehört! Erst in ihrem Traum. Dann mit wachen Augen auf dem Bett in ihrem Zimmer. Oder bildete sie sich das alles nur ein?

Nein, sie war sich ihrer Intuition sicher. Und auch des Gefühls einer diffusen Gefahr, in der sich ihr Bruder befand. Die sie beunruhigte und hierdurch anspornte, weiter zu suchen. Die Nachmittagssonne begann schon, langsam am trüben Himmel bleichgelb herabzusinken.

Lynn hatte schließlich Grams Wohnung über dem Laden betreten, auch hier vorsichtig Schränke, Truhen und Schubladen durchgeschaut, sogar das Nachtschränkchen neben ihres Onkels Bett geöffnet und sich dabei gefühlt, als täte sie etwas Verbotenes.

Gram hatte offenkundig an etwas geforscht – man könnte sagen, wie sie nach etwas gesucht. Das war ihr zumindest klar nach der flüchtigen Sichtung zahlreicher, in Aktenordnern säuberlich geordneter Dokumente, Listen, digitaler Archive, der Korrespondenz und krakeliger handschriftlicher Notizen ihres Onkels. Aber wonach hatte er gesucht? Es musste etwas mit Indien zu tun haben, vieles wies immer wieder darauf hin. Nicht nur der besagte Geheimdienstbericht, nein, immer wieder tauchten Hinweise auf Namen und Orte in Indien auf.

Und auf schreckliche Ereignisse. Unfälle mit Todesfolge, Gewaltverbrechen, Katastrophen und Mordfälle, teilweise weit zurückliegend in der Geschichte. Eine ganze Aktenordnerreihe war auf den Rücken mit *Intrigen, Mordkomplotte, Ungeklärte Todesfälle* beschriftet, fein säuberlich nach Jahrhunderten geordnet!

Allerdings fanden die dokumentierten Ereignisse nicht allein auf dem indischen Subkontinent statt, sondern bei genauerem Betrachten rund um die Welt. Es machte auf Lynn – nach einigem Nachdenken – eher den Eindruck, ihr Onkel habe vielmehr den *Ursprung* all dieser erschreckenden Vorfälle in Indien gesehen. Wie bei einem Virus, das sich von dort seinen Weg verschlagen und tückisch um die Welt bahnte. Außer der Gemeinsamkeit einer besonderen Grausamkeit der zahlreichen Ereignisse konnte Lynn aber kein Muster entdecken.

Zudem waren die ergänzenden, an den Rand der Dokumente gekritzelten Notizen von Gram oft wie verstümmelt, so als habe er etwas bei seiner Niederschrift verbergen wollen, als habe er das, was er aufschrieb, chiffriert – zum Schutz vor unbefugten Lesern.

Zudem fand sie in seinem Büro Hunderte von Büchern in allen möglichen Sprachen. Angefangen bei historischen Abhandlungen und religiösen Werken diverser Religionen, philosophischen Schriften über die Ethik von Gut und Böse über Bücher zu Metallurgie, Alchemie und den frühen Naturwissenschaften, über Magie, Zauberei und Aberglauben – ganz zu schweigen von den zahllosen Büchern über Telepathie und Gedankenübertragung. Bis hin zu einer ganzen, säuberlich katalogisierten Bibliothek voll medizinischer Fachbücher, die sich um Hirnforschung, Psychologie und Verhaltensmanipulation drehten. Einige dieser Bücher kannte Lynn sogar aus ihrer Universitätsbibliothek.

Ratlos saß sie jetzt im Verkaufsraum des Ladens auf dem Tresen, grübelte und wusste nicht recht weiter, als die Ladentür klingelnd aufflog. Und ihre Freundin Desna wie ein guter Wind hereingeweht kam, wie immer mit einem verschmitzten Lachen auf ihrem Gesicht, das gleich den Schalk in dieser Frau erahnen ließ, mit dem sie Probleme des Lebens einfach nicht zu ernst zu nehmen schien, sich ihrer Macht schelmenhaft einfach nicht beugen wollte, Probleme anlächelte, eine Eigenschaft, die Lynn sehr an ihr liebte, weshalb sich ihre Stimmung sofort aufhellte.

Mit Desna trat jene wunderbare Kraft des Lachens in den Raum, die böse Gedanken vertrieb, sie verscheuchte wie einen garstigen Dschinn! Und stattdessen in Lynn sofort ein gutes Gefühl zurückkehren ließ. So wie es beim Wiedersehen mit einer guten Freundin oft geschieht. Denn Freundschaft schenkt die Kraft der Vertrautheit. Aus der Lynn in ihrer einsamen Situation Ermutigung erwuchs, noch bevor Desna viele Worte gesprochen hatte.

»Mona-Herzchen, du siehst ja wirklich wie ein Häufchen Elend aus. Es wird Zeit, dass ich dich auf andere Gedanken bringe«, sagte Desna frotzelnd. »Bier oder gleich einen doppelten Whiskey?«

»Ich trinke nur Gin oder guten Wein, mein Schatz, das weißt du doch!«, antwortete Lynn zurückfrotzelnd. »Schön, dass du gekommen bist, Desna«, fügte sie an, bevor sie ihre Freundin fest in die Arme schloss.

Die beiden Frauen kannten sich seit ihrer Schulzeit in Durham, waren nahezu zum gleichen Zeitpunkt in dieselbe Klasse gekommen. Beide als Neuankömmlinge. Lynn aus New York. Und Desna aus Indien – erst wenige Wochen vor dem Moment ihres Kennenlernens war sie mit ihrer Familie aus Delhi hierhergezogen.

Sie hatten vom ersten Augenblick Sympathie füreinander empfunden und sich sofort zusammengetan, bei aller Zuneigung zunächst auch aus ihrer Gemeinschaft im Außenseitertum in einer ihnen fremden englischen Schulwelt. In der ihre Mitschülerinnen sie am Anfang trotz aller Offenheit eine unsichtbare Hierarchie spüren ließen – in der sie sich den Neuankömmlingen gegenüber aus der Herleitung älterer Rechte bevorzugt glaubten.

Was Desna schon damals in solchen Situationen wegzulächeln wusste. Und Mädchen, die sie nicht gleichberechtigt behandelten, mit einem entwaffnenden Überlegenheitsgefühl begegnete. Was noch zunahm, als Desna auf ihren ellenlangen Beinen zu einer alle Mitschülerinnen um Haupteslänge überragenden Schönheit heranwuchs. Eine Lebensphase, in der die attraktive, zierliche Lynn und die hochaufgeschossene, bildhübsche Desna als unzertrennliche Freundinnen die Jungs in der Schule gemeinsam zu verwirren begannen. Dorthin, wo sie zu zweit auftraten, richtete sich fortan nicht nur der männliche Blick.

Was dazu führte, dass Desna in den Augen vieler Mitschülerinnen mit ihrer empfundenen Unnahbarkeit eine Außenseiterin blieb – ganz im Gegensatz zu Lynn, der mit ihrer zugewandten Art und ihrer Klugheit allgemeine Beliebtheit und viele Freundschaften zuwuchsen.

Desna hatte dann, wie sollte es anders sein, bei einer Londoner Modelagentur begonnen – schon am Ende der Schulzeit. Verfügte bald über ein Einkommen, das sie ein Leben in Unabhängigkeit von der Unterstützung ihrer Eltern führen ließ, bei dem sie im Auftrag bekannter britischer Modelabels in London arbeitete, später auch für Kunden in Paris, Mailand, Barcelona und Antwerpen. Desna war dabei immer geerdet geblieben, hatte sich trotz ihres zunehmenden Wohlstands nicht in der Hauptstadt, sondern in Durham eine kleine Wohnung genommen und half ihren Eltern regelmäßig in ihrem indischen Restaurant aus – nach Meinung nicht nur Onkel Grams einer der besten Orte indischer Kochkunst in ganz Großbritannien.

Durch Desnas häufige Aufenthalte in Durham waren regelmäßige Treffen zu einer Konstante im Leben beider Freundinnen geworden. Sie nahmen eng aneinander teil, vertrauten sich bedingungslos, erzählten sich gegenseitig alles, blickten einander in Seele und Herz, teilten Freuden und Sorgen. Waren einander so nah, wie es selbst bei Schwestern nicht oft zu beobachten ist. Und waren in ihren Gedanken oft beieinander.

»Mona-Herzchen.« Desna sprach diese Worte mit jenem ihr eigenen, wie gleichgültigen Tonfall, der ihre Direktheit begleitete. »Bevor wir über deinen Bruder, deine Träume und all das reden, was du mir gestern zu erzählen begonnen hast, das Wichtigste zuerst: Wie geht es deinem Onkel? Und wie geht es dir?« Desna hatte ihren bodenlangen Designermantel abgestreift, achtlos über einen Stuhl geworfen und sich dicht neben Lynn an den Tresen gesetzt.

»Ich habe eine schreckliche Angst, Desna. Um Gram. Und auch irgendwie um Paul.«

»Um Paul? Warum das? Deinem taktlosen Brüderchen werde ich das nächste Mal gehörig die Meinung sagen, wenn ich ihn sehe. Dieser Kindskopf soll dir gefälligst helfen und sich mehr um dich und Gram kümmern.«

»Ach, Des, er ist einfach noch unreif.«

»Dass du ihn immer in Schutz nimmst, macht mich richtig wütend. Ich habe nicht den Eindruck, dass er sich *um dich* genauso viele Gedanken macht. Und was heißt das überhaupt, dass du Angst um ihn hast?«

»Es klingt verrückt, Des. Aber ich habe den Eindruck, er ist in Gefahr.«

»In Gefahr? Wovor?«

»Das weiß ich nicht genau. Aber ich habe den Eindruck, Onkel Gram wollte mich warnen.«

»Warnen? Dein Onkel liegt im Koma!«

»Gram hat einen Satz zu uns gesagt, kurz bevor er im Krankenhaus ins Koma fiel. *Ich habe es herausgefunden!*«

»Was herausgefunden?« Ungläubig saß Desna neben Lynn.

»Ich dachte erst, es ginge um etwas anderes. Aber jetzt glaube ich, Gram wollte Paul und mir etwas sagen, wozu er nicht mehr kam! Er wollte uns vor etwas warnen. So wie mich gestern Nacht in meinem Traum! Ich bin überzeugt, dass Gram versucht hat, über seine Gedanken mit mir im Traum Kontakt aufzunehmen!«

»Mona! Ich glaube, ein doppelter Whiskey reicht da nicht. Du bist ja völlig durcheinander!«

»Nein, ich bin völlig klar!« Lynn schaute ihrer Freundin fest in die Augen. »Glaub mir bitte! Es hat mit etwas im Laden zu tun. Über das, wovor Gram Paul und mich warnen wollte, muss sich irgendein Hinweis hier im Schachbuchgeschäft befinden. Ich habe bereits den ganzen Tag danach gesucht.«

»Wonach gesucht, Herzchen, was meinst du?«

166

»Nach etwas, was Unheil auslöst. Nach so etwas wie in dem alten Geheimdienstbericht, den Paul und ich hier gefunden haben! Desna, das muss für dich alles unglaublich klingen. Hör zu, ich erzähle dir alles.«

Lynn berichtete Desna in der folgenden Stunde über die Ereignisse der letzten Tage. Über den furchtbaren Unfall von Gram, seine lebensbedrohliche Lage im Koma, über den Streit mit Paul. Über Dr. Steve Richardson, den Arzt im Krankenhaus, der sie gestern davon zu überzeugen versucht hatte, dass Gram versuche, mit seinen Gedanken Kontakt zu Lynn aufzunehmen. Schließlich nochmals im Detail von ihrem Traum der letzten Nacht, auf dem Schachbrett, mit dem Wiedererkennen von Grams warnender Stimme und der Bedrohung von Paul! Zuletzt las sie mit Desna nochmals den Geheimdienstbericht durch und versuchte, ihrer Freundin mit verwirrenden Worten zu erläutern, dass sie sicher sei, Gram habe seit Jahren nach etwas intensiv gesucht. Nach etwas, das mit den vielen Büchern und Dokumenten über unheilvolle Vorfälle im Zusammenhang stehen müsse.

Die zwei Frauen saßen mittlerweile im Verkaufsraum des kleinen Ladens auf dem Fußboden, einen wärmenden Tee in der Hand. Draußen auf der Straße war ein kalter Wind aufgekommen, der durch die Altstadtgassen pfiff und grieselnde Hagelkörner gegen die Häuser trieb, dabei seinen kalten Atem durch die Fensterritzen in den Laden hauchte. Desna und Lynn hatten sich in ihre Mäntel gewickelt und versucht, die Heizung hochzudrehen. Saßen nun rätselnd und fröstelnd um den niedrigen Schachtisch herum. Desna erstaunte, was sie gehört hatte, und sie schaute jetzt besorgt auf ihre Freundin, die blass und ratlos vor ihr saß.

»Hilfst du mir, Des? Ich spüre, ich schaffe es nicht allein!«

»Was fragst du, Mona-Herzchen? Wenn nicht auf mich, auf wen kannst du dich denn sonst verlassen auf dieser Welt!« Desna begriff, dass jetzt ihre Initiative gefordert war. »Hör mal zu, es ist Samstagabend. Wir gehen jetzt ins THE DUN COW, trinken und essen was und überlegen dort weiter.« Desna hatte sich auf ihre Seite gelehnt und schaute Lynn spitzbübisch mit schräg gelegtem Kopf an. »Und vielleicht treffen wir dort auch ein paar hübsche Jungs. Das bringt dich auf andere Gedanken.«

Lynn musste lachen. »Einverstanden, ich könnte einen Drink vertragen.«

»Was ist das eigentlich für ein seltsamer flacher Tisch?« Desna wies auf den vor den beiden Frauen stehenden Schachtisch hin.

»Da spielt mein Onkel Schach ohne Figuren. Das Brett hat er aus Indien mitgebracht.«

»Hast du nicht von einem Schachbrett geträumt, Mona-Herzchen?«

»Ja, warum fragst du?«

»Na, wenn du glaubst, Gram wollte dich warnen und dir in deinem Traum einen Hinweis über etwas in seinem Laden geben, ist es vielleicht das Schachbrett.«

»Aber da ist doch nichts darauf. Was soll daran sein?«

Augenblicke später hatten die Frauen versucht, das indische Schachbrett von dem massiven indischen Tischchen zu nehmen und zu ihrem Erstaunen festgestellt, dass es fest mit dem Möbel verbunden war. Sie hatten versucht, den erstaunlich schweren Tisch hochzuheben, festgestellt, dass er offensichtlich im Boden fest verschraubt war, hatten sich die Unterseite angeschaut, die Beine abgetastet, untersuchten jetzt das Spielbrett, konnten aber nichts entdecken.

»Eine wunderschöne indische Intarsienarbeit ist dieses Brett. Meine Großmutter hatte so etwas Ähnliches als kleinen Sekretär, weißt du?« Desna strich liebevoll über die schwarz-weiß kassettierte Holzoberfläche. »Auf was für einem Feld standest du in deinem Traum, ich meine, als du dieser Kugel ausgewichen bist und sich ein Schachfeld neben dir auftat, in das du hineingesprungen bist?«

»Auf einem weißen, meine ich.«

»Dann lass uns mal die weißen untersuchen. Sehen sie alle

gleich aus?« Desna tastete jetzt systematisch mit ihren Fingern übers Brett, drückte sanft auf jedes weiße Feld, Reihe für Reihe befühlte sie mit leichtem Druck. Und plötzlich, in der vorletzten Reihe, gab ein weißes Schachfeld nach. Wie eine Falltür sprang es nach unten weg.

»Ein Geheimfach, Herzchen! Wie im Sekretär meiner Groß-mutter.«

Erstaunt schauten die zwei Freundinnen sich an, dann ge-meinsam ins Fach. Desna schob schon vorsichtig ihre Finger hinein.

»Da steckt etwas drin!« Mit diesen Worten zog sie triumphie-rend einen gefalteten Zettel heraus. Blitzschnell hatte Lynn das Papier entfaltet und auf dem Schachbrett vor ihnen glatt gestri-chen. Gebannt schauten die zwei Frauen auf die in schwungvol-ler Schrift geschriebenen Zeilen:

Oh, mein Schottland!
Land der Distelblume.
Wärst Du wie des Inders Brett.
Acht Könige mit Gemahlinnen schliefen im sandigen Bett.
Ein russischer Turm stand bedroht am Ende der Schlacht.
Von der Dame des Fischers, zwei Tage vor Mondfinsternis
*   und ohne Macht.*

Oh, mein Schottland!
Land der steinernen Distelblume.
Wo Walrossknochen unterm Keltenkreuz den Blauschimmer
*   bewacht.*
Der erschlagene Königsmörder nie mehr im Grabe lacht.
Wie des Menschen Natur zweifach Gut und Böse in sich
*   vereint.*
Der bedrohte Turm im Spiegel verkehrt im Süden zu stehen
*   scheint.*

Oh, mein Schottland!
Land der gewaltlosen Distelblume.
Zwei Wege führen in Licht oder Dunkelheit.
Nur das Denken weist Dir den Pfad zur Helligkeit.
Wo der Friedfertige, der Bote der Nächstenliebe,
*   einer von dreizehn an der Zahl.*
Auf dem Boot über den See der bösen Schlange von den
*   Gefährten abzulassen befahl.*

Oh, mein Schottland!
Land der Distelblume.
Friedfertiges Denken bringt über Gier und Ichsucht den
*   Sieg.*
Mut zur Liebe und zur Selbstlosigkeit vertreibt Hass und
*   Krieg.*
Denk stets gewaltfrei, doch sei nie blauäugig wie ein
*   Geschwisterkind dabei!*
Wisse, trügerisch ist oft der äußere Schein.
Unter lächelnder Blume kann eine Schlange verborgen
*   sein!*

»Ein Geheimdienstbericht. Ein rätselhafter Traum. Eine mysteriöse Botschaft in einem Geheimfach eines indischen Schachbretts. Mona-Herzchen, du steckst heute wirklich voller Überraschungen!« Desna musste liebevoll lächeln, als sie das sagte.

»Gram wollte, dass ich es finde, Desna. Er hat mir seine Gedanken in meinen Traum hineingeschickt. Um mich zu warnen – und mir zu helfen. Ich bin mir sicher!«

»Herzchen, nehmen wir mal an, das stimmt. Wovor will er dich denn warnen? Und warum macht er alles so mysteriös?« Desnas Blick war verständnisvoll, als sie das sagte, doch ihre Stimme verriet auch Zweifel und Sorge um ihre Freundin.

»Das werden wir anhand dieses rätselhaften Textes herausfinden!« Lynns Wille klang stärker als ihre Zuversicht.

»Essen, Drinks, Männer. Du bestimmst die Reihenfolge! Diese Frage beschäftigt mich heute Abend zuerst. Genug der Geheimnisse für heute. Du brauchst Abwechslung, Herzchen!«

Und schon kurz darauf waren die zwei Frauen auf dem Weg zum *Dun Cow*, dem Pub in der Altstadt, der nach einer Legende von Mönchen mit einer Kuh und ihrer Magd benannt ist. Einem skurrilen, uralten Pub, von dem sie nach einem weiteren Bier im *Drunken Duck* und einem Gin im *Tin of Sardines* noch zu einer Kneipe an den Fluss weiterzogen. Dort mit zwei Studenten flirteten, die mit ihnen noch in einen Club im Univiertel weiterzogen, bis morgens um vier tanzten und tranken. Bevor Desna und Lynn in Desnas Wohnung gingen und dort völlig erschöpft und nur halb ausgezogen in Desnas Bett fielen. Den rätselhaften Zettel hatte Lynn in ihre Handtasche gesteckt, doch im Laufe des Abends fast vergessen.

Heute fiel sie in einen traumlosen Schlaf, der so abgrundtief war, dass sie und Desna am nächsten Morgen rätselten, wie viele Drinks sie wohl am Vorabend getrunken hatten – und zu welchem der beiden Männer eigentlich die Telefonnummer gehörte, die Desna sich mit ihrem Kajalstift auf den Unterarm geschrieben hatte?

– 21 –

»Es ist ein Schachrätsel, Des!« Lynn schlürfte bereits ihren zweiten Milchkaffee am Sonntagmorgen, während sie Desna auf dem Stuhl am Küchentisch mit angezogenen Beinen gegenübersaß. »Dame, Turm, Inders Brett, es geht um Schach.«

»Königinnen, Fischer, Mondfinsternis, Blume und Schlange? Und wer ist der Königsmörder?« Desna strich ihre langen samtschwarzen Haare nach hinten. »Das klingt eher nach Märchen und Mythen.«

»Und Schottland. Es hat neben Schach mit Schottland zu tun.

Und Gram traute mir zu, dass ich das Rätsel löse. Dann werden wir zwei zusammen es doch allemal herausbekommen!« Lynn wirkte jetzt voller Selbstsicherheit.

»Sag mal, Mona-Herzchen, was ich mich schon seit gestern frage: Was soll diese Geheimniskrämerei? Warum verheimlicht dir dein Onkel, wonach er offensichtlich seit Jahren sucht? Ihr habt doch eigentlich ein enges Verhältnis. Und jetzt auch noch dieses eigentümliche Rätsel, versteckt in einem Schachbrett?« Desna klang provokativ, als sie das sagte.

»Ich weiß es nicht, Des. Wir sprechen eigentlich offen über alles. Gram ist mir aber immer ausgewichen, wenn ich ihn mal gefragt habe, worüber er denn so intensive Nachforschungen anstellt.«

»Ich will dir etwas verraten. Erinnerst du dich noch, als wir vor Jahren eine Wanderung unternahmen, dein Onkel, Paul, du, mein Vater, meine Mutter und ich? Kurz nachdem wir aus Indien hierherkamen und wir zwei uns in der Schule kennenlernten?«

»Aber ja. Gram ist damals zu deinen Eltern gegangen, ein paar Tage nachdem ich ihm erzählt hatte, dass wir uns in der Schule kennengelernt hätten und ich dich nett fände.«

»Genau. Er kam zu meinen Eltern und sagte: ›Liebe Familie Dugar. Unsere Kinder gehen ja zusammen in eine Klasse. Wie ich von meiner Nichte Lynn hörte, sind Sie neu hier in Durham. Vielleicht hätten Sie Lust, dass ich Ihnen ein bisschen die Gegend zeige.‹« Desna lächelte, als sie von dieser Erinnerung erzählte. »Mein Vater und meine Mutter waren von dieser herzlichen Geste völlig überrascht. Schon am nächsten Wochenende sind wir alle zusammen bis zum Auckland Castle gelaufen.«

»Und in diesen Sommerregen geraten! Wir waren alle durchnässt bis auf die Haut.« Lynn lachte. »Ja, und haben mit nur halb trockenen Sachen auf der Heidewiese in der Sonne gepicknickt. Es war herrlich! Deine Mutter hatte eine ganze Tasche voll wunderbarer indischer Snacks vorbereitet. Wir waren hinterher so satt, dass wir gar nicht wussten, wie wir den Rückweg mit vollem Bauch schaffen sollten.«

Die Freundinnen lächelten, gestreichelt von der Magie der Erinnerung an einen unbeschwerten, lange zurückliegenden gemeinsamen Lebensmoment.

»Aber was ich dir eigentlich verraten wollte, Lynn …« Es war selten, dass Desna Lynn mit ihrem Namen ansprach. Immer nur dann, wenn sie sehr ernst war, wie Lynn wusste. »… ist etwas, was mein Vater mir einige Zeit nach der Wanderung über deinen Onkel erzählt hat. Mein Vater ist ein guter Menschenkenner, weißt du? Er sagte: ›Dieser Graham ist ein wunderbarer, herzlicher Mensch – wie man nur selten einen trifft. Wenn Menschen besonders herzlich sind, tragen sie oftmals die Last einer schlimmen Verletzung in sich, die nie richtig geheilt ist. Oder das Bewusstsein einer schweren Schuld.‹« Desna hielt in diesem Moment inne, bevor sie leise weitersprach. »Ist das vielleicht der Grund für Grahams Geheimnistuerei, Lynn? Versucht er, etwas vor dir zu verbergen? Gibt es etwas in seinem Leben, von dem du nichts weißt? Eine Verwundung? Oder eine Schuld?«

Lynn blickte überrascht auf, spürte, dass die Worte ihrer Freundin in ihr etwas angestoßen hatten, ein diffuses Gefühl, das schon lange an ihr nagte. Etwas Verdrängtes. Die Erkenntnis, dass Gram ihr und Paul bewusst seit Jahren etwas zu verheimlichen suchte. Dass es also eine Seite an ihrem Onkel gab, die im Verborgenen lag. Vor ihrem Blick verschattet. Etwas, das Gram sehr intensiv beschäftigte, wofür er seit Jahren viel Zeit mit Nachforschung verbrachte. Und zusätzlich viel Energie aufbrachte, Paul und ihr möglichst alles zu verschleiern, was er trieb!

Herunterspielte, wenn man ihn auf die lange Zeit hinwies, die er wieder damit verbracht hatte. Ablenkte, wenn er auf den Gegenstand seiner Tätigkeit angesprochen wurde. Und zudem offensichtlich versuchte, seine geheim erworbenen Erkenntnisse zu verbergen, sie unbefugtem Zugriff zu entziehen. Lynn erinnerte sich jetzt seiner wie absichtlich verschlüsselten Randnotizen im Geheimdienstbericht. Ja, und seines rätselhaften Textes, versteckt in einem Geheimfach seines Schachbretts.

Was wollte ihr Onkel vor ihr und Paul verheimlichen? Was war sein Geheimnis? Und vor allem: Warum versuchte er sie jetzt, ausgerechnet im Zustand seines Komas, auf dieses rätselhafte Geheimnis hinzuweisen – sogar mittels der Kraft seiner Gedanken? So, als wolle er sie auf eine Spur setzen. Um sie zu warnen! Und mit ihr Paul!

»Es gibt vermutlich etwas, Desna, das ich nicht von Gram weiß. Du hast recht. Eine Verletzung? Eine Schuld? Ich habe keine Ahnung. Es hängt mit diesem Rätsel zusammen. Mit meinem Traum. Und vielleicht auch mit diesem alten Geheimdienstbericht. Aber was mich viel mehr beschäftigt, Des: Was auch immer es ist, es ist gefährlich. Ich spüre, dass dort irgendwo eine große Gefahr lauert. Ich weiß nicht, was es ist. Und woher es kommt. Aber ich habe Angst davor. Und ich brauche deine Hilfe.«

– 22 –
Die Erzählung von Graham (IV):
Graham in New York 1980

Voller Vorfreude und Aufregung hatte Graham das Flugzeug nach New York bestiegen – mehrere Zeichnungen als Geschenk für Emily, sorgsam von Seidenkarton geschützt, in seinem Gepäck. Und vier kleine indische Elefanten, liebevoll von ihm aus duftendem Sandelholz geschnitzt und kunstvoll in Kaschmirpapier eingeschlagen, hatte er für sie dabei. »Eine Elefantenfamilie, Emily«, würde er zu seiner ihm bis vor Kurzem noch unbekannten Stiefschwester sagen, »eine Familie, so wie wir!«

Nach seiner Landung, schon im Taxi, wuchs seine Vorfreude auf das erste Treffen mit Emily immer weiter, ein Gefühl, so durchdringend, wie er es seit Jahren nicht mehr kannte, so leidenschaftlich stark, als sprenge es sein Herz.

In dieser Stimmung gespannter Erwartung dachte er auch an das Wiedersehen mit seinem Vater, nach nunmehr sieben Jahren, ja, selbst hierbei spürte er in diesem Moment eine zarte, beklommene Heiterkeit. Eine Regung des Verzeihens kam in seiner Gestimmtheit auf, der Mut zu vergeben, seinem ihm einst verhassten Vater. Überraschend leichtfüßig kam ihm diese Empfindung in sein Bewusstsein, formte sich zu einem Gedanken, wurde schließlich sein Entschluss. Graham entschied, seinem Vater zu sagen, dass er ihm verzeihe. Für Emily. Er fühlte sich gestärkt in diesem Augenblick.

Die Sonne strahlte mit Kraft vom glasblauen Himmel, ihr Licht spiegelte silbern auf dem morgendlichen East River. *Als ströme unter ihm flüssiges Silber,* so dachte sich Graham, als er auf dem Weg zu Emilys Wohnung über die WILLIAMSBURG BRIDGE fuhr. Himmel und Fluss glänzten, wie für einen besonderen Anlass gekleidet, als hießen sie ihn für ein Fest willkommen, als nehme New York einen verlorenen Sohn in seine Arme. *In gleicher Weise, wie mich bestimmt bald schon meine Schwester Emily in ihre kleinen Arme schließt,* rief es euphorisch aus Grahams Herz.

Als er nur wenig später, am Ziel seiner Sehnsucht, das Taxi vor einem Apartmenthaus in Brooklyn verließ, packte er kraftvoll seinen Rucksack und stürmte das Treppenhaus hoch, voll Mut und Freude und so ganz anders gestimmt als damals, als er vor sieben Jahren das Haus seines Vaters in dieser Stadt verlassen hatte.

Er schellte heftig an der Klingel, das Geräusch klang lautstark trompetenhell, als verkünde ein Herold einer Prinzessin in einem vergessenen Märchenschloss seine ersehnte Ankunft. Graham konnte es kaum abwarten, bis die Tür aufging und das letzte Trennende zwischen ihm und seiner Schwester fiel. Bestimmt stand sie schon hinter der Tür, in freudiger Aufregung, zerrte jetzt, gerufen von seinem Läuten, mit ihren zarten Händen die hohe Klinke mit Kinderkraft herab.

Was dann aber geschah, war so ganz anders. Eine erwachsene Frau öffnete mit ernster Miene Graham die blassgraue Tür. Linda hieß ihn verlegen willkommen, Emilys junge Mutter und seines Vaters neue Frau. »Komm doch rein«, sagte sie verhalten, dunkle Ringe lagen um die Augen ihres traurig verweinten Gesichts. In der Luft lag der Geruch von Essen, muffig drückend nahm ihn Graham beim Eintreten wahr.

Linda ging ihm voraus in ein schmales Wohnzimmer. Sonnenlicht blinzelte geschwächt und blässlich durch dicke Gardinen in den eng möblierten Raum.

Im Zimmer saß sein Vater, gealtert und gräulich waren Haar und Blick. Er erhob sich kraftlos, widerwillig, als ob es ihn quäle, was jetzt mit ihm geschah. »Was willst du hier?«, waren seine begrüßenden Worte an Graham. »Jahrelang hast du dich nicht gemeldet«, war des Vaters nächster, vorwurfsvoller Satz.

Graham fand vor Verblüffung zunächst keine Antwort, blieb steif und versteinert, den Rucksack auf der Schulter, in der Mitte des Zimmers stehen. »Ich möchte Emily sehen, ich möchte meine Schwester kennenlernen«, kam es leise und zögernd aus seinem Mund.

»Sie ist nicht deine Schwester, denn du bist nicht mein Sohn!«, schlug es Graham wie ein Schlag in sein Gesicht entgegen. Er sah bestürzt das Zittern um die Lippen des Vaters, ein vergessener Anblick und doch schrecklich vertraut.

»Aber Chris! Warum bist du so hart mit ihm? Schließlich kommt er einen weiten Weg, uns zu besuchen«, wagte Linda den Versuch einer Beschwichtigung.

»Nach so vielen Jahren? Er wollte nichts mehr von mir wissen. Nun kommt er plötzlich wieder angekrochen.« Kalte Ablehnung peitschte wie ein Hieb durch den trüblichtigen Raum.

»Ich bin auch gekommen, um dir zu verzeihen, Vater.« Graham sprach diese Worte zu seinem Erstaunen klar und gefasst.

»Mir willst du verzeihen? Du? Der du mitschuldig am Tod deiner Mutter bist? Was bildest du dir eigentlich ein?«

Graham hörte die Worte, spürte sie wie schmerzende Steine, gemein auf ihn geworfen von seines Vaters Hand.

»Ja, dir verzeihen, Vater. Dafür, dass du mir nie warst, was diesen Namen verdient.«

Mit offenem, zitterndem Mund stand sein Vater jetzt vor ihm, weißer Speichel an den Lippen, sein Atem ging hörbar schwer, die Augen starr, ein Blick giftiger Wut.

»Ich bin nicht dein Vater!«, schrie er ihn jetzt an.

»Chris, du vergisst dich!«, schrillte Lindas Stimme auf.

»Ich hatte gedacht, du hättest dich geändert, Vater. Aber der Einzige, der sich von uns beiden geändert hat, bin offensichtlich ich.« Graham sprach diesen Satz klar und ruhig aus, schaute Chris Yeomans dabei fordernd ins Gesicht.

»Was erlaubst du dir, so mit mir zu sprechen!«

»Es sind deine Gedanken, Vater, deine bösen Gedanken, aus denen deine bösen Taten kommen. Und dich unfähig machen zu verzeihen.«

»Untersteh dich …«, schnaubte der Vater.

»Es waren deine Gedanken, die allein verantwortlich sind für Mutters Tod. Nicht, was *sie* tat, nein, was *du* getan hast, das allein ist die Schuld. Deine Eifersucht, dein Hass und dein Kleinmut trieben Margaret in den Tod. Da du ihr nie verziehen hast. Und da sie sah, dass du mich ihretwegen nie lieben konntest! Habe auch ich Schuld auf mich geladen, Vater? Aber natürlich, weil ich meiner Mutter in ihrer Not nicht half. Weil ich ihr Leiden nicht sah und nicht verstand. Und weil ich von dir das Hassen lernte, weil du mich böses Denken lehrtest. Böses Denken und Schachspielen waren das Einzige, was ich von dir lernte, Vater! Und beides machte mich zu dem, der ich heute bin.« Graham ging bei diesen Worten zwei Schritte auf seinen Vater zu, der vor Schreck zurückwich. »Ich bedaure dich – und ich verzeihe dir.«

Der Vater zitterte jetzt, heftig zuckten seine Arme. Seine Hände krampften sich zu Fäusten. Schweißtropfen rannen über sein verzerrtes Gesicht.

»Und noch eines zu meiner Mutter: Was auch immer sie für Schwächen gehabt haben mag, welche Fehler sie auch immer deiner Meinung nach machte … *Sie* konnte lieben. Doch *du* kannst nur hassen. Und darum war sie mehr, als du es jemals warst, bist und – wenn du deine Gedanken nicht beherrschen lernst – jemals sein wirst. Du tust mir leid, Chris.« Das erste Mal in seinem Leben sprach er den Vornamen gegenüber dem Vater aus.

Damit wandte sich Graham von ihm ab, ging auf Linda zu und sagte bittend: »Und jetzt würde ich gerne Emily sehen!«

Das Gespräch mit Emily war unter den Umständen nur kurz, Graham hockte sich auf den Boden, nachdem er ihr Kinderzimmer betrat. »Emily, für mich bist du meine Schwester. Ich freue mich so, dass wir uns endlich kennenlernen.« Etwas scheu, aber neugierig hatte sie vor ihm gestanden, während Chris draußen auf dem Flur lautstark mit Linda stritt.

»Er verlässt mein Haus!«, hörte er krakeelend den Vater. »Reiß dich doch zusammen, warum gönnst du ihm denn nicht einen Moment mit Emily!«, vernahm er dumpf die Worte von Linda. »Sie hat sich auf ihn gefreut!«

»Emily, ich kann heute leider nicht lang bleiben. Aber ich habe dir eine Kleinigkeit mitgebracht!« Und während sie erfreut und behutsam die vier Elefanten auswickelte, bemerkte er, dass seine Zeichnungen in ihrem Zimmer an der Wand hingen, die Bilder, die er ihr von seiner Reise geschickt hatte. Wie ein Band waren sie rundum im kleinen Raum aufgehängt. »Und ein paar neue Bilder habe ich dir auch noch mitgebracht!«, fügte er dann hinzu. »Hast du denn noch Platz?«

»Ja, dort!«, hörte er jetzt das erste Mal ihre leise Stimme, und sie zeigte mit ihrer kleinen Hand über ihr schmales Bett. Klein und zerbrechlich kam sie Graham vor, wie sie da auf dem Boden saß, die kleinen Elefanten vor sich aufgestellt. In der Wohnung mit diesem Vater, er sah sich selbst in diesem Moment wie in seiner Erinnerung auf dem Boden seines Jugendzimmers sitzen.

Die Tür wurde von außen aufgerissen. »Er ist nicht dein Bruder, Emily! Glaub ihm kein Wort, was auch immer er dir erzählt! Er ist ein jämmerlicher, charakterloser Hippie, wie seine Mutter!« Wutschnaubend stand sein Vater im Raum, die Klinke fest in der Hand, ein heftiges Zittern um den grauen Mund.

»Ich werde immer für dich da sein, Emily, was immer auch ist!«, versprach Graham, lächelte sie an und stand auf.

»Versprechen Sie mir, gut auf Emily aufzupassen, Linda«, sagte Graham jetzt mit einer Stimme, die weniger eine Frage denn ein Befehl war.

»Leb wohl, Vater«, sagte er jetzt ruhig, nickte kurz zur Verabschiedung zu Linda, winkte mit einem letzten Lächeln zu Emily und verließ mit seinem Rucksack ohne ein weiteres Wort die Wohnung.

»Lass dich nicht wieder blicken!«, schallte die Stimme seines Vaters hinter ihm her. Graham stieg dabei die Stufen des Treppenhauses hinab und trat hinaus, in den hellgleißenden, fröhlichen Tag.

Er ging zu Fuß bis zum East River, lief von hier südlich bis zum Fähranleger an der Brooklyn Bridge. Der Himmel blitzte wie aus Glas, blank geputzt stand die Morgenluft über Stadt und Fluss. Tränen lagen den ganzen Weg in seinen Augen. Die Schönheit, die er unterwegs sah, nahm er kaum wahr.

Dieser Tag mit Licht und Sonne blieb ihm wie Schwärze und Nacht in der Erinnerung seines Herzens, wie ein böser Traum kam es ihm hinterher vor. Und doch beschloss er, er werde ab jetzt für Emily da sein. Gleich am nächsten Morgen, vor seinem kurzfristig gebuchten Rückflug, malte er sein nächstes Bild.

Es zeigte Emily auf einem Elefanten, auf dem sie über die Brooklyn Bridge ritt. Und hinter ihr saß auch Graham, hoch oben auf dem Nacken eines zweiten Tieres, beide lachten fröhlich unter einem kobaltblauen Himmel, silbern floss unter der Brücke der mächtige Fluss.

Noch auf dem Flughafen steckte Graham die Zeichnung in

einen Umschlag und warf sie zusammen mit einer safranfarbenen Karte in den Postkasten. *Bruder und Schwester ist man im Herzen!*, stand als einziger Satz geschrieben darauf.

Spät in der Nacht traf Graham ermattet wieder in England ein. Und freute sich darüber, eine Schwester gewonnen zu haben. *Im gleichen Moment*, dachte er bei sich, *als ich meinen Vater für immer verlor.*

– 23 –
Die Erzählung von Graham (V): Durham 1980 und die Jahre danach

Wöchentlich hatte Graham nach seiner Rückkehr aus New York nunmehr Emily geschrieben. Wenige Zeilen immer nur, auf einer safrangelben Postkarte, der stets ein neues, von ihm gemaltes Bild beilag. Er malte zuerst ein Bild von seinem Schachbuchgeschäft in Durham, es zeigte, wie er im Lotossitz am Boden in einer indischen *Kurta* vor seinem Schachbrett saß. *Beim Schachspielen schlage ich im Kopf immer Purzelbäume. Kennst du das Gefühl?*, stand in roter Tinte auf der Karte an Emily. Eine von ihm geschnitzte Turmfigur in Elefantenform legte er sorgfältig eingewickelt in den gefütterten Briefumschlag.

Ein anderes Mal fuhr er am Wochenende an die Küste Yorkshires und malte Bilder an den abstürzenden Kalkfelsen der Bempton Cliffs. Zeichnete Basstölpel und Tordalken beim tollkühnen Sturzflug ins Meer. Malte turtelnde Papageitaucher und balzende Eissturmvögel. Und die weiß-schwarzen Trottellummen beim Brüten mit ihren Küken in ihrem steilfelsigen Nest. Skizzierte einen Falken hoch am stahlblauen Himmel, der auf seinen Schwingen als der Herrscher der Vögel seine Kreise zog. *Wärst du gern einmal ein Vogel – für einen Tag?*, stand auf der Karte, eine Silbermöwenfeder legte Graham für Emily dazu.

Doch was Graham auch schrieb, er erhielt keine Antwort,

weder ein Lebenszeichen noch einen Brief. Auch nach Monaten kam aus New York kein einziges Wort. Graham war in Sorge, ihm schwante Böses, doch er malte weiter, gab nicht auf, seiner Schwester zu schreiben, klammerte sich an die Hoffnung. Es war das Einzige, was ihm blieb.

Eines Tages kam doch eine Nachricht, von Linda, es waren nur einige Zeilen in einer flüchtigen, fehlerhaften Schrift.

Lieber Mr. Yeomans, lieber Graham, schreiben Sie uns bitte nicht mehr. Chris verbietet Emily und mir jeden Kontakt mit Ihnen. Er hat uns sogar gedroht und sagt, Sie seien weder sein Sohn noch Emilys Bruder. Eine Reihe Ihrer Briefe hat er abgefangen und vernichtet, doch einige habe ich trotzdem für Emily heimlich gerettet und aufbewahrt. Ich werde sie ihr geben, wenn sie etwas älter ist. Und ihr auch von Ihnen erzählen. Bitte schicken Sie nichts mehr, halten Sie sich daran. Ich werde Sie von Zeit zu Zeit wissen lassen, wie es Emily geht. Es grüßt Linda Yeomans

Graham war geschockt. Die abrupte Abweisung drang wie ein glühender Dolch in sein Herz. Es war ein weiteres Mal dieser Vater, der ihm Zuneigung, Freude und Hoffnung stahl. Der ihn quälte und auch noch rücksichtslos verstieß. Der ihm erst die Mutter und nun auch die Schwester nahm. Graham konnte es nicht fassen, befragte sich immer wieder nach einer eigenen Schuld. Rang mit sich und seinen Gedanken. Konnte es oft nicht ertragen, spürte in sich jedoch eine verborgene, heilende Kraft, die ihn stärkte und lehrte, niemals zu hassen. Nein, diese Macht über ihn gab er dem Vater nicht!

Vielmehr wuchs Graham an des Vaters Bosheit. Kraft seiner Gedanken prallte die Gemeinheit des Vaters wie an einer Panzerung an ihm ab. Sie gaben ihm die Stärke, in Frieden weiterzuleben. Zur Ablenkung stürzte er sich tagsüber in Arbeit, studierte abends viele neue Schachpartien. Lernte sie auswendig, spielte sie in seinem Kopf nach, erfand für sie neue Züge, spielte nun oft gleichzeitig mehrere Partien in seiner Fantasie.

Und Graham malte weiter jede Woche ein Bild für Emily, Zeichnungen, die er jedoch niemals an sie sandte. Aber so dachte er an sie und würde sie ihr eines Tages zeigen. Damit Emily wusste, dass ihr Bruder immer für sie da gewesen war – so wie er es ihr in New York einstmals versprochen hatte.

Hin und wieder schickte Linda ein paar Zeilen, die Nachrichten kamen unregelmäßig, einmal lag auch ein Foto von Emily einem Schreiben bei.

Aber das Leben ging rastlos weiter, zog als Karawane seiner Endlichkeit rücksichtslos voran. Lindas Briefe aus New York kamen im zweiten Jahr spärlicher, der Abstand zwischen den Nachrichten wuchs nun von Mal zu Mal.

Das ständige Warten schwächte leise Grahams Hoffnung. Ein sehnsüchtig erwartetes Wiedersehen mit Emily entschwand wie ein sich entfernender Horizont. Fast drei Jahre waren mittlerweile seit seinem Besuch bei seiner Schwester vergangen. Schließlich kam kein Brief aus New York mehr. Nach einigen Monaten wurde Graham unruhig, fragte den Postboten, schaute in seinen Briefkasten zweimal am Tag.

Er war irritiert und in der Seele erschüttert, schließlich nahm er sich ein Herz und rief in New York an. Der Anrufbeantworter einer Telefongesellschaft meldete ihm, der Anschluss sei geschlossen, Graham erfuhr auch bei seiner Nachfrage bei der Zentrale nicht mehr, als dass die Leitung schon vor zwei Monaten abgemeldet worden war.

Graham zog vergeblich weitere Erkundigungen ein und buchte schließlich besorgt einen Flug nach New York. Bei der Fahrt über die Williamsbridge schimmerte der East River düstern, Licht und Himmel zitterten gewittergrau.

In Brooklyn gab es für Graham die nächste Überraschung: Emily, Linda und Chris lebten nicht mehr in der Wohnung im Apartmenthaus. Die dort neu eingezogene Familie war ahnungslos verwundert, lebte schon seit Monaten hier, wusste von ihren Vormietern nichts.

Graham klingelte beim Nachbarn, schaute durch eine einen Spaltbreit geöffnete Wohnungstür zunächst in ein misstrauisches Gesicht. Er wisse nicht viel, sagte der Nachbar Mr. Walker. Ein Alkoholhauch waberte Graham dabei süßlich entgegen. Er habe mit der Familie Yeomans wenig Kontakt gehabt. Aber die Frau und Mutter habe man vor drei Monaten tot aus dem Hudson gezogen, was da genau passiert sei, das wisse er nicht.

Graham stand im Treppenhaus, von irgendwo drang Musik herauf. Im Stockwerk über ihm kläffte pausenlos ein Hund. Linda war tot. Wie ein Schlag traf ihn die Nachricht. Es kam ihm vor wie ein Déjà-vu.

Was er aber sagen könne, dass die Ehe nicht glücklich war. Mr. Walker sprach es mit Bedauern aus. Aus der Wohnung habe er oft Streit gehört, Mann und Frau haben sich oft minutenlang angeschrien. Wenn er diese Frau mal im Treppenhaus traf, wirkte sie abwesend, depressiv und in sich gekehrt. Gesicht und Augen waren traurig verweint. »Aber am meisten tat mir das Kind leid, die kleine Emily!« Den Vornamen sprach Mr. Walker fast zärtlich aus.

Graham drängte Mr. Walker auf weitere Auskunft über Emily, ob er wisse, was mit ihr sei.

»Der Alte ist mit seiner Tochter vor Monaten ausgezogen. Griesgrämiger Kerl, immer unfreundlich, oft einen finster-bösen Blick, wenn man ihn sah. War auch viel zu alt für die junge Frau. Geschweige denn als Vater. Mit seinem Kind habe ich ihn nie zusammen gesehen.« Mr. Walker schüttelte abfällig den Kopf. »Ich habe ihn nie gemocht«, fügte er verachtend hinzu.

»Mr. Yeomans ist mit seiner Tochter ausgezogen? Wissen Sie, wohin?«

Nein, das wisse er nicht, er habe nur gehört, fort von New York. Mr. Walker sprach jetzt freier, hielt die geöffnete Tür dabei weiter auf.

Der Hund kläffte noch immer ohne Unterlass, wahrscheinlich war er in seiner Wohnung einsam.

»Arme Kleine, die Emily. War immer etwas schüchtern, nie fröhlich wie andere Kinder. Und dabei ausgesprochen hübsch.«

Graham stachen die Worte mitten ins Herz. Er spürte Emilys Unglück der Kindheit. Er kannte ihre Gefühle, als wären es seine.

»Was interessieren Sie sich denn so für die Familie? Wer sind Sie eigentlich, wenn ich fragen darf?«, wollte Mr. Walker wissen.

»Ich bin Emilys großer Bruder.« Stolz und selbstverständlich sprach Graham diese Worte aus. »Und der einzige Mensch, den sie jetzt noch hat«, fügte er hinzu. Mr. Walker blinzelte skeptisch, die Antwort hatte ihn verblüfft.

Graham konnte nicht mehr aus ihm herausbekommen, auch nicht bei den anderen Nachbarn im Haus. Auch die Nachfrage bei der Hausverwaltung ergab nur den vagen Hinweis, Vater und Tochter Yeomans seien *irgendwo nach Westen gezogen*. So meinte sich jemand dort zu erinnern. Aber wohin genau, das wusste derjenige nicht.

»Es war alles recht überstürzt, der Auszug von Mr. Yeomans und seiner Tochter. Wir haben so viele Mieterwechsel, wissen Sie, da erinnert man sich nicht an jeden genau. Aber der Todesfall der Mutter, das war schon ungewöhnlich. Das Kind war wirklich noch klein, höchstens acht Jahre, schätze ich. Das bleibt dann schon hängen. Und, ach ja, das Grab von Mrs. Yeomans ist auf dem Brooklyn-Friedhof, daran erinnere ich mich genau. Wir haben im Namen der Hausverwaltung einen kleinen Blumenstrauß zur Beerdigung geschickt.«

Graham blieb noch einige Tage in New York, ging aufs Einwohnermeldeamt, fragte nochmals die Nachbarn und bei Geschäften in der Straße herum, telefonierte sogar einmal vergeblich mit der Polizei. Ob Chris noch irgendwo gearbeitet hatte, wusste er nicht, überhaupt, stellte er fest, war ihm über seinen Vater fast nichts bekannt.

Doch wen er auch fragte, niemand wusste etwas. Es war, als hätte jemand alle Spuren verwischt. Graham bekam über den Verbleib von Emily nichts heraus. Seit ihrem Auszug blieb sie mit Chris wie vom Erdboden verschluckt.

Nach zwei Wochen reiste Graham von New York nach Durham zurück, verzweifelt traurig, doch nicht hoffnungslos.

Nie hätte er gedacht, dass es weitere zehn Jahre dauern würde, bis er ein erstes Lebenszeichen von Emily erhielt. Zu diesem Zeitpunkt war Grahams Vater schon lange tot.

DRITTE UMDREHUNG

25

Vorspiel
New York City 2002 – Fortsetzung

Ungläubig sitzt Dr. Benjamin Bell in seinem Büro im Krankenhaus und kann sein Glück kaum fassen! Was für unfassbare Zu-
fälle kennt das Leben. Eben hat dieser merkwürdige Kommissar
McGovern sein Büro verlassen. Und dank dieses trotteligen Polizisten hält er endlich die ihm bisher konsequent verheimlichte
Adresse dieses Miststücks in der Hand, dieser Schlange Olivia
Norton, seiner Ex-Frau. Die ihn durch ihre vorgeschickte An-
waltszecke zur Ader lässt. Jede persönliche Kontaktaufnahme zu
ihm verweigert. Sich an einer ihm unbekannten Adresse in New
York aufhält, die er trotz aller Mühen nie herausgefunden hat.

Und nun erwähnt dieser ahnungslose Kommissar plötzlich
Olivias Namen ihm gegenüber – und lässt auch noch arglos eine
Akte mit ihrer Adresse auf seinem Tisch liegen, während er zum
Telefonat den Raum verlässt! Die Bell sich sofort abgeschrieben
hat, einschließlich Telefonnummer. Wie er sich schon darauf
freut, sie nachher anzurufen, um sie wissen zu lassen, dass er
endlich herausbekommen hat, wo sie wohnt. Und dass sie sich
ab sofort nicht mehr zu sicher sein sollte, dass er abends nicht
einmal plötzlich vor ihr steht – wenn sie nicht endlich zur Vernunft kommt und aufhört, ihm ihren Anwalt auf den Hals zu
hetzen.

Benjamin Bell lacht in sich hinein. *Und diese eigentümliche
Kugel soll jetzt bei ihr sein? Ist das denn zu glauben? Fast muss
ich mich bei der Murmel bedanken,* denkt er. Und die ganzen
eigentümlichen Fragen zu dem Ding von McGovern. Was interessiert ihn diese Kugel so?

Er hat von lauter Todesfällen in Verbindung mit der Kugel in
New York gesprochen. Hatte der Mann Gras geraucht?

Bell schüttelt ungläubig den Kopf. Aber schön war sie schon, diese komische Kugel. Er denkt daran zurück, wie er sie in seiner Hand hielt. Nachdem er sie diesem Pakistani mit der Zange aus der Luftröhre gezogen hatte. Wirklich besonders, dieses Ding – und vielleicht einiges wert, wer weiß. Aber ob er sie wirklich auf der Lexington verloren hat, bezweifelt er. Vielmehr hat er die Wäscherei im Verdacht, diesen Besitzer, wie hieß er noch ... Cullen. Ob der sie nicht in seiner Wäsche gefunden und unterschlagen hat? *Aber was soll's, was interessiert mich das noch. Dank dieser ganzen unglaublichen Geschichte hab ich jetzt endlich Olivias Adresse. Und die kann sich ab sofort auf was gefasst machen!*

Nach dem Ende seiner Nachtschicht ruft Bell Olivias Nummer an, die Sonne geht gerade rot schimmernd über dem Hudson auf. Seit Stunden hat er sich während seiner nächtlichen Arbeit im Krankenhaus genau überlegt, was er ihr sagt – oder was er ihr aufs Band spricht, sollte sie nicht ans Telefon gehen. Kurz wird die Botschaft sein. Kurze Drohungen machen mehr Angst als lange Hasstiraden. In der Kürze liegt der Schrecken – und ja, die Furcht vor ihm, die wird sie von jetzt an begleiten!

Nach seinem Anruf und der Botschaft auf ihrem Anrufbeantworter beschließt er, am folgenden Abend zu ihr hinzufahren. Mal sehen, wie sie reagiert, wenn er plötzlich vor ihrer Wohnungstür steht. Das Eisen der Furcht will er schmieden, solange es heiß ist. Benjamin Bell erfasst bei diesem Gedanken ein erregender Schauer, die Vorfreude der Rache ist die Geliebte des Hasses. Und hasserfüllte Gedanken trägt er in sich – mehr, als eine einzelne Rachetat vertreiben könnte! Nein, Olivia muss richtig büßen, nie wieder soll sie ihn quälen dürfen. Nur so, Bell sieht es jetzt klar, wird sein Rachedurst für immer gestillt.

Derweil ist McGovern zu seinen Kollegen vom Morddezernat unterwegs – der Fall Kostadinidis hat eine neue Wendung erfahren. Der Todesfall des Mannes, der auch in den ersten Todesfall in Zusammenhang mit der Kugel verwickelt war. Der Verdacht eines eiskalten Mordes an diesem griechischstämmigen Müllwerker hat inzwischen Fahrt aufgenommen. Gegen Selbstmord oder Unfall sprechen mittlerweile zu viele Anhaltspunkte.

»Die Sicherheitsvorkehrung an der Müllpresse wurde am Vormittag ausgeschaltet, bestätigt das Software-Protokoll«, berichtet ihm der untersuchende Kommissar im Morddezernat, »und es ist anzunehmen, dass der ahnungslose Mr. Kostadinidis von der Rampe in den Großhäcksler gestoßen wurde. Der Hauptverdächtige ist ein Mr. Bassem Awad, ebenfalls Müllwerker, der als einziger Augenzeuge den von ihm beschriebenen Unfall beobachtet haben will. Nicht nur, dass er der Einzige zum vermutlichen Todeszeitpunkt des Opfers am Tatort war, hat er sich auch in einem ersten Verhör in Widersprüche verwickelt. Es sieht nach einem klaren Fall aus!«, hat sein Polizeikollege geendet.

»Und was war sein Motiv?«, fragt McGovern und denkt dabei zu seinem Erstaunen an die Kugel.

»Rache, nichts als archaische Rache. Mr. Bassem machte Mr. Kostadinidis offensichtlich für den Tod seines Arbeitskollegen und Freundes Afzal Gul verantwortlich. Auge um Auge, Zahn um Zahn, so wird er sich gedacht haben. Ich denke, die Staatsanwaltschaft wird den Haftbefehl kurzfristig ausstellen.«

Also ein weiterer Todesfall, diesmal aber einer, der nichts mit der Kugel zu tun zu haben scheint, denkt sich McGovern, als er schon wieder auf dem Rückweg zu seinem Büro im Auto sitzt. *Oder vielleicht doch, indirekt?* »Hirngespinste«, sagt er zu sich selbst. Der Fall Kostadinidis scheint damit bald abgeschlossen.

In sein Büro zurückgekehrt, beschließt er, sich noch mal alle Akten vorzunehmen. Manchmal liefert ein zweites Aktenstudium überraschende, bisher übersehene Anhaltspunkte. Außerdem will er versuchen, etwas mehr zu dieser Kugel herauszufinden. Es muss doch jemand zu finden sein, der etwas zu dieser Art von Kugeln zu sagen weiß! Nur wer? Wo soll er anfangen zu fragen? *Vielleicht bei einem Juwelier?,* denkt er sich. Möglicherweise ist die Kugel ja eine Art Schmuckstück von Wert?

Kaum sitzt er an seinem Schreibtisch, steht sein Kollege Hooper vor ihm. »Habe von deinem Fall gehört, Brian. Der Boss hat's mir gegenüber vorhin erwähnt. Ein Mann im Müllschredder, wirklich scheußliche Sache!« Hoopers Gesicht verzieht sich bei diesem Satz.

»Ich hoffe, der Tod trat schnell ein«, antwortet McGovern. »Aber ehrlich gesagt beschäftigt mich etwas ganz anderes im Moment. Ich grüble seit Tagen über eine andere Sache nach.«

Hooper traut seinen Ohren nicht: McGovern vermittelt den Eindruck, als spreche er mit ihm über seine Arbeit! Noch nie hat er ihn ernsthaft kollegial ins Vertrauen gezogen. Nur Frotzeleien gab es bisher zwischen ihnen. Zwischen McGovern, dem *Leichenschnüffler*, wie er im Präsidium nur abschätzig heißt. Der in Fällen ungeklärt Verstorbener herumstöbert wie ein alter Hund im Abfall, der alte Akten und Asservatenkammern nach bisher Unentdecktem filzt, die Arbeit von Kollegen durchleuchtet und bereits befragte Zeugen erneut überprüft. Und ihm, Hooper, dem *Betrugsjäger*, der im Trüben einer Welt der Abzocke, des Schwindelns und Täuschens fischt. Der mit Hinterlist, Lüge und Gaunerei aufsteht und zu Bett geht. Der Fälschung und Betrügerei selbst gegen den Wind wittert. Nie haben McGovern und Hooper bisher ernsthaft miteinander über ihre Fälle gesprochen, sei es unter Kollegen, aus Interesse oder einfach nur aus Respekt. Doch heute, das spürt Hooper, ist das bei McGovern anders.

»Über was grübelst du, Brian?«

»Über eine Sache, die so ungewöhnlich ist, dass ich selbst nicht dran glauben kann.«

Slim Hooper kratzt sich am Kopf. »Oft ist nicht die einfache die wahrscheinliche Lösung, habe ich gelernt. Was ist so ungewöhnlich, sag schon, Brian?«

»Es gibt drei scheinbar unzusammenhängende Todesfälle: den Erstickungstod eines Müllwerkers in einem Umkleideraum. Den tödlichen Sturz einer jungen Frau in ihrer Küche. Den Badeunfall einer Mutter im Meer. Und doch gibt es eine eigentümliche Gemeinsamkeit der drei Fälle: Eine Kugel, etwa acht Zentimeter im Umfang, blau schimmernd und ungewöhnlich schwer, ist in allen drei Fällen am Todesort aufgetaucht.«

»Eine Kugel?« Slim blickt ungläubig. »Was heißt das?«

»Das weiß ich eben nicht!«

»Wo ist diese Kugel jetzt?«

»Vermutlich bei einer Frau, die ich seit Tagen versuche zu erreichen, einer Mrs. Norton, Nachbarin der ertrunkenen Mutter Mrs. Dickenson.«

»Willst du sagen, von der Kugel geht irgendeine Gefahr aus?«

»Es klingt verrückt, ja, ich werde den Verdacht nicht los, dass das Auftauchen dieser Kugel bei den Todesfällen kein Zufall ist.«

»Komm, Brian, was meinst du genau damit?«

»Wenn du es unbedingt wissen willst: Ich werde den Gedanken nicht los, dass das Ding mehr ist, als es scheint, dass diese Kugel irgendetwas auslöst.«

»Was auslöst, wie meinst du das?«

»Könnte es sein, dass diese Kugel Menschen in ihrem Verhalten beeinflussen kann, Slim?«

»Wie, Verhalten? Wie soll ein so kleines Ding das Verhalten von Menschen ändern können?«

»Was weiß ich?« McGovern blickt ratlos zu seinem Kollegen auf. »Und behalte das, was ich dir eben gesagt habe, bitte für dich. Sonst halten mich hier alle noch für verrückt!« McGovern will das Gespräch jetzt lieber beenden. »Danke dir, Slim, du bist der Einzige hier, der was taugt«, fügt er hinzu. »Ich werde heute noch mal alle Akten genau studieren. Wahrscheinlich gibt es eine viel bessere Erklärung für die Todesfälle.« Und schon ist er wieder der alte McGovern, der Hooper zu verstehen gibt, dass er jetzt besser gehen sollte.

26

Den restlichen Tag bis in den späten Abend sitzt Brian Mc-
Govern noch an seinem Tisch, erst kurz vor neun verlässt er als
Letzter das Großraumbüro. Alle verfügbaren Akten hat er sich
nochmals durchgelesen, alle Fallakten der Todesfälle im Zusammenhang mit dieser Kugel. Polizeiberichte, Zeugenaussagen,
Feststellungen der Spurensicherung, soweit es sie gibt. Und die
Untersuchungsergebnisse der Leichenbeschau – aus Pathologie-
berichten ergibt sich manchmal ein ganz neuer Hinweis, weiß
er aus Erfahrung. Doch nichts, nicht die geringste bisher unentdeckt gebliebene Information will sich ihm zeigen. Keinerlei
Ansatzpunkte über einen Zusammenhang der drei Todesfälle –
außer diesem Gegenstand. Doch vielleicht spielt der überhaupt
keine Rolle?

McGovern ist übermüdet und verstimmt, als er auf die Straße
tritt. Auch bei der Vorstellung, jetzt allein nach Hause zu gehen,
in sein kleines Apartment in der Lower East Side, in dem er seit
über zwanzig Jahren allein lebt. Seit dem Tod von Sue, seiner
geliebten Frau, die er verlor, mitten im Lauf des gemeinsamen
Lebensglücks. Ein Schlag, von dem er sich nie wieder erholt
hat – weil er es einfach nicht konnte und auch nicht wollte, wie
er es für sich weiß.

Brian, dessen Karriere bei der New Yorker Polizei danach voller Rückschläge war. Weil er nicht mehr mit aller Kraft dabei war,
weil er ein Mann war, der den Lebensmut verloren hatte. Der zu
trinken begann, unpünktlich wurde, Fehler machte und seinen
Vorgesetzten zunehmend Anlass zur Kritik an ihm gab. Die eine
Zeit lang noch mit Verständnis, dann aber vermehrt mit Kühle
geäußert wurde und ihn aufgrund seiner zunehmend abweisen-
den Art auch unter den Kollegen und Kolleginnen vereinzelte.

Bis er schließlich regelmäßig bei anstehenden Beförderungen
übergangen wurde, wo es sich anbot, die Dienststelle wechselte,
seine sozialen beruflichen Kontakte damit jedes Mal zerschnitt,

bis er schließlich hier gelandet war, auf seiner letzten Station, als Leichenschnüffler bei der New York Central Police. Auf einem Abstellgleis für abgehalfterte Kommissare, mittlerweile nur noch drei Jahre vor seiner Pensionierung. Die würde er hier auch noch rumbringen. Und dann? McGovern graust es bei dem Gedanken, denn er hat nicht nur kein eigentliches Hobby, sondern auch keine Familie. Und Freunde? Nein, wirkliche Freunde besitzt er auch fast keine mehr.

Er beschließt, heute nicht sofort nach Hause zu gehen, sondern zu *Benjamin's* rüberzulaufen, seinem Steakhouse an der 23 E 40th Street, in dem man einfach die besten *New York Sirloins* bekommt. Zusammen mit den bestgemachten *Fingerling Potatoes*. Und ein Glas kalifornischen Cabernet Sauvignon dazu. Er braucht jetzt Fleisch, er braucht jetzt Belohnung, er braucht einen Ort, der ihm Geborgenheit vermittelt, auch wenn sie nur für zwei Stunden gekauft ist.

Heute nimmt er an einem Tisch gegenüber vom Tresen Platz, die Tasche stellt er neben sich auf den Stuhl. Der Laden ist wie immer rappelvoll, nur weil er so oft hier ist und man ihn gut kennt, erwischt er noch einen Platz. An dem er an diesem Abend wieder von Brenda bedient wird, die er mag und seit Jahren kennt, die ihm die Speisekarte immer mit einem Lächeln reicht, ihm ein kühlendes Wasser eingießt und meist gleich fragt: »Wie immer?«

Doch heute ist Brenda zum Sprechen aufgelegt. Und nachdem sie sich einander belanglos versichert haben, dass es ihnen gut gehe, eine Aussage, die, wie jeder weiß, in New York mit der Wahrheit häufig wenig zu tun hat, aber man jammert nicht einfach über seinen Zustand in dieser Stadt, beugt sich Brenda vor und sagt mit einem verschmitzten Lachen in ihren stahlblauen Augen: »Ich heiße ab heute wieder Smikes, Brenda Smikes. Ich habe ihn wieder angenommen. Meinen Mädchennamen!«

»Wie das?« McGovern schaut überrascht auf.

»Nicht nur Bill bin ich los, die Scheidung ist durch, ich habe auch seinen Namen abgelegt und heiße jetzt wieder wie früher. Fühlt sich wie neugeboren an!«

»Gratuliere, Brenda Smikes!« McGovern lächelt jetzt zurück. »Darf ich dich zur Feier des Tages auf ein Glas einladen?«

»Lieb von dir, Brian. Aber Trinken ist nicht drin während der Arbeitszeit.« Brenda schaut ehrlich dankbar auf den vor ihr sitzenden zwanzig Jahre älteren Mann. »Bist ein guter Kerl, Brian, das merkt man. *Sirloin rare* mit *Fingerling Potatoes* und ein Glas Cabernet Sauvignon, wie immer?« Brenda spricht jetzt wieder in der professionell freundlichen Servicesprache.

»Ja, bitte. Und ich freue mich für dich.« McGovern schaut Brenda nach, wie sie in Richtung Küche verschwindet. Und denkt zurück an die Zeit, als er abends oft nach der Arbeit mit Sue in einem Restaurant saß oder in einer Bar, stundenlang redend, verliebt und vertraut. Er vermisst nicht nur seine Frau, sondern auch das Leben mit ihr. Sein Dasein, das so anders war als sein Existieren im Heute. Als er noch voller Pläne war, voller Energie und Zukunft. Dieses Gefühl, das ein Leben so anders macht und das nicht in Grenzen denkt, nicht ans Ende, sondern an Träume.

Brian McGovern blickt in den Spiegel über dem Tresen – ein alter, dicklich-glatzköpfiger Mann, allein an einem Tisch, blickt verzerrt zu ihm herüber. Das Spiegelbild eines Einsamen, umgeben von lärmenden, voll besetzten Tischen fröhlicher Esser im Restaurant. Die Spiegelung seiner selbst, eines Mannes vor der letzten Kurve seines Lebens, irgendwie verbraucht, ausgezehrt von seinem Weg von über sechzig Jahren in dieser rauen, doch von ihm so geliebten lauten Stadt. Die jeden nimmt, so wie er ist, nur niemals Rücksicht. Und ohne Achtung auf der Menschen Glück.

Jetzt stellt Brenda sein Steak auf einem großen Teller vor ihm auf den Tisch und eine Platte mit den Kartoffelfingern, frittiert und duftend, genau so, wie McGovern es mag. »Wein kommt sofort!«, ruft sie ihm, schon wieder in Bewegung, mit ihrem Augenlächeln noch zu.

Und in diesem Augenblick, McGovern nimmt das Besteck gerade in die Hand, schießt ihm ein Gedanke wie ein Blitz durch sein Hirn. Er lässt Messer und Gabel fallen, ein Herr vom Nachbartisch dreht sich erschrocken um. Aber da hat der Kommissar sich schon seine Tasche gegriffen, zieht hastig eine flache Akte heraus, ist bereits fieberhaft am Umblättern – und hält nun schlagartig bei einer aufgeschlagenen Seite inne.

»Das ist es!«, murmelt er vor sich hin und starrt auf die Kopie der Quittung, die die Nachbarin Olivia Norton bei der Übergabe der Habseligkeiten von Mrs. Dickenson unterschrieben hat. Bei der Übergabe der Kleidung und der Kugel! Und da steht in klarer Handschrift Olivia Bell! Bell, nicht Norton! »Warum hat sie mit einem falschen Namen unterschrieben? Ist es möglich, dass …?« McGovern stutzt.

Als Brenda in diesem Moment das gefüllte Weinglas vor ihm abstellt, ist McGovern in Gedanken versunken. »Heute keinen Appetit, Brian?«, fragt sie fast mütterlich den stumm vor seiner Akte sitzenden Kommissar. »Ist alles in Ordnung mit dir?«

»Tust du mir bitte einen Gefallen, Brenda?« McGovern zieht seinen Block aus der Tasche und hält ihr dazu auffordernd einen Stift hin. »Würdest du mir bitte einmal deinen Namen hinschreiben?«

Brenda lacht. »Du willst doch nicht etwa meine Telefonnummer, Brian?«

»Bitte, schreib einfach deinen Namen hin.«

»Okay, von mir aus.« Brenda nimmt den Stift, schreibt los. »Moment«, hält sie plötzlich mitten im Schreiben inne, »jetzt hätte ich doch fast meinen alten Namen geschrieben. Das passiert mir in den letzten Tagen immer wieder. Ab jetzt heiße ich aber nur noch Brenda Smikes!«, und schreibt ihren Namen zu Ende.

»Genau, das ist es! Ihr Mädchenname! Norton ist ihr verdammter Mädchenname. Den sie nach ihrer Scheidung wieder angenommen hat. Sie hat sich auf der Quittung verschrieben, aus alter Gewohnheit, verstehst du? Sie war noch kurz vorher verheiratet.«

»Nein, Brian! Wovon redest du?«

»Verzeih, aber dank dir ist es mir aufgefallen. Olivia Norton hieß vermutlich vor ihrer Scheidung Olivia Bell. Vor ihrer Scheidung von …« McGovern hält inne. »… von Dr. Benjamin Bell!«

»Sorry, Brian, ich verstehe kein Wort. Wovon sprichst du?«

Brian McGovern klappt die Akte zu und entschuldigt sich für seine verworrenen Worte. Nichts für ungut, erklärt er ihr, es gehe um einen seiner Fälle. Und sie habe ihn heute auf etwas gebracht! Sie sei ein Schatz!

Und während Brenda Smikes kopfschüttelnd und lächelnd auf dem Weg zum Nachbartisch ist, um dort die leeren Teller abzuräumen, nimmt McGovern einen kräftigen Schluck Wein. Er beschließt, morgen bei Olivia Norton vorbeizufahren, am besten gleich morgens sehr früh, notfalls nochmals tagsüber und abends. Irgendwann wird sie ja wohl mal zu Hause sein. Und etwas zum Verbleib der Kugel sagen können. Und zu ihrer Beziehung zu Dr. Benjamin Bell. Irgendwie, wittert McGovern, versteckt sich hierin vielleicht eine Spur.

Denn an eines erinnert er sich in diesem Moment, spürt es wie Grummeln in seinem Bauch. Bell hat in keiner Weise reagiert, als er ihm von der Nachbarin namens Olivia Norton erzählt hatte. Das kann nur zwei Dinge bedeuten. Entweder war Olivia Norton nicht seine frühere Frau, und die Übereinstimmung der Nachnamen ist nur ein Zufall. Oder Dr. Bell hat etwas zu verbergen und deshalb nicht auf den Namen seiner ehemaligen Frau reagiert – und auch nicht zum Verbleib der von ihm angeblich verlorenen Kugel bei der Frau. Das macht McGovern stutzig. Und gut gelaunt zugleich. Vielleicht ein Zufall, aber eventuell endlich eine Spur!

Der Kommissar schneidet sich jetzt einen großen Streifen vom *Sirloin* ab, steckt ihn gierig in seinen Mund und spürt eine

Aufregung in sich, fast eine Vorfreude, wie ein Jagdhund, der endlich eine Fährte aufgenommen hat!

– 27 –

Fast den ganzen Tag hat Brian McGovern mit zahllosen Telefonaten und Gesprächen verbracht. Nachdem er zu seiner Verblüffung zu Tagesbeginn vor der ausgebrannten und versiegelten Wohnung von Mrs. Olivia Norton stand, der am Vortag durch eine Explosion und den folgenden Wohnungsbrand getöteten Bewohnerin. Achtunddreißig war sie, Pharmareferentin und bis vor Kurzem verheiratet. Allein lebend seit ihrer Scheidung von Dr. Benjamin Bell – den Beweis hierfür hält McGovern schon seit einer Stunde aus dem Standesamtsarchiv schwarz auf weiß in seiner Hand. Nachdem er sich über Polizeikollegen Informationen über den Unfallhergang verschafft hat, bei dem als Ursache nach Angaben der Feuerwehr eine Gasexplosion angenommen werden müsse. In deren Folge das Opfer den Tod fand, Mrs. Olivia Norton, vor deren leblosem Körper der Kommissar in diesem Moment in der Pathologie steht. Beziehungsweise vor dem, was von der Frau noch übrig ist.

Leichen hat McGovern in seinem Leben schon viele gesehen. Getötete Menschen sind längst Routine in seinem Job. Doch an Brandleichen kann er sich nicht gewöhnen. Verbranntes Fleisch hat einen unerträglichen Geruch. Der sich mischt mit dem Kunstlicht, der fröstelnden Kühle und den Ausdünstungen von Desinfektionsmitteln an diesem Ort.

War es ein Unfall? McGovern hat bei dieser Annahme sofort gestutzt. Natürlich ist das möglich, aber eine Möglichkeit beschreibt eben oft nur das Naheliegende. Die plausible ist oft auch die falsche Option.

»Schon irgendwelche weiteren Einschätzungen zur Todesursache?«, fragt McGovern die vor ihm stehende Pathologin, junges

Gesicht, eine der zahllosen Neuen hier im Manhattan Forensic Pathology Center, der größten Leichenkammer der Stadt. In die McGovern selten kommt – die Opfer der meisten seiner Fälle sind längst unter der Erde, bevor die Akten bei ihm landen.

»Wir sind noch nicht mal mit dem Identitätscheck fertig. Aber was wir nach den ersten Untersuchungen sagen können …«, die Pathologin weist auf die auf dem Seziertisch liegenden verkohlten Leichenteile, »… der Frau wurden ihre oberen Extremitäten beidseitig förmlich abgerissen, mit großer Wucht, ebenso der Kopf, oberhalb des dritten Halswirbels, durch eine Explosion, das liegt nahe. Der Tod trat vor dem ausbrechenden Feuer ein. Die Hitze muss sehr hoch gewesen sein, teilweise ist die Leiche bis auf die Knochen verbrannt. Bei Brandopfern ist die Todeszeit besonders schwer zu bestimmen, aber aufgrund der bezeugten Uhrzeit der Explosion durch Nachbarn kann der Zeitpunkt des Versterbens auf etwa 21:30 Uhr gestern Abend als realistisch angenommen werden. Mehr können wir im Moment noch nicht sagen.«

»Immerhin«, brummt McGovern. »Wenn Sie mit Ihrer Untersuchung fertig sind, rufen Sie mich bitte an.« Er reicht seine Karte rüber und verlässt missmutig den Leichenschauraum. *Das hätte ich auch selbst schlussfolgern können,* denkt er sich im Treppenhaus. Keine weiteren Anhaltspunkte. Und schon wieder jemand tot, bei dem diese verdammte Kugel bis vor Kurzem war.

Ob die Kugel in der Wohnung verbrannt ist?, fragt sich der Kommissar und ist bereits auf dem Weg zum Parkplatz, zu seinem Wagen. Eigentlich will er sich seit Stunden mit seinem Boss zu diesem Fall besprechen. Zu seinem Verdacht, betreffend Dr. Bell. Den er ebenfalls versucht, seit heute Morgen zu erreichen, und ihn wiederholt unter allen Nummern angerufen hat. Aber die Leichen halten ihn im Moment auf Trab – die vierte schon, die mit dieser Kugel zusammenhängt. *Diese Kugel zieht eine Todesspur durch unsere Stadt,* denkt sich McGovern, nimmt sein Smartphone und wählt abermals die Nummer von Bell.

Dr. Benjamin Bell stopft in diesem Moment die letzten Kleidungsstücke in seinen Seesack. Zwei gepackte Koffer stehen bereits im Flur an der weiß lackierten Haustür. Ein paar Handgriffe noch, dann will er so schnell wie möglich los. Bell hat es eilig – denn er ist auf der Flucht.

Runter nach Lanoka Harbour, neunzig Meilen, zur Marina, wo sein Segelboot im Hafen liegt. Ein Boot, hochseetauglich wie er und wie er bereit für einen langen Törn. Zu dem er heute Nacht noch aufbrechen will. Wenn es dunkel ist, fällt sein Auslaufen wahrscheinlich niemandem im Hafen auf.

Im Krankenhaus hat er überraschend Urlaub eingereicht, ab sofort und aus wichtigem Grund. Den er weder der Personalabteilung noch seinem verärgerten Chef genannt hat. Es sei privat, wirklich wichtig, hatte Bell auf hartnäckige Nachfragen hinzugefügt. In acht Tagen sei er wieder zurück. Natürlich wusste er, dass er log. Denn eine Rückkehr in dieses Krankenhaus hatte Dr. Benjamin Bell für sich in diesem Leben nicht mehr geplant.

Sein Bankkonto bei der *Chase* hat er bereits gestern abgeräumt, einen Teil als Bargeld abgehoben, den Rest auf ein Konto auf die Bahamas überwiesen. An einen Anwalt, bei dem er seit dem Scheidungszank sein ihm verbliebenes Vermögen versteckt. Bell lässt in New York nur Schulden zurück. Und seine Freundin Peggy, die noch völlig ahnungslos ist.

Wenn er sich ranhält, Tag und Nacht segelt, der Wind passt, ist er in sieben Tagen in Nassau. Wo sein Geld liegt. Und jemand ihm einen neuen Pass besorgt. Sein Anwalt kennt sich da aus. Danach durch die Karibik und irgendwo das Boot anonym verkaufen. Zuletzt runter nach Brasilien und erst einmal untertauchen. Ein paar Jahre Gras über die Sache wachsen lassen und dabei gut leben.

Bell ist erstaunlich gut gelaunt, ohne die Spur eines schlechten Gewissens. Die Manipulation des Gasherds war ein Klacks. Ein sauberer Mord, ohne ein schlechtes Gefühl. Bell ist über sich selbst erstaunt. Er hat Olivia in der Vergangenheit schon oft den

Tod gewünscht. Doch bis vor Kurzem hätte er sich das nicht getraut. Was ist geschehen? Wieso fiel es ihm plötzlich so leicht, seine Mordgedanken in die Tat umzusetzen?

Als er vor ihrer Wohnung stand, da war es ganz einfach. Erst hat er gedacht, er wartet in der Wohnung auf sie, versteckt sich im Dunkeln, überrascht sie dort, wenn sie ahnungslos nach Hause kommt. Eine Spritze mit Gift hat er schon präpariert, schließlich ist er Arzt, kennt sich mit so was aus. Aber dann kam ihm in der Wohnung eine bessere Idee. Der Herd, na klar, das sieht nach einem Unfall aus! Der Verdacht fällt nicht auf ihn, zumindest nicht sofort. Wenn überhaupt. Kein Mörder ist ohne Hoffnung, für immer unentdeckt zu bleiben.

Verflucht, wer ruft schon wieder an? Dieselbe Nummer, schon das vierte Mal seit heute früh!, sagt Bell sich jetzt. Ich gehe nicht ran, in einer halben Stunde bin ich weg. Noch während der Arzt seine letzten Fluchtvorbereitungen trifft, hält McGoverns Wagen schon vor dem Haus. Wenige Augenblicke später öffnet Bell nervös die Tür. Lässt den Kommissar herein, tut überrascht. Er sei gerade auf dem Sprung zur Abreise in einer wichtigen Familienangelegenheit, lügt er. Aber natürlich können sie noch ein bisschen sprechen, heuchelt Bell, er helfe der Polizei doch gern. Womit er denn behilflich sein könne? Bell bittet den Kommissar dabei an den Küchentisch, bevor er hinter McGovern unbemerkt die Haustür abschließt.

Was der Polizeibericht später beschreibt, liest sich mal nüchtern und mal grausam, bleibt oft vage und spekulativ. Es gab wohl einen Kampf im kleinen Wohnhaus des Dr. Benjamin Bell, auf dessen Küchenfußboden man Kommissar Brian McGovern fand. In verkrümmter Haltung, Augen und Mund weit geöffnet, die abgebrochene Spritzennadel in der Halsschlagader. Durch die ihm ein Gift verabreicht wurde, schnell wirkend und tödlich, wie der Pathologiereport detailliert beschreibt. In der Hand des Toten seine Dienstwaffe, zwei Patronen fehlen im Magazin. Die Spurensicherung findet ein Projektil im Rahmen des Küchenschranks. Neben Blutspuren und dem Rest eines menschlichen Auges, Linse und Retinafetzen kleben versprengt am Unterschrank. Spuren, die vom Täter stammen könnten. Wie auch die Blutspur, Gruppe B Rhesus negativ, die sich durch das ganze Erdgeschoss des Bungalows zieht. Blut, das nicht von McGovern stammt und sich übers Grundstück bis zur Garage weiterzieht. In ihr kein Auto, und das Tor steht offen, sperrangelweit. Die Tatortermittler durchsuchen zwanzig Stunden lang akribisch jeden Winkel des kleinen Hauses.

Der Hausmieter Dr. Bell bleibt verschwunden, eine Rücksprache in seinem Krankenhaus ermittelt, dass er auf Urlaub sein soll, an einem seinem Arbeitgeber unbekannten Ort. Welche Blutgruppe der Arzt habe? B Rhesus negativ, sehr selten sei dieses Blut, fügt man hinzu. Noch in der Nacht wird eine Fahndung nach dem Arzt herausgegeben. Einem Polizistenmord räumen die Kriminalermittler immer sofort höchste Priorität ein.

Dr. Bell bleibt verschwunden, bald gibt es den Hinweis auf sein im Hafen vermisstes Segelboot. Die Küstenwache wird eingeschaltet. Schon zwei Tage später tauchen Hinweise auf seine Banküberweisungen auf die Bahamas auf. Ab jetzt wird nach Bell auch international mit Haftbefehl gesucht.

Bei der Beerdigung von Brian McGovern ist der Himmel gelb, und leichter Nieselregen zieht vom Hudson her durch die Luft. Der Pastor spricht am Grab ein paar kurze Worte, von Pflichterfüllung, Tragik und Gottes Segen hört die kleine Trauergemeinde aus seinem Mund. McGoverns Boss Fairbanks ist gekommen, Slim Hooper ist dabei, noch zwei Kollegen von früher und ein alter Freund des Kommissars – wohl der Einzige, der ihm geblieben ist. Auch Brenda steht mit am Grab, wirft dem Toten wortlos eine Kusshand hinterher. »Kannten Sie ihn gut?«, fragt Hooper sie bei der Verabschiedung. »Nein, eher flüchtig«, erwidert Brenda. »Aber er war ein guter Mensch. Für so etwas bekommt man einen Blick in meinem Job. Brian nahm mich immer ernst, wenn er mit mir sprach.«

Vier Wochen später steht Kommissar Hooper vor seinem Boss, in dessen engem Büro, seinen obligatorischen Kaffeebecher wie einen Fetisch in der Hand. Sein Bericht liegt bei Fairbanks aufgeschlagen auf dem Metallschreibtisch.

»Danke, Slim, dass du McGoverns offene Fälle gesichtet hast. War für dich ja eine doppelte Belastung.«

»Brians Notizen über diesen Bell habe ich gleich den Kollegen vom Morddezernat weitergegeben. Gibt es zur Fahndung nach ihm irgendetwas Neues?« Slim Hoopers Stimme klingt dünn und betroffen, als sie das fragt.

»Nein, nichts Wesentliches, Slim. Auf den Bahamas ist er nach Aussagen der dortigen Polizei bisher nicht aufgetaucht. Soweit man weiß! Sein Geld hatte der Anwalt auf Bells Anweisung längst nach Panama weiterüberwiesen. Und dort, das muss ich dir nicht sagen, verliert sich mit Sicherheit jede Spur. Auch sein Boot wurde nirgends gesichtet, wie von der See verschluckt. Wenn dieser Bell erst einmal in der Karibik ist, hat er zig Möglichkeiten, zu verschwinden. Auf einer der Inseln, irgendwo in Mittelamerika oder in Venezuela. Nicht wenige Länder, die nur schleppend mit uns kooperieren. Außerdem spricht er fließend Spanisch – und sogar leidlich Portugiesisch. Die Kollegen von der Mordkommission haben seine Freundin durch die Mangel gedreht. Die offensichtlich völlig ahnungslos ist, wo er abgeblieben ist. Naives Huhn.« Fairbanks' Ton ist dabei ratlos, er hängt zusammengesackt in seinem Stuhl. »Hast du Brians Sachen aus dem Schreibtisch schon den Angehörigen ausgehändigt?«

»Brian hatte keine Angehörigen. Einfach niemanden. Keine Geschwister, Ehefrau verstorben, noch nicht mal eine Freundin, na, du weißt ja.« Hooper sagt das betroffen, er ist von dieser Erkenntnis immer noch geschockt.

»Dass er diesen Bell so schnell verdächtigt hat, seine Ex-Frau ermordet zu haben! Brian hatte oft einen guten Riecher. Aber warum ist er nur allein zu ihm gefahren?« Fairbanks fährt sich übers Kinn.

»Er war eben an dieser Sache dran und ging davon aus, dass mehr dahintersteckt. Die Sache mit den Todesfällen in Zusammenhang mit dieser Kugel.«

»Slim, hör auf. Darüber haben wir doch schon gesprochen. Das waren doch Hirngespinste. Eine Kugel, die das Verhalten von Menschen beeinflussen kann. Das klingt nach Voodoo!« Fairbanks schüttelt den müden Kopf.

»Du hast natürlich recht, Hugh. Aber McGovern war da an etwas dran, ich bin mir sicher. Er wollte jedoch nicht darüber sprechen. Noch nicht. Weder zu mir noch zu dir.«

»Was willst du damit sagen?« Fairbanks stutzt.

»Lass mich diese Sache noch ein bisschen weiterverfolgen. Alles andere geht endgültig ins Archiv.«

»Das hast du doch schon alles den Ermittlern von der Mordkommission erzählt, und die haben dich ausgelacht!«

»Hugh, ich bin Brian das schuldig. Er war sicher, dass die Kugel nicht zufällig …«

Fairbanks unterbricht ihn plötzlich und brüsk. »Slim, für so was haben wir hier einfach keine Zeit! Mach Schluss damit, schließ diesen Fall ab. Schick einfach alles als *abgeschlossen* ins Archiv. Lass die Jungs von der Mordkommission weiter diesen Bell jagen. Das ist ihr Job! Irgendwann erwischen sie ihn. Und Slim, nichts für ungut. Nochmals danke, auch für deinen Bericht.« Fairbanks steht jetzt auf, Hooper kennt das von seinem Boss, weiß, dass das Gespräch beendet ist.

»Wie du willst, Hugh.« Hooper murrt, tritt aus dem Büro, ist verärgert über diesen Boss ohne jede Fantasie. Wie so viele hier im Dezernat. Da war McGovern anders. *Der Kollege, den ich kaum kannte, obwohl wir jahrelang das gleiche Büro teilten,* wie er sich eingesteht. Etwas beschämt, mit Bedauern und schlechtem Gewissen.

Von mir aus geht der Fall ins Archiv, diese Kugelsache. Aber ich werde die Geschichte trotzdem weiterverfolgen, so nebenher. Das nimmt Slim Hooper sich raus. Kopien von den wichtigsten Akten sind schnell gemacht.

Ist die Kugel vielleicht verbrannt? Das hat er sich beim Studium der Akten von McGovern gefragt. Verbrannt in der Wohnung von Olivia Norton? Oder hat sie die Kugel mit den Habseligkeiten der Nachbarin, dieser Mrs. Dickenson, vor ihrem Tod noch nach England geschickt? Oder hat Dr. Bell die Kugel gestohlen, bei seinem Einbruch in die Wohnung seiner verhassten Ex-Frau? Und die Kugel ist jetzt mit ihm auf der Flucht? Kommissar Hooper grübelt, während er durchs Großraumbüro geht, auf dem Weg zur Pantry, um sich dort Kaffee in den Becher nachzufüllen.

Diese kleine Kugel geht ihm nicht aus dem Kopf. Wo ist sie abgeblieben, dieses geheimnisvolle Ding? Über das bisher einfach nichts rauszufinden war – außer der Beschreibung von Augenzeugen. Doch die meisten von ihnen sind mittlerweile verschwunden! Oder tot! Wo ist die Kugel? Das herauszufinden ist er Brian McGovern schuldig. Slim Hooper beschließt, noch heute Kontakt aufzunehmen mit diesem Buchhändler, in einer Stadt, von der er vorher noch nie etwas gehört hat – in Durham. Irgendwo im Nordosten von England muss das sein.

Als ein englischer Postbote acht Tage später den Brief von Slim Hooper in den Briefkasten der Buchhandlung von Graham Yeomans in Durham steckt, bringt etwa zur gleichen Zeit ein Boot der puertoricanischen Küstenwache ein herrenlos treibendes Segelboot auf. In der Kajüte findet man in einer Koje eine männliche Leiche, im Gesicht von einer schweren Schusswunde entstellt. An einer Schädelseite, wo einmal ein Auge saß, blickt nur noch ein schwarzeitriger Fleck aus einer verkrusteten Höhle. Der Kajütenboden ist von Mullbinden, Blutresten, Einmalspritzen und leeren Morphinampullen bedeckt. Aufgrund des Verwesungszustands des stark aufgedunsenen Körpers wird der Todeseintritt des Gefundenen auf einen Monat zuvor geschätzt.

Reiner Zufall, so heißt es, dass das Boot nicht weit auf den Atlantik hinausgetrieben sei, wo man es vielleicht auf Jahre hinaus oder nie mehr gefunden hätte. Und obwohl die Schiffskennung des Seglers entfernt wurde, ein Logbuch oder andere Hinweise auf die Herkunft des Bootes zunächst nicht gefunden werden und auch die Identität des Leichnams anfangs ungeklärt bleibt, da nirgends an Bord irgendwelche Ausweispapiere zu finden sind, gibt ein im Vorschiff verstauter Arztkoffer den schließlich entscheidenden Fingerzeig. *Dr. Benjamin Bell* steht dort in Goldlettern eingestickt im ledernen Innenfutter. Darunter folgt, etwas kleiner, ein eingewobener Zusatz – *In Liebe ewig, Deine Olivia.*

– 29 –

Sanft fließt das Sonnenlicht vom pastellblauen New Yorker Himmel. Verschlafen und träge bewegt sich die Luft, als Hooper an diesem Sonntagvormittag lässig durch den Battery Park schlendert. In einer Viertelstunde ist er am Fähranleger verabredet, mit Brenda Smikes, dieser großartigen Frau, die er zufällig auf Brian McGoverns Beerdigung kennengelernt hatte.

Sehr attraktiv, frisch geschieden, verwundet im Herzen und damit bereit für einen Mann wie ihn, an dessen Schulter eine verstörte Frau ihren Kopf anlehnen kann. Er hat das schon bei ihrer kurzen ersten Begegnung gespürt, sie gleich nach ihrer Telefonnummer gefragt – mit der Begründung, sonst habe er ja keinen Ansprechpartner vom Verstorbenen – und sich schon drei Tage später mit ihr für heute verabredet. Auf einen Ausflug nach Brooklyn mit der Fähre. *Das Wetter ist wie bestellt für ein erstes Rendezvous,* denkt er lächelnd bei sich.

Was das Leben doch für merkwürdige Geschichten schreibt. Ein Kollege, mit dem er ein Berufsjahrzehnt lang kaum ein tiefergehendes Wort gewechselt hat, führt ihn indirekt mit dieser aufregenden Frau zusammen. Dass Brian McGovern solche Frauen kennt, hätte Slim Hooper ihm nie zugetraut.

Wie auch diese unglaubliche Kugelgeschichte nicht, auf die Brian gestoßen ist. McGovern hatte immer einen guten Instinkt, in dieser Hinsicht machte ihm als Kommissar mit Erfahrung keiner so schnell etwas vor.

Ihr gemeinsamer Chef Fairbanks ist ein blasser Bürokrat, risikoscheu und ohne jede Vorstellungskraft. Kein Wunder, dass er Hooper angewiesen hatte, den Hinweisen nach der Kugel nicht weiter nachzugehen.

»Aber nicht mit mir!«, ruft Hooper, grinst in sich hinein und lässt den Blick über den grün schimmernden Park auf den East River schweifen. Er hatte sich alle wichtigen Akten kopiert, bevor er sie in das Polizeiarchiv zur Ablage gab. Er wird an dieser Kugelgeschichte weiter recherchieren – privat. Das ist er McGovern schuldig. Und außerdem: mindestens vier Todesfälle im Zusammenhang mit der blau schimmernden Kugel in wenigen Tagen. Das kann doch kein Zufall sein. Vielleicht ist dieses Ding kreuzgefährlich. Hoopers Jagdinstinkt ist erwacht.

Der Himmel lacht, oder kommt Hooper das Wetter heute nur so prachtvoll vor? Schon lässt er den Park hinter sich und geht jetzt schnellen Schrittes am sonnigen Flussufer entlang. So wie McGovern will er nicht enden – alt, bitter und einsam dazu. Das Leben ist doch ein Geschenk für einen Mann wie ihn an der Seite einer fabelhaften Frau. Die Hooper heute erobern möchte. Wie eine glänzende Rüstung rückt er jetzt sein lässiges Jackett zurecht.

Die Landungsstelle der Fähre, schon ist sie in Sicht. Dann sieht er Brenda, sie steht in einem dunkelblauen Kurzmantel auf ihren langen Beinen wartend am Pier. Einen rosa Wollschal um ihren schlanken Hals gewickelt, ein Bild wie aus einem Modemagazin, wie sie da im Sonnenlicht unter blauem Himmel am Ufer des East River steht.

Hooper ist wie aufgeschreckt, das Bild ist wie ein Schlag für ihn, sein Herz pocht ihm fiebrig bis zum Hals. Diese Frau will er erobern, seinen ganzen Charme einsetzen, ihr das geben, was sie jetzt, das spürt er instinktiv, braucht. Vertrauen, Liebe und Sicherheit. Hooper ruft, winkt, beschleunigt weiter seinen Schritt. Einen kleinen Veilchenstrauß hält er sanft zu ihrer Begrüßung in der Hand.

»Hi, Mrs. Brooklyn sunshine.« Er ruft die Worte schon, kurz bevor er vor ihr steht. Und er sieht ihr überraschtes Lachen. Das zur lächelnden Verlegenheit wird, als er ihr das Sträußchen zur Begrüßung zärtlich entgegenhält.

»Danke, wie aufmerksam. Ein Mann, der Blumen passend zu meinem Outfit aussucht.« Brenda sagt es schnurrend, Schalk springt aus ihren Augen, ein Blick voll Sympathie.

»Eigentlich zu deiner Augenfarbe, Brenda.« Sie lacht, wirft den Kopf in den Nacken, greift sich ordnend durch ihr langes Haar.

Es wirkt auf Hooper wie angedeutete Verheißung, die sich oft als Vorbotin eines für die Ewigkeit ersehnten Versprechens zeigt.

Mit diesen Worten bietet er ihr seinen Arm, sie hakt sich ein, und lächelnd treten beide auf die Pier, gehen wie selbstverständlich zusammen zur Fähre. Im Strom der Menschen. Warmweich steht die Luft über New York, streichelt Fluss und Stadt.

– 30 –

Lindisfarne, Holy Island, Northumberland,
Großbritannien im Januar 2015

Der Raum, den Lynn und Des betraten, hatte eine ungewöhnlich geformte rotbraune Ziegeldecke, die sich über ihren Köpfen trichterartig wie das Innere einer Kirchturmspitze in die Höhe streckte. Wie ein Hut stülpte sich das nach obenhin verjüngende Dach über den quadratischen Innenraum, der zu allen Seiten von überquellenden Bücherregalen umstellt war. Fast sah es aus,

209

als würden die Bücher die Last des schweren Dachkegels tragen, unter dem mitten im Raum ein alter Mann an einem überdimensionalen Schreibtisch saß, der die jungen Frauen auffordernd zu sich winkte.

»Willkommen, meine Damen«, rief der Alte mit überraschend klarer Stimme durch den Raum. »Kommen Sie nur!« Er winkte Lynn und Des jetzt noch heftiger zu, die verwundert auf den Tisch zutraten.

»Professor Lumsden? Wir sind Desna Dugar und Lynn Dickenson. Vielen Dank, dass Sie uns empfangen.« Lynns Stimme klang ungewöhnlich unsicher.

»Der Dank ist ganz auf meiner Seite. Es kommt nicht mehr so oft vor, dass ich in meinem Alter Damenbesuch empfange!«, erwiderte der Angesprochene schalkhaft, und Lynn und Des bemerkten beim Näherkommen, dass er hinter dem Schreibtisch in einem Rollstuhl saß. »Ich habe mich auf Ihr Kommen gefreut«, fügte er noch hinzu. Die beiden jungen Frauen blickten in ein freundlich-faltiges Gesicht, aus dem ihnen Wachheit neugierig entgegenleuchtete.

»Lumsden!«, hatte Lynns Psychologieprofessor Betholamy vorgestern ausgerufen, als sie ihn etwas umständlich nach einer Empfehlung für einen Gesprächspartner auf dem Gebiet der Sozial- und Kulturanthropologie an der Universität Durham gefragt und dies mit einer erweiterten grundlegenden Recherche für ihre Diplomarbeit begründet hatte. Den wahren Grund ihrer Frage hatte sie sorgsam verborgen und mit keinem Wort den Geheimdienstbericht erwähnt – oder die hierin beschriebene Kugel.

»Ein wandelndes ethnologisches Lexikon, eine Kapazität auf seinem Gebiet – und ein Brain«, hatte ihr Psychologieprofessor noch bewundernd hinzugefügt. »Er ist schon lange im Ruhestand, muss über achtzig sein, forscht aber noch! Erst neulich habe ich ihn auf einem Jubiläumstag der Universität Durham gesprochen.«

Dank dieser Empfehlung hatte Lynn umgehend mit Professor Lumsden Kontakt aufgenommen und mit Desna vereinbart, ihn *gemeinsam* aufzusuchen. Schließlich waren sie nicht nur Freundinnen, sondern auch eine Schicksalsgemeinschaft und hatten sich nach dem Fund des merkwürdigen Geheimdienstberichts aus Indien, der geheimnisvollen Botschaft im Schachbrett und Lynns furchterregender Traumschilderung geschworen, das Rätsel gemeinsam zu lösen. Gemeinsam wollten sie den Weg der Aufklärung des dunklen Geheimnisses bis zu seinem Ende gehen, wohin er sie auch führen mochte.

Und so standen sie heute früh vor der Eingangstür eines mittelalterlichen, klosterartigen Gebäudes, die Professor Lumsden Lynn als seine Adresse für das Treffen angegeben hatte. Nach dem Klingeln und einer endlosen Wartezeit waren sie von einer alten Frau hereingelassen worden, die sich erst als Lumsdens Haushälterin und dann als Mrs. Haxby vorstellte und sie »zum Herrn Professor in die Bücherküche«, wie sie sich merkwürdig ausdrückte, gebracht hatte.

Nachdem Lynn und Des am Schreibtisch auf zwei altertümlichen Holzhockern Lumsden gegenüber Platz genommen hatten, entwickelte sich zwischen ihnen gleich ein rasantes Gespräch, das aufgrund einer schnell zwischen ihnen aufkommenden Sympathie von Anfang an fast freundschaftlich zu fließen begann.

Lumsden stellte ununterbrochen Fragen, wer sie seien, was denn das Thema von Lynns Diplomarbeit wäre, warum sie sich überhaupt entschieden habe, Psychologie zu studieren? Und auch Des' Modelberuf interessierte Lumsden sehr. Weibliche Schönheit zur Statuserhöhung von Mächtigen habe eine lange Tradition in der menschlichen Kulturgeschichte, wie er sich sinnierend ausdrückte. Von schönen Menschen umgeben zu sein, unterstreiche Macht und verleihe Vitalität. Das hätten von den Pharaonen bis zum französischen Sonnenkönig viele Herrschende zu ihrem Vorteil zu nutzen gewusst. Auch ließen in der Vergangenheit Mächtige Geschenke oft von Schönheiten überbringen, was den Wert des Geschenkes noch erhöht habe. Ein altbewährter Mechanismus, den man bis heute in der Produktwerbung nutze. »Ihr Beruf hat also eine lange kulturgeschichtliche Tradition, verehrte Mrs. Dugar«, sagte er zu Des' Verblüffung, die aus dieser Perspektive noch nie auf ihre Modelkarriere geblickt hatte.

Lumsden stellte stakkatoartig Frage auf Frage. Dabei amüsierte sich der Professor oft über irgendeine Bemerkung von Lynn oder Des, kommentierte das Gesagte kurz mit viel hintergründigem Witz und nahm die beiden Frauen dabei so intensiv ins Kreuzverhör, dass sie fast zu vergessen schienen, weshalb sie eigentlich gekommen waren.

»Nun, nachdem wir uns ein bisschen besser kennengelernt haben, aber zum Grund Ihres Besuchs. Was kann ich für Sie tun?« Lumsden hatte innerhalb von Sekunden das Thema gewechselt.

Lynn atmete tief durch. »Als Ethnologe haben Sie, Herr Professor, wie man mir sagte, ein ungewöhnlich breites Wissen über kulturspezifische Symbole und ihre Funktionen und Bedeutungen in der Menschheitsgeschichte.«

»Symbole?« Lumsden schaute Lynn verwundert an.

»Ja, beispielsweise, sagen wir einmal, über Kugeln. Welche Bedeutung hatten Kugeln in menschlichen Kulturen der Vergangenheit?« Lynn merkte, wie sie zunehmend nervös wurde. Der jetzt fixierende Blick des Professors ließ sie spüren, dass er ahnte, dass sie sich ihm gegenüber mit dem wahren Hintergrund ihrer Frage noch zurückhielt.

»Über die Symbolik der Kugel in der Menschheitsgeschichte wollen Sie sprechen? Eine Psychologiestudentin und ein mit ihr befreundetes Fashionmodel machen sich auf den weiten Weg, um mit einem emeritierten, über achtzigjährigen Professor über die Kugelsymbolik zu sprechen? Gestatten Sie mir, dass ich Ihnen direkt sage, dass ich Ihnen nicht glaube, dass das der wahre Grund ist, warum Sie zu mir gekommen sind.« Lumsden schaute freundlich, aber herausfordernd auf die zwei vor ihm sitzenden Freundinnen.

»Mona-Herzchen, wir sollten offen sagen, um was es geht«, forderte Des mit großer Bestimmtheit. »Diese Geheimniskrämerei deines Onkels sollten wir nicht fortsetzen! Sag es ihm, Mona!« Des schaute zu Lumsden. »Wir sind hier, weil wir Ihre Hilfe brauchen. Und zu glauben, nein, zu wissen meinen, dass von irgendwoher eine Gefahr droht.«

»Na, dann mal raus mit der Sprache, meine Damen! Ich werde versuchen, Ihnen zu helfen. Wenn Sie sich helfen lassen.«

In der nun folgenden halben Stunde berichteten Lynn und Des in aller Offenheit über die Ereignisse der letzten Tage, über Grams Situation, die von Lynn und Paul in seinem Büro gefundenen Unterlagen, das versteckte Rätsel im Schachbrett – und schließlich sogar über Lynns Traum und ihre Annahme, dass Gram versuche, telepathisch aus seinem Koma heraus mit Lynn Kontakt aufzunehmen. Um sie zu warnen! Auch den Geheimdienstbericht legte Lynn schließlich ohne Zögern zu Lumsden auf den Tisch.

Der Professor hörte den zwei Freundinnen nur zu, stellte im Gegensatz zu vorher kaum Fragen, schien konzentriert und aufmerksam Lynn und Des zu lauschen, las sich den Geheimdienstbericht durch und ließ wortlos einen Augenblick des Schweigens verstreichen, nachdem Lynn und Des mit ihrer Schilderung geendet hatten.

»Nicht alles im menschlichen Dasein ist so, wie es uns auf den ersten Blick erscheint«, hob er dann zu sprechen an. »Nehmen Sie zum Beispiel diesen Raum. Wie Ihnen beim Eintreten aufgefallen sein mag, verfügt er über eine ungewöhnliche Decke. Diese Decke war ursprünglich ein riesiger Kamin mit einem Schornstein, der als Abzug über den feuerbetriebenen Kochstellen lag, auf denen viele Köche Essen zubereiteten. Sie befinden sich in der ehemaligen Großküche eines früheren Klosters, in der historisch zu einigen Anlässen für tausend Menschen gekocht wurde. Das Essen wurde von hier auf langen, tablettartigen Brettern von Trägern in die Essenssäle gebracht. Heute ist diese ehemalige Klosterküche Bibliothek und Arbeitsraum. Wer nicht weiß, für welchen Zweck der Raum ursprünglich einmal gebaut wurde, wird kaum darauf kommen, dass er für Speisenzubereitung vorgesehen war.«

Lynn und Des schauten sich verwirrt an, wussten nicht, auf was der Professor hinauswollte.

»Sie sind gekommen, Lynn, um mich zu dieser Kugel zu befragen, die in dem alten Geheimdienstbericht aus Indien erwähnt wird, richtig? Eine Kugel, die Ihnen Angst macht, weshalb Sie sogar nachts Albträume haben, die Sie als telepathische Warnung Ihres Onkels deuten.«

Lumsden beugte sich jetzt in seinem Rollstuhl weiter über den Tisch vor.

»Lassen Sie es mich Ihnen so sagen: Wie am Beispiel dieses Raums beschrieben, vermute ich, dass die Kugel für einen ganz anderen Zweck hergestellt worden sein könnte, als es uns aus dem Bericht erscheint. Wenn sie denn wirklich existiert.«

»Sie meinen also, wie bei diesen Beispielen könnte auch die Kugel ursprünglich für einen anderen Zweck gemacht worden sein, einen Zweck, den wir bisher nicht richtig verstehen?«

»Genau das meine ich.«

»Aber selbst wenn es so wäre, was hilft uns das?«

»Es hilft uns bei der Frage, *wo* wir bei unserer Suche nach dem Geheimnis der Kugel anfangen könnten.«

»Aber was hat das alles mit meinem Onkel zu tun?«

»Mit der Suche nach Antworten auf mehrere Fragen ist es wie an einer Weggabelung. Man kann nur einen Pfad auf einmal einschlagen! Lassen Sie uns daher Schritt für Schritt vorgehen. Was haben wir? Glaubt man der Geschichte des Geheimdienstberichtes, erreichte ein Portugiese im Rahmen einer ASTRONOMI-SCHEN REISEDELEGATION, gesandt vom portugiesischen König, den Hof des rajasthanischen Rajas Sawai Jai Singh II. Wir dürfen vermuten, dass der Astronom diese geheimnisvolle Kugel entweder aus Portugal mitbrachte oder sie sich irgendwo vor den tragischen Ereignissen, von denen das Geheimdienstdokument berichtet, in Indien besorgte. Unser erster Ansatz könnte also sein, in historischen Quellen Portugals oder Indiens in und vor dieser Zeit nach Hinweisen zu suchen.«

»Nach was für Hinweisen?«

»Berichten über ungewöhnliche Todesfälle, seltsame Katastrophen – mit etwas Glück finden wir einen Fingerzeig, der uns eine Spur aufzeigt. Vielleicht sogar zur Kugel selbst!« Lumsden wirkte nachdenklich.

Er stieß sich plötzlich mit seinem Rollstuhl nach hinten vom Tisch ab. »Kommen Sie, meine Damen, an die Arbeit!« Mit diesen Worten rollte er mit erstaunlicher Behändigkeit auf eine in der linken Wandseite in die Bücherwand eingelassene Tür zu, die er ohne abzubremsen geschickt aufstieß und zügig hindurchrollte. Lynn und Des mussten sich beeilen, hinterherzukommen, und standen kurz darauf mit Lumsden in einem weiteren bibliotheksartigen Raum, in dem auf Tischen Bücher, allerlei eigentümliche Gegenstände, Geräte und Skulpturen wie in einem Lagerraum dicht gedrängt standen.

»Astronomische Reisedelegation aus Portugal – geben Sie mir doch mal bitte den dritten Folianten aus der obersten Reihe, das ist die iberische Abteilung meiner Bibliothek«, sagte der Professor zu den Freundinnen und wies dabei auf eine Reihe alter, braunledern eingeschlagener Bücher im Regal vor ihnen. Auf Zehenspitzen und mit ausgestreckten Armen zog die hochgewachsene Des vorsichtig einen dicken, staubigen Band herunter. Lumsden begann zu blättern, gezielt nach irgendetwas zu suchen, las dann einige Minuten lang, ohne etwas zu sagen, und blickte schließlich auf.

»Ich erinnere mich, Sawai Jai Singh II. war jener rajasthanische Herrscher, der von Himmelserforschung besessen war, mehrere Observatorien in seinem Reich erbauen ließ und Astronomen aus der gesamten ihm bekannten Welt nach Indien einlud. Ein Mann, der sich, koste es, was es wolle, astronomische Geräte und Werke von überallher beschaffen ließ.«

»Meinen Sie, die Kugel könnte ein astronomisches Gerät gewesen sein?«, fragte Lynn.

Lumsden beantwortete die Frage nicht. Vielmehr schien er mit einem Gedanken beschäftigt, den Knoten eines Geistesblitzes zu entwirren, der ihm urplötzlich gekommen war.

»Oftmals sind Dinge für das Gegenteil dessen ersonnen worden, was sie im schlimmsten Fall bewirken können.«

»Was meinen Sie?«

»Gift. Es ist wie bei einem Gift. Nehmen Sie zum Beispiel Arsen. Die alte chinesische Medizin wusste bereits, dass es gegen Parasiten oder Hautkrankheiten hilft, auch die Griechen und Römer therapierten damit. Der Alchemist Paracelsus erkannte aber zu Beginn der Neuzeit als Erster, dass Arsenverbindungen in zu großen Mengen auch ein tödliches Gift sein können. Und dass es daher von der richtigen Dosierung abhängt, ob diese Verbindung Heilung oder Tod bringt!«

»Sie meinen, die Kugel wurde vielleicht zur Heilung von etwas erdacht, bringt falsch angewandt aber den Tod?« Lynn klang, als glaube sie selbst nicht an das, was sie da gerade aussprach.

»Ja, genau dieser Verdacht ist mir gekommen. Der portugiesische Astronom aus dem Bericht wusste wahrscheinlich um die Wirkung der Kugel und hat sie missbraucht – um eine Frau zu verführen.« Lumsden sprach diese Worte wie einen Richterspruch aus.

»Wer die Wirkung der Kugel nicht beherrscht, dem bringt sie Unheil? Eine falsche Dosierung sozusagen? Wie ein Gift?«

»Mona-Herzchen, das wird ja immer abenteuerlicher!« Des griff sich reflexartig in ihre langen Haare und schüttelte sie, als sei ihr ein Schauer über den Körper gelaufen.

»Ich bin mir nicht sicher, aber ich glaube, wir sind hier einem großen Geheimnis auf der Spur!«

»Wie kommen Sie darauf, dass es sich um ein großes Geheimnis handelt, Herr Professor?«

»Wie ich darauf komme? In diesem portugiesischen Buch …«, bei dieser Bemerkung zeigte Lumsden auf den von Des vom Regal geholten dicken Folianten, »wurden chronologisch Ereignisse von Bedeutung am Hof des portugiesischen Königshauses festgehalten. Hierin wird für das Jahr 1734 von einer astronomischen Reisedelegation berichtet, die auf Bitten des indischen Fürsten Sawai Jai Singh vom portugiesischen König entsandt wurde.

Man weiß zwar, dass die Himmelsforscher, mit einigen Schriften und Geräten im Gepäck, ihr Ziel in Rajasthan erreichten und sich einige Wochen dort aufgehalten haben müssen. Aber kurz danach wird erwähnt, dass alle Mitglieder dieser Delegation 1735 auf mysteriöse Weise in Indien verschollen seien. Auf wiederholte Nachfragen erhielt der portugiesische Hof zunächst keine befriedigende Antwort zu den Hintergründen des Verschwindens.

Die Annalen des portugiesischen Hofes verzeichnen hingegen, dass der indische Fürst Sawai Jai Singh als Dank und in Anerkennung des großen Verlustes sieben Jahre später, 1742, ein Geschenk an den portugiesischen König schicken ließ. Es soll sich um siebzehn Kilogramm pures Gold gehandelt haben! Und jetzt haltet euch fest: Es wird vermerkt, das geschickte Gold sei in die Form einer Kugel gegossen gewesen!«

Lynn fiel dem Professor aufgeregt ins Wort: »Der indische Fürst schickt eine goldene Kugel an den portugiesischen König! Warum?«

»Ich denke, der Empfänger sollte durch den Wert des Geschenkes umschmeichelt und getäuscht werden. Der König sollte tatsächlich glauben, der indische Fürst wolle ihm mit dem Gold den Verlust seiner Himmelsforscher, ihrer Bücher und Geräte ersetzen. Und huldvoll Abbitte leisten. In Wahrheit verbarg sich aber hinter dieser vordergründigen Täuschung etwas anderes, Hinterhältiges – eine Art Danaergeschenk!«

»Was für ein Geschenk?«

»Ein vergiftetes Geschenk, das dem portugiesischen König Unglück bringen sollte – getarnt in der Form einer goldenen Kugel!«

»Ich verstehe überhaupt nichts mehr, Herr Professor! Wie kommen Sie auf so etwas?«

»Schauen Sie mal hier.« Der Professor deutete mit seinem Finger auf eine Textstelle des aufgeschlagenen alten Buches. »Die goldene Kugel erreichte den portugiesischen König João V. im Jahr 1742 – zusammen mit einem Schreiben von Sawai Jai Singh, beides in ein ungewöhnliches, schalartiges, leuchtend safrangelbes Tuch eingewickelt und kunstvoll verknotet. In dem Brief, so steht es hier, schrieb der indische Raja, die Nachforschungen zum Verbleib der verschwundenen portugiesischen Astronomen seien ergebnislos verlaufen und nach sieben Jahren eingestellt worden. Er bedaure den Verlust für den portugiesischen König. Dem Brief lag die goldene Kugel bei.«

»Safrangelbes Tuch, an was erinnert mich das nur?« Des murmelte diese Worte nachdenklich, wie zu sich selbst, und schien über etwas nachzudenken, während Lynn den Professor aufgeregt fragte: »Ja, aber wieso war das Geschenk vergiftet, wie Sie sagen?«

»Nur drei Wochen nach diesem Ereignis endete die Regierung des Königs. Wollen Sie wissen, warum? Der König erlitt einen schweren Schlaganfall, von dem er sich bis zu seinem Tod nie mehr erholte. Deshalb steht ab hier in den Annalen die Regentschaft seiner Frau, Königin Maria Anna. Sehen Sie? Sie führte bis zu seinem Tod acht Jahre lang die Regierungsgeschäfte für ihren gelähmten Mann.«

»Ein vergiftetes Geschenk? Aber warum?«

»So wie ich die indische Geschichte dieser Zeit kenne, vermute ich, dass es ein Racheakt war.«

»Aber wofür wollte der Raja am portugiesischen König Rache nehmen? Wie kommen Sie darauf?«

»Ich vermute, für das Unheil, dass er ihm und seinem Land mit der Entsendung des Astronomen Jao brachte. Der die unheilvolle Kugel mit sich führte, die am Anfang einer Kette tragischer Ereignisse für den Raja stand.«

»Was für tragische Ereignisse?«

»Zum Zeitpunkt der Ankunft der portugiesischen Astronomen stand Sawai Jai Singh auf dem Höhepunkt seiner Macht. Von diesem Moment an ging es für ihn aber nur noch bergab. In den nächsten Jahren reihten sich Unglücke an Rückschläge und furchtbare Niederlagen für ihn. Tiefpunkt war, dass er sich in einen Krieg hineinziehen ließ, dessen entscheidende Schlacht er verlor und damit Macht und Einfluss seines Reichs verspielte. Die goldene Kugel schickte Sawai Jai Singh im Jahr 1742 an den Hof des portugiesischen Königs, als sein Reich bereits zu zerfallen begann. Der Raja starb kaum ein Jahr später, verzweifelt und hoffnungslos. Seine Söhne zerstritten sich unmittelbar nach seinem Tod, und fast alles, was von seinem Reich blieb, ging in den nächsten Jahren in diesem Bruderzwist um die Nachfolge unter.«

»Sie meinen, der Raja gab dem portugiesischen König die Schuld am Untergang seines Reiches, da er ihm den Astronomen mit der Unheil stiftenden Kugel geschickt hatte? Aber selbst wenn es so wäre … Wie kann das Geschenk einer siebzehn Kilo schweren goldenen Kugel ein Racheakt sein? Sie hatte mit der Unheil bringenden Kugel doch nichts zu tun.« Lynn schaute Lumsden und Des fragend an.

»Ich vermute, doch! Der portugiesische König João V. war nicht nur prunksüchtig, wie zu seinen Lebzeiten alle seine Zeitgenossen wussten, sondern brauchte zur Sicherstellung seines exzessiven Lebensstils auch sehr viel Geld! Viel mehr, als man ihm aus seinen Kolonien heranschaffen konnte. Ich vermute, der Rächer wusste davon – und dachte sich einen hinterhältigen Plan aus, sich die Goldgier des Portugiesenkönigs für seine Rache zunutze zu machen.«

»Aber wie?«

»Es ist ein bisschen wie beim Trojanischen Pferd. Der Rächer hat vermutlich darauf spekuliert, das João V. die Goldkugel aufgrund seiner Geldnot früher oder später einschmelzen lassen würde. Darum hat er im Inneren der goldenen Kugel etwas einfügen lassen. Raten Sie mal, was ich vermute!«

»Sie meinen, die unheilvolle Kugel?«

»Ich vermute, der Rächer hat dem portugiesischen König die Unglück bringende Kugel, in einer siebzehn Kilogramm schweren Goldkugel verpackt, zurückgeschickt – die Unglückskugel, die des Maharanas Reich erschüttert hatte. Als Revanche, damit sie auch das Königreich von João V. erschütterte!«

»Wie kommen Sie darauf, Herr Professor? Nach dem Bericht war die Unglückskugel doch verschwunden.«

»Es ist nur eine Vermutung. Aber ich denke, die Kugel blieb nach der Hinrichtung des portugiesischen Astronomen womöglich nicht verschwunden, wie uns die Geschichte im Geheimdienstbericht glauben machen soll. Sie existierte weiter. Doch irgendjemand scheint ein Interesse gehabt zu haben, die Existenz der Kugel zu verheimlichen.«

»Aber warum verheimlichen? Und vor allem, wer?«

»Ich vermute, es war der Raja selbst.«

»Nein, dass der Maharana die Kugel fand und für sich behielt, ist doch völlig unwahrscheinlich!« Lynn sprach diesen Satz zur Verblüffung aller mit großer Bestimmtheit aus. »Sawai Jai Singh hätte damit ja sein eigenes Reich und seine eigene Macht zerstört! Warum sollte er so etwas Unsinniges tun?«

»Sie haben recht, das ist ein guter Punkt.« Lumsden grübelte und hielt einen Moment inne. »Wer könnte außer dem Maharana Rachegelüste gehabt haben? Moment! Da war doch jemand anderes! Der Architekt, wie hieß er noch?« Und schon rollte Lumsden mit hoher Geschwindigkeit mit seinem Rollstuhl aus dem Raum und kehrte zur Verblüffung von Lynn und Des nach nur einem kurzen Moment mit dem Geheimdienstbericht auf den Knien zurück.

»Bhattacharya, so hieß er, der Architekt, dessen geliebte Frau Sita der Astronom verführte. Und die der Raja dann vom Hof verbannte und sie damit nochmals entehrte. Ihr ihren sozialen Status nahm.«

»Der Architekt als Rächer? Wie kommen Sie darauf, Herr Professor?«

»Hier steht es!« Lumsden klopfte triumphierend mit seiner rechten Faust auf den Bericht. »Die Kugel wurde bei der Durchsuchung durch die Wächter des Herrschers im Haus der verführten Sita und ihres Mannes nicht aufgefunden. Ich zitiere aus dem Bericht: *Wir wissen heute nicht, ob Sawai Jai Singh II. die blaue Zauberkugel wiederfand. Die alten Quellen berichten hierüber nichts. Gerüchten zufolge blieb sie verschwunden. Bei Sita fand die vom Maharana zu ihr geschickte Palastwache sie – wie auch den safrangelben Schleier – nicht mehr auf. Aber vielleicht ist das auch nur die halbe Wahrheit. Vielleicht erhielt er auch die Kugel und versteckte sie heimlich aus Gier auf ihre Zauberkraft bei sich.*«

Lumsden schaute Lynn und Des an, als habe er eben des Rätsels Lösung gefunden.

»Nicht der Raja nahm die Kugel an sich, wie uns die erzählte Geschichte im Bericht glauben machen soll. Das waren *Fake News*, wie man heute sagt. Verbreitet von jemandem, der sein Handeln schon damals verschleiern wollte und deshalb half, diese falschen Gerüchte in die Welt zu setzen. Der Architekt Bhattacharya! Er nahm vermutlich in Wahrheit die Kugel an sich. Und führte mit ihr seine Rache gegen den Raja. Heimlich, im Verborgenen, brachte er ihm Unheil, während er ihm weiter nach außen hin treu diente. Weil der Raja seine Frau Sita sozial geächtet hatte. Und damit auch ihn, den berühmten Architekten, sein Gesicht verlieren ließ! So könnte es gewesen sein. Bhattacharya rächte sich am Maharana mithilfe der Kugel, ohne Erbarmen, bis zu dessen Untergang!«

»Herr Professor, nehmen Sie es mir bitte nicht übel. Aber so kann nur ein Mann denken!« Des sagte diese Worte mit dem ihr manches Mal eigenen ironischen Unterton, der oftmals mit Arroganz verwechselt wurde. Lumsden schaute verwundert zu ihr.

»Warum sollte Bhattacharya den Ast absägen, auf dem er saß? Immerhin hatte Sawai Jai Singh ihn zu einem reichen Mann gemacht, er besaß hohes Ansehen, war Minister und oberster Bauherr seines Königs. Und der Maharana hatte immerhin auf seinen Wunsch den portugiesischen Astronomen hinrichten lassen und seine Frau Sita, trotz ihrer Untreue, *wieder intakt gesetzt*, wie es im Bericht so merkwürdig heißt. Was hatte er denn schon verloren? Die allgemeine Achtung für seine Frau? Nein, das ist zu wenig für mich für einen so tief sitzenden Hass, der eine jahrelange Rache auslöst. Gegen seinen Maharana. Und sogar gegen den weit entfernt lebenden portugiesischen König. Nein, der einzige Mensch, der wirklich viel verloren hatte, war jemand anderes.«

»Wen meinen Sie?«

»Die Rächerin war eine Frau! Es war Sita! Ihr hatten die Ereignisse alles genommen, was ihr wichtig war. Ihre Ehre. Ihren Status. Die Bewunderung für sie und ihre Schönheit in der Öffentlichkeit. Ihr blieb nichts als die Schande und – verzeihen Sie, Herr Professor – ihr alter Mann. Eingesperrt wie in einem Käfig in ihrem langweiligen Haus. Für den Rest ihres Lebens!« Des lehnte sich jetzt lässig gegen die Tischkante. »Und der Beweis ist der safrangelbe Schleier, in dem die Kugel dem König überreicht wurde – ihr Schleier, mit dem ihr Unglück mit der Kugel begann.«

»Du hast recht, so könnte es gewesen sein!« Lynn war begeistert und voller Anerkennung für Des' Schlussfolgerung.

»Bestimmt war es so, Mona-Herzchen! Das sieht ganz nach dem Racheplan einer klugen Frau aus. Heimlich, ohne selbst Gewalt anwenden zu müssen, mit großer Ausdauer und Intelligenz geplant und durchgeführt.« Des lachte auf. »Ich denke, Sita hat ihre Rache über Jahre kalt lächelnd genossen.«

»Es macht mir Spaß mit Ihnen.« Lumsden war anzumerken, dass er nicht nur erfreut, sondern auch beeindruckt von der Intuition und den messerscharfen Schlussfolgerungen der zwei jungen Frauen war, die zu ihm gekommen waren, um ein Rätsel zu lösen. Eine Herausforderung, an der er zunehmend Gefallen fand. »Sita war die Rächerin! Und hatte vermutlich irgendwie bei der Herstellung der goldenen Kugel ihre Finger im Spiel. Vielleicht hat sie doch ihren Mann zu verführen gewusst. Architekten kannten sich schon damals als Baumeister gut mit metallurgischen Techniken aus. Ihm muss es gelungen sein, die Unheil bringende Kugel heimlich in die Mitte der goldenen Kugel für den portugiesischen König eingießen zu lassen.«

»Vielleicht hat sie nicht ihren Mann, sondern den Goldschmied zu verführen gewusst«, warf Des mit einer entwaffnenden Direktheit ein. »Wir werden nie herausbekommen, wie es wirklich war. Aber was nützt uns das alles nun? Sind wir damit einen Schritt weiter? Wo ist diese verfluchte Kugel? Und was hat das alles mit Lynn, Paul und Onkel Gram zu tun?«

»Und mit dem Rätsel im Schachbrett? Und meinem bösen Traum?«

»Und warum versucht dein Onkel, aus dem Koma mit dir Kontakt aufzunehmen, Mona-Herzchen? Wenn das denn stimmt!«

»Ich habe Angst, Herr Professor«, sagte Lynn. »Ich habe furchtbare Angst vor etwas, das ich nicht verstehe. Angst um meinen Onkel und meinen Bruder. Angst vor diesem schrecklichen Ding. Vor dieser Kugel!«

»Erinnern Sie sich, was ich Ihnen vorhin sagte?« Lumsdens Stimme war jetzt beruhigend, fast väterlich. »Ich bin überzeugt, dass die Kugel für *etwas anderes* hergestellt wurde, für das Gegenteil von dem, was sie im schlimmsten Fall bewirken kann. Dass also eigentlich eine positive Kraft in dieser Kugel stecken könnte. Das sollte uns Hoffnung geben und uns die Angst nehmen!«

»Uns?«, fragte Des verwundert.

»Natürlich uns! Glauben Sie, ich ließe Sie bei der Suche nach der Lösung dieses Geheimnisses allein?« Ermutigung berührte die Seelen von Lynn und Des bei diesen Worten – wie ein erfrischender Lufthauch, der bei Sommerhitze ein wenig erleichternde Kühlung zufächelt.

»Kommen Sie, wer gut denken will, muss gut essen. Ich habe Hunger. Und Mrs. Haxby hat bestimmt ein paar leckere Gurkensandwiches und eine Tasse Tee für uns vorbereitet, wie ich sie kenne. Sie bleiben doch zur Tea Time, oder? Dabei können wir dann alles Weitere besprechen.«

– 31 –

»Brittany, die Sandwiches sehen wieder einmal göttlich aus!«, rief Lumsden fast euphorisch, während Mrs. Haxby die große Platte mit aufgestapelten und mehrstöckig belegten Broten auf dem winzigen, runden Küchentisch abstellte, um den sich Lynn, Des und der Professor bereits gegenübersaßen. »Lobet den Herren, aber missbraucht nicht seinen Namen«, antwortete Mrs. Haxby mit tadelnder Ironie in der Stimme, wünschte der Runde lächelnd einen guten Appetit und verschwand Sekunden später mit der gemurmelten, kaum verständlichen Bemerkung über eine von ihr unbedingt noch heute fertigzustellende Verrichtung.

»Apropos Namen, wissen Sie, woher das Sandwich seinen Namen erhielt?« Man merkte Lumsden an, dass er guter Laune war und nun in Plauderstimmung geriet. »John Montagu, der vierte Earl of Sandwich, Mitglied der Hocharistokratie und Ende des 18. Jahrhunderts einer der reichsten Männer Englands, war ein fanatischer Kartenspieler. Er verbrachte ganze Tage am Spieltisch. Da er selbst zum Essen sein Spiel nicht unterbrechen wollte, wies er einen Bediensteten an, ihm ein Stück gebratenes Fleisch zwischen zwei Brotscheiben zu servieren. So konnte er mit einer Hand essen und mit der anderen weiter die Karten legen. Seine Idee fand schnell Nachahmer, die ein Brot *auf die Art von Sandwich* verlangten, das bald als Snack in Mode geriet.«

Lynn und Des bissen hungrig in die mit abwechslungsreichen Köstlichkeiten belegten Sandwiches, während Lumsden fröhlich weiterfabulierte. Und dabei heftig und immer wieder auflachend gestikulierte, zwischendurch große Schlucke aus seiner Teetasse nahm und in seiner Dynamik ganz und gar nicht wie ein Achtzigjähriger wirkte. Lynn entspannte sich zunehmend, als fiele eine Last von ihr ab, erwachsen aus dem Vertrauen, das Lumsdens Verhalten in ihr weckte. Und sie neben Des noch einen weiteren Menschen an ihrer Seite erleben ließ, der ihr in ihrer verwirrenden und angstvollen Situation zur Seite stand. Jemanden, der ihr seine Hilfe anbot und sie die diffuse Gefahr, die sie spürte, verdrängen ließ. Der der Hoffnung Platz machte, dass alles wieder gut werden könne. Für ihren geliebten Onkel Gram, für Paul – ja, und auch für sie selbst.

»Speisen mit Namen von Persönlichkeiten zu benennen, war früher eine große Mode. Die *Pizza Margaritha* wurde zum Beispiel von einem neapolitanischen *Pizzaiolo* zur Ehrung nach der italienischen Königin Margaritha benannt, als er dieses Gericht anlässlich ihres Besuches auf Sizilien in den italienischen Nationalfarben mit Tomaten, Mozzarella und Basilikum kreierte. Oder die *Crêpes Suzette*, ein Pfannkuchengericht, das einem Kochlehrling beim Zubereiten am Tisch einer Restaurantgesellschaft eines britischen Kronprinzen in Monte Carlo durch eine Unachtsamkeit mit dem brennbaren Likör in Flammen aufging. Das dennoch auf Wunsch des Prinzen servierte, ungewollt flambierte Dessert soll allen Beteiligten so gut geschmeckt haben, dass er das durch den Unfall neu erfundene Rezept zu Ehren einer anwesenden hübschen Dame namens Suzette nach ihr benannte. In welchem Verhältnis der Kronprinz zu der geehrten Schönheit stand, dazu gehen die historischen Quellen auseinander.« Lumsden schmunzelte hintergründig, und Des und Lynn mussten über ihn lachen.

»Die Kulturgeschichte des Kochens und Essens ist ein Steckenpferd von mir, müssen Sie wissen.« Lumsden sprach es wie die Preisgabe eines persönlichen Geheimnisses aus, das er gerade engsten Freunden verriet.

»Ich könnte Ihnen auch die äußerst spannende Geschichte erzählen, wer das Rezept der vermeintlich aus Frankreich stammenden MAYONNAISE erfunden hat, die ihren Namen kurioserweise nach der spanischen Stadt Mahón auf Menorca trägt. Namensgeber war hier also ein Ort auf einer Insel. Alles hängt mit einer kriegerischen Belagerung 1756 zusammen. Aber ich möchte Sie nicht mit meinen skurrilen Anekdoten langweilen.« Lumsden schaute die Frauen lächelnd und schuldbewusst an. »Ja, Menschen lieben es, Dingen von Bedeutung Namen zu geben. Was mich zu der Frage bringt, die mich seit Stunden beschäftigt: Ich bilde mir eigentlich ein, als Ethnologe alles über religiöse oder okkulte Gegenstände in Glaubenslehren, Mythen und Legenden zu kennen. Das ist schließlich mein Spezialgebiet!«

Hierbei wirkte Lumsden verlegen über seinen wie Eigenlob klingenden Satz. »Aber bis heute habe ich noch nie etwas von dieser ominösen Kugel gehört! Dieser alte Geheimdienstbericht ist der einzige Hinweis, ein Bericht, der ja offenkundig nicht für die Öffentlichkeit bestimmt war. Er wurde 1899 verfasst, im Zusammenhang mit nahezu dreißig mysteriösen Todesfällen in Indien, die mit *einer Kugel* in Zusammenhang gebracht wurden. Der Bericht beschreibt dann Ereignisse in Rajasthan aus den Jahren 1731–1740, in denen wiederum *eine Kugel* eine tödlich-geheimnisvolle Rolle spielte. Dazwischen liegen fast 170 Jahre!

Und wie wir vorhin vermutet haben, hat diese Kugel in der Zwischenzeit auch ihr Unwesen in Portugal getrieben. Und taucht über hundert Jahre später wieder in Indien auf! Wie ist es möglich, dass eine Kugel über eine so lange Zeit durch die Weltgeschichte geistert, ohne Spuren zu hinterlassen? Dabei scheint dieses bedrohliche Ding noch nicht einmal einen Namen zu haben! Das ist doch äußerst merkwürdig, finden Sie nicht?«

Lumsdens überraschend aufgebrachte Fragen erstaunten Lynn und Des. Die Eigenart des Professors, in Sekunden das Thema zu wechseln, verblüffte sie immer wieder.

»Bedrohungen wurden von jeher mit Furcht einflößenden Namen benannt. Christen kennen die Apokalyptischen Reiter, die biblischen Plagen oder das Jüngste Gericht. Menschen gaben Krankheiten angsterhöhende Namen, nannten die grauenhafte Pest im Mittelalter den Schwarzen Tod. Unheil bringende Wesen trugen in allen Kulturen furchterregende Namen, vor denen die Menschen zitterten. Oft mehrere gleichzeitig, wie der Teufel, dessen Namen Menschen aus Aberglauben nicht zu nennen wagten, weshalb sie ihn als Leibhaftiger oder Höllenfürst umschrieben.«

Lumsden strich sich mit der Hand über die Stirn. »Diese Kugel hat bestimmt einen Namen! Es sei denn …« Ohne weiterzusprechen, blickte der Professor auf, als sei ihm in diesem Moment etwas schlagartig klar geworden.

»Es sei denn *was*, Herr Professor?«, fragte Lynn in die entstandene Pause hinein.

»Nur sehr wenige Dinge von bedrohlicher Bedeutung in der Menschheitsgeschichte erhielten keine Namen.«

»Was für Dinge?« Lynn schaute Lumsden wissbegierig an.

»Dinge, die verborgen werden sollten. Dinge von höchster religiöser Bedeutung. Oder eines tabuisierten Geheimwissens. Etwas, das besondere Macht oder Fähigkeiten verlieh und das nur wenige Eingeweihte wissen durften, gleich einer Beschwörungsformel oder einem Zauberspruch.«

»Sie meinen, die Kugel wurde verborgen gehalten?«

»Das könnte eine Erklärung sein, warum ich noch nie etwas über sie gehört habe.«

Lumsden leerte mit einem letzten Schluck seine Teetasse. »Wir wissen einfach noch zu wenig über diese Kugel. Außer diesem Geheimdienstbericht, Ihrem Traum und dem Verdacht, dass Ihr Onkel Sie vor etwas warnen will, haben wir nichts!« Lumsden schaute Lynn mitfühlend an. »Wir werden heute Abend noch ein wenig arbeiten müssen, meine Damen! Und ich werde morgen zwei großartige Menschen kontaktieren, meinen portugiesischen Kollegen Professor Vascancellos von der Universität Coimbra und meine liebe Freundin Nalina Dalal, Anthropologin am *Oriental Museum* in Durham. Meinen Sie, Lynn, im Büro Ihres Onkels finden sich vielleicht noch weitere Unterlagen oder Hinweise?«

Lynn und Des schauten einander an. »Wir werden nachschauen. Gleich heute Abend nach unserer Rückkehr und nachdem ich im Krankenhaus war, fangen wir damit an«, versicherte Lynn.

»Heute? Die Straße zum Festland ist längst von der Flut überspült. Vor der Ebbe morgen früh kommen Sie nicht von der Insel weg! Ich werde Mrs. Haxby bitten, Ihnen ein Zimmer in unserem Cottage herzurichten. Da können Sie gern übernachten. Und heute Abend, nach der Arbeit und einem ausführlichen Essen, treffen wir uns zu einem Gespräch vor dem Kamin.«

Lynn und Des wurden sich verblüfft bewusst, dass sie sich in all ihrer Aufregung heute früh bei ihrer Ankunft überhaupt keine Gedanken darüber gemacht hatten, dass LINDISFARNE auf einer Insel lag und nur bei Niedrigwasser über eine schmale Stichstraße erreichbar war. Und dass die Flut mittlerweile das kleine Eiland fest umschlossen hielt. Sie saßen fest!

»Im Cottage? Das ist uns sehr unangenehm, das hatten wir gar nicht bedacht! Wir wollen Ihnen keine Umstände machen, Herr Professor«, sagte Lynn bestürzt.

»Das tun Sie überhaupt nicht. Es wird Mrs. Haxby und mir eine Freude sein, Sie bei uns zu Hause zu beherbergen. So gern wir hier auch leben – es ist im Winter auf der Insel für uns zwei oft ziemlich eintönig.« Lumsden lächelte bei dieser Bemerkung mit einem Augenzwinkern.

Des stieß Lynn sanft in die Seite. »Weißt du, was ich glaube? Mrs. Haxby und der Prof sind ein Paar!«, flüsterte sie ihr mit weit aufgerissenen Augen zu, eine theatralische Geste, die Lynn an ihrer Freundin liebte.

»Vielen Dank, wir nehmen Ihr großzügiges Angebot herzlich gern an«, antwortete Lynn und warf Des einen kurzen, lächelnden Seitenblick voller Verständnis zu.

»Sehr schön, dann ist das geklärt. Ich werde Mrs. Haxby gleich Bescheid geben, dass Sie bleiben. Ich denke, sie ahnt schon so etwas. Und wie ich sie kenne, wird sie es sich nicht nehmen lassen, uns heute ihr unübertroffenes *Yorkshire Dale Lamb* zu servieren. Das macht sie besonders gern, wenn wir einmal Gäste haben!« Man spürte die in Lumsden aufkommende Vorfreude über den Abend, der in diesem Moment erstaunlich flink eine SMS an Mrs. Haxby in sein Smartphone tippte, das er blitzschnell aus seiner Jacketttasche gezogen hatte. »So, unser Abendprogramm ist vorbereitet. Wollen Sie nicht noch eines der restlichen Sandwiches essen? Bis zum Lammbraten sind es noch einige Stunden.«

Nachdem Des und Lynn wiederholt beteuert hatten, dass sie wirklich keines der köstlichen Sandwiches mehr essen könnten, sie seien satt wie Feldmäuse nach einer Nacht im Kornspeicher, wurden die übrig gebliebenen Brote im Kühlschrank versorgt und der Tisch abgeräumt. Nun begab sich die ungleiche, seit heute geschmiedete Schicksalsgemeinschaft auf den Vorschlag des Professors hin in den verwilderten Park vor dem Gebäude, Lumsden zügig die Räder seines Rollstuhls drehend vorneweg. »Frische Luft hilft, unsere Gedanken zu ordnen, nur wer sich regt, bewegt Körper und Geist!« Der Professor bog bei diesen Worten auf einen schmalen Sandweg ein, der durch eine wild wuchernde Rasenfläche mäandernd auf eine mächtige Kirchenruine zuführte.

»Welche Frage, meine Damen, drängt sich Ihnen bei dieser Kugelgeschichte als erste auf? Was beschäftigt Sie, was verwundert Sie am meisten?«

»Wo kommt dieses Ding her? Wer hat es gemacht, für welchen Zweck und vor allem: Wie funktioniert sie, diese böse Kugel?« Ohne abzuwarten, sprach Des ihre Gedanken als Erste aus.

»Böse Kugel, sagen Sie? Kann denn etwas ohne Vernunft böse sein?«

»Na, wie würden Sie es denn bezeichnen, dieses Ding, das offensichtlich Unheil und Tod mit sich bringt? Wenn die Kugel nicht böse ist, weiß ich nicht, was sonst!«, sagte Des.

»Schauen Sie sich diese zerstörte Kirche vor sich an.« Lumsden wies dabei im Rollen mit seiner Hand auf die vor ihnen aufragende Ruine. »Diese Klosterkirche war einmal ein Wallfahrtsort. Von hier aus wurde die Christianisierung Englands vorangetrieben. Bis Ende des 8. Jahrhunderts die Wikinger auf Schiffen kamen, das Kloster überfielen, die wehrlosen Mönche und Bewohner erschlugen und die Kirche in Schutt und Asche legten. Sie wurde nie wiederaufgebaut, ist seit über tausend Jahren eine Ruine. Nur die Nebengebäude des Klosters, in denen ich in meiner Bibliothek arbeite, sind erhalten geblieben. Was mich zu Ihrer eben gemachten Bemerkung über die Kugel bringt: Waren die Schiffe böse, auf denen die Mörder hersegelten? Waren es die Schwerter, die Unschuldige erschlugen, oder die Äxte und das Feuer, von denen dieser Ort der Nächstenliebe brutal zertrümmert und verbrannt wurde? Oder waren es nicht in Wahrheit einzig Menschen, deren Gewalttaten böse zu nennen wären? Was meinen Sie?«

»Sie meinen, allein die Menschen sind böse zu nennen?«

»Ja, das Böse. Ich schlage Ihnen vor, dass wir uns über diesen menschengemachten Begriff heute Abend am Kamin nochmals ein wenig unterhalten.« Der Professor sagte es, als freue er sich auf etwas. »Und Sie, Lynn, welche Frage zur Kugel beschäftigt Sie?«

»Was mein Onkel Gram mit dieser Kugelgeschichte zu tun hat. Warum sie ihn so beschäftigt hat. Was ist der Grund? Warum hat er mir gegenüber nie etwas erwähnt? Und nochmals, wie kann es sein, dass etwas so Bedrohliches wie diese Kugel unbemerkt durch die Weltgeschichte geistert? Ich verstehe das nicht!«

»Vielleicht ist die Erklärung hierfür wirklich das, was Sie vorhin vermuteten, Herr Professor«, sagte Des. »Dass die Existenz der Kugel von Menschen immer wieder absichtlich verheimlicht wurde. So, wie Sita sie verborgen hat.«

»Oder wie …« Lumsden schlug dabei mit der flachen Hand auf seinen Oberschenkel. »Oder wie Ihr Onkel, Lynn! Natürlich, wie Ihr Onkel etwas zu verbergen gesucht hat!«

»Wie meinen Sie das, Herr Professor?«

»Wo ist das Rätsel, Lynn?«

»Drüben in der Bibliothek, auf Ihrem Tisch.«

Nur Minuten später waren Lumsden, Lynn und Des wieder in der Bibliothek der alten Klosterküche, starrten gebannt auf den aufgefalteten Zettel, auf den rätselhaften Text, den Gram in seinem indischen Schachbrett in einem Geheimfach versteckt hatte. Und begannen, aufgeregt über den Sinn des Textes durcheinanderzusprechen.

»Vorab habe ich noch eine wichtige Frage, Lynn und Des. Wer außer Ihnen weiß noch von diesem Rätsel?«

»Niemand! Niemand außer uns und Ihnen!«, sagte Des wie selbstverständlich.

»Und Paul.« Lynn ergänzte diese zwei Worte wie ein Geständnis.

»Was? Wieso Paul? Warum ausgerechnet Paul?« Des war überrascht und klang fassungslos.

»Er ist mein Bruder, Des! Ich habe ihm das Rätsel eingescannt und zugemailt, gleich am Tag, nachdem wir es gefunden hatten.«

»Und was hat er dazu gesagt?« Des war ihr wachsendes Unverständnis deutlich anzusehen.

»Nichts! Er hat nicht auf meine E-Mail reagiert. Ich habe nur eine Lesebestätigung von ihm bekommen.«

»Das wundert mich nicht bei seiner selbstsüchtigen Ignoranz.«

»Du tust ihm unrecht.« Lynn war getroffen von Des' Worten und verspürte ein schlechtes Gewissen, weil sie es ihrer Freundin nicht gesagt hatte, fühlte aber gleichzeitig plötzlich ein Unbehagen in sich und wusste dabei nicht recht, warum.

»Ihr Bruder Paul weiß also auch von dem Rätsel.« Lumsden wirkte wie jemand, der eine ihm unliebsame Tatsache anerkennen musste, da er sie nicht mehr ändern konnte. »Nun gut. Sie sind sich darüber im Klaren, dass Ihr Onkel dieses Rätsel mit viel Mühe verborgen hielt und Sie – und zwar nur Sie, Lynn – versucht hat, aus dem Koma heraus auf das versteckte Rätsel hinzuweisen.«

»Was wollen Sie mir damit sagen, Herr Professor?«

»Dass Ihr Onkel vermutlich wollte, dass Sie das Rätsel im Schachbrett finden – und nicht Ihr Bruder!«

Lynn stand wie von einem Steinwurf getroffen vor Lumsden, wusste nicht recht, was sie erwidern sollte, blickte mit offenem Mund auf Des und setzte sich auf einen Hocker vor Lumsdens Schreibtisch, ohne etwas zu sagen.

Ihr Smartphone klingelte in diesem Moment. »Das Krankenhaus!«, rief Lynn, als sie den Namen des Durham Hospitals auf ihrem Display aufleuchten sah, nahm das Gespräch an und hörte die Stimme von Dr. Steve Richardson, der fast vorwurfsvoll zu ihr sagte: »Endlich erreiche ich Sie, Lynn. Seit gestern Abend versuche ich, Sie zu sprechen!«

»Ich bin in Northumberland, auf einer Insel im Meer. Ich habe hier sehr schlechten Empfang!«

»Ihr Onkel ist gestern am späten Abend aufgewacht, Lynn! Ihren Bruder habe ich ebenfalls verständigt.«

»Paul?« Lynn war aufgeregt und verwirrt zugleich.

»Ja, er ist gleich letzte Nacht aus London hergekommen. Er war kurz allein bei Ihrem Onkel. Aber dann …«, Steve Richardson sprach einen Moment nicht weiter, »… also, wir wissen eigentlich nicht, warum, aber Ihr Onkel erlitt während des Besuchs Ihres Bruders einen Rückfall und liegt wieder im Koma,

Lynn. Er hat eine Krankenschwester in der kurzen Phase seiner Wachheit, bevor Ihr Bruder kam, zweimal nach Ihnen gefragt. Laut der Krankenschwester hat er aufgeregt gewirkt, ich war leider nicht im Haus. Ich kam erst zurück, als Ihr Bruder schon wieder weg war.«

»Paul ist wieder weggegangen?« Lynn konnte nicht glauben, was sie da hörte.

»Ja, hat Ihr Bruder Sie denn nicht verständigt?«

»Nein.« Lynns Stimme klang ungläubig durch die Bibliothek.

»Lynn, es wäre gut, wenn Sie kommen könnten. Alles Weitere könnten wir dann hier besprechen.«

Lynn beendete das Gespräch sprachlos, blickte verwirrt und ängstlich zu Lumsden und Des, blätterte dann suchend in ihrem Handy die Anruferliste durch und öffnete ihren E-Mail-Account. Doch solange sie auch suchte – eine versuchte Kontaktaufnahme ihres Bruders konnte Lynn Dickenson nirgends entdecken.

– 32 –
London
Ende Januar 2015

Paul Dickenson schaltete in den vierten Gang und beschleunigte den Mini mit durchgetretenem Gaspedal auf der Überholspur der Londoner Stadtautobahn. Die Skylines der Bürohäuser flogen wie windgetriebene Wolken an ihm vorbei, die untergehende Abendsonne spiegelte sich lichtblitzend in Glasfassaden, der schwarze Asphalt glänzte regennass unter seinen vorwärtsdrängenden Reifen.

Paul war blendend gelaunt, die letzten Tage waren grandios verlaufen. Seitdem er von Durham nach London zurückgekehrt war, fühlte sich jeder Tag wie ein Lottogewinn an. Reginald Daw hatte ihm wahrlich nicht zu viel versprochen bei ihrem gemeinsamen Mittagessen in diesem französischen Spitzenrestaurant

Parliament Square. Als er bei Hummersuppe und getrüffelter Poularde die Firma *SLC Technologies* euphorisch lobte, dessen Chef Mr. Hicks als Genie pries und Paul eine unglaubliche Karrierechance in Aussicht stellte, von der man nur träumen könne! Führungsverantwortung bei vierfachem Gehalt, einen eigenen Firmenwagen, Spesenkonto und Perspektiven auf weitere Tantiemen bei erfolgreicher Projektarbeit. Um was es in dem Projekt eigentlich ging, hatte Paul im Restaurant zwar nicht gleich verstanden. Aber was machte das schon? Man traute ihm die Aufgabe zu – und damit er sie sich selbst auch. In der Programmierung wurde doch überall nur mit Wasser gekocht!

Er hatte den Arbeitsvertrag noch am selben Tag nach dem Mittagessen und ein paar Gläsern Wein im Blut in der Personalabteilung unterschrieben. Gleich am nächsten Morgen hatte er sich im Autohaus seinen neuen Firmenwagen ausgesucht, der Paul schon zwei Tage später von seiner neuen Firma am Tag seines Arbeitsantritts übergeben wurde. Das musste er *SLC Technologies* wirklich lassen: Bis jetzt hatten sie alle ihm gemachten Versprechungen zügig wahr gemacht. Innerhalb von Tagen fühlte Paul sich in ein neues Leben katapultiert, das mit ihm in hoher Geschwindigkeit weiter voranpreschte, so wie er mit seinem Auto gerade auf der Überholspur vorwärts schoss. Und dabei eine neue Bedeutung in sich spürte, sich plötzlich größer geworden wahrnahm, wie ein Reptil, das seine ihm zu klein gewordene Haut sprengte, sich häutete, stärker wurde. Seine zuwachsende Macht wahrnahm – und sich wohl dabei fühlte!

Die neue Tätigkeit war mit gleicher Geschwindigkeit mit ihm losgeprescht. Sein junges zehnköpfiges Team war ihm am ersten Tag vorgestellt worden, zehn kluge Spezialistenköpfe der Algorithmus-Programmierung, die er nun führte. Als ihr Boss! Sein Schreibtisch stand mitten unter ihnen – im zwanzigsten Stock des eleganten Großraumbüros mit Blick auf die Themse und umringt von mehr als einhundert weiteren Topleuten, wie man ihm sagte, die sich über drei Etagen des futuristischen Büroturms verteilten. Marktforscher, Psychologen, Mathematiker, IT-Fachleute. Und über allen thronte Hicks. Das Brain. Gründer, Inhaber und Superboss. Mr. *SLC Technologies* persönlich. Das Über-Ich! Den Paul gleich am ersten Arbeitstag in seinem Büro kennengelernt hatte. Und beeindruckt von ihm gewesen war, eigentümlich angestachelt sein Büro wieder verließ, obwohl das Kennenlern-Meeting nur zehn Minuten gedauert hatte.

»Ich erwarte von Ihnen, dass Sie der Erste und Beste in Ihrem Bereich sind, Paul. Mit nichts weniger geben wir uns bei *SLC Technologies* zufrieden!« Hicks hatte Paul dabei mit einem freundlichen, aber durchdringenden Blick angeschaut. »Mit dem Projekt, an dem Sie mitarbeiten, betreten wir Neuland. Wir wollen in Regionen vorstoßen, die noch niemand vor uns betreten hat, alle Wettbewerber hinter uns lassen, mit meilenweitem Vorsprung – für unsere Kunden, die von uns nicht weniger als das erwarten! Wir sind weder Marktforscher, Werbefachleute noch Marketing-Gurus. Wir sind die *erste Agentur für menschliche Verhaltensänderung* in der Geschichte! Wir verkaufen unseren Klienten, dass die Menschen genau das tun, was wir im Interesse unserer Klienten wollen, das sie tun. Und zwar so, dass die Menschen glauben, sie handelten aus ihrer freien Entscheidung heraus. Wir tun das unbemerkt, mit neuen Methoden der Verhaltensbeeinflussung. Mit überlegenen Algorithmen, auf Basis einer nie da gewesenen Fülle individueller Daten von Personen, mithilfe neuer sozialer Medien.«

Hicks hatte die ganze Zeit gesprochen, ohne eine einzige Frage an Paul zu richten. »Hängen Sie sich in Ihre Aufgabe rein, spornen Sie Ihr Team zum Äußersten an. Übertreffen Sie täglich meine Erwartungen. Alles Weitere zum Projekt und Ihren Aufgaben und Zielen wird Ihnen Walter Chinnock erklären – Sie kennen sich ja bereits.« Bei diesen Worten war Chinnock einen Schritt aus dem Halbdunkel des Büros getreten, der Mann, den Paul vor wenigen Tagen gemeinsam mit seinem mittlerweile ehemaligen Chef Reginald Daws kennengelernt hatte. Chinnock, der Paul beim Eintreten in Hicks' Büro nur kurz zugenickt hatte und ihm jetzt signalisierte, dass das Treffen mit Hicks für ihn beendet sei, und ihn mit knappen Worten aufforderte, ihn zu begleiten. Paul hatte sich noch schnell mit einem Dankeswort und dem hastigen Versprechen, mit seiner Arbeit nicht zu enttäuschen, von Hicks verabschieden können, bevor die Bürotür schon ins Schloss fiel und Paul mit Chinnock in den Fahrstuhl stieg.

»Gut gemacht, Paul!«, hatte Chinnock zu ihm als ersten Satz bei der abwärtsführenden Liftfahrt gesagt. »Mr. Hicks schätzt Leute, die schnell begreifen und keine überflüssigen Worte machen. Wenn Sie jetzt noch liefern, was er von Ihnen erwartet, wird die Zukunft strahlend für Sie.« Ein joviales Lächeln lag auf Chinnocks Gesicht. »Kommen Sie, Paul, in meinem Büro erzähle ich Ihnen mehr zu unserer Arbeit und Ihrem Projekt. Und Caroline zaubert uns einen starken Kaffee. Wir brauchen einen wachen Verstand für das, was wir zu besprechen haben.«

»Extrastarker Espresso, wie immer«, sagte Caroline mit gurrender Stimme, während sie sanft zwei Tassen vor Paul und Chinnock auf dem Tischchen abstellte. »Schicker neuer Wagen, Paul, steht Ihnen gut!«, fügte sie hinzu und lächelte Paul mit halb geschlossenen Augen wie eine Katze an. »Willkommen bei *SLC*! Und wenn Sie mal Fragen haben, können Sie sich jederzeit gern an mich wenden.« Damit drehte sie sich mit einer weichen Bewegung um und verließ betont langsam – die ihr nachschauenden Blicke auf sich spürend – das Büro.

»Tolle Kollegin, Paul, ich habe Caroline gebeten, Ihnen am Anfang mit allen Fragen rund um *SLC* zur Seite zu stehen. Ich möchte, dass Sie sich schnellstmöglich bei uns wohlfühlen.«

»Vielen Dank, Mr. Chinnock, ich spüre, dass ich mich hier sehr schnell zu Hause fühlen werde.«

»Zu Hause ist das richtige Wort, Paul, *SLC* ist eine große Familie, und Sie gehören jetzt dazu. Und nennen Sie mich bitte Walter. Aber nun zu unserem Projekt. Wir haben Sie geholt, weil Sie einer der vielversprechendsten Programmierer für Algorithmen-Architektur sind. Wir haben Ihren Werdegang schon seit Ihrem Abschluss an der Universität verfolgt.«

Paul war erstaunt.

»Wie Alexander, also Mr. Hicks, sagte: Wir nehmen nur die Allerbesten bei *SLC*.«

»Danke für das Kompliment … Walter.« Paul fiel es noch etwas schwer, den vor ihm in einem dunkelblauen Designeranzug sitzenden COO von *SLC Technologies* wie selbstverständlich mit dessen Vornamen anzusprechen.

»In dem Projekt namens *Stealth*, an dem Sie mit Ihrem Team mitarbeiten, geht es um die Entwicklung neuer, überlegener psychometrischer Verfahren, mit denen wir die Persönlichkeitsstruktur von Individuen durchleuchten und sie in Psychogrammen abbilden können. Auf Basis von detaillierten Daten, über die wir bei *SLC* verfügen und die wir uns wie kein anderes Unternehmen zu verschaffen wissen. Aber dazu später.« Chinnock griff jetzt zu seiner Espressotasse und leerte sie mit einem einzigen Schluck, eine Eigenart, die Paul so noch nie beobachtet hatte, woraufhin er zu seinem Espresso griff und ihn ebenso leerte.

»Das Modellieren dieser Daten durch die Programmierung neuer Algorithmen, die es ermöglichen, die Reaktion der Erfassten vorherzusagen, ist Ihre Aufgabe und die von Ihrem Team, Paul.«

»Reaktionen von Menschen vorherzusagen? Durch Algorithmen? Zu welchem Zweck?«

»Unsere Kunden, Paul, sind Politiker, Parteien, Interessengruppen. Manchmal staatliche Organisationen aus dem militärischen Komplex. Sie alle haben ein hohes Interesse, das Verhalten von Menschen zu beeinflussen – in ihrem Sinne. Zum Beispiel bei Wahlen, einem Gebiet, auf dem wir bei *SLC* spezialisiert sind.«

»Es geht um Wahlwerbung?«

»Nein, eigentlich nicht, es geht um die Verhaltensbeeinflussung von Menschen durch Kommunikation. Mit neuen Methoden. Wir versuchen, die relevante Wahlbevölkerung für unsere Kunden möglichst transparent zu machen, sie nach gewissen Kriterien psychometrisch zu clustern und jedem einzelnen Menschen dann individuell zugeschnittene, von uns im Interesse unserer Kunden gestaltete Nachrichten zukommen zu lassen. Unser Ziel ist es, das Wahlverhalten dieser Individuen zugunsten unserer Kunden zu ändern. Darum sind wir, wie Alexander Hicks vorhin zu Ihnen sagte, die erste *Agentur für Verhaltensänderung.*«

»Technisch verstehe ich es, dafür ist eine Algorithmen-Programmierung ideal, gerade wenn wir große Datenmengen gezielt filtern wollen. Aber die Voraussetzung dafür ist, dass Sie über sehr genaue, detaillierte Daten einer Vielzahl einzelner Menschen verfügen. Woher wollen Sie die nehmen?«

»Das lassen Sie unsere Sorge sein, Paul. Daten sind unser Schatz. Und wir verstehen es wie kein Zweiter, unsere Schatzkammer ständig zu füllen.«

»Und wie bringen wir dann die individualisierten Nachrichten im Auftrag unserer Kunden an die Menschen? Über soziale Medien?«

»Digitaler Wahlkampf ist der Weg der Zukunft, Paul. Es ist eine besondere Form des *Microtargeting*, die wir unseren Kunden anbieten. Niemand außer uns beherrscht das so gut. Schließlich haben wir hierin lange Erfahrung!« Walter Chinnock lehnte sich bei diesen Worten zurück, verschränkte selbstbewusst seine Arme hinter dem Kopf und blickte Paul siegesgewiss an.

»Welche Erfahrung?«

»Alexander hat die Firma vor über zehn Jahren aus dem Nichts aufgebaut. Er betrat Neuland und stieß mit seinem Angebot, Menschen in ihrem Verhalten zu beeinflussen, in vielen politischen Systemen auf offene Ohren. Erst Südafrika, später Kenia und zahlreiche andere afrikanische Staaten. Kunden in der Karibik. Seit einigen Jahren auch im militärischen Komplex von Ministerien, Geheimdiensten und namhaften Organisationen westlicher Länder. Wir sind heute ein schnell wachsendes, hochprofitables Unternehmen. Jetzt wollen wir unseren Vorsprung ausbauen und noch schneller expandieren. Der Markt für unsere Dienstleistung ist riesig!«

»Ich hatte aufrichtig gesagt noch nie vorher von *SLC Technologies* gehört – und von Ihren Methoden der Verhaltensänderung für Wahlen!«

»Diskretion und das Fliegen unter dem Radarschirm jeder öffentlichen Wahrnehmung ist unsere Lebensversicherung – und die unserer Kunden. Darum haben Sie ja auch eine so umfassende Vertraulichkeitsvereinbarung in Ihrem Arbeitsvertrag unterschrieben, Paul. Auf diesem Gebiet gehören Sie jetzt uns.«

Paul zuckte bei diesem Satz etwas zusammen, wurde sich bewusst, dass er seinen Arbeitsvertrag vor der Unterschrift gar nicht genau durchgelesen hatte, schob diesen Gedanken aber gleich wieder in seinem Kopf beiseite.

»Kommen Sie, Paul, wir drehen jetzt mal eine kleine Runde durch unsere heiligen Hallen, und ich stelle Ihnen einige Ihrer Kolleginnen und Kollegen vor. Ihre neue Familie sozusagen. Sozialwissenschaftlerinnen, Datenanalytiker, Wahlforscherinnen, Verhaltenspsychologen – wir haben einen bunten Strauß aller Kompetenzen, um gläserne Menschen für unsere Kunden zu schaffen. Sie sind mit Ihrem Team die Datenmodellierer, die Michelangelos der Daten. Nichts Geringeres erwartet sich Alexander von Ihnen. Und nach der Tour liefere ich Sie in Ihrer Abteilung ab. Das erste Meeting des gesamten *Stealth*-Projektteams startet heute um zwei, im großen Konferenzsaal, oben. Wir nennen ihn unsere *Rooftop-Bar*, da wir dort oft bis tief in die Nacht arbeiten, mit Blick auf das nächtliche London.«

Beim Hinausgehen blieb Paul kurz im Vorzimmer neben dem Schreibtisch von Caroline stehen, die sich gerade ordnend durch ihre blonden Haare fuhr. »Ich würde Ihr Angebot gern annehmen, mehr von Ihnen über das Leben bei *SLC* zu erfahren. Wir sind ja, wie ich gerade von Walter gelernt habe, alle eine große Familie.«

Caroline lächelte mit geöffneten Lippen und zeigte ihre strahlend weißen Zähne. »Aber gerne, Paul. Wie wäre es mit Montag, nach der Arbeit? Wir könnten hier um die Ecke eine Kleinigkeit essen gehen und dabei über alles sprechen. Und uns dabei natürlich auch besser kennenlernen.«

»Abgemacht«, sagte Paul, »ich hole Sie ab!«, und verließ mit Chinnock zusammen den Raum.

»Sie begreifen schnell, worauf es hier ankommt, Paul. Ich bin zuversichtlich, dass Sie bei uns Ihren Weg machen werden.« Chinnock klopfte Paul jovial auf die Schulter. Das fühlte sich für Paul unerwartet an. Doch die mit dieser vertraulichen Geste unterstrichene Anerkennung tat ihm eigentümlich gut. Aber stärker war da noch ein Gefühl, das durch den Blick der blonden Caroline genährt wurde, ihrer gurrenden Stimme, ihrer Art, sich zu bewegen, und der Aussicht, sie schon Montagabend allein zu treffen.

An all das musste Paul jetzt zurückdenken, als er in seinem Mini pfeilschnell über die Stadtautobahn flog. Und sich spürte – männlich, bedeutend, stark. Was sich gut anfühlte, so wie die Umarmung der hellblonden Caroline sicher auch! Unglaublich attraktiv und sexy, diese Frau, die sich zu kleiden und zu bewegen wusste, ein luxuriöses Wesen in modischem Kostüm auf hohen Absätzen, die in Pauls Wahrnehmung ein so anderes Niveau an Begehrlichkeit erzeugte als die gleichaltrigen Frauen aus Durham in seinem bisherigen Leben. Caroline, eine Frau, die träumen ließ, die zu erobern ihm alles abverlangen würde. Eine einzige Versuchung, diese Frau, die sicher Ansprüche an einen Mann stellte. Denen er genügen musste, um sie zu gewinnen. Was er sich in diesem Moment vornahm zu tun. Er begriff, dass er sie unbedingt für sich wollte, koste es, was es wolle! Paul lief ein Schauer über den Rücken bei dieser Aussicht, und er drückte noch mehr aufs Gaspedal.

Sein Smartphone klingelte, unerwartet rief Dr. Richardson an. »Hallo, Paul, Steve hier. Gut, dass ich Sie erreiche – im Gegensatz zu Ihrer Schwester.« Ein unverhohlener Vorwurf klang aus Dr. Richardsons Stimme.

»Bei Ihrem Onkel gibt es – ich will gleich offen mit Ihnen sein – eine signifikante Veränderung. Seine Gehirnaktivitäten schwanken überraschend schlagartig. Und sein Kreislauf ist mal stark, mal schwach. Es ist, als kämpfe in ihm ein starker Wille gegen nachlassende Lebenskraft. Man kann in so einem Fall nicht mit Sicherheit sagen, wie es weitergeht. Vielleicht sind es Vorzeichen, dass er aufwacht. Vielleicht nicht! Ich mache mir ernsthaft Sorgen. Können Sie ins Krankenhaus kommen?«

»Ich bin in London!« sagte Paul, als bedeute diese Feststellung eine Antwort.

»Paul, es ist unheimlich wichtig, dass Ihre Schwester oder Sie jetzt bei Ihrem Onkel sind. Er braucht jetzt Sie und Ihre Nähe. Das sage ich Ihnen als Arzt!«

Paul überlegte kurz, während er mit hoher Geschwindigkeit über den Asphalt schoss. Gram brauchte ihn. Es waren nur einige Stunden bis Durham auf der Autobahn. Doch Paul stellte zu seiner Verwunderung fest, dass ihn die Nachricht des Arztes merkwürdig unberührt ließ. Nahezu unbeteiligt hörte er den besorgten Worten zu, die ihn in seiner euphorischen Stimmung in diesem Moment kaum erreichten.

Er verspürte wenig Verlangen, seinen Onkel in diesem Zustand im Krankenhaus zu sehen. Was konnte er dort schon tun? Stumm neben ihm am Bett sitzen, in diesem trostlosen Krankenzimmer, um dem professionell besorgten Dr. Richardson anschließend auf irgendeinem deprimierenden Krankenhausgang bei seinen vagen Einschätzungen zu den Genesungschancen zuzuhören?

Was für ein unerfreuliches Leben doch so ein Krankenhausarzt führte – umgeben von ständigem Leid, Krankheit und bedauernswürdigen Menschen. Wie weit entfernt war das von der Perspektive, die sich Paul gerade bot! Erfolg, Geld, Schönheit und Anerkennung – und bald noch ein Füllhorn mehr davon! Herablassende Geringschätzung für den Alltag des Arztes mischte sich in Pauls Stimmung.

Doch überraschend glomm schwächlich ein letzter Funke in ihm auf – als er an seine Schwester dachte, die der Arzt vergeblich zu erreichen versucht hatte. Lynn war Onkel Gram schon immer wichtiger gewesen als ihm! Was würde sie ihm sagen, was ihm vorwerfen, wenn er seiner Laune folgte und jetzt nicht nach Durham fuhr?

Und mal ehrlich, was war schon dabei? Er konnte ja noch heute Nacht nach dem Krankenhausbesuch wieder zurückfahren. Immerhin war er morgen Abend mit Caroline verabredet! Und außerdem machte diese lange Autobahnfahrt in seinem neuen Mini doch Spaß! »Ich komme. In vier bis fünf Stunden bin ich da«, antwortete Paul. Dr. Richardson bedankte sich erleichtert kurz vor dem Auflegen.

Paul öffnete das Schiebedach, ließ sich den kühlen Fahrtwind in Gesicht und Haare blasen, spürte die Belebung auf seiner Haut. Er fühlte sich stark, überlegen, fast als wäre seine Antwort eine Art Großzügigkeit. Und dabei kam ihm eine andere Idee in den Sinn. Er könnte in Durham nach dem Krankenhausbesuch noch einmal in Grams Wohnung und seinem Laden vorbeischauen. Seit Lynn ihm dieses eigentümliche Rätsel gemailt hatte, ging es ihm nicht mehr aus dem Kopf. Was hatte es damit auf sich? Vielleicht fand er im Schachbuchgeschäft noch andere Hinweise zu Grams Geheimnissen.

Doch Paul ertappte sich in diesem Moment dabei, wie seine Gedanken schon wieder zu Caroline abschweiften. *Eine atemberaubende Figur hat diese Frau,* dachte er jetzt bei sich, *was für eine Taille!* Paul setzte den Winker und wechselte in schneller Fahrt auf die Zufahrt der Abzweigung, die ihn auf die Autobahn M1 Richtung Norden nach Durham führte.

33

Lindisfarne, Holy Island, Northumberland, Großbritannien
Ende Januar 2015 – Fortsetzung

Das kleine sandgelbe Cottage stand etwas oberhalb des winzigen
Hafens in einer windgeschützten Senke am Rande der Bucht.
Wie ein Zwergenhaus wirkte es mit seinem weit über die Fenster
herabragenden Steildach, das für den Betrachter übergroß, wie
eine zu tief in die Stirn gezogene Mütze aussah, fast so, als wolle
sich das kleine Haus unter ihr verstecken. Warum seine Erbauer
vor langer Zeit diese seltsame Dachkonstruktion gewählt hatten,
gab allen Menschen der Umgebung bis heute Rätsel auf, weshalb
sich um das Cottage und zu seiner Erstellung auch manche Legende gebildet hatte.

Gemeinsam war den geheimnisvollen Geschichten über den
Ursprung des Hauses, dass sie durchweg wohlmeinend waren.
Und es immer im Kern um ein ungleiches Liebespaar ging, das
das Cottage entweder als Zuflucht vor der Nachstellung ihre Liebe missbilligender Verfolger oder als abgeschiedene Freistatt vor
der Bosheit der Welt errichtet hatte. Je nach Legendenversion
waren das ungleiche Liebespaar eine reife Frau und ein junger
Mann, eine gälische Prinzessin und ein andalusischer Ritter oder
zwei Venus gleich betörend schöne Frauen, geflohen aus einem
unbekannten, weit entfernten Land südlich aller Meere.

Was auch immer die wahre Absicht der unbekannten Erbauer gewesen sein mochte, das strohgedeckte Häuschen löste bei
jedem den Eindruck aus, das große, starke Dach beschütze das
kleine, schwache Haus und behüte umsorgend seine in ihm lebenden Bewohner. Weshalb ein jeder in der Gegend das Haus
kannte und mochte, auch weil es so ganz anders als alle anderen
Häuser in diesem Teil Northumberlands aussah.

Schon vor zwei Stunden waren Lynn und Des vom Kloster
her über den Küstenweg am Cottage angekommen, nach einem
aufregenden Tag voll guter Neuigkeiten und gleichzeitig manch

verwirrender Überraschung. Lumsden hatte ihnen wegen der hereinbrechenden Dunkelheit eine Taschenlampe für ihre Wanderung mit auf den Weg gegeben und ihnen nochmals angeboten, sie mit seinem alten *Hillman* zum Abendessen in sein Cottage mitzunehmen. Doch sie hatten dankend abgelehnt, wollten lieber nach diesem Tag ihre Gedanken durch den kühlen Wind auffrischen, dafür die kleine Insel einmal umrunden und zu dem Häuschen laufen, in dem Mrs. Haxby bereits seit Stunden den Lammbraten bei niedriger Temperatur im Holzofen garte.

Die Frauen waren erschöpft von den Ereignissen des Tages und nicht zuletzt auch von Pauls rätselhaftem Verhalten verunsichert, den Lynn trotz mehrfacher Versuche bisher telefonisch nicht erreicht hatte. Und von der Tatsache betroffen, dass Lynn erst morgen bei Ebbe gemeinsam mit Des die Rückfahrt nach Durham antreten konnte, sie für eine Nacht als Gefangene der Gezeiten auf der wundersamen Insel angekettet blieben und deshalb nicht so schnell wie ersehnt Gram aufsuchen konnten. Nicht selbst nachsehen konnten, wie es ihm nach der beunruhigenden Nachricht des Arztes in seinem Koma ging. Was Lynn besorgte und in ihrer Erschöpfung sprachlos machte, während sie mit Des durch das letzte Dämmerlicht der über der Nordsee heranwehenden Nacht am Felsstrand entlangwanderten.

»Wieso hat Paul mich nicht angerufen?« und »Wieso erreiche ich ihn nicht?« hatte sie Des mehrfach in die Dunkelheit hinein gefragt. Hatte den Grund seines Schweigens in ihrem letzten heftigen Streit vermutet, sich selbst Vorwürfe gemacht und verzweifelt gegenüber Des festgestellt, dass sie seit ihrer Auseinandersetzung mit ihrem Bruder im Schachbuchgeschäft nichts mehr von ihm gehört habe – seit mittlerweile über einer Woche! Und das, obwohl Gram sie doch beide drängend gebeten hatte, aufeinander achtzugeben, kurz bevor er sein Bewusstsein verloren hatte.

In dem kleinen Cottage angekommen, wurden sie von Mrs. Haxby und Lumsden herzlich empfangen, so als hätten sie sich länger nicht gesehen, und richteten sich nach der Begrüßung in der schmalen, für sie hergerichteten Schlafkammer unter dem Dachfirst ein.

Das anschließend von Mrs. Haxby servierte *Yorkshire Dales Lamb* mit frischer Minzsauce war eine Köstlichkeit, der von Lumsden hierzu ausgeschenkte portugiesische *Alentejo*-Wein durchströmte wie flüssiges Sonnenlicht ihre müden Glieder. Die warmherzige Gastfreundschaft ließ sie für einen kurzen Moment ihre Sorgen vergessen.

Nun waren sie nach dem Dinner in das von einem mächtigen Kamin beherrschte Wohnzimmer umgezogen, auf dessen Feuerstelle knisternd Eichenscheite brannten. Vor dem Feuerraum wärmte sich auf dem steinernen Fußboden HAGGIS sein Fell, der betagte Border Collie, der Lynn und Des bei ihrer Ankunft überschwänglich begrüßt hatte und ihnen bis zum Anfachen des Kaminfeuers kaum mehr von der Seite gewichen war.

In tiefen Sesseln versunken, spürten Lynn und Des nach dem ausgiebigen Essen wohlige Müdigkeit in sich heraufkriechen, atmeten die warmweiche Luft und beobachteten mit Bewunderung die angeregte Diskussion, die zwischen den zwei Bewohnern dieses Hauses ohne Unterlass spielerisch hin- und herlief.

Hierbei sprach der Professor seine Mitbewohnerin grundsätzlich als *Mrs. Haxby* an, die ihn wiederum wahlweise mal liebevoll *Lumsdi* oder neckend *Your Lordship* nannte. Was die jungen Frauen fortgesetzt erheiterte, denn nicht nur die innige Art ihres Umgangs, sondern auch einander flüchtig geschenkte Berührungen machten klar, dass Mrs. Haxby und Professor Lumsden ein Paar waren.

»Leben Sie schon lange hier, in diesem wunderbaren Haus?« Wie eine höfliche Erkundigung klang Lynns Frage, verbarg sich in ihr doch für die Angesprochenen in der Entspannung vor dem Kamin auch die beabsichtigte Möglichkeit, vertraulich etwas über sich selbst preiszugeben.

»Als ich Lumsdi vor vierzig Jahren kennenlernte, 1964 im Winter war das, war ich gerade wieder auf dem Absprung zurück in meine Heimat, nach Delhi. Ich bin in Indien geboren und aufgewachsen, wissen Sie? Nach dem Tod meiner Mutter ging ich nach England, lebte damals erst zwei Jahre in London, arbeitete in der *British Library* als Aushilfe und hatte – so aufregend London für eine junge Frau auch immer war – eigentlich nur Heimweh nach meinem Indien.«

Lynn und Des überraschte Mrs. Haxbys Antwort auf die Frage, sie wussten nicht recht, worauf sie hinauswollte.

»In dieser Zeit lernte ich an einem Dezembertag einen jungen, gut aussehenden, verschusselten Professor kennen, der in der Bibliothek dafür berüchtigt war, die Rückgabefristen ausgeliehener Fachbücher immer gnadenlos zu überschreiten, die Bücher mit Verspätung voller Eselsohren und Kaffeeflecken zurückbrachte und schließlich für die Ausleihe gesperrt wurde. So stand unser Lumsdi das erste Mal vor mir, verzweifelt, weil er, wie er mir sagte, dringend ein Buch über laotische Volksriten ausleihen müsse. Dabei erzählte er mir wortreich über die Vielzahl der in diesem Land lebenden Bergvölker, begann, mir über ihre ethnologischen Unterschiede zu berichten, sprach dabei ständig unverständliche Worte in ihren Sprachen aus. Eine skurrile Szene, in der ich bei mir dachte, was da für ein ungewöhnlicher Mann vor mir steht. Und plötzlich begann ich, ich konnte gar nicht anders, zu lachen. Ein Lachen, das ein Lachanfall wurde.«

»Woraufhin ich auch zu lachen anfing.« Lumsden grinste über beide Ohren, als er das sagte. »Das Erste, was ich aus dem Mund von Mrs. Haxby vernahm, war ihr Lachen.«

»Er durfte das Buch zwar leider nicht ausleihen, da konnte ich als Aushilfe bei aller Sympathie nichts machen, aber am Ende hat er mich zum Essen eingeladen, in eine winzige laotische Suppenküche übrigens. So haben wir uns kennengelernt, aber ich hatte an diesem Tag meine Schiffspassage nach Mumbai schon für den nächsten Monat fest gebucht.«

Des und Lynn lauschten gespannt in ihren Sesseln, während Haggis sich vor dem Kamin wohlig streckte.

»Wir haben uns danach erst sieben Jahre später in Indien wie-dergesehen!« Lumsden sprach das aus, als läge in dieser Nach-richt nichts als Begeisterung.

»Nach einer langen Zeit, in der wir uns regelmäßig geschrie-ben haben. Und in der Lumsdi mit seiner ersten Frau verheiratet und Vater einer kleinen Tochter war. Die er beide verlor.« Der Satz kam unvermittelt wie ein Blitzschlag aus einem wolkenlosen Sommerhimmel.

»Ein betrunkener Autofahrer … sie liefen auf dem Fußweg, als er die Kontrolle über das Steuer verlor. Sie waren alle drei sofort tot.« Der Professor hatte diesen Satz eigentümlich leise gesprochen. »Auch ich wollte in der Zeit danach nur noch tot sein.«

»Ich hatte damals ein Fotostudie in Delhi, arbeitete als Foto-grafin, lebte allein im Haus meiner verstorbenen Eltern in NIZA-MUDDIN, das ist eines der alten Stadtviertel von Delhi. Ich war geblieben, in meinem Land, das ich so liebte – und in das ich nach meinem kurzen Ausflug nach England wie ein aus dem Nest gefallener Vogel zurückflüchtete. Ich wollte nie mehr wo-anders leben.«

»Ich bin auch aus Delhi! Meine Eltern sind mit mir nach Eng-land ausgewandert, als ich neun war. Wir lebten in OLD DELHI, nahe dem AJMERI GATE!«, rief Des aufgeregt.

»Old Delhi kenne ich gut. Eine Klassenkameradin von mir lebte mit ihrer Familie in einer Querstraße der Lalkuan Bazaar Road. Wie schön, liebe Mrs. Dugar, dann können wir ja gemein-sam in Erinnerungen schwelgen. Fahren Sie noch manchmal nach Indien zurück?«

»Alle drei bis vier Jahre, wir haben noch viele Verwandte dort. Aber meine Eltern betreiben ein indisches Restaurant in Durham. Mein Vater sagt immer, ein Koch darf niemals für sei-ne Gäste die Küche schließen. Und darum fuhren wir nur sehr selten gemeinsam weg. ›Ferien machen nur Rajputen‹, sagt er immer.«

Mrs. Haxby lachte auf. »Das sagte eine Nachbarin von mir auch immer!«

Während sich das lebhafte Gespräch zwischen Mrs. Haxby und Des entwickelte, ließ Lynn ihre Blicke durch das Kaminzimmer streifen und nahm erst jetzt wahr, dass an seinen Wänden mehrere Schwarz-Weiß-Fotografien hingen, die offensichtlich mehrheitlich in Indien aufgenommen waren. Aber einige Bilder schienen auch Menschen anderer Kulturen zu zeigen. Lynn richtete sich auf, um sie besser betrachten zu können.

»Mrs. Haxby und ich sind in unserem gemeinsamen Leben viel gereist, wissen Sie? Natürlich in Indien, wo sie lebte und arbeitete. Aber sie hat mich mit ihrer Kamera auch viel auf meinen ethnologischen Forschungsreisen begleitet. Das Bild dort drüben …«, Lumsden wies auf eine Aufnahme neben dem Türrahmen hin, »… entstand während unseres Aufenthalts bei den HMONG in Laos. Und die zwei Aufnahmen neben dem Kamin in der Mongolei. Das war Ende der Siebzigerjahre.«

»Wir waren zwar zusammen, Lumsdi und ich, aber mit Ausnahme der Reisen bin ich immer in Delhi geblieben. Ich habe zu ihm gesagt, ich möchte niemals woanders leben, auch nicht in England, bitte versteh das. Wenn du mich liebst, musst du das respektieren.«

»›Ich habe meine Arbeit in England, du in Indien. Gibt es denn niemals einen Ort, den du dir als gemeinsamen Lebensmittelpunkt mit mir vorstellen kannst?‹, habe ich sie gefragt«, sagte Lumsden. »›Es müsste ein Ort sein, an dem wir selbstbestimmt leben können. Ein Ort mit einer Seele. Oder wie ein Traum – wie auf einer Südseeinsel‹, antwortete Mrs. Haxby mir daraufhin.«

»Zwar wurde es nicht die Südsee, aber immerhin eine Insel! So kamen wir zu unserem Haus, hierher. Auch weil der Körper von Lumsdi beschloss, schwach zu werden.« Mrs. Haxby warf einen liebevollen Blick zum Professor herüber.

»Sind Sie schon lange an den Rollstuhl gefesselt, Herr Professor?«, fragte Lynn vorsichtig.

»Seit gut zehn Jahren. Eine schleichende Rückgraterkrankung, wissen Sie? Erst versagen die Beine. Später meistens auch Arme und Hände. Aber noch ist es zum Glück nicht so weit, ich kann noch selbst die Räder vorwärts drehen.« Aus Lumsdens Worten klang keinerlei Bitterkeit.

In diesem Moment hob Haggis den Kopf, stand auf, tapste zum Professor hinüber, setzte sich wie selbstverständlich neben ihn, als wolle er ihn behüten, und stupste mit seiner Schnauze an seine Hand. »Na, Haggis, mein alter Freund, wir verstehen uns auch ohne Worte, richtig?« Lumsden streichelte ihm sanft sein aufgewärmtes Fell.

»Apropos verstehen: Sind Sie bei dem rätselhaften Text Ihres Onkels weitergekommen, Lynn?« Mrs. Haxby schien das Thema wechseln zu wollen. »Lumsdi hat mir vorhin viel davon erzählt.«

»Wir hoffen, dass du uns mit deiner Intuition weiterhelfen kannst, Mrs. Haxby. Lynn glaubt, dass es sich um ein Schachrätsel handeln könnte. Ich schlage vor, jetzt, wo wir hier nach dem Essen warm und entspannt zusammensitzen, lesen Sie uns das Rätsel nochmals vor, Lynn. Anschließend machen wir ein Brainstorming. Jeder sagt spontan, was ihm für Gedanken kommen!«

Lynn entfaltete vorsichtig den kleinen Zettel aus dickem, safranfarbenem Papier, den Des und sie in Grams Schachbrett gefunden hatten, und las den Text langsam laut vor:

Oh, mein Schottland!
Land der Distelblume.
Wärst Du wie des Inders Brett.
Acht Könige mit Gemahlinnen schliefen im sandigen Bett.
Ein russischer Turm stand bedroht am Ende der Schlacht.
Von der Dame des Fischers, zwei Tage vor Mondfinsternis
und ohne Macht.

Oh, mein Schottland!
Land der steinernen Distelblume.
Wo Walrossknochen unterm Keltenkreuz den Blauschimmer
  bewacht.
Der erschlagene Königsmörder nie mehr im Grabe lacht.
Wie des Menschen Natur zweifach Gut und Böse in sich
  vereint.
Der bedrohte Turm im Spiegel verkehrt im Süden zu stehen
  scheint.

Oh, mein Schottland!
Land der gewaltlosen Distelblume.
Zwei Wege führen in Licht oder Dunkelheit.
Nur das Denken weist Dir den Pfad zur Helligkeit.
Wo der Friedfertige, der Bote der Nächstenliebe,
  einer von dreizehn an der Zahl.
Auf dem Boot über den See der bösen Schlange von den
  Gefährten abzulassen befahl.

Oh, mein Schottland!
Land der Distelblume.
Friedfertiges Denken bringt über Gier und Ichsucht den
  Sieg.
Mut zur Liebe und zur Selbstlosigkeit vertreibt Hass und
  Krieg.
Denk stets gewaltfrei, doch sei nie blauäugig wie ein
  Geschwisterkind dabei!
Wisse, trügerisch ist oft der äußere Schein.
Unter lächelnder Blume kann eine Schlange verborgen sein!

»Ich bin mir sicher, es geht um Schach! Das sagt mir *des Inders Brett*. Turm, Dame und König, das sind Figuren. Aber wieso acht Könige? Es gibt bei jedem Schachspiel doch nur zwei.« Lynn sprach als Erste ihre Gedanken aus.

»Oder geht es um eine Frau? Die Dame des Fischers, die einen russischen Turm bedrohte«, warf Des ein.

»Nein, nein, wenn *Dame* nicht für eine Frau, sondern für eine Schachfigur steht, dann bedrohte nicht die Dame, sondern der Fischer den russischen Turm!«

»Ein bedrohter Turm, der am Ende der Schlacht *ohne Macht* war. Das heißt doch, er war besiegt!«

»*Fischer* und *russisch* stehen vielleicht für etwas anderes?«

»*Bobby Fischer!* Er war ein amerikanischer Schachweltmeister! Ein schräger, genialer Außenseiter. Onkel Gram hat mir oft von seiner Art des Schachspiels erzählt. Zur Zeit Fischers dominierte die Sowjetunion das Weltschach, viele Großmeister waren Russen. Wenn er gegen einen *russischen Turm* spielte, war sein Gegner bestimmt ein russischer Schachspieler. Aber welcher? Es muss sich also um einen bestimmten handeln!« Lynn überlegte angestrengt. »Natürlich! Bestimmt ist es *Boris Spasski*, der damals amtierende russische Schachweltmeister, den Fischer spektakulär besiegte und selbst Weltmeister wurde.«

»Das könnte eine Spur sein! *Zwei Tage vor Mondfinsternis* könnte ein Hinweis auf ein Datum sein. Wann wurde dieser Fischer Weltmeister?«, fragte Lumsden.

Schnell hatte Lynn auf ihrem Smartphone die Information im Internet gefunden. »›Am 1. September 1972, nach einundzwanzig Partien wurde Bobby Fischer der elfte Schachweltmeister‹, steht hier.«

»War das etwa in Schottland?«

»Nein, in Island! In Reykjavik haben sie gegeneinander gespielt.«

»Das wäre auch zu schön gewesen!« Etwas Enttäuschung klang aus Lumsdens Stimme. »Zurück zur Mondfinsternis: Wir müssen herausfinden, ob es während der Schachweltmeisterschaft zwischen Fischer und Spasski eine Mondfinsternis gab!«

»Und was sagt uns das dann?«

»Es geht um ein Datum – und damit um eine bestimmte

Partie! Des Rätsels Lösung liegt irgendwo in einer der einundzwanzig Weltmeisterschafts-Schachpartien! Nur in welcher? Wir müssen herausfinden, ob es eine Schachpartie zwei Tage vor einer Mondfinsternis gab, in der Fischer den Russen Spasski besiegte!«

»Und wenn es tatsächlich so wäre? Was nützt es uns zu wissen, welche Partie gemeint ist?«

»Es geht um eine Stellung, um die Positionen der Schachfiguren auf dem Brett. Und zwar in dem Moment, als Fischer Spasski besiegte. Es geht um die Schachstellung nach dem letzten Zug, *am Ende der Schlacht* heißt es im Rätseltext. Also geht es um die Stellung eines Turms von Boris Spasski auf dem Brett im Moment des Sieges!« Mrs. Haxby hatte bis zu diesem Moment noch nichts gesagt, doch nun waren alle Augen auf sie gerichtet. Selbst Haggis spitzte in der überraschend aufkommenden Pause aufmerksam seine Ohren und blickte zu ihr herüber.

»Mrs. Haxby, du bist großartig! Das ist es. Die Endstellung der Partie ist die Lösung.«

»Aber was für eine Lösung? Die Stellung eines Turms auf einem Schachbrett am Ende einer vor über vierzig Jahren gespielten Weltmeisterschaftspartie soll eine Lösung sein? Wofür?«

»*Oh mein Schottland, wärst Du wie des Inders Brett!* Gemeint ist nicht, dass die Partie in Schottland gespielt wurde, wie wir fälschlich vermuteten. Im Rätsel steht: *Wenn Schottland wie ein Schachbrett wäre!* Das ist eine Ortsangabe.«

»Aber wie soll Schottland wie ein Schachbrett sein?«

»Die Landkarte Schottlands ist wie alle Landkarten zweidimensional. Wie die Fläche eines Schachbretts auch. Wir müssen eine Landkarte Schottlands auf ein Schachbrett legen – und die Schachpartie darauf nachspielen. Dort, wo der schwarze Turm am Ende steht, ist – das wette ich – ein Ort, auf den Ihr Onkel hinweisen wollte.« Lumsden sprach die Sätze schnell und bestimmt, hielt aber plötzlich abrupt inne. »Aber wir haben ein Problem: den Maßstab! Es gibt Schachbretter und Landkarten in allen möglichen Größen. Wenn wir den Maßstab nicht kennen, ist das alles viel zu ungenau.«

»Maßstab, Landkarte, Schachbrett, Turm – eine Ortsangabe. Wofür, was soll da sein? Und was bedeuten die acht Könige mit ihren Gemahlinnen?« Wie überfordert schüttelte Des ungläubig ihren Kopf.

»Erzählten Sie nicht vom Schachbrett Ihres Onkels, Lynn? Unter dem Sie das Rätsel gefunden haben! Geht es eventuell um dieses Schachbrett?« Lumsdens Frage klang wie eine Antwort.

»Natürlich, des *Inders Brett*! Onkel Gram hat das Schachbrett von seiner Reise aus Indien mitgebracht! Wir müssen eine Schottlandkarte auf dieses Brett legen!« Lynns Stimme überschlug sich fast, als sie die Worte aussprach.

»Und dann auf ihr eine Schachpartie nachspielen! Die Frage ist nur: Wo bekommen wir eine Schottlandkarte im richtigen Maßstab her?« Mrs. Haxby nahm bei diesen Worten gelassen den Schürhaken in die Hand und stocherte in der aufflammenden Glut, griff nach einem frischen Holzscheit und legte es in den Kamin.

»Hängt nicht eine Karte von Schottland in eurer Wohnung im Esszimmer, Lynn? Ich erinnere mich, dass ich immer, wenn ich bei euch zum Essen war, auf diese alte Wandkarte geblickt habe«, sagte Des.

»Onkel Grams Schottlandkarte! Natürlich! Die hängt in seiner Wohnung über der alten Anrichte.«

»Meine Damen, wir sind der Lösung nahe! Wir brauchen das Datum einer Mondfinsternis im Sommer 1972. Wir brauchen den letzten Zug einer bestimmten Schachpartie. Wir brauchen die Schottlandkarte und das Schachbrett Ihres Onkels, Lynn!«

»Und was hat es mit den acht Königen auf sich? Und mit dem Walross, der Blume und der Schlange? Dem Königsmörder? Und dem Spiegel? Und was wollen wir an diesem Ort in Schottland denn überhaupt finden?« Des riss fragend in ihrer theatralischen Art die Augen auf.

»Etwas, das Lynns Onkel unbedingt verbergen wollte. Etwas, über das er nie mit ihr gesprochen hat, obwohl er sie liebt und ihr vertraut. Etwas, über das er aber trotz all der Geheimniskrämerei eine verschlüsselte Botschaft versteckt in seinem Schachbrett hinterließ. Warum hat er das getan? Und was verbirgt sich hinter diesem Geheimnis?« Lumsden sah ernst aus und machte eine Pause, während in diesem Moment das Feuer im Kamin knisternd auflloderte.

»Ich bin mir sicher, dass Onkel Gram mich aus dem Koma heraus aus irgendeinem Grund warnen wollte! Und wollte, dass ich Paul schütze und außerdem die rätselhafte Botschaft finde!«, sagte Lynn.

»Und zwar, dass *du* sie findest, Mona-Herzchen. Und nicht dein charakterlahmer Bruder. Hat er sich immer noch nicht bei dir gemeldet?« Des' Sätze schnitten Lynn in ihre Seele wie ein Messer ins Fleisch.

»Nein, ich habe ihn ein Dutzend Mal versucht zu erreichen. Hoffentlich ist ihm nichts passiert!«

»Dem passiert nichts, Mona-Herzchen. Er ist ein Egoist und Ignorant, mit einem Herz aus Sand. Du solltest das langsam einsehen.«

»Ach, Des! Du sprichst über ihn, als sei er böse. Er ist mein einziger Bruder!«

»Ach ja …«, mischte Lumsden sich ein, »wir wollten heute Abend ja noch über die Frage sprechen, die Sie mir vorhin stellten. Was das eigentlich ist, das sogenannte Böse?« Der Professor und Brittany Haxby schauten sich in diesem Moment unvermittelt wie abgesprochen an. »Was meinst du, Mrs. Haxby, wie würdest du Lynn und Des *das Böse* nach deiner Erfahrung beschreiben?«

254

34

Zur selben Zeit in London –
in einem Penthouse in Kensington

Stille lag über dem Raum nach dem Liebesakt. Pauls Blick schweifte befriedigt und wacherschöpft aus dem Schlafzimmerfenster der geräumigen Penthouse-Wohnung und zurück über den nackten Rücken von Caroline, die neben ihm fest schlief. In was für einem luxuriösen Apartment über den Dächern Londons lebte diese Frau? Paul war erstaunt gewesen, als er vor zwei Stunden nach einem flirtenden Abendessen Arm in Arm mit ihr das erste Mal diese Wohnung betreten hatte.

Designermöbel standen auf mehr als hundertfünfzig edel parkettierten Quadratmetern verstreut. Moderne Kunst an den Wänden buhlte um Aufmerksamkeit, wetteiferte mit einer bodentiefen Glasfront, die mit ihrer Schiebetür den Ausblick auf eine großflächige Terrasse freigab. Die offene Edelstahlküche dominierte ein Kühlschrank, aus dem Caroline, noch im Mantel, gleich nach dem Eintreten eine gekühlte Flasche Champagner zog. »Ich brauche kein Glas«, sagte sie gurrend, trank einen ersten Schluck aus der lautstark geöffneten Flasche und reichte sie Paul herüber. »Du bist ein verdammt hübscher Junge, Paul Dickenson, das ist mir gleich aufgefallen. Mal sehen, ob der Inhalt hält, was die Verpackung verspricht«, sagte sie lachend, warf den Mantel über ein Sofa und löste ihre hochgesteckten blonden Haare.

Wie verabredet hatte Paul sie am Montag am Ende des Arbeitstags in ihrem Büro abgeholt, zu einem Abend, der beim anschließenden Essen in einem japanischen Restaurant schnell von einem Kennenlerntreffen zwischen Arbeitskollegen in ein Rendezvous umgeschlagen war.

Einer solchen Frau war Paul bisher nicht begegnet. Wie eine vibrierende Verführung saß Caroline vor ihm, verstand es mit Gesten und Blicken zu verwirren, spielerisch zweideutig Worte wie auffordernde Verheißung klingen zu lassen. Schon nach kurzer Zeit hatte Paul nicht mehr gewusst, ob gerade er sie oder sie ihn umgarnte!

Sie hatten manches Glas Wein und Sake getrunken, als sie ihn unvermittelt zum Ende des Abends einlud, in ihre Wohnung mitzukommen. Paul konnte sein Glück kaum fassen! Und nachdem sie ihm in ihrem Apartment erst um den Hals fiel und ihn dann unverhohlen in ihr Schlafzimmer zog, hatte Paul alle Hemmungen verloren. Wie ein Schilfrohr bog sie sich keuchend über ihm, als sie ihn ritt. Paul hatte eine solch wilde Leidenschaft beim Lieben noch mit keiner Frau erlebt! Eine Zügellosigkeit, die ihn enthemmte und eine Begierde in ihm weckte, in der er die Kontrolle über sich verlor, brutaler zupackte und nur noch egoistisch seine Lust genoss. Keinen Gedanken daran verschwendete, was gerade mit ihm geschah. Nur noch sich sah, seine Lust auslebte, Caroline schließlich in die Stellungen zwang, nach denen ihm allein war. Ohne Rücksicht, als wäre sie nur ein Objekt, das sich ihm zu seiner Befriedigung willfährig unterwarf. Was ihn lustvoll Macht über sie spüren ließ, diese Schönheit, die ihn jetzt biss, kratzte und anfeuernd anschrie. Und er merkte nicht, dass sie längst Macht über ihn besaß, dass sie ihn lenkte und ihn in seiner Ekstase zu ihrem Gegenstand machte. Paul merkte nicht, dass er gerade dieser Frau verfiel.

»Mit dir könnte es etwas werden«, hatte sie nach dem Liebeskampf mit einem eigentümlichen Lächeln gesagt und war nach einem weiteren Schluck Champagner aus der Flasche auf ihrem Bett eingeschlafen. Paul war jetzt hellwach, lag neben ihr und schaute durch das Penthouse-Fenster in die Londoner Nacht.

Er dachte zurück, wie er erst heute früh vor Sonnenaufgang aus Durham zurückgekommen war, nach dem Besuch im Krankenhaus, nach dem Besuch bei Onkel Gram. Wie mochte es ihm wohl gerade gehen? Er spürte, dass dieses Gefühl eigenartig weit weg von ihm war, als käme es aus einem früheren Leben in einer anderen Zeit, wie eine Erinnerung zu ihm zurück!

Es geschah gerade so viel grandios Neues in seinem Leben. Durham, Gram und seine Existenz in der Vergangenheit, alle Gefühle, die er hiermit verband, verflüchtigten sich immer schneller für ihn, verloren im Jetzt an Bedeutung, so als wäre alles schon sehr lange her!

Ein Hauch schlechten Gewissens streifte ihn wie ein Lufthauch, nur kurz, aber deutlich spürbar war das Gefühl. Und hierbei kam ein Bild in ihm auf, von seiner Schwester Lynn, als er mit ihr und Gram lachend in der Küche saß, lachend nach einem indischen Essen an dem Tag, als sie gemeinsam seinen Schulabschluss feierten. *Sentimentales Gestern,* schoss es Paul jetzt durch den Kopf, als er Bild und Gefühl wie eine störende Belästigung beiseitewischte. Das Heute und das Morgen zählten. *Ich will alles, jetzt, für mich, was das Leben zu bieten hat!,* dachte er bei sich und warf dabei einen Blick auf die schlafende Schönheit.

Ein Flugzeug flog wie ein Schattengeist über den Nachthimmel, Paul erkannte nur schemenhaft durch das Fenster die lautlos dahinziehenden Positionslichter. Ein Flimmern nur, das die Bewegung zu einem ihm unbekannten Ziel markierte. Irgendwohin, wie es auch bei ihm war, in die Zukunft eines neuen, aufregenden Lebens voller Verheißungen, dessen Weg erst andeutungsweise verschwommen für ihn aufflackerte.

Paul erinnerte sich, wie er nach dem Krankenhausbesuch gestern Nacht noch zu Grams Wohnung gefahren war, um dort nach Hinweisen zur Kugel zu suchen. Er war sicher, dass dort Weiteres zu finden war – neben dem indischen Geheimdienstbericht und dem Rätsel aus dem Schachbrett. *Danke, Lynn, dass du es für mich gefunden hast!* Auch wenn Paul es noch nicht entschlüsselt hatte, war es die letzte Bestätigung, dass Gram von einem Geheimnis um diese Kugel wusste, dass er etwas versteckte, von dem er spürte, dass es etwas Bedeutendes sein musste!

Nach der Wohnung hatte er auch Grams Schachbuchgeschäft systematisch durchwühlt, sein Büro und seine Schränke. Er kam sich kühn vor, wie er nachts in Stille und Dunkelheit stöberte, aber auch – wenn er bei seinem Tun durch ein Geräusch von der Straße zusammenzuckte – wie ein arglistiger Dieb.

Viel hatte er nicht gefunden, zumindest nicht auf den hastigen ersten Blick. Die Unmengen an gesammelten Dokumenten und Unterlagen hatte er nur flüchtig durchgeschaut, für mehr hatte er keine Zeit gehabt. Aber die Korrespondenz mit einem Mann namens Hooper aus New York, die war doch sehr aufschlussreich, die nahm er gleich mit. Und diesen Brief von einer Brenda Hooper, wohl seine Frau, die Gram um den indischen Geheimdienstbericht gebeten hatte – na, das war doch eine heiße Spur!

Pauls Smartphone blinkte. Er stieg vorsichtig vom Bett und schlich sich aus dem Schlafzimmer, öffnete im Wohnzimmer die Terrassentür und trat hinaus auf den großzügigen Dachbalkon in die Kühle der Nacht. Chinnock hatte ihm geschrieben, Paul öffnete die Nachricht sofort: *Hi, Paul, Mr. Hicks will Sie bei einem Kundentermin Donnerstag in Washington dabeihaben. Gratuliere, Ihr Stern steigt! Flugtickets via New York sind bereits reserviert. Rufen Sie mich gleich morgen früh an, Gruß, Walter PS: Viel Spaß heute Abend!*

Paul war perplex. Und etwas aufgeregt. Hicks wollte ihn dabeihaben? Bei einem Termin in den USA? Was Paul aber am meisten erregte, war ein anderer Teil der Nachricht – dass Chinnock ihm schrieb, sein Stern steige! Paul merkte, wie ihm das Blut ins Gesicht schoss. Das war ein weiterer Funken, der das Feuer seines Egos aufleuchten ließ. Was für ein Tag! Erst der Vulkanausbruch mit Caroline und nun der Ruf seines obersten Bosses – des allseits bewunderten Hicks höchstpersönlich! Noch ungläubig über diese ihn überwältigenden Ereignisse, starrte Paul fiebrig in die Nacht.

Wenn da nicht eine Sache wäre, die ihn plötzlich stutzen ließ. Es war die letzte Bemerkung in der Nachricht, dieses merkwürdige PS. Chinnock wünschte ihm *viel Spaß heute Abend*, irgendwie klang das zu jovial. Oder nach Ironie? Und dann schaute

Paul von der Terrasse in die erleuchtete Penthouse-Wohnung, blickte über den opulenten Luxus, der aufgereiht vor ihm stand. Und fragte sich noch einmal, wie sich Caroline mit ihrem Assistentinnengehalt diese Pracht eigentlich leisten konnte?

– 35 –

*Lindisfarne, Holy Island, Northumberland, Großbritannien –
Ende Januar 2015 – letzte Fortsetzung*

»Das Böse? Wie ich es nach meiner Erfahrung Lynn und Des beschreiben würde, fragst du mich?« Brittany Haxby beugte sich langsam und Halt suchend auf die Seitenlehne des tiefen Sessels und blickte auf die im Halbkreis mit ihr vor dem Kamin sitzenden Frauen, während Lumsden dem neben seinem Rollstuhl dösenden Haggis sanft über den Kopf streichelte. Das Feuer brannte mittlerweile ruhig mit gleichmäßiger Flamme, und Glut beleuchtete mit warmrotem Schimmer die vier Menschen, die ein noch vor Tagen für sie unsichtbares Schicksal in diesem seltsamen Haus auf der kleinen Insel zusammengeführt hatte.

»Ich begegnete dem Bösen zum ersten Mal als Kind, am Tag meines sechsten Geburtstags. Ich sah es, als ich an der Hand meiner Mutter in Delhi den Connaught Place erreichte. Wir waren auf dem Weg, neue Kleider für mich zu kaufen, als mein Geburtstagsgeschenk, bei einem Schneider, der in diesem Viertel, wie viele andere seiner Zunft, einen kleinen Laden betrieb.« Mrs. Haxbys Atmen war zwischen den Sätzen zu hören, während sie sprach.

»Es war eines der sogenannten besseren Viertel Delhis. Hier kauften die Wohlhabenden ein. Die Menschen waren gut gekleidet, die Geschäfte führten Stoffe besonders guter Qualität. Die Schneider seien besonders fähig und die Preise natürlich entsprechend höher, so wurde mir gesagt. Rundum, es war eine Gegend von Schönheit und Wohlstand, in die ich nur selten kam. Ich war ein wenig aufgeregt und in Vorfreude, in diesem Moment, als ich neben meiner Mutter auf den großen Platz trat. Denn es ging um mich! Ich erhielt neue Kleider, und meine Mutter lachte viel mit mir auf dem Weg dorthin, schwärmte mit mir seit dem Morgen, dass ich ja jetzt ein großes Mädchen sei. Und was für wunderbare Farben und Stoffe wir für mich aussuchen würden, wie schön ich in den Kleidern aussehen würde. Es war ein Glücksmoment in meiner Erinnerung, bis zu dem Augenblick, als wir von einer Seitengasse um die Ecke zum Connaught bogen.« Mrs. Haxby lächelte eigentümlich, als sie dies sagte.

»Der Platz war zu meiner Überraschung übersät von einem Chaos schreiender und laufender Menschen. Das Erste, was ich wenige Meter vor mir in dem Durcheinander sah, war eine Gruppe von fünf, sechs Männern, die mit Eisenstangen, Latten und Knüppeln auf einen am Boden liegenden Mann einschlugen, der sich schreiend unter ihren Schlägen wand. Ich sah Menschen, die sich mit geschulterten Stoffballen und zusammengerafften Kleidern ihren Weg durch die Menge bahnten, während andere, offenkundig mit Stangen und Messern bewaffnet, in die den Platz umringenden Geschäfte eindrangen.

Wutgebrüll und Angstschreie mischten sich, lärmende Geräusche von Gewalt und Zerstörung fluteten meine Ohren, von irgendwoher krachte plötzlich ein Schuss. Wie von der Kette gelassen, stürmte ein Mob hasserfüllter Menschen die Geschäfte der am Connaught Place ansässigen muslimischen Händler. Plünderte und mordete. Enthemmt und gnadenlos. Ohne Mitleid und ohne Verstand.

In diesem für mich unfassbaren Augenblick zog meine Mutter mich fest an ihrer Hand zu sich heran, drückte ihren Körper schützend vor mich und trat so mit mir die wenigen Schritte auf die Gruppe der auf den Wehrlosen einprügelnden Männer zu, schrie sie an, sofort aufzuhören!« Ein leichtes Zittern wie bei einer Stimmgabel war jetzt bei Mrs. Haxby sichtbar, die Erschütterung ihrer Kinderseele klang für alle spürbar bis jetzt in ihr nach.

»Der Schlag mit der Eisenstange, der meine Mutter vor ihre Brust traf, kam so plötzlich und brutal, dass sie wie eine vom Tisch gestoßene zarte Vase zu Boden fiel. Den Gesichtsausdruck des Mannes, der jetzt mich, die ich hinter meiner Mutter gestanden hatte, anstarrte, während er die Stange bereits wieder zum Schlag über seinen Kopf erhob, werde ich nie vergessen. Ein Gesicht wie eine Fratze, vom Hass entstellt, die Augen drangen wie glühende Kugeln vor ihre Höhlen, der aufgerissene Mund von weißem Speichel verschmiert. Schweißnasse Haarsträhnen klebten wie eine Kriegsbemalung auf seiner Haut. Dieses Gesicht starrte auf mich, sekundenlang, die Fäuste hielten die Eisenstange darüber zitternd, ausholend zum Schlag, fest gepackt und bereit zum Mord. Doch plötzlich drehte der Mann sich um, ließ ohne ein Wort von mir ab und prügelte wie tollwütig weiter auf den am Boden liegenden hilflosen Männerkörper ein. Es war der Körper unseres Schneiders, Mr. Bakshi.

Es war dieser Tag, mein sechster Geburtstag, an dem ich das Böse zum ersten Mal sah. Im Gesicht dieses Mannes, der unseren Schneider ermordete. Und der meine Mutter feige niederschlug. Mit einem einzigen Schlag, von dem sich nur ihr Körper, doch niemals ihre Seele erholen sollte.«

Mrs. Haxby richtete sich jetzt in ihrem Sessel auf. »Wie meine Mutter wieder auf die Beine kam, wie sie sich mit ihrer Verletzung und mir im Arm stundenlang durch ein wie entfesseltes Delhi nach Hause schleppte, wie aus dem glücklichen Beginn meines Geburtstages ein schreckliches Ende wurde, diese Erinnerung wird niemals in mir verlöschen.«

Lynn und Des saßen betroffen in ihren Sesseln, Des fand als Erste nach einem Räuspern wieder Worte. »Was für ein furchtbares Erlebnis! Unfassbar! Warum haben diese Menschen das nur getan?«

»Es war 1947, als Menschen aus Hass auf andere Religionsgruppen einander massakrierten. Und aus Neid und Habgier. Und aus Lust auf Rache. Am Tag von Mrs. Haxbys Geburtstag stürmte ein Mob verführter Hindus und Sikhs die Läden der muslimischen Händler am Connaught Place, tötete und plünderte. Wie in vielen anderen Vierteln der Stadt und an anderen Orten in diesen Monaten der Schreckensjahre '46 und '47. Sie ermordeten Moslems in ihren Häusern, auf der Straße, in ihren Moscheen. Wie es umgekehrt auch an vielen Orten im West-Punjab in dieser Zeit geschah, wo wiederum verführte Moslems Sikhs und Hindus massakrierten. Ganze Familien, sogar die Bewohner ganzer Dörfer.« Lumsden sprach diese Sätze ganz leise, fast wispernd in den Raum.

»Nach der Teilung von Indien und Pakistan wurden fast fünfzehn Millionen Menschen umgesiedelt. Moslems, deren Familien seit Generationen in Indien lebten, zogen nach Pakistan, oftmals in die Häuser in Städten und Dörfern, in denen über Generationen Hindus und Sikhs gelebt hatten, die umgekehrt nunmehr nach Indien zogen. In beiden Ländern und bei den Wanderungen geschahen auf beiden Seiten unvorstellbare Gräueltaten an den Geflüchteten der jeweils anderen Religion. Historiker sprechen von Hunderttausenden Toten und Millionen Opfern von Gewalt auf allen Seiten. Habgier und religiöser Fanatismus waren auch hier, wie verdächtig oft in der Geschichte, Mordgesellen, übten Hand in Hand Gewalt aus und demaskierten hiermit die wahren Absichten der Täter.«

»Ja, Lumsdi, so mögen Historiker über diese Ereignisse sprechen und Gründe, Fakten, Zahlen als Erklärungsversuch präsentieren. Aber für mich ist die Wahrheit hinter diesem Schrecken sichtbar in einem einzigen Bild in meiner Erinnerung. Dem Bild dieses Gesichts. Des Mannes, der meine Mutter fast erschlug, obwohl er sie nicht kannte. Der meine Mutter beinahe tötete, nur weil sie einem Menschen in Todesgefahr helfen wollte. Das Warum seiner Tat ist die Ursache des Bösen, dem ich an diesem Tag das erste Mal begegnete.«

»Was ist das Warum?« Lynn sagte diese Worte vorsichtig langsam.

»Das Böse, so wird Lumsdi euch sicher gleich erläutern, kann man theologisch, philosophisch oder psychologisch erklären. An diesen Erklärungen mag viel Wahres sein. Für mich lag der Grund der Taten dieses Mannes aber schlicht in einem einzigen Grund: seinem Denken. Das Warum des Bösen sind böse Gedanken. Unser Hirn ist der Ort, wo das Böse entsteht.«

»Unser Gehirn?«

»Ja, dort ist der Ort, wo zuerst böse Gedanken entstehen. Die danach böse Taten auslösen. Und deshalb ist unser Gehirn auch der Ort, das Böse zu stoppen. Um zu verhindern, dass aus bösen Gedanken böse Handlungen werden.«

»Wie kommen Sie darauf?«

»Weil ich heute lebend vor euch sitze! Das ist der Beweis. Denn was, frage ich euch, ging im Kopf des Mörders unseres Schneiders bei seiner Bluttat vor? Was, als er meine Mutter beinahe tötete? Und was hat diesen Mann im letzten Moment daran gehindert, mich als Kind am Tag meines sechsten Geburtstags mit einem Hieb seiner Eisenstange zu erschlagen?«

Mrs. Haxby sah die beiden jungen Frauen an. »Das ist meine Geschichte. Aber Your Lordship, da bin ich mir sicher, möchte euch auch seine Sichtweise darlegen und erzählen, was für ihn *das Böse* eigentlich ist, richtig, Lumsdi?«

– 36 –

Lumsden schwieg einen Moment, saß vornübergebeugt wie ein dösender Krähenvogel in seinem Rollstuhl und starrte vor sich hin in das flackernde Feuer. Als wäre er plötzlich eingeschlafen, so sah es für Lynn und Des einen Augenblick aus. Aber Lumsden schlief nicht. Vielmehr dachte er angestrengt über etwas nach. So als sei seine ganze wache Lebenskraft in diesem Moment nur in seinem Kopf vorhanden, als wäre alle Energie von einem Gedanken absorbiert.

»Ich habe Angst. Ich hasse sie, diese böse Kugel!« Wie eine fauchende Katze schleuderte Lynn diese Worte mitten in den Raum hinein.

»Böse Kugel, sagen Sie?« Lumsden blickte die zwei Freundinnen jetzt durchdringend an. »Kann etwas ohne Vernunft böse sein? Was ist das Böse denn *Ihrer* Meinung nach überhaupt?«

»Gewalt, Krieg und Hass«, sagte Lynn.

»Grausamkeit, Egoismus und Gier«, ergänzte Des.

»Ja. Das Böse hat immer mit Unrecht und Leiden zu. Unrecht, das jemand verursacht. Und Leiden, das jemandem widerfährt, dem Unrecht geschieht. Allem Bösen ist gemeinsam, dass es aus Unrecht Leid gebiert. So weit ist es einfach und klar. Aber was ist das Böse ganz genau – und vor allem, wo kommt es eigentlich her?« Lumsden sprach jetzt mit leiser Stimme, fast monoton wie ein Mantra tönten die Worte aus seinem Mund.

»Was das sogenannte Böse ist, dieser Frage versuchten sich Denker über die Jahrtausende philosophisch, theologisch oder psychologisch zu nähern. Aber egal, wie man es tut, klar ist, dass das Böse erst mit uns Menschen in die Welt trat. Ohne Menschen gibt es nichts Böses. Allerdings auch nichts Gutes. Und da manche sagen, dass das Böse all das darstellt, was nicht das Gute ist, kann man umgekehrt schlussfolgern, dass wir Menschen das Böse sogar brauchen, um das Gute für uns zu erkennen.« Lumsden nahm einen langsamen Schluck aus seiner Teetasse. »Das Böse ist also in dieser Welt, weil es Menschen gibt. Es ist menschengemacht – wie diese geheimnisvolle Kugel.«

Lynn und Des schauten wie aufgeschreckt auf den Professor, wie er dort zusammengesunken in seinem Rollstuhl vor dem Kamin wie selbstverständlich Gedanken aussprach, die sie sich selbst in ihrem Leben noch nicht gemacht hatten.

»Was meinen Sie mit *menschengemacht*? Wo in uns Menschen liegt denn das Böse?«, fragte Des.

»Hierauf gibt es drei Antworten: in unserem Körper, in unserer Vernunft oder in unserer Psyche. Viele Religionen nahmen an, alles Böse im Menschen könnte seinen Ursprung in seinem Körper haben. Denkt nur an den Sündenfall von Adam und Eva in der Bibel, die ersten Menschen, die entgegen Gottes Verbot den Apfel vom Baum der Erkenntnis aßen und darum aus dem Paradies vertrieben wurden. Seit der Aufklärung war man philosophisch eher der Auffassung, dass der Körper zwar Ursprung von Trieb, Lust und Begierde im Menschen ist, aber erst die Vernunft Böses daraus hervorbringt. Ursprung des Bösen war sogar für einige Philosophen, wie etwa Kant, die Vernunft allein. Die Seele oder Psyche wurde dann später als Ursprung alles Bösen im Menschen angenommen – zeitgleich mit der Geburt der Psychologie als Wissenschaft.« Lumsden hielt kurz inne. »Was ja Ihr Studienfach ist, Lynn«, fügte er lächelnd hinzu.

»Die Psyche ist Ausgangspunkt menschlichen Unrechts, von Grausamkeit, Gewalt und Mordlust. Die Evolutionsbiologie erbrachte hierzu später weitere wichtige Erkenntnisse, sah im natürlichen menschlichen Aggressionsverhalten Auslöser des der Psyche entspringenden Bösen. Ob aus Konkurrenzdenken oder Arterhaltung, darüber wurde lange gestritten.«

»Das heißt, das Böse ist menschlich und liegt in jedem von uns, in unserer Psyche, in unserer Biologie verborgen?« Des war erstaunt.

»Vermutlich ist es unsere Natur.«

»Das kann ich nicht glauben!« Wie Protest platzten die Worte aus Des heraus.

»Vielleicht wollen Sie es nur nicht glauben. Wer gesteht sich das schon gerne ein.«

»Heißt das, wir Menschen sind böse?«

»Nein, der Mensch ist nicht per se gut oder böse – der Mensch ist beides. Das ist das Dilemma.«

Ein Eichenscheit fiel in diesem Moment im Kaminfeuer zischend zusammen, und die Glut leuchtete funkelnd auf.

»Wenn wir annähmen, dass das Böse Teil unserer menschlichen Natur ist, die somit für alle menschengemachten Übel auf dieser Welt verantwortlich ist, dann liegt die einzige Chance für die Zukunft der Menschheit in der Beherrschung der grausamen und aggressiven Triebe, die in uns liegen. Seit Jahrhunderten versuchen wir dies mit Moral, Gesetzen und Androhung von abschreckender Vergeltung zu beherrschen. Bedrohen Verbrechen mit Strafen, bis hin zu Freiheitsentzug in Gefängnissen. Oder an einigen Orten unseres Planeten mit der höchsten Abschreckung, die wir glauben, in unserem Arsenal zu haben – mit dem Tod! Völker schufen sich Armeen, um sich gegenseitig zu drohen und auf Distanz zu halten, schufen Völkerrecht und internationale Institutionen, damit es nicht zu Kriegen kommt. Verkündeten eine Charta nach der anderen, wie die der universellen Menschenrechte. Und nun frage ich Sie: Funktioniert das? Schauen Sie sich um auf unserer Welt!«

»Die Welt ist dadurch viel besser geworden, aber natürlich gibt es unverändert auch große Probleme. Gewalt, Krieg und Unrecht sind nicht besiegt«, sagte Lynn nüchtern.

»Vieles ist durch unsere moderne Zivilisation und die Völkerverständigung besser geworden, natürlich. Aber glauben Sie ernsthaft, mit Abschreckung durch Gesetze und Armeen ändern wir dauerhaft die menschliche Natur? Glauben Sie tatsächlich, dass Gesetz und Ordnung, Sittenwächter und Waffen das Böse für immer beseitigen?«

»Was ist denn die Alternative, Herr Professor?«

»Gutes Handeln kann man nicht erzwingen. Wenn wir Menschen dauerhaft Unrecht und Gewalt überwinden wollen, braucht es eine weitergehende Vision. Was wir heute tun, ist nicht ausreichend und im besten Falle ein Zwischenschritt. Wir müssen diesen Zustand überwinden für eine bessere Welt.«

»Aber wie soll das gehen?«

Lumsden machte eine Pause, bevor er weitersprach, blickte jetzt aber fast fröhlich aus seinem Rollstuhl zu Lynn und Des auf. »Die Lösung liegt in uns Menschen selbst. Jeder Einzelne muss lernen, seine schwarzen Seiten zu beherrschen. Jeder Einzelne muss selbst zu dieser Überzeugung kommen. Jeder muss lernen, gewaltfrei zu denken!«

»Gewaltfreies Denken – von jedem?«

»Ich habe vorhin schon meine Vermutung geäußert, dass diese Kugel für das Gegenteil von dem gemacht wurde, was sie Böses auslösen kann. Sie wurde von jemandem gemacht, um das Böse zu verhindern. Sie wurde vermutlich gemacht, um das Beherrschen der eigenen Gedanken zu erlernen!«

»Beherrsche deine Gedanken! Das hat die Stimme von Onkel Gram mir in meinem Traum zugerufen!« Lynn war wie elektrisiert.

»Diese Kugel ermöglicht den Blick auf die Schwäche unserer eigenen Seele, sie vermag uns schonungslos unsere bösen Seiten aufzuzeigen. Unsere bösen Gedanken!«

»Böse Gedanken?«

»Die meisten Menschen brauchen die Anschauung des Unheils, um zur Vernunft zu kommen. Erst wer Krieg sah, begreift den Frieden. Erst wer Schmerz spürte, sehnt sich nach dem Glück des Heilens. Erst wer Hass erfuhr, versteht das Wunder der Liebe. Nur wer das Böse in seinem Denken erkennt, kann es beherrschen lernen.«

»Aber dann wäre die Kugel ja ein wunderbarer Gegenstand, Herr Professor«, stellte Des fest.

»Ja, so könnte man es auf den ersten Blick meinen. Aber ich vermute, bei der Herstellung dieser gut gemeinten Kugel wurde ein wichtiger Umstand übersehen.«

»Was meinen Sie mit übersehen?« Gespannt blickte Lynn zum Professor.

»Häufig in der Menschheitsgeschichte schlugen gut gemeinte Dinge ins Gegenteil um – oft mit furchtbaren Folgen: Aus Bibelgläubigen der Nächstenliebe wurden im Mittelalter christliche Eiferer, die in Zeiten der Inquisition Menschen im Namen Christi folterten und verbrannten. Friedliche Kernphysiker entwickelten zum Sturz von Tyrannen im letzten Weltkrieg Atombomben, die Hunderttausende Opfer forderten und bis heute die Existenz der gesamten Menschheit bedrohen. Die Aufzählung schrecklicher Ergebnisse gescheiterter guter Absichten ist endlos.«

»Was meinen Sie damit?«

»Diese Kugel zündelt in den Katakomben unserer menschlichen Natur. Sie experimentiert mit der bösen Seite unserer Veranlagung. Das ist fahrlässig!«

»Warum fahrlässig?«

»Wer mit der Kugel in Berührung kommt und nicht um ihre Macht weiß, ist gefährdet, von ihr manipuliert zu werden. Sie stößt das Böse in der Menschen Seele an. Die Kugel wirkt wie ein Brandbeschleuniger für die bösen Seiten unserer Natur.«

»Und bei Menschen, die um die Macht der Kugel wissen?« Man merkte schon an der Art der Frage von Mrs. Haxby, dass sie ahnte, was der Professor antworten würde.

»Wenn Menschen die Kugel mit guter Absicht nutzen, kann sie segensreich wirken.« Hier machte Lumsden eine kurze Pause. »Wenn die Kugel aber in die Hand von Menschen mit bösen Absichten gerät, sind die Folgen unabsehbar.«

»Was passiert dann?«

»Dann wird diese Kugel zu einem der gefährlichsten Gegenstände auf diesem Planeten. Der die bösen Seiten von Menschen erst entfacht und ihnen mit dieser Enthemmung womöglich grenzenlose Macht verleiht. Und das ist auch der Grund, aus dem Ihr Onkel die Kugel sorgfältig versteckt hält, damit sie niemals in die Hände falscher Menschen gerät, Lynn. Das ist der Grund, warum er alles dafür unternommen hat, dass nur Sie erfahren, wo diese Kugel sich befindet – und nicht Ihr Bruder Paul!«

»Paul? Was meinen Sie damit?« Lynn zitterte, als sie das fragte.

»Das liegt doch auf der Hand, Mona-Herzchen. Dein Onkel hat erkannt, dass eine solche Kugel im Besitz deines Bruders Unheil anrichten kann.« Des sagte es ruhig und schonungslos.

»Diese Kugel in den falschen Händen ist so gefährlich, weil sie aus einem Rücksichtslosen einen Gnadenlosen machen kann – und aus einem Gnadenlosen einen, der über Leichen geht, verstehen Sie?«, fragte Lumsden eindringlich. »Sie ist wie ein Virus, das, wenn es einen erst einmal angesteckt hat, die menschliche Seele verroht. Und die böse Seite der Natur zum Vorschein bringt, die in einem steckt.«

»Hältst du dieses Ding für wirklich so gefährlich, Lumsdi?« Mrs. Haxby zeigte sich sorgenvoll.

»Hoffentlich irre ich mich, Mrs. Haxby. Aber ab jetzt müssen wir alles unternehmen, damit *wir* diese Kugel in die Hand bekommen. So schnell wie möglich! Das ist es, worum es geht. Und darum müssen wir das Schachrätsel auch so schnell wie möglich lösen!«

Eine Pause entstand. Das Feuer flackerte gleichmäßig in das erwärmte Kaminzimmer, in dem Lynn sich in ihrem tiefen Sessel jetzt wie fröstelnd die Arme rieb. Tränen rannen über ihr Gesicht.

»Haben Sie keine Angst, Lynn«, sagte Mrs. Haxby, stand auf, ging zu ihr und nahm sie in den Arm. »Wir alle – Des, Lumsdi, ich und sogar der alte Haggis – werden alles tun, um Ihnen zu helfen. Sie sind nicht allein. Und ich bin überzeugt, auch Ihr Onkel hilft Ihnen in seinen Träumen mit all seiner Liebe. Er denkt bestimmt in diesem Moment gerade fest und innig an Sie.«

»Warum hat Gram die gefährliche Kugel nicht einfach zerstört?« Lynns Stimme klang verzweifelt, sie weinte, während sie sprach.

»Mit dem Bösen in unserer Natur ist es vermutlich wie auch mit dieser Kugel. Beides lässt sich nicht einfach zerstören.« Lumsden sagte es sanft zu Lynn, draußen heulte der Wind, drückte gegen Fenster und das schützende Dach. »Man muss es erkennen und dann beherrschen lernen. Darin liegt unsere Hoffnung und unsere Chance.«

Die Erzählung von Graham (VI):
Graham in Durham 2002

Am ganzen Körper zitternd, kniete Graham Yeomans auf dem
Fußboden seines Schachbuchgeschäfts. Sein Herzschlag hämmerte in einem rasanten Stakkato. Kalter Schweiß rann in dicken
Tropfen von seiner Stirn. Wie von einem Bauchschuss getroffen,
schlang er die Arme um seinen Unterleib, krümmte sich dabei
wimmernd und wiegend vor seinem flachen Schachbretttisch,
auf dem geöffnet das heute aus New York erhaltene Paket stand.

In seiner rechten Faust hielt er den mitgesandten Brief der
Absenderin, einer Mrs. Olivia Norton, der Nachbarin seiner verstorbenen Schwester Emily. Er hatte die wenigen Zeilen inzwischen mehrfach gelesen:

Lieber Mr. Yeomans,

*anliegend die letzten Sachen von Emily. Es sind ihre Strandtasche und alles, was sie bei ihrem Badeunfall am Strand
bei sich hatte. Die New Yorker Polizei hat es mir heute
übergeben. Ich hoffe, Paul und Lynn beginnen sich gut
in ihrer neuen Heimat bei Ihnen einzuleben. Emilys Tod
macht mich immer noch sprachlos. Warum? Wer trägt für
diese Tragödie die Schuld?*

Leben Sie wohl und grüßen Sie die Kinder!
Ihre Olivia Norton aus New York

Nicht der Brief war es, der Graham zum Zittern brachte, nicht
die letzten Habseligkeiten seiner Schwester, die sie bis kurz vor
ihrem Tod in ihrer geflochtenen Tasche am Badestrand bei sich
getragen hatte. Es war etwas anderes, das er in dem Paket gefunden hatte und das ihn wie ein Keulenschlag traf, der ihn verwirrt

taumeln ließ. Etwas, das wiederzusehen er in seinem Leben nicht mehr erwartet hatte, als er vorhin behutsam Stück für Stück aus dem Packkarton nahm. Und völlig ahnungslos einen dicken, wattierten Umschlag öffnete!

Er hatte sie sofort wiedererkannt.

Im selben Augenblick, als er sie sah, erkannte Gram, dass es dieselbe war, die er damals durch den gemeinen Diebstahl der Schlangenbeschwörer in Indien verloren hatte.

Die Kugel, blau schillernd, grünlich irisierend und für ihre Größe unwirklich schwer. Fremdartig schmeichlerisch, doch kalt lag sie wieder in seiner Hand. Kaum begriff sein Verstand, was seine Sinne längst erfassten.

Wie konnte das sein? Wie kam die Kugel von Indien nach New York?

Und wie kam die Kugel zu seiner Schwester, zu Emily, die sie am Tag ihres Todes in ihrer Tasche bei sich getragen hatte? Dieselbe Kugel, die man ihm gestohlen hatte, wenige Augenblicke bevor er das erste Mal von Emilys Existenz erfuhr.

In jenem Postamt, damals in Indien. In dem Moment seines größten Lebensglücks.

Als er erfuhr, dass er eine Schwester hatte.

Und nicht mehr allein war.

Dass es einen Lichtblick am dunklen Horizont der Einsamkeit für ihn gab.

Es war der Tag, an dem sein neues Leben begann!

Graham hielt sie ungläubig in der Hand, die indische Kugel, die auch am Ende von Emilys Leben bei ihr gewesen war. Grausames Schicksal oder hinterhältiges Verhängnis? Grahams Verstand pulsierte, doch begreifen konnte er es nicht.

Diese Kugel, die in den falschen Händen nichts war als eine tödliche Gefahr. Wer wusste es besser als Graham selbst!

Und dann verstand er, dass diese Kugel mitverantwortlich am Tod seiner Emily war! Seiner geliebten Schwester, die, warum auch immer, sie ahnungslos bei sich trug.

Eine Kugel, die Abu ihm einst treuherzig anvertraut hatte. Damit er lerne. Damit er seine Gedanken zu beherrschen verstehe. Damit er die Kugel bewahre, sie für das Gute nutze und die Welt und damit andere vor ihrer bösen Kraft schützend behüte.

Und er hatte versagt.

In einem einzigen Moment an diesem Abend mit den Schlangenbeschwörern hatte ihn der Leichtsinn befallen, er hatte die Kontrolle über sich verloren, ihnen vertraut und war von ihnen betäubt und hinterhältig bestohlen worden!

Weil er in diesem Moment versagt hatte, war seine geliebte Schwester jetzt tot.

Er war mitschuldig.

Und Schuld trug er auch an weiterem Unheil und Todesfällen. Menschen, die aufgrund seines Versagens gestorben waren! Oh Gott, er kannte noch nicht einmal das Maß seiner Schuld!

So wie er auch mitschuldig war am Tod seiner Mutter!

Margaret, die sich das Leben nahm, weil er ihre Not in seiner eigenen Verwundung egoistisch nicht gesehen hatte.

Ihr nicht mehr zuhören wollte.

Ihr nur noch seine Verachtung zeigte.

Seinen Hass.

Und ihr damit Gewalt antat.

Sie einsam in ihrer Verzweiflung verstieß.

Sodass seine Mutter am Ende, verzweifelt vom Leben, von der Brücke auf die Autobahn sprang. Und ihm in ihrer letzten Not einen Abschiedsbrief schrieb, aus dem nur Liebe und kein Wort des Vorwurfs zu ihm sprach.

Graham fiel sich krümmend auf dem Boden zur Seite. Als wimmernder Fötus lag er zusammengekrampft auf den Dielen des Schachbuchgeschäfts. Überwältigt vom Leid, das ihn jetzt übergoss wie siedendes Öl.

Das ihm in seiner Seele brannte, weit mehr, als jede Körperqual es vermag.

Da er verstand, dass er am Tod vieler mitschuldig war.

Mitschuldig auch am Tod der zwei Frauen, die ihm bisher am meisten in seinem Leben bedeutet hatten.

Am Tod seiner Mutter.

Und am Tod seiner einzigen Schwester.

Er, Graham Yeomans, war schuldig am Tod von Lynns und Pauls Mutter!

VIERTE UMDREHUNG

Zwei Jahre ist er nun schon tot. Slim Hooper. Die Liebe ihres Lebens. Der Mann, den sie vor dreizehn Jahren auf einer Beerdigung kennenlernte und für den sie innerhalb weniger Tage, schon bei ihrer ersten Verabredung, auf ihrem magischen Ausflug nach Brooklyn, Feuer fing.

In den folgenden Wochen für ihn so lichterloh brannte, dass sie nicht nur ihr Herz, sondern auch ihren Verstand an ihn verlor. Womit ihr auch die bis dahin für sie so bedeutsame Ordnung ihres bisherigen Lebens abhandenkam. Wie weggeschwemmt von Gefühlen, von deren Dasein sie vor der Begegnung mit Slim nichts geahnt hatte.

Durch seine Stärke, die ihr an seiner Seite Sicherheit gab. Durch sein Vertrauen, das wie aus einer unerschöpflichen Kraftquelle in ihre Seele floss und ihr ein Selbstbewusstsein wiederschenkte, das sie bis dahin an der Seite sie ausnutzender Männer in Gänze verloren hatte. Durch Slims Leidenschaft, die Brenda eine ungehemmte Lust erfahren ließ, die zu empfinden ihr Körper ihr in ihrer bisherigen Existenz verweigert hatte.

Ein Zustand, der Brenda süchtig machte und ihrem Leben einen neuen Grund gab. Den sie auskostete, ohne nach einer Zukunft zu fragen, sondern mit Slim nur den Augenblick genoss und wonnevoll auf den nächsten wartete. Einfach glücklich mit sich und ihrem Zustand war – das erste Mal in ihrem Leben, wie sie sich eingestand!

Ihr Hochgefühl trug sie bis zu jenem Moment, als ein Messer Slims Leben brutal beendete, hinterrücks in sein Herz gerammt von einem Mann, der an Slim noch am Tag seiner Entlassung aus dem Gefängnis bösartig Rache für seine Verurteilung nahm.

Und damit nicht nur Slims, sondern auch Brendas eigentliches Leben abrupt beendete.

Zwei Jahre lebte Brenda Hooper, geborene Smikes, nun schon in diesem Dämmerzustand nach seinem Tod. Slim, den sie nur ein Jahr nach ihrem Kennenlernen geheiratet hatte und der nun fort war, dessen Lachen und Streicheln, Liebe und Vertrauen sie nur noch in ihrer Erinnerung spürte. Nach einer langen, pechschwarzen Trauerzeit hielt sie alles in Ehren, was von ihm war, jedes Stück, das er hinterließ, bewahrte sie wie ihren wertvollsten Besitz.

Nicht nur seine Kleidung, seinen großen Ring mit dem Lupinenstein, seinen Schreibtisch und seine Unterlagen. Gerade diese Dokumente, an denen er jahrelang in seiner Freizeit gearbeitet hatte, über diese Sache, die ihm so am Herzen lag, dass er wie besessen an ihr geforscht hatte. Jene Geschichte einer geheimnisvollen Kugel, eines geheimnisvollen Gegenstands, von dem er überzeugt war, dass sie irgendwo existierte.

Eine Kugel, die mutmaßlich verantwortlich für eine Reihe ungeklärter Todesfälle war. Da sie über *irgendeine Fähigkeit* verfüge, wie Slim sich Brenda gegenüber einmal geäußert hatte, die menschliches Verhalten beeinflusse. Böses hervorbringen könne. Wie das geschehe, möge sie ihn bitte nicht fragen, das wisse er selbst noch nicht. Aber er sei sicher, diese Kugel verfüge über irgendeine Macht. Es klinge unglaublich, er wisse das. Aber er wisse auch, dass es die Wahrheit sei, egal, ob sie ihm glaube oder nicht!

Brenda hat Slim geliebt – und ihm deshalb selbstverständlich geglaubt. Daher hatte sie nach seinem tragischen Tod auch Kontakt mit diesem Buchhändler in England aufgenommen, einem Graham Yeomans, mit dem Slim sich in den letzten Jahren in dieser Kugelsache regelmäßig ausgetauscht hatte.

Was dieser Engländer aus einer Stadt namens Durham über diese Kugel wusste, war Brenda aus Slims Schilderungen nicht ganz klar geworden. »Er und ich zusammen wissen mehr über diese Sache als jeder andere auf dieser Welt!« Dieser geheimnisvolle Satz von Slim klang ihr noch im Ohr. Was hieß das: *zusammen*? Slim war ihr auf ihre Nachfragen hin immer ausgewichen. Hatte ihr gesagt, es sei besser, wenn sie gar nichts davon wisse. Es klang, als habe er es zu ihrem Schutz gesagt!

Immerhin wusste Brenda, dass Slim mit Graham Yeomans jahrelang zu Hinweisen über diese geheimnisvolle Kugel recherchiert hatte. Ihr Slim – als erfahrener Kommissar mit seinen investigativen Polizeimethoden. Und dieser englische Buchhändler – mit seinem akribischen Stöbern in Archiven, Bibliotheken und Antiquariaten rund um den Globus. Über Fingerzeige in historischen Quellen zu ihrer Existenz. Nach Berichten unerklärlicher, tragischer Ereignisse, in deren Zusammenhang eine Kugel erwähnt wurde. Nach Indizien über rätselhafte Todesfälle und mysteriöse Häufungen von Sterbefällen unbekannter Natur.

Besonders in indischen, portugiesischen und englischen Archiven hatte Slim mit diesem Graham gestöbert. Und natürlich hier in den USA, besonders in New York! Was Slim und dieser Buchhändler heraufanden, hatte Slim sorgsamst aufbewahrt, einiges in einem kleinen Wandtresor hinter seinem Büroschreibtisch verschlossen.

Kurz vor seinem Tod hatte er ihr allerdings zu ihrer Verblüffung aufgeregt von einem *weiteren, nach dem zweiten noch von einem dritten britischen Geheimdienstbericht* erzählt.

»Den ersten Bericht, über ein Ereignis im 18. Jahrhundert in Indien, hat Graham bei einem Händler antiquarischer Bücher in Rajasthan aufgespürt. Er passt zu dem zweiten Geheimdienstbericht, den ich über einen Tippgeber aus der indischen Community in JERSEY CITY ausfindig gemacht habe! Wusstest du, dass dort die größte Dichte indischstämmiger Menschen in den USA lebt? Der Stadtteil wird Little Bombay genannt. Egal, dieser zweite Geheimdienstbericht soll aus einem von den Briten nach ihrem Abzug aus Indien zurückgelassenen kolonialen Militärarchiv in Colcatta stammen. Es ist eine abenteuerliche Schachgeschichte!«

»Was für eine abenteuerliche Schachgeschichte?«, hatte Brenda verwundert gefragt.

»Ach, lass nur, Brenda. Ich habe schon zu viel ausgeplaudert. Es ist besser, wenn du gar nichts davon weißt.« Doch nach einer kurzen Pause hatte Slim noch hinzugefügt: »Aber immerhin so viel kann ich dir sagen: Aus derselben Quelle in Jersey City wurde mir jetzt ein *dritter* Geheimdienstbericht angeboten! Ist das nicht unglaublich? Ich habe ihn noch nicht in Händen, bin aber schon furchtbar gespannt. Vor allem, was Graham dazu sagen wird!«

Auch, dass er Graham bitten wolle, ihm eine Abschrift des ersten Berichts zukommen zu lassen, hatte er Brenda noch erzählt. Damit er einen eigenen, vollständigen Satz aller drei Berichte besitze. Zu all dem war es dann aber durch Slims unerwarteten Tod nicht mehr gekommen.

Brenda Hooper ging über den Kiesweg des weitläufigen New Yorker Friedhofs in Brooklyn. Seitdem sie herkam – zwei-, dreimal die Woche, um Slims Grab aufzusuchen –, hatte sie hin und wieder auch für jemand anderen einen Gedanken. Und manches Mal sogar eine kleine Blume für ihn in der Hand.

So wie heute, als sie beim Rückweg von Slims Grab an einer Abzweigung kurz vor dem Friedhofsende nach rechts abbog und nun vor der winzigen Grabplatte von Brian McGovern stand. Dem Kommissar und Kollegen von Slim, der ebenfalls eines gewaltsamen Todes gestorben war. Vor dreizehn Jahren, als er in dieser geheimnisvollen Kugelsache recherchiert hatte. Der einsame Mann, den sie als Kellnerin aus dem *Benjamin's* gekannt hatte – der einzige Mann außer Slim, der in Brendas Leben einfach nur gut zu ihr gewesen war. Und dem sie sich deshalb verbunden fühlte. Auch weil es zwischen ihrem Slim und ihm eine Verbindung gab.

Brenda hatte nur aufgrund Slims Überzeugung an diese Kugelgeschichte geglaubt. Aber auch McGovern war von der Existenz des Dings überzeugt gewesen, das war ihr erst seit Slims Tod so richtig klar!

Beide Männer, die an diese Sache geglaubt hatten, waren jetzt tot. Und der dritte, dieser Graham in England, mit dem sie seit Slims Fortgehen einige Male per Brief kommuniziert hatte, hatte sich auf ihren letzten Brief noch nicht gemeldet, was ungewöhnlich für ihn war. Das Schreiben, in dem sie ihn um eine Kopie des ersten indischen Geheimdienstberichts gebeten hatte, so wie Slim es sich vor seinem Tod von dem Buchhändler gewünscht hatte. Diesen Wunsch wollte Brenda ihrem Geliebten nach seinem Lebensende noch erfüllen. Sie würde versuchen, Mr. Yeomans in den nächsten Tagen anzurufen. Brenda wusste nicht, warum, aber sie hatte wegen seiner ungewohnten Schweigsamkeit ein ungutes Gefühl.

»*Sirloin rare* mit *Potato Fingers* und ein Glas Cabernet Sauvignon dazu. Wie wäre es, Brian?«, sprach sie jetzt lächelnd zu der schmalen Grabplatte, vor der sie stand. »Ich hoffe, dort, wo du jetzt bist, bekommst du das so oft serviert, wie du willst.«

Brenda wandte sich ab und ging nachdenklich in Richtung des Ausgangs, stieg dort gerade in den Linienbus, als ihr Smartphone klingelte.

»Brenda Hooper, spreche ich mit Brenda Hooper?«, fragte eine junge Männerstimme am Telefon.

»Ja, wer spricht dort?«, antwortete sie überrascht.

»Verzeihen Sie, Brenda. Ich bin ein Verwandter von Graham Yeomans. Mein Name ist Paul. Ich bin beruflich in New York und rufe Sie an, weil ich ein paar Fragen an Sie habe.«

»An mich? Worüber?«

»Ihr verstorbener Mann stand in Kontakt mit meinem Onkel, Brenda, und Sie, wie ich gesehen habe, nach seinem Tod auch. In einer Sache, die für meinen Onkel sehr wichtig ist. Dazu hat er ein paar Fragen.«

»Welche Sache meinen Sie?«

»Es geht um diese Kugel. Diese Legende, an der mein Onkel Graham und Ihr Mann jahrelang geforscht haben. Sie wissen doch davon?«

»Ja, natürlich, aber wieso sagen Sie *Legende*?«

»Na ja, Brenda, diese Kugelgeschichte ist doch ein Märchen. Sie glauben doch nicht etwa daran?«

»Nun ja«, Brenda wusste nicht recht, was sie antworten sollte, »mein Mann Slim glaubte, dass etwas Wahres daran sein könnte.«

»Werte Brenda, ohne Ihnen zu nahetreten zu wollen, das ist doch nichts als ein originelles Märchen! Wissen Sie, mein Onkel schickt mich. Ihm geht es gerade nicht so gut. Er bat mich aber, wenn ich hier in New York bin, mit Ihnen Kontakt aufzunehmen. Er hätte gern erfahren, was Ihr verstorbener Mann alles über diese Geschichte wusste und welche Unterlagen er Ihnen hierzu hinterlassen hat.« Pauls Lüge war seiner Stimme nicht anzuhören. »Wäre es zu viel verlangt, wenn wir uns einmal träfen und Sie mir erzählen, was Sie wissen? Oder was Sie für Unterlagen von Ihrem verstorbenen Mann haben? Ich komme auch gerne zu Ihnen, damit es für Sie nicht zu viele Umstände macht.«

»Also gut, ich weiß nicht sehr viel, aber Slim hat einige Schriftstücke hinterlassen. Wenn es Sie interessiert, können Sie sie sich gerne einmal anschauen. Wie lange sind Sie in New York?«

»Würde es Ihnen vielleicht noch heute passen? Ich möchte Sie nicht überfallen, aber ich bin leider nur kurz hier. Ich bin auf einer Geschäftsreise, auf der Durchreise nach Washington.«

Brenda Hooper übersah vor Verwunderung beinahe die Haltestelle, an der sie den Bus immer auf dem Rückweg vom Friedhof gegenüber der Subwaystation verließ.

»Nun gut, auch wenn es kurzfristig ist, kommen Sie doch heute Abend um sechs bei mir vorbei, 330 E 11th Street, das ist im East Village, unweit der St. Mark's Church in-the-Bowery. Mein Hauseingang ist gleich neben dem Secondhandladen.«

»Wunderbar, Brenda, danke, ich werde da sein. Bis dann.« Und Brenda stellte zu ihrer steigenden Verblüffung fest, dass ihr Gesprächsteilnehmer namens Paul in diesem Moment bereits aufgelegt hatte. Merkwürdig war das Ganze, aber nun gut, der

Neffe von Graham Yeomans wollte sie besuchen und zu dieser Geschichte befragen. Was war da schon Eigentümliches dran? Sie hatte heute Abend sowieso nichts vor. Und es war jemand, mit dem sie über Slim sprechen konnte, immerhin.

Mittlerweile hatte ein starker Regen eingesetzt und trieb unangenehme Böen mit dicken Tropfen in Brendas Gesicht. Sie verscheuchte sofort ihre letzten Bedenken, beschleunigte ihren Schritt, trippelte hastig die Treppe der Subwaystation Church Avenue herunter und war schon Sekunden später im trüb leuchtenden Eingang verschwunden.

– 39 –

»Was für eine naive Frau!« Paul Dickenson lachte diebisch in sich hinein. Am Anfang des Gesprächs in ihrer Wohnung hatte Brenda Hooper sich noch zurückhaltend gezeigt, wollte dem ihr unbekannten jungen Mann aus England gegenüber nicht so recht mit Einzelheiten über die Recherchearbeit ihres verstorbenen Mannes zur Kugel herausrücken. Aber es hatte nicht lange gedauert, bis Paul mit seinem Charme und seiner geheuchelten Anteilnahme an Slims Schicksal Brendas Vertrauen gewonnen hatte. Und zwar so vollständig, dass sie ihm nach kaum einer Stunde Slims Schreibtisch mit seinen Unterlagen gezeigt, ihm schließlich sogar seinen Tresor geöffnet und ihn zum intensiven Studium aller Dokumente zur Recherche über die Kugel allein gelassen hatte! Derweil hatte sie ein Abendbrot zubereitet, das er mit ihr, bevor er ging, zusammen in der Küche aß. Fast bemuttert hatte ihn diese einfältige Frau, ohne zu bemerken, dass Paul heimlich einige Unterlagen in seine Tasche gesteckt hatte. Bevor er sich mit einem verlogenen »Auf Wiedersehen« nach dem Essen von ihr verabschiedete.

Paul war zufrieden mit sich. Er hatte weitere wichtige Puzzlesteine, die ihm noch fehlten, herausgefunden. Unter ihnen ein wahrhaftiger Volltreffer: ein weiterer englischer Geheimdienstbericht von diesem Agenten Pinney aus Indien! Mit einem feixenden Grinsen tätschelte Paul seine Aktentasche, in der er den gerade von Brenda aus Slims Tresor gestohlenen Bericht behutsam verstaut hatte. Sobald er allein war, wollte er ihn lesen!

Vieles hatte er schon vorher beim Durchwühlen des Ladens seines Onkels in Durham in den sorgfältig in abgeschlossenen Schränken verstauten Unterlagen gefunden. Vieles, das Graham akribisch thematisch geordnet zum Kugelthema gesammelt hatte. Was Paul bestätigte, woran er anfangs noch gezweifelt hatte: dass sein Onkel fest überzeugt war, dass diese geheimnisvolle Kugel wirklich existierte!

Viel mehr noch: Graham wusste, wo diese Kugel sich befand! Doch sein Onkel verbarg das Wissen um den aktuellen Aufenthaltsort der mächtigen Kugel argwöhnisch.

Schlimmer noch: Paul hegte inzwischen den Verdacht, dass Graham selbst die Kugel irgendwo versteckt hatte und alles unternommen hatte, den Standort der Kugel zu verbergen. Selbst vor Lynn und ihm! Nicht einmal andeutungsweise hatte er ihnen etwas darüber erzählt. Obwohl die Geschwister ihm doch nach seinen wiederholten Worten das Wichtigste auf dieser Welt waren. Wie passte das denn bitte zusammen?

Mit diesem Slim Hooper hingegen hatte Graham sich über die Kugel ausgetauscht. Wie ein geheimes Syndikat hatten die zwei offensichtlich jahrelang zusammen zur Historie der Kugel geforscht. Nachdem er den Inhalt von Hoopers Tresor gesichtet hatte, wusste Paul nun auch, warum.

Die Kugel war auch eine Zeit lang in New York herumgeistert und nach Slims Unterlagen mit mehreren Todesfällen in Zusammenhang gebracht worden. Fälle, die die New Yorker Polizei sogar untersucht hatte. Die kopierten Akten trug Paul jetzt ebenfalls als Diebesgut aus Hoopers Tresor in seiner Tasche bei sich. Unter ihnen eine Akte, die ihn besonders elektrisierte, überschrieben mit *Todesfall Emily Dickenson – Badeunfall am*

Copper Beach – mit einem Datum vom Juli des Jahres 2002. Es war die Polizeiakte zum Tod seiner eigenen Mutter!

Paul hastete jetzt aus der Subwaystation und winkte ein Taxi zu sich an den Bordstein heran. »Zum John F. Kennedy Airport«, rief er dem Fahrer lässig zu, während er sich breitbeinig auf die Rücksitzbank fallen ließ. Nach Washington wollte er fliegen, wo er morgen als Begleitung von Hicks einen Politiker traf, als Teil des Teams für diesen neuen Kunden, der laut Hicks mehr als sprudelnde Einnahmen versprach.

»Wir treten ein in den Vorhof der Macht, Paul. Wir stehen dort am Eingang einer neuen Ära, in der wir mitbestimmen, wer diese Macht zukünftig in Händen hält. Und Macht ist Geld, Paul. Sie ahnen noch gar nicht, was das alles heißt. Wenn Sie so gut und bedingungslos loyal sind, wie Sie mir erscheinen, fällt auch für Sie ein Kuchenstück ab.«

Hicks hatte nicht gelacht, sondern sehr ernst ausgesehen, als er Paul das gesagt hatte, dann aber mit einer lockenden Stimme hinzugefügt: »Überlegen Sie schon einmal, was Sie Ihrer Caroline kaufen, Paul. Sie steht auf Luxus und Männer mit Ambitionen, habe ich aus guter Quelle gehört. Beides können Sie ihr schon bald bieten.«

Das Taxi glitt mit zischelnden Reifen wie eine Natter über die regennassen Straßen von New York, der puertoricanische Fahrer hatte einen Sender mit Salsa-Musik aufgedreht. Die Rhythmen zuckten durch Paul, während sein Blick durch regenverlaufene Scheiben mit den Lichtern des nächtlichen Stadtflimmerns verfloss. Er atmete tief durch, trommelte mit seinen Fingern im Takt des Liedes, fühlte sich stark, obenauf, ja kühn in seiner Überlegenheit.

Die ihn mit Verachtung zurückschauen ließ. Auf seine ärmliche Kindheit in New York, durch das er seitdem nun erstmals wieder fuhr, auf dieses kümmerliche Leben mit seiner vom verhassten Vater verlassenen Mutter Emily. Die sich zwar erbarmungswürdig um ein besseres Dasein bemüht, Paul letztlich aber mit den Zwängen der Armut gegängelt, ja, ihn mit ihrer kleinkrämerischen Einengung gequält hatte. Ihm alles verbot, wovon er träumte, weil das Geld vorn und hinten fehlte. Und ihm somit im Vergleich zu Gleichaltrigen noch nicht einmal das Mindeste gewährte, was ihm nach seiner Meinung zustand!

Vielmehr ihm, als dem Älteren der Geschwister, auch noch zusätzlich Pflichten und Verantwortung für die Familie und für seine jüngere Schwester abverlangte. Von ihm Verzicht und Bescheidenheit erwartete. Ihm wenig Freiheiten ließ und aus seiner Sicht zu wenig gönnte. Sodass Paul sie zunehmend für seine Benachteiligung verantwortlich machte. Und auch ihre spröde Liebe zu ihm nicht mehr wahrnahm, die unter dem Druck der Geldnot ihre Zugewandtheit zu ihm verfror. Und ihr Herz verwitterte.

Dankbarkeit? Dafür, dass sie ihm geflickte Jeans und zerschlissene, unmodische Hemden anzog, ihn mit der pünktlichen Erledigung seiner Schularbeiten triezte, mit ihm und seiner Schwester immer wieder von einer heruntergekommenen Wohnung in die nächste umzog und in ihm stets Hoffnung auf eine bessere Zukunft weckte, die Illusion blieb und nie eintrat? Sodass in Paul innerlich zunehmend eine Ablehnung wuchs, gegen seine Lebensumstände – und gegen seine Mutter. Eine Ablehnung, in die sich mehr und mehr Kälte und Verachtung mischten.

Bis zu jenem Tag, als seine Mutter bei diesem Badeunfall am Copper Beach ums Leben gekommen war. Minuten vor ihrem Tod hatte er sich noch mit ihr gestritten! Weil sie ihm die Kugel weggenommen hatte, diese wunderbar blau schimmernde große Murmel, die er gefunden hatte. Die ihm allein gehörte und die sie ihm einfach wegnahm und ihn sogar des Diebstahls bezichtigte!

Pauls Wut auf seine Mutter hatte an diesem Tag kein Maß gekannt. Das erste Mal in seinem Leben hätte er beinahe die Hand gegen sie erhoben. Doch er hielt sich zurück, wünschte ihr aber, sie solle verschwinden aus seinem Leben! Für immer!

Er war geschockt gewesen, als sie vom Schwimmen nicht an den Strand zurückkam. Fast apathisch war er in seiner bis heute klaren Erinnerung in diesem Moment gewesen, während seine Schwester Lynn in Panik geriet, am Strand herumlaufend schrill um Hilfe schrie. Schon Minuten später waren sie beide von zur Rettung eilenden Menschen umringt. Doch es war zu spät. Emily Dickenson wurde erst nach stundenlangem Suchen von Rettungsschwimmern tot aus dem Wasser gezogen.

Lynn hatte in den folgenden Tagen und Nächten fast ununterbrochen geweint, war verzweifelt, suchte oftmals die schützende Umarmung ihres Bruders. Mochte nicht sprechen und nichts essen, sodass die die verwaisten Geschwister in diesen Tagen begleitende Jugendbetreuerin in Sorge geriet.

Bei Paul hingegen wollten sich in seinem Schockzustand Tränen nur für einen kurzen, flüchtigen Augenblick zeigen. Er war vielmehr in eine dämmernde Lethargie verfallen, ließ die dem Unglück folgenden Ereignisse teilnahmslos mit stoischer Miene über sich ergehen. Sprach nur knapp, wenn er nach seinem Zustand oder um seine Meinung gefragt wurde. So auch, als Lynn und ihm mehr als Tatsache denn als Frage mitgeteilt wurde, ihr Onkel Graham Yeomans in England nehme sie beide bei sich auf. Paul nahm diese Mitteilung, er werde mit seiner Schwester bald sein Geburtsland verlassen und zu einem ihm kaum bekannten Verwandten nach Europa ziehen, unbewegt zur Kenntnis.

Hatte Paul sich mitschuldig gefühlt am Tod seiner Mutter? Er hatte sich diese Frage erst viele Jahre später, mit dem Abstand von Zeit und Reife, gestellt und für sich keine abschließende Antwort gefunden. Ein schlechtes Gewissen, die letzten Augenblicke seiner Mutter mit ihr im Streit erlebt zu haben, das ja, das würgte ihn, das gestand er sich unbehaglich ein.

Lynns und seine Aufnahme durch Onkel Gram nach ihrer Ankunft in England war unbeholfen und umarmend zugleich gewesen. Gram hatte ein großes Herz, das war wahr! Auch wenn Paul sich eingestand, mit der Zeit Vertrauen und so etwas wie

Zuneigung zu seinem Onkel zu entwickeln, so wuchsen seine Gefühle für ihn kaum darüber hinaus – auch nicht nach Jahren.

Liebe? Gott bewahre, nein, so weit gedieh sein Empfinden für Graham Yeomans nicht. Dieser alte Zausel, ein Mensch, irgendwo stecken geblieben zwischen Indien und der englischen Provinz, oftmals verstaubten Vorstellungen einer überholten Zeit verhaftet, in der Gemeinschaft und menschliche Beziehungen einem im Leben noch genug gewesen waren. Wo die Anziehung und Chance einer neuen Epoche noch nicht erkannt wurden, mit ihren technologischen Möglichkeiten, globalen Dynamiken und ihrer Fülle an Annehmlichkeiten.

Hätte Gram die Magie von Pauls neuem, schnellem Auto verstanden, das Machtgefühl, das Paul sein neues Einkommen bot, oder gar das Hochgefühl der Eroberung dieser Luxusfrau Caroline? Paul lächelte in sich hinein, während das Taxi in diesem Moment auf die Zubringerstraße zum Flughafen abbog. *Gram, du kauziger Schachbuchhändler, du hast ja keine Ahnung, was du in deinem bescheidenen Leben verpasst!*

Und Lynn, seine Schwester? Die dachte in vielem wie Gram. War aber impulsiver, emotionaler als er. Sprach sofort aus, was sie dachte. Nahm Paul gegenüber kein Blatt vor den Mund. Weswegen sie miteinander auch so oft in Streit gerieten, weil sie ihn immer belehren wollte, korrigieren, fast die Rolle einer Mutter annahm! Sein kleines Schwesterchen, das ihm als einziger Mensch im Leben wirklich etwas bedeutete, auch wenn es ihm schwerfiel, genau zu beschreiben, was das eigentlich für ihn hieß.

Nach dem letzten Streit im Schachbuchgeschäft hatte er sie erst einmal zappeln lassen. Über eine Woche lang schon hatte er den Kontakt zu ihr unterbrochen. Sie sollte ruhig spüren, dass er wütend auf sie war. Sie würde schon angekrochen kommen. Er kannte sie, in ein paar Tagen wäre sie weichgekocht.

Darum hatte er ihr auch seinen Besuch in Durham verschwiegen. Wohin er, auf die dringende Bitte von diesem Arzt Dr. Richardson hin, noch nachts mit seinem neuen Mini zum Krankenhaus gefahren war. Vier Stunden hatte es nach dessen Anruf gedauert, bis er am Krankenbett von Graham gestanden hatte.

In unangenehmer Erinnerung dachte er an den Moment im Krankenhaus. Ein eigentümliches, ihm fremdes Mitgefühl hatte Paul kurz berührt, als er mitten in der Nacht vor dem ihm winzig erscheinenden, bewegungslosen Körper seines Onkels stand.

»Gehen Sie bitte schon zu Ihrem Onkel ins Zimmer, Mr. Dickenson«, hatte die Stationsschwester im nächtlichen Krankenhaus zu ihm gesagt. »Mr. Yeomans ist vor einigen Stunden zu unserer Freude aufgewacht. Er hat gleich nach Ihrer Schwester gefragt. Inzwischen ist er wieder erschöpft eingeschlafen. Aber gehen Sie nur hinein. Ich versuche inzwischen, Dr. Richardson zu erreichen. Er hat heute Bereitschaftsdienst und kann bestimmt bald hier sein.«

Paul stand im Zimmer. Sein Onkel schlief. Kabel liefen von seinem Körper zu Geräten in einem Rack neben seinem Bett, deren Displays lautlos den Zustand von Grahams verbliebener Lebenskraft anzeigten. Grünliches Flimmern, das dem schwach erleuchteten Krankenzimmer die Aura eines Überwachungsraums gab. Paul fühlte sich, als ob ihn fror. Doch Mitgefühl und Kälte waren bei ihm schnell wieder verflogen, stattdessen stellte sich schon nach einigen Minuten am Bett seines Onkels Langeweile ein.

Paul begann jetzt, Graham vorsichtig an der Schulter zu schütteln. Als täte er etwas Verbotenes, so fühlte er sich dabei. »Onkel Graham«, flüsterte er ihm leise ins Ohr. Grahams Lider zuckten, wie Schlitze öffneten sich die Augen leicht. Jetzt formten sich zitternd seine Lippen, Paul legte sein Ohr nah an sie heran. »Lynn?«, hörte er kaum vernehmlich. Paul war verblüfft, bis er begriff. War der Onkel noch im Halbschlaf und nicht ganz bei sich? Dachte er, Lynn säße gerade an seinem Bett?

Da schoss ihm ein eisiger Gedanke durch den Kopf, und er sagte: »Ja, hier ist Lynn.« Er fühlte sich nicht schlecht, als er es tat.

»Lynn, oh, gut«, seufzte der Onkel. Entspannung erschien, wie von einem sanften Wind herbeigeweht, auf seinem Gesicht.

»Wo ist die Kugel?«, flüsterte Paul Graham mit leiser Stimme ins Ohr.

Grahams Lider zuckten jetzt heftiger, seine Züge verkrampften, seine Lippen zitterten, er riss seine Augen plötzlich auf. Jetzt trafen sich ihre Blicke. Paul war es, als schaue er in brechendes Glas.

»Du?«, entfuhr es Graham. Die Displays in den Geräten begannen, heftig zu flimmern, ein Alarmton sprang plötzlich an.

Paul war aufgeschreckt, wie ertappt stolperte er einen Schritt vom Bett zurück.

Graham zuckte, doch plötzlich verkrampfte er, erschlaffte, wurde bewegungslos, als fiele er wieder in einen Schlaf.

Der Alarmton fiepte, der Onkel lag unbewegt da. Erschrocken rannte Paul aus dem Zimmer heraus.

Die Krankenschwester kam bereits auf dem Gang angerannt, schob sich an Paul vorbei ins Zimmer, zog Graham die Decke weg, fasste ihn routiniert mit verschiedenen prüfenden Griffen an. Drückte auf Gerätetasten, sprach in ein Telefon. Rief um ärztliche Hilfe, sagte, ein Patient sei wieder ins Koma gefallen, alles sähe danach aus.

Paul stand konsterniert in der Tür. »Er ist wieder ins Koma gefallen?« Die Schwester nickte nur. Blickte traurig. Paul fühlte sich zu seinem Erstaunen überrascht, aber nicht schlecht.

Er müsse jetzt los. Wenn es Neues gäbe, bitte er, angerufen zu werden. Und mit einer Verabschiedung schickte er sich an, zu gehen.

»Aber Dr. Richardson kommt doch gleich!«, rief die Schwester fassungslos aus.

Es täte ihm leid, er riefe ihn an. Paul sagte das laut, da war er schon einige Meter weiter, in Richtung Fahrstuhl, auf dem Gang.

»Vielleicht stand Mr. Dickenson unter Schock?«, sagte Dr. Richardson später zu der Schwester, nachdem diese ihm aufgebracht von dem Vorfall berichtet hatte.

»Ich habe schon viele Menschen in Schockzuständen erlebt«, erwiderte die Schwester daraufhin kopfschüttelnd. »Der stand nicht unter Schock, glauben Sie mir.« Und nach einer Pause fügte sie hinzu: »Gefühllos-kalt hat er auf mich gewirkt. Als ginge ihn das alles nichts an. Wie ein Eisschrank war dieser junge Mann.«

Dr. Richardson hatte es sich dennoch nicht nehmen lassen, Paul gleich nochmals anzurufen. Eine solche Sache ließ er nicht auf sich beruhen.

Am Telefon hatte Paul dem Arzt dann nur zugehört, als dieser ihm den Zustand des wieder ins Koma gefallenen Graham erläuterte. Über seine nächsten therapeutischen Schritte sprach. Sagte, dass ihn die jetzt plötzlich abflauende Gehirnaktivität von Graham Yeomans beunruhige. Ob Paul im Krankenzimmer beim Onkel etwas aufgefallen sei? Ob Graham kurz wach gewesen sei? Jeder kleine Hinweis könne für ihn als Arzt hilfreich sein, irgendetwas gehe im Körper des Buchhändlers vor!

»Nein, mein Onkel ist nicht aufgewacht, als ich im Zimmer war«, log Paul ohne Scham. »Er hat nur geschlafen. Und plötzlich ging diese Alarmsirene an.«

»Ihre Schwester konnte ich leider immer noch nicht erreichen«, hatte der Arzt dann fast vorwurfsvoll gesagt. »Hatten Sie inzwischen Kontakt mit ihr, Paul?«

Paul ließ diese Frage unbeantwortet im Raum stehen, wie es oftmals seine Art war, dachte wiederholt an Caroline und ihren warmen, biegsamen Körper, verabschiedete sich mit einem kurzen Dank von Dr. Richardson und legte auf.

Jetzt saß Paul wach auf der Rückbank des New Yorker Taxis und dachte an diesen Moment in Durham zurück. Bis zum John F. Kennedy Airport war es nun nicht mehr weit.

Auch wenn er viele weitere Puzzleteile über die Kugel aus Slim Hoopers Unterlagen erfahren hatte – wo die Kugel jetzt war, wusste er immer noch nicht.

Bestimmt hatte es etwas mit diesem rätselhaften Text zu tun, den Lynn ihm gemailt hatte, den sie in Grams Schachbrett gefunden hatte! Und des Rätsels Lösung hatte sicher etwas mit diesem Spiel zu tun, diesem merkwürdigen Schach. Das hatte ihn noch nie interessiert, obwohl es dabei ja auch um mathematische Wahrscheinlichkeiten ging. Doch was sollte das alles, dieser sinnlose Zeitvertreib und das ganze Getue um brillante Spielzüge und herausragende Partien!

Lynn liebte Schach! Onkel Gram hatte ihr viel über das Schachspiel beigebracht. Regelmäßig hatten die zwei miteinander gespielt. Oft sogar ohne Figuren – Paul hatte für diesen Unfug noch nie Verständnis gezeigt. Alle Bemühungen von Graham, ihm das Schachspiel beizubringen, hatte er widerwillig abgelehnt.

Aber dennoch, sagte sich Paul, während durch die Frontscheibe des Taxis schon die Lichter des Flughafens erschienen, *um dieses Rätsel herauszubekommen, bedarf es vermutlich der Kenntnis des Schachs.* Vielleicht sollte er Lynn doch einmal anrufen, er musste ihr ja nicht gleich alles sagen, was er wusste, aber bestimmt könnte sie ihm bei der Lösung des Rätsels helfen. Er würde ihre Freude ausnutzen, dass er sich bei ihr meldete und ihr verzieh.

Paul war immer noch zufrieden mit sich. Das Leben ging in die richtige Richtung für ihn – aufwärts. Morgen würde er mit Hicks diesen Politiker treffen – und damit die Macht und das Geld. Von beidem wollte er ein Stückchen für sich haben. Dabei dachte er an seine erste Nacht mit Caroline, an ihren makellosen Rücken, auf dem ihre langen blonden Zöpfe rhythmisch tanzten, in dem Moment, als er sie brutal am Nacken packte und sie mit kraftvollen Stößen egoistisch nahm. Und sie ihn dabei anfauchte: »Ja, mach mit mir, was du willst, Paul. Ich mache es mit dir genauso!«

»Mona-Herzchen, die letzten Tage waren selbst für meine Verhältnisse aufregend. Mit dir erlebt man Abenteuer!« Des drehte am Herd die Flamme unter dem schweren Topf hoch, in dem ihre Mutter unter leichtem Rühren Zimtblätter und Mandeln in *Ghee* anschwitzte. »Du kannst dich auf mich verlassen, du bist mir mehr als eine Schwester. Aber morgen muss ich für zwei Tage zu einem Fotoshooting nach London, wichtiger Job für mich, ich hatte ihn meiner Agentur schon vor Wochen zugesagt. Danach komme ich sofort zu dir zurück. Versprochen!«

Lynn saß schweigend zusammengekauert am schmalen Tisch in der Restaurantküche, blass und zerbrechlich sah sie in diesem Moment aus. Ihr steckte noch das besorgniserregende Gespräch mit Dr. Richardson über den Zustand von Graham in den Knochen. Und ihr Unverständnis über das Verhalten ihres Bruders. Warum, in Gottes Namen, hatte Paul sie nach seinem Besuch im Krankenhaus nicht angerufen, warum ihr nicht vom Rückfall Grams ins tiefe Koma erzählt? Was ging in ihrem Bruder eigentlich vor? Konnte er nicht empfinden, wie es ihr mit der Sorge um Gram ging – war er denn aus Holz? Lynn war von den Ereignissen der letzten Stunden überfordert, spürte sich leer, wie aufgezehrt.

Das RAJPUTANA, das indische Lokal von Des' Eltern, war bereits geschlossen, die letzten Gäste seit einer Weile fort. In einer Stunde war es Mitternacht. In der aufgeräumten Küche waren die zwei Freundinnen nach ihrer Rückkehr von Lindisfarne und dem anschließenden Besuch im Krankenhaus und im Schachbuchgeschäft herzlich von Des' Mutter empfangen worden, die ihnen trotz der späten Stunde unbedingt noch ein Essen zubereiten wollte.

»Heute hatten wir ein Safed Murgh Korma als Höhepunkt

unseres *Tali* auf der Abendkarte, das müsst ihr unbedingt probieren!« Desnas Mutter Amita gab jetzt gehackte Zwiebeln in den Topf und begann grüne Chilischoten zu zerkleinern. »Des, du bist dünn wie ein Rosenblatt. Kannst du nicht trotz deiner Modeljobs ein bisschen mehr auf den Rippen tragen?« Besorgt lächelte sie ihre Tochter an. »Mörsere mir bitte mal die Kardamomkapseln dort drüben.« Sie wies dabei auf die bereitgestellte Zutat hin.

»Schön, dass du wieder mal reinschaust, Lynn. Der Zustand von Onkel Gram geht uns allen sehr ans Herz, wir beten jeden Tag für ihn, das sollst du wissen.«

Amita Dugar schaute Lynn mitfühlend an. Weiß gesträhnt umfassten streng zurückgekämmte Haare das Lächeln dieser zierlichen Frau, die Lynn seit ihrem ersten Kennenlernen in der Kindheit immer mit Warmherzigkeit begegnet war.

»Auch du musst in dieser schweren Zeit etwas auf dich achten, hörst du? Darum musst gerade *du* jetzt immer gut essen.« Amita rührte kräftig mit einem Löffel in dem aufzischelnden Topf. »Dieses Gericht hat eine lange Geschichte, meine Mutter hat es mir beigebracht. Es wurde noch in ihrer Kindheit bei den sogenannten *weißen Banketts* serviert. Eine Tradition der letzten Rajas von Jaipur. Meine liebe Mutter wuchs in Rajasthan auf, weißt du, Lynn?

Sie erzählte mir, alles sei dabei weiß dekoriert gewesen: Tische, Geschirr, Blumen, Teppiche. Selbst die Gäste erschienen in weißer Kleidung. Und natürlich waren auch die Speisen weiß, wie dieses weiße Currygericht. Das Festessen wurde immer im September zur Vollmondzeit am Tag des *Sharad Purnima* gegeben.«

Amita gab jetzt aufgeweichte Mohnsamen, den gehackten Chili und die von Desna gemörserten Kardamomkapseln in den dampfenden Topf. »Es soll auf Großmogul Shah Jahan zurückgehen, einen mächtigen Herrscher Indiens, der für seine verstorbene und über alles geliebten Frau Mumtaz Mahal das Taj Mahal als Mausoleum erbauen ließ – aus schneeweißem Marmor natürlich.« Amita goss jetzt Wasser in den Topf und brachte die Gewürzmischung duftend zum Köcheln.

»Des, koch doch bitte den Reis auf«, bat Amita, während sie bereits Ingwerstücke, Nelken, Chilischoten und EK KALI LASHUN in einer Pfanne erhitzte und sorgfältig gewürfeltes Hühnerbrustfleisch darin zu braten begann. Während sie weiter Geschichten von den legendären weißen rajasthanischen Banketts erzählte, dabei auch berichtete, wie ihre Mutter zu ihrer arrangierten Ehe mit ihrem Vater nach Delhi kam, rührte sie frischen Joghurt unter das Hühnerfleisch, ließ das Gericht mit zugefügtem Wasser aufköcheln und schmeckte es vor dem Servieren mit Salz, weißem Pfeffer und Muskatnuss ab.

Begleitet von duftendem Reis und Papadam stellte Amita das Korma in einer abgedeckten Schüssel auf den kleinen, inzwischen von Des gedeckten Tisch, um den sich die drei Frauen nun gegenübersetzten.

»Lynn, es besteht immer Hoffnung, dass dein Onkel wieder gesund wird. Ein Koma kann lange andauern. Verliere nie die Zuversicht!« Amitas Stimme klang warm und einfühlsam. Wie eine mütterliche Umarmung tat Lynn diese Geborgenheit in ihrer Sorge gut. »Wie geht es deinem Bruder eigentlich?«, fragte Amita dann überraschend.

»Der wunderbare Paul hat sich seit über zehn Tagen nicht mehr bei Lynn gemeldet!« Desnas Verachtung troff aus jedem Wort.

»Er ist in London … glaube ich. Und er hat Onkel Gram vor Kurzem im Krankenhaus besucht.«

»Und anschließend Grams Wohnung und sein Schachbuchgeschäft durchwühlt, wie wir heute feststellen konnten.« Des' Satz klang wie eine Anklage.

»Wieso durchwühlt? Was hat er dort gesucht?« Amita klang verwundert.

»Das ist eine lange Geschichte, aber um es zusammenzufassen: Er hat dort nicht in guter Absicht gestöbert!«

»Ach, Des, was du wieder sagst. Wir wissen doch gar nicht, wonach Paul gesucht hat. Vielleicht ging es um etwas Harmloses.«

»Harmloses? Mona-Schätzchen, wach endlich auf! Dein feiner Bruder ist alles, aber bestimmt nicht harmlos. Er hat nach Hinweisen zur Kugel gesucht!«

»Was für eine Kugel?«, fragte Amita.

In dem nun folgenden, von dem duftenden weißen Hühnercurry begleiteten Gespräch berichtete Des ausführlich von den Vorkommnissen, einschließlich ihres Besuchs bei Professor Lumsden und Mrs. Haxby auf Lindisfarne. Und von der überraschenden gemeinsamen Herkunft dieser interessanten Frau aus Delhi – jener magischen Stadt, die sie bis heute, wie Des es auch von ihrer Mutter wusste, an manchen heimwehvollen Tagen schmerzlich vermisste.

»Die würde ich wirklich gerne einmal kennenlernen, eure Mrs. Haxby!«, warf Amita begeistert ein. »Aber diese Sache mit der Kugelgeschichte habe ich noch nicht ganz verstanden, Des. Wonach habt ihr denn heute in Grams Laden gesucht?«

»Nach einer Schottlandkarte, zur Lösung des Rätsels, das Onkel Gram in seinem Schachbrett versteckt hatte!«, sagte Lynn.

»Und habt ihr sie gefunden?«, fragte Amita.

»Lynn, mein Herz, wie schön ist es, dich zu sehen. Lass dich in den Arm nehmen!« Desnas Vater kam in diesem Moment in die Küche. Leise und bescheiden, wie es seine Art war, war Naresh Dugar unvermittelt erschienen, drückte Lynn kurz behutsam an sich und küsste dann seiner am Tisch sitzenden Tochter zärtlich auf den Kopf. »Du weißt, du bist bei uns immer zu Hause!«

»Danke, Naresh, so fühle ich mich auch in diesem Moment«, sagte Lynn bewegt.

»Naresh, setz dich doch zu uns.« Amita zog ihren Mann liebevoll zu sich heran. »Des und Lynn erzählen gerade, was sie heute Rätselhaftes im Laden von Gram entdeckt haben. Was hat es nun mit dieser Schottlandkarte auf sich?«

In den nun folgenden Minuten berichteten die Freundinnen zunächst, wie sie Grams Schottlandkarte über der Anrichte im Esszimmer von der Wand und aus dem Rahmen genommen hatten. Und sie dann auf Onkel Grams großes indisches Schachbrett im Laden gelegt hatten. »Die Karte hat ganz genau auf das Brett gepasst, als wäre sie eigens hierfür gemacht worden!«, hatte Lynn erregt berichtet.

Und dann, ja, dann hatten sie sich ein Schachbuch mit den Partien der Schachweltmeisterschaft von 1972 aus dem Regal gezogen – und die sechste Partie zwischen Fischer und Spasski nachgespielt, bis zur Endstellung, dem letzten Zug. »Und so haben wir einen Ort identifiziert. Den Ort, auf dem der schwarze Turm nach dem letzten Zug auf der Landkarte stand – er heißt *Camas Uig*.«

»Camas Uig? Und was ist dort?« Amita hatte noch nie von diesem Ortsnamen gehört.

»Keine Ahnung. Es ist ein winziger Ort an der schottischen Westküste, auf der Isle of Lewis, das ist auf den Äußeren Hebriden. Aber dort ist außer Küsten, Wiesen und Dörfern nichts!«, erwiderte Des ratlos.

»Ja, wisst ihr das denn nicht?«, rief Des' Vater lachend aus. »Camas Uig, das ist doch der Ort, an dem man die berühmten Schachfiguren fand!«

»Was für Schachfiguren? Ich verstehe überhaupt nichts mehr.« Lynn war überrascht.

»Anfang des 19. Jahrhunderts entdeckte jemand zufällig in den Dünen, in einer Steinkammer versteckt, achtzig feinsäuberlich geschnitzte, wundersame Schachfiguren unbekannter Herkunft, Jahrhunderte alt. Unter ihnen acht Könige und acht Damen.«

»Acht Könige, sagst du?« Wie elektrisiert war Lynn aufgesprungen. »Das klingt wie in Grams Rätsel!«

»Was für ein Rätsel?«

Nun wurde heftig durcheinandergesprochen, indem mal Des

ihrem Vater den Inhalt von Grams hinterlassenem Schachrätsel erklärte, mal Lynn Naresh aufgeregt Fragen zu den geheimnisvollen Fundstücken stellte – den *Lewis-Schachfiguren*, wie sie nach den Worten von Desnas Vaters allgemein genannt wurden. Die vermutlich jemand auf der Flucht irgendwann im Mittelalter in den Dünen versteckt und – warum auch immer – nie wieder abgeholt hatte. Die Schachfiguren seien wunderbar ausgeführt, von hohem Wert. »Aus Walrossknochen geschnitzt«, fügte Naresh hinzu. »Sie befinden sich heute im *British Museum* in London, soviel ich weiß. Dort kann man sie besichtigen.«

»Von Walrossknochen bewacht!« Lynn schrie es fast in den Küchenraum. »So steht es im Rätsel. Das muss es sein!«

»Woher weißt du so gut darüber Bescheid?« Amita blickte ihren Mann bewundernd an.

»Gram hat mir wiederholt davon erzählt, wenn wir uns zum Schachspielen trafen. Er war deswegen auch häufiger im *British Museum* in London. Er hat die Schachfiguren doch als Kopien nachgeschnitzt!«

»Mein Onkel ist wiederholt nach London gefahren? Um Schachfiguren zu schnitzen?« Lynn konnte nicht glauben, was sie da hörte. »Davon hat er mir nie etwas erzählt!«

»Jetzt fügt sich alles zusammen, Mona-Herzchen! Diese Schachfiguren müssen des Rätsels Lösung sein! Des Rätsels, das Onkel Gram für dich gemacht hat. Damit *du allein* es löst! Vielleicht sind die Figuren ein Wegweiser – zur Kugel!«

»Also, Des! Auf ins *British Museum*!«

»Am besten kommst du gleich mit mir nach London, Mona-Herzchen! Dann können wir auch nach Foto-Shooting und Museum das Nightlife in SHOREDITCH durchkämmen. Ich zeige dir einen meiner neuen Lieblingsclubs!«

»Wunderbar, Des! Die Abwechslung kann ich gebrauchen.« Lynn wirkte wie belebt, als sie das sagte. »Nur eine Frage bleibt für mich rätselhaft: *Warum* hat Onkel Gram die Figuren nachgeschnitzt?«

»Hat er dir noch mehr über seine Schnitzereien erzählt – oder dir einmal eine seiner geschnitzten Figuren gezeigt?«, fragte Amita ihren Mann.

»Gezeigt, nein!« Naresh hielt kurz inne. »Wir haben überhaupt nur wenig über die Sache gesprochen. Gram blieb hierzu immer eigentümlich verschlossen, hat es überhaupt nur zweimal kurz erwähnt. Ich erinnere mich aber, dass er einmal zu mir sagte, bei Schnitzereien sei es wie bei Menschen: Oft sähen wir nur die Oberfläche, den äußeren Schein. Ein guter Schnitzer hingegen sei wie ein guter Menschenkenner. Er mache sich auch über das Innere Gedanken. Denn manchmal verspreche das Äußere Substanz, obwohl das Innere hohl oder verrottet sei. Dieser Satz ist mir damals lange nachgegangen. Mir war nicht bewusst, dass sich ein Schnitzer auch intensiv mit der unsichtbaren inneren Struktur seines zu bearbeitenden Objekts beschäftigt.«

»Äußerer Schein … das Innere hohl und verrottet …« Lynn sprach die Worte von Naresh in Gedanken versunken vor sich hin.

Ihr Smartphone klingelte in diesem Moment summend. Der Name ihres Bruders leuchtete als Anrufer im Display auf! »Paul!«, rief Lynn schon in den Apparat, noch während sie abnahm. »Paul, du bist es? Endlich!« Euphorisch sprang sie auf. Ein Satz, der sie zum Lachen brachte, kam nun offenkundig von ihrem Bruder als Antwort, während sie, Des, Amita und Naresh zuwinkend, langsam aus der Küche in den verwaisten Gastraum ging. Sie war erfreut, überrascht, aber auch verlegen und wollte unbeobachtet mit Paul telefonieren.

»Schwesterchen, ich bin gerade in Washington, habe nicht viel Zeit. Ich bin beruflich hier, für meine neue Firma, weißt du? Aber hatte Sehnsucht nach deiner Stimme.« Paul sprach ausnehmend freundlich, aber hektisch, die Sätze klangen wie abgehackt. »Es ist hier gerade sieben Uhr abends«, fügte er hinzu, als ob diese Information wichtig sei.

»In Washington? Was machst du da?«

»Großartiges, Lynn! Wenn du wüsstest! Aber das erzähle ich

dir ein anderes Mal. Sag mal, bist du mit dem Rätsel weitergekommen? Und wie geht es Gram?«

Lynn verwirrte die Reihenfolge der Fragen, die Paul ihr nach so langer Zeit des Schweigens unerwartet stellte. »Es tut mir so leid, dass wir uns so gestritten haben, im Schachbuchgeschäft«, platzte es wie ein lang zurückgehaltener Druck aus ihr heraus. »Ich war zu hart zu dir. Bitte verzeih, ich wollte dich nicht verletzen. Wahrscheinlich stand ich an dem Tag neben mir.«

»Ja, Lynn, ich vertrage es gar nicht, von dir so runtergemacht zu werden«, schlug Pauls Antwort ihr kühl entgegen. »Ich wollte dich nach unserem unnötigen Streit durch mein Schweigen spüren lassen, dass ich mir das von dir nicht mehr bieten lasse.« Paul sprach mit eisig kalter Stimme. »Aber ich verzeihe dir«, sagte er herablassend und fügte, plötzlich wieder überraschend freundlich, hinzu: »Sag, hast du etwas Neues zum Rätsel herausbekommen?«

»Ja, aber ...« Lynn war verwirrt, fühlte sich bedrängt.

»Aber was? Sag schon, was du weißt. Ich bin schließlich dein Bruder!«

»Paul, ich bin etwas durcheinander im Moment.«

»Es ist höchste Zeit, dass wir uns sehen, Lynn. Ich lande morgen Abend wieder in London. Wollen wir uns treffen? Ich möchte dich wiedersehen. Und ich würde dir bei dieser Gelegenheit auch gern jemanden vorstellen.«

»Jemanden vorstellen?«

»Caroline, eine großartige Frau. Ihr werdet euch bestimmt verstehen!«

»Ich bin zufällig ab morgen mit Des auch in London, für zwei, drei Tage.«

»Das trifft sich ja wunderbar! Wollen wir uns übermorgen in London treffen? Vielleicht bei Caroline? Ich schicke dir ihre Adresse. Um acht Uhr abends?«

»In Ordnung, Paul, einverstanden. Sag, geht es dir gut?«

»Alles exzellent bei mir. Ich werde dir übermorgen alles er

zählen. Und bitte, Lynn, erzähle mir alles, was du über das Rätsel herausbekommen hast, wenn wir uns sehen, versprochen?«

»Gut, Paul, versprochen, aber was ich dir noch erzählen wollte …«

»Verzeih, ich muss Schluss machen, Schwesterchen. Mein Boss erwartet mich zu einer Besprechung. Bis übermorgen!« Und mit diesen Worten war die Leitung getrennt. Lynn war verblüfft, konnte kaum glauben, dass ihr Bruder schon wieder aufgelegt hatte. Obwohl er doch noch gar nichts über das Wichtigste erfahren hatte – über den Zustand von Onkel Gram!

»Na, Mona-Herzchen, was wollte dein sauberer Bruder von dir?« Lynn drehte sich im halbdunklen Gastraum um und sah Desna am hölzernen Türrahmen lehnen, mit vor der Brust verschränkten Armen. »Ich hoffe, du hast ihm nichts von dem erzählt, was wir herausgefunden haben!«

»Er hat aufgelegt, ohne sich anzuhören, wie es Onkel Gram geht!« Lynn war zunehmend fassungslos.

»Egoisten kennen nur die eigene Seele, sagt mein Vater immer.«

»Er ist ab morgen Abend in London. Er will mich treffen. Und hat mich nach dem Rätsel gefragt.«

»Und, Mona-Herzchen, hast du zugestimmt, ihn zu treffen?«

»Er ist mein Bruder, Des.«

»Ach, Mona, du bist ein hoffnungsloser Fall! Aber sei dir sicher, ich passe auf dich auf!« Desna ging auf Lynn zu, und die Freundinnen schlossen sich in den Arm.

»Du löst einfach einen Beschützerinstinkt bei mir aus, wenn du so hilflos guckst. Aber komm, du schläfst heute Nacht hier bei uns. Und morgen früh fahren wir zusammen nach London!«

Ein Telefonat zwischen London und Washington,
Anfang Februar 2015

»Wie ist das Gespräch in Washington gelaufen?«, fragte Walter Chinnock in sein Telefon und lehnte sich in seinem ledernen Schreibtischstuhl lässig zurück. Nieselnde Böen windeten in diesem Moment gegen seine breitflächigen Bürofenster in der City of Westminster, aus denen er in die mitternächtliche Schwärze der Londoner Nacht blickte.

»Eine perfekte Präsentation, Walter. Dieser US-Politiker hat uns aus der Hand gefressen, als wir ihm gesagt haben, wir könnten das Verhalten der amerikanischen Wähler anhand unserer überlegenen Datenanalytik wie ein Zirkusdompteur seine Manegepferdchen lenken. ›Wenn Sie mit uns zusammenarbeiten, sind Sie praktisch schon gewählt, Sir!‹, habe ich ihm gesagt.« So herablassend und selbstbewusst hatte Chinnock die Stimme seines Bosses selten gehört.

»Großartig! Und keine Fragen dazu, woher wir unsere Daten bekommen? Keine Fragen, ob das alles legal ist?«

»Nicht mal im Ansatz! Im Gegenteil, die Machtgier sprang ihm aus seinen geilen Augen. Als ich ihm sagte, dass wir noch im Gespräch mit einem Wettbewerber von ihm im Präsidentschaftskandidatenrennen seiner Partei sind, hat er gleich den Vorvertrag unterschrieben. Und damit auch die fälligen drei Millionen Vorabzahlung für unsere Arbeit akzeptiert. Zahlbar übrigens innerhalb von drei Tagen. Ab jetzt wird auch in Amerika abkassiert, Walter!«

»Gratulation! Besser hätte es nicht laufen können. Und sag, wie hat sich unser Neuer gemacht, Paul Dickenson?«

»Der ist ja hinter den Ohren noch grüner als die Heide, Walter. Hat in der Runde kaum den Mund aufgekriegt, vor Ehrfurcht. Aber alle Fragen zur Datenanalytik auf den Punkt beantwortet. Genau das Material, das wir für so ein Projekt brauchen.

Unterwürfig, naiv, fleißig, Programmier-Nerd, der keine dummen Fragen stellt. Wo hast du den denn nur wieder herbekommen, Walter?«

»Wir analysieren seit Jahren konsequent sämtliche Daten vielversprechender Talente aller Informatik-Fakultäten. Nicht ganz legal, wie du dir denken kannst. Paul Dickenson hatten wir schon ein Jahr vor seinem Abschluss auf dem Schirm. Mathematisch hochbegabt, überdurchschnittliche Leistungen in Algorithmik und Informationsoptimierung. Jahrgangsbester, mit herausragend benoteter Masterarbeit zu einem graphentheoretischen Thema der Informatik. Hat dabei neue mathematische Modelle netzartiger Strukturen entwickelt. Aber viel wichtiger, Alex, er ist ein Einzelgänger. Vollwaise ohne enge familiäre Bindung. Wuchs mit seiner Schwester bei einem verschrobenen Onkel in finanziell bescheidenen Verhältnissen in der englischen Provinz auf. Stark narzisstisch veranlagt, mit schwachem Selbstbewusstsein bei autistischer Grundkonditionierung. Hat unser Freund Reginald Daw alles seinerzeit bei seinen Einstellungstests psychologisch profilieren lassen.«

»Auf dich ist Verlass, Walter, du Fuchs. Den werden wir uns für unsere Zwecke formen wie eine Wachsfigur. Wir brauchen naive Technokraten, die gegenüber den Folgen ihres Tuns gedankenlos sind und möglichst kein Gewissen haben. Den Rest davon kaufen wir ihnen ab – mit viel Geld und der Teilhabe an einem Leben, von dem sie sonst nur träumen könnten. Hast du ihm schon ein schönes Startpaket verpasst?«

»Ja, erster Gehaltsschluck, schnelles Autochen – und Caroline, die kleine Blonde aus meinem Vorzimmer, kümmert sich um ihn. Die ist genauso wie er, frisst mir aus der Hand, wir zahlen ihr eine schicke Wohnung.«

»Walter, Walter, dich möchte ich nicht zum Feind haben, du bist wirklich ein Menschenfänger. Und was machst du, wenn er mal nicht spurt oder dumme Fragen zu seiner Arbeit stellt?«

»Keine Sorge, Alex, es ist alles so angelegt, dass er allein verantwortlich ist, sollte der Datenmissbrauch seiner Programmierung einmal auffliegen. *SLC Technologies*, du oder ich, wir sind da raus. Aber so weit kommt es nie! Und wenn Paul Dickenson nicht spuren sollte oder dumme Fragen stellt, machen wir es wie bei dem Letzten: Dann fliegt er schneller raus, als er denken kann. Und unsere Anwälte würden ihm in dem Fall schon klarmachen, dass er seinen Vertrag vor Unterschrift hätte lesen sollen und daher für den Rest seiner Tage besser das Maul hält.«

»Davon habe ich lieber nichts gehört, Walter. Du machst das schon. Ich bleibe noch ein paar Tage in den USA und komme nächste Woche zurück nach London. Bis dahin.« Mit diesen Worten hatte Hicks aufgelegt.

Chinnock stand zufrieden auf und schlenderte durch sein Büro ans Fenster, schaute in das von der Nachtschwärze abgedunkelte London. Durch den Nieselregen schimmerten nur vereinzelte Lichter aus der in den Schlaf gefallenen Stadt. Chinnock strich sich über sein Kinn, als ihm ein aufmunternder Gedanke kam und er zurück zu seinem Schreibtischtelefon ging. Er wählte eine Nummer, die er auswendig kannte. Nach längerem Klingeln nahm jemand ab.

»Hi, Caroline, ich wollte hören, ob du vielleicht noch wach bist.«

»Oh, Walter, ich war schon eingeschlafen. Ist etwas Besonderes?«

»Wie läuft's mit deinem Neuen, unserem Paul, hat er schon bei dir angebissen?«

»Natürlich hat er das, Walter. Meinst du, ich kriege nicht, was ich will? Der ist übrigens ein hübscher Junge. Fast könnte ich mich in ihn verlieben. Er kommt morgen Abend aus den USA zurück – und gleich zu mir.« Caroline lachte glockenhell auf, als sie das sagte.

»Das freut mich zu hören. Aber dann hast du ja heute Nacht noch nichts vor, oder? Ich könnte noch mal auf einen kurzen Besuch bei dir vorbeikommen.«

»Aber Walter, ich bin eine Frau mit Prinzipien. Ich fahre nur in einem Sulky zur gleichen Zeit!«

»Oh, wie schade, Caroline. Ich wollte mit dir eigentlich über das Bild von diesem jungen Maler sprechen, das wir in der Swindon Gallery gesehen haben. Das hat dir doch so gut gefallen. Es ist noch nicht verkauft, vermutlich auch wegen seines hohen Preises. Ich dachte, es passt wunderbar in deine Wohnung, an die Wand am Kopfende über deinem Bett.«

Eine kurze Pause entstand. »Na, dann komm halt vorbei, Walter. Aber nur für einen kurzen Besuch. Ich muss morgen früh raus – und nachmittags noch zum Friseur. Ich möchte doch zum Anbeißen sein, wenn mein kleiner Paul zurückkommt!«

– 42 –

London, British Museum,
Anfang Februar 2015

Die Wintersonne stand bereits tief am Himmel, als Lynn und Desna im trüben Nachmittagslicht über die Great Russel Street auf den mächtigen Haupteingang des Londoner Museums zurannten. Desna mit ihren langen Beinen machte dabei große Schritte, mit denen die kleinere Lynn nur im Sprint mithalten konnte. Die Freundinnen waren spät dran, zu lange hatte Des' Fotoshooting gedauert, das *British Museum* schloss schon in einer knappen Stunde.

Am Kartenschalter, hinter der kuppelbeherrschten Eingangshalle, wurden sie schon seit einer Viertelstunde von einer immer wieder ungeduldig auf ihre Uhr schauenden Frau erwartet, von Mrs. Godfrey, der Verantwortlichen für die Mittelalterliche Sammlung, die sich in diesem Moment zunehmend über die Verspätung der mit ihr verabredeten Frauen ärgerte. Und ihren steigenden Unmut gerade an einem Museumswächter ausließ, da die Auslagewand neben den Schaltern ihrer Meinung nach

305

wieder einmal ungenügend mit Museumsprospekten ihrer Abteilung bestückt war.

Es war in diesem Moment der Zurechtweisung, als Lynn und Desna im Laufschritt durch die Halle herangestürmt kamen, Des in einem auffälligen, bodenlangen Mantel mit wehend schwarzen Haaren und Lynn in ihrer schwarzen Lederjacke und einer rostroten Pudelmütze über ihrer Hochsteckfrisur. Außer Atem blieben sie vor dem Kartenschalter stehen und begannen der verdutzten Verkäuferin zuzurufen, dass sie mit einer Mrs. Godfrey verabredet seien, ohne zu bemerken, dass ihre Verabredung bereits hinter sie getreten war.

»Sie können von Glück reden, dass ich noch hier stehe. Wir waren vor einer Viertelstunde verabredet!« Der Ärger sprühte Mrs. Godfrey aus den Augen, die erst jetzt bemerkte, dass sie sich noch gar nicht vorgestellt hatte, und daher – von einem kurzen Ausspruch »Godfrey« begleitet – die Hand zur Begrüßung entgegenstreckte.

Nach umständlichen Entschuldigungsworten und Erklärungsversuchen der Verspätung riss Mrs. Godfrey brüsk das Wort an sich, mit der Bemerkung, dass sie sich jetzt besser statt langem Reden schnurstracks in den Mittelaltertrakt begeben sollten, da das *British Museum* in Kürze schließe.

Lynn hatte das Museum gleich heute früh kontaktiert, mit der dringenden Bitte, eine Verantwortliche für die *Lewis-Schachfiguren* zu sprechen. Mrs. Godfrey nahm schließlich den Anruf von Lynn entgegen. Woraufhin sich überraschend im weiteren Gesprächsverlauf herausstellte, dass sie mit Gram in Kontakt gewesen war, »vor rund fünf Jahren«, wie sie berichtete. Sehr hartnäckig sei er gewesen, dieser Mr. Yeomans, sie erinnere es noch genau.

»Er wollte die Figuren nachschnitzen und hat deshalb bei mir um Erlaubnis gefragt, von den Figuren die Originalmaße abnehmen zu dürfen. Trotz seiner wiederholt vorgetragenen Bitte wurde sein Anliegen von mir im Namen des Museums abgelehnt. Bei seinem Anliegen war kein wissenschaftlicher Hintergrund erkennbar.« Und da könne ja jeder kommen, fügte sie noch hinzu. Dennoch sei er sogar einmal hier gewesen und habe sich wirklich mit großer Begeisterung für die Figuren interessiert. So voller Enthusiasmus, dass es Mrs. Godfrey etwas leidgetan habe, seine Bitte abgelehnt zu haben. Denn so viele Begeisterte erlebe man sonst für die mittelalterlichen Ausstellungsstücke eher nicht.

Lynn und Des hatten mittlerweile mit der zügig durch die Räumlichkeiten eilenden Mrs. Godfrey – wie im Stechschritt, würde Des später sagen – einen großen Raum erreicht, in dessen Mitte sie schließlich vor einer Wandvitrine stehen blieben. Sanft beleuchtet öffnete sich vor ihnen, als wäre unsichtbar ein Vorhang vor einer winzigen Theaterbühne aufgezogen worden, der Blick auf kunstvoll geschnitzte, alabasterweiße und honiggelbe Schachfiguren, die in kleinen Gruppen wie schwatzend zusammenstanden.

»Sie hatten mich gebeten, Ihnen das vor Ihnen stehende Wunder aus dem Mittelalter zu erklären, unter anderem auch, weil Ihr so sympathischer Onkel sich hierfür so begeisterte. Das war wohl auch der Grund, warum er sie unbedingt selbst nachschnitzen wollte. Was verwunderlich ist, da es die Figuren in unserem Museumsshop als Repliken zu kaufen gibt. Ihr Onkel war wirklich sehr insistierend. Er bat wiederholt darum, die Figuren einmal aus der Vitrine nehmen zu dürfen. Er sei schließlich auch ein Schachenthusiast! Dennoch musste ich es ablehnen.«

Mrs. Godfrey sprach mittlerweile nicht mehr mit so viel Schärfe, sondern klang jetzt fast wie um Verständnis für ihre Entscheidung bittend. »Ich bedaure außerordentlich, zu hören, dass Ihr Onkel im Krankenhaus im Koma liegt, wie Sie sagten. Möge es ihm bald wieder besser gehen, er war mir wirklich sehr sympathisch.«

»Er wollte die Schachfiguren gern selbst in die Hand nehmen, sagen Sie, um sie nachzuschnitzen? Hat er Ihnen gesagt, warum?« Behutsam stellte Lynn diese Frage.

»Er sagte, er wolle alle Details originalgetreu abbilden, einschließlich der kleinen Schäden und Abnutzungsspuren, sodass man seine Nachbildungen vom Original nicht unterscheiden könne. Deshalb nützten ihm die glatt polierten käuflichen Repliken nichts. Das genau waren seine Worte.«

»Können Sie uns etwas über die Geschichte dieser wunderschönen Figuren erzählen? Das wäre wirklich eine große Hilfe für uns«, bat Lynn.

»Aber gern«, erwiderte Mrs. Godfrey jetzt fast schon sanftmütig. Spürbar fasste sie zu den vor ihr stehenden jungen Frauen Vertrauen, das ihr zu versichern schien, ein ernsthaftes Interesse an der von ihr so geliebten mittelalterlichen Kulturgeschichte habe Lynn und Des hierhergeführt.

»Wir müssen uns auch nicht hetzen. Ich habe hier Hausrecht – und heute Abend nichts mehr vor.« Mrs. Godfrey faltete ihre Hände wie aus Ehrfurcht vor den Ausstellungsstücken vor ihrem Bauch und begann zu sprechen. »Der Ursprung dieser Schachfiguren liegt im Ungewissen, ihre Herkunft wird in Skandinavien vermutet, wahrscheinlich im Gebiet von Norwegen. Sie wurden mit besonders fein ausgeführter Kunstfertigkeit aus Walross- und Spermwalzähnen geschnitzt. *Walrosselfenbein* wird dieses Material wegen seines den Elefantenstoßzähnen ähnlichen Charakters auch genannt. Wir datieren heute die Entstehung irgendwann zwischen den Jahren 1150 und 1175.«

»Das könnte ein längerer Vortrag werden«, zischte Des Lynn flüsternd zu.

»Das Geheimnisvolle an diesen Schachfiguren ist aber nicht ihr Material, ihr hohes Alter, die Seltenheit oder kunstfertige Ausführung. Vielmehr ist mysteriös, dass sie im Jahr 1831 auf einer einsamen schottischen Insel, der Isle of Lewis, zufällig in einer Sanddüne entdeckt wurden. Wie waren die Schachfiguren an diesen einsamen Ort gelangt? Wer hatte sie dort versteckt – und vor allem, warum? Und warum sind es achtundsiebzig Figuren, darunter acht Könige und acht Damen, fünfzehn Ritter als

Springer, sechzehn Bischöfe als Läufer, zwölf Türme und neunzehn Bauern? Diese Figuren dürften damals von hohem Wert gewesen sein.«

»Ich glaube, langsam redet sie sich richtig warm.« Des zwinkerte beim Flüstern in der ihr eigenen Art zu Lynn herüber, die grinsen musste. »Ich kriege langsam Hunger, ich habe wegen meines Fotojobs heute noch nichts gegessen!«

»War es Raubgut oder ein Schatz, den jemand auf der Flucht versteckte, bevor er in See stach? Oder wollte jemand diese Figuren an einem möglichst einsamen Ort für immer verbergen? Wir wissen es nicht.« Mrs. Godfrey begann mit zunehmender Begeisterung zu erzählen. »Treten Sie doch einmal näher ran. Schauen Sie sich die Figuren und ihre Gesichter an. Fällt Ihnen dabei etwas auf?«

»Sie sehen eher wie Menschen als wie Schachfiguren aus«, sagte Lynn. »Und die Gesichter wirken Respekt einflößend. Nur ihre Augen treten eigentümlich stierend hervor.«

»Es sind Figuren des Mittelalters, Ehrfurcht gebietende Persönlichkeiten, wie eine königliche Hofgesellschaft – mit Rittern als Springer und Bischöfen als Läufern. Und gesichtslosen Bauern, sehen Sie? Adel, Klerus, Fußvolk, ein ständisches mittelalterliches Figurenkabinett. Nur eine Figur sticht aus allen heraus, es war diejenige, die Ihren Onkel Graham am meisten interessierte.« Bei diesen Worten zeigte Mrs. Godfrey auf eine einzeln stehende, mit einem Punktlicht besonders angestrahlte Figur, die einen stehenden Krieger darzustellen schien.

»Es ist ein Krieger, im Spiel eine Turmfigur, die – wie alle zwölf Turmfiguren übrigens – heraussticht. Der Gesichtsausdruck ist bei allen finster, ja böse. Wie Sie sehen, beißt der Krieger Furcht einflößend mit seinen Zähnen in seinen Schild! Fast so, als wäre er wahnsinnig. Es ist vermutlich ein Berserker.«

»Berserker, was heißt das?«, fragte Lynn.

»Berserker waren ein besonders schrecklicher Typus nordischer Krieger in der mittelalterlichen Wikingerzeit. Sie wurden zu ausnehmender Rücksichtslosigkeit und Aggressivität erzogen, im Kampf waren sie gefürchtet wegen ihrer grenzenlosen Brutalität. Für die Schlacht nahmen sie vermutlich Drogen ein, was sie hemmungslos und ihre Körper schmerzunempfindlich machte. In diesem Zustand sollen sie unberechenbar gewesen sein und steigerten sich oftmals in einen Blutrausch des Tötens, in eine gnadenlose Raserei. Vereinzelt wird auch von Frauen als Berserkerinnen berichtet.«

»Wie gruselig! Warum nahm man so furchtbare Menschen denn als Vorbild für eine Schachfigur?«, fragte Des.

»Ja, rücksichtslose, brutale, gefühl- und gnadenlose Menschen, warum wurden sie als Turmfiguren dieses Schachspiels geschnitzt? Es darf vermutet werden, dass wir es hier mit typischen Kriegsfiguren nordischer Fürstenhöfe zu tun haben. Schach als ein Kriegsspiel, als Spiegel der Gewaltbereitschaft der Herrscher dieser Zeit. In der den Führern jedes Mittel recht war, ihre Ziele zu erreichen, indem sie Untergebene sogar unter Drogen setzten, damit sie realitätsverloren alles taten, was sie von ihnen verlangten. Man kann Könige wie Berserker als eine Inkarnation alles egoistisch Bösen ansehen.«

»Man bekommt ja richtig Angst vor diesen Figuren, so wie Sie das sagen.« Lynn erschauerte.

»Machen wir uns nichts vor, solche gewissenlosen Führer und Verführte gibt es doch heute genauso! Dieses böse Verhalten begegnet uns nur unter anderen Namen und in anderer Form.« Mrs. Godfreys Sätze klangen wie eine empörte Anklage durch den Museumssaal.

»Aber warum war mein Onkel gerade an dieser Berserkerfigur so interessiert? Hat er Ihnen das gesagt, Mrs. Godfrey?«

»Das hat mich damals auch gewundert. Andere Figuren sind viel schöner. Aber Ihren Onkel interessierten diese Turmfiguren, diese Berserker. Sie seien so schön bauchig, kugelig, sagte er.«

Lynn und Des schauten einander verblüfft an. »Ist es diese Figur, die mein Onkel damals nachgeschnitzt hat? Haben Sie

sie einmal fertig geschnitzt gesehen?«, fragte Lynn langsam und konnte ihre steigende Aufregung kaum verbergen.

»Nein, leider hat er sie mir nie gezeigt.« Bedauern lag in Mrs. Godfreys Stimme. »Aber zur Fertigstellung musste er ja auch nach Schottland fahren.«

»Nach Schottland fahren, wieso denn das?« Des schnappte vor Erstaunen fast nach Luft.

»Na ja …«, sagte die Leiterin der Mittelalterlichen Sammlung etwas kleinlaut, »da ich ihm die Figuren nicht zur näheren Begutachtung in die Hand geben wollte, hat er sie sich eben in Edinburgh angeschaut, im Schottischen Nationalmuseum, die haben ja auch einen Teil der Figuren dort.«

»Auch einen Berserker als Turmfigur?«, fragte Lynn atemlos.

»Ja.« Mrs. Godfrey genierte sich jetzt fast, als sie das sagte. »Aber nur einen einzigen! Überhaupt haben sie dort nur elf Figuren. Die meisten Schachfiguren aus dem Fund sind natürlich bei uns! Also, dort, in Edinburgh, hat Ihr Onkel die Figuren offensichtlich persönlich untersuchen dürfen. Also wie gesagt, *ich* hätte ihm das nicht erlaubt.«

»Denkst du, was ich denke?«, flüsterte Lynn ihrer Freundin zu, die sofort nickte, woraufhin beide sich schnell verständigten, dass sie hier alles Nützliche erfahren und deshalb nichts mehr länger verloren hatten.

Es hatte danach nur wenige Minuten gedauert, bis Lynn und Des sich unter Aufbietung all ihrer Höflichkeit von Mrs. Godfrey verabschiedet hatten, nicht ohne der verblüfften Leiterin der Mittelalterlichen Sammlung, die gar nicht verstand, warum die zwei jungen Frauen so plötzlich gehen wollten, zu versichern, wie interessant und hilfreich sie ihre Ausführungen gefunden hatten. Anschließend waren sie so zügig, wie sie vor kaum einer Stunde im Laufschritt durch den Eingang des *British Museum* gekommen waren, in umgekehrter Richtung wieder durch das Portal hinausgelaufen.

Aufgedreht lachend und durcheinandersprechend, liefen sie

die wenigen Minuten zur U-Bahn-Station Russell Square und fuhren dann mit der Piccadilly Line bis South Kensington, euphorisiert von den Erlebnissen und im Gefühl, der Lösung des Rätsels ein Stück näher gekommen zu sein. Dank Mrs. Godfrey, zu der Des es sich nicht nehmen ließ, sie liebevoll theatralisch nachzumachen und ihren Satz »Also wie gesagt, *ich* hätte ihm das nicht erlaubt« mit melodramatischer Geste in der voll besetzten U-Bahn lautstark zu wiederholen.

Als vom Hunger Getriebene hatte Desna Lynn den schnellstmöglichen Besuch eines Indian Deli in der Gloucester Road angekündigt, dessen Gerichte sie nicht vergessen werde, und gesagt, dass sie ohne baldiges Essen nicht weiter denken könne – Rätsel hin oder Kugel her! Außerdem bräuchten sie eine anständige Grundlage, wenn sie später gemeinsam die Londoner Nacht durchmachen wollten. Wozu sie beide aber vorher noch einmal in ihre Wohnung müssten, um sich *dramatisch aufzustylen*, wie Des sich ausdrückte. Immerhin wollten sie heute Spaß haben und die Auswahl unter den Männern, die ihnen heute Nacht über den Weg liefen, selbst bestimmen. »Wer begehrt wird, hat die Auswahl. Du kannst nie zu gut angezogen sein, Mona-Herzchen, das hat mich der Modeljob gelehrt!«

Lynn liebte Desnas leicht borniertes Selbstbewusstsein, das sie sich als schöne Frau leistete. Das aber auch, wie sie wusste, Ausdruck ihrer in der Jugend in England wiederholt erfahrenen Zurücksetzung war – aufgrund ihrer Herkunft. Aufgrund des ihr hinterhältig in scheinheiligem Verhalten oftmals begegnenden Rassismus, wie sie mit Verachtung in der Stimme sagte.

Des erschien Lynn manches Mal wie eine Kreuzritterin, die Männerherzen verwirrte, als wäre sie auf einem Rachefeldzug.

»Ich verwunde dabei aber nur, Mona-Herzchen, und töte nicht!«, hatte sie Lynn auf ihre Kritik einmal geantwortet, nachdem sie sie gefragt hatte, warum sie einem Mann Hoffnung mache, obwohl sie nichts von ihm wolle.

»Treibgut gehört dem Finder«, hatte Des mit arrogantem Augenaufschlag ein anderes Mal in so einer Situation gesagt und mit einem für sie ungewöhnlich hinzugefügten »Nimm nicht alles ernst, was ich sage« ihre innere Zerrissenheit über ihr Tun für einen Augenblick durchblicken lassen.

Mit Männerherzen zu spielen, verschaffte Desna offenbar eine Art von Genugtuung, wie eine Katze mit einer Maus, wobei Des im Gegensatz zum Raubtier schnell das Interesse an ihrem Spielzeug verlor. Desna Dugar schien sich hiermit ständig neue Bestätigung zu holen, phasenweise wurde es bei ihr wie eine Sucht. Die Zahl ihrer Affären hatte Lynn längst aufgehört zu zählen.

»Dir ist einfach noch nicht der Richtige begegnet, Des. Einen Mann, den du vorurteilsfrei lieben kannst, so wie er dich. Einen Menschen, den du liebst, tolerierst und respektierst.«

»Respekt habe ich vor meinen Eltern«, hatte Desna ablenkend lachend geantwortet und dann ernsthafter hinzugefügt: »Du magst recht haben, Mona-Herzchen, wahrscheinlich muss ich einem Kerl eine ehrliche Chance geben. Einer, der mir gewachsen ist, läuft bestimmt da draußen irgendwo herum. Aber wo wir gerade davon sprechen: Bei dir habe ich auch länger bei keinem Typen mehr die Pupillen flackern sehen. Den letzten, den ich erinnere, war dieser Rugbyspieler mit Zopf. Warum ist daraus eigentlich nichts geworden?«

Lynn wusste genau, dass das eins von Des' typischen Ablenkungsmanövern war. »Der war mir zu einseitig begabt, Des-Schätzchen. Ich habe mich schnell gelangweilt!«, hatte sie daraufhin die melodramatische Art ihrer Freundin grinsend nachgeahmt.

»Ach ja, die Gattung langweiliger Männer ist weit verbreitet. Schlichter Humor bei Abwesenheit von Inspiration und Leidenschaft. Mausgrau in Kopf und Herz.«

Sie waren Seelenverwandte, die zwei so unterschiedlichen, doch im Herzen so eng verbundenen Frauen, die in diesem Moment, in Kensington angekommen, erschöpft, aber aufgekratzt, auf zwei Stühle an dem langen Tisch eines Indian Deli sanken. Auf einem großflächigen Bildschirm tanzten fröhliche Menschen zu Bollywood-Musik rhythmisch in einer farbenfroh heilen Welt. Das Lokal war trotz der frühabendlichen Stunde gut besetzt, der zu den Frauen an den Tisch schlurfende Wirt wurde von Desna gleich in einen lebhaft lachenden Hindi-Dialog verwickelt, von dem Lynn nur ahnen konnte, dass es um die Essensbestellung ging.

»Hier gibt es das wahrscheinlich beste Crab Curry Londons, Mona-Herzchen. Hier kocht man die Kerala-Küche von der Gewürzküste im Südwesten Indiens. Ich habe uns außerdem ein vegetarisches Kerala Parippu bestellt, das ist eine Dal-Zubereitung aus gelben Linsen in einer duftend gewürzten Kokosmilch. Und ein köstliches Karimeen Pollichathu, ein mit Limonen, Chili und vielen Gewürzen marinierter Fisch, der gebraten traditionell in ein Bananenblatt gewickelt serviert wird. Dazu gibt es für uns Raita, Appam und frittierten, mit Safran und Butter aromatisierten Pilau-Reis. Und zum Nachtisch Kadalaparippu Payasam, du wirst es lieben, es wird aus Kichererbsen und Kokosnuss gemacht. Wenn das nicht reicht, bestellen wir nach. Ich habe einen Hunger wie zwei Cricket-Teams!«

Des spürte man die Vorfreude aufs Essen an, sie war jetzt wie aufgedreht, hatte sich schräg vor den Tisch gesetzt, ihre langen Beine übergeschlagen und sich mit einem Unterarm lässig auf die Tischplatte gelehnt – eine Körperhaltung, die sie, wie Lynn wusste, stundenlang entspannt einzunehmen liebte. Und in dieser gelassenen Sitzposition auch problemlos mit nur einer von ihrer Hand gehaltenen Gabel aß, mit der sie zur Unterstreichung ihrer lebhaften Worte oftmals wie mit einem Stab in der Luft dirigierte.

Es war diese vertraute Art zu essen, die Des' Mutter ihr nach Lynns vergoldeter Kindheitserinnerung immer wieder versucht hatte, liebevoll mahnend abzugewöhnen. Vergeblich, denn diese Eigenart brach wie selbstverständlich aus Des heraus, wann immer sie sich beim Essen wohlfühlte.

Desna war eine impulsive Frau, die im Beisammensein kaum zur Ruhe fand, ständig mit Oberkörper und Händen in Bewegung war und den Kopf beim Lachen oft heftig nach hinten warf. Eine Frau, die, wo sie auftauchte, Aufmerksamkeit auf sich zog, besonders wenn sie, wie jetzt, mit der ebenfalls bildhübschen, wenn auch zierlich-kleinen Lynn zusammensaß. Wie in diesem Moment in dem indischen Lokal, das durch die Anwesenheit der beiden Frauen wie ein von zwei prachtvollen Leuchtkäfern angeflogener kahler Baum glanzvoll aufschimmerte.

»Mrs. Godfrey war ja am Anfang fast so grimmig wie die Schachfiguren!«, fing Des, auf das Erlebte zurückkommend, zu sprechen an. »Dass sie den armen Gram die Figuren noch nicht einmal untersuchen ließ! Die hat Haare auf den Zähnen!«

»Aber sie war hilfsbereit und hat uns einen entscheidenden Hinweis gegeben. Wie stand es im Rätsel: *Der Walrossknochen unterm Keltenkreuz den Blauschimmer bewacht!* Die Figuren sind aus Walrosselfenbein geschnitzt!«, sagte Lynn.

»Die gruseligen Berserkerfiguren haben deinen Onkel dabei besonders interessiert!« Aufregung sprach aus Des' Worten. »Warum?«

»Wenn du etwas verstecken willst, von dem du sicherstellen musst, dass es nicht in falsche Hände geraten kann, wo würdest du das tun?« Lynn stellte diese Frage überraschend.

»Na, am besten in einem Tresor!«, antwortete Des.

»Nein, ich denke, genau dort nicht, Des! Denn jeder vermutet doch in einem Tresor Wertvolles. Ein Tresor ist immer gefährdet, ausgeraubt zu werden. Deshalb ist er nicht der beste Ort, um etwas dauerhaft heimlich zu verbergen.«

Lynn machte eine kurze Pause, während die Tür des Indian Deli geöffnet wurde und lachend eine größere Gruppe junger Frauen und Männer in das Lokal drängte.

»Allerdings …«, fuhr sie dann fort, »bietet selbst ein einsames Versteck keine Sicherheit. Auch wenn es noch so gut gewählt wurde. Es kann irgendwann zufällig entdeckt werden – wie das

Versteck der Schachfiguren in der Düne von Camas Uig auf einer einsamen schottischen Insel.«

»Was wäre dann aber deiner Meinung nach ein wirklich sicheres Versteck?« Des stopfte sich bei dieser Frage ein Krabbenstück in den Mund.

»Dort, wo jeder das Versteck sehen kann, es aber nicht als solches erkennt!« Lynn machte eine kurze Pause und stocherte dabei im Reis. »Ich habe den Verdacht, Gram hat eine Turmfigur nachgeschnitzt und sie innen ausgehöhlt. Um darin etwas verstecken zu können. Vielleicht die Kugel?«

»Die Berserkerfiguren sind Turmfiguren – und *so schön bauchig und kugelig. So* hat Mrs. Godfrey vorhin Gram zitiert«, erinnerte Des sich, während sie sich weiteren Pilau-Reis auf den Teller füllte. »Das könnte doch ein klarer Hinweis sein.«

»*Äußerer Schein … das Innere hohl und verrottet*, hat Gram über das Schnitzen zu deinem Vater gesagt«, fügte Lynn hinzu, die im Gegensatz zu ihrer Freundin aus lauter Nachdenklichkeit noch gar nicht richtig mit dem Essen begonnen hatte. »Auch das könnte als Hinweis gemeint gewesen sein.«

»Ja, des Rätsels Lösung befindet sich bestimmt im Inneren dieser Berserkerfigur. Vielleicht in der Figur im Museum von Edinburgh, in Schottland«, schlussfolgerte Des und nahm einen kräftigen Schluck Tee, fast so, als wolle sie ihr Essen herunterspülen.

»Aber wie? Meinst du, Gram hat eine Figur nachgeschnitzt, um sie heimlich in die Vitrine zu den anderen Figuren zu stellen? Das fällt doch früher oder später auf.« Lynn sagte das jetzt leiser, als spräche sie etwas Verbotenes aus. »Ich finde das alles verwirrend, Des. Wir haben vieles im Schachrätsel nicht verstanden, vielleicht sind wir auf einer ganz falschen Spur! Vor allem stelle ich mir aber im Moment die Frage: *Was* hat Gram in dieser hohlen Schachfigur versteckt? Die Kugel?«

»Mona-Herzchen, nicht, *was* wir dort finden werden, beschäftigt mich. Sondern *was* ist der Grund für deinen Onkel, etwas mit so viel Aufwand und Heimlichtuerei bis heute vor dir und deinem Bruder zu verbergen?« Des rückte jetzt näher an Lynn heran und sah ihr in die Augen, bevor sie weitersprach. »Oder direkter gesagt: Gibt es etwas, was Gram selbst vor euch zu verbergen hat?«

»Wie meinst du das?«

»Ich habe dich das schon einmal gefragt, doch du hast mir nie eine Antwort gegeben: Ist es denkbar, dass es nicht nur um diese verdammte Kugel geht, vor der dich Gram warnen will? Das hätte er doch schon früher tun können. Wenn sie so gefährlich ist, warum hat er das nie getan? Ist es möglich, dass es bei dieser Kugelgeschichte noch um etwas anderes geht? Dass Gram ein Geheimnis in sich trägt? Dass er aus Angst etwas vor dir verbirgt: das Geheimnis einer schweren Schuld?«

Die Frage machte Lynn fassungslos. »Eine Schuld? Onkel Gram? Was sollte das sein?«

»Dürfen wir uns zu euch an den Tisch setzen?«, wurden Lynn und Des jetzt von einem lächelnden Gesicht angesprochen. »Es ist sonst kein Platz mehr frei!« Vor ihnen stand ein junger Mann in Jeansjacke mit regennassem Lockenkopf, hinter dem sich eine Gruppe gleichaltriger Frauen und Männer drängte, die bittend auf die zwei am langen Tisch sitzenden Freundinnen blickten und dabei begannen, ihre feuchten Schals und Mützen abzustreifen.

»Der Platz wird für euch alle kaum reichen«, antwortete Des verdutzt.

»Das kriegen wir schon hin, wenn ihr etwas zusammenrückt. Das wäre *fantástico*!« Der junge Mann strich sich über sein nasses Haar.

»Ich heiße Lissandro. Und meine Freunde werdet ihr gleich selbst kennenlernen.« Und mit diesen Worten gab er seinen Begleitern ein Zeichen und setzte sich selbstbewusst neben Des.

»Luara«, sagte eine junge Frau mit langen, tiefschwarzen Haaren und setzte sich neben Lynn. »Xana.« »Osmaro.« »Iara.«

»Adryelle«, flogen Lynn und Desna die Namen aus den Mündern der sich hinsetzenden Gruppe entgegen, die sich jetzt dicht nebeneinander an beiden Seiten des Tisches drängte.

»Und wie heißt ihr?«, fragte Luara wie selbstverständlich und ließ ihre Jacke über die Rückenlehne ihres Stuhles gleiten.

Der weitere Abend in dem kleinen indischen Restaurant entwickelte jene inspirierende Dynamik, die beobachtet werden kann, wenn einander unbekannte Freundesgruppen neugieriger Menschen zufällig zusammenkommen und sich dabei sofort in Sympathie miteinander mischen. Hatte der Tag an sich schon genug Ereignisse und Überraschungen für Lynn und Des bereitgehalten – noch nicht einmal ihre Eindrücke über die Bedeutung der schottischen Schachfiguren hatten sie miteinander zu Ende austauschen können –, erlebte er jetzt bei südindischer Küche eine südamerikanische Wendung, die von der Lebensfreude Lissandros und seines brasilianischen Freundeskreises ausging.

Sie waren eine bunte Gruppe in London Gestrandeter, die sich als Sehnsüchtige nach ihrer gemeinsamen verlorenen Heimat im Ozean des Londoner Lebensgewimmels gefunden hatten. Gleich nur im Alter und in ihrer brasilianischen Herkunft – in Heimweh, Lachen und Lebensgefühl. Freundinnen und Freunde im Exil, die Momente des Zusammenseins daher so genossen, ein-, zweimal im Monat, so wie an diesem Abend.

Mitgerissen von den offenen Armen der brasilianischen Freunde, waren Lynn und Desna mit ihnen nach dem Essen weitergezogen, in den Rumba Club, wo sie mit Bossa-Nova-, Jazz- und Sambaklängen in die Londoner Nacht glitten. Es war eine regnerische, kalte Nacht, die sie trotzdem nur voller Herzenswärme und Rhythmus in Erinnerung behalten sollten, eine Nacht ohne Zeitgefühl, wie man sie nur im kurzen Moment des Jungseins erlebt. Wo man Unbeschwertheit als selbstverständlich nimmt und die Luft bedingungsloser Freundschaft atmet.

Es war einer jener kostbaren Momente, wo für alle die Sorgen abwesend waren, der Alltag, das Leiden und Hoffen, alles, was uns Menschen in unseren Gedanken ängstigt und beschwert. Ein Augenblick, der an kein Morgen einen Anspruch stellte und deshalb in seiner Leichtigkeit für die Erinnerung niemals verflog.

– 43 –

Washington, D. C., USA, Anfang Februar 2015
in einem luxuriösen Hotelzimmer

Paul Dickenson stellte seinen Flugkoffer auf die Gepäckablage seines Hotelzimmers und ging durch den großzügigen Raum. Die Firma ließ sich nicht lumpen, das musste er ihr lassen, so luxuriös hatte er bei einer Übernachtung noch nie logiert.

Er legte seine Aktentasche auf den vor der Fensterfront stehenden Schreibtisch und nahm die bei Brenda Hooper gestohlenen Unterlagen heraus. Zuerst griff er nach der Polizeiakte, zum Untersuchungsbericht, in dem es um den Tod seiner Mutter ging. Noch im Mantel, las er nun aufgeregt Seite um Seite eines nüchternen Berichts über ihren Badeunfall. In dem eine Kugel erwähnt wurde, die die Polizei in einem an einen Immobilienvermieter adressierten Briefumschlag gefunden hatte.

Der Tod seiner Mutter stand im Zusammenhang mit einer blau schimmernden, kleinen Kugel? Paul war seit Stunden von dieser Nachricht wie elektrisiert. Den gesamten Abendflug von New York hierher nach Washington hatte er darüber gegrübelt, sich in der dicht besetzten Maschine aber nicht getraut, die gestohlene Polizeiakte unbeobachtet anzusehen.

War es dieselbe Kugel, über die Onkel Graham seit Jahren seine geheimnisvollen Nachforschungen anstellte? Die Kugel, über die dieser Polizist Hooper wegen anderer Todesfälle in New York Untersuchungen geführt hatte? Die Kugel, die er als Kind auf dem Fußboden dieser Mietwohnung fand, die er mit seiner Mutter auf der Suche nach einem besseren Zuhause besichtigt hatte? Die Kugel, die in dem alten britischen Geheimdienstbe-

319

richt erwähnt wurde, den er mit Lynn im Schachbuchgeschäft in Durham entdeckt hatte? Immer dieselbe Kugel? Paul schlug bei dieser Erkenntnis das Herz bis zum Hals.

Geheimdienstbericht? Moment mal! Da war doch noch ein Bericht in seiner Aktentasche gewesen! Und schon nahm Paul ein dickes, vergilbtes Dokument zur Hand, das dieser Hooper sorgfältig in seinem Tresor verwahrt hatte. Und schon auf dem Deckblatt sah er es: Es war ein ähnlicher Geheimdienstbericht wie der erste in Durham. Vom gleichen Agenten, einem Mann namens Pinney, nur später verfasst. Am 2. September 1899.

Aufgeregt zog Paul die Schreibtischlampe näher zu sich heran, nahm den Bericht auf die Knie und begann zu lesen:

Bericht über Untersuchungen in Sachen ungeklärter Ereignisse in Zusammenhang mit einer Kugel auf dem Gebiet des British Empire in Indien.
Erstellt für das Hauptquartier des Geheimdienstes Ihrer Majestät Queen Victoria of Great Britain and Ireland and Empress of India, London,
von William R. Pinney, Senior Secrecy Agent, Außenstelle Delhi, 2. September 1899
Folgend: Bericht »Aufzeichnung des Bhat Jagjivanram Bhatt, über Ereignisse, die sich nach einer Legende am Hofe des Maharana Shihram im Jahr 555 zugetragen haben sollen.
»Die wahre Geschichte über die Erfindung des Schachspiels – so, wie sie noch nie erzählt wurde,
weil es bei Todesandrohung verboten war«
wahrheitsgemäß nach der Erzählung aufgeschrieben von William R. Pinney«

Maharana Shihram war böse, von Grund auf böse, sein Herz war von innen verfault wie ein abgestorbener *Khejri*-Baum. Shihram war selbstsüchtig, gierig und rücksichtslos, ohne Maß und ohne

Gnade, weshalb er von allen Menschen gefürchtet wurde, ob hoch oder niedrig in seinem Reich. Und er war zu jeder Grausamkeit fähig, das wusste Sissa nur zu genau, der Brahmane war, gläubig – und Shihrams einziger Sohn.

Wie es nur sein könne, wurde hinter vorgehaltener Hand von Groß und Klein im Königreich geflüstert, dass dieser Sissa des Herrschers Sohn sei, denn er war großherzig, selbstlos und hilfsbereit wie ein guter Geist!

So unterschiedlich waren Vater und Sohn, schon äußerlich, wenn man sie daherkommen sah. Der Maharana war kräftig und stark, trug zu seinen prunkvollen Gewändern Goldschmuck und einen edelsteinbesetzten Dolch. Er sprach laut, brüllte oft dröhnend, genoss die Angst der Menschen vor ihm und liebte Kriegskunst und Kampf. Wo sich ihm eine Gelegenheit bot, zog er in blutige Schlachten, plünderte und zerstörte, eroberte Land, tötete Gegner, mehrte Reichtum, Kriegsruhm und Macht.

Sissa hingegen war zierlich, bescheiden gekleidet, sprach ruhig und sanft, liebte Natur, Menschen und Tiere als der Götter Geschenk. Als Prinz musste er sich zwar in Schwertkampf und Bogenschuss üben, mehr aber liebte er das Musizieren, er malte und meditierte, las neben heiligen Schriften mit Freude Bücher der Weisen und der Liebesliteratur. Wo immer er ging, trug er ein Lächeln auf dem Gesicht, verteilte gute Worte, reichte hilfsbereit Bedürftigen die Hand.

Dass er doch Einfluss nehmen möge, Sissa, unsere Hoffnung, auf des grausamen Herrschers Gemüt! Dass er ihn zum Guten bekehren möge, den maßlosen Maharana, damit es sich für alle ohne Furcht leben ließe in seinem Reich! Dass er ihn zu einem gerechten König und Gutherzigen des Glaubens werden ließe, das wünschten sich die Menschen heimlich flüsternd Tag und Nacht.

Aber es war Sissas Großmutter, die eines Tages hierüber zu ihrem einzigen Enkelsohn sprach. Sie lebte zurückgezogen, außerhalb der Palastmauern – seit dem frühen Tod von Sissas Mutter. Widmete ihr Leben den Armen, aß keine Tiere und ernährte sich nur von Reis, Ingwer, Wasser und Salz.

Die Großmutter bat ihren geliebten Enkel: »Du musst Shihram zur Erkenntnis bringen, sodass er ablässt von seinen Begierden, die ihm befiehlt sein böses Herz!« Sie strich dabei zartfühlend über Sissas schöne Wangen. »Du bist der Einzige, der das vollbringen kann.«

Sissa ging in sich, sann einen Monat über die Bitte der Großmutter nach. Fragte sich grübelnd, wie er es anstellen könne, seinen Vater zur Einsicht zu bringen, ohne selbst Gefahr für sich heraufzubeschwören – denn einmal in Wut, war des Vaters Mordlust grenzenlos.

Da kam Sissa der Gedanke, den Maharana bei seinen brennendsten Begierden zu packen: Die eine war die Kriegslust, die andere sein Hang zum Spiel! Plötzlich bemerkten die Menschen bei Sissa große Geschäftigkeit. In den nächsten Wochen wurde er vielerorts im ganzen Reich gesehen. Er sprach mit einheimischen Kaufleuten in Basaren, traf persische und baktrische Händler in einer Karawanserei am Rande der Wüste Thar. Er korrespondierte mit tibetischen Mönchen im Himalaya und sandte einen Vertrauten auf schnellen Pferden bis hoch nach Samarkand. Nach einiger Zeit und neuer Einsicht schloss er sich für Wochen in seine Gemächer ein. Die Diener brachten ihm auf seinen Befehl hin Schnitzmesser, Steinzeug, Teakholz und Farben.

Einen Tag nach dem Frühlingsmond bat Sissa bei Shihram um Audienz und trat mit einer kunstvoll bemalten Schachtel unter dem Arm in den großen Thronsaal ein.

Er bringe ihm ein Geschenk, sagte Sissa zum Vater. Es bringe Freude und sei lehrreich zugleich. Es sei ein neues Spiel, man spiele es auf einem Brett mit vierundsechzig Feldern. Er werde es ihn gern lehren. Bei dem Spiel gehe es um die kluge Kriegskunst, denn sie entscheide womöglich nicht nur über Ruhm und Reichtum eines Königs, sondern über Glück und Elend eines ganzen Volks.

Maharana Shihram war sofort begeistert, Sissa baute Brett und Spielsteine auf einem großen Marmortisch neben dem goldenen Raja-Thron auf. »Was du vor dir siehst, sind zwei Heere. Die Figuren des einen sind aus schwarzem Ebenholz aus Ceylon, die des anderen aus weißem BANSWARA-MARMOR geschnitzt. An der Spitze eines jeden steht ein Raja – ein König und Heerführer, so wie du. Zu seiner Seite steht sein *Senapti*, sein General, mit zwei Kriegselefanten und zwei Kämpfern auf springenden Pferden. An den Flanken stehen zwei Streitwagen, wie Türme einer Festung sichern sie die Seiten ab. Und vor ihnen acht einfache Soldaten, in Linie, kampfbereit zu Fuß.«

»Lass uns spielen!«, rief Shihram aufgeregt. »Und wie bewegt man die Figuren, was ist das Regelwerk?« Sissa erklärte seinem Vater die Regeln, doch beherrscht von Ungeduld spielte Shihram sogleich los. Wie es seinem Gemüt entsprach, opferte er leichtsinnig seine Figuren, stürmte gleich waghalsig mit seinem König los. Er verlor Spiel auf Spiel, schnell brannte in ihm die Wut.

»Warum siege ich nicht? Ich bin doch ein mächtiger König und du nur ein Brahmane und mein zartbesaiteter Sohn.« Zornig herablassend brauste Shihram auf.

»So, wie du dich verhältst, kannst du nicht siegen! Das Spiel lehrt dich, dass selbst der Mächtigste, allein und rücksichtslos, ohne die anderen nie siegen kann. So wie du jeden deiner Soldaten achtest, so achten sie dich. So wie das Volk dich braucht, brauchst du das Volk. Darum führt ein Raja in Krieg und Frieden umsichtig und weise. Und erringt so den Sieg. Wenn er den Menschen Gutes bringt, bringen die Menschen dem Raja Gutes.«

Shihram wurde nachdenklich, begann im nächsten Spiel, seine Figuren umsichtiger zu führen, erlangte überraschend zunächst ein Remis. Davon angespornt, nahm er sich nun mehr Zeit, spielte das nächste Mal mit Überlegung und opferte keine Figur mehr ohne Verstand. Schon am Abend des dritten Tages errang Shihram mit seinem durchdachten Spiel den ersten Sieg über Sissa.

»Mein Sohn«, sprach der Maharana zu ihm, »du hast mich etwas Wichtiges gelehrt. Ich werde fortan meinen Untertanen gegenüber rücksichtsvoller sein, meine Soldaten mehr achten, denn sie alle brauche ich als Herrscher zur Festigung meiner Macht.«

Sissa hörte die Worte des Vaters hocherfreut, doch mischte sich in sein Triumphgefühl leiser Zweifel ein. Zu sehr hatte er des Maharanas Selbstsucht und Bosheit erlebt.

»Da du mir ein so wertvolles Geschenk gemacht hast, möchte auch ich dir etwas schenken. Wünsche dir von mir, was du willst. Du sollst es bekommen«, sprach Shihram jetzt zu ihm.

»Ich wünsche mir ein Reiskorn auf das erste Feld deines neuen Spiels, doppelt so viele Körner auf das zweite und auf das dritte Feld das Doppelte vom vorhergehenden – und so fort, bis das letzte Feld des Spielbretts gefüllt ist.«

Shihram lachte auf, zu bescheiden erschien ihm der Wunsch des Sohns. »Ich hätte mir an deiner Stelle etwas Wertvolleres gewünscht. Dein Wunsch war nicht klug gewählt, Sissa, aber so sei es!« Und der Maharana wies seinen Ersten Minister Prithviraj an, seinem Sohn den Reis in Säcke zu packen und bringen zu lassen. Prithviraj war des Maharanas jüngerer Bruder, er war gierig und listig. Und für seine Grausamkeit bekannt, schlimmer noch als Shihram selbst.

Nachdem ein paar Tage vergangen waren, erschien der Erste Minister buckelnd vor dem Raja, in seiner Begleitung der Vorsteher der königlichen Reiskammern und ein Mathematiker mit einem Rechenbrett, ein hagerer JAIN.

»Untertänigst, mein Herrscher, wir wagen es kaum auszusprechen, aber zur Erfüllung Eures Befehls zur Reislieferung an Prinz Sissa reichen die Mengen in den Kammern Eures ganzen Reiches nicht aus!« Prithviraj warf sich mit seinen Begleitern nach diesen Worten bäuchlings zu Boden und flehte um Nachsicht, denn er fürchtete des Maharanas Zorn.

»Du willst mir sagen, dass ich als König mein Versprechen

nicht halten kann? Das Wort brechen muss, das ich gab meinem eigenen Sohn?« Shiram sprach ungewohnt leise, bedrohlich zischend, wie eine Kobra vor dem Zubeißen.

»Wenn ich Euch eine List vorschlagen darf, mein König. Bittet Sissa doch einfach, sich den Reis Korn für Korn selbst in Euren Kammern abzuzählen. Ich bin mir sicher, er gibt nach einigen Tagen auf – und Ihr würdet nicht wortbrüchig ihm gegenüber.« Prithviraj und der Vorsteher der Reiskammern nickten bäuchlings heftig dabei, nur der Jain blieb unbewegt und ruhig.

Shiram sann einen Augenblick nach und schickte dann nach seinem Sohn.

»Du hast mich wiederum etwas gelehrt, Sissa«, sprach er zu ihm. »Du lehrtest, dass selbst der Mächtigste seine Grenze erkennen muss und nicht hochmütig werden soll. Ich erkenne deine Absicht. Aber ich frage dich: Bist du nicht ebenso hochmütig, wenn du mich, deinen Vater und König, vor allen belehrst?« Bedrohlich funkelte es in diesem Augenblick aus Shirams Blick, die Flammen verletzten Ehrgefühls flackerten auf. »Jedem anderen außer dir gäbe ich hierfür den Tod! Aber meine Vaterschaft und mein Dank für das Geschenk des Schachspiels schützen dich.«

Der König setzte mit diabolischer Stimme hinzu: »Aber ich verlange etwas von dir für meine Gnade. Du schenktest mir das Schachspiel, ja. Aber du schenktest mir nicht die Fähigkeit, die mich beim Spiel unbesiegbar macht, die mich stets siegen lässt, mit wem ich auch spiele. Mir diese Fähigkeit zu verschaffen, verlange ich von dir. Beim Schachspiel will ich immer der Erste sein, wie in meinem Reich! Nimm dies von mir als einen Befehl!«

Shiram wandte sich jetzt seinem Bruder und Ersten Minister zu: »Mein Sohn soll eingeschlossen werden in eine Kammer der Katakomben unter dem Palast, so lange, bis er mir die Fähigkeit der Unbesiegbarkeit beim Schachspiel verschafft hat. Gebt ihm die besten Speisen und Getränke. Er bekomme alles, wonach er verlangt. Aber entlasst ihn nicht aus der Kammer, bevor er verspricht, mir die Unbesiegbarkeit zu verschaffen. Prithviraj, mein Erster Minister, Ihr haftet mir dafür mit Eurem Kopf!« Der Befehl des Rajas klang wie das Brüllen des Berglöwen durch den Saal.

Sissa war erschrocken über seines Vaters Worte. Er begriff, dass die Lehre des Schachspiels den Maharana nicht wie beabsichtigt geläutert hatte, vielmehr hatte sein böser Charakter sofort die Gier nach Unbesiegbarkeit in ihm entfacht. Sissa wusste, dass er sich etwas einfallen lassen musste, denn zukünftig ging es bei jedem Schachspiel von Shihram für ihn um Leben oder Tod. Beklommen ging er mit den Wachen, die ihn in die Katakomben brachten. Er war verzweifelt, weil er ratlos war. Wie der Schlag des Henkerbeils fiel dort gnadenlos krachend seine Kerkertür hinter ihm zu.

∞

Ein Schock ging durchs ganze Land, das Volk murrte zitternd hinter vorgehaltener Hand. Sissa, unsere Hoffnung, eingesperrt vom eigenen Vater und vielleicht bedroht von baldigem Tod! Wie böse müsse der Maharana sein, dass er sich verginge am eigenen und einzigen Kind!

Derweil saß Sissa niedergeschlagen in seiner Haft, grübelte mutlos, fragte seine Götter um Rat. Sieben Tage verstrichen, er war appetitlos, ging den ganzen Tag sinnend in seiner Zelle auf und ab, trank nur Kurkumawasser und haderte mit sich und seinem Los. Da klopfte es plötzlich an seiner Kerkertür, der Wächter schloss mit klirrenden Schlüsseln auf. Herein trat der Jain, der Mathematiker war, zusammen mit Sissas Großmutter. Sie hielt ein kleines Elfenbeinkästchen in ihrer Hand.

»Verzage nicht, Sissa, wir sind gekommen, um dich zu retten.« Bei diesen Worten hielt seine Großmutter das Kästchen wie etwas Heiliges vor ihm in die Höhe.

Nun sprach der Jain zu ihm, Sissa hatte niemals seine betörend sanfte Stimme gehört. »Sissa, unsere Hoffnung. Es war deine Klugheit, die dich deines Vaters Begierden nach Spiel und Krieg nutzen ließ. Mit dem Geschenk des Schachspiels, das ihn als König lehrte, sein Volk zu achten.«

Der Jain war schmal. Barfüßig stand er vor dem Prinzen, in weißes Baumwolltuch gewandet sprach er die Worte rhythmisch, einem summenden Mantra gleich. »Aber es war Hochmut, dass du ihn mit deiner Reisforderung Demut lehren wolltest. Was hast du denn erwartet, wie dein Vater auf diese Demütigung reagiert? Mit deinem Handeln hast du in ihm Gefühle der Wut erzeugt. Und Gedanken der Rache in ihm entfacht!« Der Jain klang nicht tadelnd, vielmehr, als beschreibe er bewundernd einen prachtvollen Vogel im erhabenen Flug. »Wir werden viel wagen müssen, um dich zu retten, Sissa. Unser Vorgehen ist nicht ohne Gefahr!«

Vorsichtig hielt die Großmutter Sissa das kleine Kästchen entgegen. »Hierin befindet sich etwas, was dich retten kann. Oder dich in dein Verderben führt.« Genau diese geheimnisvollen Worte sprach sie zu ihm.

Ungläubig blickte Sissa auf das Elfenbeinkästchen. Fröstelndes Unbehagen kam in ihm auf. »Was ist in dem Kästchen?«, fragte er leise, fast wie gehaucht.

»Höre, Sissa! Kein Mensch ist nur böse, kein Mensch nur gut. Beides sind wir Menschen, beides ist unsere Natur. Das ist des Menschen Dilemma.« Die Großmutter sprach es einer Entschuldigung gleich. »Und hierin liegt des Menschen Hoffnung, wie unser aller Hoffnungslosigkeit. Das ist des Menschen Glück und Leid zugleich.«

»Nicht strenges Gesetz, nicht edle Moral machen den Menschen gut, Sissa. Der Einzige, der das vermag, ist der Mensch selbst. So ist es bei deinem Vater, so ist es bei dir. Und daher führt der einzige Weg, deinen Vater zu bekehren, über die Erkenntnis bei deinem Vater selbst. Er selbst muss erkennen, er selbst sich zum Guten bekehren. Das ist der einzige Weg zu deiner Rettung.« Ernst geworden war bei diesen Worten des Jains Gesicht. »Doch wenn der Weg misslingt, kostet es dich vielleicht dein Leben, und alles wird schlimmer als zuvor. Willst du dieses Wagnis eingehen?«

Mit diesen Worten öffnete die Großmutter behutsam das Elfenbeinkästchen. Wie in einem Zauber standen die drei jetzt mit gebeugten Häuptern um das von ihr in die Mitte gehaltene Kästchen im Kreis. Wie gebannt schauten sie auf eine leuchtend flimmernde Kugel, bläulich schimmerte sie aus dem Kästchen zwischen ihnen herauf.

Leise sprach jetzt der Jain weiter auf Sissa ein. Flüsternd wie Geheimwissen kamen die Worte aus seinem Mund, bestimmt nur für Sissas Ohren. Und während er sprach, eilten schon die Buntstörche und Ibisse am Fluss vor dem Palast ihren Schlafplätzen entgegen, die grünen Pfauen trompeten ihren vokalischen Ruf, und der Nachthimmel zog sein pfefferschwarzes Tuch über Stadt, Land und der Menschen Schicksal.

∞

Voll Unruhe blickte Prithviraj durch das geheime Guckloch, das ihm unbemerkt Einblick in den Kerkerraum von Sissa gab. Prithviraj, Erster Minister, königlicher Bruder und nach dem Maharana mächtigster Mann im Königreich, beobachtete sorgenvoll das Treiben zwischen der Großmutter, Prinz Sissa und dem hageren Jain. Diesem Mathematiker hatte er noch nie getraut!

Ängstlich presste er sein Ohr nun gegen das Loch, doch da im Raum nur noch geflüstert wurde, verstand er kein einziges Wort. Verflucht, was ging da vor? Angst packte den Ersten Minister, der Befehl des Maharanas schallte noch in seinen Ohren. *Verschaffe Prinz Sissa alles, wonach er verlangt. Aber wenn er entkommt, haftet Ihr mir mit Eurem Kopf!*

Prithviraj, hinter vorgehaltener Hand nur *Naga* genannt, die Schlange, wegen seiner ledernen Haut an Hals und Gesicht. Und wegen seiner Hinterhältigkeit wie der getigerte Python, der seinen Opfern auflauerte und sie hinterrücks erwürgte.

Prithviraj war misstrauisch. Gegen jeden. Sonst hätte er es unter Shihram niemals so weit gebracht. Doch er wusste, der Maharana war launisch, böse, gefährlich – ebenso verderbt wie der Erste Minister selbst.

Aber noch gefährlicher für Prithviraj war ein ganz anderer. Es war Sissa, dieser Brahmane, dieser sanfte, vom Volk geliebte, gutherzige Prinz. Würde er eines Tages den Thron besteigen, dann wäre des Ersten Ministers Zeit – und wer weiß, sein Leben – auf immer verwirkt. Darum hasste Prithviraj Sissa, darum trachtete er ihm nach dem Leben, sann über einen Weg nach, den Prinzen zu töten, grübelte heimtückisch schon eine lange Zeit.

Jetzt spürte er eine Gelegenheit, die Zeit gekommen – Sissa hatte des Maharanas Wut gegen sich entfacht. Doch welches Unglück, er haftete Shihram für seinen Sohn mit dem Leben, falls der Prinz dem Kerker entkam. Es musste also ein Weg gefunden werden, mit Gunst des Schicksals Sissa schnellstmöglich zu töten – am besten natürlich durch des Maharanas eigene wütende Hände. So wüsche der Erste Minister seine Hände in Unschuld. Und überhaupt, dann stünde nur noch Shihram, sein älterer Bruder, zwischen ihm und dem Maharana-Thron!

In der Intrige war Prithviraj ein Meister, beim Knüpfen von Fallstricken für seine Feinde machte ihm keiner was vor. Vielleicht lag in dem, was er gerade beobachtete, der Ansatz für seine lang erhoffte Chance. Irgendwas heckten die Großmutter, Prinz Sissa und der Jain im Kerker aus. Prithviraj war beunruhigt, witterte aber auch eine lang ersehnte Gelegenheit. Er musste eigentlich nur noch wissen, was da gerade im Kerkerraum so eindringlich besprochen wurde. Nur wie? Da kam ihm eine Idee, die perfidesten gebiert oftmals die Not – und er ließ eiligst nach dem Anführer der Palastwache schicken.

∞

»Nun weißt du, was zu tun ist. Wir müssen jetzt gehen.« Der Jain hatte fast eine Stunde im Flüsterton im Kerker zu Sissa gesprochen. Im Kreis stehend mit der Großmutter. Sie hielt die ganze Zeit das geöffnete Elfenbeinkästchen in der Hand.

»Gewaltlos im Denken. Friedfertig im Handeln. Siegreich im Spiel. Das ist der Weg, der für dich bestimmt ist, Sissa, unser aller Hoffnung. Wenn du sitzen wirst, eines Tages, auf deines Vaters Thron.« Der Jain lächelte jetzt, es lag schon Abschied in seiner Stimme. So als läge in diesem Abschied eine Endgültigkeit.

»Das ist der Weg der Kugel. Dafür wurde sie geschaffen vor unendlich langer Zeit. Sie lehrt es dich. Sie zeigt es dir. Wie du deine Selbstsucht, Bosheit und Habgier beherrschst. Wie du Hass, Mitleidlosigkeit und Größenwahn besiegst. Wie du Intoleranz, Verantwortungs- und Gedankenlosigkeit verscheuchst. Wie du zu dem wirst, was den Sinn unseres Menschseins ausmacht: gewaltlos im Verstand, selbstlos im Herzen.«

Nach diesen Worten reichte ihm seine Großmutter das Kästchen mit der blau schimmernden Kugel. Behutsam nahm Sissa es in seine Hände. Es war für seine Größe zu seiner Überraschung erstaunlich schwer!

»Wir werden uns vielleicht nie wiedersehen, Sissa, mein Herz«, sprach die alte Frau jetzt zu ihm und strich ihm sanft zum Abschied über die Wange, während der Jain zustimmend nickte. »Nun ist die Kugel bei dir. Nutze sie weise und lebe wohl!« Mit diesen Worten wandten sich Großmutter und Jain zur Tür, riefen dem Wächter zu, dass sie gehen wollten, und ließen nur Augenblicke später Sissa allein in seiner Kerkerzelle zurück.

Und während Sissa nachdenklich im Raum stand, das geschlossene Kästchen in der Hand, wurden die Großmutter und der Jain von der Palastwache bereits festgenommen, ihnen die Hände fest gebunden und sie in die tiefsten Gewölbe des Kerkers abgeführt. Noch in der Nacht wurden sie auf das Foltergerüst geknotet und über Stunden quälend befragt. Was sie besprochen hatten mit dem Prinzen Sissa? Und dass sie die Pläne einer Verschwörung gegen den Herrscher doch endlich zugeben sollten, gestehen sollten ihren heimtückischen Hochverrat.

Doch die Großmutter und der Jain schwiegen. Sie lächelten sogar unter der Tortur! So lange, bis der entnervte Folterknecht bei Sonnenaufgang eine versiegelte Nachricht an den Ersten Minister überbringen ließ. Er habe alles versucht, was in seiner Kunst stünde, stand darin. Er habe so etwas noch nie erlebt. Die beiden Gefolterten hätten die ganze Zeit geschwiegen und dabei gelächelt – bis zu ihrem Tod.

Prithviraj war jetzt noch unruhiger. Jetzt hieß es schnell sein, im zupackenden Handeln liegt meist der Sieg! Dem Folterknecht ließ er unter Anklage der Unfähigkeit kurzum die Zunge ziehen, die Hände abhacken, ihn anschließend blenden und vertreiben aus der Stadt. Zeugenmünder sind gefährlich. Sie sind als Erstes zum Schweigen zu bringen, das wusste Prithviraj nur zu genau. Die Leichen der Gefolterten wies er zu verbrennen an, auf einem Scheiterhaufen der Unberührbaren, anonym, irgendwo außerhalb der königlichen Stadt.

Dann ging er zum Maharana, erbat ein Gespräch unter vier Augen und sagte Shihram, es gehe für ihn um eine Sache von Leben und Tod. »Eine Verschwörung ist im Gange, Euer Sohn sinnt auf Rache und trachtet nach Eurem Thron! Wir erhielten die Gewissheit von zweien seiner Komplizen. Sie haben unter der Folter gestanden.« Doch leider seien sie durch die Unfähigkeit des Folterknechts inzwischen tot.

Shihram war erschrocken und hörte sich argwöhnisch die zweifelhafte Lügengeschichte seines Ersten Ministers an. Der sanfte Sissa wollte ihn stürzen? Unglaublich, was er da aus Prithvirajs Mund vernahm.

»Es hängt mit diesem Schachspiel zusammen! Ich bin mir sicher«, sagte der Erste Minister. Wie genau, das wisse er jedoch noch nicht.

»Lassen wir Sissa sich weiter in Sicherheit wiegen«, sagte der Maharana nach kurzer Bedenkzeit, schräg und verschlagen schaute er seinen Minister dabei durch schmale Augenschlitze an. »Beobachtet ihn weiter heimlich, verschafft ihm alles, wonach er verlangt. Irgendwann kommt er mit seinem Vorschlag, mich im königlichen Schachspiel unbesiegbar zu machen. Dieses Wissen möchte ich unbedingt von ihm erfahren, bevor wir ihn richten.«

»So soll es geschehen!« Prithviraj war mit sich und seiner vermeintlich gelungenen List zufrieden.

Der Maharana jedoch war misstrauisch. Schon lange traute er seinem Bruder und Ersten Minister nicht mehr über den Weg. Nachdem dieser gegangen war, rief er zwei seiner Spitzel. »Beobachtet Prithviraj unauffällig, so wie er heimlich meinen Sohn beobachten lässt«, wies er seine Spitzel an. »Was Ihr seht, berichtet nur mir persönlich. Es soll Euer Schaden nicht sein.«

Böses besiegt Böses, war des Maharanas Überzeugung. Im Spiel der Intrige gelten kaltblütige Regeln: Wer am bösesten handelt, dem gehört am Ende der Sieg!

∞

»Gewaltlos zu denken, ist die einzige Rettung für uns Menschen. Denn es ist der einzige Weg zur Beherrschung unserer Natur. Und es ist die einzige Rettung für dich, Sissa!« Die Worte des Jain gingen Sissa nicht aus dem Kopf.

Gleich am nächsten Morgen ließ er sich wieder Materialien schicken. Weißes Elfenbein diesmal. Schwarzes Ceylon-Ebenholz. Schnitzmesser. Teakholz. Und Farben dazu. Tagelang werkelte der Prinz nun. Er fertigte ein neues Schachbrett mit Figuren, diesmal alles größer und prächtiger, so berichteten es dem Ersten Minister seine Spione, die am Guckloch saßen, Tag und Nacht. Eigentümlich sei jedoch, dass der Prinz zwischendurch stundenlang meditiere, im Lotossitz säße er auf dem Boden vor dem leeren Schachbrett, hielte dabei ein kleines Kästchen sanft in der Hand.

Nach drei Monaten, Prithviraj war schon ungeduldig geworden, verlangte Sissa plötzlich, seinen Vater zu sprechen. Doch nur unter vier Augen, bestand er forsch, wolle er mit ihm das Gespräch führen. Er sei so weit. Er könne es ihm jetzt verraten – das Geheimnis des ewigen Siegs. Doch nur für des Maharanas Ohren sei die Botschaft bestimmt.

Der Erste Minister sprach eine Warnung aus. Er sei sicher, des Prinzen Absicht sei böse Hexenlist. Der Maharana solle sich vor Sissa hüten, er wittere Unheil und Gefahr! Doch Shihram traute seinem Minister nicht – weit weniger noch als seinem Sohn Sissa. Zur Vorsicht ließ Shihram in seinem weitläufigen Privatgemach heimlich Wachen aufziehen. Getarnt standen sie hinter den bemalten Rosenholz-Paravents, eingriffbereit mit gezücktem Schwert.

Shihram saß nun auf dem Teppich, ungeduldig und begierig, endlich das Geheimnis der Unbesiegbarkeit zu erfahren, und ließ Sissa zur Audienz rufen. Es war bereits kurz vor Mitternacht. Begleitet von Wachen, betrat Sissa mit pochendem Herzen die königsgoldenen Gemächer des Vaters, hielt dabei das neue Schachbrett und eine schwarz-weiß verzierte Schachtel in seiner Hand.

»Du möchtest von mir das Geheimnis des ewigen Siegens erfahren. Ich bin gekommen, es dich zu lehren«, sagte Sissa, als er allein vor seinem Vater stand.

»Lass es mich hören, wir sind allein, keiner hört uns zu«, log durchtrieben der Maharana. Die versteckten Wachen atmeten leise, im goldgeschmückten Zimmer war es mucksmäuschenstill.

Sissa baute nun das Schachbrett auf. Prachtvoll geschnitzte Figuren entnahm er der Schachtel und stellte sie sorgsam auf ihre Felder einander gegenüber auf.

»Kämpfe nie, um zu siegen. Zerstöre nie, um zu bezwingen. Töte nie, um zu triumphieren. Denke niemals an Gewalt, egal aus welchem Grund.« Sissas Sätze klangen durchdringend wie Eulenrufe durch die Stille der indischen Nacht.

»Wenn du Hass in dir spürst, denke an Liebe. Wenn es dich nach Lust verlangt, frage dich, wem du sie hingeben kannst. Wenn du Habgier in dir fühlst, denke daran, Bedürftige zu beschenken. Wenn es dich nach Ruhm dürstet, überlege, wem du ihn überlassen kannst. Wenn dich ein böser Gedanke erfasst, fasse einen guten.«

Mit diesen Worten setzte sich Sissa vor das Brett, dem Vater gegenüber. Das Licht zweier großer Samai flackerte züngelnd, beleuchtete Schachbrett, Vater und Sohn. Auf einem Bodentischchen simmerte schmurgelnd ein kaschmirischer Samowar.

»Achte alle deine Figuren auf dem Schachbrett gleichermaßen, ob hoch oder niedrig, ob stark oder schwach, ob schnell oder langsam. Liebe jede wie dich selbst – beim Schach wie im Leben.«

Ungläubig schaute der Maharana auf seinen Sohn. Was sollte das werden? Verbarg sich hinter diesen Worten ein böser Zauberspruch?

»Wenn du gewaltlos bist im Denken, wirst du friedfertig im Handeln, Vater. Und dann bist du siegreich, im Leben wie im Spiel.«

»Wenn ich gewaltlos bin im Denken, werde ich immer siegen?« Argwöhnisch wiederholte der Maharana die Worte, doch Sissa setzte davon unbeirrt fort: »Du siegst, wenn du Gutes denkst, denn dann wirst du Gutes tun.«

»Aber wie soll ich lernen, meine Gedanken zu beherrschen?« Nachdenklichkeit kam in Shihram auf.

»Hier«, sagte Sissa, griff eine zusätzliche, kunstvoll geschnitzte Elfenbeinfigur aus der Schachtel und reichte sie Shihram. »Nimm diese Turmfigur in deine Hand. In ihr versteckt liegt eine Kraft, die dir hilft, es zu erlernen. Lass uns spielen. Und befiehl dir, an nichts Böses zu denken. Mit aller Kraft. Böse Gedanken sind tabu!«

Shihram tat, wie ihm geheißen, nahm die geschnitzte Figur behutsam in die Hand. Spürte sie zu seiner Überraschung unerwartet schwer. Machte den ersten Zug auf dem Brett, übte sich im Beherrschen jedes bösen Gedankens. Dachte dabei an seinen Sohn, an seine lang verstorbene Mutter, dachte an Gefährten seiner Kindheit, spürte jetzt Liebe und keinen Hass.

Das Spiel lief wie durch Magie schnell zu des Maharanas Gunsten. Schon nach wenigen Zügen errang er den ersten Sieg.

»Wie ist das möglich?«, rief er voll Erstaunen aus und hielt dabei immer noch die schwere Elfenbeinfigur fest in seiner Hand.

»Das war erst der Anfang. Übe dich täglich«, erwiderte Sissa, »drei volle Monate lang. Spiele schon bald das Schachspiel ohne Figuren, nur in deinen Gedanken. Lege irgendwann dabei auch die Figur aus deiner Hand. Und du wirst es erfahren: gewaltlos im Denken, friedfertig im Handeln, siegreich im Spiel.«

Shihram war sprachlos, glaubte kaum, was hier geschah. Er wollte gleich weiterspielen, stellte erneut die Figuren auf, gewann von nun an Partie auf Partie. Musste erst lächeln, begann dann zu grübeln. Spielte immer weiter, Vater und Sohn spielten die ganze Nacht.

»Was ist das für ein Zauber?« Shihram spielte immer weiter, ohne Pause, siegte nun schon den zweiten, dann den dritten langen Tag. Hatte keinen Hunger, trank nur Tee und Wasser, verbesserte Spiel und Denken von Partie zu Partie. Spürte sich ruhig, froh und erleichtert. Wie befreit von einer unsichtbaren Last.

»Wie fühlt es sich an, das gewaltlose Denken? Wie fühlt es sich an, wenn dein Gewissen rein ist?«, fragte Sissa den Maharana. Es schwärzte draußen schon die vierte pfefferschwarze Nacht.

»Es tut so gut. Werde ich jetzt immer siegen?«

»Wirst du gewaltlos im Denken, wird das Volk dich lieben. Denn wer friedvoll handelt, herrscht weise und gut.«

»Lass uns ab jetzt ohne Figuren spielen, Sissa, mein Sohn. Ich fühle mich bereit. Lösche auch die großen *Samai*. Licht ist jetzt in mir. Mehr brauche ich nicht.«

Vater und Sohn saßen einander jetzt im Halbdunkel am leeren Schachbrett gegenüber. Rauchgrau zogen die Schwaden der gelöschten Öllampen durch den königlichen Raum. Nur noch die kleinen Wandleuchten blakten schwächlich. Das Mondlicht fahlte durch das Zimmer, wie blass gemischt aus Schwarz und Weiß.

»Noch etwas, Vater.« Sissa war jetzt ernst. »Das Gute ist zerbrechlich wie die Figur in deiner Hand. Behutsam musst du beides bewahren. Zerbrich niemals diese Schachfigur! In ihr schlummert eine Kraft, durch Elfenbein geschwächt.«

»Ist das Magie? Was willst du mir sagen?«

»Nein, diese Kraft ist unser Schicksal. Sie versucht ständig unsere menschliche Natur.«

Nun saßen sie schweigend, die Beine verschränkt im Lotossitz. Sie spielten leise miteinander Schach in Gedanken. Nur leise flüsterten sie sich zu, Zug um Zug. Shihram hielt die geheimnisvolle Schachfigur fest in seiner rechten Hand umklammert. Ein Lächeln spielte sanft wie zugefächelt um seinen Mund.

∞

»Was findet da drinnen für ein Dämonenzauber statt?« Der Erste Minister Prithviraj schritt voller Unruhe vor den Gemächern des Maharanas auf und ab. Schon zum hundertsten Mal durchmaß er dabei den rot-gold geschmückten Vorraum, sein rubinbesetzter Stock stieß knallend bei jedem Schritt auf den Marmorboden auf. Mehr als sechs Stunden schon war Sissa bei seinem Vater im Gemach. Weder Ton noch Nachricht drangen aus dem Königszimmer zu ihm heraus.

Überlistete der Sohn den Vater? Wurde er als Erster Minister vielleicht gerade abgesetzt? An diesem Hof lauerte ständig Verrat, oft hinter verschlossenen Türen, verkleidet in prunkvollen Gewändern oder im Schatten verzierter Säulen feige versteckt. Prithviraj wusste all das nur zu genau!

Er ließ sich einen Sitzhocker unter dem PANKHA aufstellen, hier würde er warten, und dauerte es tagelang. Den Diener wies er zum langsamen Schwingen des Deckenfächers an. Er musste denken. Und eiskaltes Denken verlangte einen kühlen Kopf.

So saß der Erste Minister schließlich drei Tage, selbst des Nachts, ohne dass irgendetwas Erkennbares aus dem Herrscherzimmer drang. Die Türen blieben geschlossen, weder ein Bote mit Befehlen noch ein Diener mit Speisen ging hinein oder hinaus. Wie verschluckt vom Boden der Erde waren Shihram und Sissa. Prithvirajs Unruhe steigerte sich zur Angst.

In der Nacht zum vierten Tag hielt er das Warten nicht mehr aus. Tatenlosigkeit war schon immer des Mächtigen Qual! *Ist der Maharana überhaupt noch am Leben?*, fragte sich Prithviraj insgeheim, zwirbelte grübelnd seinen mächtigen Bart. Was für eine Teufelei fand da hinter den verschlossenen Gemächertüren statt?

Er wusste um die verborgene unterirdische Etage mit ihrem Geheimgang zu des Maharanas Privatgemach. Einst erbaut zur Flucht vor Feinden, schlich sich Prithviraj jetzt heimlich bis zum Zimmer von Maharana Shihram vor. Er zog seinen Stoßdolch, die zweischneidige Klinge blitzte im Lichtkegel seiner silbernen Öllampe auf. Er betrat den Raum durch die Blindwand. Schwach erleuchtet bot sich seinen Augen ein seltsames Bild.

Bewegungslos hockten am Boden Shihram und Sissa, mit geschlossenen Augen einander gegenüber, bekleidet nur mit einer schlichtweißen DOHTI, vor einem großen Schachspielbrett. Auf dem Brett standen keine Figuren. Im Raum war sonst niemand, die hölzernen Fensterläden waren fest geschlossen. Im Gemach kaum ein Luftzug, schwach blakten die Wandlampen. Draußen schwärzte die Nacht.

Prithviraj war verwundert. Der Maharana und sein Sohn waren allein, womöglich schlafend – und kein Wächter war im Raum! Was für eine Gelegenheit bot sich ihm hier. Zwei, drei beherzte Stiche in Herz und Kehle, eine unbemerkte Flucht – und schon säße er als neuer Maharana auf dem Thron.

Er schlich vorsichtig weiter, hob die Hand mit dem Dolch zum ersten Stoß hoch über seinen Kopf. Da zischte ein CHAKRAM, kraftvoll geworfen von einem der Wächter hinter dem Paravent, blitzschnell kreiselnd durch den Raum. Mit sirrendem Ton senste das messerscharfe Wurfeisen durch Prithvirajs Handgelenk, schnitt seine Hand, noch fest um den Dolchgriff geklammert, gleich einer Sichel das Zweiglein ab. Mit Gelärme kamen jetzt weitere Wächter aus ihrem Versteck vorgesprungen, stürzten mit gezückten Schwertern auf den überrumpelten Königsmörder zu.

»Tötet ihn nicht!«, schrie der Maharana mit lauter Stimme. Er und sein Sohn saßen mit gekreuzten Beinen vor dem Schachbrett, immer noch wie vordem, aber jetzt waren sie hellwach. Der Erste Minister wurde überwältigt, mit Schnüren gebunden. Entsetzen quoll aus seinen Augen. Blut troff aus dem Stumpf seines verstümmelten Arms. Die abgeschnittene Hand lag auf dem Boden, fest umkrampfte sie noch immer den Knauf des Mörderdolchs. Der Maharana hob sie auf und hielt sie hoch, mit ausgestrecktem Arm für alle sichtbar, derweil die Türen von außen aufgerissen wurden. Weitere Wächter und Hofvolk stürzten alarmiert in den königlichen Raum.

»Keine Gewalt. Er soll leben!«, rief der Maharana und hielt noch immer des Ministers blutige Hand hoch. »Ich gewähre ihm Gnade. Verbindet seine Wunden. Sperrt ihn in seine Gemächer. Mein Urteil über ihn erfahrt ihr am morgigen Tag.«

Wie ein Lauffeuer verbreitete sich die Nachricht erst im Palast, dann in der Stadt, wie mit dem Wind im ganzen Land. Der Erste Minister wird gerichtet, Prithviraj, der Bruder. Der Shihram und Sissa das Leben zu nehmen versucht haben soll. Danket den Göttern, der verruchte Bösewicht wurde rechtzeitig gefasst. Mitleid gab es von niemandem, zu sehr war auch Prithviraj, genannt *Naga*, die würgende Schlange, im Volk des ganzen Königreichs verhasst.

∞

Schon am nächsten Tag stand der Maharana in seinem Thronsaal. Sein Sohn Sissa stand neben ihm, alles von Rang und Namen am Hofe war in diesem Moment im Raum versammelt.

Schlicht waren Vater und Sohn heute gekleidet. Kein Schmuck, weder Zierrat noch Dolch fanden sich zu aller Überraschung an des Königs Gewand. Die Menge wisperte in Aufregung und Ehrfurcht, als von Wachen begleitet der gefangene Königsmörder Prithviraj den Saal betrat. Verzweiflung funkelte auf seiner Miene, aber auch Trotz, Hochmut – und Hass.

»Wir sind zusammengekommen, um meinen Ersten Minister zu richten, den Mann, der mein Bruder ist. Und der mein Vertrauen stahl. Der versuchte, mich und meinen Sohn zu töten, hinterrücks mit einem Dolch.« Der König hielt bei diesen Worten zu aller Entsetzen die abgeschlagene Mörderhand hoch, die noch immer sich krampfte, fest um den Dolch.

»Wir sind zusammengekommen, über Prithviraj zu urteilen, der meine Gunst genoss, dem ich Macht, Reichtum und Ehre schenkte und der mich und meinen Sohn dennoch um unseren Thron zu betrügen trachtete. Über einen Mann also, der ein Dieb, Betrüger und Mörder ist. Wie lautet, frage ich euch alle, unser Urteil über diesen Mann?«

»Tod!«, schrie eine Stimme aus der Menge. »Foltert und tötet ihn!«, rief eine zweite. »Übergießt ihn mit siedendem Pech und werft ihn gefesselt in einem Sack in den Fluss!«, schrillte eine dritte Frauenstimme auf. »Auf dass ihn die Krokodile fressen!«

Wie ein stürmischer Wind fauchten die Stimmen jetzt auf, hasserfüllt, immer lautstärker schrien sie durcheinander in den Raum. Jede von ihnen voller Begierde nach Rache. Alle überboten einander mit Verwünschungen und an Grausamkeit.

Shihram und Sissa schauten dem Treiben eine Weile schweigend zu. Reglos standen der Maharana und der Prinz nebeneinander vor dem goldenen Thron. Plötzlich hob Shihram die Hand und begehrte zu sprechen. Augenblicklich verstummte die

Menge. Der Schrei eines Schlangenadlers drang von ferne in die Stille hinein.

»Hört mein Urteil und hört meine Worte. Eure Stimmen rufen nach Rache, eure Herzen sind voller Hass. Schuld sind eure bösen Gedanken. So wie sie schuld an Prithvirajs bösen Taten waren!«

Der Hofstaat war überrascht, die Worte Shihrams drangen verwirrend und fremd wie betörender Flötenklang an ihr Ohr.

»Wenn wir ihn töten, wird Prithviraj mit bösen Gedanken sterben. Wem ist damit gedient?« Der Maharana ging jetzt einige Schritte auf seinen Ersten Minister zu, legte seine Hand huldvoll auf seine Schulter.

»Du wirst verurteilt, unsere Stadt zu verlassen. Dein Besitz wird unter den Armen meines Reichs verteilt. Du erhältst von mir ein Pferd und dich geleitende Wächter für deine Reise, einen Sack Reis und wärmende Kleidung für kalte Nächte. Und ein Schachspiel zum Üben deines Denkens in deiner nun beginnenden Einsamkeit. Gehe nach KASHI, an den heiligen Ganges. Pflege dort Lepröse, wasche ihre Wunden, stille ihren Hunger, lindere ihr Leiden, arbeite hart und helfend ohne Anspruch – außer auf das Nötigste an Nahrung und Nachtlager für dich selbst. Bleibe dort dreißig Jahre und bereue täglich deine Schuld und Taten. Bade jeden Morgen im Ganges und übe, dein böses Denken zu beherrschen durch täglich neue gute Taten. Wenn es dir gelingt und du noch lebst, komme nach dieser Zeit zu uns zurück. Ich verspreche, dir zu verzeihen und dich mit einem Festmahl zu empfangen. Sollte ich nicht mehr leben, erfüllt Sissa dieses als Vermächtnis an meiner statt.«

Der Maharana ließ jetzt seine Hand von der Schulter seines Bruders fahren. »Mein Befehl werde sofort ausgeführt. Wächter, bringt ihn fort und setzt ihn auf ein Pferd. Stellt einen Wachtrupp zusammen, der ihn sicher nach *Kashi* begleitet. Binnen einer Stunde verlasse Prithviraj für dreißig Jahre die Stadt.«

Zügigen Schrittes wurde Prithviraj von Wächtern aus dem

Thronsaal gebracht. Der Hofstaat stand schweigend da, in tiefster Seele erstaunt.

»Nun zu euch«, rief jetzt der Maharana. »Von heute an führe ich gemeinsam mit Sissa als meinem Ersten Minister Regierung und Thron. Über meine Pläne werdet ihr bald erfahren. Aber wisset, jeder, der Böses denkt, wird ab heute in meinem Reich verlieren. Nehmt die Hand des Mörders als ewiges Unterpfand meines Versprechens!« Mit diesen Worten zeigte Shihram den Umstehenden nochmals die abgeschlagene Hand des Mörders. Mit gelbfahler Haut krampfte sie sich noch immer um den Dolch.

∞

Was nun folgte, versetzte das Volk in Erstaunen. Von einem Wunder sprach bald ein jeder im Königreich. Der Maharana war wie verwandelt, regierte mit Güte, füllte aus seinen Kammern die Reisschüsseln jeder Familie tagtäglich im ganzen Land. Errichtete Schulen für die Kinder, verteilte Gaben an Kranke und Schwache, spendete Priestern und Tempeln, achtete respektvoll die Asketen, betete täglich und öffnete seine Schatten spendenden Gärten zur Erholung fürs Volk.

Er verbot das Töten, ob von Mensch oder Tier. Führte keine Kriege, opferte regelmäßig den Göttern, gab seine Befehle ruhig und leise, aß nur noch Früchte, Linsen und Reis.

Das Land atmete auf, ein Leben in Freude kehrte in das Königreich zurück. Man hörte Kinderlachen, in den Gesichtern sah man allenthalben Liebe, Zuversicht, ja Mut. Dörfer, Felder und Häuser blitzten prächtig in der Sonne, wie erfüllt von Vertrauen und Zuversicht. Leicht wie Schmetterlingsflügel ging den Menschen ihr Leben, ihre tägliche Arbeit und die Pflichterfüllung für die Götter von der Hand.

Shihram ließ das Schachspiel lehren in allen Provinzen seines Reichs. Schickte wertvoll geschnitzte Figuren und Bretter als Geschenk mit seinen Gesandten zu seinen fürstlichen Nachbarn, sogar bis zum Schah der Perser, weit hinter Baktrien entfernt. Das Volk liebte das Spielen, bald schon beherrschte die Regeln ein jedes Kind.

Es war an einem dieser Tage, als Sissa an einem Brunnen im Palastgarten allein mit seinem Vater stand.

»Du bist ein guter König, gütig und weise, gewaltfrei im Denken und geliebt von deinem Volk. Du brauchst mich nicht mehr an deiner Seite. Es ist Zeit für mich, dich zu verlassen und als Brahmane in den nördlichen Bergen für unsere Götter zu leben, ihnen dort eine Zeit als Asket zu dienen und für die Erlösung meiner Seele durch Gebete in mich zu gehen.«

»Es fällt mir schwer, dich gehen zu lassen, mein Sohn. Ich spüre, es bleibt mir noch so viel Gutes in meinem Reich zu tun. Aber ich lasse dich ziehen. Die Gunst des Schicksals sei mit dir. Und kehre eines Tages zu mir als mein Nachfolger zurück.« Der Maharana sagte die Worte freundlich, gleichsam heiter, aber auch ein wenig wie entrückt.

Sissa zog in die Berge. Reis, ein Schachspiel und heilige Bücher waren die einzige Habe seines Gepäcks. Er zog sich zurück in eine Höhle, hoch oben nahe den verschneiten Gipfeln, in einem Tempelbezirk. Er blieb dort viele Jahre, schwieg und meditierte. Betete, opferte, las und wurde hager. Hörte, dachte, spielte Schach in den Gedanken. Und sah nichts außer dem, was ihn umgab, von dieser Welt.

Bis zu einem Tag, als plötzlich eine Bäuerin und ein Fischer unerwartet vor seiner Höhle standen. Ihre Gesichter waren bitter, ängstlich zitterten ihre Körper, verweint waren ihre Augen. Die Frau hielt ein versiegeltes Schriftstück in ihrer Hand und sagte: »Sissa, wir sind zu dir gekommen als unsere letzte Hoffnung.« Beide warfen sich zu seinen Füßen – und hielten ihm die Papierrolle wie eine Gabe hin.

∞

Maharana Shihram war nun gut, grenzenlos gut, er spürte ein Gefühl in sich, als sei er neugeboren wie Brahma aus dem Lotos, den der Nabel Vishnus einst gebar.

Nach Sissas Fortgang in die Berge stürzte er sich in Arbeit. Noch so viel Gutes war zu tun! Sein Volk musste ihm folgen, nur noch gut denken und handeln. Doch dafür brauchte es nicht nur sein Beispiel, sondern auch Anleitung, Belehrung, Erziehung zum Guten – und königliche Aufsicht, wo immer es ging.

Er ernannte Tugendwächter und sandte sie mit belehrenden Schriften in jeden Winkel seines Reiches. Er ließ steinerne Tafeln errichten, eingemeißelt darauf Anweisungen zum guten Handeln. Sie wurden aufgestellt an Straßen und Plätzen im ganzen Land. Er verbot das Jagen von Vögeln und das Schlachten von Schafen. Und den Verzehr oder das Opfer von Tieren aller Art.

Er verbot den Fischern das Fischen. Und den Bauern das Pflügen. Denn wer wusste, ob des Landmanns Fuß auf dem Felde bei der Arbeit nicht ein Insekt zertrat. Er befahl den Respekt vor Eltern und Alten, verpflichtete Groß und Klein zu Tugend und ständiger Sittsamkeit. Er befahl, die Götter zu achten und täglich mehrfach zu beten, ordnete an, dass Priester zu grüßen und regelmäßig mit Gaben zu beschenken seien. Er verpflichtete jeden, niemals zu lügen, nur wahrhaftig zu sprechen. Er befahl seinem Volk schließlich, Tag und Nacht glücklich zu sein.

Das Volk begann zu ächzen, doch Shihram ließ nicht nach in seinem Eifer, erhöhte die Zahl der Wächter, verlangte schließlich Bericht von ihnen über untugendhaftes Verhalten, verlangte die Namen aller nicht sittsamen Menschen. Befahl ihnen schließlich, alles zu berichten – an jedem einzelnen Tag.

Maharana Shihram war nie zufrieden, ermahnte ständig zum Guten. So saß er eines Tages in seinem Zimmer, spielte Schach in Gedanken, nahm dabei die ihm von Sissa übergebene elfenbeinerne Schachfigur in die Hand. »Zerbrich niemals die Schachfigur!« Er erinnerte sich an Sissas Worte. In ihr schlummere eine Kraft, durch Elfenbein gebannt?

Ich bin schließlich der Maharana, denke nur Gutes, bin der Hüter der Tugend. Warum darf ich die Figur nicht zerbrechen und sehen, was sich in ihrem Inneren verbirgt? Vielleicht kann mir die dort versteckte Kraft helfen, das Volk zum Besseren zu bekehren. Meine Untertanen sind wie Kinder, sie bedürfen meiner führenden, tugendhaften Hand!

Er warf die Schachfigur mit Kraft, sie prallte gegen die Steinwand, stürzte von dort zu Boden und brach entzwei. Hervor sprang eine Kugel, bläulich irisierend leuchtend. Sie rollte über den Boden. Shihram nahm sie neugierig in seine Hand.

∞

Sissa stieg den Berg herab, seine Habe im Tragsack auf dem Rücken. Die Worte der Bäuerin und des Fischers kreisten noch immer in seinem Kopf. Sieben Jahre war er fort gewesen, in seiner Askese, nun eilte, ja hastete er voller Unruhe die steilen Pfade ins Tal hinab.

Was er erfuhr, kam wie ein Steinschlag, traf ihn unerwartet, wie geworfen aus dem Halbdunkel der Vergangenheit. Nie hätte er sich träumen lassen, dass so etwas geschah!

Zum Palast des Vaters führte ihn sein Eilmarsch, der Weg führte ihn durch Dörfer des Königreichs. Die Menschen blickten trübe, ihre Blicke stets in Richtung Boden, kein Kinderlachen war zu hören. Auf der Straße wich man ihm aus, grüßte nicht, eine beklemmende Stille lag wie Bodennebel über dem Land. An den Ortseingängen entdeckte er große Stelen, sie mahnten mit strengen Regeln zu Fleiß und Tugend. Sissa marschierte Tage und Nächte, machte Rast nur zum Schlafen, erreichte des Maharanas Palast schon eine Woche später.

Der Maharana wirkte verändert, als Sissa ihn in seinem Thronsaal zur Begrüßung das erste Mal sah. Er war gekleidet wie ein Bauer aus dem Volke und saß mit verschränkten Beinen auf einer Reisstrohmatte vor seinem Thron. Er lächelte sparsam, begrüßte Sissa mit einer Handbewegung, doch ohne Worte, erhob sich nicht und wies ihn dann mit einem Befehl an, vor ihm zu sitzen, auf Knien, wie es jetzt in seinem Reich die Pflicht zur Begrüßung des Königs sei.

»Vater, was ist geschehen? Du unterdrückst dein Volk, du unterjochst alle Menschen. Du zwingst sie zu Gehorsamkeit nach deinen Tugendregeln. Und wer nicht gehorcht, den strafst du mit Pranger, dem Entzug von Nahrung und harter Arbeit im Sinne deiner Gemeinschaft. Du überwachst ihr Denken, gängelst ihre Gesinnung. Warum das alles? Ich komme nach langer Zeit wieder – aber wiedererkennen kann ich dich nicht!«

»Ich bin ein guter König. Und ich verlange gutes Handeln von jedem in meinem Reich. Ist es nicht das, was du mich lehrtest?«

»Ich erzählte dir von gewaltfreiem Denken. Es muss aus deiner Überzeugung in Herz und Verstand kommen. Es muss jeder in Selbstbestimmung und Freiheit wollen. Erzwingen kannst du gutes Handeln nicht!«

»Du stellst die Regeln der Tugend, die Pflicht zur Sitte, die Achtung der Götter, den Respekt vor den Priestern, den Gehorsam zu König, Volk und Reich infrage? Sei gewarnt, Sissa. Ich dulde keinen Widerspruch zum Guten. Selbst du darfst dich nicht widersetzen, du, der du bist mein Sohn.« Dabei spielte der Maharana mit etwas, das er fest in seiner Hand hielt. Blau leuchtete es bisweilen, während er die Faust knetete. Blau funkelte es zwischen sein Fingern heraus.

»Hast du die Schachfigur etwa zerbrochen?«, schrie Sissa entsetzt, als er das blaue Blitzen in der Faust des Vaters sah. »Hast du etwa die Kraft der Kugel freigesetzt? Ich habe dich gewarnt!«

»Das Gute besiegt das Böse. Und das Gute, das bin ich!« Des Maharanas Stimme brüllte schallend, lange echoten die Worte nach, zurückgeworfen und sich überlagernd von den hohen Decken des Saals.

»Das Volk stürmt die Palastmauern!« Mit diesem Schrei rannte plötzlich ein Wachsoldat außer Atem in den Thronsaal hinein.

»Die Menschen sind voller Wut und überrennen alles. Ich bitte Euch, Shihram, mein Herrscher, rettet Euch! Flieht!«

»Ich bin unbesiegbar! Ich bin das Gute! Was nimmt sich das Volk heraus!« Mit zornigem Gesicht war Shihram aufgesprungen. »Nehmt alle Wachen, holt alle Soldaten. Schickt die Kriegselefanten. Haltet sie auf und tötet sie alle. Schlagt dem Bösen ab den Kopf!«

»Zu spät, mein Herrscher. Sie sind schon im Palast! Flieht, solange es noch Zeit ist. Gnadenlos wird das Volk sein gegen Euch!« Der Soldat schrie, erfüllt von Panik. Vor dem Thronsaal lärmte schon bellend Tumult.

Was dann geschah, wird widersprüchlich überliefert. Der Palast wurde vom Volk geplündert, man setzte ihn in Flammen. Die Köpfe der Tugendwächter spießte das Volk zur Rache weit sichtbar auf den Zinnen der Stadtmauern auf. Der Hofstaat wurde erschlagen oder floh in die Wälder. Doch vom Maharana fehlte nach dem Aufstand trotz intensiver Suche jede Spur.

Manche sagten, er läge unter den Trümmern. Das Feuer vernichtete Gemächer, zerbarst die Mauern. Zurück blieb vom Palast nichts als rauchender Schutt. Andere behaupteten, er sei in den Süden geflohen, man habe ihn fortreiten sehen, auf einem weißen, pfeilschnellen Pferd. Dritte erzählten, er sei in die Luft aufgestiegen, fortgeschwebt wie ein Dschinn, begleitet von Heuschrecken, geflügelten Schlangen und krächzenden Geiern. Andere glaubten, Shihram sei auf einem Schiff über das Meer geflohen, weit hinter den Horizont, bis zu den Persern. Und vielleicht käme er eines Tages zur Bestrafung des Volkes an der Spitze eines rächenden Heeres zurück!

Nur Sissa, unsere Hoffnung, wurde bei der Suche gefunden. Er lag, von einem Mauerstück erschlagen, wie schlafend in einer Nische. Er trug nur eine kleine Wunde am Hinterkopf. In den Armen hielt er ein SCHACHBRETT, das er schützend umklammerte – als wäre es sein totes Kind.

Schon eine Stunde lag Paul rücklings auf dem Bett, immer noch im Mantel, den Geheimdienstbericht und die Polizeiakten hatte er im Laufe der Nacht zigfach gelesen. Paul dachte nach und starrte dabei an die weiß getünchte Hotelzimmerdecke, hellwach. Es wurde langsam Morgen, schon in bläulicher Schwärze von mildem Zwielicht schwächelte mit letzter Kraft die Washingtoner Nacht.

Was er gelesen hatte, war einfach unglaublich! Vieles verstand er jetzt – doch es klang wie Science-Fiction, schoss weit über den Horizont des für ihn bisher denkbar Gehaltenen hinaus.

So, wie es aussah, gab es diese Kugel wirklich. Ungläubig nahm er das für sich einmal an. Womöglich existierte sie schon fast zweitausend Jahre. Vielleicht noch länger! Wer konnte das wissen. Und in ihr wohnte offenkundig eine geheimnisvolle Kraft.

Was sie genau war, konnte er nicht sagen. Aber sie löste irgendetwas bei den Menschen aus. Verstärkte sie die gute oder böse Seite der menschlichen Natur? Die durch das Denken beherrscht und gesteuert werden konnte? Steuerung durch Gedanken?

Paul hatte während seines Studiums wissenschaftliche Artikel über visionäre Theorien zur Verknüpfung menschlicher Gehirne mit Computern gelesen. Über ein Interface, das nach dem Denkansatz über ein Implantat ins Gehirn eingesetzt werden könnte. Was es zukünftig Menschen ermöglichen würde, kraft ihrer Gedanken zu handeln. Stummen, zu sprechen! Gelähmten, zu gehen! Blinden, zu sehen! Aber das war neurologische Zukunftsmusik. Weit entfernt von einer technischen oder medizinischen Realisierung. Bis jetzt nur existent in der Theorie und auf einfachstem experimentellem Niveau.

Wäre die Realisierung dieser Träume in der Zukunft schon ein Wunder … die Fähigkeiten dieser Kugel gingen ja weit darüber hinaus!

Die Kugel vermochte das Verhalten von Menschen zu manipulieren. Über ihre Gedanken ihr Verhalten zu steuern. Was würde das für neue Möglichkeiten eröffnen! Das Potenzial wäre grenzenlos. Die Gedanken von Menschen zu manipulieren und ihr Verhalten gezielt zu steuern, war ja genau das, was er für seine Firma mit Algorithmen versuchte!

Wenn diese Kugel in der Lage wäre, so etwas zu ermöglichen? Einfach unfassbar, wer würde ihm das glauben? Paul sprang jetzt vom Bett auf, ging ins Bad und wusch sich mit kaltem Wasser das Gesicht.

Aber zurück … was waren die Fakten? Paul schaute in den Spiegel, sein Gesicht glänzte tropfnass. Eindeutig war: Die Kugel war am Strand, als seine Mutter Emily starb. Sie wurde von dort mit den Habseligkeiten seiner Mutter von der Polizei sichergestellt. Und am Ende wurde alles, was Emily am Tag ihres Todes bei sich gehabt hatte, an ihre Nachbarin ausgehändigt. An diese schreckliche Mrs. Olivia Norton, bei der sie zur Untermiete in diesem nasskalten, dunklen Kellerzimmer ihrer New Yorker Wohnung gelebt hatten. Paul erinnerte sich noch genau an die überschminkte, falsche Frau. Die ihm immer als Kind ungefragt über den Kopf gestrichen hatte, mit falschem Lächeln. Und dabei nach einer Mischung aus ihrem süßlichen Parfum und einem Atem aus Wein und Pfefferminzbonbons roch. Noch heute ekelte ihn diese Wahrnehmung in seiner Erinnerung.

Fakt war weiter: Mrs. Norton erhielt Emilys Sachen – unter ihnen die Kugel. Das sagte das Polizeiprotokoll klipp und klar. Paul war sicher – selbst wenn es Spekulation war –, dass Mrs. Norton alles, einschließlich der Kugel, zu Onkel Graham nach Durham geschickt hatte. Bei dem Paul damals schon mit Lynn gelebt hatte. So und nicht anders musste es gewesen sein.

Nähme er einmal an, die Kugel wäre also von Mrs. Norton zu Onkel Gram gekommen. Was hatte er danach mit ihr gemacht? Wusste er um ihre Wirkung? Wenn ja, woher? Hatte er sie deshalb versteckt? Hatte es etwas mit dem Schachrätsel zu tun? Und warum die jahrelange Heimlichtuerei des Onkels?

Paul schwirrten ständig neue Fragen, aber keine Antworten durch den Kopf. Die Lösung des Schachrätsels könnte der entscheidende Hinweis sein. Nur, ohne Lynn bekäme er es nicht heraus. Sie beherrschte Schach, er nicht, so war es nun mal! Und Graham hatte das Rätsel vermutlich nur für Lynn ersonnen. Sie stand ihm näher. Ihr schenkte Gram Vertrauen. *Und mir eben nicht,* wie er sich zerknirscht eingestand.

Von Lynn also musste Paul die Lösung des Schachrätsels in Erfahrung bringen. Nur, würde sie es ihm verraten? Insbesondere, wenn er ihr erzählte, was er in New York in Erfahrung gebracht hatte? Und ihr gestand, dass die Quellen seines Wissens – die Polizeiakten und der Geheimdienstbericht – gestohlen waren?

Das musste er Lynn verheimlichen. Er musste sie täuschen. Nur so kam er bei ihr an sein Ziel.

Nur wie am besten? Er musste sie treffen. Dafür würde er sie heute Abend, nach dem Arbeitstag mit Hicks und dem Treffen mit den Politikern, am besten einmal ganz harmlos anrufen. Sie hatte nach dem Streit mit ihm garantiert ein schlechtes Gewissen, das konnte er ausnutzen. Er wusste genau, wie das bei ihr ging.

Paul war zufrieden mit sich. In dieser Kugel verbarg sich etwas Mächtiges. Etwas, mit dem sich das Denken manipulieren ließ! Und er hatte dieses Wunderding schon einmal in der eigenen Hand gehalten.

Er erinnerte sich, als ob es gestern gewesen wäre. Sie fühlte sich angenehm an, doch kalt und erstaunlich schwer. Er musste sie wiederhaben. Was für eine Gelegenheit war das! Wer wusste schon, welche Chancen sich mit ihr ergaben – vielleicht konnte sie ihm auf seinem eingeschlagenen Weg nach oben hilfreich sein!

Bei dem Weg nach oben musste er an Hicks denken. Was waren seine Worte gewesen? Es gehe jetzt um das große Geld. Und auch für Paul fiele etwas dabei ab.

Hicks ist wirklich schlau. Aber hält er mich für so naiv, dass er glaubt, ich erkenne nicht, was hier vor sich geht? Was er tut, ist natürlich nicht legal. Wo Hicks und Chinnock die Daten herholen und was sie mit ihnen machen, ist vermutlich Diebstahl, ganz sicher aber Datenmissbrauch und unzulässige Manipulation.

Schon wieder ein Diebstahl. *Die sind auch nicht besser als ich,* sagte er sich. *Aber wo kein Richter, da auch kein Henker!* Paul kicherte bei diesem Satz leise in sich hinein.

Die Idee von *SLC Technologies* war genial, da war vor Hicks und Chinnock tatsächlich noch niemand drauf gekommen. Sie kassierten jetzt als Erste ab – und er gleich mit. Mit dem Geld wusste er etwas anzufangen. Was sollte er Caroline als Erstes schenken? Was sollte er ihr mitbringen? Paul dachte verliebt an diese blonde Frau.

»Ab jetzt schwimme ich obenauf. Ab jetzt regnet es Geld für mich. Jetzt gebe ich meine Glückssträhne nicht mehr aus der Hand!«

Vielleicht kann diese Kugel mir dabei hilfreich sein. Ich müsste wissen, wie man ihre Macht für sich nutzt. Paul grübelte grinsend, malte sich gleich die neuen Möglichkeiten aus

Er streifte den Mantel ab, zog seine Kleidung aus, ging unter die Dusche und drehte den Hahn bis zum Anschlag auf. Während warmes Wasser in kräftigem Strahl über seine Haut floss, lachte er in sich hinein. »Ja, die Kugel muss ich wiederhaben. Gleich heute Abend rufe ich mein naives Schwesterchen an! Was wird sie sich freuen, endlich wieder etwas von mir zu hören!«

Fünfte und letzte Umdrehung

– 45 –

London 2015, City of Westminster
im Büro von Mr. Hicks

»Eine Kugel, die das Verhalten von Menschen manipuliert und steuert, habe ich Sie da richtig verstanden, Paul? Ist es zusammenfassend das, was Sie uns eben ernsthaft mit Ihrer abenteuerlichen Geschichte zu erklären versucht haben?« Walter Chinnock stand in seinem Büro über den Dächern der City of Westminster neben dem großen Designer-Konferenztisch, an dessen Längsseite Paul und Caroline etwas verloren nebeneinander vor ihm saßen. Herablassung und Ablehnung sprach aus jeder Silbe, die er aussprach. Alexander Hicks lehnte derweil etwas abseits, mit verschränkten Armen, an der Fensterbank und hatte in der letzten halben Stunde außer seinen Begrüßungsworten noch nichts gesagt.

»Der Beweis für die Existenz dieser Kugel besteht aus zwei über hundert Jahre alten britischen Geheimdienstberichten über zwei märchenhafte Legenden aus Indien und alten New Yorker Polizeiakten, unter anderem über den Tod Ihrer eigenen Mutter. Und – wie war das noch? – einem ungelösten Schachrätsel Ihres zurzeit komatösen Onkels. Einem Rätsel, durch dessen Auflösung Sie vermuten, einen Ort zu finden, an dem die Kugel versteckt gehalten wird. Des Rätsels Lösung wollen Sie mit der Hilfe Ihrer Schwester herausfinden, weil sie – im Gegensatz zu Ihnen – das Schachspiel gut beherrscht. Und Sie der Meinung sind, dass Ihre Schwester Lynn im Besitz zusätzlicher Informationen über die Kugel sein könnte, weil Ihr Onkel ihr in der Vergangenheit schon immer mehr Vertrauen geschenkt hat als Ihnen. Habe ich Ihre abenteuerliche Geschichte richtig zusammengefasst?«

»Diese Kugel wäre eine Revolution, Walter! Eine Lizenz zum Gelddrucken!« Paul zitterte vor Aufregung, Carolines Blicke

353

sprangen angespannt zwischen ihm und Chinnock hin und her.

»Wenn sie denn überhaupt existiert!« Chinnocks Ironie war unüberhörbar.

»Ich habe sie selbst in der Hand gehalten, Walter!«

»Ach ja, ich vergaß. Als Zwölfjähriger auf dem Fußboden einer schäbigen New Yorker Wohnung, die Sie zufällig mit Ihrer Mutter besichtigten.«

»Sie müssen mir glauben, Walter. Diese Kugel bietet eine Riesenchance für den, der sie besitzt. Stellen Sie sich einmal vor, was *wir* bei *SLC Technologies* daraus machen könnten!«

»*Wir*, sagen Sie?« Alexander Hicks sprach zum ersten Mal.

»Mr. Hicks, glauben Sie mir: Diese Kugel existiert. Und *ich* habe die Chance, sie für *uns* zu bekommen!«

»*Uns?* Warum erzählen Sie uns das alles, Paul? Was wollen Sie?« Hicks stellte diese Frage auffällig ruhig.

»Ich möchte Ihnen beweisen, dass ich *SLC Technologies* entscheidend voranbringen kann. Ich möchte mit Ihnen zusammen an die Spitze – ans ganz große Geld!«

Eine Pause entstand, es war totenstill im Raum. Alle Augen richteten sich auf Hicks, der einfach nur unverändert an der Fensterbank lehnte und Paul mit seinem Blick fixierte.

»Paul und Caroline, würden Sie Walter und mich bitte einen Moment allein lassen. Wir möchten uns kurz besprechen. Warten Sie bitte draußen. Wir rufen Sie dann gleich wieder zu uns rein.«

»Alexander, das ist doch völliger Humbug, was der Junge erzählt«, sagte Walter Chinnock zynisch, kaum dass Paul und Caroline den Raum verlassen hatten. »Ich verstehe gar nicht, warum du dich mit so einem Unfug beschäftigst!«

Hicks stand immer noch, nachdenklich unbewegt, an die Fensterbank gelehnt. Das Vormittagslicht strahlte blass durch das Fensterband vom talgbraunen Londoner Himmel, jene Farbe, der man nur morgens in dieser Stadt begegnet, so als hätten Themse und Luft sich über Nacht teigig vermengt. Die Augen des Gründers von *SLC Technologies* starrten listig zu Chinnock herüber, dem die lange stumme Pause seines Chefs unbehaglich zu werden begann.

»Hätte vor zwanzig Jahren irgendjemand geglaubt, dass wir heute in der Lage sind, Menschen mittels angewandter Mathematik, Psychologie und digitaler Technologien so genau analysieren zu können, dass wir wissen, was sie wollen, bevor sie es selbst wissen?«, warf Hicks ein, richtete sich jetzt auf und begann, durch den Raum zu gehen.

»Hätte irgendjemand gedacht, dass wir auf Grundlage dieser Analysen Algorithmen entwickeln können, die ihr Verhalten über soziale Medien zielgenau steuern?« Hicks blieb jetzt direkt vor Chinnock stehen und blickte ihn an.

»Hätte irgendjemand für möglich gehalten, dass wir ihre Meinung so manipulieren können, dass sie nur an das glauben, was wir ihnen sagen? Jede politische Sichtweise vertreten, die wir ihnen vermitteln? Die Wahrheit glauben, die wir uns für sie erdenken? Jeder Verschwörung folgen, die wir für sie erfinden? Und dasjenige kaufen, von dem wir ihnen suggerieren, dass sie es besitzen wollen?«

»Was willst du mir damit sagen, Alexander?«

»Wir stehen erst am Anfang des Zeitalters der Gedankenmanipulation, Walter. Die Verhaltenssteuerung der Menschen steckt, verglichen mit den technischen Möglichkeiten der Zukunft, noch in den Kinderschuhen. Die wenigsten ahnen, was neue digitale Technologien uns für die Lenkung der Menschen in die Hand geben werden. Und damit hat unser Paul recht: Wer dieses neue Wissen, diese neuen Möglichkeiten als Erster beherrscht, besitzt eine Lizenz zum Gelddrucken.«

»Willst du sagen, du glaubst, dass diese Kugel existiert? Du glaubst Paul seine Geschichte?«

»Was ich dir sagen will, Walter, ist: Die Unvollkommenheit der Menschen, die Tatsache, dass sie gut und böse zugleich sind, gibt uns die Voraussetzung an die Hand, sie zu manipulieren, sie zu beherrschen. Menschliche Schwäche ist das Einfallstor der Macht! Und sie ist zudem unsere Rechtfertigung, jedes Mittel einzusetzen, das uns technisch zur Verfügung steht.«

»Ich verstehe dich nicht. Du hältst diese Kugelgeschichte also wirklich für denkbar?«

»Walter, hätte irgendjemand es vor Einsteins spezieller Relativitätstheorie für denkbar gehalten, dass Zeit verformbar ist und nicht überall gleich schnell abläuft?«

»Nein, das mag sein. Aber dennoch, Alexander, sag mir: Was für eine Kraft sollte denn in dieser ominösen Kugel wohnen? Die Existenz dieser Wunderkraft kann doch keiner glauben, geschweige denn erklären.«

»Wir Menschen können bis heute noch nicht einmal physikalisch eindeutig erklären, was das Licht eigentlich genau ist, das gerade durch dein Bürofenster fällt. Nur wirst du zugeben: Das Licht ist da – sonst könnten wir beide uns in diesem Augenblick gar nicht sehen.«

»Also gut, du bist der Boss. Was schlägst du vor?«

»Wir sind die erste Agentur für Verhaltenssteuerung. Wenn die Möglichkeit besteht, dass so etwas wie diese machtvolle Kugel existiert, die Gedanken und Verhalten beeinflussen und lenken kann, müssen wir alles daransetzen, sie in die Hand zu bekommen. Selbst wenn wir ihren Wirkungsmechanismus noch nicht verstehen! Was verlieren wir, wenn wir unseren ehrgeizigen Paul versuchen lassen, uns dieses Wunderding zu verschaffen?«

»Wie du willst!«, knurrte Chinnock missmutig.

»Du bist doch nicht etwa eifersüchtig auf ihn – doch nicht wegen der kleinen Caroline? Du hast sie ihm doch selbst ins Bett gelegt.«

»Ach was, Caroline bedeutet mir nichts.«

»Walter, wir stehen erst am Anfang! Klammere dich nicht an einen Blondschopf, wenn du viele haben kannst! Wer ist schon Caroline, wer ist schon Paul Dickenson? Nur gefügige Mittel für unsere Zwecke!«

Hicks stand jetzt vor Chinnock und legte ihm beim Weitersprechen jovial die Hände auf die Schultern. »Vertrau mir. Wir stehen erst am Beginn unseres goldenen Weges im neuen Informationszeitalter. Die Menschen werden in immer mehr Informationen ertrinken. Sie werden dabei nach Luft schnappen und die Welt nicht mehr verstehen. Und dabei nicht mehr wissen, wo ihnen der Kopf steht. Das ist unser Moment. Cloud- und Blockchain-Technologien, Big-Data-Analysen, Quantencomputer, künstliche Intelligenz! Unser Werkzeugkoffer der Analyse, Überwachung, Manipulation und Lenkung der Menschen wird immer größer! Und die Werkzeuge werden ständig zahlreicher und besser. Wir, Walter, sitzen an der Spitze der zukünftigen Nahrungskette. Wir werden bestimmen, was die Menschen wissen, wählen und kaufen sollen.« Hicks sprach jetzt beinahe beschwörend wie ein Priester auf Chinnock ein.

»Die afrikanischen Militärs oder narzisstischen Politiker in Großbritannien und den USA, denen wir bei ihren Wahlen zum Sieg verhelfen, sind nur der Anfang. Die Ersten wollen an die Macht, die Zweiten Präsident werden, die Dritten träumen von irgendeiner nationalen Eigenständigkeit. Was kümmern mich ihre mediokren Ziele! Solange sie uns fürstlich bezahlen. Aber um diese kleinlichen Ziele egoistischer Politiker und Generäle geht es mir nicht. Meine Vision ist viel größer. Wir nehmen den Menschen in der Zukunft das Denken ab!«

»Wie meinst du das?« Chinnock war seine Verblüffung anzumerken.

»Die Aufklärung hat den Menschen weisgemacht, sie könnten kraft ihres Verstandes die Zukunft meistern, sollten dafür nach Freiheit streben und selbstbestimmt leben. Und wo hat sie das hingeführt? Konnten sie die Armut beseitigen? Nein! Kriege verhindern? Nein! Die Umweltzerstörung aufhalten? Nein! Schreiendes Unrecht beenden oder das Verbrechen besiegen? Mitnichten! Im Gegenteil, der Mensch erkennt, alles wird nur noch schlimmer, komplizierter, hoffnungsloser – neue Probleme zeigen sich an jeder Ecke! Und jetzt kommen wir! Mit digitalen Technologien und einer neuen, künstlichen, überlegenen Intelligenz werden wir sie zu der Überzeugung lenken, ihren freien Willen und ihr eigenes Denken aufzugeben. Uns Schritt für Schritt ihre Selbstbestimmung anzuvertrauen. Weil wir ihnen suggerieren, besser zu wissen, was für die Welt und für sie gut ist. So werden wir die Begrenztheit der Menschen für immer überwinden. Supranational.«

Hicks machte eine kurze Pause. Ein Telefonklingeln drang leise von irgendwoher wie schwaches Vogelzwitschern in den Raum.

»Und deshalb fasziniert mich die Möglichkeit dieser Kugel. Denn sie ist genau das: eine Macht, das Denken von Menschen zu beeinflussen, ihre Emotionen zu steuern und ihr Verhalten zu lenken. Mithilfe irgendeiner unbekannten Technologie, die uns vielleicht noch viel mehr Potenzial bietet, wenn wir sie als Erste beherrschen lernen. Daher müssen wir dieses Ding, wenn es denn existiert, unbedingt haben!«

Chinnock schaute Hicks maliziös an. »Das klingt nach Macht und Geld – aber auch ziemlich böse.«

»Das Böse ist für diejenigen ungefährlich, die selbst an der Spitze des Bösen stehen. Denn wer führt, bestimmt im neuen Informationszeitalter selbst, was Wahrheit ist – und damit, was gut und böse genannt wird. Ethik war gestern, Moral hat als Kompass ausgedient, Technik ersetzt das Recht. Denn Gedankensteuerung ist heute. Wer die Köpfe beherrscht, beherrscht die Welt. Und das, Walter, fängt in Zukunft bereits in den Kinderzimmern an!«

Die beiden Männer lächelten sich an. Wie zwei Verschwörer standen sie da. Voller Gier und ohne Skrupel. Machttrunken von dem Gefühl der Chancen, die vor ihnen lagen.

»Und was ist, wenn sich herausstellt, dass die ganze Kugelgeschichte ein Hirngespinst ist? Was machen wir dann mit Paul?« Bissig drang Chinnocks Frage in den Raum.

»Dem jungen Paul ist sein kleiner Anfangserfolg ziemlich schnell zu Kopf gestiegen. Und in seinem Schlepptau rechnet sich auch deine kleine Caroline ihre Vorteile aus, wenn ich meine Beobachtung teilen darf. Du solltest sie mehr mit Perlen füttern!« Hicks lächelte spöttisch. »Und Paul träumt sogar schon davon, neben uns gleichberechtigt an den Fleischtöpfen zu stehen.«

»Auf der Brücke brauchen wir keinen dritten Mann – und den Grünschnabel schon gar nicht!«

»Wir verstehen uns wie immer, Walter. Für den Fall, dass der Junge die Kugel nicht liefern kann, weißt du am besten, wie wir ihn wieder loswerden.«

Chinnock lachte auf. »Darauf kannst du dich verlassen«, zischte er zwischen den Zähnen hervor.

»Und jetzt wollen wir die beiden nicht länger warten lassen. Am besten führst du mit deiner kleinen Caroline ein persönliches Vieraugengespräch und erinnerst sie daran, dass sie diesen Dickenson in *deinem* Auftrag betreut. Und schick mir Paul allein rein. Ich werde ihn bis in die Haarspitzen motivieren, alles daranzusetzen, uns diese Kugel zu verschaffen. Selbst wenn er dafür sein kleines Schwesterchen ein wenig belügen und betrügen muss. Aber was ist die Manipulation von Menschen schon anderes, Walter?«

Walter Chinnock schmunzelte, als er zur Tür ging und in sein Vorzimmer blickte. »Paul und Caroline, es ist so weit. Wir haben großartige Neuigkeiten für Sie! Paul, gehen Sie doch bitte schon einmal allein zu Alexander hinein. Und wir …«, dabei wandte sich Chinnock gönnerhaft Caroline zu, »… werden derweil miteinander über Ihre leuchtenden Zukunftschancen sprechen.«

Aufgeregt betrat Paul das Büro. Noch nie zuvor hatte er mit seinem Boss ganz allein in einem Raum gestanden.

»Setzen Sie sich, Paul, bitte!« Mit einladender Handbewegung wies Hicks auf den Sessel neben dem Schreibtisch. »Ich möchte noch einiges persönlich mit Ihnen bereden. Vorab gefragt: Sie wollen Ihre Schwester noch heute Abend treffen?«

Paul nickte, während er sich behutsam in den weichledrigen Clubsessel fallen ließ. »Ich möchte von ihr wissen, was sie über dieses Schachrätsel weiß. Ich habe den Verdacht, Lynn ahnt, wo die Kugel ist.«

»Ahnen heißt nicht wissen.«

»Ich meine, ich bin sicher, sie sagt mir alles, was sie weiß.« Paul spürte Hicks' Blick auf sich, als werde er hypnotisiert.

»Was macht Sie so sicher, dass sie Ihnen alles sagt? Vertraut sie Ihnen denn vollkommen?«

Hicks' unerwartete Frage zu seinem Verhältnis zu Lynn traf Paul unerwartet wie ein Stoß.

»Was machen Sie, Paul, wenn sie Ihnen etwas verheimlicht? Zum Beispiel den Ort, an dem sich die Kugel befindet?«

»Sie ist meine Schwester!« Paul klang, als verteidige er sich gegen eine Anklage vor Gericht.

»Sie können mir nichts vormachen, Paul. So wie Sie vorhin über Ihre liebe Schwester gesprochen haben, klang es mir nicht so, dass Sie zusammenhalten wie Pech und Schwefel.«

Paul war konsterniert. Wie Hicks ihn durchschaute, irritierte ihn.

»Wie weit sind Sie bereit zu gehen, Paul? Welchen Preis sind Sie zu zahlen bereit, um reich und mächtig zu werden?«

»Ich arbeite hart für *SLC Technologies*, darauf können Sie sich verlassen, Mr. Hicks!«

»Das meine ich nicht, Paul. Sind Sie bereit, wirkliche Opfer zu bringen?«

»Aber natürlich!«

»Das höre ich gern. Denn, Paul, glauben Sie mir als einem Mann, der viele talentierte Menschen in seinem Leben getroffen hat: Sie sind etwas Besonderes. Wenn Sie uns diese Kugel verschaffen, verspreche ich Ihnen, wartet Großes auf Sie. Gemeinsam werden wir Macht, Geld und Anerkennung scheffeln. Sie werden gar nicht mehr wissen, wohin damit.« Hicks redete jetzt auf Paul ein. Wie ein Strudel, dessen Wasser ihn mit zunehmender Kraft in sich zog, riss es Paul immer mehr mit.

»Was erwarten Sie von mir?«

»Ich erwarte, dass Sie bei der Beschaffung dieser Kugel wirklich alles geben. Dass Ihnen zur Erreichung dieses Ziels jedes Mittel recht ist. Dass Sie diese Kugel von Ihrer Schwester bekommen – selbst wenn Sie sie dafür hintergehen müssten. Sind Sie dazu bereit?«

Paul schwindelte es jetzt. Das Morgenlicht hatte inzwischen den talgbraunen Himmel durchbrochen und blendete ihn grell durchs Fenster in sein Gesicht.

»Draußen wartet Walter mit Caroline. Was wollen wir dieser Frau sagen, wofür Sie sich entschieden haben, Paul? Reichtum oder Mittelmaß?«

»Ich bin … bereit dazu, Mr. Hicks.« Paul stotterte diesen Satz. Die Worte kamen brockenweise aus seinem Mund.

»Also abgemacht, Paul. Ich wusste, dass ich mich auf Sie verlassen kann. Und jetzt lassen Sie uns rausgehen und Walter und Caroline die frohe Botschaft verkünden. Sie sind ab sofort der neue *Chief Technology Officer* von *SLC Technologies*. Walter wird mit Ihnen die Einzelheiten Ihrer Gehaltserhöhung besprechen. Und dann sollten Sie das mit Caroline feiern.«

Hicks erhob sich und gab Paul ein Zeichen, mit ihm gemeinsam zur Tür zu gehen.

»Und noch eins, Paul …« Hicks wandte sich beim Gehen kurz zu ihm um. »Ich erwarte von jetzt an von Ihnen einen täglichen Bericht über Ihre Fortschritte mit der Kugel – persönlich. Das erste Mal, gleich nachdem Sie heute Abend Ihre Schwester getroffen haben.«

Hicks riss die Tür auf und blickte in die Gesichter von Walter Chinnock und Caroline, die dicht nebeneinander mit zusammengerückten Köpfen an einer Schrankwand lehnten.

»Paul hat eine große Zukunft vor sich«, rief er flötend in das Vorzimmer. »Caroline, bereiten Sie eine Mitteilung über die Beförderung von diesem brillanten Talent zum neuen CTO unseres Unternehmens vor!« Paul spürte dabei die Hand von Hicks auf seine Schulter klopfen, die anschließend wie ein eiserner Griff auf ihr liegen blieb.

Es war dieser Moment, als Paul zu seiner Verwunderung schon wieder diese Kindheitsgeschichte seines Onkels in den Sinn kam – von dem Jungen, der für Gold seinen Schatten verkaufte. Und Paul fühlte sich eigentümlich unwohl in seiner Haut. Empfand die auf seiner Schulter lastende Hand als unangenehm. Blickte Caroline an, die jetzt applaudierend zu ihm herüberkam und ihm mit einem lasziven Augenaufschlag lange auf den Mund küsste.

Aber irgendetwas war anders an ihrem Verhalten. Sie wirkte verändert auf ihn. Es war ihr Lächeln, erkannte Paul für sich. Ihr seltsam unschuldig dreinblickendes Lächeln. Es wirkte übertrieben, unecht, unschuldig blumengleich. Die Zunge in ihrem Mund züngelte beim gurrenden Sprechen, und ihre Lippen fühlte er beim Küssen, als wären sie aus warmem Glas.

– 47 –
London 2015, Kensington,
in Carolines Apartment

»Danke, Paul, für die süßen Brillantohrringe aus New York!« Caroline betrachtete sich aufmerksam im Garderobenspiegel ihrer Wohnung und drehte den Kopf dabei hin und her. »Wie großzügig von dir«, schnurrte sie und strich ihre blonden Haare zurück. »Aber bei deinem neuen Einkommen als CTO muss ich ja kein schlechtes Gewissen haben«, sagte sie, drehte sich um und umarmte Paul. »Und wenn deine Schwester nachher wieder gegangen ist, können wir deine Beförderung ja noch mal ganz unter uns feiern«, fügte sie lächelnd hinzu. »Wann wollte sie noch mal genau kommen?«

»Gegen neun, in einer halben Stunde.« Paul sagte es knapp, noch immer schwirrten ihm die Erlebnisse des Tages durch den Kopf.

»Du siehst gar nicht fröhlich aus, Paul, mein Hübscher.« Dieser Name fiel jetzt häufiger aus Carolines Mund. »Freust du dich nicht auf deine Schwester? Oder steht dir das Gespräch mit ihr bevor?«

»Ich bin nicht sicher, ob sie mir ihr Wissen zur Lösung des Schachrätsels verrät.«

»Warum sollte sie nicht? Ihr seid doch Geschwister. Vertraut sie dir nicht?« Carolines Frage kam wie vorbereitet über ihre Lippen.

»Wir hatten Streit. Also, wir streiten uns eigentlich häufig. Aber seit unserem letzten Streit haben wir uns zwei Wochen nicht gesehen.« Pauls schlechtes Gewissen schwang in seinen Worten mit.

»Ich werde dir helfen, Paul. Wir werden sie schon öffnen, selbst wenn sie verschlossen wie eine Auster sein sollte.« Caroline ging in die offene Küche und machte den Kühlschrank auf. »Ich werde uns dreien zur Feier des ersten Kennenlernens ein

363

Fläschchen Champagner aufmachen. Das lockert auf. Und weißt du, jede Schwester ist neugierig, die neue Freundin des älteren Bruders kennenzulernen. Ich kenne mich da aus, lass mich nur machen. Am Ende des Abends sind Lynn und ich beste Freundinnen.« Caroline nahm drei Gläser und einen Champagnerkühler aus dem Küchenschrank. »Und einer guten Freundin verrät man doch alles, oder?«

»Lynn ist nicht so wie ich, weißt du?«

»Was heißt das? Wie ist Lynn?«

»Ach, du wirst sie ja gleich selbst erleben«, wich Paul aus.

»Hör mal, Paul … Alexander Hicks hat dir eine einmalige Chance angeboten. Enttäusch ihn nicht. Das hat Walter mir auch noch einmal gesagt: Wenn diese Kugel wirklich existiert und deine Schwester weiß, wo sie ist, musst *du* sie uns beschaffen. Um jeden Preis. Dann stehen uns alle Türen offen.« Caroline rückte jetzt dicht an ihn heran. »Dann steht uns zusammen eine wunderbare Zukunft bevor. Enttäusch auch mich nicht, Paul!«

Erstaunt sah Paul auf Caroline. *Verflucht schön ist sie, aber auch eine wahrhaftige Schlange, wie sie mich hier sanft unter Druck zu setzen versucht,* dachte er bei sich. *Wer ist diese Frau, was weiß ich eigentlich wirklich von ihr? Nahezu nichts,* stellte er für sich in diesem Moment verwundert fest.

Aber sie wollte gemeinsam mit ihm nach oben, ans Licht der Möglichkeiten des schönen, luxuriösen Lebens. Sie bot sich ihm an, als Frau – bereit, für ihn und seinen Erfolg alles zu geben. Nicht selbstlos, nein, auch fordernd, offen und unverblümt. War das unlauter? *Nein, im Gegenteil,* dachte Paul bei sich. Was musste man schon mehr über einen Menschen wissen? Und was wollte er selbst mehr?

Caroline, eine betörende Traumfrau mit unverhohlenen Ambitionen. Er und sie gemeinsam ein schönes, ehrgeiziges Paar, das wusste, was es wollte. Und nun mit der Chance auf glitzernde Zukunftsaussichten! Darum musste Lynn ihm diese Kugel verschaffen. Sie musste sie ihm geben, hiervon hing für ihn jetzt alles ab! Ihm des Rätsels Lösung zu verraten, war sie ihm als seine Schwester einfach schuldig. Er würde es mit Carolines Hilfe aus ihr herausbekommen, jetzt ging es um alles. Entschlossen blickte Paul in Carolines Gesicht. Wie aufgeputscht zog er sie an sich.

Und während sie in ihrer Umarmung standen, wie zwei Verschwörer, die sich zur Besiegelung ihres Eides einander vergewissernd fest umschlungen hielten, trat Lynn zu früh, eine halbe Stunde vor der vereinbarten Zeit, im Erdgeschoss vor die opulente Eingangstür des Apartmenthauses, suchte einen Namen auf der kupferfarbenen Klingelleiste und drückte dann den obersten Knopf, neben dem in giftgrün leuchtenden Buchstaben *Caroline Lermontowa* stand.

– 48 –

Erschrocken fuhren Caroline und Paul beim glockenden Ton der Haustürklingel zusammen.

»Ist das schon deine Schwester?« Caroline löste sich rasch aus Pauls Umarmung. »Warte, bevor du aufmachst. Ich muss noch schnell etwas vorbereiten«, sagte sie, griff bei diesen Worten nach ihrer auf dem Sofatisch liegenden Krokoleder-Handtasche und kramte ein braunes Fläschchen hervor.

»Öffne doch bitte schnell den Champagner. Wir wollen Lynn doch gleich mit einem Glas begrüßen!« Bei diesen Worten stellte sie drei Sektschalen auf den marmornen Küchenblock.

»Was hast du da in der Hand?«, fragte Paul, während er aus der entkorkten Flasche die Gläser füllte.

»Ach, nichts, das sind Vitamine, die deinem Schwesterchen das Reden erleichtern werden.«

»Was tust du ihr da ins Glas?« Fassungslos sah Paul, wie Caroline einige Tropfen aus dem Fläschchen in ein gefülltes Champagnerglas träufelte.

»Vertrau mir, Paul. Ich habe Erfahrung mit so etwas. Das ist völlig harmlos. Und mach doch bitte jetzt Lynn die Tür auf.«

»Was heißt das, Erfahrung?« Paul stand noch immer konsterniert vor der blonden Frau im modisch eng anliegenden Designerkostüm, die in diesem Moment das Fläschchen zuschraubte und in ihre Handtasche zurückwarf.

»Mein Gott! Ich habe so manchen Politiker für Hicks und Chinnock zum Reden gebracht. In ihrem Auftrag. Nach einem schönen Abendessen. Unter vier romantischen Augen. Paul, mein Hübscher, nun guck nicht so naiv. Glaubst du, diese Wohnung könnte ich mir von meinem Assistentinnengehalt leisten?« Caroline lächelte kess und ordnete ihre Haare mit geübter, schneller Handbewegung.

Die Türklingel schellte abermals.

»Was hast du Lynn in ihr Glas getan?« Verstörtheit beherrschte noch immer Pauls Worte.

»*Amobarbital*, mein Hübscher. Ein Mittelchen, das etwas willenlos macht und es einem erleichtert, die Wahrheit auszusprechen. Harmlos wie ein Fruchtbonbon. Lynn wird dir ihre Geheimnisse vorzwitschern wie ein Vögelchen. Du willst doch wissen, wo die Kugel ist! Und nun mach deiner Schwester endlich die Tür auf.«

»Was bist du für eine gezuckerte Schlange!« Eine Mischung aus Bewunderung und Fassungslosigkeit lag in Pauls Unterton, während er mit einem Anflug des mit seiner Geschwisterliebe kämpfenden Gewissens den Einlassknopf drückte und im Erdgeschoss das Haustürschloss vor Lynn aufschnappte.

»Wir können das Mittelchen nachher einmal zusammen ausprobieren, mein Hübscher. Ich bin gespannt, was ich dabei von dir erfahre.« Caroline lachte, als sie das sagte. »Und du von mir!«

Lynn trat jetzt mit steigender Aufregung in den Fahrstuhl. »Mona-Herzchen, ich will dich begleiten. Ich traue deinem egoistischen Brüderchen nicht über den Weg!« Des' vehemente Worte klangen ihr immer wieder als Warnung im Ohr.

Nur gegen das Versprechen, Lynn gegen Mitternacht abzuholen, hatte Des ihre Freundin schließlich allein zum Treffen gehen lassen. »Pass auf, was du ihm sagst, Mona!«, hatte sie ihr beim Abschied noch hinterhergerufen. »Verrate ihm nichts von dem, was wir inzwischen über Grams Schachrätsel wissen. Nichts! Und Herzchen, ich hole dich um Punkt zwölf ab, und wir gehen noch auf einen Drink nach Shoreditch!«

Carolines Wohnungstür stand bereits offen, als Lynn den Fahrstuhl verließ. Nervös stand sie nach fast drei Wochen wieder vor ihrem Bruder, an seiner Schulter lehnte lächelnd eine auffällig attraktive, ungleich erwachsen wirkende Frau.

»Was für eine Freude!« Caroline ergriff als Erste das Wort. »Komm herein. Wir hatten erst um neun mit dir gerechnet.«

Zögernd, mit gehemmter Freude, trat Lynn auf ihren sprachlosen Bruder zu. Mit unbeholfener Geste, steif in Oberkörper und Lächeln, nahm Paul Lynn jetzt in den Arm. »Es gibt viel zu erzählen, Lynn«, sagte er. »Viele gute Neuigkeiten. Aber sag mir zuerst: Wie geht es dir? Und was gibt es Neues von Gram?«

»Komm doch erst einmal herein, Lynn. Und lasst uns einen Begrüßungsschluck trinken!« Caroline hielt ihr lächelnd, als wäre es eine Blume, den gefüllten Champagnerkelch entgegen. »Leg deine Jacke ab. Dann machen wir es uns gemütlich. Ich bin so neugierig, alles von dir und über Paul zu erfahren. Wer kennt ihn besser als seine kleine Schwester!«

»Danke«, sagte Lynn leise und nahm zögernd das ihr gereichte Getränk entgegen. »Gram geht es unverändert, Paul. Er liegt zwar stabil im Koma, aber seine Gehirnaktivität ist nach wie vor schwankend. Ich habe heute, wie jeden Tag, mit Dr. Richardson telefoniert. Er ist unverändert besorgt.«

»Es tut mir so leid um euren Onkel!« Caroline seufzte, als träfe sie plötzlich ein stechender Schmerz in ihr Herz. »Paul hat mir erzählt, dass er euch eine rätselhafte Botschaft hinterlassen hat. Um was geht es dabei eigentlich?« Wie unbeteiligt blickte Caroline dabei über ihr Champagnerglas auf Lynn.

»Das wissen wir noch nicht so genau«, wich Lynn aus. »Es ist ein Rätsel. Es war in seinem Schachbrett versteckt.«

»Komm, Lynn, trink aus, ich schenke uns noch einmal nach. Und setz dich doch bitte aufs Sofa. Dann können wir uns in Ruhe unterhalten«, sagte Caroline, während sie nach der Champagnerflasche griff.

»Es ist schön, dich zu sehen, Paul«, wandte sich Lynn zärtlich an ihren Bruder, leerte mit einem einzigen, mutigen Schluck ihr Glas und setzte sich auf das breite kieselgraue Sofa.

Von dem, was in den nächsten Stunden in Carolines Wohnung geschah, blieben Lynn am nächsten Morgen nur lückenhafte Bilder. Der Verlauf des Abends blieb in ihrer Erinnerung diffus, wie weggelöscht aus dem Speicher ihres Bewusstseins.

Sie wusste noch, dass sie sich mit dieser Caroline und Paul intensiv über Pauls neue Firma – wie hieß sie noch? – unterhalten hatten. Und über Pauls raketenhaften Aufstieg, seine neue Verantwortung, sein märchenhaftes Gehalt – und über irgendein Auto, das ihr nichts sagte, auf das Paul aber offensichtlich sehr stolz war.

Und dass diese blonde Frau viel gesprochen und dabei gelacht hatte. Aber worüber genau, dass wusste Lynn einen Tag danach nicht mehr genau.

Irgendwie war sie im Laufe des Abends müde geworden. Aber vorher war Lynns Gefühl nach ihrer Erinnerung leicht und entspannt gewesen – und nein, ganz und gar nicht unangenehm! Caroline und Paul hatten ihr immer wieder Fragen zum Schachrätsel gestellt. Und ja, sie erinnerte noch, dass sie ihnen von den *Lewis-Schachfiguren* erzählt hatte. Vom *British Museum*, von Edinburgh – und von diesem Ort in Schottland namens Camas Uig. Und natürlich davon, dass Gram Schachfiguren geschnitzt hatte. Von den Berserkerfiguren. Und dass dieses alles vermutlich mit der geheimnisvollen Kugel zusammenhing. Und vielleicht mit dem Ort ihres Verbleibs.

Auch an das Parfum von Caroline erinnerte sie sich noch,

dieses süßliche, blumige Parfum, das noch am nächsten Morgen wie ein Nebel auf ihren Sinnen lag.

Und natürlich daran, dass plötzlich Des in der Wohnung gewesen war, dass sie auf sie eingeschrien und sie dabei an den Schultern geschüttelt hatte. Und an einen Satz, den ihre Freundin dabei wütend in den Raum rief. Immer wieder hörte sie die schreienden Worte von Des in ihrer wattigen Erinnerung: »Was hast du mit ihr gemacht? Was hast du mit ihr gemacht, Paul?«

An all das erinnerte Lynn sich am nächsten Morgen, als sie in einem Bett aufwachte, neben dem Des auf einem Stuhl saß, eine Teeschale in der Hand, mit sorgenvollem Blick. Der sich plötzlich in einem Lächeln aufhellte, als sie Lynn in die erwachenden Augen sah. Ein wärmendes Lächeln, das mehr als alle Worte Zuneigung und Freundschaft auszusprechen vermochte.

»Wie geht es dir, Mona-Herzchen?« Des blickte besorgt, als sie sprach.

»Wie nach einer langen Clubnacht mit dir, Des«, sagte Lynn noch etwas benommen. »Ich erinnere mich ehrlich gesagt nicht mehr so genau, wie ich hierhergekommen bin.«

Das Smartphone klingelte unvermittelt, noch schlaftrunken nahm Lynn überrascht den Anruf an.

»Lynn, hören Sie!«, ertönte plötzlich Professor Lumsdens Stimme, und sie drückte intuitiv die Lautsprechertaste, um Des das Zuhören zu ermöglichen. »Ich habe viele Neuigkeiten! Aber das Wichtigste vorab: Mrs. Haxby hat es herausbekommen. Das Schachrätsel. Unsere Schlussfolgerung war falsch, ganz falsch!«

»Was heißt das?«, rief Des fragend aus. »Was heißt falsch?«

»Das *British Museum*. Edinburgh. Die Schnitzerei. Alles Ablenkungsmanöver. Alles Dinge, die vom wahren Aufenthaltsort der Kugel ablenken sollen. Nichts als eine Finte Ihres Onkels!« Lumsden schrie fast vor aufgeregter Begeisterung aus dem Apparat.

»Ich verstehe nicht, Herr Professor!«, sagte Lynn und richtete sich wie aufgeschreckt im Bett auf.

»Shakespeare! Es geht um Shakespeare! Um Macbeth!«

»Macbeth? Das Schauspiel?«

»Look like the innocent flower, but be the serpent under't. Lady Macbeth sagt das zu Macbeth. Bevor er hinterhältig König Duncan ermordet! Auf seiner Burg bei Inverness. Blicke unschuldig wie die Blume, aber sei die Schlange darunter, verstehen Sie?«

»Was wollen Sie uns sagen?« Des war zu Lynn aufs Bett gesprungen. Ihre Stimme überschlug sich fast, als sie sprach.

»Das Schachrätsel sind zwei Rätsel in einem: Ein Weg führt zur Lösung, der andere in die Irre. Zwei gegensätzliche Wege – wie die Wege zu Gut und Böse!«

»Ich bin verwirrt, Professor Lumsden!« Lynn spürte sich immer noch nicht vollständig erwacht.

»Was ich Ihnen sagen will, meine Damen: Ich weiß jetzt, wo die Kugel ist!«

»Das ist doch eine wunderbare Nachricht, Herr Professor!«, rief Des begeistert.

»Ja, aber das ist noch nicht alles, was in diesem Rätseltext steckt.« Lumsdens Stimme wurde jetzt leiser, klang plötzlich dumpf und hörbar besorgt.

»Ja, was denn noch?«, fragte Lynn unsicher.

»Das Rätsel ist auch eine Warnung. Eine Warnung an Sie, Lynn.«

»Eine Warnung?« Lynn war zunehmend verstört. »Eine Warnung vor der Kugel, meinen Sie?«

»Nein, nicht die Kugel ist gefährlich. Die Gefahr geht von den Menschen aus, Lynn, die diese Kugel in die Hände bekommen könnten.«

Lumsden machte eine Pause. »Des, Lynn – wir müssen uns unbedingt treffen, kurzfristig. Wir haben keine Zeit zu verlieren.«

»Es ist also keine Warnung meines Onkels vor der Kugel, sagen Sie? Aber wovor dann?«

»Erinnern Sie sich noch an Ihren Traum, von dem Sie mir erzählt haben, Lynn?«

»Ja natürlich!« Lynns Stimme zitterte jetzt. »Mein Onkel wollte mich darin vor der Kugel warnen. Er wollte, dass ich mich und Paul vor ihr rette!«

»Nein, Lynn, auch Ihren Traum interpretieren Sie leider falsch. Was rief Ihnen die Stimme Ihres Onkels im Traum zu? Wissen Sie es noch?«

»Rette dich! Die Stimme rief: ›Rette dich!‹«

»Genau, Lynn. Sowohl der Traum als auch das Rätsel sind Warnungen an Sie!« Lumsden sprach behutsam, als leide er bei der Überbringung der Botschaft mit jedem Wort.

»Aber wenn es nicht vor der Kugel ist … wovor soll ich dann gewarnt werden? Ich verstehe Sie nicht!«

»Traum und Rätsel sind Warnungen Ihres Onkels an Sie, Lynn – Warnungen vor Ihrem Bruder!«

– 49 –
Die Erzählung von Graham (VII):
Durham 2002

Die Kugel musste weg, fort aus der Welt – für alle Zeiten. Niemals mehr durfte dieses gefährliche Ding irgendwo Schaden anrichten! Graham traf diese Entscheidung, unwiderruflich, als einen ewigen Schwur mit sich selbst.

»Kann man die Kugel zerstören – für immer?«, hatte er den alten Abu damals in Udaipur gefragt.

»So wenig, wie du böse Gedanken für immer zerstören kannst«, hatte sein Lehrer ihm geantwortet.

»Kann ich die böse Macht der Kugel beherrschen? Sag es mir, Abu.«

»So viel, wie du dein Denken beherrschen lernst.«

»Ist das der einzige Weg, das Böse selbst zu beherrschen?«

»Es ist der einzige Weg, der darüber entscheidet, ob wir Menschen ein Geschenk oder eine Plage für diese Welt sein werden. Gewaltfreies Denken ist unsere einzige Hoffnung.«

»Was heißt das, Abu?«

»Friedlich sein gegen jeden. Niemandem einen Schaden zufügen. Im Denken. Im Sprechen. Und im Handeln.«

»Und das beseitigt das Böse?«

»Nein, das Böse lässt sich nicht beseitigen. Es wird niemals verschwinden aus der Menschen Natur. So wie diese Kugel niemals verschwinden wird. Man kann das Böse nur beherrschen und es hierdurch in uns vor der Welt verbergen. Jeder Mensch für sich selbst – mit Friedfertigkeit, mit Toleranz und mit Liebe. Das ist die Hoffnung für uns.«

In diesem Augenblick musste Graham an Paul und Lynn denken. Bei Gott, wie sehr hatte er die beiden Kinder in den wenigen Monaten ihres Zusammenlebens in sein liebendes Herz geschlossen. Nie hatte er gehofft, nochmals dieses Glück in seinem Leben zu erfahren.

Er würde ihnen seine Liebe schenken, ohne Anspruch, ihnen helfen auf ihrem Lebensweg. Er würde von nun an immer für sie da sein.

Aber was hieß das schon – immer? Erschreckend schoss ihm ein Gedanke durch den Kopf. Was wäre denn, wenn er plötzlich stürbe? Was würde nach seinem Tod aus Lynn und Paul?

In Grahams Kopf formten sich Bilder, von Augenblicken mit Paul und Lynn in den letzten Wochen. Lachende Momente mit ihnen im Schachbuchladen, beim Abendessen in der gewürzduftenden Küche, beim Spielen auf dem Teppich vor dem Sofa, beim Toben im kleinen Garten, beim Wandern über Herbstwiesen vor der Stadt. Und plötzlich kamen auch die Erinnerungen an das Gespräch mit Pauls Lehrer zurück. Mit Harry Castle. Der fassungslos zu Graham von Pauls grausamer Tat sprach – vom mitleidlosen Quälen des kleinen Kätzchens!

»Bin ich hieran mitschuldig?«, fragte Graham sich jetzt.

Durch die Kugel war Pauls Mutter zu Tode gekommen.

Und durch eigene Unachtsamkeit hatte er die Kugel in Indien dereinst verloren – die Kugel, die Abu ihm als sorgsamem Wächter anvertraut hatte.

Graham fühlte sich schuldig.

Pauls durch Emilys Tod verwundete Kinderseele, fiel sie nicht eigentlich auf sein Versagen zurück?

Und wie war es um die Seele der kleinen Lynn bestellt?

Graham konnte es nicht sagen.

Nur wurde ihm hieran noch einmal bewusst, wie frappierend unterschiedlich die Geschwister doch waren!

Die zierliche Lynn. Die wie Sonnenschein so wärmend lachte. Alles in ihrem gemeinsamen Leben, was auch immer sich ereignete, neugierig hinterfragte. Ihm freigiebig von ihrem Kindererleben aus der Schule erzählte. Ihn um Rat fragte. In Küche und Schachbuchgeschäft eifrig half.

Fröhliche Freundinnen mit sich nach Hause zum Spielen brachte. Ihr Zimmer mit Freude aufräumte und schmückte. Selbst gepflückte Blumen in den geliebten Vasen seiner Mutter in Räumen oder auf Fensterbänken der Wohnung dekorierte. Weil sie es so heiterer fand. Manchmal wehmütig ihrer verstorbenen Mutter gedachte. Dabei Graham, Trost suchend, fest in ihre kleinen Arme nahm.

Niemals Hausaufgaben pünktlich zu erledigen versäumte. Besonders wissbegierig auf das Erlernen des Schachspiels war. Lynn war wie ein wärmender Windhauch für Herz und Seele. Er musste lächeln, als er diese Bilder der Erinnerung vor sich sah.

Der verschlossene Paul hingegen mit seinen schönen, zarten Zügen. Der Zahlen liebte. Nur die Pflichten für die Mathematik erledigte er für die Schule erkennbar gern. Er erzählte nie vom Schulalltag. Hatte dort kaum Anschluss. Brachte nie Freunde mit nach Haus.

Half im Haushalt, wenn man ihn fragte. Lachte selten. Wirkte oft scheu. Kam niemals zu Gram in den Arm. Jede Körperberührung schien Paul zuwider, nur Lynns Umarmung nahm er in steifer Haltung hin. Er sprach nie von seiner Mutter. Das Schachspiel wollte er nicht lernen. Die Ereignisse in Grahams Laden interessierten ihn kaum.

Nur mit Lynn und ihm zu toben, im Schachbuchgeschäft zu spielen und in der Natur Yorkshires zu wandern, bereitete ihm Freude. Dann lag kurz etwas Glückseligkeit auf seinem Gesicht.

Seine Kleidung wählte Paul täglich akribisch. Kämmte oft eitel sein weißblondes Haar. Hielt akkurate Ordnung, stapelte penibel seine Sachen. Sein Kinderzimmer sah stets aus wie gefegt und geleckt.

Graham liebte Paul von tiefem Herzen und betrachtete ihn wie Lynn als großes Geschenk des launischen Glücks!

Jetzt krümmte er sich, die Schuldgefühle an Emilys Tod schmerzten. Er musste es den Kindern irgendwann sagen! Ein eiskalter Schrecken fuhr ihm bei diesen Gedanken fröstelnd ins Herz.

Konnte er das tun? Konnte er zu ihnen von seiner Mitschuld am Tod ihrer Mutter sprechen?

Konnte er ihnen von der Kugel erzählen – eine Sache, über die zu sprechen sich doch eigentlich verbot?

»Noch nicht!«, sagte sich Graham, das wäre für Lynns und Pauls Herzen einfach noch zu früh.

Später einmal! Mit diesem Gedanken wand er sich, wie um sich zu befreien, aus der Umklammerung seiner Gefühle heraus.

Irgendwann würde er kommen, der Tag des Geständnisses. Doch bis dahin waren zwei Dinge zu tun: zum einen Pauls Kinderseele zu heilen. Und natürlich auch die kleine Lynn helfend zu umarmen. Durch Liebe und Zuwendung. Und durch das Vorleben des gewaltlosen Denkens. Indem er ihnen zeigte, friedlich zu sein gegen jeden. Niemandem einen Schaden zuzufügen. In seinem Denken, im Sprechen und im Handeln. *Ja, so werde ich es halten,* das nahm Graham sich in diesem Augenblick vor.

Und zum Zweiten? Die Kugel musste verschwinden. Sie war Fluch und kein Segen. Sie zu beseitigen war nun an ihm!

»Du bist jetzt der Kugel Wächter, Graham«, hatte der alte Abu zu ihm am Morgen kurz vor dem endgültigen Abschied gesagt und ihm die elfenbeinfarbene Schachtel mit der Kugel in die Hand gegeben. Damals, als die Sonne aufging über der Altstadt von Udaipur und Graham aufbrach zu seiner Wanderschaft zum Mount Abu. »Du bist bereit. Doch bleib wachsam. Die böse Seite der Menschen lauert verborgen hinter Lächeln und List.«

Das Böse lauerte. Und er war der Kugelwächter. Er trug die Verantwortung für dieses Ding. Aber er hatte in seiner Aufgabe schon einmal kläglich versagt, in einem einzigen kurzen Moment der Schwäche.

Wenn er die Kugel nicht zerstören konnte, musste er sie verstecken.

Nur wo und wie?, fragte Graham sich. *Wo liegt es, das ewig sichere Versteck?*

Er musste mit jemandem darüber sprechen. Nur mit wem, wo sich über das Geheimnis der Kugel zu sprechen doch für ihn verbot?

Da fiel ihm der Brief dieses Kommissars aus New York ein. Schon viele Monate lag er unbeantwortet, in einer verschlossenen Schreibtischschublade sorgsam versteckt. Der Brief eines Mannes namens Slim Hooper. Der ihm geschrieben und gefragt hatte, ob Graham im Nachlass seiner Schwester Emily eine Kugel gefunden habe. Er recherchiere in dieser Sache. Wenn Graham Interesse habe, erzähle er ihm gern mehr darüber.

Da gab es also einen Menschen, der ebenso wie Graham von dieser Kugel wusste. Abgesehen von Abu, doch der war verschwunden. Oder vielleicht war sein alter Lehrer schon Jahre tot.

So entschloss sich Graham, Slim Hooper zu antworten. Noch am selben Tag schrieb er ihm einige Zeilen nach New York.

Aber er entschloss sich, dem Kommissar nicht zu sagen, dass die Kugel bei ihm war. Nein, das war viel zu gefährlich. Doch er konnte Hooper sagen, er sei interessiert an der Recherche. Immerhin ging es hierbei um eine Sache im Zusammenhang mit seiner Schwester Tod.

Er musste noch mehr zur Kugel herausfinden. Vielleicht kam ihm so eine Idee, wie dieser gefährliche Gegenstand für immer zu verstecken sei.

An einem Ort absoluter Sicherheit. Selbst über seinen eigenen Tod hinaus.

Ein Versteck. Unauffindbar. Oder noch besser unerreichbar. Wie der höchste Gipfel. Der tiefste Meeresgrund. Am besten gehütet von einem Ungeheuer, das die Kugel fauchend, mit fletschenden Zähnen, auf ewig bewachte!

– 50 –
Schottland, Isle of Iona,
Innere Hebriden, Februar 2015

Gewittergraues Frühlicht überflutete den Friedhof an der Klosterkapelle, als Paul und Caroline auf die in die Rasenfläche eingelassenen Grabplatten zutraten. Noch gestern Abend waren sie spät mit der letzten Fähre zur Isle of Iona herübergekommen, hatten nur wenige schlaflose Stunden in einer der Klosteranlage nahegelegenen Pension verbracht und waren kurz vor Sonnenaufgang ohne Frühstück zu Fuß zum Friedhof der schottischen Könige aufgebrochen.

Ein starker, aufbrausender Wind zog von der südwestlichen Küste über die kleine, baumlose Insel, kämmte Wiesen und glättete Strände, beugte Büsche und schliff Felsen, so wie auch seit über tausend Jahren die steinernen Mauern des heiligen Klosters, dessen Kapelle nur noch als verwitterte Ruine auf einer Anhöhe neben seinem Friedhof stand.

Sturm werde es geben, hatte die Pensionswirtin noch gestern Abend zu ihnen gesagt, als sie Paul und Caroline bei ihrer späten

Ankunft ein schmales Zimmer zur Übernachtung aufschloss. Sicher brächte er Regen und vielleicht sogar Blitze mit. Bei den Sturmgeistern wisse man nie, was sie mit einem vorhätten und ob sie es gut oder böse mit einem meinten, fügte sie gähnend hinzu. Vertrauen im Leben könne man nur auf Gott – und auf die Liebe aus reinen Herzen, sagte sie zum Abschied augenzwinkernd zu Paul und Caroline, bevor sie sich schlurfend zum Schlafen zurückzog.

Paul trug an diesem Morgen eine schwere Tasche unter dem Arm, die er wegen ihres Gewichts etwas umständlich gegen seinen – wie immer eigentümlich steif gehaltenen – Oberkörper presste.

Ganz bewusst waren er und Caroline zu dieser frühen Stunde zum Friedhof gekommen, heimlich wie lichtscheue Diebe. Sie hatten auf ihrem Weg verstohlen um sich geblickt, mit Bedacht diesen Zeitpunkt geplant, um niemandem zu begegnen. Damit sie ungestört nach etwas suchen konnten. Nach einem Kreuz. Einem Keltenkreuz nahe den schottischen Königsgräbern, nahe der letzten Ruhestätte von Macbeth. Und für das, was sie vorhatten, sobald sie das Kreuz gefunden hätten, brauchten sie das Werkzeug aus Pauls Tasche. Und ungestörte Einsamkeit – ohne jeden Zeugen.

Zwei ganze Tage lang hatte Paul mit einer computergestützten Analyse und der Hilfe einiger Experten bei *SLC Technologies* das Schachrätsel von Graham auseinandergenommen. Dabei hatte er alles, was Lynn am Abend unter dem Einfluss des Wahrheitsserums verraten hatte, einfließen lassen und das Rätsel nach verschiedenen Methoden durchleuchtet. Es hierzu erst mit einem Kryptologen in Worte, Silben und Buchstaben zerlegt. Mit ihm nach einer versteckten Verschlüsselung und der Dechiffrierung eines möglicherweise verborgenen Codes gesucht. Hatte mit Mathematikern nach hinter den Worten versteckten Algorithmen oder Zahlenreihen geforscht. Parallel mit einer Sprachwissenschaftlerin den Text auf der Suche nach verborgenen Zitaten,

Symbolen oder Akronymen analysiert. Schließlich das Rätsel intensiv mit einem Schachgroßmeister studiert, der mit ihm auf einer über das Spielbrett gelegten Schottlandkarte die Weltmeisterschaftspartien von Fischer gegen Spasski Zug für Zug nachgespielt hatte.

Paul konnte schließlich – in der sechsten Partie – den bedrohten schwarzen Turm auf Schachfeld c7 einem Ort namens Camas Uig auf der Isle of Lewis zuordnen. Jenem kleinen schottischen Ort auf der Inselgruppe der Äußeren Hebriden, an dessen Strand, in einer Düne verborgen, die mittelalterlichen sogenannten *Lewis-Schachfiguren* zufällig gefunden worden waren. Acht Könige und acht Königinnen unter ihnen. Und mehrere Turmfiguren in Form von Berserkern geschnitzt!

Weiter hatte Paul mit der Hilfe des Schachgroßmeisters herausgefunden, dass der schwarze Turm auf c7 auf dem Ort Camas Uig – auf dem Schachbrett unter der Schottlandkarte gespiegelt – das Schachfeld e2 ergab. Und damit unstrittig die Isle of Iona als den sehnsüchtig gesuchten Ort des Verstecks der Kugel auf einer winzigen Insel der Inneren Hebriden identifiziert!

Nachdem die Sprachwissenschaftlerin ein Zitat aus Shakespeares Theaterstück Macbeth – der Geschichte vom heimtückischen Mörder des Königs Duncan, der seinen Herrscher als Gast auf seiner Burg bei Inverness im Schlaf erstach – erkannt und Paul und Caroline erzählt hatte, dass Macbeth wirklich existiert hatte, da hatte es die beiden wie ein elektrischer Schlag getroffen! Shakespeares Stück erzählte eine wahre Mordgeschichte!

Macbeth war nach dem Königsmord selbst kurze Zeit schottischer König gewesen und hatte deshalb – wie alle schottischen Könige vor ihm – nach seinem Tod auf der Isle of Iona seine letzte Ruhestätte gefunden. Auf dem Friedhof der Könige, an der Kapelle am Kloster. Neben der Ruine der *St Oran's Chapel*. Dort lag das Grab von König Macbeth!

»Auf dem Friedhof am Kloster von Iona, im Grab des Königsmörders Macbeth, der Inkarnation alles Bösen, hat Graham bestimmt die Kugel versteckt!«, hatte Paul selbstbewusst ausgerufen. »Wir haben das Rätsel gelöst!«

»Nein, Paul, Sie schlussfolgern zu vorschnell. Es ist nicht genau bekannt, wo Macbeth auf dem Friedhof der Könige bestattet wurde. Viele der schottischen Könige wurden über die Zeit umgebettet, manche Gräber aufgelöst oder zerstört. Nur das mächtige steinerne Keltenkreuz vom Friedhof steht noch heute am Platz vor dem Kloster.«

»Ist dieses Keltenkreuz bemalt oder verziert?«, fragte Paul.

»Ja, mit Steinschnitzereien. Ornamentalen Kreisen. Szenen aus den biblischen Evangelien. Aber auch floralen Motiven wie Kletterpflanzen oder Blumenmotiven.«

»Auch eine steinerne Distel?«

»Vielleicht, so genau erinnere ich es nicht. Ich werde es nachschlagen.«

»Das brauchen Sie nicht mehr. Unterm Keltenkreuz liegt die Kugel. Die Schlange liegt unter der Blume, verstehen Sie? Die Blume ist die steinerne Distel auf dem Kreuz. Darunter hat Onkel Graham die blau schimmernde Kugel versteckt!«

»Aber es gibt noch einige geheimnisvolle Sätze in dem Rätsel, die wir noch nicht entschlüsselt haben«, gab die Sprachwissenschaftlerin zu bedenken. »Der Friedfertige, der mit den dreizehn Gefährten im Rätsel, damit könnte der Gründer des Klosters auf Iona, der heilige Columban, gemeint sein.«

»Na, sehen Sie, das ist doch nur ein weiterer Hinweis, dass wir mit dem Kloster auf Iona richtigliegen!«, antwortete Paul triumphierend.

»Vielleicht haben Sie recht. Aber die Schlange! *Zwei Mal* wird im Rätsel die Schlange erwähnt – einmal in Verbindung mit einem Boot. Und was ist mit den zwei Wegen gemeint, die in Licht oder Dunkelheit führen? Was hat es damit auf sich?«

»Ach, papperlapapp! Ein Ablenkungsmanöver von Graham, wie sein Besuch im *British Museum*, der uns glauben machen sollte, die Kugel sei in einem Berserker in einer Ausstellungsvitrine im Museum von Edinburgh versteckt. Der alte Fuchs hat überall falsche Fährten gelegt.«

Noch am selben Tag hatten Paul und Caroline sich mit seinem Wagen zur Isle of Iona aufgemacht, nicht ohne dass Paul es sich vorher hatte nehmen lassen, Hicks und Chinnock gegenüber großspurig zu behaupten, das Rätsel sei gelöst. Er wisse jetzt, wo die Kugel sich befinde. »Und ich fahre jetzt sofort hin, sie *für uns* zu holen!«, hatte er ihnen gegenüber herablassend hinzugefügt.

Die ganze Autofahrt über hatte er Caroline aufgeregt die gemeinsamen Perspektiven ausgemalt, die in einer goldenen Zukunft auf sie warteten. Wenn sie Hicks erst einmal diese Kugel überbracht hätten. »Dann winkt das ganz große Geld, Caroline. Dann miete ich uns als Erstes eine gemeinsame größere Wohnung.«

»Warum denn nicht lieber ein schönes Haus, wenn wir schon zusammenziehen?«

»Natürlich, am besten gleich ein Haus. Überleg doch schon einmal, in welchem schicken Stadtteil Londons du am liebsten leben möchtest.«

»Sag mal, Caroline, eine ganz andere Frage«, sagte Paul einen Augenblick später unvermittelt, während der Mini über die Autobahn schoss. »Macht dir die Kugel eigentlich keine Angst, nach allem, was ich dir über sie erzählt habe?«

»Macht dir, was wir tagtäglich bei *SLC Technologies* tun, keine Angst, mein Hübscher?«, hatte Caroline daraufhin zynisch gekontert. Woraufhin beide die nächsten Minuten einfach nur schwiegen.

Nun standen sie im pfeifenden Wind, gingen an der Kapelle vorbei über die Wiese, direkt auf das hoch in den schottischen Sturmhimmel ragende steinerne Keltenkreuz zu. Ein lautes Donnergrollen war jetzt zu hören. Erste Regentropfen mischten sich aus grauem Himmel in die immer stärker aufkommenden Böen ein.

»Hier muss es sein«, schrie Paul zu Caroline gegen den Wind.

»Siehst du die geschnitzten Blumen auf dem Kreuz? Die steinernen Disteln!« Und mit diesen Worten nahm er einen Klappspaten aus seiner Tasche.

»Aber wo genau sollen wir graben, Paul?«

Ein schwefelgelber Blitz krachte in diesem Moment durch das Himmelsgrau. Wie angefaucht von einem wütenden Geist, zuckten Paul und Caroline vor Schreck zusammen. Dicke Regentropfen stürzten im Moment des Blitzens herab, trafen sie wie Peitschenhiebe, getrieben von einem eiskalt gegen sie stürmenden Wind.

»Ich grabe an der Vorderseite, der Seite des Kreuzes, die zum Friedhof rüber blickt. Zum Grab von Macbeth!« Paul schrie jetzt, während er, bereits durchnässt, vor dem Keltenkreuz stand und Caroline sich schützend ihren Kaschmirmantel über den Kopf zog.

»Los, grab, Paul! Hol uns die Kugel. Beeil dich!«, rief Caroline fordernd in den Wind zurück.

Mit heftiger Kraft, angefeuert und wie enthemmt, rammte Paul den Spaten in die Erde hinein, brach die Wiese mit brachialer Kraft auf, als wäre sie sein Feind. Der Sturmwind blies erbarmungslos, der Himmel tauchte den Friedhof in dunstiges, grauschwarzes Licht.

Wild schaufelte Paul die schwere Erde unter aufflammenden Blitzen vor dem Keltenkreuz heraus. Durchpflügte dabei immer wieder mit seinen Händen die erdenen Brocken auf der Suche nach einer Schachfigur, nach der Kugel. Während das aufgeworfene Erdreich um ihn durchnässt vom herabstürzenden Regen zu schwarzer Tinte zerfloss.

In der letzten unruhigen Nacht in der Pension hatte Paul von Macbeth geträumt. Dem Mann, den seine Frau, Lady Macbeth, aus Ehrgeiz und Gier zum Königsmord getrieben hatte. Seine Schwachheit ausnutzte, ihn zum Mörder machte. Er wurde ihr gefügiges Mordwerkzeug und rammte am Ende selbst den Dolch in seines Königs Brust.

Daran dachte Paul beim Graben, Schippe um Schippe, der Regen schlug dabei unvermindert auf ihn ein. Und an die drei BÖSEN HEXEN in Shakespeares Macbeth, die zu Beginn des Stücks das kommende Unheil prophezeiten. Und sich versprachen, *danach* wieder zusammenzutreffen – bei Blitz, Donner oder im Regen!«

»Caroline!«, schrie Paul plötzlich schrill auf. »Caroline, da … da sind Leute, sieh doch!« Er wies mit seiner Hand durch den stürmischen Regen auf drei schemenhafte Silhouetten hin, die unweit des steinernen Kreuzes unbewegt neben dem Klostereingang standen. Ein krachender Blitz erhellte in diesem Moment Wiese und Kloster, grell beleuchtet erschien für Sekundenbruchteile der Ort. Für Paul sah es aus, als stünden dort drei alte Frauen in schmutzigen Gewändern vor dem Kloster. Bewegungslos starrten sie ihn aus frechen Augen an. Paul schrie auf, doch der Platz wurde sofort wieder vom nebligen Zwielicht verschluckt. Der Regenschlag ebbte plötzlich ab, jetzt tropfte es nur noch in schwachen Fäden aus dem Himmel herab.

»Was war das?«, schrie Paul. »Es sah aus wie drei alte Frauen. Wie die drei Hexen!« Er starrte zu Caroline. Der Himmel riss auf. Ein Sonnenstrahl brach durch das Grau des dunstigen Lichts.

»Was redest du für Unsinn, Paul. Sieh hin! Das stehen drei Grabstelen vor der Klostermauer. Dir steigt wohl der Friedhof zu Kopf.« Caroline streifte ihren Mantel vom Kopf und begann, ihre feuchten blonden Haare energisch mit ihren Händen zu ordnen.

»Du hast mich vorhin gefragt, ob ich Angst hätte. Niemals, mein Hübscher! Nur Schwächlinge kennen Furcht. Los, grab weiter, streng dich an! Wir haben keine Zeit.« Als gäbe sie ihm einen Befehl, so sprach Caroline ihn jetzt an.

Paul packte den Spaten, wild rammte er ihn erneut in die Erde. Tief hinein, als steche er ihn mit Gewalt in eine Brust. Unerwartet stieß er plötzlich auf etwas Hartes. »Ein Brett!«, brüllte er, warf den Spaten auf die Wiese und zog ächzend eine Holzbohle mit Kraft aus dem feuchten Erdreich hervor.

»Darunter liegt ein Rucksack!« Schon riss er ihn aus der Grube heraus. »Onkel Grams alter indischer Rucksack!« Pauls Stimme überschlug sich, als er das wohlvertraute Gepäckstück in Händen hielt.

Mit erdverschmierten Fingern öffnete er die Verschlussbänder am Rucksack und schüttelte ihn mit der Öffnung über dem Boden aus. Weiß blitzend kullerte ein Gegenstand aus ihm heraus.

»Da ist sie!«, schrie Paul auf. Schon knieten er und Caroline vor dem Rucksack auf dem Boden. Paul hielt eine elfenbeinerne Schachfigur in seiner Hand.

»Der Berserker, ich wusste es!«, schrie er triumphierend und hielt die Figur, als wäre sie eine heilige Reliquie, mit ausgestreckter Hand hoch in den Himmel hinauf. Kniend vor dem Keltenkreuz neben Caroline, hielt er seinen Schatz einige Sekunden euphorisch, wie zur Anbetung über den Kopf. »Wir haben es geschafft, Caroline. In dieser Schachfigur ist die Kugel versteckt. Wir sind reich!«

In diesem Augenblick konnte Paul Dickenson sein Glück kaum fassen.

– 51 –
Durham
im Schachbuchladen, Februar 2015

»Das ist also das legendäre Schachbuchgeschäft Ihres Onkels, Lynn«, sagte Professor Lumsden und schob sich dabei langsam in seinem Rollstuhl an den hohen Bücherregalen vorbei. »Es wirkt noch viel indischer auf mich, als ich es mir vorgestellt habe. Oder was meinst du, Mrs. Haxby?«

Die Angesprochene strich lächelnd über die *Sheesham*-Möbel. Man merkte ihr an, die Stimmung des Raumes wehte wie ein indischer Windstoß in ihr Herz. »Ein bisschen wie früher zu Hause«, sagte sie. »Eine Umgebung, die Heimweh in einem hervorrufen kann. Und das Schachbrett …« – dabei wies sie auf Grams am Boden auf einem Tischchen stehendes Spielbrett – »… ist eine besonders schöne Intarsienarbeit.«

Professor Lumsden und Mrs. Haxby waren erst vor wenigen Minuten in ihrem *Hillman Minx* vor dem Schachbuchgeschäft angekommen, in dem Lynn und Des schon ungeduldig auf sie warteten. Vor über drei Stunden schon, kaum eine Stunde nach dem Telefonat mit Lynn und Des am Vormittag, waren sie von ihrem Cottage auf der heiligen Insel aufgebrochen und über die malerische Küstenstraße bis nach Durham gefahren.

Auf der Autobahn fahre er trotz der Eilbedürftigkeit lieber nicht, hatte Lumsden im Hinblick auf die Streckenwahl zu Mrs. Haxby gesagt, die mit einer teegefüllten Thermoskanne und eingewickelten Gurken-Sandwiches neben ihm auf dem Beifahrersitz saß. Das sei für den Motor nicht gut, womöglich blieben sie gar liegen. Autobahnen seien für einen Wagen mit Baujahr '64 einfach eine zu große Qual. Zudem liebe Haggis kein schnelles Fahren – Lumsden drehte sich fürsorglich zu dem auf der Rücksitzbank dösenden Border Collie um.

Der Professor und Mrs. Haxby waren beunruhigt. Bereits die Lösung des Schachrätsels hatte sie besorgt, doch die Schilderung der Ereignisse des Abends mit Paul, Caroline und Lynn hatte sie regelrecht alarmiert.

Es sei keine Zeit zu verlieren, hatte Lumsden am Telefon zu Lynn und Des gesagt. Das Schachrätsel sei nahezu gelöst. Mrs. Haxby und er seien sich recht sicher, wo die Kugel versteckt sei. Sie müssten es dringend Lynn und Des erzählen.

Einige unbeantwortete Fragen gingen ihnen hierzu zwar noch im Kopf herum, aber dennoch müssten sie sich jetzt alle schnellstmöglich sehen und unbedingt persönlich miteinander sprechen. Die ganze Geschichte sei besorgniserregend. Lumsden hatte Lynn und Des versprochen, sofort gemeinsam mit Mrs. Haxby im Auto zu ihnen nach Durham zu fahren.

»Nach dem, was Sie mir erzählt haben, Lynn, was Ihr Bruder Paul mit Ihnen gemacht hat …« Hier stockte Lumsden einen Moment – man merkte ihm an, dass es ihn schmerzte, weiterzusprechen. »Verstehen Sie mich bitte nicht falsch. Aber Sie müssen endlich begreifen, dass Ihr Bruder bei seinem Charakter im Zusammenhang mit der Kugel eine Gefahr darstellt. Und leider nicht nur für Sie, so furchtbar das auch klingt!« Lumsden schaute betroffen zu Lynn. »Ihr Onkel Gram wusste um diese Gefahr, Lynn. Darum hat er versucht, Sie mehrfach zu warnen. Im Rätsel und in Ihrem Traum!«

»Ich kann das alles immer noch nicht glauben.« Lynn klang verzweifelt.

»Sie sagten, Sie hätten das Rätsel nahezu gelöst und wir hätten keine Zeit zu verlieren.« Des schaltete sich jetzt mit ernster Miene ein. »Sagen Sie uns bitte endlich, was Sie wissen: Wo ist die Kugel? Und was ist jetzt zu tun? Nachdem ich Paul und diese falsche Schlange, die sich seine Freundin nennt, erlebt habe, glaube ich Ihnen jedes Wort, Herr Professor.«

»Das Schachrätsel sind *zwei* Rätsel in einem. *Zwei Wege führen in Licht und Dunkelheit.* Das ist der Hinweis, dass ein Weg zu einer richtigen, der andere zu einer falschen Lösung führt. Ein Weg zu Gut und ein Weg zu Böse sozusagen. Ihr Onkel hat das bewusst zur Verschleierung angelegt.« Mrs. Haxby sprach nüchtern-analytisch.

»Ihr Onkel konnte die Kugel vermutlich nicht zerstören. Also musste er sie vor der Welt verstecken. Aber er musste auch einen Weg finden, jemand Verantwortungsvollen nach seinem möglichen Tod das Versteck der Kugel wissen zu lassen. Um es zu schützen. Diese Aufgabe hat er für Sie vorgesehen, Lynn. Darum hat er für Sie das Schachrätsel entworfen und wollte, dass *Sie* es finden«, sagte Lumsden.

»Aber warum hat er mir das nicht einfach alles persönlich gesagt?« Lynn schüttelte ungläubig den Kopf.

»Dafür gibt es bestimmt einen wichtigen Grund. Es ist eine

der verbliebenen offenen Fragen, für die wir noch keine Antwort haben. Aber es muss ein sehr gewichtiger Grund gewesen sein.«

»Mona-Herzchen«, sagte Des. »Ich habe es dir doch schon gesagt: Dein Onkel trägt irgendein Geheimnis mit sich herum!«

»Welches Geheimnis, Des?« Lynns Stimme war angsterfüllt.

»Das wissen wir noch nicht. Was wir aber vermuten dürfen, ist, dass Ihr Onkel damit rechnen musste, dass auch Ihr Bruder Paul das Schachrätsel finden könnte. Vielleicht sogar aufgrund Ihrer ehrlichen, blauäugigen Art verursacht durch Sie selbst, Lynn. Wie es ja auch passiert ist.« In Mrs. Haxbys Stimme lag nur Mitgefühl und keine Spur von Vorwurf.

»Aber er ist doch mein Bruder!«, schrie Lynn voller Qual auf.

»Du meinst den Bruder, der dir irgendein chemisches Mittel verabreicht hat, um dich rücksichtslos auszufragen?« Des' Satz flog wie ein Wurfmesser durch den Raum.

»Hören Sie, Lynn und Des. Die Kugel ist in Schottland versteckt. Nach dem letzten Zug der Weltmeisterschaftspartie von Fischer und Spasski – *am Ende der Schlacht* heißt es im Rätsel – steht der schwarze Turm auf dem Feld c7. Das wussten wir ja schon.« Lumsden war jetzt mit seinem Rollstuhl näher an das Schachbrett herangefahren. »Lynn, könnten Sie bitte die Schottlandkarte Ihres Onkels holen und auf das Spielbrett legen? Dann zeigen wir Ihnen die Lösung, die wir herausgefunden haben.«

Schon Minuten später legte Lynn die Schottlandkarte aus Grams Wohnung über dem Laden auf das Schachbrett. Sie passte so präzise auf das Brett, als wäre sie für diesen Zweck gemacht!

»Hier ist das Feld c7.« Lumsden wies mit dem Finger auf das Brett. »Wir wissen bereits, dass an dieser Stelle auf der Landkarte der Ort Camas Uig liegt. Dort, wo die *Lewis-Schachfiguren* gefunden wurden, wo die *Acht Könige mit Gemahlinnen im sandigen Bett schliefen*, wie es im Rätsel heißt. Die *Gemahlinnen* sind die acht Damen.

Der Satz *Der bedrohte Turm im Spiegel verkehrt im Süden zu stehen scheint* steht im Rätseltext für das gespiegelte Feld von c7 auf dem Brett im Süden. Das ist das Spielfeld c2. Dort befindet sich auf der Schottlandkarte die Isle of Iona, sehen Sie?« Lynn zog mit dem Finger auf der Karte auf das vom Professor genannte Feld, an der eine kleine Insel im Meer eingezeichnet war.

»Die Isle of Iona ist der Ort, an dem über Jahrhunderte alle schottischen Könige auf dem Klosterfriedhof bestattet wurden. Unter ihnen auch der ruchlose Königsmörder, der selbst König wurde – König Macbeth!« Lumsden sprach diesen Namen wie ein preisgegebenes Geheimnis aus.

»Den entscheidenden Hinweis gab uns das Shakespeare-Zitat im Schachrätsel: *Unter lächelnder Blume kann eine Schlange verborgen sein.* Das sagt Lady Macbeth im Theaterstück zu ihrem Mann. Sie fordert ihn damit auf, als Gastgeber seinen König hinterlistig lächelnd zu umschmeicheln. Und den ahnungslosen Herrscher später nachts im Schlaf heimtückisch zu ermorden«, erläuterte Mrs. Haxby.

»Dieser Satz ist auch gleichzeitig die Warnung Ihres Onkels vor Ihrem Bruder, liebe Lynn«, fügte sie einfühlsam hinzu. »*Denk stets gewaltfrei, doch sei nie blauäugig wie ein Geschwisterkind dabei*, heißt es im Rätsel weiter. Das richtet sich an Sie!«

Lynn zuckte zusammen, als sie verstand, was Mrs. Haxby sagte.

»Die Zeile, dass der *Walrossknochen unterm Keltenkreuz den Blauschimmer bewacht*, könnte man als Hinweis verstehen, dass die blau schimmernde Kugel unter einem Keltenkreuz auf dem Friedhof von Iona versteckt liegt. Vielleicht sogar in einer von Ihrem Onkel aus Knochen geschnitzten Schachfigur verborgen. Aber dieser Lösungsweg ist eine Irreführung!« Lumsden grinste listig, als er das sagte.

»Warum eine Irreführung?«, fragte Des.

»Die ganze Geschichte, die Lynns Onkel überall gestreut hat: Er schnitzte Schachfiguren nach, sein Besuch im *British Museum* mit seinem geheuchelten Interesse für die *Lewis-Figuren*, der Hinweis auf Edinburgh und die Berserkerfigur im Schottischen

Nationalmuseum. Alles Ablenkungsmanöver! Falsche Fährten, von Graham gelegt, um den richtigen Weg zur Kugel zu verschleiern!«

»Das stimmt, sogar meinem Vater hat er davon erzählt, erinnerst du dich, Lynn?«, fiel Des in diesem Moment wieder ein.

»Würde das jemand tun, der etwas zu verbergen hat?«, wandte Mrs. Haxby ein. »Nein, Irreführung war Teil des Plans Ihres Onkels.«

»*Wisse, trügerisch ist oft der Schein,* heißt es im Rätsel. Nicht die naheliegende Lösung ist die richtige. Und naheliegend ist, dass am Grab des Bösewichts und Mörders Macbeth unter dem Keltenkreuz die gefährliche Kugel versteckt liegt. Aber das ist nicht so!«, rief Lumsden aus.

»Nur wer *stets gewaltfrei denkt*, wie es im Rätsel heißt, kommt auf die richtige Lösung. Und Ihr Onkel war sich sicher, Lynn, dass *Sie* gewaltfrei denken können – im Gegensatz zu Ihrem Bruder Paul!«, sagte Mrs. Haxby.

»*Wo der Friedfertige, der Bote der Nächstenliebe, einer von dreizehn an der Zahl, auf dem Boot über den See der bösen Schlange von den Gefährten abzulassen befahl,* ist hierfür der entscheidende Hinweis.« Lumsden zitierte die Zeilen auswendig.

»Jemand, der *der Friedfertige* genannt wird, befahl einer Schlange, seine Gefährten zu verschonen. Er lebte Gewaltfreiheit vor! In einem Boot, auf einem See!«, fügte Mrs. Haxby hinzu.

»Wer ist der Friedfertige?«, fragte Lynn.

»Der Friedfertige ist der HEILIGE COLUMBAN, der im Jahr 563 das Kloster auf Iona gründete. Das ist die Verbindung zum Schachfeld c2!«, erläuterte Lumsden. »Columban christianisierte von hier aus große Teile Schottlands. Einer berühmten Legende nach soll er dabei mit zwölf seiner Mönche in einem Boot auf einem schottischen See nahe Inverness von einer riesigen Seeschlange angegriffen worden sein. Es ist die erste urkundliche Erwähnung des Ungeheuers von LOCH NESS! Der Ursprung der Legende!«

»Das Ungeheuer von Loch Ness?«, schrie Des fassungslos.

»Die Kugel muss sich irgendwo am Loch Ness befinden. Am Ort des gewaltfreien Denkens, wo Columban die Seeschlange besänftigte! Und nicht auf dem Friedhof des Klosters auf der Insel Iona, wo die Inkarnation des Bösen, der Königsmörder Macbeth, im Grabe liegt! Das ist des Rätsels Lösung!«

»Sie sagen, die Kugel befinde sich am Loch Ness«, sagte Lynn aufgeregt. »Aber wo dort?«

Mrs. Haxby und Lumsden sahen einander fragend an, bevor der Professor sagte: »Wir hatten gehofft, dass Sie uns das sagen könnten, Lynn. Das Rätsel nennt keinen präzisen Ort. Wir dachten, Ihnen fällt ein Hinweis zum Loch Ness aus einem Erlebnis mit Ihrem Onkel ein. Hat er einmal mit Ihnen über den See gesprochen? Oder über die Seeschlange?«

Lynn dachte einen Moment angestrengt nach, grübelte, ob ihr irgendetwas hierzu aus ihrer Erinnerung hochkam. Aber schließlich schüttelte sie ratlos den Kopf.

»Nein, im Augenblick fällt mir dazu gar nichts ein. Ich erinnere mich nicht, dass Gram je mit mir darüber gesprochen hätte. Ich war auch noch nie an diesem Ort.«

Enttäuschung legte sich über den Raum. Des ergriff zuerst wieder das Wort. »Davon lassen wir uns nicht entmutigen, Mona-Herzchen. Bestimmt ist irgendwo ein Hinweis versteckt. Vielleicht haben wir ihn nur übersehen.«

»Das Rätsel gibt nicht mehr her«, murmelte Lumsden. »Auch das Schachbrett haben Sie ja schon untersucht. Ich bin im Moment etwas ratlos.«

Schweigend blickten sich alle gegenseitig an, mit jener fassungslosen Sprachlosigkeit über das Eingeständnis, so kurz vor dem Ziel der Lösung stecken geblieben zu sein.

»Haben wir die Schottlandkarte eigentlich schon genauer untersucht?« Mrs. Haxby kam diese Frage wie ein Geistesblitz.

»Sie hängt seit Jahren an der Wand unseres Esszimmers. Was soll daran Geheimnisvolles sein?« Lynns Stimme klang kraftlos.

Nun wurde das Licht im kleinen Schachbuchgeschäft aufgedreht, und alle beugten sich gespannt über die Schottlandkarte.

»Der Nachdruck einer alten Schottlandkarte, 19. Jahrhundert schätze ich. Feine, detaillierte Arbeit. Koloriert. Mit einem geschmückten Kartenrand«, begann Lumsden fachmännisch seine Beobachtungen.

»Vier figurale Symbole für die vier Himmelsrichtungen befinden sich an den Ecken«, ergänzte Mrs. Haxby.

»Das erste ist eine Blüte – vielleicht eine schottische Distel?«, mutmaßte Des.

»Nein, es sind rosafarbene, gleichmäßig wie die Speichen eines Rades angeordnete Blütenblätter – die sogenannten Kronblätter, fünf an der Zahl. Damit lockt die Pflanze die Insekten an, wissen Sie? Staubblätter mit rosa Pollensack. Darin befinden sich die männlichen Samenzellen. Mittiger Stempel, in dessen Fruchtknoten die weibliche Eizelle eingebettet ist. Blütenpflanzen sind Zwitter, meine Damen. Durch unterschiedliche Reifezeiten von Samenzellen und Ei verhindern sie eine ungewollte Selbstbestäubung.«

»Lumsdi, bitte, verschone uns! Sag uns lieber, von welcher Pflanze die Blüte ist!«, tadelte Mrs. Haxby liebevoll.

»Das ist eine Kirschblüte.«

»Das zweite Symbol ist eindeutig ein Boot, ein Ruderboot«, sagte Des.

»Und das dritte ist ein Vogel – eine Taube«, fügte Lynn hinzu.

»Ja, und *Columba* ist das lateinische Wort für Taube – das ist bestimmt ein Hinweis auf den heiligen Columban!« Wie eine überraschende Entdeckung sprach der Professor diese Erkenntnis aus.

»Und das vierte Symbol ist eine Schlange!«, rief Lynn jetzt erregt. »Eine Seeschlange?«

»Sie hat etwas im Maul, seht doch!« Des zeigte auf die Furcht einflößende Figur. »Was ist das? Ein Blütenzweig?«

»Die Schlange trägt einen Kirschblütenzweig im Maul, eindeutig«, schlussfolgerte der Professor. »Boot, Taube und Seeschlange. All das sind eindeutige Hinweise auf Loch Ness – und die Legende vom heiligen Columban, der die Seeschlange besänftigte. Nur was hat es mit der Kirschblüte auf sich? Und warum trägt die Schlange einen Blütenzweig in ihrem Rachen?«

»Wir müssen dorthin!«, erklärte Lynn bestimmt.

»Zum Loch Ness, Mona-Herzchen?«, fragte Des.

»Ja, und zwar sofort!« Lynn klang voller Kraft. »Weiß man, wo der heilige Columban auf dem Loch Ness der Seeschlange begegnet ist?«

»Der Legende nach soll es an der Stelle sein, wo heute die Burgruine von Urquhart Castle über dem See am Hang thront.«

»Also, auf nach *Urquhart Castle*, Des!« Lynn verkündete es wie einen Befehl.

»Aber wir wissen doch gar nicht, wo wir suchen sollen, Mona-Herzchen. Und wie sollen wir da überhaupt am schnellsten hinkommen?« Des lachte, spürte aber schon die Abenteuerlust in sich und nahm Lynn in den Arm. »Trotzdem – auf zum Loch Ness, worauf warten wir noch?«

»Am besten nehmen Sie den Zug bis Inverness«, sagte Mrs. Haxby mit dem ihr eigenen Pragmatismus. »Sollen wir Sie zum Bahnhof fahren? Dann schaffen Sie vielleicht noch den Abendzug.«

Schon eine Stunde später saßen Lynn und Des mit schnell gepackten Rucksäcken im Fond des *Hillman*, den alten Haggis auf ihrem Schoß, derweil der Professor den Wagen zügig zum Bahnhof von Durham steuerte. »Hier, nehmen Sie noch unsere übrig gebliebenen Sandwiches«, bot Mrs. Haxby mütterlich an und reichte einen Stapel eingewickelter belegter Brote nach hinten.

»Gut, dass Sie die Schottlandkarte mitgenommen haben, Lynn. Vielleicht verstecken sich auf ihr noch weitere Hinweise. Und wenn Sie am See sind, rufen Sie uns bitte unbedingt an. Wir versuchen inzwischen, dem Geheimnis der Kirschblüte auf den Grund zu gehen«, sagte der Professor, während er den Wagen bereits vor dem Haupteingang des Bahnhofs stoppte.

»Seid bitte vorsichtig!«, bat er zum Abschied herzlich und besorgt zugleich, während Mrs. Haxby Lynn und Des nacheinander fest umarmte. »Denkt an Shakespeare: Das Böse kommt oft harmlos – im Gewand einer lächelnden Blume. Und schlägt dann überraschend zu. Wie eine Seeschlange, die unter der Oberfläche eines Gewässers lauert und plötzlich aus dem noch eben stillen Wasser emporschießt!«

Schon Minuten später hatten die Freundinnen eine Fahrkarte gelöst und stiegen in den kurz darauf am Bahnsteig eingelaufenen Zug. Während Des noch wortreich erklärte, dass sie über Leeds kämen und kurz vor Mitternacht in Preston in den *Caledonian Sleeper* umsteigen müssten, der sie dann über Nacht mehr als acht Stunden hoch nach Inverness fuhr, war Lynn bereits erschöpft in ihrem tiefen Sitz eingeschlafen. Sie glitt in einen Traum, in dem sie auf einem Boot über einen See fuhr und auf der Wasseroberfläche überall Kirschblüten schwimmen sah. Wie Inseln sahen sie aus, im morgendlich gleißenden Sonnenlicht. Und aus der Entfernung rief wiederum eine Stimme ihren Namen. Grams Stimme! Nur, was rief er? Seine Stimme klang schrill, wie von Schmerzen gequält! »Aber ich kann dich nicht verstehen, Onkel Gram! Ich verstehe nicht, was du mir sagen willst«, rief sie laut über den See. Keine Sekunde später vernahm sie plötzlich einen entsetzlichen Schrei. Furcht einflößend. Wie aus der Kehle eines Menschen in Todesangst!

52

*Die Erzählung von Graham VIII – Letzte Fortsetzung
Durham, kurz vor Weihnachten 2003*

»Elfenbein? Warum ausgerechnet aus Elfenbein, Abu?« Graham erinnerte sich noch genau, wie er seinem alten Lehrer diese Frage stellte.

»Wir wissen nicht, warum Elfenbein die Macht der Kugel schwächt, Graham. Aber das Elefantenhorn hilft, die Kräfte der Kugel beherrschen zu lernen. So wie wir, mit ihrer Hilfe, unsere Gedanken«, sagte Abu zu Graham, während sie in der Nacht vor ihrem Abschied in seinem Laden in Udaipur zusammensaßen – und hatte ihm das Elfenbeinkästchen in die Hand gelegt.

Ein sicheres Versteck für diese verfluchte Kugel galt es zu finden, für immer! Graham blickte auf Lynn, die vor ihm im Wohnzimmer auf dem Fußboden saß, vertieft im kindlichen Glück malte sie summend gerade fröhlich, tanzende Schachfiguren, bunt gekleidet in indische Gewänder, drehten sie sich in Pirouetten auf ihrem Bild. Plötzlich gab diese Erinnerung Graham eine großartige Idee!

Er wusste jetzt, wo er die Kugel verstecken würde. Und vor allem, zum besseren Schutz vor ihr, worin! Graham erinnerte sich weiter, wie er damals fasziniert in Udaipur vor der kleinen Werkstatt der Handwerker gestanden hatte, wie sie kunstvoll Figuren schnitzten, GÖTTERFIGUREN von *Shiva* und *Lakshmi*, *Sarasvati*, *Kali Mata* und dem elefantenköpfigen Gott *Ganesha*. Und Schachfiguren mit ihren Schnitzmessern formten, aus schwarzem Ebenholz, hellem Marmor – und aus Elfenbein. »Das würde ich gern beherrschen, das Schnitzen«, hatte er damals zu ihnen gesagt. »Komm«, hatten sie ihn daraufhin hereingerufen und ihm ein Messer gegeben. Wann immer Abu einmal schlief oder las, kam Graham von da an zu ihnen.

Die Kugel in einer aus Elfenbein geschnitzten Schachfigur verstecken – an einem geheimen Ort verborgen und geschwächt von der Kraft des Elefantenhorns! So wie in der Geschichte von Shihram und Sissa! Das war sie, die Idee, der erleuchtende Gedanke, der ihm in diesem Augenblick kam.

Er blickte wieder auf Lynn, wie sie so sorglos und friedvoll, frei von bösen Gedanken malend vor ihm auf dem Teppich saß.

»Warum gibt es das Böse?«, erinnerte er sich, hatte er Abu einmal gefragt.

»Weil es uns Menschen gibt.«

»Und warum das Gute?«

»Weil unser Verstand uns die Farben der Blüten, die Süße des Honigs und den Gesang der Vögel vorzustellen erlaubt – und damit unserem Herzen, selbstlos zu lieben.«

Graham stand jetzt auf, setzte sich zu Lynn auf den Boden, betrachtete sie still beim Malen.

Wer mit der Kugel in Berührung kommt und in seiner Natur labil ist, der ist gefährdet, von ihr manipuliert zu werden, sagte Graham jetzt zu sich. *Die Kugel wirkt wie ein Brandbeschleuniger für die böse Seite in der Natur dieser Menschen. Wenn die Kugel in falsche Hände gerät, ist sie eine große, unbeherrschbare Gefahr.*

»Niemals darf Paul die Kugel berühren.« Graham sprach diesen Satz flüsternd zu sich, als ein Versprechen an sich selbst. »Ich muss ihn vor der Kugel schützen – und damit andere vor ihm.«

Er betrachte Lynn. Sie war in ihrer Welt. Fröhlich tanzten die indischen Schachfiguren auf dem Malpapier zu ihrem Summen im Kreis. »Du wirst die neue Kugelwächterin.« Dabei nahm er sie, um sie nicht zu stören, in seinen Gedanken zärtlich in den Arm. Und Lynn malte, auf ihrem Bild machte ein buntes Pferd gerade wiehernd einen Pirouettensprung.

53

London 2015, Stadtteil Belgravia – in einem Privathaus

»Mr. Hicks wird in wenigen Augenblicken bei Ihnen sein, bitte warten Sie hier«, sagte der Hausdiener im gedehnten Upper-Class-Englisch, deutete eine Verbeugung an und ließ Caroline und Paul allein im Empfangszimmer der Stuckvilla im Londoner Stadtteil Belgravia zurück.

Schwere, mit elfenbeinfarbenen Stoffen bezogene Sessel gruppierten sich neben einer viktorianischen, nussbaumhölzernen Chaiselongue in dem großzügigen Raum, der durch hohe Fenster den Blick auf einen nach Süden ausgerichteten Garten freigab. Auf an den Wänden kauernden Sideboards verteilte sich eine Sammlung wertvoller antiker Kaminuhren, die mit ihrem rhythmischen Ticken die Stille des lichtdurchfluteten Zimmers orchestrierten. Ein ausgestopfter Löwe stand in kraftvoller Haltung neben der Terrassentür, hinter dem einige afrikanische Wurfspeere und Schilde an den rotbraunen Damasttapeten des Empfangszimmers lehnten. Bilder mit kolonialen Landschaftsszenen aus Indien und Afrika hingen wie Trophäen an der längsseitigen Wand.

Der ganze Raum strahlte eine aristokratische Gelassenheit aus, wie sie in ihrer Selbstverständlichkeit noch vielfach in den reichen Häusern der ENGLISCHEN GENTRY anzutreffen war. Mit jenem distanzierten Selbstbewusstsein, das den Besucher willkommen hieß, ihn aber auch gleichzeitig spüren ließ, dass Zugehörigkeit zu den Kreisen seiner Bewohner nur durch Geburtsrecht erlangt werden konnte.

Caroline setzte sich langsam auf den am äußersten Rand stehenden Sessel, schlug ihre langen Beine dezent übereinander und nahm mit durchgestrecktem Rücken eine vornehme Haltung an. Sie trug ein geschmackvoll schlichtes Kostüm aus lupinenblauem Wollstoff und mit Ausnahme der ihr zum Geschenk gemachten Brillantohrringe keinerlei Schmuck an sich, was ihre Schönheit für Paul zur atemberaubenden Eleganz veredelte.

Diese Frau überraschte Paul immer wieder mit ihrer Verwandlungsfähigkeit und der hiermit einhergehenden stilsicheren Begabung, in jeder Situation angemessen und dennoch auffallend gekleidet zu sein. Nach außen hin eine lächelnde Blume, aber darunter auch eine Schlange war diese Frau. Paul ging das Shakespeare-Zitat durch den Kopf.

Aber wer wollte es ihr verübeln? Sie wollte, genau wie er selbst, ein gutes Leben, strebte nach oben, wollte wie eine prachtvolle Blüte ans goldene Licht. So wie er sie vor sich sitzen sah, erkannte er ihren Anspruch, sich in ihrem Leben mit dem Luxus eines solchen Hauses zu schmücken. Sich mit einer standesgemäßen Villa gleich ihrem Kostüm mondän zu kleiden. Paul erkannte, dass diese Frau nach ihrem Selbstverständnis für diese Art von Umgebung gemacht war – und dass sie sich deshalb niemals mit weniger zufriedengeben würde. Sie benutzte ihn für ihre Ziele, für ein erstrebtes Leben in Reichtum, Sorglosigkeit und Stil. Diese Tatsache sah Paul ohne Illusion.

Seine männliche Schönheit war ihr hierbei nicht mehr als ein lustbefriedigendes Beiwerk, willkommen für den eigenen Anspruch, für neidvolle Blicke auf der Straße und für sinnenfreudige Nächte im gemeinsamen Bett.

Bewundernd sah er Caroline an. Ja, sie benutzte ihn – so wie er sie. Sie tat es nur mit reiferer Berechnung. Ohne Naivität. Rücksichtslos und egoistisch. Das erkannte er jetzt. Wohin würde es sie beide führen? Welche Wege hielt das Schicksal in der Zukunft für sie beide bereit?

Während Paul noch grübelte, ging die Tür auf. Lächelnd traten Alexander Hicks und Walter Chinnock in den Raum.

»Das ging viel schneller, als ich es von Ihnen erwartet hätte, Paul. Willkommen in meinem Haus.« Alexander Hicks legte Paul seine Hand gönnerhaft an die Schulter. »Hallo, Caroline, schön, auch Sie wieder einmal bei mir zu sehen.«

Paul stutzte, dachte aber in seiner steigenden Aufregung nicht weiter über diesen letzten Satz nach.

Walter Chinnock nickte zur Begrüßung nur wortlos kurz in Pauls und Carolines Richtung. Hicks nahm im Selbstbewusstsein des Hausherrn auf der Mitte der Chaiselongue Platz. Chinnock hingegen blieb stehen, stand fast wie ein Bewacher neben Paul im Raum.

»Was haben Sie uns mitgebracht, Paul? Nun zeigen Sie schon.«

»Eine Schachfigur! Mit besonderem Inhalt.« Mit diesen Worten zog Paul vorsichtig die geschnitzte Berserkerfigur aus seiner Jackentasche und hielt sie Alexander Hicks hin.

»Wie hübsch. Hat Ihr Onkel sie geschnitzt?« In Walter Chinnocks Stimme lag Sarkasmus.

»Ja, Walter. Es ist eine originalgetreue Kopie einer der mittelalterlichen sogenannten *Lewis-Schachfiguren*, die in Museen in London und in Edinburgh stehen.«

»Soso. Und wo haben Sie die nun her?« Chinnock trat dabei näher auf Paul zu, um die Figur besser in Augenschein nehmen zu können.

»Von einem Friedhof in Schottland. Auf der Klosterinsel Iona. Dort lag sie in einem Rucksack vor einem Keltenkreuz auf einem Friedhof vergraben. So, wie es im Schachrätsel verschlüsselt stand. Caroline und ich haben es gelöst und sind sofort hingefahren, um die Figur zu holen.« Paul blickte dabei mit Stolz zu Caroline herüber, die unbewegt vornehm in ihrem Sessel saß.

»Das klingt wirklich abenteuerlich. Von einem Klosterfriedhof.« Hicks sprach freundlich, aber auch aus seiner Stimme klang ein für Paul spürbarer Unterton, der ihn verwirrte.

»Die Kugel befindet sich in dieser Figur, Alex. Mein Onkel hat diese Figur innen ausgehöhlt, die Kugel hineingesteckt und die Figur dann wieder verschlossen. Schauen Sie«, Paul zeigte ihnen die Unterseite der Figur, »hier sehen Sie, dass die Figur in ihrem Fuß einen Deckel besitzt, den mein Onkel, nachdem er die Kugel darin versteckte, fast unsichtbar eingeklebt hat.«

»Eines leuchtet mir nicht ein, Paul.« Hicks sprach immer noch mit einem lächelnden Gesicht. »Wenn Ihr Onkel die Kugel in einem Rucksack auf einem Friedhof vergraben hat, warum sollte er sich die Mühe gemacht haben, eine mittelalterliche Figur hierfür erst originalgetreu nachzuschnitzen, um sie als Versteck zu nutzen? Das ist doch ein völlig sinnloser Aufwand. Warum hat er die Kugel dann nicht einfach in den Rucksack getan und vergraben?«

Hicks' Frage verblüffte Paul schon wieder. Darüber hatte er, wie er sich eingestand, noch nicht nachgedacht.

»Bestimmt wollte er mit seiner Schnitzerei der Berserkerfigur eine falsche Fährte legen. Darum war er auch im *British Museum*. Um vom wahren Versteck der Kugel abzulenken!« Zwar sprach Paul bestimmt, doch seine wachsende Verunsicherung schlich sich zunehmend auch in seinen Tonfall. War zu hören und zu spüren.

»Wen wollte Ihr Onkel Ihrer Meinung nach denn ablenken? Er musste doch davon ausgehen, dass entweder Sie oder Ihre Schwester Lynn das Schachrätsel finden. Könnte es sein, dass er *Sie* ablenken wollte, Paul?« Hicks' messerscharfe Fragen trieben Paul wie eine Florettspitze vor sich her.

»Mich vom wahren Versteck der Kugel ablenken? Nein, warum sollte mein Onkel das tun?«

»Vielleicht, weil er Ihnen nicht traut«, sagte Chinnock mit scharfer Stimme. »So, wie ich Ihnen auch nicht traue.«

Verärgert schaute Paul in Chinnocks Gesicht. »Sind Sie etwa eifersüchtig auf mich, Walter?«

»Auf dich? Das ist doch nicht dein Ernst.« Nun lächelte Chinnock Paul maliziös an.

Paul blickte jetzt zu Caroline hinüber, die unverändert hochmütig bewegungslos in ihrem Sessel saß, als wäre sie eine ausgestopfte Trophäe, wie der Löwe. Ein stummer Raumschmuck, schön, aber leblos kalt. Sie erhob jetzt zum ersten Mal ihre Stimme und blickte Paul dabei blasiert an. »Was hältst du davon, wenn du es ihnen jetzt endlich beweist, Paul? Lass dir ein Messer geben und schlitz die Figur auf.«

»Das brauche ich gar nicht, passt jetzt alle gut auf!«, rief Paul, holte aus, drehte sich zur Wand und warf die Schachfigur mit aller Kraft über die Kaminuhren hinweg gegen die Damasttapete. Krachend zerschellte die Schachfigur, zerborstene Stücke fielen polternd auf den Parkettboden herab. Paul kniete auf dem Boden, auf allen vieren klaubte er kriechend die Bruchstücke auf. Tastete sie ab, blickte suchend in jeden Winkel. Schaute sich hastig in jede Richtung um.

»Das kann doch nicht sein!«, schrie er laut. »Wo ist sie? Wo ist die Kugel?«

»Was heißt das?« Stechend traf Carolines Stimme Paul wie ein Pfeil in den Rücken. »Wieso ist die Figur leer?«

Schallend bellte jetzt Chinnocks Lachen durch den Raum. »Ich wusste es!«, schrie er triumphierend. »Du bist ein Blender. Ein erbärmlicher Blender. Und ein jämmerlicher Verlierer. Du bist ein Nichts!«

»Wie kann das sein?« Fassungslos drehte sich Paul zu Caroline um.

»Das war es dann wohl.« Alexander Hicks war bereits aufgestanden und im Begriff zu gehen. »Sehr enttäuschend, Paul. Versagen gehört nicht zu meiner Firmenphilosophie bei *SLC*. Denn Versager verschwenden meine Zeit und mein Geld.« Er wandte sich zu Chinnock. »Walter, du geleitest unseren ehemaligen CTO Mr. Dickenson bitte zur Tür und kümmerst dich dann bitte, wie besprochen, um den Rest.«

Mit diesen Worten ging Hicks zur Tür, öffnete sie, drehte sich dann aber noch einmal um. »Ach, Caroline, auch von Ihnen hätte ich mehr erwartet. Aber vielleicht gibt Walter Ihnen ja noch eine zweite Chance, es wiedergutzumachen.« Damit trat Alexander Hicks durch die Tür und zog sie donnernd hinter sich zu.

Schottland, Februar 2015
Auf der Fahrt zwischen Glasgow und Oban

»Wo wollen Sie denn heute Nacht noch hin, wenn ich fragen darf?« Der grauhaarige Kassierer im Shop der Tankstelle an der Glasgower Autobahn betrachtete mit erfahrenem Blick den übermüdet vor ihm stehenden Autofahrer, der mit der einen Hand zitternd seine Geldbörse in die Hosentasche stopfte, während er fahrig mit der anderen den eben erworbenen Espresso herunterstürzte. »Bis Oban noch und dann mit der ersten Fähre rüber auf die Isle of Mull. Von da weiter nach Iona. Ich komme gerade aus London.« Paul hustete, der heiße Kaffee hatte ihm den Gaumen verbrannt.

»London! Dann sitzen Sie ja schon acht Stunden hinterm Steuer!« Nun klang die Stimme des Kassierers besorgt. »So wie Sie aussehen, sollten Sie vor der Weiterfahrt eine Pause machen, Junge!«

»Geht nicht. Ich hab's eilig!«, antwortete Paul kurz. »Und ich bin nicht Ihr Junge!« Patzig klang es aus seinem Mund.

»Ab Tyndrum ist die Autobahn gesperrt. Da müssen Sie runter, ganz schöner Umweg. Dann die A82 bis nach Bridge of Orchy und immer weiter nördlich bis Glenachulish, von dort die kurvige Landstraße am Ufer des LOCH LINNHE entlang.« Der Alte beugte sich jetzt über den Tresen vor. »Hör mal, die Strecke ist da oben schlecht ausgebaut, nicht ungefährlich mitten in der Nacht. Besonders in deinem Zustand.«

»Was geht Sie das an! Ich muss morgen früh unbedingt die erste Fähre in Oban bekommen. Ich habe keine Zeit zu verlieren.«

»Ich rede nicht davon, dass du Zeit verlierst«, entgegnete der Alte doppeldeutig.

»Kümmern Sie sich um Ihre eigenen Angelegenheiten«, presste Paul zwischen den Lippen heraus, zerknüllte den Kaffeebecher, warf ihn achtlos auf den Tresen und schritt zügig aus dem Shop auf sein Auto zu.

Mit Vollgas beschleunigte er seinen Mini zurück auf die nächtliche Autobahn. Ein Umweg, auch das noch! Hatte sich denn plötzlich alle Welt gegen ihn verschworen?

Die ganze Fahrt über, seit London, gingen ihm die beschämenden Ereignisse im Haus von Alexander Hicks nicht aus dem Kopf. Und der kalte Blick von Caroline, als klar war, dass die Kugel nicht in der Schachfigur versteckt gewesen war. Und die verächtlichen Worte von Chinnock, was für ein falscher Hund! *Die wollen mich fallen lassen,* diese Erkenntnis plagte Paul seit Stunden. »Chinnock, Hicks – und vielleicht sogar Caroline! Doch nicht mit mir, ich werde es euch zeigen. Ich habe recht.« Paul lächelte bitter, als er diese Sätze zu sich selbst hinter dem Steuer sprach.

Was hatte er im Schachrätsel übersehen, was falsch gemacht? Es hatte doch alles so gut zusammengepasst!

Der gespiegelte schwarze Turm der Endstellung von der Fischer-Spasski-Weltmeisterschaftspartie verwies auf die Isle of Iona. Der Hinweis auf Shakespeare, auf den Königsmörder im Grab, das Zitat aus Macbeth führten eindeutig zu Macbeths letzter Ruhestätte am Kloster! Dann der Fingerzeig auf das vor den Gräbern stehende Keltenkreuz! Unter dem er doch auch die von Graham geschnitzte Schachfigur gefunden hatte – die Berserkerfigur, die Kopie einer *Lewis-Schachfigur*! Alles passte doch perfekt zusammen.

Paul war sich sicher gewesen, dass das Innere der Schachfigur hohl war – und Graham in ihr die Kugel versteckt hatte. Genau wie im indischen Geheimdienstbericht, den er der Frau von Hooper in New York gestohlen hatte.

Paul schaltete die Scheibenwischer an, leichter Regen prasselte auf seine Windschutzscheibe bei der Fahrt durch die Nacht.

In der indischen Geschichte hatte dieser Maharana doch auch die Schachfigur, die er von seinem Sohn Sissa erhalten hatte, gegen die Wand geworfen! Und aus ihr war die Kugel herausgefallen! Das war doch der eindeutige Fingerzeig gewesen. Genau so hatte Onkel Graham es doch auch gemacht. Paul war sich so sicher gewesen, als er die Schachfigur im Haus von Hicks gegen die Wand geworfen hatte. Felsenfest überzeugt, dass aus ihr die Kugel fallen würde. Er hatte schon die bewundernden Blicke von Caroline auf sich gespürt, die begeisterten Worte von Hicks bereits in seinen Ohren vernommen – über sein Genie! Und dann war die Schachfigur leer gewesen. Was in Gottes Namen hatte er übersehen?

Hatte er am Keltenkreuz nicht sorgfältig genug geschaut? Nein, das konnte nicht sein. Die Schachfigur war eine Ablenkung von Graham, dem alten Fuchs, das verstand er nun. Es musste etwas anderes sein an diesem Ort im Kloster. Es hatte etwas mit der Distelblume im Rätsel zu tun, kam ihm jetzt der Verdacht. Und dem Friedfertigen, der einer von dreizehn war. Natürlich, warum war er nicht gleich darauf gekommen?

Das Grab von Macbeth war eine Irreführung. Es ging um Columban, der mit seinen Gefährten nach Iona kam, um das Kloster zu gründen. Es ging um *sein* Grab! Und er verwettete tausend Pfund darauf, dass das Grab des alten Mönchs auf dem Friedhof mit einer steinernen Distel geschmückt war. Dort lag die Kugel, dort war sie versteckt in einer Schachfigur. Dort wollte Paul jetzt so schnell wie möglich hin, bevor ein anderer auf die Idee und ihm damit zuvorkam. Womöglich Lynn!

Der Regenfall wurde jetzt immer stärker. Lautstark zerplatzten schwere Tropfen aus nachtschwarzem Himmel auf der Windschutzscheibe. Paul drehte die Scheibenwischer fluchend auf die höchste Geschwindigkeitsstufe hoch.

Verfluchtes schottisches Wetter, es war kaum etwas zu sehen, die Lichtkegel der Scheinwerfer strahlten diffus gegen eine dichte Regenwand. Paul rieb sich die Augen, dachte plötzlich an Graham – und an Lynn. Seit dem Abend in Carolines Wohnung hatte er sie nicht mehr gesprochen. Als er sie am Morgen danach anzurufen versucht hatte, sich scheinheilig und mit schlechtem Gewissen erkundigen wollte, ob es ihr besser ging, hatte sie erst abgenommen und, nachdem er sich mit seinem Namen gemeldet hatte, ohne ein Wort einfach aufgelegt. Paul war perplex gewesen. Das hatte Lynn noch nie zuvor mit ihm gemacht.

Die Autobahn war völlig leer, es war inzwischen schon morgens, nach drei. Jetzt noch der Umweg über die Landstraße, verflucht. Die Fähre verließ den Hafen von Oban schon in drei Stunden. Langsam lief Paul die Zeit davon.

Sollte er Lynn nochmals anrufen, jetzt, mitten in der Nacht? Sie war immer gut zu ihm gewesen, abgesehen von ihrer Bevormundung ihm gegenüber. Sie war für ihn da gewesen. Auf Lynn war immer Verlass. Und wen hatte er schon wirklich im Leben an seiner Seite gehabt – außer ihr?

Onkel Graham natürlich, den alten Kauz, ja, auch er war gut zu ihm gewesen, trotz allem, was Paul an ihm lächerlich, gestrig und aus der Zeit gefallen fand. Ja, Graham, Paul dachte jetzt an ihn, der im Koma lag, seit Wochen. Armer Kerl! Nein, so ein Schicksal, gefesselt an ein Krankenhausbett, hatte sein Onkel nicht verdient.

Der Regen schlug jetzt stürmend auf Scheibe und Wagendach. In Böen kam er gleich Windfurien angerauscht.

Lynn und Graham waren immer liebevoll zu ihm gewesen, das stimmte. Paul ging diese für ihn ungewöhnliche Einsicht durch den Kopf, während er einsam durch den Regen fuhr. »Ich werde Lynn morgen anrufen und mich bei ihr entschuldigen.« Zu seiner Überraschung sagte Paul diesen Satz laut zu sich selbst.

Die Sperrung der Autobahn bei Tyndrum wurde jetzt mit blinkenden Warnschildern angezeigt – wie Menetekel der Endlichkeit standen die Zeichen sturmgepeitscht von Regenböen mahnend am Straßenrand in der Nacht.

Habe ich mich falsch verhalten?, dachte Paul bei sich. Hätte er seiner Schwester vertrauen sollen? Und nicht Chinnock, Hicks – und ja, Caroline? Caroline, so kalt und schön zugleich.

Wie frostblaues Schelfeis und schwarz glänzende Lava. Ihr herablassender Blick im Haus von Hicks steckte als glühender Pfeil in seiner Brust.

Er wählte ihre Nummer. Erst nach sehr langem Klingeln nahm sie schließlich ab. »Caroline, ich bin auf dem Weg nach Iona. Ich bin mir sicher, dass ich jetzt weiß, wo die Kugel versteckt ist.«

»Paul, du hast mich aufgeweckt. Hör mal, was du heute gebracht hast, hat auch mich lächerlich gemacht.«

»Caroline, du musst mir glauben. Die richtige Schachfigur mit der Kugel ist in einem anderen Grab auf dem Friedhof. Das ist mir jetzt klar. Ich hole sie. Schon in wenigen Stunden halte ich sie in der Hand.«

»Wie kommst du darauf?« Kalt und herablassend fragte sie das.

»Es geht um den Heiligen. Den mit den zwölf Gefährten, verstehst du? Ich vermute eine weitere Schachfigur mit der Kugel in seinem Grab auf dem Friedhof von Iona!«

Caroline antwortete nicht, hielt ihre Hand über das Mikrofon ihres Smartphones und flüsterte etwas zu Walter Chinnock, der in ihrem Bett im Schlafzimmer ihres Apartments lächelnd neben ihr lag.

»Hast du mich verstanden Caroline? Ich weiß jetzt, wo die Kugel ist!«

»Ich möchte mich nicht noch einmal lächerlich machen, Paul. Chinnock und Hicks waren sehr enttäuscht von dir. Auch für mich geht es um meinen Job.«

»Ich weiß, dass ich recht habe!«

»Melde dich, wenn du tatsächlich etwas vorzuweisen hast, Paul. Aber …«, hier machte Caroline eine kurze Pause, »… wenn es wieder nur ein Hirngespinst von dir ist, tu mir den Gefallen und lass mich bitte in Ruhe. Ich kann mir einen Verlierer nicht leisten.« Mit diesen kühlen Worten beendete Caroline das Gespräch.

Fassungslos hörte Paul das Tuten in der Leitung. Die Frau hatte tatsächlich einfach aufgelegt!

Die Ausfahrt Tyndrum wurde jetzt angezeigt, Paul steuerte den Mini von der Autobahn und bog in die Landstraße ein.

Das Gefühl der Zurückweisung durchfloss jetzt sein Hirn, vermischte sich mit blanker Wut, wurde aufbrausend zu Hass in seiner einsamen Müdigkeit. »Ich werde es euch zeigen! Du wirst noch um mich betteln, Caroline!« Giftig schrie er die Worte in die Nacht. Beschleunigte das Auto auf der Landstraße. In den Regen mischten sich geisternde Nebelschwaden wie ihn verfolgende Gespenster.

»Ich werde die Kugel finden!« Enthemmt raste Paul in seinem Sportwagen durch die schottische Nacht. Bei Glenachulish bog er schon eine halbe Stunde später mit hoher Geschwindigkeit von der Landstraße auf die sich am Seeufer windende schmale Küstenstraße ab.

Er musste Lynn anrufen. Siedend wie Öl auf der Haut brannte jetzt das Gefühl des schlechten Gewissens gegenüber seiner Schwester in ihm. »Wie konnte ich zulassen, dass Caroline Lynn dieses Mittel heimlich ins Glas geträufelt hat!« Verzweifelt schlug Paul mit der Faust aufs Lenkrad. »Wenn ich mich entschuldige, wird sie mich verstehen. Und ich bin mir sicher – auch sie wird mich bewundern, wenn ich dieses Kugelding habe. Welche Möglichkeiten mir dann offenstehen!«

Paul nahm sein Smartphone und wählte Lynns Nummer. Der Regen peitschte weiterhin erbarmungslos in Böen auf den die kurvige Küstenstraße entlangrasenden Mini ein. Paul ließ es immer wieder klingeln, während er immer häufiger durch Nebelbänke fuhr.

Er hatte Lynn, die einzige Frau, die ihn vielleicht wirklich liebte, verraten. Wie auch Graham, das wurde ihm jetzt klar. Er musste Lynn unbedingt sprechen, jetzt sofort, ihr sagen, was sie ihm als seine Schwester bedeutete. Dass auch er sie liebte. Und sich entschuldigen. Gott, warum ging sie denn nicht ran?

Ihr Anrufbeantworter sprang an. »Lynn, hier ist Paul. Es tut mir leid. Bitte geh ran – oder ruf mich an. Verzeih mir, Lynn. Ich hole jetzt für uns die Kugel. Weißt du, ich mache alles wieder gut …«

Die scharfe Kurve kam wie aus dem Nichts heran, wie ein Reptilienbiss hervorgeschnellt aus der nebeligen Regenwand. Als Paul es begriff, durchbrach sein Auto bereits krachend die hölzerne Leitplanke am Straßenrand. Er stürzte rasend in seinem Auto hinab, in einen schwarzdunklen Schlund. Bevor er auf dem See aufschlug, blieb ihm keine Zeit für Gedanken mehr. Nur seiner Kehle entfuhr schrill ein letzter, verängstigter Schrei.

Taucher fanden den Wagen am nächsten Tag, tief unten auf dem schlammigen Grund des Loch Linnhe. Noch immer peitschte der Wind Regen und Nebel über das Wasser des schwarzblauen Sees.

Pauls Genick war gebrochen, durch den harten Aufprall seines Wagens auf dem Wasser, stellte ein Pathologe bei der Obduktion sachlich fest. »Er war sofort tot«, sagte er zu dem Polizisten, der in Oban neben ihm in der Leichenhalle stand. »Er hat nichts mehr davon mitbekommen, als sein Wagen mit den zerschmetterten Scheiben im Wasser unterging. Wie eine Bleikugel muss es ihn heruntergezogen haben, rasend schnell, als er im See versank.«

– 55 –
Schottland, Februar 2015 –
ein Tag danach, vormittags am Loch Ness

Der stürmische Regen hatte nachgelassen, der Himmel riss mit Kraft die nebelgraue Wolkendecke auf, vertrieb die Fetzen mit seinem Wind in Richtung Westen, schickte Sonnenstrahlen von oben herab, die auf dem wellenden See messinggelb aufblitzten.

Der Linienbus, mit dem Lynn und Desna fuhren, hielt an der

kleinen Haltestelle am Straßenrand, mit Blick auf die begrünte Anhöhe, auf der eine Burgruine stand, die Reste stolzer Wehrhaftigkeit, immer noch selbstbewusst und mit dem Anspruch, ihren Platz zu behaupten, auf ewig.

Die Freundinnen waren am frühen Morgen in Urquhart Castle angekommen, nachdem sie zwei Stunden zuvor im Bahnhof von Inverness eingetroffen waren, übermüdet und doch aufgeregt, nach einer traumreichen Zugfahrt durch Schottland über Nacht.

Sie hatten sich nach einem schnellen Frühstück in einem Café am Bahnhofsvorplatz bei einem Verleih zwei Fahrräder gemietet, um mit ihnen schon kurz darauf den Linienbus zu besteigen, der auf seiner Route mit ihnen die schmale Straße an der Westseite des Loch Ness entlanggefahren war.

Nun standen Lynn und Desna unterhalb der Burgruine mit Fahrrädern und Rucksäcken allein an der Haltestelle am Straßenrand, während der Linienbus brummend weiter in Richtung Süden davonfuhr.

Gleich heute früh hatte Lynn Desna von ihrem nächtlichen Traum erzählt, von ihrer Bootsfahrt auf einem von Kirschblüten übersäten See, von Grams qualvollen Rufen, dessen Worte sie nicht verstehen konnte – und von dem entsetzlichen Todesschrei.

Des war beunruhigt, rätselte mit Lynn über den Sinn und fragte sie, ob sie wirklich glaube, ihr Onkel habe aus seinem Koma heraus durch Gedankenübertragung mit ihr im Traum Kontakt aufnehmen wollen.

»Ich bin überzeugt, Des. Und sicher, dass er mir etwas Wichtiges sagen wollte!«

»Kirschblüten, Lynn. Schon wieder Kirschblüten, wie auf der Schottlandkarte. Einmal davon im Maul der Seeschlange. Was bedeutet das?«

»Blüten, die auf der Wasseroberfläche schwimmen. Unter denen die Seeschlange lauert. Das erinnert mich an den Satz von

Lady Macbeth im Rätsel, Des. Die Schlange, die sich unter der Blume verbirgt!«

»Man wird ja noch ganz verrückt mit diesem Rätsel, Mona-Herzchen! Wo sollen hier denn im Februar Kirschblüten auf dem See treiben? Und die Geschichte des Ungeheuers von Loch Ness ist doch nichts als ein Märchen.« Desna rollte wieder theatralisch mit ihren Augen – woraufhin beide lachen mussten. Eines jener Lachen unter Freundinnen, das befreit. Und Zuversicht zurückkehren lässt. Woraufhin die zwei Frauen ihre Rücksäcke schulterten und auf ihre Fahrräder stiegen.

Voller Energie traten sie in die Pedale, überquerten die Straße und fuhren den sanft ansteigenden Burghügel über wettergegerbte Wiesen hinauf. Die körperliche Herausforderung tat ihnen gut, ein kräftiger Wind blies ihnen über die Seefläche heraufkommend entgegen, erfrischte Körper und Denken, ließ sie sich spüren und darin vertrauen, dass sie gemeinsam jede Schwierigkeit meistern würden.

Nach einer Viertelstunde erreichten sie belebt und hellwach die Spitze des Hügels und fuhren auf einem Sandweg auf die in vom Sonnenschein geflutete Burgruine zu.

Sie hielten vor der alten Zugbrücke, stellten ihre Räder ab und gingen auf dem Weg über den verfüllten Burggraben in den verwitterten Innenhof, entschieden sich, von hier aus durch ein halb offenes Treppenhaus auf den großen Wehrturm zu steigen, der als einer der wenigen Teile der alten Burganlage noch nahezu vollständig erhalten war.

Auf der Turmplattform angekommen, bot sich den Freundinnen ein Ausblick, der jede Mühe des Aufstiegs sofort vergessen ließ. Wie von einem verschwenderischen Gott geformt, breiteten sich topasblau die gekräuselten Wasserflächen des Loch Ness vor ihren Augen aus, zogen sich nach Nord und Süd wie ein urzeitliches Meer gegen den Horizont, umsäumt von sanft ansteigenden, petrolleuchtend bewaldeten Ufern, zwischen die sich moosgrüne Wiesen schmiegten.

Vereinzelt tummelten sich Schafe weit entfernt auf Uferwiesen, Bussarde kreisten lässig in den Windböen, auf dem Wasser tauchten emsig nachtschwarze Kormorane.

»Wunderschön ist es hier, Mona-Herzchen. Ein See wie im Märchen. Kein Wunder, dass viele glauben, dass sich unter seiner Oberfläche ein Fabelwesen verbirgt«, sagte Des, lehnte dabei an einer Turmzinne, mit Blick auf den See. »Aber wo, bitte schön, sollen wir hier nach der Kugel suchen? Wir sind hier – und ich frage dich, was nun?«

»Hier soll der heilige Columban der Legende nach die Seeschlange besänftigt haben. Columban, die Taube, in einem Boot, der gewaltfrei die böse Schlange bezwang. Alle drei Dinge sind auf der Schottlandkarte verzeichnet. Alle drei Dinge weisen auf diesen See, auf Loch Ness hin. Nur die Kirschblüte im Maul der Schlange will nicht dazu passen. Aber ich sah wiederum Kirschblüten in meinem Traum, schwimmend auf dem See!«

»Und der Todesschrei? Was hat es damit auf sich, Mona?«

»Ich weiß es nicht, Des. Und ich weiß nicht, warum Paul mir neulich Abend so etwas Furchtbares antun konnte. Ich verstehe es immer noch nicht. Es fühlt sich an, als hätte ich ihn für immer verloren.«

»Mona-Herzchen, so darfst du nicht denken. Dein Bruderherz mag charakterschwach sein. Aber vielleicht ist er noch nicht für immer verloren. *Böses kann durch Gutes geheilt werden*, sagt mein Vater immer.«

»Hoffentlich hast du recht, Des. Komm, lass uns zum nächsten Ort radeln. Drumnadrochit, das ist nur zwei Meilen von hier. Da suchen wir uns ein Zimmer für heute Nacht und fragen ein wenig herum. Vielleicht hat dort jemand eine Idee zu den Kirschblüten!«

»Wahrscheinlich kennen die sich hier eher mit Ungeheuern und Whisky aus, Mona-Herzchen.« Des legte bei diesen Worten Lynn den Arm um die Schultern, und beide Frauen gingen vertraut wie eins zum alten Treppenhaus des Turms, stiegen die steinernen Stufen herunter und saßen schon Minuten später wieder auf ihren Rädern. Sie rasten jauchzend in schneller Talfahrt über die Wiesen den Berg hinab, erreichten lachend die Straße und hielten zur Orientierung kurz an.

»In welche Richtung müssen wir fahren?«, rief Des.

»Warte mal, da vorn stehen Wegweiser«, antwortete Lynn und war schon mit Schwung zu einem wenige Meter entfernten Holzpfeiler gefahren, an dem Schilder mit in verschiedene Richtungen weisenden Pfeilen hingen.

»Des, Des!«, rief Lynn plötzlich und winkte die Freundin, heftig gestikulierend, zu sich rüber. »Des, komm sofort her!«

»Sieh doch!«, schrie Lynn gleich darauf, als Des neben den Wegweisern vor ihr stand.

»Was meinst du?«, fragte Des verwundert und schaute auf das erste Schild, das die Richtung nach Drumnadochit mit 2,3 Meilen und nach Inverness mit 18 Meilen angab.

»Na da!« Lynn zeigte auf das in Richtung Süden weisende Schild.

Invermosiston 8,5 Meilen stand oben auf dem Schild.

Und darunter: Cherry Island 15,9 Meilen.

»Kirscheninsel, Des! Es gibt hier eine Kirscheninsel im Loch Ness! Denkst du, was ich denke? Kirschblüte, Kirschinsel. Ich glaube, wir haben es gefunden!«, rief Lynn.

»Unglaublich, Mona-Herzchen! Du könntest recht haben.«

»Komm, worauf warten wir? Auf nach *Cherry Island*!«, rief Lynn, wendete ihr Rad in Richtung Süden und wollte gerade losfahren, als ihr Smartphone klingelte.

»Vielleicht sind es Professor Lumsden und Mrs. Haxby. Ich bin schon gespannt, was sie zu unserer Entdeckung sagen werden«, sagte Lynn lachend, griff ihr Telefon aus der Jackentasche und nahm das Gespräch an.

»Spreche ich mit Mrs. Lynn Dickenson?«, fragte zu ihrer Überraschung eine unbekannte Stimme.

»Ja«, antwortete Lynn leise und erstaunt.

»Sind Sie mit Mr. Paul Dickenson verwandt?«, fuhr die unbekannte Stimme fort.

»Ja, ich bin seine Schwester. Aber wer spricht dort bitte?«

»Verzeihen Sie meine ungewohnte Ansprache, Mrs. Dickenson. Hier spricht Chief Inspector Lachlann MacNelly vom *Scottish Police Department* in Oban. Ich rufe Sie an, weil wir Ihre Telefonnummer auf dem Smartphone Ihres Bruders Paul Dickenson ausmachen konnten – als letzte Nummer, die er versucht hat anzurufen. Und weil ich auf der Suche nach Angehörigen von Mr. Dickenson bin.«

»Mein Bruder hat versucht, mich anzurufen? Ich verstehe nicht, was Sie mir sagen wollen.«

»Mrs. Dickenson, befinden Sie sich gerade in einer Umgebung, wo Sie in Ruhe sprechen können?«

»Ja, ich stehe gerade in der Nähe von Inverness, an einem See.« sagte Lynn bereits alarmiert, mechanisch, wusste nicht, was gerade mit ihr geschah. Die Polizei rief sie an! Wegen Paul!

»Inverness, ah, das ist ja gar nicht so weit von uns entfernt, Mrs. Dickenson. Hätten Sie vielleicht die Möglichkeit, nach Oban zu kommen?« Die Bitte klang behutsam, nicht fordernd. Lynn schaute Des fragend an.

»Ein Polizist. Es geht um Paul. Er will, dass ich nach Oban komme.« Lynn machte eine fragende Geste. »Worum geht es denn?«, fragte sie den Polizisten anschließend.

»Mrs. Dickenson. Es tut mir sehr leid, Ihnen die schlechte Nachricht am Telefon überbringen zu müssen. Ihr Bruder Paul Dickenson hatte heute Nacht in der Nähe von Oban einen Autounfall, bei dem er ums Leben gekommen ist. Ich möchte Ihnen mein Mitgefühl ausdrücken, Mrs. Dickenson.«

Lynn hörte die Worte, spürte sie wie eine Faust, die sie niederschlug in diesem Moment, unerwartet rücksichtslos, heftig und brutal. Sie taumelte, während der Polizist weitersprach, ließ ihr Fahrrad los, das zu Boden stürzte, blickte zu Des und sackte rücklings auf die Straße.

Desna sprang zu ihrer Freundin. Das Smartphone lag am Boden neben Lynn, die schockiert, schwer atmend nach Luft rang.

»Mein Gott, was ist mit dir!?«, schrie Des.

»Paul ist tot …« Lynn stammelte nicht mehr als diesen Satz.

Des umarmte Lynn, zog sie zärtlich zu sich hoch. Und während die zwei Frauen auf der Straße hockten, rief Chief Inspector MacNelly laut und erschrocken in seinen Apparat. »Hallo, Mrs. Dickenson, hören Sie mich noch? Ist alles in Ordnung mit Ihnen? Sagen Sie doch bitte etwas!«

Noch Minuten saßen Lynn und Des eng umschlungen am Straßenrand, sprachen nicht, weinten, Lynns Arme zitternd verkrampft um Des' Schultern. »Der Todesschrei!«, flüsterte sie immer wieder. »Der Todesschrei, Des! Oh Gott, das war der Schrei von Paul!«

– 56 –

Wenige Stunden vorher, in der Nacht
Durham, University Hospital

Der Notrufpieper klingelte Alarm. Aufgeschreckt schnellte Dr. Steve Richardson von der Liege im kleinen Bereitschaftsraum hoch, rieb sich verschlafen sein Gesicht und schaute auf das Display. »*Anforderung Station 3, dringend*« leuchtete dort auf. Der Arzt schlüpfte in seinen Kittel, riss die Tür auf und rannte über den Krankenhausgang.

Der nächtliche Bereitschaftsdienst ist die unberechenbarste Pflicht im Medizineralltag. Besonders in einem Universitätskrankenhaus mit Notaufnahme, wo oft die schwersten Fälle eingeliefert werden. Nie weiß der Arzt, in welche Situation er sich innerhalb von Minuten geworfen sieht. Besonders in der Neurologie, die Dr. Richardson als Oberarzt heute Nacht verantwortete. Intensivmedizinische Betreuung neurologischer Notfälle ist die Königsdisziplin. Oft entscheidet Wissen und Können des

Arztes in Minuten über Leben und Tod – oder über ein Leben mit Querschnittslähmung, Hirnschäden oder Siechtum.

Doch Station 3 wies Richardson darauf hin, dass es diesmal um einen bereits aufgenommenen Patienten gehen musste, um einen Notfall bei einem frisch Operierten oder um eine unerwartete Reaktion auf eine fehlschlagende Therapie.

Minuten später stand er im Schwesternzimmer.

»Mr. Yeomans, Zimmer 323. Notfall. Schwester Verity ist schon dort«, informierte ihn die wartende Krankenschwester und rannte gemeinsam mit Richardson zum Patientenzimmer.

Im Krankenzimmer lag Graham Yeomans in Seitenlage auf seinem Bett. Die Bettdecke lag auf dem Boden, Schwester Verity stand gebeugt über dem Patienten, alle Messgeräte im Raum blinkten schrill Alarm.

»Erneuter Schlaganfall?«, rief Richardson in den Raum.

»Er kollabiert, Doc«, antwortete die Schwester nervös.

»Puls? Blutdruck?««

»Puls über 200, Blutdruck 200 zu 100. Aber die Hirnströme, schauen Sie. Das EEG zeigt fast null!«

»Das Sauerstoffgerät! Und Babitinum, 30 Milliliter, Verity, schnell«, wies der Arzt kurz an.

»Und Schwester Alison, den Defibrillator, sofort. Ich befürchte, hier kommt es gleich zum Herzstillstand!«

»Verflucht, was ist hier los …«, hörte die Schwester den Arzt noch ausrufen, während sie bereits aus dem Zimmer rannte. »Wir verlieren ihn, Doc!«, schrie Verity laut. »Defibrillator, schnell! Wo bleibt er!«, schallte es der laufenden Schwester in den Gang hinterher.

Als Dr. Steve Richardson zwei Stunden später wieder den kleinen Bereitschaftsraum betrat, lagen Erschöpfung und Mutlosigkeit auf seinem Gesicht. Kalter Schweiß bildete perlende Tropfen auf der Stirn. Er atmete tief aus, als er sich auf einen Stuhl fallen ließ.

Einen Patienten zu verlieren, daran würde der Neurologe sich niemals gewöhnen. Der Tod, da war er sich bei aller Distanz und Routine sicher, würde für ihn niemals zur kühlen Normalität.

Doch in diesem Fall war die Unruhe über den Verlust eines Kranken noch durch die persönliche Bekanntschaft verstärkt. Der Tod von Graham Yeomans, das Erleben seines Sterbens, war für Richardson ein heftiger Schock.

Was war passiert? Warum hatte Graham diesen Zusammenbruch erlitten? Das Hirn hatte aufgegeben, bevor das Herz aussetzte. So, als schaltete sich aus Erschöpfung das Bewusstsein ab. In den meisten neurologischen Notfällen verlief die Reihenfolge der Organversagen genau andersherum.

Richardson schaute auf die Uhr. Es war gleich sechs, vor dem Fenster kam bereits blassgelb das erste Morgenlicht auf.

Er musste die Dickenson-Geschwister anrufen. Mein Gott, das stand ihm bevor! Aber er würde mit seinem Telefonat bis acht, neun Uhr warten. Aus dem Schlaf geschreckte Angehörige mit schlechten Nachrichten zu überfallen, war für manche einfach zu viel!

Er würde erst Paul anrufen, der war der Ältere – obwohl er ihn nicht besonders sympathisch fand. Unter Männern sprach es sich in solcher Situation oft einfacher, hatte Richardson für sich festgestellt. Zwischen Männern beschränkte sich ein Gespräch oft auf Fakten. Aber um einen Anruf mit Lynn kam er nach dem Gespräch mit ihrem Bruder nicht umhin.

Lynn, sie war ihm gleich aufgefallen. Was für eine Schönheit, zudem intelligent, zugewandt, empathisch. Ihre Art zu sprechen und zu lächeln hatte Richardson sofort verwirrend angehaucht. Bei aller professionellen Distanz und den tragischen Umständen des ersten Kennenlernens ging ihm diese Frau seitdem nicht mehr aus dem Kopf.

Richardson stand auf, trat auf den Gang und ging zum Kaffeeautomaten. Der Kaffee schmeckte schrecklich, doch das war ihm heute egal. Was er brauchte, war jetzt Klarheit und hierfür zur Stärkung eine kräftige Dosis belebendes Koffein.

Am Automaten drückte er eine Taste, warf eine Münze ein, das Gerät brühte brummend sein Getränk. Ein Neonlicht flackerte am Ende des Gangs, kein Mensch war zu sehen, alles war leer, einsam, leblos und ungewohnt still. Richardson griff nach seinem Becher, trank widerwillig einen kräftigen heißen Schluck.

Graham Yeomans war tot. Richardson hatte ihn trotz all seiner ärztlichen Kunst nicht retten können. Wie er starb, war eher ungewöhnlich, zumindest neurologisch. Richardson schrieb in Gedanken schon seinen Arztbericht.

Er hatte ihn gemocht, diesen Schachbuchhändler. Der sein Leben einem Spiel gewidmet hatte, einem Kräftemessen der Gedanken. Die ein neuronales Netz gebar, gebaut aus Milliarden reizleitenden Nervenzellen. Deren elektrische Impulse über Synapsen mit chemischen Botenstoffen Informationen austauschten. Ein elektrochemischer Prozess, der Denken und emotionales Erleben ermöglichte. Ein einzigartiges biologisches Wunder, über das zwar viel bekannt war, das aber bis heute in vielem immer noch ein physiologisches Rätsel blieb!

Was sind Gedanken, was ist Bewusstsein? Etwas, das entsteht, unsichtbar und kaum messbar, in einem grau gewundenen, geheimnisvollen Organ. Das bei Graham aufgehört hatte zu arbeiten. Einfach seinen Dienst eingestellt hatte. Denn wenn man es genau nahm, starb ein Mensch nicht am Versagen des Herzens, sondern in dem Moment, wenn das Gehirn für immer versagte. Wenn Denken und Bewusstsein erloschen, das wusste Richardson, in diesem Augenblick starb auch der Mensch.

Alles fängt im Menschsein mit den Gedanken an. Richardson schoss diese Erkenntnis wieder einmal durch den Kopf.

Der Arzt leerte den Kaffeebecher mit einem Schluck, warf ihn zusammengeknüllt in den grauen Abfalleimer, strich sich mit der Hand über den Hinterkopf und ging langsam und nachdenklich in sein Bereitschaftszimmer zurück. »Der Tod beginnt, wenn das Denken endet«, sagte er sich. »Und da ich das gerade denke, weiß ich, dass ich gottlob noch am Leben bin.«

Fünf Monate später, London im Juli 2015
»The Beaufort Bar« im Hotel »The Savoy«

»Ich danke dir, Alex, dass du nach deiner harten Arbeitswoche noch Zeit gefunden hast, kurz vor dem Wochenende vorbeizukommen.« Walter Chinnock war zur Begrüßung vom Ledersofa aufgesprungen und stand braun gebrannt neben dem schwarz lackierten Loungetisch vor seinem Boss, der eben die mondäne HOTELBAR DES SAVOY betreten hatte.

»Für einen Drink unter Freunden ist immer Zeit«, antwortete Hicks lässig und blickte auf Caroline, die in einem eleganten salbeigrünen Hosenanzug entspannt auf dem Sofa saß. »Schön, Sie nach langer Zeit wiederzusehen, Caroline. Wie war es auf den Seychellen?«, fragte er sie. »Haben Sie Walter überreden können, auch einmal im Indischen Ozean zu schwimmen?«

»Sie wären erstaunt, Mr. Hicks, Walter taucht jetzt sogar. Und bei der guten Fischküche hat er auch ein paar Kilo abgenommen«, antwortete sie auflachend. »Schön, auch Sie wiederzusehen.«

»Ja, viel Bewegung, Walter, tut alten Knaben immer gut.« Hicks zwinkerte Chinnock dabei kurz zu und ließ sich neben Caroline auf das Ledersofa fallen. »Machen die hier noch diesen fantastischen Cocktail, wie hieß er noch, diesen *Bright Spark*? Mit Gin, Bergamotte-Likör und Champagner. Den müssen Sie einmal probieren, Caroline.«

»Walter hat für mich einen Cocktail mit dem Name *Look Into My Eyes* bestellt. Das passt, denke ich, besser zum Anlass.« Caroline schlug ihre blaugrünen Augen theatralisch lächelnd auf, als sie das sagte.

»Hört, hört!«, sagte Hicks und blickte Chinnock erwartungsvoll an. »Gibt es wichtige Neuigkeiten, von denen ich noch nichts weiß?«

»Wir heiraten, Alex. Irgendwann muss auch ein alter Schlachtkreuzer wie ich einmal Anker werfen.« Chinnock sagte das mit einer bei ihm seltenen Melancholie in der Stimme.

»Fabelhaft!«, rief Hicks aus. »Ich gratuliere. Du Glückspilz, Walter! Und ich weiß, wovon ich spreche.« Dabei blickte er zu Caroline hinüber, die sich durch diese Bemerkung verlegen ordnend in ihre Haare griff. »Alles Gute auch für Sie, Mrs. Caroline Chinnock. Sie haben es geschafft.« Er nahm ihre Hand und drückte ihr einen flüchtigen Kuss auf die Innenfläche.

»Champagner, das muss doch gefeiert werden«, rief er jetzt und winkte auffällig einen Ober heran. »Bringen Sie uns eine Flasche Dom Perignon, den Rosé bitte, wegen der Dame. Und Beluga-Kaviar!«, sagte er lässig, als der livrierte Kellner vor ihm stand.

»Wünschen Sie dreißig oder fünfzig Gramm Kaviar pro Person, der Herr?«

»Hundert Gramm«, antworte Hicks.

»Hundert Gramm Beluga kosten fünfhundertfünfzig Pfund, der Herr. Ich möchte Sie nur darauf hinweisen.« Der Ober verzog keine Miene, als er die Zahlen aussprach.

»Genau! Hundert Gramm Beluga-Kaviar. Und zwar für jeden von uns«, antwortete Hicks. »Preise interessieren Menschen, die nicht genug Geld haben. Wir sind hingegen Menschen, die immer nehmen, was sie wollen. Verstehen Sie den Unterschied?«

»Sehr wohl, der Herr«, erhielt er höflich distanziert zur Antwort, bevor der Ober durch den schwarz-goldenen Barraum zum Tresen zurückging.

»Die Zukunft gehört denen, die sich an die Spitze der Nahrungspyramide setzen. Und sich nehmen, was sie wollen. Stimmt's, Caroline?« Hicks lächelte Caroline maliziös direkt ins Gesicht. »Wer hätte gedacht, dass wir heute hier zu diesem Anlass zusammensitzen? Noch vor einigen Monaten hätten Sie vielleicht hier neben Paul Dickenson gesessen.«

Caroline zuckte kaum merklich zusammen. Hicks' unverhohlene Bemerkung traf sie unerwartet. Unangenehm. Wie ein eiskalter Regentropfen auf nackter Haut.

»Verzeihen Sie mir diese Bemerkung. Aber Walter und ich waren damals kurz unsicher, ob wir uns voll und ganz auf Sie verlassen können.« Hicks rückte mit seinem Gesicht etwas näher an Caroline heran. »Gottlob haben wir uns getäuscht.«

»Ich weiß eben, was ich will, Mr. Hicks.« Caroline sagte es betont blasiert. Doch das Cocktailglas zitterte verräterisch in ihrer Hand.

»Ja, armer Paul. Dass er so tragisch enden musste. Auf der anderen Seite hat er uns mit seinem Unfall eine Menge Ärger über seinen Rauswurf erspart.« Hicks lächelte immer noch und ließ Caroline dabei nicht aus dem Blick.

Der Ober stellte den Beluga-Kaviar in vergoldeten Schälchen auf dem Loungetisch ab, deckte lautlos die Gedecke und Gläser ein, während ein zweiter Kellner den Champagner in einem muschelsilbernen Eiskübel auf dem Tisch abstellte.

»Danke, wir helfen uns beim Weiteren selbst«, sagte Alexander Hicks herablassend und wartete einen Moment, bis sie wieder allein waren.

»Ich verstehe, dass man einmal mit einem jungen Hengst über die Rennbahn gehen möchte, Caroline. Aber auf Dauer kann ein alter Wallach mit dicker Brieftasche einer Frau wie Ihnen einfach mehr bieten. Verzeih bitte den etwas drastischen Vergleich, Walter.« Hicks lachte. »Ich gratuliere Ihnen, Caroline, dass Sie das für sich rechtzeitig begriffen haben. Das beweist, dass Sie nicht nur ausgesprochen schön, sondern auch klug sind.«

Ein Widerwillen gegen Hicks bäumte sich kurz in Caroline auf, seine schonungslose Direktheit verunsicherte selbst ihre Kaltblütigkeit.

»Wissen Sie, was Pauls Fehler war, Caroline? Er wusste nicht, wo sein Platz ist.« Hicks sprach eisig, verzog keine Miene bei diesem Satz. »An der Spitze, auf dem Thron, ist nur für einen König Platz – und für seinen Großwesir, stehend und zwei Schritte neben ihm. So wie bei mir und Ihrem Walter. Verstehen Sie, was ich Ihnen sagen will?«

Caroline zitterte jetzt heftiger und stellte ihr Cocktailglas auf dem Loungetisch ab.

»Ich sehe, Sie verstehen, Caroline. Sie werden den Fehler von Paul bestimmt nicht machen und Ihren Ehrgeiz zu zügeln wissen, richtig?«

»Richtig, ich weiß, wo mein Platz ist, Mr. Hicks.« Carolines Augen blickten unruhig, wie ertappt. »Sie können sich auf meine Loyalität verlassen.«

»Gut. Ich wusste es. Und bedaure ein wenig, dass wir durch Ihre Heirat mit Walter eines unserer besten Pferdchen im Stall nicht mehr für jeden Ausritt einsetzen können. Ich zähle aber weiterhin auf Sie, Caroline, dass Sie *SLC* engagiert unterstützen. Und dabei dürfen Sie gern wie Paul voller Ehrgeiz sein.«

Hicks sah zu Walter Chinnock hinüber, der die ganze Zeit schweigend mit versteinerter Miene dem Dialog zwischen seinem Boss und seiner zukünftigen Frau zugesehen hatte. Hicks griff jetzt nach der Champagnerflasche, schenkte allen ruhig ein und erhob sein Glas zu einem Toast. »Auf eine glückliche Ehe, Caroline und Walter, abwechslungsreich, stets süß prickelnd und salzig, wie Champagner und Kaviar. Und uns dreien eine goldene Zukunft mit *SLC*! Aber in einem Punkt war Paul Dickenson, Gott hab ihn selig, gar nicht so dumm«, fügte Hicks an, nachdem er einen kräftigen Schluck getrunken hatte. »In der Sache mit der Kugel. Wer sie besitzt, der hat womöglich eine völlig neue Macht, die Gedanken anderer zu manipulieren.«

»Du glaubst also immer noch, dass dieses Ding existiert?« Chinnock klang verwundert.

»Ich habe sogar ein Investigativ-Team darauf angesetzt, das weltweit das Netz nach Hinweisen durchsucht. Und eine Quelle beim *Secret Intelligence Service* angezapft, nach weiteren Hinweisen zur Kugel in alten britischen Geheimdienstberichten suchen zu lassen.«

»Davon weiß ich ja gar nichts!« Überrascht blickte Walter Chinnock zu seinem Boss.

»Sollte ich dich auf den Seychellen damit behelligen?« Hicks kleckste ein wenig Sauerrahm auf einen Blini und häufte mit einem Perlmuttlöffel eine große Menge Beluga darauf.

»Ihr habt euch übers Wochenende doch bestimmt eine Suite im Savoy genommen, oder?« Mit diesen Worten stopfte sich Hicks alles zusammen in den Mund und erhob sich dabei. »Genießt eure Stunden. Und Montag, Walter, sprechen wir dann über den letzten Stand unserer Unterstützung für die ›Leave EU-Kampagne‹. So wie es aussieht, klappt es mit dem Brexit. Das wird unser Aufgalopp für die US-Wahl im November.«

Hicks drehte sich, bereits im Gehen, noch einmal zu Caroline um. »Ach übrigens, Caroline, Sie sehen wirklich umwerfend aus!« Daraufhin schritt er zügig durch den Barraum, legte ein Bündel Pfundnoten auf den Tresen, winkte noch einmal zum Abschied zu Walter und Caroline herüber und war schon Sekunden später durch die vergoldete Eingangstür verschwunden.

– 58 –
Ein Jahr später – Durham, 5. Juni 2016
Im Schachbuchladen

Lynn Dickenson setzte den Schraubenzieher an und drückte die Spitze in den vergrünten Schraubenschlitz. Das Schild abzuschrauben, war das Letzte, was noch zu tun blieb. Am Fuß der Leiter, auf der sie stand, lehnten Desna und Steve Richardson. Beide hielten die Trittleiter sichernd fest und warteten darauf, dass Lynn ihnen das Ladenschild mit der blauen Schrift herunterreichte.

»Es hing hier, solange ich denken kann«, sagte sie, während sie mit Kraft die festsitzenden Schrauben löste. »Wenn es erst einmal ab ist, sieht es nicht mehr wie Onkel Grams Laden aus. Zur Erinnerung nehme ich das Schild mit zu mir.«

»Weißt du schon, wo du es einmal hinhängst, Mona?«

»Wenn ich irgendwann weiß, wo ich zukünftig wohnen werde, Des, dann bekommt es in meiner neuen Bleibe einen Ehrenplatz.« Mit diesen Worten löste sie die letzte Schraube und reichte das Holzschild vorsichtig in die Hände von Steve und Des herunter.

»*Gewaltlos im Denken, friedfertig im Handeln, siegreich im Spiel*«, las Steve vor. »Ich denke, diese Worte fassen die Überzeugungen deines Onkels am besten zusammen, Lynn.«

»Und meine!« Lynn lächelte. »Ich denke viel an ihn, Steve. Er fehlt mir.« Sie stieg gedankenversunken von der Leiter. »Und ich hatte bis zuletzt die Hoffnung nicht aufgegeben, dass er wieder aufwacht«, fügte sie hinzu, als sie unten vor Steve und Desna stand.

»Es ist gut, dass du mit Des nach Indien fliegst. Du musst auf andere Gedanken kommen. Weißt du, nicht nur der Körper, auch unser Hirn braucht hin und wieder Urlaub.« Steve Richardson sagte es zärtlich-liebevoll.

»Ich danke dir für alles, was du für Gram und für mich getan hast, Steve.«

»Ach, das war doch selbstverständlich. Ich bringe das Schild zum Transporter und wickele es vorsichtig in Decken ein«, erwiderte Steve daraufhin verlegen und schleppte das Ladenschild zu dem auf der gegenüberliegenden Gassenseite parkenden Kleinlaster.

Lynn ging durch die Eingangstür in den mittlerweile vollständig ausgeräumten Laden, der noch vor Kurzem ein Schachbuchgeschäft gewesen war.

»Ein feiner Mensch, Mona-Herzchen. Er bemüht sich sehr um dich«, sagte Des, die jetzt mit Lynn im leeren Laden stand. »Ich denke, er tut dir gut. Warum gibst du ihm nicht einfach eine Chance?«

»Des, ich bin noch nicht so weit.« Lynn strich sich mit einem Anflug von Lächeln durch ihr vulkanschwarzes Haar. »Aber ich mag ihn.«

»Wenn du lächelst, gefällst du mir viel besser. Wir werden schöne Wochen in Indien haben, glaub mir. Du wirst auf andere Gedanken kommen.« Des schaute sich im Raum um. »Es war richtig von dir, den Schachbuchladen aufzulösen. Und dass du die besten Schachbücher Jugendschachclubs in Durham gespendet hast, würde Graham freuen.«

Die beiden Freundinnen standen jetzt still nebeneinander, hell flutete das Junilicht durch Fenster und Eingangstür in den Laden herein.

Bücher und Einrichtung hatte Lynn in den letzten Wochen verkauft oder verschenkt. Den Verkaufserlös hatte sie in Grams Namen einem örtlichen Kinderhospiz gespendet.

Nur einige von Grams *Sheesham*-Möbeln, von denen zu trennen sie sich nicht hatte überwinden können, lagerte sie bei Des' Eltern in einem Abstellraum ihres indischen Restaurants zwischen. Und natürlich Onkel Grams Schachbrett mit dem dazugehörigen Tisch hatte sie behalten – und Desnas Vater gefragt, ob er es als Erinnerung an seinen alten Schachpartner haben wolle.

»Ich fühle mich geehrt«, hatte Naresh Dugar daraufhin einfühlend gesagt, Brett und Tisch abgeholt und in seinem Wohnzimmer aufgestellt. »In Gedanken werde ich versuchen, mit Graham zu spielen, Lynn. Wer weiß, vielleicht kann er von dort, wo er jetzt gerade ist, ja mit mir Kontakt aufnehmen«, hatte er liebevoll und mit einem Augenzwinkern hinzugefügt.

»Ohne dich und Steve hätte ich die Zeit nach Pauls und Grams Tod nicht überstanden«, sagte Lynn in diesem Augenblick zu Desna. »Und natürlich waren auch Lumsdi und Mrs. Haxby eine große Stütze.«

»Haggis nicht zu vergessen!« Des lächelte. »Mona-Herzchen, das war wirklich ein hartes Jahr. Die gemeinsame Beerdigung von Onkel Gram und Paul war sehr bewegend. Ich bewundere dich, wie du das durchgestanden hast! Hat sich eigentlich von Pauls ehemaliger Firma noch einmal irgendjemand bei dir gemeldet?«

»Nein, Des, außer dem Kranz zur Beisetzung kam nichts mehr von denen. Und ein letzter Gehaltsscheck ging an Pauls Adresse – sauber abgerechnet auf seinen Todestag.«

»Das Böse trägt mal Anzug, Uniform oder Mönchsgewand, sagt mein Vater immer. Ich möchte hinzufügen: Oder ein Cocktailkleid – wie dieses blonde Biest, das sich Pauls Freundin nannte.« Verachtung klang aus Des' Worten.

»Pauls Anruf und das, was er mir auf meinem Anrufbeantworter vor seinem Tod als Nachricht hinterlassen hat – es hat mich mit allem versöhnt, Des. Was auch immer passiert ist, er hat mich um Verzeihung gebeten, und ich verzeihe ihm.«

»Er wollte die Kugel, Lynn. Weißt du, was er gemacht hätte, wenn er sie gefunden hätte?«

Eine Pause entstand.

»Manches Mal ist es besser, wenn Antworten offen bleiben.«

»Onkel Graham wusste genau, was er tat, als er die Kugel versteckte. Nur dir hat er vertraut. Und deshalb nur dich wissen lassen, wo sie sich befindet.«

»Ja, die Träume, Des. Mir ist noch heute rätselhaft, wie er das gemacht hat.«

»Mona-Herzchen, noch eine Antwort, die offen bleibt.«

»Nun wissen nur du und ich, wo die Kugel ist.«

»Und Professor Lumsden und Mrs. Haxby.«

»Und Haggis natürlich!«

Die Freundinnen lächelten einander an.

»Tief unten in diesem See, vor Cherry Island im Loch Ness, liegt die Kugel. Vielleicht bewacht vom Ungeheuer, wenn es das denn wirklich gibt.«

»Klingt ein wenig wie Apfel und Schlange in der Schöpfungsgeschichte, wie bei Adam und Eva, bei denen das Böse durch die Versuchung in die Welt der Menschen kam«, hatte Lumsden gesagt, als Lynn ihm von dem Versteck erzählt hatte.

»Ja, die bösen Gedanken stehen am Anfang von allem Unheil. Da hatte dein Onkel Graham recht.«

»Auf jeden Fall ist die Kugel dort unten gut versteckt – für immer.«

»Meine Eltern und Mrs. Haxby haben mir Tonnen von Adressen und Tipps für unsere Indienreise gegeben. Ich freue mich so, Mona-Herzchen! Du wirst von diesem Land und seinen Menschen begeistert sein. Alle meine Verwandten haben uns eingeladen, sie zu besuchen.« Des rollte in der ihr eigenen Art theatralisch mit den Augen. »Aber keine Angst, Mona-Herzchen, wir sagen nur einigen Hallo. Sonst muss ich bei ihrer Gastfreundschaft hinterher einen Monat fasten!« Desna war anzumerken, wie sie sich freute. »In Delhi fangen wir unsere Reise an, und von dort reisen wir weiter nach Rajasthan! Jaipur, Jodhpur, Udaipur.«

»Ja, in Udaipur möchte ich durch die Gassen streifen. Und darüber nachdenken, ob Gram früher auch einmal über dieselben Straßen gegangen ist.«

»Alles ist fertig verstaut«, sagte Steve, der in diesem Augenblick in den Laden trat. »Soll ich euch noch einen Moment allein lassen – zum Abschiednehmen von Grams altem Laden?«

»Nein, Steve. Es ist Zeit. Ich muss noch packen. Morgen Mittag geht es schon mit der Bahn zum Flughafen. Wir nehmen von London den Nachtflug nach Delhi«, sagte Lynn und schaute sich dabei noch ein letztes Mal an diesem Ort ihrer Jugenderinnerungen um.

»Ich vermisse euch schon jetzt«, gab Steve ehrlich zu. »Kommt, ich nehme euch im Transporter mit. Und die Sachen bringe ich morgen zu deinem Vater, Des. Eine Frage noch, Lynn: Das Schild … darf ich das bis zu deiner Rückkehr zu mir nehmen? Ich werde es ein bisschen aufarbeiten, wenn du einverstanden bist. Besonders die blaue Schrift nachmalen. Damit sie wieder leuchtet, bis du zurückkommst.«

Lynn stand vor Steve, sagte gar nichts, sondern trat auf ihn zu und gab ihm einen zarten Kuss auf die Wange.

Ascot, Pferderennbahn,
Royal Ascot Rennwoche, 15. Juni 2016
Auf einer Herrentoilette

Alexander Hicks trat mit Walter Chinnock in den großzügigen Toilettenraum am Ende des Loungebereichs und sah suchend um sich. »Er ist noch nicht da«, stellte er fest, trat an ein Urinal und öffnete seine Hose.

»Wie kommst du nur auf die Idee, eine Toilette als vertraulichen Treffpunkt vorzuschlagen?«

»Während der Hauptrennen in Ascot kommt doch kein Mensch hierher! Die sind alle auf den Tribünen und an der Rennbahn, die Reichen und die Schönen – und all die anderen, die gern eins von beidem wären.« Hicks sagte es selbstverständlich und näselnd, während er sein Wasser abschlug. »Walter, Menschen sind in ihrem Verhalten vorhersehbar, darum lassen sie sich so leicht steuern. Wer, wenn nicht wir, wüsste das am besten. Hast du für ihn die letztberechnete Vorhersage für das Referendum dabei?«

»Auf neutralem Papier, im Umschlag.« Walter Chinnock klopfte zur Vergewisserung auf seine Brusttasche, in der sich offensichtlich der genannte Briefumschlag befand. »*Leave the EU* gewinnt mit rund vier Prozent Vorsprung. Das können wir mit über neunundneunzigprozentiger Wahrscheinlichkeit bereits heute sagen.«

»Er wird zufrieden sein«, sagte Hicks, während er seinen Hosenschlitz wieder zuknöpfte.

»Bist du es denn nicht?«

»Walter, Walter, glaubst du wirklich, mich interessiert, wer dieses Referendum gewinnt? Oder ob Großbritannien in der EU bleibt? Ich dachte, du kennst mich.«

Hicks drehte sich jetzt um und blickte Chinnock kalt lächelnd direkt in die Augen. »Mich interessiert nur Geld und der Kitzel, zu gewinnen. Ich mache es nur nicht so primitiv wie das dumme Volk da draußen an der Rennbahn, das es mit Wetten auf über einen Rundkurs gehetzte Pferde erreichen will.« Hicks näherte sich Chinnock, stand jetzt direkt vor ihm.

»Wird der Brexit für die Reichsten da draußen irgendetwas ändern? Kein bisschen, Walter, für die zieht die Karawane des Hedonismus immer weiter, die kennen es doch gar nicht mehr, das Gefühl von Angst.« Hicks schob sich jetzt an Chinnock vorbei und ging ans Waschbecken, drehte den Hahn auf, wusch sich mit kaltem Wasser Hände und Gesicht.

»Mit Angst haben wir für diese Typen das Referendum gewonnen: mit Fake News uns angeblich drohender Migrantenströme über den Ärmelkanal. Mit der Lüge, unser Land überwiese angeblich jede Woche 350 Millionen Pfund nach Brüssel und deshalb verarme unser Gesundheitssystem.«

Hicks wischte mit der Hand über sein tropfnasses Gesicht und schaute sich selbst im Spiegel an, während er weitersprach. »Mit der Manipulation der Gedanken haben wir für diese *Bad boys* das Referendum gewonnen, Walter. Mit dem Entfachen des bösen Denkens bei vielen verängstigten Menschen. Mit dem Hervorlocken ihrer bösen Natur.«

Hicks drehte sich zu Chinnock um. »Psychometrische Modellierung, Algorithmen und künstliche Intelligenz. Es ist so einfach, Walter. Und das ist nur der Anfang, der Brexit ist nur der Aufgalopp, wie man es hier in Ascot nennt.« Hicks lächelte über seine eigene Bemerkung. »Wie läuft sie, unsere Unterstützung der Präsidentschaftskampagne in den USA? Irgendetwas Aktuelles?«

»Es läuft brillant, Alex. Wir können all unsere gesammelten Erfahrungen bei der Algorithmus-Programmierung für die Brexit-Kampagne umsetzen.« Chinnock sagte es stolz und selbstbewusst, so als wäre es sein Verdienst.

»Trauert unsere Programmiertruppe eigentlich noch diesem Paul Dickenson nach? Oder deine blonde Caroline?« Hicks blickte diabolisch, weidete sich an der Verlegenheit des von dieser unerwarteten Bemerkung überrumpelten Walter Chinnock.

»Weder noch, das kann ich dir versichern«, presste Chinnock zwischen den Lippen hervor, und ein für ihn untypisches Erröten leuchtete auf seinem Gesicht.

»Du alter Haudegen, wusste ich es doch. Ein bisschen Spaß über Frauen muss unter Männern sein, oder?«, erwiderte Hicks, griff ein Handtuch und trocknete sich ab.

»Das ist übrigens auch der Grund, warum ich nie mit Frauen gemeinsam auf eine Toilette gehe. Man muss doch wenigstens an einem Ort Ruhe vor ihnen haben, finde ich, wenn du verstehst, was ich meine.« Beide Männer brachen jetzt über den Herrenwitz in ein brüllendes Gelächter aus, als in diesem Augenblick die Tür aufging und ein in einen edlen Anzug gekleideter Mann in den Toilettenraum trat.

»Haben Sie gute Neuigkeiten für mich?«, fragte er Hicks und Chinnock ohne Begrüßung. »Und wenn es geht, bitte schnell, ich möchte nicht mit Ihnen zusammen gesehen werden«, fügte er hinzu.

»Sie können beruhigt sein«, erwiderte Chinnock, griff in seine Brusttasche, zog den Umschlag heraus und reichte ihm dem Mann herüber. »Es hat alles wunderbar geklappt, Sie werden mit Ihren *Brexiteers* das Referendum in einer Woche gewinnen. Absolut sicher.«

»Danke«, sagte der Mann, »für alles, meine ich.« Er nahm den Umschlag, verabschiedete sich mit einem kurzen Kopfnicken und war kurz darauf wieder durch die Tür verschwunden.

427

60

Udaipur, Rajasthan, Indien
Zwei Wochen später, Ende Juni 2016

Die Nachmittagssonne stand brennend über der Altstadt, die schwülheiße Luft füllte die schmalen Gassen, kein Windhauch regte sich heute von den Bergen, um kühlende Erleichterung zu verschaffen. Langsam bewegten sich Lynn und Des durch die Hitze zwischen den Menschen vorwärts, wichen hupenden Scootern, knatternden Motorrikschas und trappelnden Lasteneseln aus. Großkrempige Hüte spendeten ihnen im Gewimmel spärlich Schatten, ihre Wasserflaschen waren leer getrunken, Salz vom Schweiß klebte wie Wachs auf ihrer Haut.

Seit zehn Tagen zogen die zwei Freundinnen nun schon durch Rajasthan, das alte Land der Rajputen, reisten durch Städte, Natur und Dörfer, in den Tälern des rosa schimmernden Aravalli-Gebirges, im Nordwesten Indiens, am Rande der glutheißen Wüste Thar.

Sie hatten zuerst eine Woche Delhi erkundet, hatten bei Desnas Tante in Noida am Stadtrand in einem verwinkelten Haus gewohnt, in dem Lynn jeden Tag zwischen verwöhnender Gastfreundschaft und köstlichen *Thali* ständig neue Familienmitglieder, Freunde und Verwandte kennengelernt hatte. Sie habe am dritten Tag aufgehört zu zählen, hatte Lynn Des lachend gestanden, und sich zudem einige Namen notieren müssen. Es seien einfach zu viele und dabei oft noch nie gehörte, viele herrlich singend im melodischen Klang!

Sie hatten Delhis Widerstreit erlebt, seine koloniale Pracht und glitzernde Moderne, seine versmogten Staus und idyllischen Wohnstraßen, den ruhigen Wohlstand und die verzweifelte Armut – Luxus und Bettler, oft nur wenige Meter getrennt, doch nebeneinander dicht gedrängt. Die Eindrücke hatten die Frauen oft inspiriert, nicht selten verblüfft und manchmal sprachlos entsetzt.

Sie waren zwei Abende mit Desnas gleichaltriger Cousine Rima durch Delhis Nachtleben gezogen, gestärkt von *Chaats, Somosas* und *Kebabs* an kleinen Garküchen, hatten inmitten eines großen Freundeskreises in einigen Clubs zu Bollywood-Songs getanzt und gefeiert – ohne, wie alle ihres Alters, Alkohol zu vermissen. Sie fühlten sich befreit und geborgen, umarmt von der so selbstverständlich entgegengebrachten Gastfreiheit, die einem wie eine beständige Wohltat im unberechenbar widersprüchlichen Indien herzlich begegnete.

Unter tränenreichem Abschied von Desnas Verwandtschaft waren die Freundinnen nach einer Woche nach Rajasthan weitergereist, hatten Bikaner und Jodphur bewundert, waren durch Dörfer im Aravalli-Gebirge am Rande der Wüste Thar gezogen und gestern Abend in Udaipur, im Süden Rajasthans eingetroffen.

Jetzt gingen sie eine ansteigende, enge Gasse hinauf, fernab vom Gewimmel. Der Weg war hier nahezu menschenleer. Lynn und Des erreichten schließlich eine kleine Querstraße. Über den zweistöckigen Gebäuden tauchte schon die prächtige Fassade des Stadtpalastes auf. Sie schöpften Atem, lehnten an einer Mauer. Ihnen gegenüber schloss ein Mann gerade den eisernen Rollladen eines kleinen Ladens auf.

Eine Gruppe Kinder kam plötzlich angelaufen, rannte zielstrebig johlend auf den Mann zu. Ein lachendes Gespräch entwickelte sich zwischen ihnen. Lynn und Des beobachteten, wie die Kinderschar jetzt auf ihre Straßenseite rannte, jubelnd an ihnen vorüberlief. Die Frauen sahen in fröhliche Gesichter, die Kinder riefen beim Laufen einen Satz, immerzu.

»Verstehst du, was sie rufen?«, fragte Lynn Des neugierig.

»Irgendjemand kommt zurück, rufen sie immer wieder fröhlich. Ich verstehe *Mewari* nicht perfekt. Aber wenn ich es richtig verstanden habe, kommt ein Abu zurück.«

In diesem Moment sah Lynn zu ihrer Verblüffung, wie der Mann aus dem gegenüberliegenden Laden trat und ein großes

Schachbrett in der Hand hielt. Er nahm jetzt ein Tuch und begann, das verstaubte hölzerne Spielbrett behutsam abzuwischen.

»Ist das zu glauben, Des, ein Schachbrett! Und findest du nicht, dass es ganz ähnlich aussieht wie das von Onkel Graham?«

Die Frauen überquerten jetzt die schmale Straße, und Lynn sprach den Mann freundlich an. Ob das hier ein Schachgeschäft sei, wollte sie höflich wissen.

»Aber nein«, sagte der Mann. »Das ist der Laden von Abu, einem Schriftgelehrten, den kennt hier jeder.« Abu sei wieder einmal Jahre fort gewesen, berichtete der Mann weiter, in den Bergen, zum Meditieren – und er habe derweil auf seinen Laden aufgepasst.

»Aber Abu hat mir geschrieben. Er kommt wieder. Ich rechne mit seiner Ankunft jeden Tag«, erzählte der Mann freudig weiter.

»Wissen Sie, mein Onkel hatte genau so ein Schachbrett wie das, das Sie gerade in der Hand halten. Es stammte auch aus Indien. Er hat es vor langer Zeit von seiner Reise nach England mitgebracht.« Lynn sagte es wie eine Erklärung, etwas Wehmut kam dabei in ihr auf.

Ja, Abus Brett sei wirklich ein besonders schönes, sagte der Mann und betrachtete das schwere Schachbrett in seiner Hand. »Wenn Sie nach so etwas als Mitbringsel suchen: Unweit von hier, nahe dem Jagdish-Tempel, gibt es zwei Handwerker, wo Sie solche Schachbretter als Holzintarsien-Arbeiten kaufen können. Und schöne geschnitzte Schachfiguren dazu, aus Holz. Auch antike aus Elfenbein werden dort angeboten. Aber neue Schnitzereien aus Elfenbein sind ja heute gottlob verboten«, fügte der Mann hinzu.

»Nein, aber vielen Dank für den Tipp«, sagte Lynn. »Mein Onkel spielte immer ohne Schachfiguren. Nur in Gedanken. Er hat es mir beigebracht, wissen Sie?«

»Ach, das ist ja ein Zufall«, entgegnete der Mann. »Auch Abu spielt immer ohne Figuren. Aber mir wäre es zu anstrengend. Da müsste ich mich ja ständig konzentrieren und meine Gedanken kontrollieren.«

Lynn stutzte einen Augenblick, nachdem der Mann diesen Satz gesagt hatte, und schaute zu Des. Die Augen der beiden Freundinnen trafen sich, ein Lächeln des stillen Einverständnisses lag auf beider Gesicht.

»Dürfen wir einmal kurz in den Laden hineinschauen?«, fragte Des den Mann jetzt.

»Es ist dort staubig, er ist seit Jahren geschlossen. Aber bitte, treten Sie nur ein.«

Lynn und Des gingen durch die schmale Eingangstür, schauten sich im Halbdunkel des Ladens um. Vor ihnen stand ein Mangoholztresen, an den Wänden Regale aus Palisander, angefüllt mit verstaubten Büchern, in der Mitte auf dem Boden ein flacher Rosenholztisch.

»Steht auf diesem flachen Tisch das Schachbrett?«, fragte Lynn den Mann und wies auf das auf dem Boden stehende Möbel.

»Richtig, woher wissen Sie das?«, antwortete der Mann verwundert.

»Meinst du, Onkel Graham war schon einmal hier, Mona-Herzchen?« Des stellte die Frage mit einem Augenaufschlag.

»Das wäre eine schöne Vorstellung, Des«, antwortete Lynn, verabschiedete sich mit einem Dank von dem Mann, der freundlich nickte, und war schon dabei, den Laden wieder zu verlassen, als sie Desna den Mann noch eine Frage stellen hörte. Sprach Des etwa in *Mewari* mit ihm?

»Sieh mal!« Des strahlte, als sie Lynn diese Worte zurief. Sie wies auf den hölzernen Türrahmen, in dem in einer indischen Schrift etwas Eingeschnitztes stand. Schon verstaubt, aber noch blassblau, schwach leuchtend waren die Buchstaben ausgemalt.

»Ich musste den Herrn um Hilfe beim Lesen bitten, das ist *Devanagari*, die Schrift, in der es geschrieben steht: *Gewaltlos im Denken, friedfertig im Handeln, siegreich im Spiel* ist dort hineingeschnitzt!«

Lynn atmete tief durch und blickte hoch zum Rahmen. Lächelnd strich sie mit ihren Fingern fast zärtlich über die staubige Schrift.

Die Freundinnen verließen wortlos den Laden, gingen weiter durch eine Gasse, auf den nahen Stadtpalast zu, dessen mächtige Fassade im Licht der späten Nachmittagssonne goldgelb aufzuleuchten begann. Der Himmel über ihnen strahlte puderblau, das Pfirsichlicht eines hinter Bergkämmen lauernden Abends mischte sich bereits aufschimmernd ein.

Arm in Arm, wie eins, gingen Lynn und Des über den gepflasterten Vorplatz auf die hohen goldgelben Mauern zu. Und während am großen Pichholasee, gleich vor dem STADTPALAST, unweit der Stelle, wo Lynn und Des gerade gingen, die ersten Tafelenten und Schwarzkopfibisse unruhig vom aufschimmernden Abend die Köpfe streckten, stieg ein Schwarm Flamingos auf.

Rosa flimmerte ihr Gefieder in der schwülwarmen Luft. Lautlos zogen sie über den Himmel. Friedvoll schlugen ihre Schwingen, wie ihr Leben selbst, rhythmisch und nicht von Dauer. Wie der Mensch, sterblich und flüchtig, im ewigen Kreislauf der Natur. Die Gut und Böse nie gekannt hatte, erst seit der menschlichen Existenz davon erfuhr. Eine Natur, die dem Menschen den Verstand gab, sich zu beherrschen – und damit den Gedanken: Wenn du es nicht schaffst, braucht es dich nicht.

Die beiden Freundinnen traten jetzt in den großen marmornen Toreingang, einander im Arm, immer weiter in den schützenden Schatten in den Stadtpalast hinein. Am Anfang des Wegs ihres weiteren Lebens. Friedvoll schlugen die Flügel der Flamingos, nur noch rosa Punkte, immer weiter flogen sie gegen den Horizont.

61

*Zur selben Zeit in Schottland, Ende Juni 2016 –
am Loch Ness*

Es war am frühen Morgen desselben Tages, als ein alter Fischer auf seinem Boot unterhalb des Seeufers bei Urquhart Castle müde die Angel zur Hand nahm. Er war seit Sonnenaufgang auf dem Wasser, hatte vielfach die Rute geworfen, doch wo auch immer er es auf dem See versucht hatte, an diesem Tag biss einfach kein Fisch.

So war er zu einem letzten Versuch hierhergekommen, an das Westufer, unterhalb der mächtigen Burgruine, die Sonne erhob schon leuchtend ihre Scheibe hinter dem großen Turm. Wenn er hier nichts fing, wusste er, dann würde es heute nichts mehr mit einem Fang, dann führe er eben ohne Beute in den kleinen Hafen nach Foyers zurück.

Geschickt schwang er die Rute, die Schnur lief surrend. Weit hinaus flog der Blinker über das Wasser, tauchte kunstvoll geräuschlos in den schwarzblauen See. Für einen guten Wurf brauchte es nicht viel Kraft, wichtig war der schnelle Schwung der Schulter in der Bewegung. Jetzt zog er sanft zupfend die Schnüre. Den Fisch musste man mit dem Köder locken. Man musste ihn in seiner Gier täuschen und mit dem Blinker überlisten. Routiniert, doch mit wenig Hoffnung holte der Fischer langsam die Schnur wieder ein.

Plötzlich ein Ruck, er kam kräftig, überraschend. Heftig zerrte wütende Kraft an seiner Angelschnur. Aufgeschreckt zog er an der Rute, drehte mit Zug an der Rolle, holte langsam und gleichmäßig seine Beute an das Boot heran. Es war ein Duell, der Fisch kämpfte kraftvoll um sein Leben, spürte die Gefahr des nahen Todes. Selten hatte der Fischer etwas so Zerrendes an seiner Leine im Loch Ness gehabt.

Als er den Hecht herauszog, war er überrascht und zugleich verwundert. Das Tier war nicht sehr groß, hatte aber die Kraft eines mächtigen, ausgewachsenen Exemplars. Zudem war der Fisch viel schwerer, als bei seiner Größe der Erfahrung nach zu erwarten gewesen wäre – so erzählte es der Fischer später, am Ende der Woche, einigen Bekannten im *Inverness Pub*.

Da der Hecht nicht besonders groß war, beschloss er, ihn selbst zu verspeisen. Ginge er mit so einem mageren Fang zum Großhändler, lachte man ihn vielleicht noch hinter seinem Rücken aus. Er hatte schließlich einen Ruf zu verlieren. Nein, aus dem Hecht wollte er sich Klöße bereiten. Wenn der Fisch noch recht jung war, war dies das beste Rezept.

Er tötete den Fisch routiniert mit dem Messer, schnitt behutsam den Bauch zum Entfernen der Innereien auf. Unerwartet stieß er dabei auf etwas Hartes, zog es aus dem Magen des Hechtes und hielt plötzlich eine Schachfigur in seiner Hand. Wunderschön geschnitzt aus weißem Knochen. Verwundert hielt er die blutverschmierte Figur gegen das morgendliche Sonnenlicht.

An dieser Stelle seiner Erzählung würde es im Pub von Inverness unter den Bekannten später schlagartig ruhig werden. Mucksmäuschenstill lauschten fortan seinen Worten nun nicht nur sie, sondern ein jeder in dem kleinen Kneipenlokal.

So etwas Verrücktes sei ihm im Leben noch nie widerfahren. Und weiß Gott, erlebt habe er in seinem langen Dasein als Fischer am See nun wirklich schon viel! Er erzählte seine Sätze langsam, das Erlebte wirkte nach in seiner Seele.

Was er denn mit seinem Fund gemacht habe, wollte der Wirt wissen.

Er habe die Schachfigur einem Antiquitätenhändler in Inverness verkauft, der habe ihm dreißig Pfund dafür gegeben, das fände er für eine solche Trouvaille doch gar nicht schlecht!

Im Pub wurde jetzt einander zugeprostet, von nun an gingen die Spekulationen über die Herkunft des Fundes zwischen den Besuchern wild hin und her. Darüber, wie die Schachfigur wohl in den Bauch des Fisches gelangt sei, wurde am meisten gerätselt.

Von solch einem Vorkommnis habe man nun wirklich noch nie zuvor am See von Loch Ness gehört.

Der alte Fischer war zufrieden, den ganzen Abend stand er im Mittelpunkt des bierseligen Gesprächs, so etwas war ihm lange nicht mehr passiert. Beschwingt ging er sehr spät nach Hause. Diese ganze Geschichte war wirklich kurios. Er schüttelte beim Gehen noch immer lachend seinen Kopf.

Nur die Hechtklöße, die er von dem Fisch gemacht hatte, hatten entgegen seiner Erwartung überhaupt nicht gut geschmeckt. Das hatte er nicht erzählt, aber es ging ihm plötzlich durch den Sinn.

Und auch ein Satz des Wirts ging ihm einfach nicht aus dem Kopf. »Vielleicht war die Schachfigur viel mehr wert. Du bist doch ein Dummkopf. Warum hast du vor dem Verkauf nicht erst jemanden, der etwas davon versteht, gefragt?«

Da war etwas dran, wie er sich nun kleinlaut eingestand, und ein bohrender Ärger kroch wie fröstelnde Kälte in ihm hoch. Der Wirt hatte recht, womöglich war die Figur viel wertvoller. Und der Antiquitätenhändler hatte es gewusst und ihn bestimmt übers Ohr gehauen! Auch hatte er bei dem Geschäft so hintergründig gelächelt, besonders als er ihm bei der Verabschiedung ein *Beehren Sie mich bald wieder!* hinterhergerufen hatte.

Gleich morgen, beschloss der Fischer, wolle er zu ihm gehen. Um ihn nochmals zur Rede zu stellen, zum Preis für die Figur. Ob er nicht doch zu niedrig sei?

Als der Fischer am nächsten Morgen, es war kurz vor neun, vor dem Antiquitätengeschäft in der Altstadt von Inverness stand, unterhalb der Burg, wo die alten Gassen sich wie Schlingpflanzen um Burghügel und Bergkuppen wanden, fand er die Eingangstür zu seiner Verwunderung geöffnet. Er sah den Händler, der mit einer Pfeife auf einem Schemel paffend vor seinem Laden saß.

Er käme noch mal wegen der Schachfigur, hob der alte Fischer an zu sprechen. Ach, die, sagte der Händler, die sei längst verkauft. Er habe die Figur noch am Tag des Ankaufs in seinen Onlineshop gestellt. Innerhalb einer Stunde habe eine Frau mit ihm Kontakt aufgenommen, die sich sehr für die Figur interessiert habe.

Schon am Morgen danach sei sie bei ihm im Laden gewesen. Sehr attraktiv, eine blonde Frau, sehr elegant gekleidet, aus London. Die habe ihm die Schachfigur abgekauft. Bar bezahlt habe sie. »Warten Sie mal«, sagte der Händler, ging in seinen Laden und kam mit einem Notizbuch wieder heraus.

»Eine Mrs. Caroline Chinnock mit einer Adresse in London … Sehen Sie hier.« Er wies auf die handschriftliche Bemerkung in seinem Büchlein hin. Er schreibe sich jeden Verkauf auf, mit Kundennamen, schon immer. Namen sind wertvoll, besonders in seinem Metier, das lebe von Begierde für Seltenes und von Sammlerwut.

»Was haben Sie für die Figur bekommen?«, wollte der alte Fischer vom Händler wissen.

»Hundert Pfund, das war mir in dem Fall genug. Aber unter uns gesagt, so gierig, wie diese Frau auf die Figur war, hätte sie auch das Doppelte oder Dreifache bezahlt, wenn ich es verlangt hätte.«

Der Händler zog an seiner Pfeife und stieß eine Wolke aus. »Die wollte die Schachfigur um jeden Preis haben. Da bin ich mir absolut sicher.«

62

Epilog
New York City, im November 2016

Brenda Hooper ging ein letztes Mal durch ihre leer geräumte Wohnung. Helles Morgenlicht blitzte kraftvoll vom New Yorker Herbsthimmel durch die Fenster herein. Ein letztes Mal ging Brenda durch die Räume, um Abschied zu nehmen, in melancholischer Stimmung und angefüllt von Gedanken der Dankbarkeit. Von einem Ort, an dem sie die glücklichsten Momente ihres Lebens spürte, wie sie sich eingestand. In den kurzen Jahren, in denen sie hier gelebt hatte – zusammen mit ihrem Slim.

Brenda ging weg von New York. Der kleine Umzugswagen mit den wenigen Möbeln und in Kisten verstauten Habseligkeiten war schon gestern in Richtung Colorado abgefahren.

Brenda machte im Leben einen Schnitt für sich, wollte einen letzten Neuanfang, nahm ein letztes Mal Anlauf für ihren allerletzten Sprung. Als Frau von Ende fünfzig hatte sie in einem Hotel in den Rocky Mountains einen Job angenommen. »Warum gerade dort?«, hatte eine Kollegin im *Benjamin's* sie verwundert gefragt.

»Einen Job zum Abschluss«, hatte sie ihr lächelnd geantwortet. Nach dessen Zeit sie sich in den Rockies irgendwann zur Ruhe setzen konnte. In der Einsamkeit der Berge. Mit der Wärme ihrer Erinnerungen. Gebettet in eine menschenleere, zeitlose Natur.

»Schau gern bei mir rein, wenn du einmal in der Gegend bist«, hatte Brenda ihr zum Schluss noch gesagt. »Es wäre doch schön, wenn wir uns noch einmal sehen, bevor es zu Ende geht. Aber für den Fall, dass wir es nicht mehr schaffen, lebe wohl.« Und sie hatte sie zum Abschied fest an sich gedrückt.

Brenda schritt jetzt durchs Wohnzimmer in den schmalen Raum, der vormals Slims Büro gewesen war. Die Abdrücke seines Holzschreibtischs glänzten wie zurückgelassene Fußabdrücke auf dem Dielenboden. Ihr Blick fiel auf den Wandtresor. Die Tür stand offen. Brenda ging auf ihn zu und blickte ein letztes Mal hinein.

Mit ihrer Hand strich sie noch einmal über den Tresorboden. Was sie dort gefunden hatte, hatte sie mit Slims verbliebenen Sachen schon vor einer Woche in einer Umzugskiste zusammengepackt.

Sie wollte sich schon abwenden, als ihr Daumen plötzlich am Boden eine Unebenheit spürte. Es war ein kleiner Haken, an dem sie jetzt zog. Schnappend öffnete sich der Tresorboden plötzlich.

Zu ihrer Verwunderung gab der Boden jetzt ein unter ihm liegendes Fach frei. Brenda griff hinein und zog ein Dokument aus ihm heraus.

Sie schaute auf das Deckblatt und las erstaunt, was sie vor sich sah. Was war das für ein Dokument, und warum hatte Slim es in diesem Geheimfach versteckt?

Bericht über Untersuchungen in Sachen ungeklärter
Ereignisse in Zusammenhang mit einer Kugel auf dem Gebiet
des British Empire in Indien.
Erstellt für das Hauptquartier des Geheimdiensts Ihrer
Majestät Queen Victoria of Great Britain and Ireland and
Empress of India, London,
von William R. Pinney, Senior Secrecy Agent,
Außenstelle Delhi, 5. Januar 1900
Folgend Bericht: »Aufzeichnung über ein Gespräch
mit dem wandernden Sadhu Nishay Sharma
an einer Straße nahe dem Mount Abu
über den wahren Ursprung einer
blau schimmernden Kugel«
wahrheitsgemäß nach der ihm vom Dolmetscher
übersetzten Erzählung aufgeschrieben
von William R. Pinney«

Ein altes Geheimdienstdokument, dachte Brenda bei sich. Ein Bericht, den Slim offensichtlich besonders sichern wollte. In diesem Geheimfach im Tresor. Verwundert ließ Brenda die Seiten des Berichts blätternd an ihrem Daumen vorbeigleiten. Ein sehr dicker Bericht. Vierzig, fünfzig Seiten oder mehr, schätzte sie, als in diesem Moment ein gelber Zettel aus dem Dokument herausflatterte, der offenkundig irgendwo zwischen zwei Seiten eingelegt worden war.

Sie nahm den Zettel vom Boden auf und erkannte sofort Slims Handschrift. Es war nur ein kurzer Satz, der dort stand: *Es gibt nicht nur eine Kugel!* Unschlüssig stand sie vor dem Tresor, hielt für einen Moment gedankenversunken Bericht und Zettel in der Hand.

Dann drehte Brenda sich plötzlich abrupt um, ging durchs Wohnzimmer zur Apartmenttür, öffnete sie, trat hindurch und zog sie krachend hinter sich zu. Stieg, ohne sich noch einmal umzusehen, die Treppe hinab. Schritt durch die Haustür auf die Straße, blinzelte lächelnd ins golden strahlende Herbstsonnenlicht.

Brenda ging auf den Müllcontainer zu, öffnete den Deckel und warf Bericht und Zettel schwungvoll hinein. Sie schloss den Containerdeckel wieder, atmete tief durch, zog sich wegen der aufkommenden Wärme ihren blauen Kurzmantel aus – denselben, den sie bei ihrem ersten Rendezvous mit Slim getragen hatte.

Sie warf sich den Mantel über den Arm und ging mit zügigen Schritten die Straße hinunter. Und während sie ein letztes Mal ihre Füße auf die 11th Street setzte, die lange Straße im East Village, in der sie fast zwanzig Jahre ihres Lebens verbracht hatte, dachte sie an den Nachtbus, den sie heute Abend besteigen würde. Dachte an Colorado. Und dass sie einen Schnitt mit ihrem bisherigen Leben machte. In ihr neues Leben nur die guten Erinnerungen mitnehmen wollte. Dafür alle bösen Gedanken an traurige Momente hinter sich lassen musste, Ballast abwerfen –

und ab heute nur noch die glücklichen Augenblicke mit Slim für ihren weiteren Weg mit sich trug.

Brenda lächelte in diesem Moment, sah schon die Treppe der Subwaystation, fing jetzt plötzlich an zu laufen und rannte schon Augenblicke später auf die Rolltreppe am U-Bahn-Eingang zu.

Fast sah es aus, als wollte Brenda zu einem Sprung ansetzen. In ihr neues Leben hinein. In das sie nur das mitnehmen wollte, was sich ihr bisher als Glück gezeigt hatte. Nur das, wofür es sich zu leben gelohnt hatte. Nur ihr erlebtes Glück nahm Brenda mit, als sie im lärmenden Subwayeingang verschwand.

ENDE

Glossar

Im Glossar werden einige im Roman verwendete, fremdsprachliche oder fachliche Wörter erläutert oder Hintergrundinformationen zu einigen in der Handlung genannten Orten, historischen Persönlichkeiten, Gebäuden, Landschaften, Tieren, Pflanzen, Speisen, Kunstwerken und erwähnten geschichtlichen Ereignissen gegeben. In Respekt vor den in Indien seit den 1950er Jahren bis heute erfolgten Namensänderungen, mit der die koloniale Vergangenheit abgeschüttelt werden soll, verwendet der Autor, soweit im historischen Zusammenhang vertretbar, die aktuelle indische Namensgebung für Bundesstaaten, Städte und Orte.

ERSTE UMDREHUNG

53 LÄUFERSPIEL: Form der Schacheröffnung des die weißen Figuren führenden Spielers, bei der klassisch nach einem ersten Bauernzug (e2-e4) im zweiten Zug die Figur eines Läufers gezogen wird (Lf1-c4).

57 BOBBY FISCHER und BORIS SPASSKI: Die 27. Schachweltmeisterschaft wurde zwischen dem seinerzeit amtierenden russischen Weltmeister Boris Spasski und seinem amerikanischen Herausforderer »Bobby« (Robert James) Fischer vom 11. Juli bis 1. September 1972 in Reykjavik ausgetragen. Dieser Schachwettkampf, der zu einem Höhepunkt des Kalten Krieges ausgefochten wurde, wurde insbesondere wegen seiner politisch aufgeladenen Bedeutung zum »Match des Jahrhunderts« stilisiert. Der Herausforderer Bobby Fischer ging mit einer phasenweise genialen und unkonventionellen Spielweise nach 21 Partien als Sieger hervor und unterbrach damit die bis dahin Jahrzehnte vorherrschende sowjetische Dominanz im Weltschach. Einige der Partien gingen in die Schachgeschichte ein, insbesondere die 6. Partie, nach deren Ende Spasski seinem siegreichen Gegner Fischer stehend applaudierte.

68 COLCATTA (früher: Kalkutta): indische Millionenstadt am Golf von Bengalen, heute Hauptstadt des Bundesstaates Westbengalen

68 MONOHARA: eine besonders süße Kreuzung aus *Rosogolla* und *Sandesh* und eine weitere bengalische Köstlichkeit. Über den Ursprung des Konfekts und seines poetischen Namens, der frei übersetzt »Der mein Herz stahl« bedeutet, gibt es in Indien viele Legenden. In ihrem Zentrum steht meist ein Konditor, der ein *Sondesh*, um es vor dem drohenden Verderb zu schützen, mit einer zuckrigen Schicht konservierte. Das Ergebnis war *Monohara*, das einen entzückten Nascher in Liebe zum Konfekt den namensgebenden Satz ausrufen ließ.

68/69 ROSOGOLLA, SONDESH und CHAM CHAM: bekannte westbengalische Konfekt- und Süßspeisenspezialitäten, die in ganz Indien berühmt sind. Ihr Hauptbestandteil ist *Chenna* – ein indischer Frischkäse, der aus gekochter, mittels Limonensaft oder Essig geronnener Milch hergestellt wird. Dieser Frischkäse wird u. a. zu Bällen geformt und in Sirup gekocht *(Rosogolla)* oder mit Zucker, Kardamompulver und oftmals geriebenen Pistazien und Mandeln zu abgeflachten Bällchen geformt (*Sondesh* oder *Sandesh*) oder mit Zucker, Kardamompulver, Mandeln, Pistazien und Khoya – einer Art ausgekochter Milchmasse, die oft mit Safran gewürzt wird – vermengt und zu oval-länglichen, oft mit Kokosraspeln bestreuten Schiffchen geformt *(Cham Cham). Cham Cham* wird in weiten Teilen Indiens bei vielen hinduistischen Festen, wie dem *Diwali* (Lichterfest), *Holi* (Fest der Farben am Frühlingsanfang) oder *Durga Puja* (populäres hinduistisches Fest zu Ehren der Göttin Durga Ende September/Anfang Oktober) genascht.

69 BRAHMAN und ATMAN: *Brahman* ist ein zentraler Begriff der hinduistischen Philosophie und bezeichnet das alles durchdringende Wesen der Welt, aus dem alles entsteht, in dem alles lebt und in das alles vergeht. *Brahman* ist formlos, hat immer schon existiert, ist ewig und unendlich. In den *Upanishaden* (ca. 750 – 500 v. Chr.), eine der bedeutenden, in Sanskrit verfassten religiös-philosophischen Schriftensammlung des Hinduismus, ist *Brahman* daher als einzige

Realität und Voraussetzung von allem materiell oder geistig Exis-
tierenden zu verstehen und kann in diesem Sinne dem Göttlichen
gleichgesetzt werden. *Atman* wird – je nach religiös-philosophischer
Interpretation – als die jedem Lebewesen innewohnende Seele
verstanden oder in einem weitergehenden Sinne *Brahman* gleichgesetzt, als »Weltenseele«, die alles durchdringt.

69 GANGA: hinduistische Göttin, die für die Gläubigen durch den in-
dischen Fluss Ganges verkörpert wird, dessen Wasser ihnen deshalb
heilig ist. Ein Bad im Ganges reinigt dem Glauben nach von Sünden.
Das Gangeswasser wird von Hindus auch wegen seiner göttlichen
Reinheit rituell oder fallweise als Heilmittel benutzt. Entlang des
Flusses Ganges befinden sich daher viele heilige hinduistische
Stätten, wie das im Roman erwähnte *Varanasi* (früher: *Kashi*). Die
Göttin *Ganga* wird als Schönheit an vielen Hindu-Tempelfassaden
dargestellt, oftmals auf ihrem *Makara* reitend, einem mythischen
Wasserwesen, einer Mischung aus Krokodil, Fisch und Elefant.

69 SADHU: religiöse, heilige oder asketische Person in Indien. *Sadhus*
leben in Klostergemeinschaften oder wandern einzeln oder in
Gruppen durchs Land. Sie legen einen Schwur auf Besitzlosigkeit
und Zölibat ab und leben von Lebensmittelgaben der Gläubigen.

70 SWAMI: ehrenvolle Bezeichnung für einen religiösen Führer oder
Guru in Indien

70 YOGA SUTRA: ein vermeintlich vom indischen Philosophen Pantajali
in Sanskrit in Form versartiger Sutren verfasster Text über Yoga,
eines der klassischen indischen Philosophiesysteme. Die Schrift
beschreibt die Yogamethodik und das Ziel der Erlangung eines
Zustands der Vereinigung mit dem Göttlichen durch Anwendung
der Yogapraktiken. Dieses Werk kann als »Urtext« des Yogasystems
angesehen werden, das von Schülern und Nachfolgern variierend
kommentiert, interpretiert und fortgeschrieben wurde. Pantajalis
ursprüngliches Yogasystem wurde daher später zur Unterscheidung
auch *Raja Yoga* genannt. Pantajali soll im oder vor dem 4. Jahrhundert n. Chr. gelebt haben.

70 YAMA, ASANA und PRANAYAMA: *Yama* nennt sich die erste Stufe des

achtstufigen Raja-Yoga-Systems, das fünf ethische Pflichten umfasst, unter ihnen Gewaltverzicht *(Ahimsa)* und die Verpflichtung zur Wahrheit im Sprechen und Handeln *(Satya)*. Die dritte Stufe *Asana* beschreibt Praktiken yogaspezifischer Körperhaltungen zur Körperertüchtigung, die vierte Stufe *Pranayama* gesundheitsfördernde Atemtechniken.

70 Nagpur, Marathi-Buddhisten: Die Stadt Nagpur liegt in Zentralindien, im Bundesstaat Maharashtra, am Fluss Nag. Die für ihre köstlichen Orangen in ganz Indien bekannte Millionenstadt ist auch Zentrum der *Marathi-Buddhisten*, der größten buddhistischen Glaubensgemeinschaft in Indien, die ab 1956 durch Konversion von Menschen hinduistischen Glaubens benachteiligter Kasten zum Buddhismus entstand. Heute leben rund achtzig Prozent der Buddhisten Indiens in Maharasthra.

70 Chennai: Zum Zeitpunkt von Grahams Ankunft in Chennai im Jahr 1974 hieß die Stadt offiziell noch *Madras*. Die heutige Hauptstadt des Bundesstaates Tamil Nadu liegt am Golf von Bengalen und hatte zum Zeitpunkt von Grahams Anstellung im Buchladen rund 3 Millionen Einwohner. Sie war 2019 mit rund 4,7 Millionen Einwohnern und über 8,6 Millionen Bewohnern ihrer Metropolregion die viertgrößte Stadt Indiens.

71 Nilgiris von Tamil Nadu: Die Nilgiri-Berge (dt. »Blaue Berge«) sind ein landschaftlich reizvolles Gebiet im südwestlichen Indien, in den Bundesstaaten Tamil Nadu und Kerala gelegen.

72 Malayalam, Hindi, Bengali: drei indische Sprachen. Malayalam ist die offizielle Sprache im Bundesstaat Kerala mit rund 35 Millionen Sprechenden. Hindi ist mit rund 425 Millionen Sprechenden die weitverbreitetste Sprache in Indien. Bengali wird hauptsächlich im Nordosten, in Westbengalen, Assam und Tripura, von rund 85 Millionen Inderinnen und Indern als Muttersprache gesprochen, ist aber auch die Nationalsprache des benachbarten Bangladesch. In Indien gibt es heute offiziell 121 genutzte Sprachen, unter ihnen 22 offizielle Verfassungssprachen, von denen neun zu den 30 meistgesprochenen Sprachen der Welt zählen.

72 KOCHI (früher: Cochin): In dem einstmals unbedeutenden südwest-
indischen Fischerdorf an der Malabarküste gründete der portugiesische Seefahrer Pedro Álvares Cabral 1502 die erste europäische
Siedlung als Handelsposten, die ab 1663 mit dem prosperierenden
Gewürzhandel in den Besitz der Holländer und ab 1795 bis 1947
der Briten gelangte. 1975, während Grahams Aufenthalt, zählte
die bedeutendste Hafenstadt im Bundesstaat Kerala bereits über
500 000 Einwohner.

74 UDAIPUR: Stadt im südlichen Teil des indischen Bundesstaates
Rajasthan, im Aravalli-Gebirge gelegen. Das für seine historischen
Paläste berühmte Udaipur, Regierungssitz des letzten Maharanas
von Mewar bis 1956, war zum Zeitpunkt von Grahams Aufenthalt
1976 von Landwirtschaft, Handwerk und Kleinindustrie geprägt.
Über zehn Prozent der rund 200 000 Einwohner waren in dieser
Zeit Gläubige der Religion des Jainismus, was Udaipur zu einem
Zentrum dieser Religion machte.

74 MAHARANA: übliche Bezeichnung regierender hinduistischer
Könige bis zur Gründung der Indischen Republik 1949, die aus dem
Hindi übersetzt »König der Könige« heißt

74 ZEIT DES RAJ: Mit dieser Formulierung ist die Zeit des *britischen
Raj* gemeint, die Zeit der kolonialen Herrschaft Großbritanniens
über den indischen Subkontinent, die 1947 endete.

74 KALAKAND: rajasthanische Kuchensüßigkeit, die aus gezuckerter
Milch, Limonensaft und Mandeln hergestellt wird

80/81 DORF DILWARA, MOUNT ABU und GURU SHIKHAR: Im Dorf
Dilwara, am rajasthanischen Berg der im Aravalli-Gebirge gelegenen Hochebene des Mount Abu, zu dem Graham von Udaipur
wandert, befindet sich mit dem sogenannten Dilwara-Tempel eines
der höchsten Heiligtümer der Gläubigen des Jainismus. Der heilige
Bezirk wurde zwischen dem 11. und 15. Jahrhundert im sogenannten Solanki-Stil in mehrheitlich weißem Marmor errichtet und ist
– wie viele Tempel der Jain – ein Wunder der Marmorschnitzerei.
Er wurde zur Verehrung von *Adhinata* errichtet, dem ersten der von
der Erlöserreligion der Jain verehrten vierundzwanzig *Tirthankaras*

(Furtbereitern) oder *Jinas* (Erlösern) – höheren Wesen, die den
Seelen der Menschen im Kreislauf der Wiedergeburt den Weg ins
nächste Leben oder zur Seelenbefreiung weisen. In der Nähe des
Dorfs Dilwara, in dem am Gipfel gelegenen Ort Mount Abu Town,
wo Hindus, Moslems, Sikhs, Jain und Christen zusammenleben,
liegt auch das Zentrum der Religionsgemeinschaft der *Brahma
Kumaris (s. unten)*. Mit 1722 m ist der Guru Shikhar der höchste
Gipfel des Aravalli-Gebirges, etwa 15 Kilometer von Mount Abu
Town entfernt gelegen, in dessen Nähe sich Graham im Roman eine
Höhle sucht.

81 BRAHMA KUMARIS: religiöse Glaubensgemeinschaft, die sich zwar
an vielen hinduistischen Praktiken orientiert, aber die Autorität
der *Veden* – einer Sammlung für Hindus heiliger Schriften – nicht
anerkennt und synkretistisch eigene Anschauungen für die Glau-
benspraxis entwickelt hat. Die 1937 gegründete Gemeinschaft hat
ihr weltweit spirituelles Zentrum in einem Ashram am *Mount Abu
(s. S. 447)* in Rajasthan. Inhalte ihrer Glaubensausübung sind vor-
geschriebene Praktiken des *Raja Yoga (s. S. 445)*. Die mehrheitlich
von weiblichen Anhängerinnen gebildete Glaubensgemeinschaft
wird seit dem Tod ihres männlichen Gründers ausschließlich von
Frauen geleitet.

82 GOLF VON KHAMBHAT, SABARMATI, NARMADA, MAHI, TAPTI:
Der Golf von Khambhat ist eine rund 200 Kilometer lange Bucht
an der indischen Nordwestküste, an der die vier Flüsse Sabarmati,
Narmada, Mahi und Tapti in die Arabische See fließen. Teile dieses
Naturwunders und seiner angrenzenden Regionen sind heute
Naturschutzgebiete, in denen viele in Indien bedrohte Tier- und
Pflanzenarten leben, unter anderem asiatische Löwen und bengali-
sche Tiger.

82 PUNGI: Die Pungi ist ein Blasinstrument, das traditionell von
Schlangenbeschwörern in Indien benutzt wurde. Beim Spiel wird
mit der sogenannten Technik der Permanentatmung, die das
Blasen bei Ein- und Ausatmung erlaubt, gleichmäßig Luft durch ein
Mundstück in einen kugelförmigen Körper geblasen und von dort

in die zwei Pfeifen des Instruments geleitet. Den hohen, klarinetten-
ähnlichen Ton erzeugen dabei in den Pfeifen vom Luftstrom in
Schwingung gebrachte Schilfrohrblätter. Der Pungispieler kann
über sieben Grifflöcher der Spielpfeife die Melodie über eine Oktave
variieren, während die zweite Pfeife nur einen eintönigen Begleitton
erzeugt. Pungis werden traditionell aus Kokosnuss, Bambus und
Kürbis gefertigt und auch als Volks- und Tanzmusik gespielt, oft als
Soloinstrumente oder in Begleitung einer rhythmisierenden Trommel. Obwohl die Schlangenbeschwörung mit Pungis zum Schutz der
Tiere seit 1991 in Indien verboten ist, ist sie dennoch fallweise, auch
auf einigen religiösen Festen, anzutreffen.

86 Nashpati: indische Birnenfrucht

86 Pagri: traditionelle, aus einem Tuch gewickelte, einem Turban ähn-
liche Kopfbedeckung in Indien, die Männer wie Frauen tragen

Zweite Umdrehung

113 Indische Geschichtenerzähler: Historisch existiert eine
Vielzahl regional unterschiedlicher Traditionen von Geschichtenerzählern im Vielvölkerreich des indischen Subkontinents. In Zeiten
geringer Alphabetisierungsraten präsentierten wandernde Erzähler
Legenden oder Mythen, oftmals mit religiösen Bezügen und fallweise mit Bildrollen zur Visualisierung des gesprochenen Worts, wie die
Patua in Westbengalen, deren Tradition bis heute überlebt hat. Für
die Zuschauer gibt es im klassischen indischen Theater traditionell
interpretierende Erzähler der Bühnenhandlung, die *Sutradhar*, die
als Teil der Vorführung auftauchen und durch ihre Kommentare die
Handlungsfäden für das Publikum zusammenhalten – was auch die
wörtliche Übersetzung ihres Namens ist. Die besonders in *Rajputana (s. S. 460)* verbreiteten *Bhats* waren Geschichtenerzähler, die
für ihre zumeist fürstlichen Auftraggeber mythische Legenden über
die Herrscher verfassten und erzählten – ähnlich denen aus der
poetischen Fantasie des Autors geborenen Legenden der Geschichtenerzähler, die der britische Agent Pinney in seinen Geheimdienstberichten wiedergegeben hat.

114 BIKANER: Stadt in der Wüste Thar im Nordosten Rajasthans, ehemals Hauptstadt des gleichnamigen Fürstentums

116 VIDYADHAR BHATTACHARYA (1693–1751): indischer Architekt, der 1727 im Auftrag des Maharanas Jai Singh II. den Plan für eine neue Königsstadt namens Jaipur entwarf und bis 1734 baute. Jaipur, angeblich die erste auf dem Reißbrett geplant entstandene Stadt Indiens, gestaltete der Architekt hierbei nach holistischen Prinzipien der alten indischen Astronomie: Die neun quadratischen Stadtteile von Jaipur standen für die neun Planeten des Sonnensystems. Die im Geheimdienstbericht des Romans geschilderten dramatischen Ereignisse am Hofe des Maharanas Sawai Jai Singh II. um den Architekten Bhattacharya, seine Frau Sita und den portugiesischen Astronomen Jao entspringen der poetischen Fantasie des Autors.

116 AMBER (auch: Amer): zeitweilige Hauptstadt des ehemaligen Königreichs Amber in *Rajputana (s. S. 460)*

117 ASHVAMEDHA (Pferdeopfer): ein heiliges Ritual, mit dem höchste hinduistische Herrscher nach festgelegten Regeln der heiligen Veden ihre unangefochtene Regierungsmacht legitimierten und stärkten. Ashvamedhas sind in der *Rig Veda* und der *Ramayana* – wichtigen heiligen Texte des Hinduismus – beschrieben und seit dem 2. Jahrhundert v. Chr. belegt. Zusammengefasst wurde bei diesem Machtritual ein mit dem Namen des Königs markiertes Pferd nach einem reinigenden Ritus in Begleitung von Soldaten laufen gelassen. Das Gebiet, durch das das Pferd galoppierte, wurde vom König beansprucht. Wer diesen Anspruch nicht anerkannte, musste sich den Soldaten des Königs zum Kampf stellen und versuchen, das Pferd zu erobern. Gelang dies nicht, wurde das Pferd nach etwa einem Jahr zum Herrscher zurückgeführt und geopfert. Im Rahmen komplizierter Riten musste die Königin eine Nacht neben dem getöteten Pferd verbringen, in der auch symbolisch sexuelle Handlungen zur Erhöhung der Fruchtbarkeit stattfanden. Das Pferd wurde anschließend zerteilt, ein Teil des Pferdefleisches wurde den Göttern geweiht, andere von Priestern, dem König und der Königin gegessen. Das Pferdeopfer sollte dem Glauben nach Macht, Herrschaftsgebiet

und Ruhm des Königs erhöhen. Der im Roman erwähnte Maharana von Jaipur Sawai Jai Singh II. war nach tausendjähriger Unterbrechung der erste Hindukönig, der in Indien das Ashvamedha zur Machtdemonstration praktizierte: Ein erstes Ashvamedha führte er 1734 nach Fertigstellung seiner neuen Hauptstadt Jaipur und der Lossagung vom islamischen Großmogul durch. Ein zweites 1741, zwei Jahre vor seinem Tod. Sawai Jai Singh war der letzte Hindukönig, der ein Ashvamedha in Indien durchführte. Pferdeopfer wurden aber auch in unterschiedlichen Bedeutungszusammenhängen in anderen Kulturen als heilige Rituale durchgeführt. Oft wurden Pferde als Begleiter Verstorbener geopfert und mitbestattet. Es gibt zahlreiche Belege über Pferde opfernde Kulturen in Europa und Asien, von der vorchristlichen Zeit bis ins späte Mittelalter. Kulturhistorisch war Gewalt von Menschen gegen Tiere im Glauben der Machtstärkung oder Wunscherfüllung für das Diesseits oder Jenseits weltweit ein weitverbreitetes Phänomen.

117 JANTAR MANTAR: ein vom Maharana Sawai Jai Sing II. in seiner Hauptstadt Jaipur errichtetes astronomisches Observatorium. Es besteht aus bis zu 27 Meter hohen, gebäudeartigen Geräten zur Himmelsbeobachtung und galt zur Zeit seiner Erbauung als die größte und modernste Sternwarte Indiens. Der von Astronomie besessene Maharana ließ im Laufe seines Lebens insgesamt fünf Observatorien errichten, eines davon für den indischen Großmogul in Delhi. Das Jantar Mantar ist bis heute erhalten und eine UNESCO-Weltkulturerbestätte.

123 PAKHAWAJ, SITAR, SHAHNAI: traditionelle nordindische Musikinstrumente mit langer Historie. *Pakhawaj* ist eine Doppelfelltrommel, die mit beiden Händen geschlagen wird. Die *Sitar* ist ein Saiteninstrument mit melodischem Klang. Die *Shahnai* ist ein Doppelrohrblatt-Blasinstrument, das im Klang der Oboe ähnelt.

123 MARWARI: Pferderasse aus Rajasthan, die in dieser Region Nordindiens als Reitpferde für den Kriegseinsatz gezüchtet wurde. Die schnellen, in der Region der Wüste Thar an extreme Witterungsbedingungen angepassten *Marwari* sind auch im gebirgigen

Gelände trittsicher. Sie besitzen einzigartige, nach innen gewölbte sichelförmige Ohren und verfügen angeblich über eine überdurchschnittliche Hörfähigkeit, was auch damit zusammenhängen mag, dass diese Pferde ihre beweglichen »Säbelohren« über 180 Grad zu drehen vermögen.

124 TANGA: traditionelle einachsige indische Pferdekutsche, die zumeist mit einem vor Sonne und Regen schützenden Baldachin ausgestattet ist und von nur einem Pferd gezogen wird. Der Ein- und Ausstieg für die Passagiere erfolgt über leiterförmige Stufen von hinten.

128 ASHTADIGGAJAS (oder: *Diggajas*): acht heilige, männliche Elefanten der hinduistischen Mythologie, die die legendären acht Himmelsrichtungen des Kosmos tragen und bewachen helfen

128 AIRAVATA: weißer, göttlicher Elefant und Reittier des Gottes *Indra*. *Airavata* besitzt vier Stoßzähne sowie – je nach Darstellung – drei bis fünf Köpfe und ist der König der Elefanten. Er ist zudem einer der sogenannten *Ashtadiggajas (s. oben)*, der die Himmelsrichtung des Ostens bewachen hilft. *Airavata* gilt hinduistischen Gläubigen als Glücksbringer und Regenmacher. Er findet sich auch in mythischen Erzählungen des Buddhismus und des Jainismus.

128 VRITRA: schlangenförmiger, auch in Form von Wolken erscheinender böser Dämon, der Dürre und Dunkelheit über die Welt brachte. Er wurde von dem auf seinem Elefanten *Airavata* reitenden Gott *Indra* besiegt, der hierdurch das Wasser aus *Vritras* dämonischem Bann befreite. Die mythologische Erzählung ist Teil der *Rig Veda*, einer der ältesten und bedeutendsten, in Versform verfassten heiligen Schriften des Hinduismus.

128 VISHNU: Gottheit in der indischen Religion des Hinduismus, der die Rolle des Erhalters der menschlichen und kosmischen Ordnung aller Dinge zukommt. Sie ist Teil der komplexen hinduistischen Dreiförmigkeit des höchsten Göttlichen, zu der neben *Vishnu* auch *Brahma* als Schöpfer und *Shiva* als Zerstörer gehören.

130 TÜRME DER PARSEN: Parsen bilden eine religiöse Minderheit in Indien, die der Religion des Zoroastrismus anhängen und ursprünglich im 8. Jahrhundert aufgrund religiöser Verfolgung aus Persien

auf den indischen Subkontinent eingewandert sind. Ihr Glaube verbietet Parsen die Erd- und Seebestattung und das Verbrennen ihrer Toten, um die von ihnen als heilig erachteten Elemente Luft, Erde, Feuer und Wasser nicht durch Leichen zu verunreinigen. Verstorbene werden daher in einem komplexen Ritual zur Bestattung auf speziellen Türmen – *Drachma* genannt – entkleidet auf Gitter gelegt, wo sie anschließend von Geiern verzehrt werden.

130 MAHARANA SAWAI JAI SINGH II. (1688–1743) – im Folgenden *Jai Singh* genannt: Der rajasthanische Herrscher bestieg bereits als Elfjähriger im Jahr 1699 den Thron des Königreichs Amber und wurde unmittelbar danach von Aurangzeb, dem Großmogul von Indien, als sein zum Gehorsam verpflichteter Vasall aufgefordert, mit seiner Armee in den Krieg gegen ein abtrünniges Fürstentum zu ziehen. Jai Singhs Vorgänger, die Könige von Amber, waren bis dahin nahezu einhundert Jahre treue Gefolgsleute des Reichs der Moguln gewesen, eines Staates, der Ende des 17. Jahrhunderts von seiner Hauptstadt Delhi aus einen Großteil des heutigen Indiens, Afghanistans, Bangladeschs und Nordost-Pakistans beherrschte. Die kriegerische Auseinandersetzung zur Erhaltung und Erweiterung der Macht blieb zeitlebens für Jai Singh notwendige Selbstverständlichkeit, der versuchte, sich mit einer Politik der bewaffneten Diplomatie in einer gewaltbeherrschten Zeit zu behaupten. Die Komplexität der Machtverhältnisse, Rivalitäten und Auseinandersetzungen in dieser Phase der indischen Geschichte können hier vom Autor nur kurz angerissen werden.

Jai Singh war ein Hindu-König, der den islamischen Großmogulen als ihr Vasall zunächst, wie seine Vorfahren, loyal verpflichtet blieb. Durch Reform und Aufrüstung seiner Armee und gezielte Heiratspolitik mit anderen rajasthanischen Fürstentümern – unter anderem dem benachbarten Mewar mit dessen Hauptstadt Udaipur – erweiterte Jai Singh seinen Machtbereich. Er stieg schrittweise zum mächtigsten Herrscher auf dem Gebiet *Rajputanas (s. S. 460)* auf, nachdem er aus einem jahrelangen kriegerischen Konflikt um die Thronfolge zwischen 1707 und 1710 gestärkt hervorging. Als

Ausdruck seiner gestiegenen Macht und seines Anspruchs als Herrscher ließ er sich ab 1727 vom bengalischen Architekten *Bhattacharya (s. S. 450)* mit Jaipur eine neue, befestigte, prächtige Hauptstadt bauen, wohin er seinen Hof und Regierungssitz von Amber verlegte. Der von Astronomie und Mathematik begeisterte Jai Singh ließ in seiner nach ihm benannten neuen Hauptstadt auch ein Himmelsobservatorium errichten, das *Jantar Mantar (s. S. 451)*, die größte der während seiner Regierungszeit von ihm erbauten fünf Sternwarten.

Kurz nach der Fertigstellung von Jaipur sagte sich Jai Singh – nun Maharana von Jaipur – vom Großmogul los und vollzog 1734 als Ausdruck seines unabhängigen Machtanspruchs das *Ashvamedha*, das »Pferdeopfer« *(s. S. 450)*. In dieser Zeit erschüttern bereits diverse gewaltsame Auseinandersetzungen das Mogul-Reich. Im Jahr 1739 besiegte der in Indien einfallende Schah von Persien Nadir Shah das Heer des Großmoguls und plünderte anschließend seine Hauptstadt Delhi. Infolge der Schwäche des Großmogulreichs geriet das Machtgefüge in Nordindien ins Rutschen, was auch eine Bedrohung für Jai Singhs Königreich darstellte.

Jai Singh befestigte zur Sicherung seine Städte und stellte sich 1741 schließlich dem in Rajputana einfallenden Marathas – einer aufkommenden Macht aus dem heutigen zentralindischen Maharasthra – bei Gangwana zur Schlacht. Obwohl der geschwächte Großmogul Jai Singh zur Abwehr Hilfstruppen schickte, endete eine der blutigsten Schlachten der indischen Geschichte des 18. Jahrhunderts mit einer Niederlage Jai Singhs. Im Folgejahr musste er einem für ihn schmachvollen Friedensvertrag zustimmen. Mehr als dreißig Schlachten schlug Jai Singh in seinem Leben. Von der Niederlage in seiner letzten sollte er sich nie wieder erholen. Er starb verbittert, nur zwei Jahre später am 21. September 1743.

Nach seinem Tod zerfiel sein geschwächtes Königreich zunehmend. Jai Singh hatte seine Nachfolge widersprüchlich geregelt, was zu einem Zwist zwischen seinen Söhnen Iswari und Madho führte, die beide den Thron beanspruchten. Die Brüder scharten verschiedene Allianzen hinter sich und lieferten sich über sieben Jahre blutige Schlachten, die das Königreich finanziell auszehrten. Verzweifelt über seine aussichtslose monetäre Lage vergiftete sich Iswari, der ältere Sohn und bis dahin regierende Maharana von Jaipur, im Jahr 1751 mit Kobragift. Seine Ehefrau und drei seiner Nebenfrauen begingen daraufhin aus Angst um ihre Zukunft gemeinschaftlichen Selbstmord.

Was von Jai Singh II. bleibt, sind das prächtige Jaipur und das zwiespältige Bild eines Herrschers, der Astronomie, Literatur und Architektur liebte, die Künste förderte, als Staatsmann und Verwalter diplomatisch geschickt agierte, sein Leben lang wissbegierig blieb und auch als großzügiger Wohltäter für sein Volk auftrat. Auf der anderen Seite führte er dreißig Tod bringende Schlachten, hatte seine Hände im Spiel bei der Ermordung einer seiner Ehefrauen, eines seiner Söhne, eines Neffen, ließ seinen Bruder wegen Verrats hinrichten und soll auch in zahlreiche Intrigen – bis hin zur Tötung eines benachbarten Fürsten – verstrickt gewesen sein.

Sein Leben bleibt in Erinnerung als ein weiteres tragisches Kapitel in der Geschichte sinnloser machthungriger Gewalt, die am Ende nichts hinterlässt als Leid, prachtvolle Bauten und verstaubende Seiten in historischen Büchern.

135 NORDINDISCHE RAGA-MUSIK, TABLA und SAROD: Raga ist eine klassische indische Musikform mit festgelegten Noten (drei, fünf oder sieben Noten), die in einem Musikstück in ihrem Thema variiert werden. Nach hinduistischer Vorstellung haben Ragas einen religiösen Bezug, da sie nicht von Menschen komponiert werden, sondern es sich bei ihnen um versteckte Klangfolgen handelt, die »entdeckt« werden. *Sarod* ist eine nordindische Langhalslaute, *Tabla* eine beidhändig gespielte Trommel. Die Instrumente sind, genau wie die oben erwähnte *Sitar*, feste Bestandteile indischer Raga-Musikkonzerte.

137 UNIVERSITY OF DURHAM: Die 1832 gegründete Universität von Durham in Nordostengland ist nach Oxford und Cambridge die drittälteste in England. Zusammen mit der im normannischen Stil im 11. Jahrhundert erbauten prächtigen Kathedrale ist die Burg der

Stadt eine UNESCO-Weltkulturerbestätte. Heute ist sie Eigentum der Universität. In ihr sind Wohnräume für Studierende des University College, Bibliotheken, Musikzimmer und Gemeinschaftsräume untergebracht – eine sicherlich einmalige Konstellation. Zur Zeit von Lynns Psychologiestudium prägten nahezu 20 000 Studierende mit einem Anteil von rund 40 Prozent der Bevölkerung maßgeblich das Leben der Stadt Durham.

161 DSCHINN: zumeist bösartige dämonische, unsichtbare Geistwesen im hinduistischen und islamischen Volksglauben, die aber auch in religiösen Schriften erwähnt werden. Es gibt im arabischen und orientalischen Raum eine Vielzahl von Dschinn, denen unterschiedliche Fähigkeiten zum Schaden der Menschen nachgesagt werden.

167 THE DUN COW (Pub in Durhams Altstadt): Der Name des Pubs, in dem Lynn und Desna einkehren, geht auf die Legende von der *Dun cow* zurück, dem Gründungsmythos der Stadt Durham und der Errichtung ihrer Kathedrale. In der legendären Heiligengeschichte treten der in Nordengland verehrte St. Cuthbert, eine Milchmagd, Mönche und eine entlaufene Kuh in den Hauptrollen auf. Die Legende berichtet, dass Mönche des Klosters Lindisfarne die Gebeine des Heiligen Cuthbert, der im 10. Jahrhundert die Klosterinsel zu einem Pilgerort gemacht hatte, aus Angst vor Raubzügen der Wikinger an einen sicheren Ort bringen wollten. Nach einer siebenjährigen Suche nach einer neuen Ruhestätte soll der von den Mönchen in seinem Sarg getragene St. Cuthbert eines Tages durch heilige Fügung die Prozession zum Halt gebracht haben. Fortan ließ er sich nicht mehr vom Fleck bewegen, trotz aller Kraftanstrengung der Gottesmänner. Einem Mönch erschien in diesem Moment in einer Vision der Hinweis, sich nach einem Ort namens Dun-holm als Begräbnisstätte für den Heiligen zu begeben. Leider war den Mönchen dieser Ort völlig unbekannt. Die wundersame Fügung wollte es, dass sie in dieser ratlosen Situation auf eine Milchmagd trafen, die verzweifelt auf der Suche nach ihrer entlaufenen Kuh war. Die Magd berichtete, ihr Tier zuletzt bei Dun-holm gesehen zu haben. Der unbewegliche Sarg mit dem Heiligen wurde wie durch ein Wunder in diesem

Moment wieder bewegbar, und die Mönche folgten der ortskundigen Magd nach Dun-holm, wo sie St. Cuthbert bestatteten, eine Kathedrale errichteten und mit ihr die Stadt Durham gründeten. Diese Ereignisse sollen sich im Jahr 995 n. Chr. zugetragen haben. Der *Dun Cow Pub* aus der Geschichte existiert wirklich. Er liegt in Durhams Altstadt, soll in Teilen seit dem 15. Jahrhundert existieren und ist nach eigenen Angaben ältester Pub der Stadt.

175 WILLIAMSBURG BRIDGE: Die Brücke, über die Graham in New York fährt, verbindet Manhattans Lower Eastside mit Williamsburg in Brooklyn und spannt sich 480 Meter über den East River.

DRITTE UMDREHUNG

214 ASTRONOMISCHE REISEDELEGATION AUS PORTUGAL: Die Entsendung einer astronomischen Reisedelegation durch den portugiesischen König João V. an den Hof des rajasthanischen Maharanas *Sawai Jai Singh II. (s. S. 448)* im Jahr 1734 ist historisch belegt. Unter der Leitung eines Xavier de Silva führten die Gesandten als Geschenk die 1725 als Buch erschienenen astronomischen Tabellen des französischen Mathematikers Phillipe de la Hire (1614–1718) mit sich. Indische Historiker beschreiben, dass Jai Singh die französischen Tabellen nach Vergleich mit den eigenen Berechnungen seines Observatoriums als teilweise fehlerhaft empfunden haben soll. Er soll das für sich mit der größeren Präzision seiner astronomischen Geräte begründet haben. Alle weiteren, im Zusammenhang hiermit im Geheimdienstbericht des Romans erwähnten Ereignisse um die portugiesische Gesandtschaft entspringen ausschließlich der poetischen Fantasie des Autors.

226 MAYONNAISE: Der Ursprung der heute verbreiteten Mayonnaise soll auf der spanischen Insel Menorca liegen, auf der der französische Herzog von Richelieu, Marschall von Frankreich, den Hauptort Mahon belagerte und schließlich 1756 von den Briten eroberte. Bei der Siegesfeier soll er für das Bankett die Küche um die Zubereitung einer einheimischen Sauce gebeten haben, die er in der Belagerungszeit kennen- und schätzen gelernt hatte. Andere Quellen besagen,

die kaltgerührte Sauce sei von Richelieus Küchenchef zur Feier des Sieges kreiert worden. Das fortan als »Sauce Mahonnaise« bezeichnete Rezept wurde von Richelieu und seinen Köchen bei der Rückkehr an den französischen Hof mitgebracht und verbreitete sich von dort mit steigender Beliebtheit in der Küche Frankreichs und später Europas.

228 LINDISFARNE (oder Holy Island): kleine Klosterinsel vor der englischen Nordostküste in Northumberland. Im Jahre 635 n. Chr. gründeten irische Mönche auf der Insel ein Kloster, von dem aus sie den nördlichen Teil des angelsächsischen Englands und Teile Schottlands christianisierten. Zum Pilgerort wurde Lindisfarne ab dem Jahr 698 n. Chr. wegen St. Cuthbert, einem Mönch und zeitweiligen Bischof des Klosters, der lange Zeit auf der Insel als Eremit gelebt hatte. Sein Leichnam wurde für fast einhundert Jahre, eingeschreint vor dem Hochaltar der Klosterkirche, von den pilgernden Gläubigen verehrt. Nach wiederholten Angriffen der Wikinger auf das Kloster flohen die Mönche 793 n. Chr. mit den heiligen Gebeinen St. Cuthberts, der schließlich aufgrund des Wunders der sogenannten *Dun Cow (s. S. 456)* eine endgültige Ruhestätte am Ort des heutigen Durham fand. Für St. Cuthbert wurde zu diesem Zweck eine Kathedrale errichtet, die der Ursprung der Stadt Durham war. Auf Lindisfarne, wo in der Geschichte Professor Lumsden und Mrs. Haxby in einem Cottage zusammenleben, befinden sich heute neben einer Kirche Ruinenreste der zwischen dem 12. und 14. Jahrhundert erneuerten Klosteranlage, eine Tatsache, die vom Autor für die Geschichte bauhistorisch vereinfachend zusammengefasst wurde. Die heilige Insel, die nur über eine zweimal am Tag vom Wasser überflutete Behelfsstraße erreicht werden kann, hat knapp zweihundert Bewohner, ist in weiten Teilen ein Natur- und Vogelschutzgebiet und lebt inzwischen vom Tourismus.

245 HAGGIS: Der Border Collie von Professor Lumsden und Mrs. Haxby trägt den Namen eines schottischen Nationalgerichts: Haggis besteht aus einer Füllung von Innereien, Zwiebeln, Mehl und Fett, das scharf mit Pfeffer gewürzt in einem Schafsmagen zu einer Art

Kochwurst verarbeitet und heiß verspeist wird. Border Collies sind eine Ende des 19. Jahrhunderts als Hütehunde für die Schafzucht gezüchtete Rasse aus der englisch-schottischen Grenzregion, die den Hunden auch ihren Namen gab.

247 NIZAMUDDIN, OLD DELHI und AJMERI GATE: *Nizamuddin West* ist ein geschäftiger alter, mit Grün durchzogener Stadtteil Delhis, der seinen Namen nach einem indischen Sufi-Heiligen trägt, der in einem *Dargha* – einem kuppelartigen, malerischen Sufi-Mausoleum – im Stadtviertel eingeschreint liegt. *Old Delhi* oder *Chandni Chock* ist das alte Zentrum der islamischen Mogulzeit und ein kultureller Schmelztiegel nordindischer Volksgruppen, die auch die Basare und das Street-Food-Angebot dieses für seine Küche bekannten Stadtteils prägen. Das nahe gelegene *Ajmeri Gate* ist ein erhaltenes altes Stadttor, von dem aus historisch die Straße in das rajasthanische Ajmer führte. Mrs. Haxby und Desna sind also in zwei abwechslungsreichen Gegenden der indischen Hauptstadt aufgewachsen.

248 HMONG: eine indigene Volksgruppe, drittgrößte Bevölkerungsgruppe in Laos, deren Mehrheit neben Laos auch in Südchina (dort Miao genannt), Nordvietnam und Thailand lebt. Die Hmong haben eine jahrtausendealte eigene Kulturgeschichte mit eigenen, miteinander verwandten Sprachen. Die Betonung der Höhe von Silben der konsonanten- und vokalreichen Hmong-Sprachen verändert die Wortbedeutung. Allein in Laos leben rund fünfzig Volksgruppen mit einer Großzahl unterschiedlicher Sprachen, von denen Lumsden versuchte, Mrs. Haxby – zu deren großer Freude – einige bei ihrer ersten Begegnung in der British Library vorzuführen.

259 CONNAUGHT PLACE: In Delhi kam es 1947 im Vorfeld der Teilung des indischen Staatsgebiets, das zur Bildung der heutigen Republiken Indien und Pakistan führte, zu Gewalttaten von Hindus und Sikhs gegenüber dem muslimischen Bevölkerungsteil der Stadt, die ihren Höhepunkt im August und September erreichten. Bei den pogromartigen Ausschreitungen, die zur Vertreibung Hunderttausender Muslime aus Delhi führte, sollen Tausende muslimische

Einwohner getötet worden sein. Auf diese schrecklichen Ereignisse nimmt Mrs. Haxby in der Erzählung ihrer Kindheitserinnerung an die Ermordung des Schneiders ihrer Mutter auf dem Connaught Place Bezug. Die Gewaltverbrechen, die von Indern hinduistischen, sikhistischen und muslimischen Glaubens gegenseitig und gleichermaßen mit teilweise unfassbarer Grausamkeit während der Phase der indischen Teilung verübt wurden, sollen nach Schätzung von um Objektivität bemühter Historiker 200 000 bis 360 000 Tote gefordert haben, einige Quellen sprechen von über einer Million. Zwischen 12 und 20 Millionen Menschen sollen in Folge der die Teilung begleitenden Gewalt aus religiösen Gründen geflohen, vertrieben oder umgesiedelt worden sein. Die genauen Zahlen sind nicht mehr gesichert zu ermitteln. Erst nach dem Eintreffen Mahatma Gandhis am 9. September 1947 in Delhi und seiner massiven Einflussnahme ebbte die Gewalt gegen Muslime in Delhi ab. Der Connaught Place in Delhi trägt heute offiziell den Namen *Rajiv Chowk* und ist ein Geschäfts- und Restaurantdistrikt.

VIERTE UMDREHUNG

279 JERSEY CITY: Stadt in New Jersey, die mit einem Bevölkerungsanteil von rund elf Prozent die Großstadt mit der größten Dichte indischstämmiger Bewohner in den Vereinigten Staaten ist. Das jährliche hinduistische Fest der Farben *Holi* im Zentrum der indischen Community am India Square zieht Tausende Touristen an.

293 RAJPUTANA: historische Bezeichnung eines Gebiets, das das heutige Rajasthan, Teile Gujarats, Madhya Pradesh und eine Region der heutigen Provinz Sindh in Südpakistan umfasste. Der Name bedeutet übersetzt »Land der Rajputen«. Rajputana besaß mit 343 328 km^2 annähernd die gleiche Landfläche wie die heutige Bundesrepublik Deutschland (348 672 km^2).

295 EK KALI LASHUN: kleinknolliger, mild-aromatischer indischer Knoblauch, auch Perlknoblauch genannt

298 SHOREDITCH: Stadtteil in London mit Bar-, Restaurant- und Clubszene

323 Banswara-Marmor: Dieser Marmorstein wird im südrajasthanischen Distrikt Banswara abgebaut und besitzt eine weiße oder rosa Farbgebung.

324 Jain: Bezeichnung für einen Anhänger der Religion des Jainismus. Die Glaubenslehre entstand im 6. Jahrhundert v. Chr. in Indien und ist eine der ältesten fortbestehenden Religionen der Welt. Die Jaina oder Jains beten keine Götter an – obwohl sie Götter in ihrem Universum durchaus anerkennen –, sondern verehren höhere Wesen. Einer der höchsten verehrten Heiligen ist Mahavira (vermutlich 599 – 527 v. Chr.), ein Zeitgenosse Buddhas, der als jüngster der vierundzwanzig sogenannten *Tirthankaras* oder *Jinas* (Erlöser) gilt. Die *Tirthankaras* sind als Vermittler zwischen der materiellen und der spirituellen Welt des jainistischen Kosmos zu verstehen, die als geistige Lehrer den Weg durch den von jedem Gläubigen zu durchlaufenden ständigen Kreislauf ihrer Seelen von Leben, Tod und Wiedergeburt weisen. Sie geben den Gläubigen die Hoffnung, durch richtige Lebensführung den ewigen Wiedergeburtskreislauf eines Tages zu durchbrechen und ihre Seelen zu erlösen und zu einem Zustand des sogenannten *Moksha* (oder *Mukti*) – dem glückseligen Zustand der Seelenbefreiung zu gelangen. Im Mittelpunkt einer richtigen Lebensführung steht für alle Jains (oder Jaina) das *Ahimsa*, das zentrale ethische Prinzip der Religion des Jainismus, das die gläubigen Anhänger zur völligen Gewaltlosigkeit gegenüber Mensch und Tier verpflichtet. Die Entsagung jeder Gewalt gegen Lebewesen führt im Alltag der Jaina dazu, vegetarisch zu leben und jede Tätigkeit und jeden Beruf zu meiden, die potenziell das Leben von Menschen und Tieren gefährden könnten. Das Postulat zur absoluten Gewaltlosigkeit umfasst nicht allein die Tat selbst, sondern auch Gedanken und Ausspruch. Verstöße gegen das Gebot der Gewaltlosigkeit verunreinigen nach Ansicht der Gläubigen ihr Karma und werden daher in ihrem nächsten wiedergeborenen Leben negative Folgen haben. Insofern ist das Gewaltlosigkeitsgebot eine Konsequenz der in ihrer Ausgestaltung von anderen Erlöserreligionen abweichenden jainistischen Karmalehre. Das Prinzip

des *Ahimsa* findet sich in ähnlicher Ausprägung auch im Hinduismus und Buddhismus. In seiner Absolutheit und Konsequenz für die Lebensführung der Menschen ist das Gewaltlosigkeitsprinzip allerdings im Jainismus am umfassendsten ausgebildet und in dieser Kompromisslosigkeit eine wesentliche ethische Errungenschaft, die weit über die wahrgenommene Bedeutung dieser Religion hinausreicht.

334 SAMAI: indische, mit Öl als Leuchtmittel betriebene Stehlampe

336 PANKHA (oder *Punkha*): traditioneller indischer Schwingfächer, der zur Luftkühlung oftmals im Raum an der Decke angebracht und von einem meist in einer Nische oder Nebenraum sitzenden Diener, dem sogenannten *Punkahwallah*, über einen Seilzug bewegt wurde. Pankhas waren in Indien in unterschiedlichen, oft mobilen Ausführungen, ursprünglich aus Palmblatt gefertigt, mehr als tausend Jahre bis zur Einführung elektrischer Ventilatoren verbreitet.

337 DOHTI: einfache, knielange, hosenartige indische Beinbekleidung, die aus einem um die Hüfte und zwischen den Beinen gewickelten Baumwolltuch besteht

337 CHAKRAM: indische Wurfwaffe; ein ringförmiger Metallring mit scharfem Rand, der geworfen auf bis zu vierzig Metern eine tödliche Wirkung hatte

340 KASHI: alter Name der heutigen Stadt Varanasi in Nordindien, am mittleren Ganges gelegen, ein bis heute für Gläubige des Hinduismus herausragend bedeutender religiöser und spiritueller Ort

346 SCHACHBRETT: Der Ursprung und damit die Erfindung des Schachspiels wird seit über hundertfünfzig Jahren kontrovers diskutiert und ist zudem seit mehr als einem Jahrtausend Gegenstand verschiedener Legenden. Neben Thesen zu seiner Entstehung in Persien oder China wird heute von vielen Schachhistorikern die Geburt des königlichen Spiels auf dem indischen Subkontinent angenommen, mit dem Argument, dass das Strategiespiel Schach Vorläuferspiele hatte, aus denen es sich entwickelt hat. Hierzu zählt das indische *Chaturanga*, ein bereits wie das heutige Schach auf 64 Feldern gespieltes Brettspiel mit schachähnlichen Figuren, das allerdings vier

Personen spielten und bei dem auch durch Würfel der Zufall den Spielverlauf bestimmte. Aus dem indischen Chaturanga soll sich auch das als persisches Schach bezeichnete *Shatranji* entwickelt haben, das bereits zwei Spieler mit je sechzehn Figuren spielten und das dem heutigen Schach ähnelte. Daneben wird von einige Historikern alternativ das Brettspiel *Liubo* aus China als mögliches ursprüngliches Vorgängerspiel angeführt, ein bereits ab 1500 v. Chr. nachgewiesenes kriegerisches Brettspiel für zwei Personen, das allerdings in Brett und Figuren stark abweichend ist und dessen Regeln verloren gegangen sind. Erschwert wird die Ursprungsanalyse des Schachspiels durch die Tatsache, dass Historiker aus nationalen Motiven die Entstehung des Spiels für das ihnen nahestehende Land reklamierten. Aufgrund diverser Fakten ist für den Autor aber eher die These überzeugend, dass das Schachspiel nicht irgendwo über Nacht als Spiel entstand, sondern dass der Verschmelzungsprozess verschiedener Spielideen aus Indien, Persien und China das Schachspiel entstehen ließ. Als Ort und Zeitpunkt dieser Genese wird vom Schachhistoriker Gerhard Josten das Reich der Kushaner zwischen 50 v. Chr. bis 200 n. Chr. angenommen, einem Königreich auf dem Gebiet der heutigen pakistanischen Indusregion und des nordindischen Rajasthan. Als Reich und wichtiger Handelsknotenpunkt an der Seidenstraße dürften persische, indische und chinesische Händler hier für einen Austausch von Brettspiel-Ideen gesorgt haben, aus denen sich das Schachspiel entwickelte. Insofern wäre Schach das Ergebnis gegenseitiger kultureller Befruchtung. Erkennbar ist Schach ein Spiel, das den Kampf zweier königlicher Heere in der vereinfachten Zusammensetzung seiner Entstehungszeit darstellt. Der Name Schach könnte hierbei entweder vom möglichen indischen Vorgängerspiel Chaturanga oder vom persischen Spielnamen Shatranji abgeleitet worden sein. Die im Geheimdienstbericht des Romans erwähnte Legende vom König Shihram und seinem Sohn Sissa, die auch als Reis- oder Weizenkornlegende bekannt ist, wurde vom persischen Schriftsteller Ibn Khallikan erstmalig im 13. Jahrhundert erzählt und ist eine märchenhafte Geschichte ohne historische Grundlage. Die Forterzählung dieser »wahren Geschichte über die Erfindung des Schachspiels« im Roman entspringt allerdings allein der poetischen Fantasie des Autors. Letztendlich ist der Ursprung des wunderbaren Schachspiels bis heute nicht gesichert geklärt und wird daher weiterhin ein Gegenstand von Forschung, Spekulationen und Legenden bleiben.

FÜNFTE UND LETZTE UMDREHUNG

370 LOOK LIKE THE INNOCENT FLOWER, BUT BE THE SERPENT UNDER'T.: Zitat. Lady Macbeth zu Macbeth, in: William Shakespeare, »Macbeth«, 1. Akt, 5. Szene.

378 ISLE OF IONA: Die vom heiligen Columban auf der kleinen Insel der schottischen Inneren Hebriden 563 n. Chr. errichtete Klosteranlage galt über Jahrhunderte als spirituelles Zentrum des schottischen Christentums. Auf dem Friedhof des Klosters wurden über Generationen bis ins 11. Jahrhundert 48 schottische Könige bestattet, unter ihnen als Letzter auch König Macbeth, Regent Schottlands von 1040 bis 1057, der seinen Vorgänger Duncan ermordete und dessen heimtückische Tat Shakespeare zu seinem Bühnenstück animierte. Die ursprüngliche Klosteranlage wurde wiederholt von den Wikingern zerstört und an ihrer Stelle im 13. Jahrhundert ein Benediktinerkloster errichtet, das nach der Reformationszeit verfiel. Die heute zu sehende Iona Abbey wurde 1938 wiederaufgebaut. Die im Roman erwähnte St. Oran's Chapel, die heute am Friedhof steht, wurde wahrscheinlich erst 1250 auf alten Fundamenten der Ursprungskapelle errichtet. Das in der Geschichte erwähnte Keltenkreuz, unter dem Paul mit Caroline gräbt, steht an der beschriebenen Stelle und ist eines von nur drei erhaltenen freistehenden Keltenkreuzen, von denen einstmals mehr als 1000 die Insel im Mittelalter bedeckt haben sollen. Es wurde im 8. Jahrhundert errichtet und stand ursprünglich vor den eingeschreinten Gebeinen des heiligen Columban) an dem mittelalterlichen Wallfahrtsort. Das Granitkreuz ist bedeckt mit ornamentalen Mustern, Blumenmotiven, Weinreben und Szenen der Evangelien.

378 Innere Hebriden: schottische Inselgruppe im Atlantik, vor der schottischen Westküste gelegen. Die Inneren Hebriden ziehen sich über eine Länge von rund 240 Kilometern. Auf ihrer südlichen Insel Iona landete 563 n. Chr. der irische Mönch *Columban (s. unten)*, der dort ein Kloster errichtete und von hier aus Teile Schottlands und Nordenglands christianisierte.

382 Böse Hexen: When shall we three meet again? In thunder, lightning or in rain: Zitat. Ausspruch der ersten der drei Hexen, in: William Shakespeare, »Macbeth«, 1. Akt, 1. Szene.

388 Heiliger Columban: Der irische Mönch Columban (vermutlich 521–597 n.Chr.) begab sich im Jahr 563 oder 565 mit zwölf Gefährten in das heutige Schottland und gründete zur Christianisierung der keltischen Ureinwohner, Pikten genannt, ein Kloster auf der *Isle of Iona (s. S. 464)*. Columban gilt in Großbritannien als einer der wichtigsten Heiligen, der als Missionar maßgeblich für die Einführung und Verbreitung des Christentums auf den britischen Inseln verehrt wird. In der vom Mönch Adomnan von Iona (628–704 n. Chr.) verfassten Biografie Columbans wird erstmalig das Seeungeheuer von Loch Ness erwähnt, das der heilige Columban durch ein Wunder besänftigte.

388 Loch Ness: zweitgrößter See Schottlands, in den Highlands, an dessen nördlichem Ende die Stadt Inverness am Fluss Ness liegt, der in den See mündet und ihm seinen Namen gab. Loch Ness ist bei einer Tiefe von bis zu 230 Metern das nach Wasservolumen größte Binnengewässer Großbritanniens. Mit dem See verbindet sich seit Jahrhunderten die Legende eines vermeintlich in ihm lebenden Ungeheuers in Gestalt einer riesigen Seeschlange, die erstmalig in der Lebensbeschreibung des Heiligen Columban im Jahr 565 n. Chr. erwähnt wird. In dieser vom irischen Mönch Adomnan verfassten Biografie tritt St. Columban in einer Wundergeschichte auf, in der er die Seeschlange besänftigt und damit seinen Gefährten das Leben rettet. Die Legende vom Ungeheuer von Loch Ness hat in diesem Buch ihren historischen Ursprung.

391 Urquhart Castle: eine malerische Burgruine, die auf einer

erhöhten Landzunge in den Loch Ness hineinragt. Vom einzig erhaltenen Turm bietet sich jedem Besucher, wie Lynn und Desna, ein herrlicher, weiter Blick über den blauschwarzen See. Am Ort der im 13. Jahrhundert am Nordwestufer des Loch Ness errichteten Wehranlage soll nach der Chronik des Mönchs Adomnan der heilige Columban bereits Mitte des 6. Jahrhunderts einen Piktenkönig zum Christentum bekehrt haben – zur gleichen Zeit, als er, der Legende nach, die wütende Seeschlange besänftigte. Die Burg beherrschte einstmals mit ihrer strategischen Lage in den Highlands die Verbindung zwischen dem Great Glen und dem Tal von Urquhart. Als Zeugin einer vierhundertjährigen, wechselvollen Geschichte gewaltsamer Konflikte verfiel sie schließlich durch Vernachlässigung und Steinplünderung zur Ruine, wurde ab dem 19. Jahrhundert ein romantisierter Ort voll Melancholie für Künstler und Touristen – der er für jeden, der sich zu ihm aufmacht, bis heute geblieben ist.

393 GÖTTERFIGUREN: hinduistische Gottheiten: *Shiva (s. auch Vishnu S. 452)*, *Lakshmi*, Göttin des Glücks, der Fruchtbarkeit und des Reichtums und Frau des Gottes Vishnu, *Sarasvati*, Gottheit der Musik und des Lernens, auch ein heilender Gott, *Kali,* mythische, oft grausame Göttin des Todes, sehr vielschichtig, ihre Anbetung hilft dem Glauben nach, böse Energien umzuwandeln und vor bösen Dämonen zu schützen.

395 ENGLISCHE GENTRY: Bezeichnung des landbesitzenden niederen Adels in Großbritannien, einer historischen sozialen Klasse des Königreichs, die gemeinsame Werte und Lebensstile verkörperte. Der Begriff Gentleman bezeichnete ursprünglich einen Mann der Gentry.

400 LOCH LINNHE: Das gälisch mit »schwarzer See« bezeichnete Gewässer, dessen Name die düstere Anmutung dieses Ortes bei trübem Wetter treffend beschreibt, zieht sich rund fünfzig Kilometer an der schottischen Westküste entlang und ist südlich über den Fifth of Lorne, gegenüber der Isle of Mull, mit dem Atlantik verbunden.

416 HOTELBAR DES SAVOY: Das 1889 eröffnete Savoy-Hotel in Londons City of Westminster war nicht nur das erste moderne, voll elektri-

fizierte Luxushotel Großbritanniens, sondern insbesondere der erste Ort, an dem durch Küchenrevolutionär und Unternehmer Auguste Escoffier die französische *Haute cuisine* und die Idee des Fine Dining in einem Hotelrestaurant auf der Insel Einzug hielt. Die *Beaufort Bar* des sich selbstbewusst »The Savoy« nennenden Hotels, in der Alexander Hicks, Caroline und Walter Chinnock bei Champagner und Kaviar zusammensitzen, ist bis heute ein luxuriöser Ort verschwenderischer Pracht, den im Laufe seiner abwechslungsreichen Geschichte zahllose Berühmtheiten aus Politik, Kunst sowie der Welt des Reichtums, Standesdünkels und der gekrönten Häupter besuchten.

425 Ascot Pferderennbahn, Royal Ascot Week: Auf der Rennbahn von Ascot, Besitztum der englischen Krone, finden jedes Jahr im Juni die Pferderennen der Royal Ascot Week statt – Höhepunkt der Rennsaison und ein gesellschaftliches Ereignis in Großbritannien. Die seit über 250 Jahren unter der Schirmherrschaft der Könige und Königinnen durchgeführte royale Rennwoche ist eine faszinierende Mischung aus Sport, Wettfieber, Business, Glamour und Eitelkeiten.

432 Stadtpalast, Udaipur: Der für die Herrscher von Mewar ab dem Jahr 1570 erbaute Stadtpalast, bis zur Gründung der indischen Republik Regierungssitz des gleichnamigen Königreichs und bis 1956 Wohnsitz des letzten Maharanas, liegt am Ufer des Pichholasees im Stadtzentrum. Die weitläufige, aus Granit und Marmor errichtete Anlage besteht aus zahlreichen verschachtelten Einzelpalästen, verspielten Höfen und Gärten und ist die größte ihrer Art in Rajasthan. Bei den malerischen Sonnenuntergängen im von Palästen und Tempeln überfließenden Udaipur schimmern die Palastmauern goldgelb im Abendlicht über die Wasserflächen. Der Stadtpalast beherbergt heute ein Museum mit einer umfangreichen Sammlung von historischen Objekten, Kunstgegenständen und Dokumenten aus der wechselvollen royalen Geschichte des untergegangenen Königreichs Mewar.

Bildnachweis

1. Abbildungen Vor- und Nachsatz: Ausschnitte zweier stilisierter Landkarten; Grafiken von Annalena Weber, Hamburg; Boot: Designed by dgim-studio / Freepik, Blüten und Taube: Designed by Freepik, Karte: Designed by Katemangostar / Freepik, Weltkarte: Designed by macrovector / Freepik

2. Abbildung Seite 9: Blick über das Wasser der Upper Bay auf die New Yorker Freiheitsstatue, auf der Fährfahrt zwischen dem Whitehall Terminal in Manhattan und Staten Island. Image © Pia Hübener

3. Abbildung Seite 89: Die gezeigte »grüne Tür« ist eine von vier unterschiedlich gestalteten, mächtigen Türen, die den Zugang zum Pritam Niwas Chowk, dem Innenhof des im 18. Jahrhundert errichteten Stadtpalastes von Jaipur, erlauben. Jeder der kunstvollen Eingänge ist einer Jahreszeit und einem Gott gewidmet, die »grüne Tür« hierbei dem Frühling und dem elefantenköpfigen Hindu-Gott Ganesha. Image © Utkarsh 1991 / shutterstock.com

4. Abbildung Seite 187: Blick über die mittelalterliche Elvet Bridge auf Durham, dessen Altstadt von einer Halbschleife des Flusses Wear umschlossen wird. Die in der Stadtsilhouette erkennbare Kathedrale und die Burg zählen zum UNESCO-Weltkulturerbe. Image © Dave Heard / shutterstock.com

5. Abbildung Seite 275: Kunstvolle, aus Walrosselfenbein geschnitzte Schachfigur, die im Jahr 1831 zufällig in einem Dünenversteck am Strand von Camas Uig auf der Isle of Lewis, einer Insel der schottischen Äußeren Hebriden, entdeckt wurde. Die vermutlich 1150 – 1175 n. Chr. entstandene Figur war Teil eines Fundes von 78 Schachfiguren und stellt einen sogenannten Berserker dar – den gefürchtetsten Vertreter nordischer Krieger, die gezielt für eine rücksichtslose Kampfführung ausgebildet wurden. Der Berserker war eine Turmfigur. Der Ursprung der sogenannten Lewis-Schachfiguren ist nicht eindeutig geklärt, er könnte in Skandinavien oder in East

Anglia liegen. Diese einzigartigen Schachfiguren werden heute im British Museum in London und dem schottischen Nationalmuseum in Edinburgh ausgestellt. Abbildung mit freundlicher Genehmigung des National Museum of Scotland in Edinburgh. Image © National Museums Scotland

6. Abbildung Seite 351: Blick auf die Ruine des Urquhart Castle am schottischen Loch Ness (siehe Glossar, Seite 465). Image © Pia Hübener & Yannick Kenk

Dank

Ich danke den mich inspirierenden, an mir interessierten und hilfsbereiten Menschen, die ich an den Handlungsorten dieses Romans in Großbritannien, Indien und den USA kennenlernen durfte und die mir in ihren Bibliotheken und Museen, in ihren Städten und in der Natur ihrer Berge, Küsten und Wüsten, in ihren gastfreien Häusern oder an den Orten ihres Glaubens, ihrer Hoffnung, ihrer Kunst, ihrer Erinnerungen und ihrer Trauer mit Auskunft, Unterstützung und Gesprächen zur Seite standen.

Ich danke allen, die mich bei diesem Buchprojekt begleiteten, insbesondere bei meiner Lektorin Imke Sörensen, meiner Korrektorin Astrid Schwarz, für den Satz und die Buchgestaltung bei Beate Kortmann und Harald Kern und für das Coverdesign bei Annalena Weber. Es war eine Bereicherung und Freude, mit euch zusammenzuarbeiten.

Besonders danke ich euch, Jutta, Pia und Hans. Ohne eure nicht nachlassende Ermutigung und Toleranz wäre dieses Buch niemals entstanden.

Matthias Hübener
Vom Libellenflug –
Eine Geschichte über den Mut
Roman. 608 Seiten mit 6 Abbildungen
Hardcover. ISBN 978-3-948959-00-5
Erhältlich auch als E-Book

Über den Roman: Kurz vor ihrem 18. Geburtstag erfährt Arianne, dass ihr Vater Jasper Hansen bei einer Bergwanderung im Schweizerischen Jura tödlich verunglückt ist. Arianne ist damit Vollwaise, denn ihre Mutter starb bereits, als sie neun Jahre alt war. Bei der Testamentseröffnung übergibt ihr der Notar als Vermächtnis ihres Vaters einen verschlossenen Umschlag. Arianne findet darin eine Liste mit sieben Namen und Adressen ihr unbekannter Personen an verschiedenen Orten der Welt, eine Landkarte und zwei feinsäuberlich aufgeklebte filigrane Libellenflügel. Arianne beschließt, dem rätselhaften Vermächtnis ihres Vaters auf den Grund zu gehen, und begibt sich auf eine abenteuerliche Reise, die ihre Vorstellungen überflügeln wird.

Vom Libellenflug ist eine Geschichte über die Kraftquellen des Glücks – und welchen Mut es braucht, sich zu ihnen aufzumachen.

»Ein mitreißender und vortrefflich ausgestatteter Debütroman, der von einer jungen Frau handelt, die die Welt, aber auch sich selbst entdeckt. Ein Buch voller Überraschungen, eine Geschichte über den Mut und das Glück, als Lektüre inspirierend und bereichernd.«
BUCHJOURNAL 02 / 2021

ÄQUATORKIND

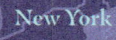
New York

Washington D. C.

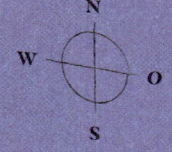
N

W   O

S